JASPER FFORDE
Grau

Weitere Titel des Autors:

ROT

Übersetzung aus dem britischen Englisch
von Thomas Stegers

eichborn

Eichborn Verlag

Titel der englischen Originalausgabe:
»Shades of Grey«

Für die Originalausgabe:
Copyright © 2010 by Jasper Fforde

Für die deutschsprachige Ausgabe:
Copyright © 2024 by
Bastei Lübbe AG, Schanzenstraße 6 – 20, 51063 Köln

Vervielfältigungen dieses Werkes für das
Text- und Data-Mining bleiben vorbehalten.

Textredaktion: Beeke Heller und Karsten Kredel
Umschlaggestaltung: Kristin Pang
Umschlagmotiv: © AdobeStock: Ahmet Aglamaz
Satz: hanseatenSatz-bremen, Bremen
Gesetzt aus der Arno Pro
Druck und Verarbeitung: GGP Media GmbH, Pößneck

Printed in Germany
ISBN 978-3-8479-0175-4

5   4   3   2   1

Sie finden uns im Internet unter eichborn.de

EIN MORGEN IN VERMILLION

2.4.16.55.021: Männer haben sich auf Interkollektivreisen nach Kleiderordnung Nr. 6 zu richten. Hüte werden nachdrücklich empfohlen, sind aber nicht vorgeschrieben.

Alles begann damit, dass mein Vater nicht das Letzte Kaninchen sehen wollte. Und es endete damit, dass ich von einer fleischfressenden Pflanze verspeist wurde. So hatte ich mir meine Zukunft nicht vorgestellt. Eigentlich hatte ich gehofft, in die Dynastie der Oxbloods einzuheiraten und ihr Bindfaden-Imperium zu übernehmen. Doch das war vor vier Tagen – bevor ich Jane kennenlernte, den Caravaggio wiederbeschaffte und High-Saffron erkundete. Und nun war ich, statt die Vorfreude auf chromatischen Aufstieg zu genießen, vollständig in den Verdauungssaft eines Yateveobaums eingetaucht. Es kam mir reichlich ungelegen.

Aber ganz so schlimm war es dann auch wieder nicht, und zwar aus folgenden Gründen: Erstens hatte ich das Glück gehabt, kopfüber zu landen. Ich würde also innerhalb einer Minute ertrinken, was immer noch leichter zu ertragen war, als sich über einen Zeitraum von Wochen bei lebendigem Leib aufzulösen. Zweitens, und das war entscheidender, starb ich nicht als Unwissender. Ich hatte etwas entdeckt, das man sich auch mit noch so vielen Meriten nicht kaufen konnte: die Wahrheit. Nicht die ganze Wahrheit, aber doch mehr als die halbe. Deswegen kam mir das alles so ungelegen. Ich konnte mit der Wahrheit nichts mehr anfangen, obwohl sie viel zu

5

gewaltig und zu ungeheuerlich war, um sie zu ignorieren. Trotzdem: Wenigstens hatte ich sie eine geschlagene Stunde in Händen gehalten, die Wahrheit, und ich hatte verstanden, was sie bedeutete.

Ich hatte nicht nach der Wahrheit gesucht. Eigentlich war ich in die Randzone geschickt worden, um eine Stuhlzählung vorzunehmen und mich in Demut zu üben. Die Wahrheit kam zu mir, zwangsläufig. Bei großen Wahrheiten geschieht das häufiger, so wie ein verlorener Gedanke sich einen freien Geist sucht. Und ich fand Jane, oder vielleicht fand sie mich, was im Grunde egal ist. Wir fanden uns gegenseitig. Obwohl sie eine Graue war und ich ein Roter, teilten wir ein Verlangen nach Gerechtigkeit, das über chromatische Politik hinausging. Ich liebte sie, und ich durfte annehmen, dass sie mich ebenfalls liebte. Immerhin entschuldigte sie sich, bevor sie mich in das kahle Rund unter dem ausladenden Yateveobaum stieß. Das hätte sie bestimmt nicht getan, wenn sie keine Gefühle für mich gehabt hätte.

Doch gehen wir zurück, vier Tage, in die Stadt Vermillion, das Regionalzentrum des Roten Sektors West. Mein Vater und ich waren tags zuvor mit dem Zug angekommen und hatten im Green Dragon übernachtet. Wir hatten am Morgengesang teilgenommen und saßen jetzt beim Frühstück, etwas enttäuscht, aber nicht weiter überrascht, dass die Grauen Frühaufsteher bereits allen Schinkenspeck aufgegessen hatten und nur noch sein exquisiter Duft im Raum schwebte. Es blieben ein paar Stunden bis zum nächsten Zug, und wir hatten beschlossen, uns einige Sehenswürdigkeiten anzuschauen.

»Wir könnten dem Letzten Kaninchen einen Besuch abstatten«, schlug ich vor. »Das sollte man sich nicht entgehen lassen, habe ich gehört.«

Mein Vater ließ sich von der Einzigartigkeit des Kaninchens nicht so leicht überzeugen. Die Schlecht Gezeichnete Karte, das Oz-Denkmal, den Colorgarten und noch dazu das Kaninchen, all das würden wir bis zur Abfahrt unseres Zuges sowieso nicht schaffen, meinte er und wies darauf hin, dass das Museum von Vermillion nicht nur die beste Sammlung von Vimto-Flaschen besäße, sondern montags und donnerstags dort auch ein Grammophon vorgeführt werde.

»Ein Vierzehn-Sekunden-Clip von *Something Got Me Started*«, sagte er, als könnte ein vager Hinweis auf den Roten Sänger mich rumkriegen.

Ich war nicht bereit, so schnell klein beizugeben.

»Das Kaninchen wird langsam ziemlich alt.« Ich hatte die Sicherheitshinweise in dem Prospekt *So wird Ihr Besuch beim Letzten Kaninchen zu einem Erlebnis* gelesen. »Und Streicheln ist nicht mehr zwingend vorgeschrieben.«

»Das Streicheln ist nicht so schlimm«, sagte mein Vater, dem bei der Vorstellung dennoch schauderte. »Es sind die Ohren.« Und er fuhr fort: »Ich bin sicher, ich kann ein produktives und erfülltes Leben führen, ohne jemals ein Kaninchen gesehen zu haben.«

Er hatte recht, das konnte ich auch. Nur hatte ich meinem besten Freund Fenton und noch fünf anderen versprochen, die Taxazahl des einsamen Tierchens in ihrem Namen zu protokollieren, damit sie es als »stellvertretend erledigt« in ihre Tiersichtungsbücher eintragen konnten. Für dieses Privileg hatte ich ihnen sogar jeweils fünfundzwanzig Cent abgeknöpft, aber das kleine Vermögen schon ausgegeben: Lakritze für Constance und für mich ein Paar synthetischrote Schnürsenkel.

Mein Vater und ich verhandelten eine Weile. Schließlich war er damit einverstanden, alle Sehenswürdigkeiten der Stadt nacheinander abzuarbeiten, in einem Rundgang, um das Schuhleder zu schonen. Das Kaninchen würde zuletzt drankommen, nach dem Colorgarten.

Als die Entscheidung, das Kaninchen in die morgendliche Vergnügungstour zumindest einzuplanen, getroffen war, widmete sich mein Vater wieder seinem Toast, dem Tee und der Lektüre des *Spectrum*, und ich schaute mich in dem etwas ranzigen Frühstücksraum um. Ich wollte eine Postkarte schreiben und brauchte dazu etwas Anregung. Der *Green Dragon* stammte aus der Zeit vor der Epiphanie und hatte, wie manch anderes im Kollektiv auch, schon einiges hinter sich, und von seinem ursprünglichen Glanz war nicht mehr viel vorhanden. Der Anstrich blätterte, der Stuck bröckelte, die Linoleumbeläge der Tische waren bis auf das Jutegewebe abgegriffen, und das Besteck war entweder verbogen, zerbrochen, oder es fehlte ganz. Der Duft von heißem Kaffee, Toast und Schinkenspeck, die etwas schnoddrige Freundlichkeit des Personals und das laute Geplapper der Fremden untereinander, die sich ihrer flüchtigen Bekanntschaft erfreuten, verliehen dem Haus jedoch einen ganz eigenen Charme, mit dem sich die vornehmeren, hoch angesehenen Teestuben zu Hause in Jade-under-Lime niemals hätten messen können. Mir fiel allerdings auch auf, dass die Gäste den Raum unbewusst nach streng chromatischen Richtlinien aufgeteilt hatten, obwohl es für die Sitzordnung an farbtonlich unspezifischen Örtlichkeiten keine ausdrücklichen Regeln gab. Dem einzigen Ultravioletten hatte man aus Respekt einen Tisch für sich allein zugestanden, und an der Tür warteten einige Graue geduldig auf einen freien Tisch, dabei waren längst nicht alle Plätze besetzt.

Wir teilten unseren Tisch mit einem Grünen Paar. Die beiden waren fortgeschrittenen Alters und offenbar so wohlhabend, dass sie sich synthetischgrüne Kleidung leisten konnten. Jeder sollte Zeuge ihrer bedingungslosen Hingabe an ihren Farbton sein, eine demonstrative und geschmacklose Zurschaustellung, die sie sich zweifellos nur durch den Verkauf ihrer Kindallokation hatten leisten können. Unsere Kleidung war in einer konventionellen Schattierung gefärbt, sichtbar nur für Rote, sodass wir uns in den Augen der Grünen, die uns gegenübersaßen, allein durch unsere Roten Farbkennzeichen-Anstecker von den Grauen unterschieden, aber ebenso wie diese von ihnen verachtet wurden. Rot und Grün sind zwar komplementär, aber das muss nicht heißen, dass sich Rote und Grüne mögen. Das Einzige, was uns eint, ist die gemeinsame Abscheu vor den Gelben.

»Du da«, sagte die Grüne Frau und zeigte, ausgesprochen unfein, mit ihrem Löffel auf mich. »Bring mir Marmelade.«

Ich gehorchte pflichtbewusst. Dieses herrische Gebaren der Grünen Frau war nicht untypisch. Auf der chromatischen Skala lagen wir drei Ränge unter den Grünen, was uns offiziell dazu verpflichtete, ihnen zu Diensten zu sein. Doch auch wenn wir in der Ordnung tiefer standen, gehörten wir innerhalb des etablierten Farbmodells von Rot, Gelb und Blau doch zu den Primärfarben. Ein Roter bekäme immer einen Sitz im Rat einer Stadt – so weit würden es die Grünen mit ihrem Status als Blau-Gelbe Bastarde niemals bringen. Köstlich, wie sie sich darüber ereiferten. Im Gegensatz zu den etwas tumben Orangenen, die bescheiden blieben und ihr Schicksal gut gelaunt und bereitwillig akzeptierten, kamen die Grünen nie darüber hinweg, dass keiner sie wirklich ausreichend ernst nahm. Der Grund hierfür lag auf der Hand: Sie hatten die Farbe der Natur für sich allein gepachtet und meinten daher, der Umfang ihres Sehvermögens müsste sich in ihrer Stellung innerhalb des Kollektivs niederschlagen. Nur die Blauen konnten ihnen noch ansatzweise diesen Anteil am Spektrum streitig machen, da ihnen der Himmel gehörte. Dieser Anspruch jedoch basierte auf der schieren Ausdehnung der Farbfläche, nicht auf einer Vielzahl von Farbschattierungen, und an einem wolkigen Tag konnten sie ihn nicht einmal geltend machen.

Falls ich gedacht hatte, der Kommandoton der Grünen Frau wäre allein meiner Farbe geschuldet, dann hatte ich mich geirrt. Unter meinem Roten Farbpunkt trug ich ein Abzeichen: »Muss sich in Demut üben«. Es bezog sich auf einen Zwischenfall mit dem Sohn des Oberpräfekten, und ich war dazu verurteilt worden, es eine Woche lang zu tragen. Wäre die Grüne Frau etwas gemäßigter gewesen, hätte sie mich wegen des »1000 Meriten«-Abzeichens, das ich ebenfalls trug, gleich wieder von dem Auftrag entbunden. Aber vielleicht war ihr das egal, vielleicht hatte sie einfach nur Appetit auf Marmelade.

Ich holte das Glas von der Anrichte, brachte es ihr, nickte respektvoll und widmete mich wieder meiner Postkarte. Sie zeigte Vermillions alte Steinbrücke, und der Himmel war gegen einen Aufpreis von fünf Cent hellblau übertüncht worden. Für zehn Cent hätte ich zusätzlich noch grün gefärbtes Gras bekommen können, doch die Karte war für meine zukünftige Verlobte Constance Oxblood gedacht, und die fand Übercolorierung vulgär. Die Oxbloods waren eindeutig alter Farbadel und zogen, wenn eben möglich, gedämpfte Töne vor, obwohl sie es sich hätten leisten können, ihr Haus in der höchsten Farbsättigung streichen zu lassen. Ihnen erschien vieles vulgär, dazu gehörten auch die Russetts, die sie als *nouveau-couleur* betrachteten. Daher mein Status als »potentieller Verlobter«. Mein Vater hatte ihnen ein, wie wir sagen, »halbes Versprechen« abgerungen: Es bedeutete, dass ich erste Option für Constance war. Die Vereinbarung beruhte nicht auf Gegenseitigkeit, war aber trotzdem ein gutes Geschäft, ein Zugeständnis, denn obwohl nur ein rostroter Russett und vor drei Generationen noch Grau, war der Rotanteil in meiner Farbwahrnehmung möglicherweise sehr viel höher als angenommen, folglich durfte ich nicht einfach übergangen werden.

»Schreibst du an Fischgesicht?«, fragte mein Vater schmunzelnd. »So schlecht kann ihr Gedächtnis doch nicht sein, dass sie dich schon vergessen hat.«

»Stimmt«, räumte ich ein, »allerdings ist trotz ihres Namens Konstanz nicht gerade ihre hervorstechendste Eigenschaft.«

»Verstehe. Schwirrt Roger Maroon noch um sie herum?«

»Wie die Fliege um die Aasblume. Und bitte nenn sie nicht Fischgesicht.«

»Mehr Butter«, sagte die Grüne Frau, »und trödel diesmal nicht rum.«

Wir frühstückten zu Ende, packten rasch unsere Sachen und gingen hinunter zur Rezeption. Mein Vater wies den Portier an, unsere Koffer zum Bahnhof bringen zu lassen.

»Ein herrlicher Tag«, sagte der Geschäftsführer, als wir unsere

Rechnung bezahlten. Er war ein dünner Mann mit einer edel geformten Nase, und er hatte nur ein Ohr. Der Verlust eines Ohrs war nicht ungewöhnlich, da Ohren unerfreulicherweise leicht abzureißen waren, ungewöhnlich war vielmehr, dass er es nicht wieder hatte annähen lassen, eine relativ einfache Prozedur. Noch weit interessanter war, dass er sein Blaues Farbkennzeichen oben am Kragenaufschlag trug, was als inoffizielles, wenn auch allgemein akzeptiertes Signal galt, dass er unter der Hand »etwas organisieren« konnte, gegen Entgelt, versteht sich. Wir hatten zum Abendessen Langusten bestellt, und er hatte sie nicht aus dem Bezugsscheinheft ausgestanzt. Es hatte uns eine halbe Merite gekostet, die wir dezent in die Serviette gewickelt hatten.

»Jeder Tag ist ein herrlicher Tag«, antwortete mein Vater munter.

»Ja, das stimmt«, sagte der Geschäftsführer freundlich, während wir unser Feedback austauschten. Feedback für das Hotel, weil es sauber und einigermaßen komfortabel war, und Feedback für uns, weil wir dem Haus keine Schande bereitet hatten, weder durch schlechte Tischmanieren noch durch lautes Reden in öffentlichen Räumen. »Haben Sie es noch weit heute Morgen?«

»Wir fahren nach East Carmine.«

Schlagartig änderte sich das Verhalten des Blauen. Er sah uns merkwürdig an, gab uns die Meritenbücher zurück, wünschte uns eine frohe, möglichst ereignislose Zukunft und wandte sich rasch einem anderen Gast zu. Wir bedachten den Portier mit einem Trinkgeld, bestätigten uns gegenseitig noch mal die Abfahrtszeit des Zuges und machten uns auf den Weg zur ersten Station unserer Sightseeingtour.

»Hm«, ließ sich mein Vater vernehmen, nachdem wir unsere zehn Cent gespendet und das etwas heruntergekommene, aber saubere Kartenhaus betreten hatten und nun die Schlecht Gezeichnete Karte betrachteten. »Ich werde daraus nicht schlau.«

Die Schlecht Gezeichnete Karte war eigentlich nichts Besonderes, doch ihren Namen hatte sie durchaus verdient. »Wahrscheinlich hat sie genau aus diesem Grund die EntFaktung überlebt«, deutete ich an, denn die Karte war nicht nur rätselhaft, sie war auch ausgesprochen selten – außer der berühmten Geochromatischen Ansicht der Welt der Einstigen von den Gebrüdern Parker war es die einzige bekannte präepiphanische Karte überhaupt. Ihre Seltenheit machte sie allerdings nicht interessanter. Minutenlang starrten wir das verblasste Pergament an und hofften, unser Unverständnis der Karte entweder auf ein höheres Level heben zu können oder zumindest den vollen Gegenwert unserer zehn Cent zu bekommen.

»Je intensiver man hinguckt, desto rasanter verringert sich die Eintrittsspende«, erklärte mein Vater.

Ich überlegte, ob ich ihn fragen sollte, wie lange wir sie uns angucken mussten, bis das Kartenhaus uns Geld schuldete, aber ich ließ es bleiben.

Er steckte den Reiseführer wieder ein, und wir traten nach draußen in den warmen Sonnenschein. Ein bisschen betrogen um unser Geld fühlten wir uns schon, gaben aber dennoch positives Feedback, da ja nicht der Kurator schuld an der langweiligen Ausstellung war.

»Dad?«

»Ja?«

»Warum war der Hoteldirektor so abweisend, als von East Carmine die Rede war?«

»Die Randzonen stehen im Ruf, von großer antigesellschaftlicher Dynamik zu sein«, beantwortete er nach einigem Nachdenken meine Frage, »und manche meinen, diese Ereignisfülle könnte zu fortschrittlichem Denken führen, mit allen Risiken, die damit für die Stagnation verbunden sind.«

Eine diplomatische Bemerkung von großer Weitsicht, wie sich in den folgenden Tagen noch häufig bestätigen sollte.

»Na gut«, sagte ich, »aber was meinst *du*?«

Er lachte.

»Ich meine, wir sollten uns jetzt das Oz-Denkmal angucken. Es ist mir egal, ob es so langweilig ist wie Magnolienfarbe, langweiliger als die Schlecht Gezeichnete Karte kann es zumindest nicht sein.«

Wir gingen die Straßen entlang Richtung Museum und ließen das bunte Treiben, den Staub, die Hitze und den Lärm von Vermillion auf uns wirken. Es wimmelte von Händlern, die mit Dingen des täglichen Bedarfs Geschäfte machten – wir trafen auf Viehhalter, Wasserverkäufer, Pastetenmänner, Geschichtenerzähler und Gewichtschätzer –, während in den kleinen Läden die längerfristigen Bedürfnisse befriedigt wurden: Hier arbeiteten Reparateure, Kunsthandwerker, Löffelhändler und Rechenkünstler, die Additionen und Subtraktionen anboten. Schlichter und Schlupflochkundler, die einen in allen die Regeln betreffenden Fragen berieten, konnten minutenweise engagiert werden, und es gab sogar einen Laden, der nur Schweblinge anbot, und einen anderen, der sich auf Postleitzahlengenealogie spezialisiert hatte. Zwischen alldem beobachtete ich ein höheres Aufkommen an Gelben als üblich, vermutlich sollten sie illegalen Farbtausch und Samenhandel unterbinden und darauf achten, dass niemand mit einem scharfen Gegenstand herumlief.

Vermillion, ungewöhnlich für ein Regionalzentrum, lag ziemlich am Rand der zivilisierten Welt. Im Westen erstreckte sich das Rotsteingebirge, und außer einigen isolierten Vorposten wie East Carmine gab es keinerlei Siedlungen. Die unbewohnte Zone, das bedeutete wildes Land, Megafauna, versunkene Orte mit unerschlossenen Farbrestevorkommen und sehr wahrscheinlich Banden nomadisierenden Gesindels. Spannend und beängstigend zugleich. Bis vor einer Woche hatte ich von East Carmine noch nie gehört, geschweige denn gedacht, dass ich dort einen Monat auf Bewährung in Demut verbringen sollte. Meine Freunde waren entsetzt und brachten ihren Ärger leise bis verhalten zum Ausdruck, verkündeten sogar, sie würden eine Petition initiieren, wenn sie nur einen Bleistift auftreiben könnten.

»Die Randzonen sind ein Sammelbecken für Haltlose, Einfältige

13

und Farbtonschwache«, bemerkte Floyd Pinken, der ehrlich gesagt von allen dreien etwas hatte.

»Und sieh dich vor Schwächlingen und Selbstbefleckern, Fremdgehern und Unzüchtlern vor«, fügte Tarquin hinzu, der bei seiner Familiengeschichte in dieser Aufzählung auch keine schlechte Figur abgegeben hätte.

Dann sagten sie noch, dass ich eindeutig übergeschnappt sein müsste, die Sicherheit der Dorfgrenzen auch nur für eine Sekunde zu verlassen, und klärten mich darüber auf, was eine Reise in die Randzonen für Folgen haben würde: Nach einer Woche würde ich mit den Fingern essen, mich krumm halten und mir das Haar schulterlang wachsen lassen. Beinahe hätte ich mich mit Hilfe eines Darlehens meiner zweimal verwitweten Tante Beryl von dem Auftrag freigekauft, doch Constance Oxblood hielt gar nichts davon.

»Was sollst du da machen?«, hatte sie mich gefragt, als ich ihr den Grund für meine Reise nach East Carmine nannte.

»Eine Stuhlzählung, mein Schätzchen«, hatte ich ihr erklärt. »Die Zentrale befürchtet, die Stuhldichte könnte unter die vorgeschriebene Marge von 1,8 pro Person gefallen sein.«

»Wie unfassbar aufregend! Zählt eine Ottomane auch als Stuhl oder eher als großes, steifes Kissen?«

Dann sagte sie noch, dass ich beträchtlichen Mut und löbliche Tapferkeit bewiese, wenn ich hinführe, also entschied ich mich doch dafür. Bei der Aussicht, in die Familie der Oxbloods aufgenommen zu werden und mich als präfekttauglich zu erweisen, konnte ich die Horizonterweiterung, die eine Reise und die Möbelzählung ohne Zweifel mit sich bringen würden, ganz gut gebrauchen. Vier Wochen in der eigentlich unerträglich primitiven Umgebung der Randzonen würden mir das durchaus bieten.

Das Oz-Denkmal übertraf die Schlecht Gezeichnete Karte allein schon durch seine Dreidimensionalität. Es war eine Bronzegruppe äußerst seltsam geformter Tiere, das Ganze zwei Meter hoch und knapp anderthalb Meter breit. Nach Auskunft des Museumsführers war sie vor drei Jahrhunderten im Zusammenhang mit der EntFaktung in Stücke zerlegt und in den Fluss geworfen worden, deswegen waren nur zwei der ehemals fünf Figuren übriggeblieben. Die am besten erhaltene stellte ein Schwein dar, das ein Kleidchen und eine Perücke trug, außerdem gab es noch einen rundlich geformten Bären mit Schlips. Von der dritten und der vierten Figur war fast nichts übriggeblieben und von der fünften nur zwei an den Knöcheln gestutzte Klauenfüße, die keinem heutigen Lebewesen zuzuordnen waren.

»Für ein Schwein sind die Augen sehr groß, fast wie bei einem Menschen«, sagte mein Vater bei näherer Betrachtung. »Ich habe einige Bären in meinem Leben gesehen, aber keiner hatte einen Hut auf dem Kopf.«

»Anthropomorphismus war damals ziemlich im Schwange«, behauptete ich kühn, aber eigentlich gehörte das längst zum Allgemeinwissen. Die Einstigen hatten noch viele andere unerklärliche Gewohnheiten, allen voran die Neigung, Fakten durch Fiktion zu verfälschen, wodurch es sehr schwierig wurde zu unterscheiden, was tatsächlich passiert war und was nicht. Die Skulptur war zum Gedenken an Oz errichtet worden, so viel war immerhin bekannt, doch die Widmungsinschrift auf dem Sockel war bis zur Unkenntlichkeit verwittert, sodass sie zu den anderen, durch die Jahrhunderte überlieferten Geschichten um Oz in keinen nachvollziehbaren Zusammenhang gebracht werden konnte. Die »Oz-Frage« war lang und breit in Debattierclubs diskutiert, etliche wissenschaftliche Aufsätze darüber im *Spectrum* publiziert worden. Doch während die Emerald City, die große Smaragdstadt, heute noch als Zentrum für Bildung und Qualifikation existiert und Überreste der Blechmänner in großer Zahl durch Wertgutsammel-Kommandos ausgegraben worden waren, hat sich im gesamten Kollektiv bisher kein einziger Hinweis auf Ziegelsteinwege gefunden, weder aus natürlichem noch aus synthetischem Gelb – und dass Affen fliegen können, diese Möglichkeit haben Naturforscher schon vor langer Zeit ausgeschlossen. Oz, so die weit verbreitete Meinung, war eine Fiktion gewesen und eine höchst kuriose obendrein. Dennoch, die Bronzeskulptur war geblieben. Alles ein großes Rätsel.

Die Exponate im Museum sahen wir uns danach nur noch flüchtig an und auch nur die von mehr als bloß allgemeinem Interesse. Stehen blieben wir vor der Sammlung von Vimto-Flaschen, dem konservierten Ford Fiesta, der auf schamlos offensichtliche Weise auf alt getrimmt worden war, und schließlich vor dem Turner, von dem mein Vater behauptete, es sei »nicht sein Bestes«. Dann begaben wir uns ein Stockwerk tiefer und bestaunten die realistischen Darstellungen in dem lebensgroßen Gesindel-Diorama, das eine typische *Homo-feralensis*-Siedlung zeigte. Alles wirkte irritierend echt, voller Wildheit und ungezügelter Lust. Es basierte auf Alfred Peabodys bahnbrechendem Bericht *Sieben Minuten unter Gesindel*. Wir betrachteten die Schaufensterpuppen zusammen mit einer kleinen Gruppe Schulkinder, die die niedere Ordnung Mensch studierte, sicher als Teil eines Arbeitsprojekts im Fach Historische Theorie.

»Fressen die wirklich ihre eigenen Kinder?«, fragte entsetzt eine der Schülerinnen, die fasziniert auf das Tableau starrte.

»Selbstverständlich«, antwortete der Lehrer, ein älterer Blauer, der es besser hätte wissen müssen. »Und wenn du deinen Eltern nicht gehorchst, die Regeln nicht befolgst und dein Gemüse nicht isst, kommen sie auch zu dir und fressen dich.«

Ich selbst hatte so meine Zweifel an diesen lächerlichen Behauptungen über das Verhalten von Gesindel, aber ich behielt sie für mich. Historische Theorie war im Grunde Wilde Theorie, mehr nicht.

Wie sich herausstellte, konnte der Phonograph doch nicht vorgeführt werden, denn sowohl das Gerät als auch die Musikscheibe waren mit einem sehr großen Hammer »außer Betrieb« gesetzt worden. Es war keine Böswilligkeit, sondern eine notwendige Maßnahme im Zusammenhang mit Fragen der Rücksprung-Konformität. Irgendein Blödmann hatte vergessen, das Gerät auf die Liste der diesjährigen Ausnahmezertifikate setzen zu lassen. Das Museumspersonal schien leicht verärgert darüber, denn mit der Zerstörung des Artefakts reduzierten sich die Vorführ-Phonographen des Kollektivs auf ein einziges Exemplar im Museum für Das Gewisse Ereignis in Cobalt City.

»Aber ganz so schlimm war es auch wieder nicht«, fügte der Kurator hinzu, ein Roter mit sehr buschigen Augenbrauen. »Wenigstens darf ich jetzt behaupten, als letzte Person Mr Simply Red gehört zu haben.«

Nachdem wir detailliert Feedback gegeben hatten, verließen wir das Museum und machten uns auf den Weg zum Stadtpark.

Unterwegs hielten wir bewundernd an einem eindrucksvollen, uralten Wandgemälde an, das die gesamte Fläche eines Backsteingiebels zierte. Es forderte ein längst dahingeschwundenes Publikum auf: »Trink Ovomaltine und du bleibst gesund und lebensfroh.« Auf dem Bild waren eine Tasse zu sehen und zwei glückliche Kinder, die mit fußballgroßen Augen zufrieden und sehnsuchtsvoll in die Welt blickten. Obwohl verblasst, waren an den Lippen und dem Schriftzug noch immer rote Farbkomponenten zu erkennen. Präepiphanische Wandgemälde waren selten, und wenn es sich um Darstellungen der Einstigen handelte, rundweg gruselig. Besonders die Augen. Die Pupillen waren, anders als die feinen, sauberen Punkte normaler Leute, unnatürlich weit und dunkel, und sie waren leer, ganz so als wären die Köpfe, in denen die Augen steckten, hohl – was dem Ausdruck von Glück auf den Gesichtern etwas seltsam Gekünsteltes verlieh. Wir blieben kurz stehen und gingen dann weiter.

Colorierte Gärten waren für jeden Besucher Pflichtprogramm, und was Vermillion in der Hinsicht zu bieten hatte, enttäuschte uns nicht. Der Garten war innerhalb der Stadtmauern angelegt, in der Nähe der Brücke, eine blattreiche Enklave im Halbschatten, mit Brunnen, Pergolen, Kieswegen, Statuen und Blumenbeeten. Es gab sogar einen Musikpavillon und einen Eisstand, nur keine Musik und auch kein Eis. Das wirklich Besondere an Vermillions Garten jedoch war, dass die Farbe direkt aus dem Versorgungsnetz eingespeist wurde, wodurch alles außergewöhnlich hell leuchtete. Wir spazierten zur Hauptwiese, unmittelbar hinter dem malerisch efeuumrankten Rodin, und bestaunten die weite Fläche aus synthetischem Grün. Sie stellte eine deutliche Verbesserung gegenüber dem Garten zu Hause dar, denn die ganze Anlage war auf die hiesige Überzahl Roter Augen eingestellt. In Jade-under-Lime lag der Schwerpunkt eher auf Personen, die Grün sehen konnten, wodurch der Rasen für unsereins so gut wie gar keine Farbe bekam und alles Rote viel zu hell wurde. Hier dagegen herrschte ein nahezu perfektes Farbgleichgewicht, und schweigend genossen wir die raffinierte chromatische Symphonie, die sich vor uns abspielte.

»Ich würde meine linke Klöte hergeben, wenn ich im Roten Sektor wohnen könnte«, sagte mein Vater in einem seltenen Anflug von Derbheit.

»Die linke hast du schon vergeben«, erinnerte ich ihn. »In der vagen Hoffnung, dass der Alte Magenta frühzeitig in Rente geht.«

»Wirklich?«

»Letzten Herbst, nach dem Zwischenfall mit dem Rhinosaurus.«

»Ein Vollidiot, der Mann«, sagte mein Vater und schüttelte traurig den Kopf. Der Alte Magenta war unser Oberpräfekt und hätte wahrscheinlich, wie viele Purpurne, schon Probleme damit, sich selbst im Spiegel zu erkennen.

»Glaubst du, dass Gras wirklich diese Farbe hat?«, fragte mich mein Vater nach längerem Schweigen.

Ich zuckte mit den Schultern. Die Frage ließ sich kaum beantworten. Man konnte höchstens sagen, dass NationalColor der Meinung war, Gras sollte diese Farbe haben. Das war aber auch alles. Fragte man einen Grünen, wie grün das Gras sei, fragte der dich zurück, wie rot ein Apfel sei. Interessanterweise war das Gras jedoch nicht überall gleichmäßig grün. Eine etwa tennisplatzgroße Stelle am hinteren Ende des Rasens hatte sich in ein hässliches Blaugrün verfärbt. Diese Ungleichförmigkeit weitete sich wie ein Wasserfleck aus, die Farbabweichung hatte bereits einen Baum und einige Blumenbeete erreicht, die jetzt ungewöhnliche, weit außerhalb der Botanischen Standardskala liegende Farbtöne angenommen hatten. Irritiert beobachteten wir, wie jemand in der Nähe der Anomalie in eine Zugangsluke starrte, und gingen hinüber, um uns das anzusehen.

Wir hatten gedacht, er wäre ein Ingenieur von NationalColor, der sich des Problems annahm, aber es war ein Roter Parkwächter. Er sah auf unsere Farbkennzeichen und begrüßte uns freundlich.

»Probleme?«, fragte mein Vater.

»Schlimmer geht es gar nicht«, antwortete der Parkwächter entnervt. »Schon wieder eine Verstopfung. Ständig verspricht der Rat, den Park neu verrohren zu lassen, aber wenn es mal Geld gibt, wird es für Frühwarnsysteme gegen Schwäne, für Blitzableiter oder anderen Schnickschnack ausgegeben.«

Er redete freimütig, aber wir waren ja unter uns, deswegen konnte er sich sicher fühlen.

Neugierig spähten wir in die Zugangsluke, durch die die Cyanblau-, Gelb- und Magenta-Farbeinspeisungsrohre ihren Stoff in einen der zahlreichen, exakt kalibrierten Mischer einleiteten, um die für Gras, Sträucher und Blumen jeweils nötigen Tönungen zu erzielen. Von hier aus wurde das unter dem Park verlegte Netz aus Kapillaren versorgt. Die Colorierung von Gärten war eine hochkomplexe Angelegenheit, bei der es in erster Linie auf die Abstimmung der osmotischen Koeffizienten der verschiedenen Pflanzen mit dem jeweils spezifischen Gewicht des Farbstoffs ankam – bevor man sich den Problemen der Druckdichte, Verdampfungsrate und jahreszeitlich bedingten Farbvariationen widmen konnte. Coloristen mussten sich ihre Vergünstigungen und Boni hart erarbeiten.

Ich konnte mir gut vorstellen, was der Haken war, auch ohne einen Blick auf den Strömungsmesser. Die blaugrüne Schattierung des Rasens, der gräuliche Schimmer auf dem Scharbockskraut und der purpurrote Mohn wiesen auf einen lokalen Gelbmangel hin, und tatsächlich, so war es auch – der gelbe Strömungsmesser stand starr auf null. Der Sichtschlitz dagegen zeigte jede Menge Gelb, es gab also keine Versorgungslücke im Park-Unterwerk.

»Ich glaube, ich weiß, wo das Problem liegt«, sagte ich vorsichtig, schließlich wusste ich nur zu gut, dass unerlaubte Manipulation am Besitz von NationalColor eine Strafe von 500 Meriten nach sich zog.

Der Parkwächter sah erst mich an, dann meinen Vater, dann wieder mich. Er biss sich auf die Lippe, kratzte sich am Kinn, schaute sich um und senkte die Stimme beim Sprechen.

»Lässt es sich schnell beheben?«, fragte er. »Um drei Uhr haben wir eine Hochzeit. Es sind zwar nur Graue, aber man will sich ja nicht lumpen lassen.«

Ich sah zu meinem Vater, der mir zunickte, und ich zeigte auf das Rohr.

»Der gelbe Strömungsmesser klemmt. Der Rasen bekommt nur die Cyan-Komponente von Grasgrün. Und obwohl ich natürlich niemals eine Regelübertretung gutheißen könnte«, fügte ich noch rasch hinzu, damit ich auf der sicheren Seite war, falls sich plötzlich alles braun verfärbte, »denke ich doch, dass ein gut platzierter Schlag mit einem Schuhabsatz den Schaden beheben würde.«

Der Parkwächter schaute sich noch mal um, zog einen Schuh aus und befolgte meinen Rat. Fast umgehend war ein gurgelndes Geräusch zu vernehmen.

»Da kann man ja gelb vor Neid werden«, sagte er. »So einfach ist das? Hier.«

Er steckte mir eine halbe Merite zu, bedankte sich und zog los, um die Grasschnitte zur Cyan-Gelb-Rückgewinnung einzusammeln.

»Woher wusstest du das?«, fragte mich mein Vater, als wir außer Hörweite des Mannes waren.

»Zufällig aufgeschnappt«, antwortete ich.

Vor ein paar Jahren hatte es bei uns mal einen Magentarohrbruch gegeben, ein spannendes und zugleich dramatisches Ereignis – ein

Purpur-Geysir, der sich über die ganze Hauptstraße ergoss. NationalColor war umgehend zur Stelle gewesen und hatte uns förmlich belagert. Ich meldete mich als freiwilliger Helfer in der Teeküche, um alles aus nächster Nähe mitzukriegen. Die technische Fachsprache der Coloristen war reichlich obskur, aber ein bisschen hatte ich trotzdem begriffen. Es war der Traum eines jeden Einwohners, bei NationalColor zu arbeiten, auch wenn die Aussichten gering waren: Makellose Augen, perfekte Feedbacks, zahllose Meriten sowie Kenntnisse in fortgeschrittenem Katzbuckeln waren nur die Grundvoraussetzungen, und lediglich einer von tausend qualifizierten Bewerbern wurde schließlich für das Eintrittsexamen zugelassen.

Wir schlenderten durch den Garten, solange die Zeit es uns erlaubte, saugten die synthetischen Farben in uns auf und bekamen umgehend gute Laune. Ungewöhnlich zwar, aber hier gab es Hortensien in beiden Farben und von zarter Hand gefärbte Azaleen, in einem Ton, der außerhalb der CYM-Skala lag; ein ganz seltener Luxus, offenbar ein Erbe von einem reichen Fliederlila. Man sah nur wenig reines Gelb, wie uns auffiel, wahrscheinlich um die Gelben zu beschwichtigen. Sie mochten ihre Blumen lieber im Naturzustand, und da sie Ärger machen konnten, wenn man nicht auf sie einging, ließ man ihnen gewöhnlich ihren Willen. Als wir auf dem Rückweg wieder an dem Rasenstück vorbeikamen, fing die verfärbte Stelle gerade an, sich wieder in helles Grasgrün zu verwandeln, auch bekannt unter der technischen Bezeichnung 102–100–64. Rechtzeitig zu der Hochzeit würde es seine ganze Farbintensität erreichen.

Wir verließen den Colorgarten und gingen zurück zum Hauptplatz. Unterwegs kamen wir an einem Leprakranken vorbei, der am Straßenrand hockte, eingehüllt in eine raue Decke, aus der nur die bettelnde Hand herausragte. Ich legte meine eben erworbene halbe Merite hinein, und die Gestalt nickte zum Dank. Mein Vater sah auf die Uhr.

»Ich schlage vor«, sagte er mit wenig Begeisterung in der Stimme, »dass wir uns jetzt das Kaninchen-Erlebnis antun.«

HEILEN NACH ZAHLEN

2.6.19.03.951: Ein Einwohner gilt als Purpurner, wenn die Werte der Rot- und Blau-Wahrnehmung weniger als dreißig Punkte auseinanderliegen. Bei größerer Spanne wird die Person der dominierenden Farbe zugeordnet. Eheliche Konversionsregeln behalten ihre Gültigkeit.

Der Weg zu dem Kaninchen, das wir am Ende doch nicht sehen sollten, führte uns an Vermillions Farbengeschäft vorbei, ein Umstand, den wir bei der Planung unserer Reise nicht beachtet hatten. Hätte ich gewusst, dass NationalColor hier eine Filiale betrieb, hätte ich darauf bestanden, mindestens fünfmal betont langsam daran vorbeizuschlendern. Das Schaufenster war in gedeckten Farben dekoriert, einem synthetischen Schlüsselblumengelb und Olivgrün sowie dem Schriftzug von NationalColor in Mittelblau, so wie ich mir den Himmel vorstellte. Verlockend in Reihen arrangierte Farbeimer wurden ausgestellt, dazu kleine Tuben Pflanzencolorierer für den heimischen Garten, falls man sich keinen Anschluss an das Versorgungsnetz leisten konnte. Für Leute, die ihre eigene Farbe zur Schau stellen wollten, gab es außerdem Dosen mit Textilfärbemittel und Glasampullen mit Lebensmittelfarben, auch gerne als Partyspaß benutzt, um drohende Langeweile bei Abendgesellschaften zu vermeiden.

Ich verlangsamte mein Schritttempo, als ich an dem Farbengeschäft vorbeiging, denn ostentatives Glotzen galt als ausgesprochen niederchromatisch, und Betreten war absolut tabu, hatte ich dort doch nichts zu suchen. Einige Farben in der Auslage konnte ich gut erkennen, zum Beispiel einen spezifischen Gelbton, der häufig bei Narzissen, Zitronen, Bananen und Ginster vorkommt, aber auch noch andere, wildschwüle Blauschattierungen, die ich noch nie gesehen hatte, ein freches Blassgelb, das wer weiß was schmückt, und ein wollüstiges Mauve, das ein Kribbeln im Schritt hervorrief. Auf den Dosen las ich Bezeichnungen, die mir schon bekannt waren, Umbra, Chartreuse, Gordini, Toter Lachs, Flieder, Feldkittel, Turquoise und Aquamarin, und andere, die ich noch nie gehört hatte, Maisbart, Pfarrhaus, Jaguar, Alter Bindfaden, Chiffon und Suffield. Ein Augenschmaus. Vor dem Eingang drosselte ich mein Schritttempo noch einmal, denn der Innenraum war genauso glänzend geschmückt wie das Schaufenster, und redegewandte, farbgewiefte Verkäufer von NationalColor halfen Präfekten aus entlegenen Orten bei der Auswahl. Unsere Präfekten hatten sicher ein ganz ähnliches Geschäft aufgesucht, um einen Preis für die Terra Verte, die jetzt unser Rathaus schmückte, auszuhandeln, ebenso Mr Oxblood. Constance' Familie war wohlhabend genug, um sich Farben in Maßanfertigung mischen zu lassen – wilde, hinreißende Etrusker- und Klein-Tönungen, die bei den jährlich stattfindenden panchromatischen Gartenfesten der Familie den Geist freisetzen und den Kortex reizen sollten.

Dann waren wir am Laden und an der Farbwunderwelt vorüber, und der Besuch des Kaninchens, der uns eben noch so fantastisch erschienen war, wirkte mit einem Mal dumpf und sinnlos. Der Bahnhof lag in der Richtung, in die wir liefen, an diesem Geschäft würden wir also heute nicht noch mal vorbeikommen, wenn überhaupt je.

Plötzlich ein Schrei, eine Rangelei, ein Aufprall, noch ein Schrei, und Sekunden später lief ein NationalColor-Angestellter auf die Straße.

»Du da!«, sagte er und zeigte auf den erstbesten Grauen, den er erblickte. »Schnell! Einen Mustermann! Beeil dich!«

Es gibt Momente im Leben, da kommt einem das plötzliche Unwohlsein oder gar der Tod eines anderen Menschen gelegen. Dies war so ein Moment, denn mein Vater war ein Mustermann, und das Pech eines Fremden konnte mir hier vielleicht Zugang zu dem Farbengeschäft verschaffen, wenn auch nur für ein paar Minuten. Ich zog meinen Vater am Ärmel.

»Dad ...?«

Er schüttelte den Kopf. Er fühlte sich nicht verantwortlich. Es gab genug andere Heiler in Vermillion, und wenn die Situation außer Kontrolle geriet, würde er am Ende noch schlechtes Feedback abkriegen. Ich musste mir schnell etwas einfallen lassen. Ich tippte auf mein Handgelenk, wo ich sonst eine Uhr trage, und stellte dann die Hände wie Kaninchenohren an den Schläfen auf. Mein Vater begriff sofort, machte auf dem Absatz kehrt und lief zurück zu dem Farbengeschäft. Die Wahl zwischen einem schlechten Feedback und der Möglichkeit, der Besichtigung des Kaninchens zu entkommen, war für ihn keine echte Wahl. Für mich war die Sache damit gelaufen. Wir sahen uns das Letzte Kaninchen doch nicht an, und ich war auf dem besten Weg, von einem Yateveobaum verschlungen zu werden.

Kaum hatten wir das Geschäft betreten, kitzelte mich der süßliche Geruch synthetischer Farbe in der Nase. Es war ein unverkennbarer Duft, eine seltsame Mischung aus verschmorten kandierten Äpfeln, Reispudding und Mottenkugeln. Er erinnerte mich an die jährliche Erneuerung der Farbanstriche, die ich als Kind miterlebt hatte. Wir stellten uns windabwärts von den Anstreichern auf und atmeten tief durch die Nase. Der Geruch frischer Farbe war unweigerlich mit den Vorbereitungen für die Feierlichkeiten am Gründungstag verbunden und mit Renovierungsarbeiten.

»Wer sind Sie?«, fragte der Blaue Colorist, der den Grauen losgeschickt hatte und misstrauisch das Rote Farbkennzeichen meines Vaters beäugte.

»Holden Russett«, sagte Dad. »Mustermann, Klasse II, Urlaubsvertretung.«

»Gut«, lautete die schroffe Antwort. »Dann legen Sie mal los.«

Während mein Vater sich hinkniete und sich um den Patienten kümmerte, sah ich mich neugierig um. An der Wand hingen Proben aller universell sichtbaren Farbtöne der NationalColor-Skala, eine Anleitung »für den schmalen Geldbeutel«, wie man seinen Garten selbst coloriert, und ein Plakat, das für eine brandneue Farbe warb, die erst kürzlich der Großen Farbmusterpalette hinzugefügt worden war: ein Gelbton, der es ermöglichte, Bananen von Zitronen und Vanillepudding chromatisch zu unterscheiden. Es gab auch Schablonen aus Seidenpapier für Wandgemälde im Maßstab eins zu eins, mit nummerierten Umrissen zur einfachen Übertragung, und neben der Theke standen Mischtrommeln, Malerstöcke, Verdünner, Reabsorbenzien, Pinsel in allen nur erdenklichen Stärken und – für die prestigeträchtigen Großflächenarbeiten – Farbrollen. Hinter den Farbeimern erkannte ich auch den Eingang zum Magnolienzimmer, in dem Kunden vor dem Genuss eines besonders zarten Farbtons ihre persönliche visuelle Farbpalette reinigen konnten.

Dad stieß mich an, und ich kniete mich neben ihn. Der Patient war ein gut gekleideter Herr im fortgeschrittenen Alter von etwa sechzig Jahren. Er lag auf dem Bauch, den Kopf zur Seite, die Augen blickten ausdruckslos in die Ferne. Offenbar hatte er bei seinem Sturz einen blauen Farbtopf umgeworfen, denn die Angestellten waren eifrig dabei, mit Schippen und Kellen die kostbaren Pigmente vom Boden aufzunehmen und wieder in den Topf zu befördern.

Dad fragte den Mann nach seinem Namen und klappte, als er keine Antwort erhielt, rasch seinen Reisemusterkoffer auf, woraus er einen Monitor entnahm, den er an ein Ohrläppchen des Mannes anschloss.

»Halt mal seine Hand, und achte auf seine Vitalzeichen.«

Der Monitor brauchte einen Moment, um die innere Musik des Mannes aufzunehmen, dann leuchtete die mittlere Lampe auf, ohne zu blinken, was ein gutes Zeichen war. Bernstein, stabil, vielleicht war es ja doch nur eine einfache Sommerschwermut.

Dad fasste in die Brusttasche des Patienten, zog das Meritenbuch des Mannes hervor und schlug die letzte Seite auf, wo der Chromatische Wert des Inhabers eingetragen war

»Oh, Scheibenkleister!«, sagte er, in einem Ton, der nur eins bedeuten konnte.

»Purpur?«, fragte ich.

»Rot achtundsechzig, Blau einundachtzig«, bestätigte er, und pflichtbewusst notierte ich den Wert auf den Unterarm des Mannes, während mein Vater die nötige Farbdosierung in die Messbrille einwählte. Eigentlich hatte ich nicht vor, beruflich in die Fußstapfen meines Vaters zu treten, aber ich hatte mich oft genug in seiner Nähe aufgehalten, um zu wissen, was in so einer Situation getan werden musste. Die meisten in der Chromatikologie verwendeten Breitband-Heilfarbtöne wirkten zwar unabhängig von der Farbwahrnehmung des jeweiligen Patienten, für die feineren Schattierungen jedoch brauchte man Standard Vision, um auf den Kortex einzuwirken, daher der Farbausgleich über die Messbrille.

»Ist er ein Purpurner?«, wiederholte einer der Verkäufer besorgt meine Frage. Purpurne hielten zusammen, und jede Nachlässigkeit beim Versuch, das Leben eines Purpurnen zu retten, konnte schwerwiegende Konsequenzen haben.

»Zu vierundsiebzig Prozent«, bemerkte ich nach einer rasanten Kopfrechenleistung und fügte, vielleicht unnötigerweise, hinzu: »Ganz bestimmt ein Präfekt.«

Wir wälzten den Mann auf die Seite, und als die Verkäufer und Kunden das an seinem Jackettaufschlag befestigte purpurfarbene Kennzeichen sahen, wurde es still im Raum. Nur der unerwartete Todesfall eines Ultravioletten hier im Geschäft hätte ihnen mehr Kopfschmerzen bereitet. Allerdings setzte es auch meinen Vater unter Druck. Wenn er hier versagte, bekäme er nicht nur negatives Feedback, sondern müsste sich auch rechtfertigen. Kein Wunder, dass Mustermänner nur ungern auf unerwartete Hilferufe reagierten.

»Wir hätten uns lieber das Kaninchen ansehen sollen«, murmelte er und setzte dem Mann die farbausgleichende Messbrille auf die Nase. »Gib mir mal eine 35–89–96er.«

Ich ging die Reihe der kleinen, runden Glasscheiben in seinem Musterkoffer durch, suchte die gewünschte aus und reichte sie ihm.

»35–89–96«, wiederholte ich wie ein Profi.

»Linkes Auge achtundsechzig Komma zwei Footcandle«, sagte Dad und schob die Scheibe in den entsprechenden Schlitz des Brillengestells. Er justierte den Lichtwert auf seinem Blitzer, und ein hohes Wimmern zeigte uns an, dass sich das Gerät auflud. Sorgsam notierte ich Zeitpunkt, Code, Dosierungsmenge und »L« für linkes Auge auf der Stirn des Purpurnen, damit die nachfolgenden Heiler wussten, was verabreicht worden war. Als der Blitzer funktionsbereit war, rief mein Vater: »Deckung!«, und alle Anwesenden im Geschäft kniffen die Augen zu. Ich hörte einen Piepston, das Zeichen, dass der Blitzer das Licht durch die farbige Glasscheibe auf dem Gestell entlud und es von dort auf die Netzhaut und den visuellen Kortex des Mannes gelangte. Es war ein komisches Gefühl, an das man sich einfach nicht gewöhnen konnte. Meine erste Blitzung dieser Art war im Zusammenhang mit meiner kombinierten Ebola-Masern-H6N14-Impfung im Alter von sechs Jahren erfolgt, und für einen kurzen Moment hatte ich Musik gesehen und Farben gehört, jedenfalls war es mir damals so vorgekommen. Außerdem hatte ich den ganzen Tag über gesabbert, was normal ist, und eine Woche lang den Geruch von Brot in der Nase gehabt, was nicht normal ist.

Der Purpur-Patient zuckte zusammen, als die Farbe in sein Sehzentrum sickerte. Die Scheibe musste hellorange sein, stark genug, um einen Mann dieses Alters wieder ins Leben zurückzurufen. Wie das genau funktionierte, wusste niemand so recht. Trotz aller Verdienste um die Gesundheit des Kollektivs blieb die Chromatikologie eine unterentwickelte Wissenschaft. Meinem Vater war das weitgehend egal. Er vermischte oder erforschte die nötigen Farbtöne nicht weiter, er stellte lediglich die Diagnose und verabreichte die erforderliche Farbschattierung. Wenn mein Vater mal milde gestimmt war, nannte er diese Methode bescheiden »Heilen nach Zahlen«.

Aber außer laut zu lachen, ohne das Bewusstsein wiedererlangt zu haben – eine befremdliche, doch nicht gänzlich ungewöhnliche Reaktion –, verschlimmerte sich der Zustand des Purpurnen sogar noch.

»Bernstein, blinkend«, las ich von dem Monitor ab, der noch immer an das Ohrläppchen angeschlossen war.

»Wir verlieren ihn«, hauchte mein Vater und gab mir die 35–89–96er-Scheibe zurück. »Gib mir mal eine 116–37–97er.«

Ich suchte die hellgrüne Scheibe heraus und hielt sie ihm hin. Dad behandelte jetzt das andere Auge, rief wieder »Deckung!« und schaltete den Blitzer ein. Das linke Auge des Purpurnen zuckte wie wild, und seine Vitalzeichen sackten auf Rot und Bernstein, wild blinkend. Dad bat mich um eine 342–94–98er Scheibe, um unseren Patienten wieder ins Lot zu bringen und die Wirkung der 35–89–96er umzukehren. Das wiederum *hatte* einen radikalen Effekt – es ging nämlich nach hinten los. Mit einem letzten Aufbäumen erloschen alle Lebenszeichen, und der Ohrenmonitor sprang auf Rot, anhaltend.

»Er ist hinüber«, sagte ich entsetzt, und allen, die zugeschaut hatten, stockte vor Schreck der Atem.

»Nach einer einzigen 342–94–98er?«, entgegnete mein Vater ungläubig. »Unmöglich!«

Dad überprüfte die Scheibe, die ich ihm herausgesucht hatte, aber sie war in Ordnung. Er wischte sich die Stirn, holte die Neunzig-Sekunden-Sanduhr aus seinem Koffer und stellte sie neben sich auf den Boden. Bei Herzstillstand braucht das Blut neunzig Sekunden, um aus der Netzhaut abzufließen. Sobald der Augentod eintritt, gibt es keine Möglichkeit mehr, Farbe in den Körper des Patienten einzugeben, es ist aus und vorbei. Das wäre schlimm, sogar sehr schlimm, nicht nur, weil unser Mann ein Purpurner war, sondern weil durch seinen verfrühten Tod seine Funktionalität nicht zur Gänze ausgeschöpft worden wäre. Und jeder, der das Planziel nicht erreichte, war eine vergeudete kommunale Investition.

Dad probierte es noch mit einigen anderen Farbtönen, schaltete wieder den Blitzer ein, doch ohne Erfolg. Dann stellte er die Behandlung ein und überlegte fieberhaft, während der Sand unerbittlich durch die Uhr rieselte.

»Alle Versuche sind fehlgeschlagen«, flüsterte er mir zu. »Irgendwas ist mir entgangen.«

Im Geschäft war es mucksmäuschenstill. Keiner wagte zu atmen. Ich schaute hoch zu den Kunden und Angestellten, aber die sahen mich nur verständnislos an, unfähig, uns beizustehen. NationalColor kümmerte sich um Deko-Farbtöne, nicht um Heil-Farbtöne. Es mischte zwar auch euphorisierende Schattierungen, um die Einwohner bei Laune zu halten, aber das geschah nur nach Absprache mit dem General-Mustermann.

Plötzlich kam mir ein verwegener Gedanke.

»Die Farbtöne schlagen deshalb nicht an«, flüsterte ich, »*weil der Mann gar kein Purpurner ist!*«

Dad sah mich misstrauisch an. Falschkennzeichnung kam extrem selten vor, zehntausend Meriten Strafe stand darauf, also praktisch Reboot. Da konnte man auch gleich Schluss machen und sich in den Nachtzug legen.

»Selbst wenn es stimmt«, antwortete er drängend im Flüsterton, »es würde uns auch nicht weiterhelfen. Ist er ein Roter, ein Blauer, ein Gelber? Und wie viel Farbe kann er sehen? Wir bräuchten ein halbes Jahr, um alle Kombinationen durchzuspielen.«

Ich sah wieder nach unten, auf die Hand des Mannes, die ich immer noch hielt, und erst jetzt fiel mir auf, dass die Handflächen ganz rau waren, von einem Finger fehlte das oberste Glied, und die Fingernägel waren brüchig und ungepflegt.

»Er ist ein Grauer.«

»Ein Grauer?«

Ich nickte. Dad sah erst zu mir, dann zu dem Patienten, dann zu der Sanduhr. Die letzten Körner rieselten durch die Öffnung, und ohne einen konkreten Plan, außer der Standardvariante »Nichtstun und Hoffen«, nahm mein Vater dem Mann das Brillengestell ab, wählte eine Scheibe aus und blitzte, nachdem er noch »Deckung!« gerufen hatte, die Farbe dem Mann direkt in die Augen. Der Effekt war umwerfend. Der Graue krampfte, sein Herzschlag setzte wieder ein, und die Anzeige am Ohrmonitor sprang zurück auf Bernstein, stabil. Nach wenigen Minuten und der Anwendung einiger sorgfältig ausgewählter Farbscheiben, auf die der Patient positiv und vor allem vorhersehbar reagierte, stabilisierte sich sein Zustand bei Grün, blinkend. Alle im Geschäft zeigten sich erleichtert und plapperten drauflos. Für die Rettung eines, wie sie meinten, so bedeutenden Einwohners hätte sich mein Vater ja wohl ein dreifaches A-Feedback verdient und einen Kuchen-Bon obendrein. Wir ließen sie reden und wechselten nur kurz Blicke, aber mein Vater ließ noch nicht ab von dem Mann. Warum die Chance einer völligen Heilung vertun? Das Kollektiv war auf jeden einzelnen Grauen angewiesen, eigentlich sogar mehr als auf Purpurne, auch wenn das nie jemand zugegeben hätte.

Eine Frau betrat hektisch das Geschäft und kniete sich neben uns. Sie stellte sich als Miss Pink vor, Junior-Musterfrau in Vermillions Praxis. Verwundert sah sie meinen Vater an, als sie die vielen Farbtonziffern auf der Stirn des Grauen gelesen hatte, und er erklärte ihr mit gedämpfter Stimme, dass es sich bei dem Patienten um eine Falschkennzeichnung handelte.

»Soll das ein Witz sein?«, sagte sie und schaute so nervös, als reiche allein die Nähe zu so einem schlimmen Gesetzesbrecher aus, um selbst Schuld auf sich zu laden.

»Das ist mein voller Ernst. Kennen Sie den Mann?«

»Keiner von uns«, antwortete sie, nachdem sie ihn genauer betrachtet hatte. »Wahrscheinlich ein Grauer auf dem Weg zum Reboot, der nichts zu verlieren hat. Sehen wir doch mal nach.«

Sie knöpfte das Hemd des Mannes auf, um die Postleitzahl freizulegen, doch die sauber eingeritzte Nummer war durch ein Stück frisches Narbengewebe unkenntlich gemacht worden. Der gemeine Verbrecher hatte sich nicht allein mit einer Falschkennzeichnung zufriedengegeben, er hatte auch noch versucht, seine Identität zu verschleiern.

»Sieht aus wie ein LD2«, sagte mein Vater und untersuchte das fleckige Stück Fleisch. »Aber den Rest kann ich nicht erkennen.«

Miss Pink betrachtete die linke Hand des Grauen. Die Kuppe des Mittelfingers war sauber abgetrennt worden, wodurch eine Nagelbettidentifikation unmöglich geworden war. Wer immer der Mann war, er wollte nicht, dass man es herausfand.

»Warum ist er zusammengebrochen?«, fragte Miss Pink, die angefangen hatte, ein Feedback-Formular auszufüllen, damit wir unserer Wege gehen konnten.

Dad zuckte mit den Schultern.

»Wahrscheinlich Mehltau.«

»Die Fäulnis!?«

Sie schrie es beinahe. Die höchst unerfreuliche Möglichkeit, sich mit Mehltau zu infizieren, besiegte die natürliche Neugier und die guten Manieren, und urplötzlich drängte alles in unwürdiger Eile zur Tür. Noch nie hatte ich beobachten dürfen, wie acht Menschen auf einmal versuchen, durch eine Tür zu entkommen, aber sie schafften es. Innerhalb weniger Sekunden waren wir allein.

»Wenn ich die Wahrheit sagen soll«, fing mein Vater an, der einen feinen Sinn für Humor hatte, »weiß ich gar nicht genau, was er hat. Mehltau ist es jedenfalls nicht. Ich tippe eher auf ein Aneurysma. Zur Behandlung würde ich eine Palette heller Gelbtöne empfehlen, irgendwas um Gervais herum, aber Sie sollten ihn so lange bewusstlos lassen. Es sei denn«, fügte er hinzu, »es hat ihn tatsächlich der Mehltau erwischt.«

»Ja«, sagte Miss Pink nachdenklich, »diese Möglichkeit müssen wir immer in Betracht ziehen.«

Sie versank in Schweigen. Niemand sprach gerne über Mehltau.

DAS WORT

2.3.02.62.228: Bei Schwüren und Züchtigungen zu verwendende, genehmigte Wörter finden sich in Anhang 4 (erlaubte Ausrufewörter). Alle anderen Sehr Schlimmen Wörter sind streng verboten. Strafe bei Nichtbefolgung liegt im Ermessen des Präfekten, maximal 100 Meriten.

Miss Pink gab Dad positives Feedback, wir wünschten ihr einen guten Tag und traten aus dem Geschäft nach draußen in die Sommerschwüle. Wir lockerten unsere Krawatten um nicht mehr als das vorgeschriebene Maß und schauten uns um. Der Platz, eben noch quirlig und laut, war jetzt totenstill – die Stadtbewohner hatten eine vierzig Meter breite Bannmeile gezogen. Nicht ungewöhnlich, aber recht überflüssig. Mehltau war erst eine Stunde nach Eintritt des Todes hoch ansteckend. Dann überzogen zarte graue Ranken die Haut des Opfers, der sich rasend schnell ausbreitende Schimmelpilz übte ungeheuren Druck auf die Lunge aus, und in einem explosiven Todeshusten entluden sich die Sporen ins Freie. *Das* war der Moment, in dem man Panik kriegen und aus dem nächsten Fenster springen sollte, egal in welchem Stock man gerade war und ob das Fenster geöffnet war oder nicht.

Abgesehen von Arbeitsunfällen, plötzlichem Körperversagen, aggressiver Megafauna, Gesindel und – das sollte mich besonders betreffen – dem einen oder anderen Yateveobaum, wird noch jeder vom Mehltau dahingerafft. Er ignoriert hartnäckig alle Farbton-

Schranken und trifft den stärksten Violetten wie den schwächsten Achromatischen gleichermaßen. Eines Morgens wacht man mit langen Fingernägeln und einem tauben Gefühl in den Ellbogen auf, und zur Teezeit ist man nur noch Talg und Knochenmehl. Es klingt paradox, aber obwohl mit großem Abstand Todesursache Nummer eins, sterben tatsächlich nur sehr wenige Menschen unmittelbar an Mehltau. Sobald ein Opfer die Diagnose erhält und seinen tränenüberströmten Angehörigen krächzend einen Abschiedsgruß hingehaucht hat, wird er in den nächsten Grünraum gebracht, wo er in einen sehr angenehmen Traumschlaf geschickt wird und von dort in den Tod. So ist es einfacher. Wenn der Hustenanfall kommt, liegt die Leiche längst sicher in einem Sack verstaut im Kühlhaus.

Wir erreichten den Rand der Bannmeile, und die Schaulustigen, die sich versammelt hatten, machten Platz, um uns durchzulassen, doch nicht ohne uns mit Fragen zu bombardieren. Dad antwortete so schwammig wie möglich. Nein, er wisse nicht, ob Mehltau bestätigt worden sei oder nicht. Ja, Miss Pink habe die Situation unter Kontrolle. Ein Reporter des *Vermillion Chronicle* bat ihn um ein Interview. Dad lehnte zunächst ab, doch dann erwähnte der Reporter, er beliefere auch das *Spectrum* mit Nachrichten, worauf Dad sich bereiterklärte, ein paar Worte zu sagen. Während er beschäftigt war, sah ich mich beiläufig ein bisschen unter den Stadtbewohnern um, behielt dabei aber auch die Zeit im Auge. Es waren noch einunddreißig Minuten bis zur Abfahrt unseres Zuges, und wenn zufällig ein lahmer Gelber Verifizierungsdienst hatte und wir unseren Anschluss verpassten, konnte es passieren, dass wir noch einen Tag länger hier verbringen mussten.

Das war der Moment, in dem ich Jane zum ersten Mal sah. Natürlich wusste ich da noch nicht, dass es Jane war. Ihren Namen erfuhr ich erst im Laufe des Nachmittags, nachdem sie ihr sagenhaftes Zauberkunststück abgeliefert hatte. Normalerweise gucke ich Frauen nicht hinterher, schon gar nicht im Beisein von Constance. Bei dieser Gelegenheit aber gaffte ich geradezu. Ich war wie vom Donner gerührt, wie im siebten Himmel, hin und weg – wie immer man es nennen will.

Ich weiß auch nicht, was mich überkam. Sogar jetzt noch, wenn man mich halb ersoffen aus dem Yateveo ziehen, auf einen Baumstamm setzen und mich fragen würde: »Sag mal, Eddie, was genau fandest du eigentlich so attraktiv an der Frau?«, ich würde einfach nur von ihrer perfekten, leicht nach oben gebogenen Nase schwärmen, von ihrem niedlichen Stupsnäschen, und man würde mich für verrückt erklären und kurzerhand wieder in die Yateveosuppe zurückbefördern. Vielleicht beeindruckte mich nicht das, was sie war, sondern das, was sie *nicht* war. Sie war nicht groß, sie war nicht gertenschlank, sie wirkte weder gelassen noch selbstsicher. Ihr Haar war mittellang und so hinten zusammengebunden, dass es die Zulässigkeitsgrenze nur knapp unterschritt. Sie hatte große, fragende Augen, die mich förmlich aufsaugten, und strahlte eine stille Wut aus, die unter der Oberfläche köchelte. Ein Zug an ihr aber war besonders auffällig, etwas Ungestümes, eine Gerissenheit, die sie wahnsinnig anziehend machte. Constance und ihre privilegierte Position waren im Nu vergessen, und ich, jedenfalls für den Moment, konnte an nichts anderes mehr denken als an diese farblose Graue in der Latzhose.

Ich suchte nach etwas Passendem, um ein Gespräch anzufangen. Ich hatte einiges auf Lager, das, je nachdem, als geistreich *oder* intelligent durchgehen konnte, wenn auch nicht als beides. Warum ich überhaupt mit ihr reden musste? Keine Ahnung. In einer halben Stunde wäre ich von hier weg, und sehr wahrscheinlich würde ich nie wiederkommen. Aber ein paar Worte von ihr würden meinen Tag aufhellen, ein Lächeln von ihr mich gar eine ganze Woche lang begleiten.

Ich wurde in meinen Gedanken unterbrochen. Ein Raunen ging durch die Zuschauermenge. Der angebliche Purpurne wurde auf einer Bahre und nicht in einem nahtlosen Polymersack aus dem Geschäft getragen, was bedeutete, dass es sich nicht um Mehltau handelte. Das wurde mit allgemeiner Erleichterung quittiert. Nur Janes Reaktion fiel vollkommen anders aus. Sie war nicht erleichtert, sie war besorgt. Mein Herz schlug plötzlich schneller. *Sie wusste, wer der Mann war –* und wahrscheinlich wusste sie auch, warum er hier war. Ich ging zu ihr und legte eine Hand auf ihren Unterarm. Doch meine Berührung, obwohl ohne jeden Hintersinn, löste einen wütenden Protest aus. Jane sah mich hasserfüllt an und knurrte bedrohlich: »Wenn du mich noch einmal anfasst, breche ich dir deinen Scheißkiefer!«

Ich war perplex. Sie hatte nicht nur ein Sehr Schlimmes Wort in den Mund genommen, sie hatte auch noch einem spektral Höherstehenden körperliche Gewalt angedroht, ohne dass auch nur die geringste Provokation vorlag. Ich reagierte schlecht und spulte die standardmäßig blanke Empörung ab.

»So darfst du mit mir nicht reden!«

»Und warum nicht?«

Die Frage war so unerhört, dass sie eigentlich keiner Antwort bedurft hätte, aber ich versuchte es trotzdem.

»Zum einen weil du eine Graue bist und ich ein Roter!«

Sie trat vor, zupfte das Rote Farbkennzeichen von meinem Revers, ließ es auf die Pflastersteine fallen und fragte sarkastisch: »Darf ich dir jetzt den Kiefer brechen?«

Mir fiel die Kinnlade herunter, nicht weil die Graue sie gebrochen hatte, sondern vor Staunen angesichts von so viel Unverschämtheit. Ich hätte sie fragen sollen, wer der angebliche Purpurne war, damit hätte ich sie kalt erwischt. Doch im selben Moment rief mich mein Vater, und ich wandte mich von ihr ab. Als ich mich wieder umdrehte, war die Graue in der Menge untergetaucht.

»Was suchst du?«

»Ein Mädchen.«

»Jetzt? Wo unser Zug in einer halben Stunde abfährt? Du bist wirklich ein hoffnungsloser Optimist, Eddie.«

Unsere Postleitzahlen wurden am Bahnhof nicht verifiziert. Der diensthabende Gelbe hatte bei einem anderen Reisenden einen Verstoß gegen die Kleiderordnung ausgemacht und musste sich darum kümmern – es ging um Arbeitsschuhe bei Reise-Freizeitkleidung Nr. 3. Nachdem wir also unser Gepäck abgeholt hatten und unsere

Fahrkarten kontrolliert worden waren, suchten wir uns Plätze im hinteren Teil des Waggons und ließen uns nieder. Gedankenverloren sah ich aus dem Fenster.

»Ich habe etwas für dich«, sagte mein Vater und gab mir einen verbogenen Suppenlöffel, der durch jahrhundertelangen Gebrauch ganz abgegriffen war.

»Woher hast du den?«

»Aus der Westentasche des falsch gekennzeichneten Grauen. Anstelle eines Honorars.«

»Dad!«

Er zuckte mit den Schultern.

»Du hast ihm das Leben gerettet«, sagte er. »Und außerdem hast du keinen Löffel.«

Wenn es um Löffelknappheit ging, wurden anerkannte Verhaltensregeln gern außer Kraft gesetzt. Der Mangel war so eklatant, dass der Preis für einen Löffel fast unbezahlbar hoch war und dynastische Löffelerbfolge daher von großer Bedeutung. In die Löffel wurden Postleitzahlen eingraviert, und man trug sie am Körper, um Diebstahl vorzubeugen. Sogar die Regeln für Tischmanieren, eine der acht Säulen, auf denen das Kollektiv ruhte, waren gelockert worden, und es war gestattet, seinen Tee – unerhört! – mit dem Griff einer Gabel umzurühren.

Ich steckte den Löffel kommentarlos ein, schließlich stand der falsch gekennzeichnete Graue tatsächlich in meiner Schuld, und wir warteten darauf, dass die anderen Passagiere einstiegen.

»Sag mal«, fragte ich meinen Vater, »was hat ein Grauer, der sich als Purpurner ausgibt, in einem Farbengeschäft von National-Color in Vermillion verloren?«

»Vorsicht«, sagte mein Vater lächelnd. »*Neugier ist ein Treppensturz …* «

» *… und der Weg hinab ist kurz*«, ergänzte ich zusammen mit ihm dieses häufig gehörte Sprichwort und fügte dann hinzu: »Wenn ich erst mal Senior-Aufseher bin, zahlt sich Wissbegier aus.«

»*Falls* du Senior-Aufseher wirst«, korrigierte er mich. »Wir wissen nicht, ob du die nötige Rot-Wahrnehmung hast – und Constance ist auch noch nicht erobert. Und noch etwas: Die Wissbegierigen haben meistens die hässliche Angewohnheit, im Reboot zu enden, so wie der kleine Carrot. Wie hieß er doch gleich?«

»Dwayne.«

»Genau. Dwayne Carrot. Zu viele dumme Fragen. Also, sieh dich vor.«

Nach diesem reichlich allgemein gehaltenen Ratschlag nahm er das *Spectrum* zur Hand und fing an zu lesen. Mein Vater und ich standen uns zwar einigermaßen nahe, aber ich hatte ihm nie verraten, dass ich sehr viel mehr Rot sehen konnte, als ich zugab. Die Frage war nicht, ob ich die nötigen fünfzig Prozent hatte, um zur Chromogenzija zu gehören und Senior-Aufseher zu werden, sondern ob ich die nötigen siebzig Prozent hatte, um möglicherweise zum Roten Präfekten aufzusteigen. Insgeheim war ich ganz zuversichtlich, aber absolut sicher war ich mir nicht. Die Farbwahrnehmung ist eine bekanntermaßen subjektive Angelegenheit, und es sind die vereinten Kräfte der menschlichen Schwächen – Selbsttäuschung, Übertreibung, Betrug –, die eine realistische Einschätzung vor dem Test unmöglich machen. Erst am Morgen des Ishihara hatten alle Zweifel ein Ende. Schummeln beim Colortest war unmöglich, der Colormann ließ sich nicht bluffen. *Man war, was man sah, für immer.* Mit dem Ishihara entschied sich dein Leben, dein Beruf und deine soziale Stellung, und alle quälenden Unwägbarkeiten waren vorüber. Man wusste, wer man war, was man zu tun hatte, welchen Weg man ging und was von einem erwartet wurde. Im Gegenzug akzeptierte man seine Position innerhalb der Colortokratie und hielt sich streng an die Regeln. Dein Leben war vorgezeichnet. Und alles in einer Zeit, die man braucht, um ein Blech mit Scones zu backen.

REISE NACH
EAST CARMINE

3.9.34.59.667: Um den Zuchtbestand zu erhalten und die öffentliche Ordnung zu gewährleisten, ist es Komplementärfarben *strengstens untersagt*, sich zu verehelichen (Beispiele: Orange/Blau, Rot/Grün, Gelb/Purpur).

Wenige Minuten später, nachdem die auf Hochglanz polierte Dampflokomotive angefangen hatte, rhythmisch zischend dicke Rauchwolken auszustoßen, setzte sich der Zug langsam in Bewegung und verließ Vermillion. Ich hörte das leise Wimmern des Gyro-Stabilisators, und in der Luft lag der Geruch von heißem Öl und Holzrauch. Wir gewannen an Fahrt und legten uns leicht in die Kurve, während es vorbeiging an Rangiergleisen voller Zwillingsschienenloks, die mit dem letzten Großen Sprung Zurück vor ungefähr hundert Jahren aufgegeben worden waren.

Es gab nur einen Passagierwaggon, und der war relativ leer. Zwei Blaue Fabrikdirektoren unterhielten sich laut über die Tatsache, dass die Beschäftigung wieder mal gestiegen sei und sie daher gezwungen wären, die Arbeitszeit der Grauen zu verlängern. Eine besorgniserregende Entwicklung. Wenn erst mal alle Grauen überbeschäftigt waren, würden die Nächsthöheren auf der Skala dazu herangezogen, das Defizit auszugleichen – Rote. Zum Glück kämen zuerst die mit einer geringen Rot-Wahrnehmung dran; die Überbeschäftigung müsste schon ein gefährliches Ausmaß annehmen, ehe ich dazu verpflichtet wäre, mich ans Fließband zu stellen.

Den beiden besorgten Blauen gegenüber saß ein Gelber Senior-Aufseher, der die ganze Zeit im *Handbuch der Zivilen Pflichten* las, und vorne im Waggon zwei Orangene in etwas übertriebenem Aufzug, die aussahen wie Wanderschausteller. Die beiden Blauen hatten sich darüber mokiert, dass die vorderen Plätze eigentlich ihnen zustünden, und die Gelben und die Grünen hatten es ihnen nachgetan. Die Orangenen hatten lediglich höflich genickt und die anderen Passagiere dazu genötigt, Plätze ohne besondere Rangordnung einzunehmen, was alle sichtlich empört hatte. Ein amüsantes Theater, aber der Nachteil war, dass die beiden etwas herrischen Grünen, denen wir bereits beim Frühstück begegnet waren, sich uns jetzt direkt gegenüber niederließen und wir unsere gegenseitige Verachtung weiter pflegen konnten.

Ich saß am Fenster und sah mir die Landschaft an, hauptsächlich, um dem hasserfüllten Blick der Grünen Frau auszuweichen, die sich bestimmt schon eine neue Schikane für mich ausdachte. Ich war noch ganz voll von dem Erlebnis mit dem merkwürdigen Grauen Mädchen, das gedroht hatte, mir den Kiefer einzuschlagen. In knappen Worten hatte sie die fein abgestimmte soziale Ordnung, das Fundament des Kollektivs, beschmutzt, diffamiert, entwertet. Merkwürdig war nur, dass jemand, der zu so einer Grobheit fähig war, so lange überlebt hatte. Für gewöhnlich wurden Störenfriede bei der halbjährlichen Überprüfung des Meritenstandes und des Feedbacks ausgesondert. Wenn das System funktioniert hätte, wäre sie längst zum Reboot verfrachtet worden, um Manieren beigebracht zu bekommen. Die Tatsache, dass sie mich nicht noch stärker gereizt hatte, sowie ihre sozialen Defizite machten sie für mich nicht nur interessanter, sondern sogar *attraktiv*.

»Ich glaube, ich hätte gerne eine Tasse Tee«, sagte die Grüne Frau, die vermutlich in jedem Vertreter einer niederwertigeren Farbe, der untätig herumsaß, einen Faulpelz sah. Ich ignorierte die Bemerkung, es war ja noch kein Auftrag, aber das sollte sich bald ändern. Sie stieß mich mit der Spitze ihres Schirms an und wiederholte ihren Wunsch.

»Junge? Bring mir einen Tee. Ohne Zucker. Aber mit Zitrone, falls welche da ist.«

Ich sah sie an und holte tief Luft.

»Natürlich, Madam.«

»Und einen Keks. Mit Schokolade. Und wenn's das nicht gibt, dann ohne Schokolade.«

Im Schaffnerabteil stapelten sich Kisten mit frischem Obst, Hühnerkäfige und Handgepäck, das nicht in die Güterwagen gehörte. Der Zug war zu klein, um die Arbeitskraft eines Grauen in einem Büfettwagen zu vergeuden, daher gab es nur eine kleine Kochnische zur Selbstbedienung. Ich war nicht allein im Schaffnerabteil. Auf einem Turm aus Lederkoffern saß ein ungepflegt aussehender Mann mittleren Alters, der in seiner Standard-Gesellschaftskleidung Nr. 4 – sportliche Freizeitjacke, gestreiftes Hemd und eine lose gebundene, unscheinbare Krawatte – völlig deplatziert wirkte. Als Reisekleidung denkbar ungeeignet. Auf dem speckigen Revers klebte ein fahles Gelbes Farbkennzeichen, und auf dem Kopf fehlte nicht nur der saubere Mittelscheitel, das Haar hatte *überhaupt keinen* Scheitel. Ich hätte ihn gleich, als ich seinen Farbton sah, links liegen lassen sollen, doch ein Gefallener Gelber hat immer etwas unsagbar Trauriges – vielleicht deswegen, weil andere Gelbe ihn noch mehr hassen als uns. Ich zündete den Spirituskocher an und setzte den Kupferkessel auf.

»Wohin fahren Sie?«, fragte ich ihn.

»Emerald City«, sagte er leise, »mit dem Nachtzug.«

Er meinte zum Reboot. Die Ankunft am Reformkolleg bei Tagesanbruch sollte einen Neuanfang symbolisieren.

»Dann sind Sie im falschen Zug«, bemerkte ich. »Der Grüne Sektor Süd befindet sich auf der anderen Seite des Kollektivs.«

»Je weiter weg, desto besser. Ich bin seit einer Woche überfällig. Sie haben nicht zufällig was zu futtern dabei, oder?«

Ich gab ihm ein Stück Kümmelkuchen aus der Küche und steckte zehn Cent in die Dose. Er verschlang das Gebäck hungrig, dann nannte er mir seinen Namen, Travis Canary aus Kobaltstadt.

»Eddie Russett«, stellte ich mich vor, »aus Jade-under-Lime, Grüner Sektor West.«

»Freundschaft?«

Es war ungewöhnlich, von einem Gelben die Freundschaft angeboten zu bekommen, und normalerweise hätte ich abgelehnt. Doch irgendwie mochte ich ihn.

»Freundschaft.«

Wir gaben uns die Hand.

»Und wo fährst du hin?«, fragte er.

»East Carmine. Der Mustermann dort ist überraschend in Rente gegangen, und mein Vater soll ein paar Wochen für ihn einspringen, bis sie einen Nachfolger gefunden haben.«

»Ich wollte auch mal Mustermann werden«, sagte Travis, der gedankenverloren mit dem Etikett an einer Frachtkiste mit Kakaobohnen spielte. »Leute heilen und so. Aber ich bin Sortierbüroleiter, dritte Generation, deswegen hatte ich gar keine Wahl. Warum begleitest du deinen Vater? Bist du bei ihm in der Lehre?«

»Nein«, antwortete ich. »Ich habe Bertie Magenta beim Mittagessen dazu gebracht, die Elefantennummer zu machen. Zwei Milchfontänen schossen aus seiner Nase und ergossen sich über Miss Bluebird. Ich habe mich erfolgreich auf Jux-Status herausgeredet, aber der Oberpräfekt meinte, ein bisschen Nachhilfe in Demut könnte mir nicht schaden. Bertie ist nämlich sein Sohn.«

»Haben sie dir eine Sinnlose Aufgabe gestellt?«

»Ich soll eine Stuhlzählung durchführen.«

»Hätte schlimmer kommen können«, bemerkte er grinsend.

Das stimmte. Die Ernährungsforschungseinrichtung der Zentrale hätte mich auch dazu verdonnern können, die Stuhl*konsistenz* des Kollektivs zu ergründen. Wohlgemerkt, das wäre der schlimmste Fall gewesen.

Ich fand Tee und tat eine Portion in ein häuschenförmiges Tee-

Ei, dann suchte ich vergeblich nach etwas Zitrone. Travis sah sich um, fasste dann in seine Tasche und holte einen silbernen Farbmusterbehälter hervor. Er klappte die Dose auf, starrte intensiv auf die darin versteckte Farbe und sagte dann: »Auch ein bisschen Limone?«

Ich überlegte kurz, ob er mich zu einem Regelverstoß verführen wollte, um mir anschließend ein paar Meriten abzupressen, aber er wirkte wie ein Geprügelter, so hungrig und verloren, dass es aufrichtig gemeint sein musste. Außerdem hatte ich seit Monaten kein Grün mehr gelinst. Mein Vater war ziemlich streng in der Beziehung, weil er meinte, Limone könnte zu stärkeren Farben führen, andererseits war er aber auch realistisch: »Wenn du den Ishihara gemacht hast«, hatte er mal zu mir gesagt, »kannst du dir angucken, was du willst. Das ist mir beigeegal.«

»Na dann los.«

Travis hielt mir die Dose hin, und als mein Blick auf die beruhigende Tönung fiel, spürte ich, wie sich meine Muskeln entspannten und meine Angst vor der Reise nach East Carmine nachließ. Alles auf der Welt kam mir plötzlich lustig vor, selbst die miesen Dinge, von denen es nicht wenige gab. Constance' Wankelmut zum einen und dass ich das sonderbare, unfreundliche Mädchen mit der Stupsnase nicht mehr wiedersehen würde. Aber ich war Grünlinsen nicht gewohnt, und plötzlich erscholl Händels *Messias* in meinem Kopf.

»Sachte, Freundchen«, sagte Travis und klappte die Dose wieder zu.

»Wie bitte?«, erwiderte ich. Meine Ohren waren ganz taub von der Musik.

Er lachte und erkundigte sich, ob es Schubert sei.

»Händel«, sagte ich, und als meine Hemmschwelle durch den Limone-Genuss noch weiter gesunken war: »Weswegen hat man dich zum Reboot geschickt?«

Er überlegte einen Moment, bevor er antwortete.

»Weißt du, warum Einwohner davon abgehalten werden, innerhalb des Kollektivs den Wohnort zu wechseln?«

Ich wusste, dass es Reisebeschränkungen gab, aber ich wäre nie auf die Idee gekommen, den Grund zu hinterfragen.

»Ich nehme an, um die Verbreitung von Mehltau und respektlosen Witzen über Purpurne zu verhindern.«

»Es soll verhindern, dass die Post im Chaos versinkt.«

»Das ist eine unsinnige Unterstellung«, erwiderte ich.

»Wirklich? Der über Jahrhunderte unregulierte Wohnortwechsel hat zu einer großen Belastung geführt. Es kann passieren, dass Briefe unendlich oft nachgesendet werden, weil die Postzustellung nicht nur deine eigenen, sondern auch die Umzüge aller deiner Vorfahren innerhalb des Kollektivs nachverfolgen muss.«

Das stimmte. Die Russetts waren erst zweimal seit ihrer Herabstufung umgezogen, deswegen erhielten wir die Post meist innerhalb von ein paar Tagen. Die altehrwürdigen und weit gereisten Oxbloods mit ihrer prestigeträchtigen Postleitzahl SW3 dagegen beanspruchten einen Siebenundachtzig-Stationen-Nachsendedienst und konnten von Glück reden, wenn sie ihre Post innerhalb von neun Wochen bekamen.

»Ein bisschen verrückt«, räumte ich ein, »aber es funktioniert doch, oder?«

»Ganz und gar nicht. Wenn du oder einer deiner Vorfahren häufiger als einmal *an ein und demselben Ort* gelebt habt, verweist der Nachsendedienst standardmäßig auf die vorherige Nachsendung, und das Ganze geht von vorne los. Drei Viertel aller Postdienste gehen dafür drauf, die Post zu bewegen, die in Nachsendeschleifen steckt und überhaupt nie zugestellt wird. Aber der größte Blödsinn kommt erst noch: Die Betriebsparameter der Post sind in den Regeln festgelegt und können nicht verändert werden, deswegen hat die Zentrale Privatreisen eingeschränkt, um die Postdienste zu entlasten.«

»Das ist doch Wahnsinn«, sagte ich. Das Limone hatte mir die Zunge gelochret.

»So lauten die Regeln«, sagte der Gelbe. »Und die Regeln sind unfehlbar, wie du weißt.«

Auch das stimmte. Die Worte Munsells waren die Regeln, und die Regeln waren die Worte Munsells. Sie bestimmten all unser Tun und Handeln, und sie hatten dem Kollektiv fast vier Jahrhunderte Frieden beschert. Manchmal waren sie tatsächlich absurd – die Verbannung der Zahl zwischen zweiundsiebzig und vierundsiebzig war so ein Fall, und bisher hatte noch keiner erschöpfend erklären können, warum es verboten war, Schafe zu zählen oder Akronyme zu benutzen. Aber so waren nun mal die Regeln, und vermutlich aus gutem Grund – auch wenn der nicht immer ganz ersichtlich war.

»Und wo kommst du jetzt ins Spiel?«, fragte ich.

»Ich habe früher in der Hauptsortieranlage in Cobalt gearbeitet. Ich habe versucht, die Regeln zu umgehen. Ich hatte ein Schlupfloch gefunden, um die Nachsendungen an längst verstorbene Empfänger zu stoppen. Als das schiefging, habe ich eine Beschwerde an die Zentrale geschrieben. Die hat mir eine ihrer üblichen Formbriefe geschickt: ›Ihre Eingabe wird bearbeitet.‹ Nach dem sechsten Brief habe ich aufgegeben und draußen vor dem Postamt drei Tonnen unzustellbare Postsendungen angezündet.«

»Das muss ja ein irres Feuer gewesen sein.«

»Wir haben Kartoffeln in der Glut gebraten.«

»Ich habe mal eine bessere Methode fürs Schlangestehen vorgeschlagen«, sagte ich. Es war ein halbherziger Versuch, Travis zu zeigen, dass er mit seinen radikalen Tendenzen nicht allein stand. »Eine einzige Schlange beim Mittagessen, und immer der, der vorne steht, geht zum nächsten frei gewordenen Austeiler.«

»Und? Wie ist das angekommen?«

»Nicht besonders gut. Ich musste sogar dreißig Meriten Strafe wegen ›Beleidigung der schlichten Schönheit der Warteschlange‹ zahlen.«

»Du hättest deinen Vorschlag als Standardvariable registrieren lassen sollen.«

»Funktioniert das?«

Travis meinte ja. Die Prozedur der Standardvariablen war eingerichtet worden, um minimale Änderungen der Regeln zu ermöglichen. Das beste Beispiel dafür war die Regel »Jedes Kind unter zehn Jahren erhält täglich um elf Uhr vormittags ein Glas Milch und einen Klaps«, die fast zweihundert Jahre lang als Munsells Überlieferung interpretiert und wörtlich genommen worden war. Kindern wurde das Glas Milch gegeben, danach bekamen sie einen Klaps auf den Po. Erst ein mutiger Präfekt wagte es, darauf hinzuweisen, natürlich taktvoll, dass es sich hierbei wohl um einen Druckfehler handele und es eigentlich Klops statt Klaps heißen müsste. Es wurde dem Irrtum des Kopisten zugeschrieben, keineswegs der Möglichkeit, dass auch die Regeln fehlbar sein konnten. Die Variable wurde trotzdem übernommen. Ein anderes gutes Beispiel war der Zug, mit dem wir fuhren. Die Schienenbahn war mit dem Dritten Sprung Zurück verbannt worden, doch ein schlauer Reiseoffizier hatte gefordert, wenigstens eine *Ein*schienbahn weiter zu betreiben – seitdem war die gyrostabilisierte invertierte Monoschienbahn in Gebrauch. Schlupflochkunde auf höchstem Niveau.

»Es ist nicht allgemein bekannt, aber jeder darf einen Antrag auf eine Standardvariable stellen«, erklärte Travis. »Mehr als ablehnen kann der Rat nicht.«

»Das wird er in den meisten Fällen wohl auch tun.«

»Ja, aber dann hast du dich wenigstens abgesichert.«

Ich goss den Tee auf und sah mich nach Keksen um, fand aber keine.

»Hey«, sagte Travis, dem offenbar eine Idee gekommen war. »Wie ist es denn so in East Carmine?«

»Ich weiß nicht. Es liegt in den Randzonen, es muss also ziemlich wild zugehen da.«

»Hört sich doch gut an. Wer weiß. Vielleicht hat ja ein Gelber Kamerad Mitleid mit mir und erwirkt ein Pardon für mich. Hast du zufällig fünf Meriten bei dir?«

»Ja, danke.«

»Ich kaufe sie dir für zehn ab.«

»Das verstehe ich nicht.«

»Du musst mir schon vertrauen.«

Neugierig gemacht, gab ich ihm den Fünfmeritenschein.

»Danke. Und jetzt verpetz mich an den Diensthabenden Gelben, wenn wir in East Carmine ankommen.«

Ich willigte ein, überlegte dann kurz.

»Kann ich noch mal das Limone linsen?«

»Okay.«

Ich linste noch mal und fühlte mich gleich wieder ganz sonderbar. In meinem Überschwang erzählte ich Travis, ich würde eine Oxblood heiraten.

»Wen?«

»Constance.«

»Nie gehört.«

»Das wurde aber auch Zeit«, schimpfte die Grüne Frau, als ich mit der Tasse Tee in der Hand zurückkam. »Was hast du so lange gemacht? Getrödelt? Wie der gemeinste Graue?«

»Nein.«

»Und mein Keks? Wo ist mein Keks?«

»Es gab keine Kekse. Nicht mal ungenießbare.«

»Hm«, sagte sie, in einem Ton, als hätte man sie furchtbar gekränkt, »dann geh und hol noch einen Tee für meinen Mann, Junge.«

Ich sah zu dem Grünen Mann, der bis jetzt gar nicht auf den Gedanken gekommen war, dass er vielleicht auch eine Tasse Tee haben wollte.

»Ach!«, sagte er. »Eine gute Idee. Mit Milch und einem Stück ...«

»Er geht nicht noch mal«, ließ sich mein Vater vernehmen, ohne von seinem *Spectrum* aufzublicken.

»Ist schon in Ordnung«, sagte ich und dachte an Travis und seine Limonendose. »Es macht mir nichts aus.«

»Nein«, sagte Dad, diesmal entschlossener. »Du bleibst hier.«
Das Grüne Paar starrte uns ungläubig an.

»Entschuldigen Sie«, sagte der Grüne Mann mit einem nervösen Lachen, »im ersten Moment dachte ich, Sie hätten gesagt, er werde nicht noch mal gehen.«

»Das haben Sie ganz richtig verstanden«, antwortete mein Vater ungerührt, noch immer nicht von seiner Lektüre aufblickend.

»Und warum, bitte schön?«, verlangte die Frau in selbstgerechter Empörung mit schriller Stimme zu wissen.

»Weil Sie das Zauberwort nicht benutzt haben.«

»Wir brauchen das Zauberwort nicht zu sagen.«

Als Roter in einem Grünen Sektor zu wohnen hatte meinem Vater die Farbe nicht sympathischer gemacht. Das Spektrum war ganz gut vertreten in Jade-under-Lime, doch die Grünen dominierten, und sie setzten eine Pro-Grüne-Politik durch. Hinzu kam, dass mein Vater nur ein Ersatz-Mustermann war, weil ein Grüner Mustermann ihn von einer dauerhaften Anstellung verdrängt hatte. Jedenfalls hatte er genug erlebt, um sich nicht herumkommandieren zu lassen. Ich hatte ihn zuvor noch nie auf einer Reise begleitet, aber es war ziemlich aufregend zu erleben, wie er spektral Höherstehenden die Stirn bot.

»Wenn Ihr Sohn nicht bereit oder gewillt ist, einen einfachen Auftrag zu erledigen, dann können wir den Gelben bitten, in der Sache zu vermitteln«, drohte der Mann jetzt und deutete mit einem Kopfnicken zu dem Gelben Passagier. »Es sei denn«, ergänzte er, als ihm plötzlich der Gedanke kam, er könnte einen entsetzlichen Fehler begangen haben, »ich hätte die Ehre, einem Präfekten gegenüberzusitzen.«

Mein Vater war kein Präfekt. Sein Status als Senior-Aufseher war sogar nur ehrenhalber und mit keiner Machtbefugnis verbunden. Doch er hatte etwas, was sie nicht hatten: Namensanhängsel. Er funkelte die Grünen böse an und sagte: »Darf ich mich Ihnen mit meinem vollen Namen vorstellen: Holden Russett, GdC, mit Auszeichnung.«

Nur Mitglieder der Gilde der Chromatikologen, der NationalColor-Gilde und Absolventen der Universität von Emerald City durften Anhängsel hinter ihren Namen führen. Es waren die einzigen Akronyme, die erlaubt waren. Nervös geworden, sahen sich die beiden Grünen an. Nicht wofür die Bezeichnung stand, machte ihnen Angst, sondern das Unheilschwangere, das damit einherging. Viele hegten die Befürchtung – von den meisten Chromatikologen bereitwillig genährt –, dass Mustermänner, die man aus irgendeinem Grund verärgert hatte, die Verursacher kurz mit einem 332–26–85er-Muster anblitzten, was spontanen Hämorrhoidenbefall auslöste. Natürlich streng verboten, doch die Androhung eines Übels war achtmal schlimmer als das Übel selbst.

Der Grüne schluckte und vollzog eine komplette Kehrtwende. »Verstehe«, sagte er. »Vielleicht waren unsere Forderungen ein wenig übereilt. Ihnen noch einen schönen Tag.«

Sie standen auf und huschten durch den Waggon davon. Ich sah meinen Vater an, schwer beeindruckt von seinem Talent, einem Farbhöherwertigen die Meinung zu sagen. Das kannte ich von ihm noch nicht, und ich war gespannt, welche Seiten ich während unseres Aufenthaltes in East Carmine sonst noch an ihm kennenlernen würde. Ihn jedoch schien das alles nichts anzugehen, denn er schloss die Augen und freute sich auf ein Nickerchen.

»Machst du so etwas öfter?«, fragte ich ihn und rieb mir die Schläfen. Das Limone zeigte ihre Wirkung, kleine Explosionen in Pink erfüllten den Rand meines Gesichtsfelds.

Er zuckte kaum sichtbar mit den Schultern.

»Ab und zu. Gutes Zusammenleben zeichnet sich dadurch aus, dass man die Macht hat, jemanden zu bitten, etwas für einen zu tun, die Macht aber nicht unbedingt ausübt. Unhöflichkeit ist der Mehltau der Menschheit, Eddie.«

Es war einer von Munsells Gemeinplätzen, aber im Gegensatz zu den meisten anderen traf dieser tatsächlich zu.

Wir hielten in Persimmon-on-River an, wo die Orangenen ausstiegen, ein paar Blaue zustiegen und aus einem der Güterwagen vorsichtig ein Klavier gehievt wurde, während gleichzeitig anderes Frachtgut kontrolliert und aufgenommen wurde. Mit Volldampf rollten wir weiter, kamen zehn Minuten später am Abzweig Dreikamm vorbei, holperten über einige Gipfel, bogen nach rechts ab, ratterten über eine Pfahljochbrücke aus Holz und liefen in ein weites baumloses Tal ein. Hier grasten verstreut einige Herden Riesenfaultiere, Giraffen, Kudus und Sprungziegen, die aber nicht weiter Notiz von uns nahmen. Dann änderte das Gleis seine Richtung, es ging nach Norden, und wir tauchten in ein liebliches Tal von unglaublicher Schönheit. Die Route verlief entlang eines plätschernden Flusses, dessen Bett mit Felssteinen übersät war; an beiden Ufern, gesäumt von Eichen und Silberbirken, erhoben sich steile Hänge, und hoch in der Luft, über den Kalksteinklippen, kreisten Falken.

Ich sah aus dem Fenster und spähte nach etwas Rotem wie ein Rafink nach einem Eckhörnchen. Es war Hochsommer, und der üppige Willkommensgruß der ersten Orchideen war verblasst, jetzt war die Zeit der Mohnblume, des Sauerampfers und der rosa Feuernelke. Sobald sie verwelkt waren, würden uns das Löwenmaul und die Heidenelke bis zum Ende der Jahreszeit am Leben erhalten, und so hangelten wir Roten uns mit frugaler Kost an Jahreszeitenblüten durch den Frühling und den Sommer. Allerdings stumpften unsere Sinne auch bei dem kühleren Wetter gegen Jahresende nicht ab. Der Herbst, obwohl für das Auge der Orangenen und Gelben sicher besser geeignet, bereitete auch uns immer wieder ein Bouquet heller Freude, wenn die Blätter es lange genug an den Bäumen aushielten, um ihr Grün durch eine unerwartete Warmwetterperiode in Rottöne verwandeln zu lassen. Für die anderen Farben galt mehr oder weniger das Gleiche. Die Gelben genossen über das Jahr verteilt mehr Blütezeiten, die Blauen und Orangenen weniger. Die Grünen, wie sie nicht müde wurden zu betonen, hatten nur zwei chromatische Jahreszeiten, den lebenssprühenden Überfluss und den abgestorbenen Überfluss. Mir wurde langweilig, und ich fing an, im *Spectrum* zu blättern.

Der Inhalt der Zeitschrift war so gut wie immer derselbe, auch diesmal: ein Leitartikel, der die einfache Funktionsweise der auf Farben basierenden Wirtschaft pries, auf den Seiten zwei und drei mit Zeichnungen illustrierte Berichte über die jüngsten Schwanattacken und Todesfälle durch Blitzschlag. Danach folgten einige »Top-Tipps«, wie man seine Überlebenschancen verbesserte, wenn man vom Einbruch der Dunkelheit überrascht wurde. Dann die allwöchentliche *Rassige Geschichte*. Es gab Listen mit den aktuellen Betriebsstörungen im Schienennetz und schließlich die Seite mit der *Wilden Wissenschaftlichen Hypothese*, diesmal ein Artikel, der einen Zusammenhang zwischen der erhöhten Sonnenfleckenaktivität und der ansteigenden Ausbleichrate herstellte. Einige Leser hatten Amüsante Anekdoten beigesteuert, außerdem gab es noch einen Comic, Hasenmaskottchen Gus Honeybuns Geburtstagsglückwünsche, eine Vorschau auf die Gute-Laune-Messe, und am Ende wurden die Konkurrenten für den Vierten Großen Sprung Zurück in drei Jahren vorgestellt.

Als Erstes las ich jedoch immer die Anzeigen in der Rubrik Ehewünsche. Nicht weil ich eine Partnerin außerhalb meines Heimatdorfes suchte, sondern weil sie eine gute Übersicht über die Preise auf dem hochkomplexen chromatischen Heiratsmarkt boten. Das Thema war für mich deswegen relevant, weil mein Vater eine stattliche Summe aufbringen musste, um mich mit einer Oxblood zu verheiraten.

Es gab zwei Arten von Anzeigen. Die einen stammten von Eltern, die ihre Kinder unbedingt spektralaufwärts verheiraten wollten, mit jeder Menge Meriten als Beigabe, so wie diese hier:

»W, 21 (R: 32,2 %, G: 12 %), starke Tugenden, hübsch und hilfsbereit, imponierende Feedback-Beurteilung, sucht Chromogenzijaplus Familie. 4125 Meriten und siebenundvierzig Schafe Mitgift.

Lieferung verhandelbar, Annahmeverweigerung vorbehalten. Besichtigung in Ochre-in-the-Vale, PO6 5AD.«

Auf der anderen Seite die Eltern, die bereit waren, ihre Kinder spektralabwärts zu verheiraten, um möglichst viele Meriten einzuheimsen, so wie dieser windige Kandidat:

»M, Gelb, Beta (G: 54,9%, R: 22%), 26, allgemein positives Feedback, gesund, jedoch kein Schönling. Etwas schludrig, Liste der Tugenden auf Anfrage. Suche 8000 Meriten oder annähernd. Angebot. Jede Familie wird berücksichtigt, Möbel inklusive. Bei Unfruchtbarkeit Teilerstattung. Besichtigung in Great Celandine, CA4 6HA.«

Zufällig entdeckte ich auch eine Anzeige aus East Carmine, wo wir gerade hinfuhren:

»18, weiblich, mit starkem Purpuranteil, 75 echte Tugenden, zupackend und gefällig, Ei-Bon, Feedback ausgezeichnet. Angebote nur über 6000. Demnächst verfügbar. Annahmeverweigerung ausgeschlossen. Zahlung bei Lieferung. Besichtigung unbedingt empfohlen. East Carmine, LD3 6KC.«

Die Anzeige steckte voller Codes, da die Bestimmungen, was gesagt werden durfte und was nicht, sehr streng waren. »Demnächst verfügbar« hieß, dass ihre Farbwahrnehmung noch nicht geprüft worden war, ihr Ishihara aber bald bevorstand; »starker Purpuranteil« bedeutete, dass sie sehr wahrscheinlich die Fünfzigprozentmarke erreichen würde, was die Preisforderung von sechstausend rechtfertigte. Umso mehr, als sie auch schon einen Ei-Bon hatte, also jederzeit zum Mustermann gehen und sich das Ovulationsmuster zeigen lassen konnte. Für Nachwuchs wäre also gesorgt. *Zwischen den Zeilen* las man, dass die Eltern eine wohlhabende Purpur-Familie suchten, die kürzlich an Farbton verloren, aber die Hoffnung nicht aufgegeben hatte, ihre dynastische Stellung zurückzuerobern, und eine junge gebärfähige Frau brauchte. Die angegebene Zahl der Tugenden hatte wenig zu sagen, doch »Annahmeverweigerung ausgeschlossen« sprach Bände – der Purpurne mit der dicksten Brief-

tasche würde die junge Dame gewinnen, da sie jeden Bewerber annehmen musste, den ihre Eltern auswählten. Entweder war sie also
sehr unterwürfig, oder ihre Eltern waren Tyrannen. Die meisten
berieten sich heutzutage wenigstens mit ihren Kindern, bevor sie
in ihrem Namen die Mitgift aushandelten, besonders fortschrittlich
denkende Eltern räumten ihnen sogar ein Vetorecht ein.

Wir ließen das Tal hinter uns, da tauchte auf der linken Seite, am
anderen Flussufer, eine offenbar erst kürzlich verlassene Stadt auf.
Ratternd, ohne anzuhalten, fuhren wir vorbei, doch den Namen
des Bahnhofs konnte ich gerade noch erkennen: Rusty Hill. Der
Bahnsteig war mit Tierexkrementen und vom Wind angelandeten
Erdkrumen buchstäblich übersät, und in den Ritzen zwischen den
Gehwegplatten wucherten einträchtig Gras und Unkraut. Seit man
den Ort preisgegeben hatte, war offenbar alles unberührt geblieben.
Auf den Kantinentischen des Bahnhofs standen noch Tassen und
Teller, und im Warteraum, unter einem lecken Dach, verrottete ein
Stapel Lederkoffer langsam zu schwarzem Mulch. Dahinter lag die
Stadt, und abgesehen davon, dass hier und da ein paar Dachziegel
und Fenster fehlten, sah sie so aus, als wäre sie bis vor maximal etwa
fünf Jahren noch bewohnt gewesen.

Wir rollten durch Rusty Hills aufgegebenes Ackerland, vorbei an
ein paar Faraday'schen Käfigen und an Feldern, die jetzt mit hohem
Gras, Buschwerk, Dornensträuchern und jungen Bäumen bedeckt
waren. Wildwuchs hatte sich breitgemacht, nomadische Megafauna
die Steinmauern eingerissen. Selbst die Eisenstruktur des Gewächs-
hauses war unter der doppelten Einwirkung des Wetters von außen
und dem starken Pflanzenwuchs von innen zusammengebrochen,
der Ast eines unbeschnittenen Apfelbaums hatte mehrere Glasscheiben durchstoßen. Ohne menschliches Eingreifen wäre die Stadt in
zwanzig Jahren unrettbar verloren. An einem unbemannten Bahn-
gatter verließen wir die Stadtgrenze von Rusty Hill und fuhren dann
am Rand eines sehr breiten Tals entlang, durch eine öde Wildnis,

nur hin und wieder aufgelochret durch Waldflächen und Rhododendron, der hier sogar in noch größeren Mengen wuchs. Unterwegs, im Vorbeifahren, fielen mir einige mehr oder weniger versteckte Verweise auf die Einstigen auf: ein langer Abschnitt einer perfekten, vollkommen glatten Fahrbahn; einige verfallene Gebäude, die dem völligen Einsturz widerstanden hatten; die Reste einer Stahlbrücke, allein auf weiter Flur, da der Fluss, den sie einst überspannt hatte, sich schon lange einen anderen Lauf gesucht hatte; und, der spektakulärste Anblick: ein Telefonhäuschen aus Eisen, von Wind und Regen zu etwas sehr Filigranem gegerbt.

Nach weiteren zwanzig Minuten tauchten wir erneut in ein tiefes Tal, überquerten den Fluss und passierten eine V-förmige Scharte in den Bergen. Und dann, als die Bäume spärlicher wurden und sich der Rauch und der Qualm vorübergehend lichteten, erhaschte ich einen ersten Blick auf East Carmine: die Zwillingsschornsteine aus Backstein, das Wahrzeichen der Linoleumfabrik, wie ich später erfuhr. Der Zug glitt zwischen den Außenmarkierungen hindurch, überquerte wieder den Fluss, drosselte das Tempo für das Viehgatter und fuhr in das ordentlich bestellte Land des Subkollektivs ein. East Carmine nahm eine Fläche von ungefähr fünfzig mal fünfzehn Kilometern ein und bildete den mittleren Teil eines weiten fruchtbaren Tals, im Osten umgeben von sanften Hügeln, im Norden und Westen von höheren Bergen. Ich konnte gut verstehen, warum es hier eine Siedlung gab. Es war ein idyllischer Ort, lieblich, überschaubar, und obwohl auf der Wetterseite des Landes und in Höhenlage, schien es doch wärmer und vegetationsreicher, als ich es mir vorgestellt hatte.

Die Bahnstation befand sich gut einen halben Kilometer außerhalb des Dorfes, das ziemlich tief lag, mit Ausnahme des allgegenwärtigen Flakturms, der neben den Perpetulit-Fahrbahnen wahrscheinlich das sichtbarste Relikt der Einstigen war. Warum im ganzen Land diese robusten, fensterlosen Türme errichtet worden waren, dafür hatte sich bis heute keine zufriedenstellende Erklärung gefunden, auch nicht, wie sie zu ihrem Namen »Flak« gekommen waren. East Carmines Turm hatte zudem noch eine nicht standard-mäßige kuppelartige Konstruktion auf dem Dach.

»Schon da?«, brummte mein Vater, nachdem ich ihn wach ge-rüttelt hatte. Er stand auf, nahm unsere Taschen aus der Gepäckab-lage und stellte sie in den Gang. Dann wandte er sich an mich.

»Wie lange sind wir jetzt schon Vater und Sohn, Eddie?«

»Solange ich denken kann.«

»Genau. Also merk dir: Benimm dich! Und immer einen klaren Kopf behalten. In den Städten der Randzonen wird das Regelbuch manchmal etwas anders ausgelegt, als wir es gewohnt sind. Man kann hier sehr schnell in Fettnäpfchen treten.«

Ich nickte, und dann sahen wir die beiden Schornsteine größer und größer werden, bis wir schließlich mit quietschenden Bremsen, zischendem Dampf und einer Dunstwolke, die sich in der warmen Luft im Nu auflöste, in East Carmine ankamen.

EAST CARMINE

2.4.01.03.002: Einmal gegebenes Feedback darf nicht modifiziert werden.

Am Bahnhof warteten ein Bahnhofsvorsteher, ein Güterabfertiger, ein Postbote und eine Gelbe Ankunfts-Aufseherin, die zu protokollieren hatte, wer ausstieg. Der jugendliche Bahnhofsvorsteher trug ein Blaues Farbkennzeichen an seiner Uniform und warf dem Fahrzeugführer vor, der Zug habe eine Minute Verspätung, er müsse Meldung machen. Der Fahrzeugführer erwiderte, es sei in gleichem Maße der Fehler des Bahnhofsvorstehers, da kein substantieller Unterschied bestehe zwischen einem Zug, der an einem Bahnhof ankomme, und einem Bahnhof, der an einem Zug ankomme, worauf der Bahnhofsvorsteher sagte, ihm könne man keine Schuld geben, da er keine Kontrolle über die Geschwindigkeit des Bahnhofs habe. Der Fahrzeugführer warf daraufhin ein, der Bahnhofsvorsteher habe Kontrolle über die *Platzierung* des Bahnhofs, und wenn er nur tausend Meter näher an Vermillion gelegen wäre, gäbe es das Problem nicht. Darauf erwiderte der Bahnhofsvorsteher, falls der Fahrzeugführer die Verspätung nicht auf seine Kappe nähme, würde er den Bahnhof noch tausend Meter weiter von Vermillion entfernt verlegen, wodurch der Zug nicht nur verspätet, sondern überfällig sein würde, was strafbar wäre.

Der Postbote verfolgte grinsend den Streit und tauschte dann den Packen eingehender Post gegen den Packen ausgehender Post, bevor er sich wortlos auf den Rückweg in den Ort machte. Der Güterabfertiger blieb unbeirrt, ging zu den Flachwagen am Zugende, um die Beladung mit Linoleum und die Entladung des Rohmaterials zu beaufsichtigen.

Wir waren die einzigen Passagiere, die ausstiegen, die Ankunfts-Aufseherin hatte also nicht viel zu tun.

»Postleitzahl und Abfahrtsort?«, fragte sie ohne jede Vorrede.

Mein Vater nannte ihr unsere Postleitzahlen und den Namen unseres Heimatortes, und sie notierte die Angaben in ihrem Buch. Sie war Mitte zwanzig, hatte rundliche Formen und trug ein knöchellanges Kleid. Von den sechsundzwanzig zulässigen Bekleidungsvarianten für Frauen war es dieses Modell, das für die kürzeste Zeit in Mode gewesen war. Eigentlich sah es nicht mal aus wie ein Kleid, sondern eher wie ein Rundzelt auf Füßen, und wie häufig bei der Sorte Gelber, zu der sie offensichtlich gehörte und die ihre blutleere Farbe mit einem geradezu obszönen Stolz tragen, war das Kleid mit synthetischer Farbe getränkt. Ihre Zugehörigkeit war unverkennbar, und sie wollte es so.

»Ich bin die Urlaubsvertretung für Robin Ochre«, sagte mein Vater und schaute sich um. »Eigentlich hatte ich damit gerechnet, dass er uns abholt.«

Die Gelbe musterte ihn misstrauisch.

»Kannten Sie ihn?«

»Wir sind zusammen zur Chromatikologen-Schule gegangen.«

»Ach so«, sagte die Gelbe und versank in Schweigen.

»Und?«, fragte mein Vater in die peinliche Stille hinein. »Ist überhaupt jemand da, der uns abholt?«

»Wie man's nimmt«, antwortete sie, ohne uns weitere Information zu geben. Für jede andere Farbe hätte ihr Benehmen als ausgesprochen rüde gegolten, bei Gelben war das jedoch Standard.

Mir fiel wieder ein, dass Travis mir zehn Meriten schuldete. »Im Zug hält sich ein Rebooter versteckt«, sagte ich.

Die Gelbe sah mich an, dann zum Zug, dann marschierte sie ohne ein weiteres Wort davon.

»Das war gemein von dir«, flüsterte mein Vater. »Habe ich dir nicht beigebracht, dass wir Russetts niemals petzen?«

»Er hat mich dafür bezahlt. Es springen für uns beide je fünf Meriten dabei raus. Der Junge heißt Travis Canary. Er hat drei Tonnen nicht zugestellter Postsendungen verbrannt, und dann hat er Kartoffeln in dem Feuer gebraten.«

»Vor deiner Erklärung war das Leben halb so kompliziert.«

Eine Piepsstimme ertönte hinter uns, und wir zuckten zusammen.

»Willkommen in East Carmine.«

Eigentlich hatten wir Robin Ochre oder wenigstens einen Präfekten zu unserer Begrüßung erwartet, aber es war weder der eine noch der andere gekommen. Der Mann, der uns ansprach, war ein Gepäckträger. Abgesehen von dem Affront, dass man uns behandelte wie gewöhnliche Graue, war der Mann immerhin sehr gut gekleidet. Er trug eine makellos gebügelte Uniform, war etwa mittleren Alters und hatte eine freundliche Art, als hätte man ihm gerade einen sehr lustigen Witz erzählt.

»Mr Russett und Sohn?«, erkundigte er sich und sah uns abwechselnd an. Mein Vater bejahte, und der Gepäckträger verneigte sich höflich. »Stafford G8. Der Oberpräfekt hat mich gebeten, Sie zu Ihrem Quartier zu bringen.«

»Dann haben die Präfekten also keine Zeit.«

»Oh, Schreck«, murmelte er, als ihm plötzlich bewusst wurde, dass eine Begrüßung ohne Beisein eines Präfekten möglicherweise eine Kränkung darstellen könnte. »Bitte, interpretieren Sie nichts hinein. Dienstagnachmittags spielen sie immer gemischtes Doppel.«

»Croquet oder Tennis?«

»Scrabble.«

Dad und ich wechselten Blicke. Wir sahen uns in unserem Verdacht bestätigt, dass ein Hang zur Flegelhaftigkeit die Randzonen korrumpiert hatte. Noch während wir darüber nachdachten, bemerkte der Gepäckträger Travis, der mit der Gelben Frau auf uns zukam.

»Wer ist das?«, sagte er und verstieß, indem er eine Konversation eröffnete, bereits gegen das Protokoll.

»Er hat Kartoffeln abgebrannt«, verriet Dad ihm, »und dann hat er in der Asche nicht zugestellte Post gebraten.«

»Tatsächlich?«, sagte Stafford. »Komischer Typ. Ich hätte es umgekehrt gemacht.«

»Bei allem Respekt«, hörten wir Travis sagen, als die beiden näher kamen, »ich kann beim besten Willen nicht erkennen, inwiefern eine schlecht sitzende Krawatte das Kollektiv untergraben kann.«

Es war sarkastisch gemeint, aber die Gelbe verstand keinen Spaß.

»Ein schlampig geknoteter halber Windsor ist das erste Anzeichen fortschreitender Nachlässigkeit«, entgegnete sie in dem herablassenden Ton, mit dem Gelbe Regelverstöße ahnden. »Und die Widrigkeit zu ignorieren würde den Eindruck vermitteln, unpassende Kleidung sei hinnehmbar. Morgen sind es ungeputzte Schuhe, übermorgen loses Mundwerk, Angeberei und Unhöflichkeit. Bevor man sich's versieht, würde die Disharmonie alles demontieren, was wir kennen und schätzen.«

Dann sagte sie noch, er sei eine Schande für seinen Farbton, und machte sich zu Fuß mit ihm auf den Weg ins Städtchen.

»Wer war die Gelbe?«, fragte mein Vater.

»Miss Bunty McMustard«, erklärte Stafford mit einem missbilligenden Naserümpfen. »Hilfs-Petzerin und unermüdliche Unterstützerin von Sally Gamboge, der Gelben Präfektin. Bunty ist ein Ekelpaket und absolut nicht vertrauenswürdig. Wenn ich Ihnen sage, dass sie noch die netteste Gelbe im Amt ist, dann können Sie sich vorstellen, wie schlimm die anderen sind.«

»Noch der zahmste unter den Piranhas also?«

»Erraten. Wo wir gerade von Piranhas reden: Hüten Sie sich vor Mrs Gamboges Sohn. Er heißt Courtland, und er ist der größte.«

»Der größte?«

»Unter den Piranhas. Er und Bunty sollen heiraten, sobald Courtland sich endlich dazu durchringen kann, ihr einen Antrag zu machen. Am besten geht man ihm aus dem Weg.«

Der Gepäckträger nahm unsere Koffer und stellte sie hinten auf sein Fahrradtaxi. Wir nahmen vorne unsere Plätze ein, und er radelte zügig los auf der glatten Perpetulit-Fahrbahn, die uns an der Fabrik vorbeiführte. Aus dem tiefsten Inneren vernahm ich die Geräusche von Arbeit, ein Hämmern und Schleifen, während in der Luft ein scharfer Geruch hing, wie von verbranntem Bratöl.

»Jedes Fleckchen Linoleum, über das Sie je in Ihrem Leben gegangen sind, wurde hier produziert«, verkündete Stafford stolz. »00 427 richtete East Carmine die Gute-Laune-Messe aus. Das Linoleum-Haus war Attraktion Nummer eins. Ein Haus ganz aus Lino. Speziell zu diesem Anlass hat man sogar ein neues Lebensmittel erfunden, das Keksoleum. Das ist heute noch eine lokale Delikatesse.«

»Schmeckt es?«

»Fehlenden Geschmack macht es mit Haltbarkeit wett. Wir haben hier auch ein Linoleummuseum. Möchten Sie es rasch besichtigen? Ich mache die Führungen.«

»Vielleicht später.«

»Das sagen alle«, antwortete der Gepäckträger geknickt. »Was dagegen, wenn ich meine Krawatte ein bisschen lochree? Es ist heiß heute.«

Dad gab ihm die Erlaubnis, und wir gondelten weiter. Es radelte sich leicht auf der ebenen Fahrbahn, und nach einigen Minuten kamen wir an eine steinerne Bogenbrücke, neben der ein verwittertes Schild stand: »Willkommen in East Carmine«. Im Vorbeifahren sah ich eine junge Frau mit langen dunklen Haaren neben der Straße. Sie hielt ein Pendel hoch und ließ es über ihrer Handfläche kreisen, auf dem Brückengeländer lag aufgeschlagen ein Notizbuch. Die Frau starrte uns irgendwie schräg an.

»Das war Lucy Ochre«, sagte unser Fahrer, sobald wir die Frau hinter uns gelassen hatten. »Mr Ochres Tochter. Ein komischer Vogel.«

»Was macht sie denn mit dem Pendel?«

»Sie sucht *harmonische Pfade*. Musikalische Energie, die durch das Kollektiv fließt, so nennt sie das.«

»Und was sagen die Präfekten dazu?«

»Sie finden sie ein bisschen sonderbar«, antwortete er achselzuckend. »Aber der Glaube an sonderbare Dinge verstößt nicht gegen die Regeln, solange es ein Freizeitvergnügen bleibt und man nicht versucht, andere davon zu überzeugen.«

Dad drehte sich noch mal nach ihr um, aber das Mädchen war schon wieder ganz auf ihr Pendel konzentriert.

Kurz hinter der Brücke erklommen wir einen Anstieg, und recht bald kam auch die Stadt in Sicht. Es war eine geduckte, netzartige Ansammlung weißgetünchter Mauern und Wände, darüber eine Silhouette aus Dächern, die mit Heliostaten, Schornsteinkappen und Wasserboilern bespickt war. Zwischen uns und der Stadt erstreckte sich eine kahle Landschaft aus niedrigen, grasbewachsenen Erdhügeln, durchsetzt mit vereinzelten Mauerwerksresten und verwittertem Beton, aus dem die unvermeidlichen verrosteten Eisenstreben ragten. East Carmine, obwohl in der äußersten Randzone des Kollektivs, musste einst sehr groß gewesen sein. Zu Hause in Jade-under-Lime konnte man die Straßen mit verlassenen Häusern an einer Hand abzählen, doch diese unwirtliche Landschaft hier dehnte sich fast einen Kilometer in alle Richtungen aus.

»East Carmine ist nur noch einen Bruchteil so groß wie früher«, führte Stafford weiter aus. »Die EntFaktung war in diesen Breiten nicht ganz so durchgreifend. Man findet immer noch Gebrauchsgegenstände, die fast vollständig erhalten sind. In meiner Freizeit restauriere ich antike Büroausstattungen. Ich habe sechs funktionstüchtige Tacker und einen Matrizendrucker von Gestetner. Ich kann konkurrenzlos schnell lochen. Und ich bin im ganzen Sektor berühmt für mein Rezept für schwarze Tinte.«

Wir durchfuhren die wellenförmige Landschaft, in der der Grundriss der untergegangenen Stadt an den kreuz und quer verlaufenden grasüberwucherten Straßen mit den rostzerfressenen eisernen Briefkästen und Lampen hier und da noch gut zu erkennen war. Bäume oder Büsche wuchsen hier kaum, denn dieses Gebiet wurde traditionell als Weideland genutzt und war für die Unterbringung der Einstigen reserviert, sollten einige von ihnen zurückkehren. Lange Zeit hatte man vermutet, die Häuser stünden einfach leer und warteten ab. Doch Zeit, Wetter und Vernachlässigung hatten ihren Tribut gefordert, und nur die bewachsenen Erdhügel waren übriggeblieben sowie die unantastbare Regel, sie so zu belassen. Keiner glaubte ernsthaft, dass die früher mal zahlreichen Einstigen je zurückkehren würden, aber Regel ist Regel.

»Was sagen Sie zu unserer Knisterfalle?« Stafford wies auf ein großes Gebilde, das auf den Flakturm gesetzt worden war.

»Beeindruckend«, murmelte ich.

»Die Präfekten, besonders Mrs Gamboge, nehmen die Gefahr durch Blitzeinschlag sehr ernst«, erklärte der Gepäckträger. »Die Falle ist erst seit Winternox in Betrieb und hat schon über hundert Mal angeschlagen.«

Der Blitzköder bestand aus einem Holzgitter, auf das ein kuppelartiger, bronzener Attraktor von gut neun Metern Durchmesser montiert war. Da fast jedes Dach im Kollektiv mit einem Tageslichtkollektor aus Metall ausgerüstet war, waren die Häuser sehr anfällig für verirrte Blitze, die an den Justierstangen entlang nach unten gelangten und ein elektrisches Chaos im Haus anrichteten. Einige der unglücklichen Bewohner verschmolzen dann zu einer metallischen Masse, andere verdampften halb, wieder andere verstarben in ihren Betten, Augäpfel und innere Organe zu einer Art Minestrone verkocht. Jede Woche fanden sich schauerliche Berichte und unheimliche Fotos darüber im *Spectrum*.

»Blitzschutzmaßnahmen sind bei Ihnen sicher auch ein großes Thema«, sagte Stafford.

»Unser Stadtrat beschäftigt sich mehr mit Schwanattacken, aber das Thema Blitzeinschlag wird natürlich nicht vernachlässigt«, antwortete mein Vater. »Wir haben eine Flotte von sechs speziell ausgestatteten Fords mit einem Bronzeattraktor, der auf einem Pylon im Fahrzeuggestell verankert ist. Die werden eingesetzt, um Gewitter abzulenken, wenn die Richtung und die Schwere des Sturms bekannt sind.«

»Wir haben etwa fünfzehn Kilometer windwärts von hier eine Anomalie«, sagte Stafford, »deswegen können sich hier schon mal Kugelblitze bilden. Es gibt Pläne, im Westgebirge ein Fangnetz aus Stahl aufzustellen, aber das sind nur Gerüchte.«

Linienblitze ließen sich leicht aus Wohngebieten ableiten, Kugelblitze dagegen folgten ihren eigenen Gesetzen. Sie ließen sich vom Wind treiben, verfingen sich in Wirbeln und drangen in Häuser ein. Und sie waren anhänglich, sie hefteten sich an alles Organische. Ein schlimmer Kugelblitz konnte sein Opfer mit einem Schlag verbrennen; ängstliche Bewohner, die ohne Löffel waren, ritzten ihre Namen in Stahlmarken, die sie immer in der Hosentasche mitführten, nur für den Fall.

Wir rollten weiter auf der Zufahrtsstraße in den Ort hinein, eine Traube von Häusern, auf einer leichten Erhebung gelegen. Die Wohngebäude waren im bunten Stilgemisch der Abfallverwertung errichtet, einem Mischmasch aus Baumethoden, die sich unterschiedlicher Materialien bedienten, angefangen bei dem uralten gemeißelten Stein bis hin zu wiederverwertetem Holz, Gummidachziegeln, Backstein, Lehm und an manchen Stellen modernerem, in Eichenbalken eingefasstem Lehmflechtwerk. Während wir von der Perpetulitbahn auf eine Pflastersteinstraße wechselten, fragte mein Vater den Gepäckträger nach Robin Ochre, dem ehemaligen Mustermann.

»Mr Ochres Abwesenheit wird allgemein sehr bedauert«, bemerkte er. »Er hinterlässt eine Frau und eine Tochter.«

»Er wird sie doch bestimmt bald nachholen, oder?«, fragte ich, da ich Staffords Bemerkung völlig falsch verstanden hatte.

»Ich glaube nicht, dass er überhaupt noch irgendetwas tun wird.«

»Mir hat man gesagt, Mr Ochre sei >aus dem Berufsleben ausgeschieden<.«

»Ach so!«, sagte Stafford. »Euphemistisch korrekt, aber es könnte auch missverstanden werden. Ich kann nur wiedergeben, was der Rat festgestellt hat, nämlich dass Mr Ochre einer … >fatalen Selbstfehldiagnose< erlegen ist.«

»Robin ist tot?«, fragte mein Vater.

»Natürlich bin ich kein medizinischer Fachmann«, antwortete der Gepäckträger nachdenklich, »aber ja, doch, das trifft zu. Heute genau vor vier Wochen.«

Dad und ich sahen uns an. Aus irgendeinem Grund hatte man uns das nicht mitgeteilt, und während ich noch darüber nachdachte, was mit »fataler Selbstfehldiagnose« gemeint sein könnte, kamen wir an eine rot gestrichene Tür in einer geschlossenen Häuserzeile, welche die Südseite des Marktplatzes bildete. Wobei die rote Tür der Lieferanteneingang an der Rückseite des Gebäudes war; die gegenüberliegende Hausseite mit dem Haupteingang zeigte auf den Marktplatz hinaus. Gut möglich, dass mein Vater darauf bestanden hätte, durch das Haupttor zu gehen, wenn wir nicht gerade die verstörende Nachricht von Robin Ochres Ableben erhalten hätten. So sagte er nichts.

Der Gepäckträger schloss die Tür auf, bat uns einzutreten und stellte unsere Taschen in der Diele ab. Wir blieben stehen und blinzelten in die Düsternis.

»Mein Gott«, sagte er, »das ist ja so dunkel wie in einem Froschleib hier.«

Er ging vor bis zur Küche, wo ich ihn im schwachen Licht des Fensters an der Wickelkurbel drehen sah, dann an den beiden manuellen Gelenkbedienstäben hantieren, die von der Decke hingen. Der Dachspiegel über uns schwenkte zur Nachmittagssonne aus, fing die Strahlen auf und warf sie hinunter in den Lichtschacht und von dort weiter auf eine in der Decke eingelassene Milchglasscheibe.

»Oh«, sagte Stafford, als das Licht die trübe Finsternis aus dem Haus vertrieb, »ich hätte die Heliostatsteuerung vorher aufziehen sollen. Das Haus war lange unbewohnt. Kann ich sonst noch etwas für Sie tun?«

»Wie um Himmels willen kann man sich eine ›fatale Selbstfehldiagnose‹ stellen?«, sagte mein Vater, der nicht darüber hinwegkam, dass sein Kollege tot sein sollte. Der Gepäckträger überlegte einen Moment.

»Der Rat hat bei der Untersuchung entschieden, dass Mr Ochre wohl gedacht haben muss, er hätte den Mehltau, und sich selbst ins Grüne Zimmer eingeliefert, um die Sache zu beschleunigen. Wie sich gezeigt hat, stimmte das nicht.«

»Ein schrecklicher Irrtum.«

»Allerdings, Sir. Ein feiner Mensch, unser Mr Ochre. Wir haben seit sieben Jahren keinen einzigen Bewohner an den Mehltau verloren. Mr Ochre war nicht *farbtonspezifisch*, wenn Sie verstehen.«

»Munsell sagt, medizinische Versorgung sei für alle da«, gab mein Vater zu bedenken, doch er wusste, was Stafford meinte. Es gab Mustermänner, die Angehörige ihres eigenen Farbtons gegenüber anderen bevorzugten.

Mein Vater gab Stafford eine glänzende halbe Merite. Stafford tippte sich an die Mütze und wünschte uns einen angenehmen, wenig ereignisreichen Aufenthalt in East Carmine. Ich brachte ihn zum Hintereingang und fragte ihn, ob die Präfekten abgehende Telegramme läsen.

»Mrs Blood ist die Kommunikationssekretärin«, antwortete er, »und sie ist bekannt für ihre Diskretion – vorausgesetzt, man gibt einen Aufschlag von zwanzig Cent auf die Gebühr. Doch selbst Yvonne«, fügte er an, »würde sich scheuen, eine Nachricht mit schlüpfrigem Inhalt zu versenden oder gar etwas, das gegen die ureigenen Interessen des Kollektivs verstößt.«

»Es ist ein Gedicht«, bekannte ich, »an eine Liebste.«

Stafford lachte.

»Ach so, ich verstehe. Das wäre für Mrs Blood kein Problem. Sie hat selbst eine romantische Ader.«

Das waren gute Nachrichten, wenn sie mich auch teuer zu stehen kommen würden. Aber bedenkt man, dass man bei den Oxbloods mit einer Nachsendedauer von neun Wochen rechnen musste und mein Aufenthalt hier nur vier Wochen betragen sollte, dann blieb mir kaum eine andere Wahl.

»Ausgezeichnet«, bedankte ich mich. »Ich nehme an ... «

Ich hielt mitten im Satz inne, weil mein Blick von der Gestalt eines Mannes gefangen wurde, der im Schatten der gegenüberliegenden Gasse stand. Der Mann war schmutzig, unrasiert, und unter seinem linken Schlüsselbein war ungeschickt die Kennzeichnung »GA-B4« in die Haut geritzt – die meisten Narben waren exakt und gut leserlich, diese sah aus wie eine schlechte Schweißnaht. Außerdem, höchst ungebührlich, war der Mann nackt, sah unbekümmert in den Himmel und pinkelte gleichzeitig auf seinen linken Fuß.

»Stafford?«, flüsterte ich mit vor Angst zitternder Stimme.

»Ja, Master Edward?«

»In der Gasse steht ein nackter Mann. Es könnte ... *Gesindel* sein.«

Stafford drehte sich um, sah den Mann an und sagte: »Ich kann niemanden erkennen.«

»Ich aber.«

»Nein. Er existiert nicht, Master Edward. Glauben Sie mir, in Unser Munsells Namen.«

Ich begriff. Trotz ihrer ungeheuren Komplexität und Tragweite vermochten es die Regeln nicht, auch nur mit den geringsten Abweichungen fertig zu werden, für die in einer Welt des verordneten Absoluten kein Platz vorgesehen war. Statt den Versuch zu unternehmen, sie zu verstehen oder zu erklären, verlieh man ihnen einfach den Status von Apokryphen und ignorierte sie penetrant, um nur ja nicht die Frage nach der Unfehlbarkeit der Regeln aufkommen zu lassen.

»Ist er ein Apokrypher?«, fragte ich.

»Wenn er da wäre, ja, aber er ist ja nicht da.«

Ich konnte Staffords Zurückhaltung verstehen. Zu behaupten, Apokryphe existierten tatsächlich, galt als gravierende Respektlosigkeit, die mit fünfhundert Meriten Strafe geahndet wurde. Ein ganzes Feld euphemistischer Ausdrücke hatte sich entwickelt, um darüber sprechen zu können, doch im Allgemeinen sprach niemand darüber. Ein einziger Lapsus, und die hart erarbeiteten Meriten waren flöten.

»Ich hab noch nie einen apokryphen Mann gesehen«, entschuldigte ich mich, konnte aber nicht aufhören hinzustarren, »und … äh … jetzt auch nicht. Glauben Sie, dass sie alle gleich aussehen, falls es sie gibt?«

»Ich habe bisher erst einen nicht gesehen«, sagte Stafford und folgte meinem Blick zu dem unsichtbaren Mann, der sich jetzt mit kühlem Wasser aus einer Regentonne übergoss, »deswegen weiß ich nicht, wie einer normalerweise nicht aussieht. Würden Sie mich jetzt bitte entschuldigen? Ich habe Mr Yewberry versprochen, nach seinem zweitschönsten Hut zu suchen. Er wird ihn wie immer auf dem Kopf tragen, aber er gibt viel Trinkgeld.«

Er verbeugte sich wieder leicht, und leise schloss ich die Tür hinter ihm und kehrte zurück zu meinem Vater in die Küche.

»Sehr seltsam.«

»Ich weiß«, stimmte er mir zu und blickte von dem Regal auf, das er neugierig durchsucht hatte, »den Mehltau kann man nicht falsch diagnostizieren. Schon gar nicht an sich selbst. Dafür sind die Anzeichen zu eindeutig.«

»Nein«, sagte ich. »In der Gasse gegenüber war ein apokrypher Mann, der sich auf den Fuß pinkelte.«

»*Die Treppe ging hinunter ich, sah einen Mann, der war da nicht*«, antwortete Vater schmunzelnd. »Die Randzone, wie sie leibt und lebt. Die Armen, bei denen er nicht wohnt, kann man nur bedauern.«

DAS HAUS

9.3.88.32.025: Gurken und Tomaten sind Obst, die Avocado ist eine Nuss. Zur Befriedigung der Nährstoffbedürfnisse von Vegetariern gilt jeden ersten Dienstag im Monat ein Hühnchen offiziell als Gemüse.

Wir fingen damit an, das Haus zu erkunden. Es bestand aus einem Holzfachwerk, das aussah, als stammte es aus dem ersten Jahrhundert nach dem Gewissen Ereignis, und obwohl ganz gut in Schuss, zeigte sich hier und da sein Alter. Der Boden war gekachelt, um im Sommer die Kühle zu speichern, und die Flügelfenster hatten außen Fensterläden und innen Vorhänge. Die Wände waren roh verputzt und weiß getüncht, um das natürliche Licht zu reflektieren, und der schwache Geruch von Borax konnte nur bedeuten, dass die Hohlräume kürzlich neu mit Holzwolle ausgestopft worden waren.

Das Haus hatte drei Geschosse. In der gut ausgestatteten Küche befanden sich neben dem Gasherd und einem irischen Spülstein noch ein Tisch, eine Uhr und eine Anrichte voller Linogeschirr. An den Balken baumelten jede Menge Töpfe und Pfannen, alle blitzsauber, und in der Besteckschublade lagen Messer, Gabel und, wie zu erwarten, keine Löffel.

Ich setzte den Kessel auf, falls die Präfekten überraschend aufkreuzen sollten, fand die Teedose, suchte die Geschirrteile mit den wenigsten Macken heraus und stellte alles rasch auf ein Tablett.

»Bitte keine Untertassen zu den Tassen«, bat mich Dad. »Die Leute sollen nicht denken, wir würden vornehm tun.«

»Es sei denn, sie trinken daraus«, gab ich zu bedenken.

»Stimmt auch wieder. Dann stell sie lieber doch hin, wie immer.«

Die Küchentür führte zu einem Flur, von dem aus man Zugang zu einem kleinen, holzverkleideten Arbeitszimmer hatte, darin ein Schreibtisch aus Walnussholz, ein Stuhl und ein poliertes Telefon aus Bakelit, das vermutlich an das interne Netz des Ortes angeschlossen und nicht, wie das Gerät des Alten Magenta zu Hause, nur mit sich selbst verbunden war. Ein Stück weiter öffnete sich der Flur zu einer gekachelten Diele, und geradezu war die Haustür. Links und rechts gingen die beiden Wohnzimmer ab, jedes mit einem großen Panoramafenster zum Marktplatz hin, das obere Drittel jeweils mit Luxfer-Prismen ausgelegt, um das natürliche Licht zu verstärken. Die Räume waren sehr hübsch mit Linoleum-Holzimitat vertäfelt, die Möbel abgenutzt, aber brauchbar, und im Salon hingen zwei Vettrianos. Darunter prangte ein versiegelter Glassturz, der einige kuriose Dinge zur Schau stellte, die wohl im Rahmen der Lokalisation verstreut worden waren. Unter dem üblichen Nippes fanden sich auch drei grobe, aus Elfenbein geschnitzte Schachfiguren, ein verziertes, zeremonielles Schwert, ein geschmackvoll dekoriertes Ei und mehrere ungewöhnliche Medaillen, auf die »XVCI. Olympiade« geprägt war. Eine beeindruckende Sammlung, dafür dass East Carmine vom Regionalzentrum weit entfernt war. Andererseits war East Carmine, wie wir bereits gesehen hatten, früher mal sehr viel größer und vermutlich auch bedeutender gewesen als heute. Das einzige ähnlich opulente Haus, das ich je betreten hatte, war das der Oxbloods. Es war, als Constance mich ihren Eltern vorstellte, ein Besuch, der für mich sehr unangenehm wurde, als Constance den Raum verließ, um dem Butler Bescheid zu geben, noch einen Teller mehr auf den Abendbrottisch zu stellen, und Mr Oxblood vergaß, wer ich war, und mich für einen Lakaien hielt. Ich wusste nicht, was ich sagen sollte, und wenn Constance nicht wiedergekommen wäre, hätte ich wohl ihren Eltern Tee serviert und Mr Oxbloods Hühnerauge gefeilt.

Die Treppe war rund und lag der Haustür unmittelbar gegenüber. Es war keine einfache Wendeltreppe, sondern gleichzeitig ein Lichtschacht, wobei der blanke Heliostat durch das lasierte achteckige Dachfenster hoch oben gut zu erkennen war.

Wir erklommen die knarrenden Stufen und fanden im ersten Stock drei Schlafzimmer vor, die recht gemütlich waren, wenn auch ein bisschen asketisch. In jedem standen ein Bett, eine Frisierkommode, ein Stuhl, eine Hosenpresse und ein Schreibpult, auf dem Notizpapier mit dem Aufdruck East Carmine – DAS TOR ZUM ROTSTEINGEBIRGE auslag. Zwei Gelenkreflektoren aus Messing sorgten für Licht an den gewünschten Stellen im Raum.

»Ich möchte das Schlafzimmer nach vorne raus«, sagte Dad und nahm sein Zimmer gleich in Augenschein. Nach einer kurzen Erkundung entschied ich mich für das Zimmer nach hinten, es war heller und hatte Abendsonne. Gerade wollte ich weiter hoch in den zweiten Stock, da stutzte ich. Anscheinend wohnte hier noch jemand. Pappkartons standen willkürlich verteilt auf den Treppenstufen, ein ätzender Geruch hing in der Luft, und von oben vernahm ich deutlich Musik.

»Du liebe Güte«, sagte mein Vater, der sich wieder zu mir gesellte, »das ist ja *Ochrelahoma!*«

Tatsächlich, es war aus *Ochrelahoma*, aber dieses Libretto war mir nicht bekannt. Die Show sah man häufiger auf der Bühne, denn jeder Ort war verpflichtet, mindestens zwei Musicals pro Jahr aufzuführen, doch die Musik auf einem Phonographen abgespielt zu hören, das war mehr als ungewöhnlich. Rotierende Wachszylinder waren die letzte zugelassene Wiedergabetechnik, und für ihren Betrieb war eine jährlich zu erneuernde und vom Rat bestätigte Ausnahmeregelung erforderlich. Der Hörgenuss machte die Enttäuschung wett, dass wir den Apparat im Museum von Vermillion nicht zu sehen bekommen hatten, aber trotzdem, es war höchst seltsam.

»Hallo?«, rief ich, erhielt aber keine Antwort.

»Damit musst du allein fertig werden, aber du bist ja geschickt genug«, murmelte mein Vater etwas beunruhigt. »Ich muss noch die Nachsendeformulare ausfüllen, bevor der Oberpräfekt kommt. Lad doch unseren Mitbewohner zum Abendessen ein.«

Ohne meine Antwort abzuwarten, begab sich Dad rasch nach unten.

Wieder rief ich nach unserem unsichtbaren Gast, erhielt aber keine Reaktion und erklomm schließlich die Treppe in den zweiten Stock. Der obere Flur kam gerade in Sicht, da fingen meine Augen an zu tränen, und ich musste niesen. Auf der zehnten Stufe nieste ich ununterbrochen; aggressive, schmerzhafte Explosionen, die spontan aufstiegen und mir das Wasser in die Augen trieben, sodass ich alles nur noch verschwommen sah. Hastig trat ich den Rückzug an, bis hinunter zum ersten Treppenabsatz, wo der Anfall so abrupt aufhörte, wie er begonnen hatte. Ich wischte mir die Augen mit meinem Taschentuch und startete einen erneuten Versuch. Bei der neunten Stufe und dem sechsten Nieser gab ich auf und verzog mich, verwirrt und mit triefender Nase, wieder auf den Treppenabsatz. Im selben Moment stoppte die Musik. Nicht, weil die Aufnahme zu Ende war oder der Motor abgelaufen, sondern weil die Nadel von dem Zylinder abgehoben worden war. Ein Stuhl wurde gerückt, unser Gast war also anwesend.

»Hallo?«, sagte ich in meinem freundlichsten Ton. »Ich bin Eddie Russett, und mein Vater und ich wollten Sie fragen, ob Sie nicht mit uns zu Abend essen möchten.«

Schweigen schlug mir entgegen.

»Hallo?«, wiederholte ich.

Ein Knarren auf der unteren Treppe ließ mich herumfahren. Ich hatte gedacht, es wäre mein Vater, umso überraschter war ich, als ich die nackte Gestalt des Apokryphen die Stufen heraufkommen sah.

Meine Anwesenheit nahm er überhaupt nicht zur Kenntnis, und wäre ich nicht zur Seite getreten, wäre er mit mir zusammengestoßen. Erst als er unbeirrt den Treppenschacht weiter hocheilte, wurde mir klar, warum er hier war. Er war der Mitbewohner – das heißt er und derjenige, der oben den Stuhl gerückt hatte.

»Die Expräsidenten sind Windbeutel«, sagte er im Vorbeigehen, »und schreien Sie mich gefälligst nicht an, Mr Warwick.«

Protokollgemäß beachtete ich ihn nicht weiter, bemerkte aber noch, dass er nicht niesen musste, als er die Stufen erklomm, bevor ich langsam in mein Zimmer ging, um meine Tasche auszupacken.

Ich verstaute meine Kleider ordentlich in den Schubladen der Kommode, für den Fall, dass es eine Inspektion gab, ließ meine Wertsachen aber im Handkoffer. Ich hatte ihn mitgenommen, weil Handkoffer sozusagen unsere einzige Privatsphäre waren, ein Behältnis von knapp sechzig Litern Größe, das wir unser Eigen nennen durften. Diese Regel war so heilig, dass ein Handkoffer selbst nach dem Ableben des Besitzers nicht ohne die Zustimmung des nächsten Angehörigen geöffnet werden durfte. Die Sache hatte nur einen Haken: Alles, was ich zu Hause gelassen hätte, unterlag nicht der Privatsphären-Regel 1.1.01.02:066, hätte folglich entdeckt und beschlagnahmt werden können, und falls nötig wäre ich dafür bestraft worden. Deswegen musste ich wohl oder übel alle Dinge, deren Aufbewahrung regelwidrig war, mitnehmen.

Natürlich bewahrten die meisten Leute in ihren Handkoffern Schmuggelware auf. Entweder überschüssige Löffel, verbotene Farbtöne oder Technologie, die infolge des Großen Sprungs Zurück nicht mehr existieren durfte. Sehr häufig jedoch enthielten diese Koffer auch private Sammlungen präepiphanischer Artefakte, die als inoffizielle Währung galten, äußerst nützlich als Absicherung gegen Deflation. Ein Puppenkopf war so viel wert wie ein Nachmittagstee mit Sahne und Gebäck, ein Schmuckstück konnte gegen ein Wochenende in Redpool eingetauscht werden.

Jeder besaß etwas von den Einstigen Hinterlassenes, aus dem einfachen Grund, dass die Einstigen viel hinterlassen hatten. In meiner eigenen bescheidenen Sammlung befanden sich unter anderem ein Schildpattkamm, der noch alle Zähne hatte, diverse Metallknöpfe, einige Münzen, ein halber Telefonhörer aus Bakelit, ein Trik-Trak-Modellauto und, das Prunkstück, ein etwa zitronengroßer Motor, bei den Einstigen bekannt unter der Bezeichnung »PerMoCo, Inc. Mk6b120W Everspin™«, wahrscheinlich ein Antrieb für ein Haushaltsgerät, wie sie damals üblich waren. Ich hatte ihn in einem Fluss jenseits der Außenmarkierungen von Jade-under-Lime gefunden; die Flussbiegung war eine ergiebige Stelle, um angeschwemmte Wertgüter zu bergen. Ich war allein unterwegs gewesen und hatte das Flussbett nach Knöpfen abgesucht, als ich auf den Everspin und noch viele andere Dinge gestoßen war. Mit einem Arm voller greller roter Plastiksachen und einem glänzend – hellblau, wie sich später zeigte – angestrichenen Metallspielzeug war ich in die Stadt heimgekehrt.

Der Senior-Wertgutsammlungs-Aufseher hatte sofort eine Expedition flussaufwärts auf die Beine gestellt, die dann entdeckte, dass sich das Wasser einen neuen Kanal durch die Ruinen eines alten Dorfes gebahnt hatte. Obwohl drei Fußstunden entfernt im Außenfeld gelegen und eindeutig näher an dem Ort Greenver's Chase, beanspruchte der Rat von Jade-under-Lime das Gebiet als Farbfundrevier für sich und trug in den folgenden sechs Jahren mehrere hundert Tonnen farbintensives Altmaterial ab. Ich bekam eine Belohnung von zweihundert Meriten und die Erlaubnis, den Everspin zu behalten, was ein großes Privileg war. Regel 2.1.02.03.047 besagte nämlich, dass alle Rücksprung-Technologie, die keiner Ausnahmeregelung unterlag, »außer Gebrauch« gestellt werden musste, was für gewöhnlich mittels einiger kräftiger Schläge mit einem Schmiedehammer erfolgte. Natürlich war mein Everspin defekt, jedenfalls lief der Motor nicht, als ich ihn fand. Nachdem er ein halbes Jahr Zeit gehabt hatte zu trocknen, fing er jedoch wieder an zu rotieren, wenn auch nur langsam und nur bei kühlem Wetter.

Dass ich den Everspin wieder zum Laufen gebracht hatte, behielt ich für mich; ungeachtet aller vorherigen Vereinbarungen wäre er sonst konfisziert worden.

Ich ging in die Küche, wo der Kessel munter vor sich hin pfiff und das Wasser fast schon verdampft war. Gerade wollte ich Wasser nachfüllen, da pochte jemand leise an die Hintertür. Ich machte auf, und vor mir stand ein junger Mann mit blasser Gesichtsfarbe, quasi nicht existenter Nase und übergroßen Augen, als wäre er permanent erstaunt. Er wirkte befangen und knetete nervös die Hände.

»Master Edward?«, erkundigte er sich. »Ich heiße Dorian G7. Ich bin der Dorffotograf und Herausgeber des *East Carmine Mercury*. Möchten Sie etwas Shortbread?«

Ich bedankte mich und bediente mich aus der hingehaltenen Keksdose.

»Wie finden Sie es?«

Ich biss hinein. »Knirscht ein bisschen zwischen den Zähnen, wenn ich ehrlich sein soll.«

Er wirkte verzagt.

»Das habe ich befürchtet. Ich musste statt Zucker Sand nehmen. Die Zutaten sind hier schwierig zu bekommen. Ich versuche, eine Nachschublinie für Backutensilien aufzubauen. Kennen Sie vielleicht jemanden, der handeln möchte?«

Zufällig leitete der Vater meines Freundes Fenton die Fabrik für Tortendekorationen des Kollektivs, er wüsste bestimmt jemanden.

»Was haben Sie denn zu bieten?«, fragte ich ihn, denn es bestand ein himmelweiter Unterschied zwischen Tauschhandel, der legal war, und Handel gegen Bares, was eindeutig Beigemarkt war.

»Ich habe einige Schweblinge«, sagte er, tauchte eine Hand in seine Hosentasche und zog einen Lederbeutel hervor. Er grinste und leerte den Inhalt in der Luft. Es war eine dürftige Sammlung. Das halbe Dutzend Stücke stumpfen Metallschrotts tanzte in der Luft auf und ab, bis sie sich wie üblich einen knappen Meter über dem Fußboden einpegelten. Auf Spaziergängen draußen hatte ich schon größere Klumpen aus der Erde hervorschießen und über dem Boden schweben sehen, und der Alte Magenta hatte einen Brocken, der so groß war, dass er ihn als willkommenen zusätzlichen Tisch benutzte und seinen Tee darauf abstellte. Aber wir befanden uns hier in der Randzone, und ich wollte Dorian auf keinen Fall kränken.

»Das ist ... beeindruckend. Da lässt sich bestimmt was machen. Haben Sie noch mehr?«

Das Ostfeld werde gerade bestellt, sagte er, traditionell eine Fläche, an der Schweblinge aus der frisch umgepflügten Erde hervorkämen, und seine Familie habe die alleinigen Bergungsrechte. Ich sagte, ich würde Fenton fragen, ob man ins Geschäft kommen könnte, dann tippte ich einen der größeren Schweblinge mit dem Finger an, und sofort schoss er ans andere Ende der Küche, nur um gleich wieder träge zu den anderen zurückzugleiten.

»Eigenartig, nicht?«, sagte Dorian. »Noch ein Shortbread?«

»Nein, danke.«

»Sehr klug. Könnte ich vielleicht ein Interview mit Ihnen für den *Mercury* machen? Unsere Leser möchten gerne hören, wie egoistisch ihr Bewohner in den Regionalzentren seid.«

Ich bedankte mich und sagte, im Moment hätte ich zu tun, würde mir aber in den nächsten Tagen Zeit für ihn nehmen. Er erwiderte, das sei wunderbar, doch er zögerte noch.

»Kann ich Ihnen sonst noch behilflich sein?«

»Verzeihen Sie, wenn ich etwas vorlaut bin, Master Edward, aber es gibt hier einen Markt für offene Rückfahrkarten, und falls ... «

»Ich verkaufe nicht«, sagte ich und lachte, um ihm zu signalisieren, dass ich ihn nicht melden würde. »Ich brauche die Karte, um wieder nach Hause zu fahren.«

»Natürlich. Aber ich würde Ihnen ... sagen wir, zweihundert Meriten dafür anbieten. In bar.«

Für einen Grauen waren das ganz schön viele Meriten, noch dazu in transferierbarer Form und nicht als bloße Gutschrift im Meritenbuch. Aber auch für mich war es viel Geld. Damit hätte ich es mir leisten können, Constance öfter mal groß auszuführen, doch wenn ich nicht mehr nach Jade-under-Lime zurückkam, hätte das wenig Sinn.

»Tut mir leid«, sagte ich, »aber ich brauche sie.«

Dorian entschuldigte sich, sagte noch, er würde sich jederzeit gerne mit mir unterhalten, wenn ich mal frei wäre, und ging.

Ich füllte die Zuckerdose mit unseren eigenen Würfeln nach und begab mich ins Wohnzimmer.

»Komisch«, sagte ich zu meinem Vater, der am Fensterplatz saß und sich vergeblich mit dem Kreuzworträtsel herumschlug. »Ich hatte gerade ein Angebot für meine offene Rückfahrkarte.«

»Die Randzone ist nicht jedermanns Sache«, erklärte er, ohne aufzublicken. »Du hast die Karte doch nicht etwa verkauft, oder?«

»Natürlich nicht.«

»Gut. Und übergib sie auch nicht den Präfekten zur sicheren Verwahrung. Die würden sie nur selber weiterverkaufen.«

Ich bedankte mich für den Hinweis und sagte dann: »Rate mal, wer unser Mitbewohner ist.«

»Drei senkrecht«, murmelte er, »*geflecktes Equus*. Neun Buchstaben, erster und letzter Buchstabe A.«

»Apokrypher.«

»*Apokrypha*? Sehr schön.« Ohne nachzudenken füllte er die Kästchen aus.

»Nein, Dad, ich meine unseren Mitbewohner. Er ist ein Apokrypher.«

»Quatsch«, murmelte er und radierte die Antwort zum x-ten Mal aus. »Ein Apokrypher, sagst du? Hm. Dann hast du ihn hoffentlich nicht gefragt, ob er mit uns zu Abend essen will.«

»Gar nichts habe ich ihn gefragt«, antwortete ich, stellte die Milch und die Zuckerdose zusammen mit dem Teegeschirr ab und setzte mich zu ihm ans Fenster. »Und da er nicht existiert, kann er ja auch schlecht da sein – selbst wenn doch.«

»Sie sind nie irgendwo«, sagte mein Vater, »das ist es ja gerade. *Geflecktes Equus*. Hm.«

In dem Moment schrillte die Haustürklingel.

»Kannst du aufmachen?«, bat mich mein Vater, legte die Zeitung beiseite, zog die Krawatte stramm und stellte sich vor dem Kamin würdig in Pose. »Das ist der Oberpräfekt.«

EINE GRAUE UND
SALLY GAMBOGE

1.2.31.01.006: Der Erwerb von Gütern und Dienstleistungen unter oder über Wert wird bestraft.

Ich richtete mich auf, mein Herz schlug schneller. Ich ging zur Haustür, hielt nur noch mal kurz inne, um meine Schuhe hinten an der Hose blank zu reiben, und öffnete.

Es war nicht der Oberpräfekt.

»Du?!«, rief ich. Auf der Türschwelle stand das merkwürdige, freche Mädchen aus Vermillion, das mir gedroht hatte, meinen Kiefer zu brechen. Ich empfand eine seltsame Mischung aus Begeisterung und Beklommenheit, die sich in meiner erschrockenen Miene niedergeschlagen haben musste. Ihr erging es offenbar genauso. Ein kurzer Moment des Zweifels spiegelte sich auf ihrem Gesicht wider, dann entspannte sie sich und starrte mich teilnahmslos an.

»Kennen Sie sich?«, ertönte eine strenge Stimme. Hinter ihr stand Sally Gamboge, die Gelbe Präfektin, wie ich vermutete. Sie war von Kopf bis Fuß in synthetisches Gelb gekleidet, maßgeschneiderter Rock und Jacke, genau wie Bunty McMustard, die Aufseherin am Bahnhof. Sogar ihre Ohrringe, ihr Haarreif und ihr Uhrenarmband waren gelb. Die Farbe war so hell, dass mein Kortex kurz eine Induktionsstörung erlitt. Ihre Kleider verloren die grelle Tönung, und sie nahmen den eklig-süßlichen Geruch von Bananen an. Natürlich war es kein echter Geruch, eher ein gefühlter.

»Ja«, bestätigte ich nun, ohne nachzudenken. »Sie hat gedroht, mir den Kiefer zu brechen!«

Es war eine gravierende Anschuldigung, und ich bedauerte sie auf der Stelle. Russetts petzen normalerweise nicht.

»Wo war das?«

»In Vermillion«, antwortete ich, schon kleinlauter.

»Stimmt das, Jane?«, fragte Mrs Gamboge pikiert.

»Nein«, antwortete Jane in einem gleichmütigen Ton, der vollkommen anders klang als der bedrohliche, den ich heute Morgen von ihr gehört hatte. »Ich habe den jungen Mann noch nie gesehen, und ich war auch noch nie in Vermillion.«

»Was ist los?«, fragte mein Vater, der zu uns in die Diele gestoßen war. Offenbar hatte er keine Lust mehr gehabt, sich vor dem Kamin in Positur zu setzen, einen Ellbogen auf dem Sims abgestützt.

»Sally Gamboge«, stellte sich die Präfektin vor und hielt ihm die Hand zur Begrüßung hin. »Gelbe Präfektin.«

»Holden Russett«, erwiderte mein Vater. »Mustermann, Urlaubsvertretung. Und sie ist …?«

»Jane G23«, erklärte Mrs Gamboge. »Sie ist Ihnen als Hausmädchen zugeteilt. Leider hat sie nicht viel positives Feedback, aber ich kann sonst niemanden entbehren. Sie steht Ihnen eine Stunde pro Tag zur Verfügung. Was darüber hinausgeht, müssen Sie unter sich aushandeln. Ich entschuldige mich im Voraus für alle Unannehmlichkeiten. Jane ist ein Problemkind.«

»Eine Stunde nur?«

»Tja«, sagte Mrs Gamboge achselzuckend. »Tut mir leid, aber Ihre Wäsche müssen Sie schon selbst waschen und Ihr Bett selbst machen. Die Überbeschäftigung ist gegenwärtig sehr schlimm. Zu viele Graue in Rente, das ist unproduktiv, wenn Sie mich fragen.«

»Sie könnten ihnen die Überstunden doch bezahlen«, schlug mein Vater vor.

Die Gelbe Präfektin lachte gehässig, wobei sie nicht einmal in

Erwägung zog, dass Dads Vorschlag zum einen ernst gemeint und zum anderen vielleicht gar nicht so unvernünftig war. Die Regeln für den Renteneintritt galten für das gesamte Spektrum: Sobald man mit dem Ablauf des fünfzigsten Lebensjahrs von seiner Verpflichtung gegenüber dem Kollektiv entbunden war, konnte man tun und lassen, was man wollte, zusätzliche Arbeit musste entgolten werden. »Die besten Grauen sind solche«, hatte unser Gelber Präfekt zu Hause mal zu mir gesagt, »die am Morgen ihrer Pensionierung den Mehltau kriegen.«

»Guten Tag, Jane«, wandte sich Dad an die Graue, als er merkte, dass man von Mrs Gamboge keine vernünftigen Auskünfte erwarten konnte. Sein Blick fiel auf die beiden Etiketten »Aufsässig« und »Bösartig« unter Janes Grauem Farbkennzeichen. »Backst du uns bitte ein paar Scones? Die anderen Präfekten müssten jeden Augenblick eintreffen.«

Sie nickte und schickte sich an, in die Küche zu gehen, doch Mrs Gamboge war noch nicht fertig mit ihr.

»Warte, bis man dich entlassen hat, Mädchen«, sagte sie barsch und dann, etwas herzlicher: »Mr Russett, Ihr Sohn behauptet, er habe Jane schon einmal gesehen und dass sie ihm körperliche Gewalt angedroht habe. Ich möchte gerne wissen, ob das sein kann.«

Dad sah mich an, dann Jane, dann wieder Mrs Gamboge. Wenn Gelbe anfangen, Erkundigungen einzuholen, weiß man nie, wo es enden wird. Eine Regelverletzung nicht zu melden war manchmal schlimmer als die Regelverletzung selbst. Aber obwohl sie gedroht hatte, mir den Kiefer zu brechen, wollte ich nicht, dass Jane deswegen Ärger bekam. Nicht bloß Ärger, sie würde *massiven* Ärger bekommen. Die Androhung eines Angriffs wurde wie ein Angriff selbst behandelt; Absicht und Ausführung waren für die Regeln so gut wie dasselbe.

»Was ist, Eddie?«, fragte mich mein Vater. »Wo hast du sie schon mal gesehen?«

»In Vermillion«, murmelte ich und überlegte fieberhaft, wie ich einen Rückzieher machen konnte, ohne einen Meriten Strafe dafür zu zahlen, dass ich die Zeit eines Präfekten wegen einer fälschlichen Anschuldigung verschwendet hatte. »Heute Morgen, kurz bevor wir in den Zug eingestiegen sind.«

»Dann müssen Sie sich irren«, sagte Mrs Gamboge, und ich sah, wie sich Erleichterung auf Janes Gesicht abzeichnete. »Denn dann wäre sie vor nicht einmal zwei Stunden in Vermillion gewesen, und der Ort ist achtzig Kilometer von hier entfernt. Außerdem hat sie heute Morgen um neun das Frühstück gemacht, Nützliche Arbeit. Das habe ich selbst gesehen. Kann es sein, dass Sie sich getäuscht haben, Master Russett?«

»Ja«, sagte ich einigermaßen erleichtert. »Es muss jemand anders gewesen sein.«

»Gut«, sagte Mrs Gamboge. »Du kannst gehen, Mädchen.«

Jane verzog sich ohne ein Wort in die Küche.

»Der Oberpräfekt wird sich gleich mit Ihnen befassen«, wandte sich Mrs Gamboge wieder an meinen Vater. »Aber vorher wollte ich Sie bitten, sich vielleicht mal einige Graue anzusehen, die sich angeblich unwohl fühlen. Wenn Sie eine Simulierungsmeldung unterschreiben, könnte ich den arbeitsscheuen Faulpelzen einige Meriten abziehen und sie zur Vernunft bringen. Es dauert nur zehn Minuten.«

»Ich werde sehen, was sich machen lässt«, sagte mein Vater, von der unverhohlenen Abneigung der Gelben Präfektin gegen ihre Arbeitskräfte etwas verstört. Die Gelben waren für die Zuweisung von Beschäftigungen an die Grauen verantwortlich, manche machten ihre Aufgabe gut, andere eher nicht. Mrs Gamboge gehörte eindeutig zur letzten Gruppe.

Die Haustür schloss sich hinter ihnen, und gemächlich schlenderte ich den Flur entlang zur Küche, wo sich Jane halbherzig ans Werk machte. Ich blieb in der Tür stehen, doch Jane ignorierte mich. Einen Moment lang dachte ich, dass ich mich vielleicht tatsächlich geirrt hatte; kein Mensch konnte an einem einzigen Vormittag hundertfünfzig Kilometer zurücklegen, ohne den Zug zu nehmen. Doch als ich sie jetzt beobachtete, wusste ich, dass ich mich nicht getäuscht hatte, denn in meiner Brust spürte ich dieselbe Spannung wie bei unserer ersten Begegnung. Und dann auch noch diese Nase. Ihre Nase war absolut einzigartig.

»Wie hast du das geschafft?«, fragte ich sie. »An einem einzigen Vormittag zwischen East Carmine und Vermillion hin- und herzupendeln.«

»Pendeln?«

»Ich sammle obsolete Wörter«, versuchte ich sie zu beeindrucken. »Es bedeutet, jeden Tag eine bestimmte Strecke zur Arbeit zurückzulegen, oder so was Ähnliches.«

»Kennst du den Ausdruck Volltrottel?«

»Nein, den habe ich noch nicht auf meiner Liste. Was bedeutet es?«

»Das weiß ich nicht«, antwortete sie, »aber es passt irgendwie zu dir. Ich bin nicht zwischen East Carmine und Vermillion ›hin- und hergependelt‹. Du musst mich mit jemand anderem verwechseln. Hast du gerade auf meine Nase geguckt?«

»Nein«, log ich.

»Oh doch, hast du.«

»Na gut«, räumte ich ein und kam mir mutig vor. »Was ist schon dabei? Eigentlich ist sie ziemlich … «

»Ich würde meine Pflichten vernachlässigen, wenn ich dich jetzt nicht warnen würde.«

»Warnen wovor?«

»Das wirst du merken, wenn du es jemals wagen solltest, in meiner Gegenwart die Wörter *Nase* und *niedlich* in einem Atemzug zu nennen.«

Vielleicht wollte sie mich ja nur auf die Schippe nehmen, jedenfalls lachte ich.

»Jetzt hab dich doch nicht so, Jane … «

81

Sie funkelte mich böse an, und wieder blitzte diese Wut in ihren Augen auf. Jetzt war ich mir sicher. Es war ganz bestimmt dieselbe Person.

»Habe ich dir erlaubt, meinen Namen in den Mund zu nehmen?«

»Nein.«

»Damit das klar ist, Roter: Du und ich, wir haben uns nichts zu sagen. Wir sind uns nie begegnet, und wir haben nichts gemeinsam. Und dabei soll es auch bleiben. In einem Monat fährst du nach Hause in dein Kaff, Polyp-on-the-Nose oder wie auch immer es heißt, Hauptsache, so weit weg von hier wie möglich, am liebsten noch weiter, und kehrst zu deinem jämmerlichen, bemitleidenswert langweiligen Leben zurück. Alles klar?«

Sie wog das Mehl für das Teegebäck ab, während ich stumm im Raum herumstand und mich fragte, was ich sagen oder tun sollte. Noch nie war mir ein so unverblümter Mensch begegnet. Es war, als redete man mit einem Präfekten, der im Körper einer zwanzigjährigen Grauen steckte.

»Irgendeine Vorliebe für ein bestimmtes Backfett?«, fragte sie und hielt zwei Näpfe hoch. »Das rein pflanzliche ist teurer, aber der tierische Ersatz könnte Spurenelemente von Dörflern enthalten. Ich weiß ja nicht, wie zartbesaitet ihr Zentrumsbewohner seid.«

»Wir sind da nicht so empfindlich. Wer war der falsch gekennzeichnete Graue in dem Farbengeschäft?«

Ich hätte es mir denken können: Das hätte ich besser nicht gefragt. Sie hielt kurz inne, schnappte sich dann das nächstbeste Besteck vom Küchentresen und schleuderte es in meine Richtung. Es war eine Tranchiergabel, und mit einem *Prrrr* blieb sie im Türrahmen stecken. Entsetzt sah ich den Griff wenige Zentimeter neben meinem Kopf wedeln, dann wandte ich meinen Blick Jane zu, die mich so aufgebracht anstarrte, dass ich die Zornesröte auf ihren Wangen erkennen konnte. Hübsches Näschen hin oder her, Jane konnte sehr wütend werden.

»Schon gut, schon gut«, sagte ich. »Wir sind uns nie begegnet.«

Es klingelte. Normalerweise wäre es Aufgabe des Hausmädchens gewesen, an die Tür zu gehen, aber Jane machte keine Anstalten.

»Ich, äh, öffne dann mal, ja?«

Sie beachtete mich nicht weiter, deswegen verließ ich die Küche, kehrte gleich wieder um, zeigte auf die Gabel, die noch immer im Türrahmen steckte, und sagte: »Du würdest mich doch nicht wirklich einfach so umbringen, oder?«

»Nein.«

»Da bin ich aber froh.«

»Nicht einfach so. Und vor allem nicht hier. Zu viele Zeugen.«

Ich muss ziemlich erschrocken geguckt haben, denn sie gestattete sich ein trockenes Lachen auf meine Kosten.

»Ein Witz, ja?«, sagte ich.

»Ja.«

Leider war es keiner, wie sich zeigte.

Wieder hatte ich den Oberpräfekten erwartet, aber auch diesmal war er es nicht. Vor der Tür stand eine runzlige alte Frau mit zwei rosa Apfelbäckchen und einem fröhlichen Grinsen. Sie hatte ein Kleid an, das in meinen Augen burgunderrot war, doch tatsächlich war es natürliches Purpur, ich sah nur die rote Komponente darin. Sie trug ein helles synthetisches Purpur-Farbkennzeichen, darunter mehrere Meriten-Etiketten und eine Oberpräfekten-Marke, verkehrt herum, Zeichen dafür, dass sie früher mal die Geschicke des Dorfes gelenkt hatte. Instinktiv richtete ich mich ein bisschen auf. Die Frau hielt eine Torte in den Händen, einen einfachen Biskuitteig ohne Marmeladenschicht, dafür mit dem ungeheuren und sagenhaften Luxus einer einzelnen hellroten kandierten Kirsche auf einer perfekten Decke aus weißem Zuckerguss.

»Sind Sie der neue Mustermann?«, fragte sie ungläubig. »Sie sind ja kaum den kurzen Hosen entwachsen.«

»Sie meinen wohl meinen Vater«, antwortete ich. »Er knöpft

83

sich gerade zusammen mit Mrs Gamboge die Grauen Simulanten vor. Kann ich Ihnen weiterhelfen?«

»Wir müssen uns wohl daran gewöhnen, dass die Mustermänner immer jünger werden«, seufzte sie, als hätte es meine Richtigstellung nicht gegeben. »Willkommen in East Carmine.«

Ich bedankte mich, und sie sagte, ihr Name sei Witwe deMauve, sie könne sehr viel Purpur sehen und sei unsere Nachbarin. Nachdem sie mir lang und breit eine rührselige Geschichte über einen tödlichen Arbeitsunfall erzählt hatte, der dazu geführt habe, dass nun drei Haushalte verzweifelt eine Putzfrau suchten, fragte sie mich, ob ich die Biskuittorte haben wolle.

»Das ist sehr nett von Ihnen«, antwortete ich und nahm ihr die Torte ab. »Und auch noch mit einer Kirsche! Wie schön! Möchten Sie nicht hereinkommen?«

»Nicht unbedingt.«

Sie besann sich einen Moment und beugte sich dann vor. »Da Sie neu hier sind, ist es nur recht, wenn ich Sie vor Mrs Lapis-Lazuli warne.«

»Ach ja?«

»Ja. Sie ist eine geborene fäulnissprühende Diebin und Lügnerin, trotz ihrer zuckersüßen Worte und geheuchelten Großzügigkeit, und dem Dorf wäre besser gedient, wenn sie Seife wäre.«

»Sie mögen sie also nicht?«

»Ich bitte Sie. Wie kommen Sie darauf?«, empörte sich Witwe deMauve. »Sie ist eine meiner engsten und liebsten Freundinnen. Sie und ich führen Buch über Puka-Sichtungen. Haben Sie in letzter Zeit welche gesehen?«

»Nein, in letzter Zeit nicht.« Und ich hatte auch nicht gedacht, dass sich eine ehemalige Oberpräfektin mit diesen kindlichen Hirngespinsten beschäftigte.

»Außerdem leiten wir die Reenactment-Gesellschaft von East Carmine. Möchten Sie nicht Mitglied werden?«

»Was spielen Sie denn nach?« Es war eine verständliche Frage, denn es gab nicht allzu viele Ereignisse, die man überhaupt nachspielen konnte, außer Szenen aus Munsells Leben, was einfach zu langweilig war, um auch nur einen Gedanken daran zu verschwenden.

»Jeden Dienstag spielen wir den vorherigen Freitag nach, und der Samstagmorgen wird am darauffolgenden Donnerstag nachgespielt. Es macht Spaß, wenn sich das ganze Dorf beteiligt. Und am Ende jeden Jahres stellen wir die Höhepunkte nach. Manchmal spielen wir sogar die Reenactments nach. Haben Sie nicht etwas vergessen?«

Mir fiel nicht ein, was ich vergessen haben könnte, deswegen zeigte sie auf die Torte mit der Kirsche.

»Das macht eine halbe Merite, bitte.«

Das war ein absurd hoher Preis, selbst für jemanden, der viel Purpur sehen konnte.

»Wenn Sie sich entschließen sollten, sie lieber doch nicht zu essen, würde ich sie Ihnen gerne wieder abkaufen – abzüglich der fünfundsiebzig Cent Bearbeitungsgebühr.«

»Die Torte?«

»Nein, die Kirsche.«

»Kann ich den Kuchen auch ohne Kirsche kaufen?«, fragte ich sie nach kurzer Überlegung.

»Also wirklich!«, sagte sie beleidigt. »Was soll ein Kirschkuchen ohne Kirsche?«

»Gibt es Ärger, Mutter?«

Ein Mann hatte die drei Treppenstufen zur Haustür erklommen. Er trug eine lange Präfektenrobe, deren Farbe reines Magenta gewesen sein musste. Ganz sicher war er der Oberpräfekt. Mittleres Alter, groß, sportlich, wirkte irgendwie leutselig. Hinter ihm waren noch zwei weitere Hellfarbene, Autoritäten durch und durch, wahrscheinlich die anderen Präfekten des Dorfes.

»Mr Russett weigert sich, den Kuchen zu bezahlen, den ich für ihn gebacken habe«, blies sie sich auf.

Der Oberpräfekt musterte mich.

»Sie sind ein bisschen jung für einen Mustermann.«

»Bitte, Sir, ich bin nicht Mr Russett, ich bin sein Sohn.«

»Warum haben Sie sich dann als Mr Russett ausgegeben?«, fragte Witwe deMauve misstrauisch.

»Habe ich doch gar nicht.«

»Oh«, entfuhr es ihr schockiert. »Dann bin ich also eine Lügnerin?«

»Aber ich ...«

»Wollen Sie sich weigern zu zahlen?«, fragte der Oberpräfekt.

»Nein, Sir.«

Ich bezahlte die alte Frau, die sich ins Fäustchen lachte und davoneilte. Oberpräfekt deMauve – ich nahm an, dass er es war, obwohl er sich nicht vorgestellt hatte und sich einem Jüngeren gegenüber auch nicht vorstellen würde – trat ins Haus und sah mich von oben bis unten an, als wäre ich eine Rindslende.

»Hm«, ließ er sich schließlich vernehmen, »Sie sehen ganz gesund aus. Sind Sie hell?«

Eine zweideutige Frage. »*Hell*« konnte entweder »*intelligent*« oder »*ausgeprägte Farbwahrnehmung*« bedeuten. Die Frage nach der Klugheit war zulässig, die andere Frage nicht. Ich beschloss, Zweideutigkeit mit Zweideutigkeit zu vergelten.

»Ich denke schon, Sir. Darf ich Sie bitten, es sich im Salon bequem zu machen?«

DeMauve kam in Begleitung des Blauen und Roten Präfekten, Turquoise und Yewberry, wie ich später erfuhr. Turquoise schien mir ganz vernünftig zu sein, Yewberry dagegen wirkte eher dümmlich. Ich geleitete sie zu ihren Plätzen und lief zurück in die Küche.

»Die Präfekten sind da, Ja- ...«

Gerade noch rechtzeitig hielt ich mich zurück und fuhr fort: »Wie soll ich dich anreden, wenn ich deinen Namen nicht benutzen darf?«

»Mir wäre es lieber, wenn du überhaupt nicht mit mir sprichst.

Aber wenn du auch nur einen Funken Selbstachtung besäßest, würdest du mich trotzdem mit meinem Namen anreden.«

Das war eine Herausforderung. Ich sah mich um, ob irgendwelche scharfen Gegenstände in Griffnähe lagen, entdeckte aber nur einen Schneebesen.

»Also gut, Jane«, sagte ich. »Die Präfekten sind … «

Mir war nicht klar, wie schmerzhaft ein Schneebesen sein konnte, aber es war auch noch nie einer nach mir geworfen worden. Er traf mich etwas oberhalb der Stirn. Hätte ich es drauf ankommen lassen wollen, hätte ihr allein diese Regelwidrigkeit – von der Unverschämtheit, der Respektlosigkeit und den schlechten Manieren ganz zu schweigen – schon fünfzig Demeriten eingebracht und mir bei Meldung des Vergehens eine zehnprozentige Fangprämie.

»Wenn du so weitermachst, bekommst du nie irgendwelche Meriten oder positives Feedback«, sagte ich und rieb mir die Stirn. »Wie willst du es da im Leben zu etwas bringen?«

Sie sah mich nur müde an.

»Hast du überhaupt Meriten oder positives Feedback?«, fragte ich sie.

»Nein.«

»Das ist schlecht.«

Sie fixierte mich mit ihren durchdringenden intelligenten Augen.

»Was gut oder schlecht ist, dafür ist das Regelbuch nicht maßgebend.«

»Das stimmt nicht«, erwiderte ich, entrüstet über die Vorstellung, es könnte einen höheren Richter über soziales Verhalten als die Regeln geben. »Das Regelbuch sagt uns genau, was richtig und was falsch ist – darum geht es doch. Die Verlässlichkeit der Regeln und die bedingungslose Einhaltung sind das Fundament … «

»Die Scones sind noch nicht ganz fertig. Bring schon mal den Tee rein, ich komme dann nach.«

»Hörst du mir überhaupt zu?«

»Ich habe irgendwie abgeschaltet, als du Luft geholt hast.«

Ich bedachte sie mit einem grollenden Blick, schüttelte bedauernd den Kopf, machte deutlich hörbar »ts, ts« und verließ mit, wie ich hoffte, demonstrativer Empörung den Raum.

DIE PRÄFEKTEN

1.1.06.01.223: Der Posten des Präfekten steht nur Personen mit einer Farbwahrnehmung von 70 % oder mehr offen. Falls kein Kandidat zur Verfügung steht, kann ein amtierender Präfekt ernannt werden, bis ein Nachfolger gefunden ist.

Als ich in den Salon zurückkehrte, unterhielten sich die Präfekten gerade über Travis Canary und seinen Brandanschlag auf die Postsendungen. Unwillkürlich kam mir der Gedanke, dass es eigentlich kein Vergehen war, die Post von Toten zu vernichten, vielmehr ein Dienst an der Gemeinschaft. Außerdem fiel mir auf, dass die Ratsmitglieder in meiner Abwesenheit alle Zuckerstückchen entwendet hatten. Ich blieb höflich, so gut ich konnte, und schenkte den Tee ein, doch meine Hand zitterte. Präfekten machten mich nervös, besonders wenn ich eigentlich gar nichts verbrochen hatte.

»Nun, Master Russett?«, sagte Oberpräfekt deMauve. »Was haben wir von Ihnen zu erwarten?«

Ich spulte die Standard-Antwort ab: »Ich werde mich bemühen, mich während meines kurzen Aufenthalts hier als wertvolles Mitglied des Kollektivs zu erweisen.«

»Selbstverständlich«, erwiderte er. »In East Carmine gibt es keinen Platz für Drückeberger, Faulenzer und Schnorrer.« Er sagte es mit einem Lächeln, doch ich begriff es als Warnung, denn so war es gemeint.

»Reisen ist ein sehr großes Privileg«, fuhr er fort, »aber kann auch zur Verbreitung von Disharmonie führen, vom Mehltau ganz zu schweigen. Was war der Grund für Ihre Reise, Master Russett?«

»Eigentlich bin ich hierhergeschickt worden, um eine Stuhlzählung vorzunehmen, Sir.«

Die Präfekten tauschten vielsagende Blicke.

»Haben Sie einen Auftrag dazu?«

»Ja, Sir.«

»Dann wird Ihnen Sally sicher gerne beistehen«, murmelte Yewberry.

»Sind Sie hier zur Bewährung in Demut?«, fragte deMauve mit Blick auf mein Etikett.

»Ja, Sir.«

»Dann kann ich nur hoffen, dass Sie etwas daraus lernen, Master Russett. Es wäre eine Schande gegenüber Ihren Vorfahren, das ganze Rot, das sie sich so hart erkämpft haben, zu vergeuden, meinen Sie nicht?«

»Ja, Sir.«

Der Skandal der Familie Russett war nur allzu bekannt. Vor drei Generationen hatte ein exzentrischer Vorfahre mit mehr Rotsicht als Verstand beschlossen, eine Graue zu heiraten. Der Mann hieß Piers Burgundy, war Präfekt und entfernt verwandt mit dem Ersten Roten. Name und Farbton gingen in der Verbindung verloren, und die abgeschwächte Wahrnehmung von kaum sechzehn Prozent bei dem gemeinsamen Sohn bedeutete eine Herabstufung zu Rostrot. Seitdem versuchten die Russetts, ihren sozialen Status wiederzuerlangen. Die ganze Sache erregte unglaublichen Anstoß, selbst für heutige Verhältnisse, aber verstieß nicht gegen die Regeln. Aus Liebe zu heiraten war nicht verboten, es war nur unvernünftig. *Heirate spektralabwärts, und der Hass deiner Enkel ist dir sicher*, lautete ein Sprichwort.

Die Präfekten unterhielten sich weiter, während ich den Tee herumreichte, doch plötzlich verstummten alle. Jane hatte mit einem Tablett voll Scones das Zimmer betreten. Yewberry und Turquoise sahen plötzlich leicht beunruhigt aus und wichen zurück, als sie näher kam. In diesem Moment fiel mir auf, dass Janes Feindseligkeit ganz allgemeiner Natur war: Sie hasste nicht nur mich, sie hasste jeden spektral Höherstehenden. Ihre Abneigung gegen mich war also nicht persönlich gemeint; ein blasser, vielleicht trügerischer Hoffnungsschimmer, jedenfalls etwas, auf das ich aufbauen konnte.

»Danke, Jane«, sagte deMauve, der anscheinend der Einzige war, der keine Vorbehalte gegen sie hegte.

»Sir«, sagte sie und stellte den Teller mit den heißen, dampfenden, süßlich duftenden Scones auf den Tisch. Turquoise und Yewberry beobachteten sie argwöhnisch.

»Na, schon den Löffel eingepackt und startbereit?«, fragte Yewberry unnötig provokant.

Jane sah ihn verächtlich an, nickte, nicht aus Freundlichkeit, sondern gewohnheitsmäßig, und verließ das Zimmer.

»Die sehe ich auch lieber von hinten«, murmelte Yewberry. »Und es tut mir nicht mal leid. Das Mädchen hat sich einfach nicht in der Gewalt.«

»Arbeiten kann sie jedenfalls, und wenn sie noch so asozial ist«, bemerkte deMauve. »Und ihr Stupsnäschen ist geradezu entzückend.«

»Entzückend«, wiederholte Turquoise.

Sie unterbrachen ihre Plauderei und fielen gierig über die Scones her.

Es wäre ein Zeichen schlechter Manieren gewesen, wenn ich mich unaufgefordert auch bedient hätte, also setzte ich mich still hin und legte die Hände in den Schoß. Ich dachte wieder an Jane. Yewberrys Bemerkung, ob sie den Löffel gepackt habe, konnte sich nur auf Reboot beziehen. Man nahm nicht viel mit dorthin, außer einem Löffel, den hatte man immer dabei. So wie Travis Canary sollte also auch Jane mit dem Nachtzug nach Emerald City geschickt werden, um Manieren beigebracht zu bekommen.

»Aber vom Backen versteht sie was«, sagte Yewberry und nahm sich noch einen Scone.

»Dafür hat sie sich glatt eine Merite verdient«, sagte Turquoise.

»Als ob ihr das noch was nützen würde«, entgegnete Yewberry, und alle lachten.

»Master Russett«, sagte deMauve, der seinen Happen mit einem großen Schluck Tee hinunterspülte, »ich glaube, es ist besser, wenn Sie mir Ihre Rückfahrkarte überlassen, zur sicheren Aufbewahrung. Es gibt Elemente in unserem Dorf, die einen unerlaubten Wohnortwechsel anstreben. Hat man Sie übrigens schon gefragt, ob Sie bereit seien, Ihre Fahrkarte zu verkaufen?«

»Nein, Sir«, antwortete ich wie aus der Pistole geschossen. Dorians Angebot sollte geheim bleiben.

»Sie bekommen zehn Meriten, wenn Sie uns jeden verraten, der Sie darauf anspricht.«

»Danke, Sir, ich werde es mir merken.«

»Gut. Dann geben Sie mir jetzt bitte Ihre Fahrkarte.«

»Ich, äh, würde sie gerne selbst behalten, wenn Sie nichts dagegen haben.«

»Doch, Russett, ich habe ganz entschieden etwas dagegen«, erwiderte deMauve scharf. »Vielleicht sind Sie der Ansicht, wir hier in der Randzone würden es mit unserer Verantwortung nicht ganz genau nehmen. Eins sage ich Ihnen, sollte Ihre offene Rückfahrkarte gestohlen werden, wären Ihre Möglichkeiten, Ihren Horizont zu erweitern, empfindlich eingeschränkt.«

Er hatte recht. Infolge eines Schlupflochs in den Regeln konnte eine offene Rückfahrkarte von jedem, der auf welche Weise auch immer in ihren Besitz gelangte, benutzt werden, denn ihre Gültigkeit durfte weder angezweifelt noch die Karte durch ihren ursprünglichen Besitzer annulliert werden. Somit war sie für jeden, der einen illegalen Wohnortwechsel versuchen wollte, von geradezu unschätzbarem Wert. Das erklärte die zweihundert Meriten, die Dorian mir geboten hatte.

»Nein, Sir, aber … «

»Kein Aber«, bellte Präfekt Yewberry. »Tun Sie, was der Oberpräfekt Ihnen sagt, oder wir behalten uns eine Anzeige wegen Grober Impertinenz vor.«

Unter ihren vereinten missbilligenden Blicken knickte ich schließlich ein und händigte ihm meine Fahrkarte aus.

deMauve nahm sie ohne ein weiteres Wort und steckte sie in seine Tasche.

Exakt in dem Moment kam mein Vater durch die Haustür, und wir alle standen auf. Offenbar war er mit Mrs Gamboge in eine Auseinandersetzung verwickelt.

» … und ich sage Ihnen, das sind Simulanten«, stellte sie klar. »Jeder, der das anders sieht, ist mit dem fahrlässigen Hang der Grauen zu Unaufrichtigkeit und Unwahrheit anscheinend nicht vertraut.«

»Sie irren sich«, antwortete mein Vater, ohne die Stimme zu erheben, genau wie es der Anstand erforderte. »Ich halte meine Behauptung aufrecht, dass es ein Schnupfen ist. Es gilt daher Anhang III, rechtmäßiges Fernbleiben von der Arbeit.«

»Ein Anstieg der Arbeitsunfälle hat unser Arbeitskräftepotential erheblich geschwächt«, entgegnete sie, hauptsächlich um deMauve zu gefallen, »und von den jüngeren Achromatischen ist keiner auch nur annähernd sechzehn. Eine heftige Schnupfenepidemie würde eine ökonomische Katastrophe für den Ort bedeuten.«

»Es könnte noch viel mehr bedeuten«, erwiderte mein Vater, diesmal mit mehr Nachdruck. »Bekanntermaßen kann Schnupfen zu Mehltau der Variante P führen, und wenn wir ihn nicht behandeln, kann sich die Epidemie weiter ausbreiten.«

Er hatte nicht übertrieben. Vor vielen Jahren hatte der Mehltau alle Bewohner des Grünen Sektors Süd dahingerafft, und erst jetzt erlangte er langsam seine alte Sektorenstärke zurück. Ob Schnupfen oder nicht, mal dahingestellt – der Ausbruch von Mehltau hatte meistens erschreckend banale Ursachen.

Zum Glück hielt das Vorstellungsprotokoll meinen Vater von einer Fortsetzung des Streits ab.

»Entschuldigen Sie meine Verspätung«, sagte er und kam mit ausgestreckter Hand auf uns zu. »Senior-Aufseher Holden Russett, Mustermann, Urlaubsvertretung.«

»George Stanton deMauve, Oberpräfekt.«

deMauve fuhr mit der Vorstellung der anderen Präfekten fort, und mein Vater gab nacheinander Turquoise und Yewberry die Hand, dann bat er mich, frischen Tee für sich und Mrs Gamboge zu kochen. Ich gab den Auftrag an Jane weiter, die kommentarlos den Kessel wieder auf die Gasflamme setzte.

»Haben Sie auf der Fahrt hierher irgendwelche Anzeichen von Gesindel beobachtet?«, hörte ich Mr Turquoise meinen Vater fragen, als ich wieder ins Zimmer trat.

»Nein, keine. Gibt es so weit im Westen noch welches?«

»Man kann nicht vorsichtig genug sein. Vor zwei Jahren mussten einige Zugpassagiere mitten auf der Strecke, dreißig Kilometer von hier, einen Hagel höhnischer Bemerkungen und obszöner Gesten über sich ergehen lassen. Ein Aufgebot aus Blaustadt hat später das Lager entdeckt, aber bis dahin war zum Glück das ganze Gesindel längst der Fäulnis erlegen. In dieser Region scheint mir Gesindel besonders anfällig für den Mehltau. Ich glaube, es liegt an der Feuchtigkeit.«

»Aber wirklich«, bemerkte Sally Gamboge, »es ist das Beste für sie.«

»In unseren Breiten schlagen wir uns mit einigen monochromen Fundamentalisten herum«, warf mein Vater ein. »Sie zerstören Farbeinspeisungsrohre und Ähnliches. Aber in letzter Zeit waren sie nicht mehr so aktiv.«

»Spielverderber«, murmelte Yewberry.

»Übrigens, diese Selbstfehldiagnose von Ochre«, sagte mein Vater, »schreckliche Sache.«

»Allerdings«, konterte deMauve nüchtern. »Der Verlust eines

Mustermanns ist immer bedauerlich, und ein Verlust durch eine Fehldiagnose ist reine Verschwendung. Aber vielleicht ist es besser so.«

Den anderen Präfekten war plötzlich unbehaglich zumute. Ich wunderte mich. Irgendwas Seltsames ging hier vor.

»Besser so?«, wiederholte mein Vater. »Warum?«

Turquoise wählte seine Worte bedächtig.

»Es hat … Unregelmäßigkeiten in der Musterpalette des Dorfes gegeben«, antwortete Turquoise. Er spielte damit auf den großen Vorrat an Heilfarben an, die im Colorium aufbewahrt wurden. Die Große Musterpalette eines Chromatikologen konnte bis zu tausend verschiedene Farbschattierungen enthalten, weit mehr als das Reiseset, das mein Vater mitgebracht hatte.

Dad fragte, was für Unregelmäßigkeiten gemeint seien, doch deMauve schlug vor, sie sollten »die Angelegenheit nach dem Tee im Colorium besprechen«.

»Eine höchst delikate Situation«, sekundierte Turquoise.

»Haben Sie unsere Knisterfalle bemerkt, als Sie ins Haus kamen?«, fragte Mrs Gamboge, geschickt das Thema wechselnd, während deMauve sich zu seinem dritten Scone verhalf.

»Nun, sie ist ja kaum zu übersehen«, antwortete mein Vater zerstreut, »sehr beeindruckend.«

»Wir haben hier viele Blitzeinschläge«, erklärte Mrs Gamboge. »Deswegen führen wir regelmäßig Übungen durch. Auf der Rückseite der Küchentür finden Sie alle nötigen Hinweise.«

Es entstand eine Pause.

»Wie ich gehört habe«, sagte deMauve und sah meinen Vater dabei durchdringend an, »wurden Sie heute Morgen in der National-Color-Niederlassung Zeuge eines Zwischenfalls.«

»Hat sich ja schnell herumgesprochen.«

»Der Gelbe Präfekt von Vermillion hat uns ein Telegramm geschickt.«

Mein Vater berichtete in groben Zügen, was in dem Farbengeschäft vorgefallen war. Die Präfekten hörten aufmerksam zu.

»Ich verstehe«, sagte deMauve, als mein Vater ans Ende seiner Geschichte gelangt war. »Offenbar ist der Graue, der sich des schwerwiegenden Verbrechens der Falschkennzeichnung schuldig gemacht hat, kurz nach seiner Einlieferung ins Colorium der Fäulnis erlegen. Die Zuständigen fragen sich, ob Sie vielleicht etwas wissen, was Licht in die Frage seiner Identität bringen könnte.«

Jane war mit einer Kanne frisch zubereiteten Tees und zusätzlichen Tassen ins Zimmer getreten und erledigte jeden Handgriff doppelt so langsam, um sich kein Wort des Gesprächs entgehen zu lassen.

»Er war ein LD2«, sagte mein Vater, nachdem er kurz überlegt hatte.

»Unser Nationalregister verzeichnet zweiundachtzig LD2«, sagte Mrs Gamboge. »Bis wir alle aufgespürt haben, wird es also etwas dauern. Von den zwölf, die hier bei uns wohnen, entspricht keiner der Beschreibung und dem Alter. Purpurne werden zu Recht nicht damit behelligt, sich zu verifizieren, deswegen wissen wir nicht, wann er angekommen ist oder woher.«

»Tja, da kann ich Ihnen auch nicht weiterhelfen«, antwortete mein Vater.

»Gibt es sonst keine Hinweise?«, fragte Mrs Gamboge. »Etwas, das Sie uns freiwillig mitteilen möchten? Sie oder Ihr Sohn?«

»Nein«, sagte mein Vater.

Ich sah zu Jane, die mich genau beobachtete. Sie ahnte, dass ich von ihrer Verbindung zu dem Falschgekennzeichneten wusste, und bei jedem anderen hätte ich etwas gesagt. Mochte mein Vater ruhig behaupten, die Russetts seien keine Petzer – wollte ich bei Constance auch nur den Hauch einer Chance haben, dann brauchte ich jede Merite, die ich kriegen konnte. Sie aß gerne Schokolade, und die war teuer, besonders die mit coloriertem Kern. Jane zu verpetzen würde mir mindestens fünfzig Meriten einbringen.

»Nein, Sir.«

Jane gab sich nicht weiter mit dem Teegeschirr ab und verschwand leise aus dem Zimmer.

»Also gut«, sagte deMauve. »Ich schicke ein Telegramm nach Vermillion, damit sie dort Bescheid wissen.«

Danach fielen sie in eine unverbindliche Plauderei. Mein Vater lehnte die Scones dankend ab, trank aber den Tee, und man unterhielt sich über Einradpolo und dass die Mannschaft von East Carmine letztes Jahr auf der Gute-Laune-Messe Silber gewonnen hatte.

Jane kam mit einem Tablett herein, auf dem ein Zettel lag.

»Entschuldigen Sie bitte«, sagte sie in dem freundlichsten Tonfall, den sie aufbringen konnte. »Eben ist eine dringende Nachricht für Master Edward gekommen.«

»Für mich?«, fragte ich einigermaßen erstaunt. Ich bedankte mich, nahm den Zettel, las ihn und steckte ihn in meine Brusttasche. Jane machte einen Knicks und verließ wortlos das Zimmer.

»Möchten Sie einen Scone, Master Russett?«, fragte deMauve, nachdem er und die anderen Präfekten sich die Bäuche vollgeschlagen hatten. »Sie schmecken wirklich gut.«

»Ungewöhnlich ... würzig«, sagte Turquoise.

»Pikant«, ergänzte Yewberry.

»Sehr freundlich von Ihnen«, antwortete ich, »aber ich möchte lieber nicht, vielen Dank.«

Normalerweise esse ich Scones gerne, doch bei dieser Gelegenheit musste ich das Angebot ausschlagen. Auf dem Zettel, den Jane mir gegeben hatte, stand: *Rühr die Scones nicht an.*

Danach trugen wir uns ins Dorfregister ein. Name, Eltern, Postleitzahl, Feedback, Meritenkonto, unsere Farbe und wie ausgeprägt die jeweilige Wahrnehmung war. Mein Vater notierte seinen Stand, Rot: 50,23 %, und ich schrieb »ungeprüft« in die Rubrik. In der Spalte darüber hatte sich Travis Canary eingetragen. Er hatte die sehr renommierte Postleitzahl TO3 4RF, stammte also ursprünglich von der Honigbrötchen-Halbinsel, der traditionellen Heimat der Gelben. Sein Feedbackstand belief sich auf beachtliche 92 %, ein Vorzeigebewohner also – bis zu dem Moment, als er die Postsendungen angezündet hatte.

»Entschuldigen Sie unser Misstrauen«, sagte Yewberry, sobald wir das Register ausgefüllt hatten, »aber würden Sie sich bitte frei machen? Die Vorschriften.«

Wir knöpften unsere Hemden auf und zeigten ihm unsere Postleitzahlen, und er verglich sie mit unseren Meritenbüchern. Zur Nachprüfung sah er sich auch noch unsere individuelle Kodierung aus schwarzen und weißen Streifen an, die aus den Nagelbetten der linken Hand herauswuchs, und glich sie mit unserer Akte ab, was etwas länger dauerte.

Wir bestanden die Verifizierung, und die Präfekten überflogen kurz unseren Meritenstatus und Feedbackstand, die sie offenbar akzeptierten, da kein weiterer Kommentar erfolgte. Mein Feedback war mit zweiundsiebzig Prozent ganz ordentlich, mein Meritenstatus bescheidener. Abgesehen von der kürzlich verhängten Strafe für meinen Versuch, das Warteschlangensystem zu verbessern, habe ich mir nichts weiter zuschulden kommen lassen, daher mein Stand von 1260 Meriten. Zweihundert Meriten über den erforderlichen tausend, die man brauchte, um in den Genuss der vollen Bewohnerrechte zu kommen, war nicht gerade viel, aber immerhin. Damit hatte ich das Recht zu heiraten – sobald ich meinen Ishihara abgelegt hatte –, durfte mir beim Essen Nachschlag holen, eine gemusterte Weste tragen und noch einige andere Dinge. Mein Vater hatte sehr viel mehr Meriten, wie es sich für sein Alter, seinen Beruf und seinen Status als Senior-Aufseher gehörte. Wenn er vor zwei Jahren nicht ein Farbmuster verloren und eine hohe Buße auferlegt bekommen hätte, hätte er sogar noch mehr. Als wir das letzte Mal darüber sprachen, war der Stand meines Vaters runter auf achttausend, und alles, was über die zurückgelegten dreitausend Meriten für meine Mitgift hinausging, würde in das Hartholz-Gewächshaus fließen, das er sich schon lange wünschte.

»Hm«, murmelte deMauve, nachdem er Dads Meritenstatus gesehen hatte. »Alle Achtung.«

»Sie gehörten meiner Frau«, sagte mein Vater trocken.

»Tatsächlich?«, sagte deMauve schon nicht mehr ganz so beeindruckt. »Sie muss ein wertvoller Mensch gewesen sein. Ihr Verlust tut uns aufrichtig leid.«

»Wurde sie von einem Blitz getroffen?«, erkundigte sich Mrs Gamboge ungebührlich neugierig.

Vater zögerte, weil er hoffte, sie würden nicht weiter nachbohren, doch die Präfekten hier waren anders als unsere Bande zu Hause. Der Alte Magenta mochte noch so ein Dummkopf und strenger Vorgesetzter sein, aber wenigstens wusste er, wann er von persönlichen Fragen ablassen musste.

»Schwanattacke?«, hakte Yewberry nach.

»Es war Mehltau«, unterbrach mein Vater mit leiser, dennoch deutlicher Stimme, »und unsere Trauer ist unsere Privatangelegenheit.«

»Entschuldigen Sie«, lautete deMauves schlichte Antwort. Er gab uns unsere Bücher zurück und stand auf. »Kein weiteres Wort hierzu.«

Sie begaben sich zur Haustür, und alle reichten nacheinander meinem Vater feierlich die Hand zum Abschied.

»Sie werden ein paar Tage brauchen, um die typischen Gebräuche hier bei uns im Dorf kennenzulernen«, sagte deMauve, »aber ich kann Sie ja schon mal einweisen. Zwar herrscht hier eine etwas lockere Kleiderordnung, und die Verwendung von Vornamen ist allgemein akzeptiert, doch bei Krawatten bestehen wir auf einem halben Windsorknoten, und Verspätungen zum Essen werden nicht toleriert. Die vorgeschriebenen Sportarten für Mädchen sind Squash und Hockeyball, für Jungen Cricket und Tag-Football. Freiwillig sind Tennis, Extrembadminton, Krocket, In Ohnmacht Kreiseln und Rudern.«

»Gibt es hier einen Fluss, der dafür breit genug ist?«, erkundigte sich mein Vater, der zu Hause sehr viel gerudert hatte.

»Es ist ein eher theoretisches Angebot«, antwortete deMauve,

»und für verregnete Nachmittage haben wir ein Neunzigtausend-Teile-Puzzle.«

»Leider hat jemand die Vorlage verschusselt«, grummelte Yewberry, »und es gibt viel Himmel auf dem Bild.«

»So etwas nennt man eine Herausforderung, Mr Yewberry«, sagte deMauve süffisant. »Mr Turquoise wird Master Russett morgen in den Dienstplan für Nützliche Arbeit eintragen, und ich werde den Roten Junior-Aufseher bitten, ihm das Dorf zu zeigen. Aus Anlass der diesjährigen Feierlichkeiten zum Gründungstag wollen wir *Red Side Story* aufführen. Falls Sie singen oder ein Instrument spielen können und mitwirken möchten – meine Tochter Violet organisiert das Casting. Haben Sie noch Fragen?«

»Ja«, sagte mein Vater. »Was ist In Ohnmacht Kreiseln?«

»Keine Ahnung, aber die Regeln besagen, dass wir es als Sport anbieten müssen.«

Und das war's. Überstanden. Nach den üblichen höflichen Verabschiedungen, Verbeugungen, dem Händeschütteln und den *Getrennt sind wir vereint*-Saluten schloss sich die Tür, und wir standen allein im Flur.

»Eddie?«

»Ja, Dad?«

»Halt Augen und Ohren offen. Ich habe in meiner Laufbahn schon viele seltsame Dörfer gesehen, aber so eins wie das hier ist mir noch nie untergekommen. Was sollte eigentlich dieser Zirkus um Jane? Die Präfekten schienen ja richtig Angst vor ihr zu haben.«

»Sie hat nichts zu verlieren«, antwortete ich knapp. »Sie dürfte gleich Montag zum Reboot fällig sein.«

»Ach so«, sagte mein Vater. »Schade um die schöne Nase.«

Es klingelte an der Haustür. Mein Vater öffnete einem Grauen Junior-Boten, der ihm mitteilte, in der Linoleumfabrik habe es wieder einen Unfall gegeben.

»Aber es eilt nicht«, sagte der junge Kerl vorwitzig, »es sei denn,

Sie haben ein Farbmuster, mit dem man Köpfe wieder annähen kann.«

Mein Vater gab dem Jungen Trinkgeld, holte seinen Reisemusterkoffer und machte sich bereit zu gehen.

»Wie gesagt, Eddie, halt die Augen offen. Mir kommt das hier alles ein bisschen eigenartig vor.«

»Meinst du Robin Ochre und seine ›Unregelmäßigkeiten‹?«

»Ja, die auch. Und noch etwas.«

»Ja?«

»Biete nicht so viele Zuckerstückchen an, wenn der Rat das nächste Mal kommt.«

Ich schlenderte zurück in die Küche, wo Jane gerade mit dem Abwasch angefangen hatte, und fragte sie, was sie in die Scones getan hatte.

»Besser, du weißt es nicht. Und wenn du meinst, du hättest dir jetzt *DasEine* mit mir verdient, nur weil du mich nicht verpetzt hast, dann hast du dich geschnitten.«

»Du verstehst mich völlig falsch«, wehrte ich mich. Es sollte sich anhören, als wäre mir nie auch nur der Gedanke an DasEine mit ihr gekommen.

»Ja, klar«, sagte sie sarkastisch. »Als Nächstes willst du mir noch weismachen, du würdest dich für die Hochzeitsnacht aufheben.«

»Das … wäre ja nicht das Schlechteste«, sagte ich gedehnt, und sie lachte. Nicht mit mir, sondern über mich. Es war demütigend. Ich wiederholte meine unbequeme Frage von vorhin, um sie in Verlegenheit zu bringen.

»Wie hast du das heute Morgen geschafft, nach Vermillion hin und zurück?«

»Gar nicht«, sagte sie. »Es ist nicht möglich. Und wir beide haben uns vorher auch noch nie gesehen. Klar?«

»Du magst mich nicht, oder?«

»Das wäre zu viel der Mühe«, erwiderte sie. »Gleichgültigkeit ist bei weitem einfacher. Pass auf: Du hast mir einen Gefallen getan, und ich habe dir einen Gefallen getan. Wir sind also quitt.«

»Das kann man ja wohl schlecht miteinander vergleichen«, sagte ich. »Ich habe dich vor einer ganzen Latte unangenehmer Fragen bewahrt, und du hast mich nur davon abgehalten, die Scones zu essen.«

»Wenn du wüsstest, was ich hineingetan habe, würdest du nicht so daherreden.«

»Was … «

»Ich bin fertig«, sagte sie, trocknete sich die Hände am Tuch ab und schickte sich an zu gehen. »Und wir beide sind auch miteinander fertig. Wenn du mich noch einmal ansprichst, breche ich dir den Arm. Eine Bemerkung über meine Nase, wie niedlich und stupsig sie ist, und ich bringe dich um. Glaub ja nicht, dazu wäre ich nicht fähig. Ich habe nichts zu verlieren.«

»Aber du bist unser Hausmädchen. Was ist, wenn ich meinen Hemdkragen mal gestärkt haben will oder so?«

Ich bereute diese Frage augenblicklich. Ich wollte einfach nur weiter mit ihr reden, um jeden Preis, doch meine Bemerkung klang bedürftig und wehleidig. Jane griff das sofort auf. Es war überdeutlich, wer hier das Sagen hatte. Jane strahlte eine natürliche Autorität aus, nicht die Art von Autorität, die einem zufällig in die Wiege gelegt wird, sondern etwas anderes. Jane hatte ein klares Ziel vor Augen, und sie besaß Stärke.

Sie trat einen Schritt auf mich zu, starrte mich an und versuchte, wie ich meinte, zu ergründen, ob ich irgendwelche verborgenen Tiefen hatte. Nachdem sie sich davon überzeugt hatte, dass dem nicht so war, begab sie sich zur Tür.

»Wenn du was von mir willst, schreib es auf einen Zettel.«

Mit diesen Worten war sie verschwunden, und ich blieb ziemlich ernüchtert und ratlos zurück. Eigentlich hatte ich mir die Randzone irgendwie unkompliziert und einigermaßen engstirnig vorgestellt, doch in der kurzen Zeit, die ich nun hier war, schien sie mir heikler und komplexer als alles, was ich in meiner ereignislosen Existenz in Jade-under-Lime je erlebt hatte. Zwei Dinge jedoch hatten sich zu meinen Gunsten entwickelt: Erstens hatte sich Janes Drohung, mir die Knochen zu brechen, vom Kiefer auf den Arm verlagert, was eindeutig ein Schritt in die richtige Richtung war. Und zweitens, wichtiger noch, hatte mir mein Vater den Löffel des falschen Grauen gegeben. Und auf der Rückseite war, wie auf jedem persönlichen Löffel, die Postleitzahl eingraviert: LD2 5TZ.

Jetzt wünschte ich, ich hätte sie ignoriert. Die stacheligen Greifarme des Yateveobaums fingen bereits an, sich zu neigen.

TOMMO CINNABAR

5.3.21.01.002: Einmal zugewiesene Postleitzahlen bleiben lebenslang gültig.

»Hallo«, sagte der Kerl, der eine halbe Stunde später vor der Haustür stand. »Bist du der junge Russett?«

»Ja. Eddie.«

»Ich bin Tommo Cinnabar, dein Fremdenführer durch East Carmine. deMauve hat mir aufgetragen, dir unsere tollen Sehenswürdigkeiten zu zeigen. Bestimmt kannst du es kaum noch erwarten, was?«

»Ich denke seit Wochen an nichts anderes mehr.«

»Eigentlich ist East Carmine ein Kaff«, sagte er, nachdem wir losgezogen waren. »Selbst die Kakerlaken halten das hier für eine Absteige. Freundschaft?«

»Freundschaft.«

Der Blitzableiter auf dem Flakturm war das ungewöhnlichste und dominierende Merkmal, das sofort ins Auge fiel, wenn man über den Marktplatz ging.

»Hat die Gelbe Gefahr dir schon alles über ihre heißgeliebte Knisterfalle erzählt?«

»Sie hat sie, glaube ich, mal erwähnt.«

»Das muss die alte Kuh erst mal jedem auf die Nase binden. Der Blitzableiter hat das Dorf über dreihunderttausend kommunale Meriten gekostet, obwohl seit Menschengedenken nur sechs Leute

104

verbrutzelt sind – fünf davon durch Kugelblitz, und dagegen bietet die Knisterfalle sowieso keinen Schutz. Jede Woche lässt sie uns zu Übungen antreten. Und wenn sich nur das kleinste Wölkchen am Himmel zeigt, stellt sie bemannte Wachen auf. Alles dummes Geschwätz in meinen Ohren. Was meinst du?«

Seine unschickliche Schroffheit gefiel mir auf Anhieb. Tommo war untersetzt, etwas kleiner als ich, hatte weiche Gesichtszüge und eine lauernde, sprunghafte Art, die einem Gelben viel eher zu Gesicht gestanden hätte. Unter seinem Farbkennzeichen trug er das Etikett »Ungehörig«, außerdem »Niedriger Meritenstatus« und die Marke »Ober-Junior-Aufseher«, was ein Widerspruch in sich war.

Die Familie Cinnabar war recht bekannt. Früher gehörte sie zu den ganz Großen im Handel mit Karmesinrotpigmenten, bis ein Skandal um Preisabsprachen zu einer massiven Verschuldung und dem Einzug von Vermögen geführt hatte. Trotz allem hatte sie sich einen gewissen hartnäckigen, wenn auch befleckten Stolz erhalten, und ihre Mitglieder waren nie abgeneigt, die Regeln großzügig auszulegen, wenn es ihnen passte. Unabhängig von Tommos beeindruckender dynastischer Abstammung und der glamourösen Postleitzahl FK6 hatten mehrere unbesonnene Verbindungen mit niederwertigeren Farbtönungen – ein ungeschickter Versuch einer Erbhygiene aus Eitelkeit, wie manche meinten – die Linie verwässert, sodass die Cinnabars heute auf einem mittleren bis niedrigen Perzeptionslevel vegetierten und sich deutlich Richtung Grau bewegten. Die Russetts befanden sich auf dem aufsteigenden Ast, die Cinnabars auf dem absteigenden. So funktionierte das.

»Können wir noch an der Post vorbeigehen?«, fragte ich. »Ich möchte ein Telegramm aufgeben.«

Die Post lag an der Ecke, wie das bei Postgebäuden meistens der Fall ist. Draußen war eine Tafel angebracht, auf der in weißer Kreide die Schlagzeile aus der Wochenausgabe des *Spectrum* stand, irgendwas über Gesindel, das irgendwo eine Gräueltat begangen hatte. Außerdem gab es einen Briefkasten in einem sanften rötlichen Farbton, so ganz anders als die hochchromatischen Kästen in Jade-under-Lime. Ich brauchte eine Weile, bis mir klar wurde, dass es sich um ein natürliches Rot handelte, die Farbe war einfach nur stark verblasst. Wenn man sich so umschaute, gab es überhaupt sehr wenige synthetische Farben in dem Dorf.

Ich schickte ein Telegramm an meinen besten Freund Fenton in Jade-under-Lime, in dem ich mich nach Backwaren für Dorian erkundigte und ihm bestätigte, dass ich, wie gewünscht, die Taxanummer des Kaninchens protokolliert hatte. Die Nummer musste ich mir zusammenstoppeln, da ich das Kaninchen ja eigentlich gar nicht gesehen hatte, von seinem Strichcode ganz zu schweigen. Die ersten zwölf Ziffern für *Säugetier* waren noch simpel, da sie dieselben wie unsere waren, aber wie der Code danach weiterging, war ein Ratespiel. Schließlich verfiel ich auf die Zahl Dreizehn für die *Ordnung*, da es zwischen Nagetier und Igel eine Lücke im Taxa-Code gab, dann folgten Zwei und Sieben für Gattung und Spezies. Den übrigen Code füllte ich willkürlich mit anderen Zahlen aus, achtete nur darauf, dass er mit einem F endete, denn selbst Fenton wusste, dass das Letzte Kaninchen ein Weibchen war. Ich war ein bisschen nervös, da es eine dreiste Lüge war, aber sie würden schon nicht dahinterkommen, und außerdem hatte ich das Geld, das ich dafür erhalten hatte, längst ausgegeben. Ich schickte erst mal kein Gedichttelegramm an Constance, da ich noch Zeit brauchte, wenigstens etwas halbwegs Anständiges zustande zu bringen. Constance war es gewohnt, von mir und Roger Maroon Gedichte zugeschickt zu bekommen, und da ich genau wie Roger jemanden dafür bezahlt hatte, die Reime für mich zu verfassen, lag die Latte entsprechend hoch. Wir waren beide keine großen Poeten.

Als wir die Post wieder verließen, fing Tommo an, mich auszufragen, und ich erzählte ihm von dem Vorfall mit Bertie Magenta, von der Stuhlzählung und schließlich von Jade-under-Lime.

»Ein bisschen grünlastig«, sagte ich auf seine Frage, wie es denn so in meiner Heimatstadt sei, »aber ganz so schlimm ist es auch wieder nicht, da die Schimmelköpfe eigentlich gar nicht mit uns reden.«

»Seid ihr ans Versorgungsnetz angeschlossen?«

Ich nickte.

»Mit der kompletten CMYK-Farbmischung, bei einem Druck von sechsundzwanzig Pfund. Wir kriegen die meisten Farben auf der Skala, mit etwa sechzig Prozent Sättigung und Helligkeit.«

Tommo pfiff anerkennend.

»Ich wünschte, das hätten wir hier auch.«

»So schlimm sieht East Carmine doch gar nicht aus«, wagte ich zu behaupten, als wir unter den geschrubbten Kolonnaden des Marktplatzes hergingen, vorbei an dem zentralen Laternenmast und der überlebensgroßen Bronzestatue von Unserem Munsell, der väterlich auf East Carmine herabblickte, die Stirn gerunzelt, als wäre er bis in alle Ewigkeit in Gedanken versunken. »Es ist ja nicht so, als müsstet ihr ganz ohne Farbe auskommen.«

Wir waren vor dem Rathaus, das in einem sanften Grünton gestrichen war, stehengeblieben. Eine Steintreppe mit abgetretenen Stufen führte zu einer Art Portikus, von dem sechs kannelierte Säulen aufragten, die hoch oben ein dreieckiges Tympanon stützten. In den Kalkstein gemeißelt war das Credo des Kollektivs: Getrennt sind wir vereint. Das massive Eingangsportal war übermannshoch, und zu beiden Seiten befanden sich Abgangstafeln aus verblichenem Holz mit den Namen ehemaliger Bewohner, die sich auf irgendeinem Gebiet hervorgetan hatten: *Tracy Peach, die freundlich und zuvorkommend war und uns viel zu früh verlassen hat – 23. Dezember 00207*, oder *Olive Olive, die mit sechs Melonen jonglieren und gleichzeitig auf dem Einrad fahren konnte – 12. August 00450.* Es gab sogar einen Eintrag für Robin Ochre, die Farbe war noch frisch: *Robin Ochre, ein guter Mustermann, der den Mehltau in Schach hielt und uns alle geschützt hat – 16. Juni 00496.* Die Liste folgte einer Rangordnung, je nachdem wie wertvoll der jeweilige Namensträger gewesen war – Extrem, Sehr, Größtenteils, Teilweise. Die Einordnung wurde durch das äußerst ungewöhnliche Verfahren einer Befragung der Bewohner ermittelt, die auf Zetteln ihre Wahl ankreuzen konnten.

»Zum Glück haben sie es damals noch rechtzeitig angestrichen«, sagte Tommo und zeigte auf das Rathaus. »Diese blöde Knisterfalle hat uns so gut wie ruiniert. Es wird Jahre dauern, bis wir uns einen neuen Anstrich leisten können. Und einen Anschluss ans Versorgungsnetz – den können wir vergessen.«

»Wirklich? Ich habe gehört, die Randzonen wären voll von unerschlossenen Farbrestevorkommen.«

»Ja«, sagte Tommo sarkastisch, »wie du siehst, sind die Straßen hier gelb gepflastert. Ich muss dir leider sagen, das ist alles dummes Geschwätz. Im Süden waren die Einstigen immer zahlreicher vertreten – hier hingegen, da gibt es Stellen, ich glaube, da hat nie ein Einstiger gelebt. Außerdem ist die Umgebung hier so ziemlich abgegrast.«

Es war ein Problem, das zunehmend häufiger auftrat. Die Distribution von synthetischen Farbtönen wurde von NationalColor streng kontrolliert, und es gab nur eine einzige Möglichkeit, sich Farbe selbst zu beschaffen: durch Einsammeln von Farbresten, die zu Rohpigmenten recycelt wurden. Eine Tonne roten Wertguts ergab etwa fünf Liter Univisuelles Pigment. Das reichte, um dreihundert Rosen ein halbes Jahr mit Vollfarbe auszustatten oder ein ganzes Jahr mit Halbfarbe. Manche Dörfer nutzten jede Lichtstunde zum Sammeln von Farbresten, was manchmal sogar dazu führte, dass die Grundnahrungsmittelproduktion zu kurz kam. Farbe und der Genuss von Farbe waren das Ein und Alles.

»Die Linoleumfabrik wirft doch sicher auch einige Meriten ab, oder?«, fragte ich.

»Wir verkaufen das Linoleum zu einem Zehntel des Preises, den es vor zweihundert Jahren gekostet hat. Der Rat hat die Zentrale ersucht, die Produktion herunterzufahren oder die Genehmigung zu erteilen, Linoleum als Dachziegeln zu verwenden. Für Kleidung am Körper ist es ein bisschen zu hart.«

»Das habe ich auch schon gehört.«

Wir starrten noch immer auf den sanften olivfarbenen Anstrich des Rathauses.

»Glaubst du, dass das wirklich Grün ist?«, fragte Tommo.

»Keine Ahnung«, antwortete ich. Niemand vermochte zu erklären, warum wir ein Univisuelles Grün sehen können, Echtes Grün aber nicht. Farbe an sich hat keine Farbe, es ist nur eine Hilfskonstruktion des Verstandes, eine Empfindung, so wie der Summchor aus *Butterfly* oder der Geruch des Geißblatts. Ich wusste, wie Rot aussieht, aber ich käme in Verlegenheit, wenn ich erklären müsste, was Rot tatsächlich ist.

Mittlerweile hatten wir schon geraume Zeit so vor dem Rathaus gestanden und beschlossen, lieber weiterzugehen, bevor noch ein Präfekt oder Aufseher vorbeikam.

»Wohnt deine Familie schon lange hier?«, fragte ich Tommo.

»Ich bin vor einem Jahr hierhergezogen. Ich stamme aus einem nicht ganz so bekannten Zweig der Cinnabars. Wir sind Ladenbesitzer. Sogar ganz geschickte. Unser Co-op im Roten Sektor Ost fuhr den höchsten Gewinn des ganzen Sektors ein.«

»Warum bist du dann hier?«

»ZPE.«

»Die Zentrale Personenerfassung hat dich hergeschickt?«

»Nein. ZPE ist mein Coup: zwei zum Preis von einem. Der Rat hat Anstoß an meinen aggressiven Verkaufsmethoden genommen. Die Kampagne ›Eine Woche lang jeden Tag einen Kessel umsonst‹ kam nicht gerade gut an.«

»Du hättest sie als Standardvariable eintragen lassen sollen. Dann wärst du abgesichert gewesen«, ließ ich den Bescheidwisser heraushängen, obwohl ich diese Methode selbst gerade erst von Travis gelernt hatte.

»So schlau bin ich jetzt auch.«

»Warum eigentlich ›zwei zum Preis von einem‹? Warum die Ware nicht gleich zum halben Preis anbieten?«

»Was wäre dir lieber«, gab er zurück. »Zum halben Preis oder umsonst?«

»Ist doch dasselbe.«

»Ja und nein«, antwortete er grinsend. »Verkaufen ist eine Wissenschaft. Der Rat ist der Meinung, ich hätte die Regeln missachtet, weil ich mir Geheimwissen zu eigen gemacht hätte. Ich bekam dreißig Meriten Strafe und wurde hierherbeordert, um die Floon-Käfer-Abwanderung zu untersuchen.«

»Hat deMauve dir deine offene Rückfahrkarte auch abgenommen?«

»Nein. Verloren auf der Gute-Laune-Messe. Ich hatte auf einen todsicheren Kandidaten gesetzt, der als Dritter einlief. Ich habe schon versucht, mir den Rückweg freizukaufen, aber es ist gar nicht so einfach. Wenn ich ehrlich sein soll, mein Konto ist unter null.«

Woanders wären negative Meriten als zutiefst beschämend angesehen worden, doch Tommo schien sein Urteil, das offensichtlich kurz bevorstehende Reboot, sogar mit Stolz zu tragen.

»Ärgert es dich denn gar nicht, dass du zum Reboot geschickt wirst?«

»Sollte es mich ärgern?«

»Natürlich.«

Er klopfte mir auf die Schulter.

»Mach dir mal keine Sorgen, Eddie. Bis Montag wird mir schon noch was einfallen.«

Am Sonntag würde er seinen Ishihara ablegen, so wie Jane. In Jade-under-Lime hatten wir bis zu unserem Ishihara noch acht Wochen Zeit. Da wir so ungezwungen miteinander plauderten, rang ich mich dazu durch, ihm eine etwas delikate Frage zu stellen.

»Wie viele Meriten bist du denn im Minus?«

»Ich glaube, so um die hundert«, sagte er lachend. »Aber deMauve hat gesagt, es würden fünf Meriten für mich herausspringen, wenn ich dir das Dorf zeige – solange ich dich nicht zu irgendwelchen Tommo-Teufeleien verführe.«

»Da bin ich aber erleichtert.«

»Nicht nötig. Tommo-Teufeleien sind qualitativ hochwertig. Willst du deine offene Rückfahrkarte verkaufen?«

»Womit willst du die denn bezahlen?«

»Versteh mich nicht falsch«, sagte er. »Ich bin nur knapp an notierten Meriten. Bare Meriten sind eine ganz andere Kiste.«

Er verdiente sich seine Meriten also auf dem Beigemarkt. Trotzdem, das Bargeld würde ihm im Reboot auch nicht viel nützen, selbst wenn er reicher als Josiah Oxblood wäre. Man durfte auch kein Bargeld zum Reboot mitnehmen, nur einen Löffel. Einen guten Löffel, manchmal sogar zwei. Die Förderlehrer ließen sich damit gerne die Gewährung von Privilegien bezahlen, hieß es.

»Selbst wenn ich wollte, könnte ich sie dir nicht verkaufen. Ich habe sie deMauve zur Aufbewahrung überlassen.«

»Das war keine gute Idee.«

»Nein?«

»Ganz bestimmt nicht. deMauve ist ein knallharter Geschäftsmann. Wahrscheinlich müsste ich ihm doppelt so viel dafür bezahlen wie dir.«

»Soll das ein Witz sein?«

»Ja, klar ist das ein Witz«, sagte er wie jemand, der es nicht so meinte. »Ich zeige dir mal, was wir hier für eine Farbvielfalt haben.«

Wir bewegten uns auf den östlichen Rand des Marktplatzes zu, wo sich ein Senkgarten befand, etwa so groß wie ein Tennisplatz, umgeben von einer Mauer, gerade hoch genug zum Draufsitzen. Es war der einzige ColorGarten von East Carmine, und er bot einen jämmerlichen Anblick. Das Gras hatte eine dunkelgrüne Farbe, und die Blumen zeigten alle stumpfen Varianten von Blau und Gelb. Große, wie Zahnpastatuben geformte Farbminen versorgten den Garten mit Pigmenten. Schlimmer noch, man verwendete das veraltete Rot-Blau-Gelb-Farbmodell, das nur eine minimale Auswahl an Tönungen bot.

»Letzte Woche ist die rote Patrone leer geworden«, sagte

Tommo. »Und die gelbe kann auch jeden Tag austrocknen. Was das heißt, brauche ich dir nicht zu sagen.«

Ich erkannte das Problem sofort. »Ja«, sagte ich, »blaues Gras. Das ist ja eklig. Kein Dorf sollte ohne ColorGarten auskommen müssen.«

»Es gibt noch Mrs Gamboges Garten«, sagte er verächtlich. »Sie steckt ihre ganzen Bonusmeriten da rein. Sie hat sogar einen Gärtner angestellt, der alles von Hand färbt.«

»Und das bei dem Arbeitskräftemangel, der hier herrscht?«

»Es verstößt nicht gegen die Regeln. Was sagst du zu dieser Tür?«

Wir kamen an den Hauptresidenzen auf der Sonnenseite des Marktplatzes vorbei. Die Tür, auf die Tommo mich aufmerksam gemacht hatte, war in Univisuellem Rot gestrichen, damit auch jeder sah, dass hier der Rote Präfekt residierte. Der künstliche Farbton machte die Tür unanständig grell, Beschläge und Maserung waren völlig verdeckt durch die alles übertünchende Farbe, die so stark war, dass sie in meinen anderen Sinnen Induktionsstörungen auslöste. Ich spürte den Geruch von verbranntem Haar, in meinen Ohren hörte ich ein Klingeln, und wirre Erinnerungsbilder kamen in mir hoch: meine Mutter, dann ein vor langer Zeit verstorbenes Haustier unserer Familie und eine Inszenierung von *South Pacific*, die ich mal gesehen hatte.

»Ziemlich grell«, sagte ich und wusste dann augenblicklich, worauf er aus war. Er versuchte, meine Rot-Wahrnehmung zu ermessen.

»Hm«, sagte Tommo. »Also nicht schmerzhaft? Keinen Tinnitus oder Erinnerungsschübe? Zum Beispiel Bilder aus *Die Farbe des Geldes*?«

»Nein. Und du?«

»Ich sehe eher Schattenbilder aus *Der Rote Korsar* – und von Chuckles, unserem zahmen Dachs.«

Wenn das zutraf, dann war Tommo mindestens so farbrezeptiv wie ich, doch nach allem, was ich bisher von ihm kannte, gehörte es hier zum Standard, mit seiner Farbwahrnehmung zu prahlen, und jeder Mensch wusste, dass eine Übersättigung durch die eigene Farbe Erinnerungen an Musicals und Haustiere heraufbeschwor.

Wir gingen weiter. Keine zehn Schritte, und wir standen vor einem großen Gebäude, an dessen Fassade in großen Lettern »BÜCHEREI« stand.

»Ist das die Stadtbücherei?«

»Deine Kombinationsgabe ist umwerfend.«

Ich überhörte den Sarkasmus. »Ich muss etwas nachschlagen«, sagte ich.

»Mach nur«, sagte er. »Für mich ist das nichts. Leere Regale kann ich mir auch im Supermarkt angucken. Da riecht es besser, und man wird nicht belästigt.«

DIE UNBÜCHEREI

»Phantasievolles Denken ist zu unterbinden. Es führt zu nichts Gutem.« *Munsell, Buch der Weisheit*

Ich machte die Tür auf und trat ein. Die Bibliothek war ein großer offener Raum mit einem kreisrunden Ausschnitt in der Decke, durch den senkrecht das Licht einfiel. Im Raum verteilt standen Tische und Stühle sowie einige Spiegel auf Ständern, sehr praktisch, um die Lichtstrahlen zum Arbeiten auf die Tische zu lenken – das heißt, wenn Bücher da gewesen wären, die man sich hätte ansehen können. Wie Tommo schon angedeutet hatte, waren die Regale so gut wie leer und die wenigen übriggebliebenen Bücher vorne und hinten so zerlesen, dass gerade mal von den mittleren Kapiteln noch ein wenig vorhanden war. Heutzutage ein Buch zu lesen war so, als würde man erfahren, wie jemand so lebt und was er so treibt, ohne jedoch zu wissen, wie er an diesen Punkt gekommen war oder wie es mit ihm zu Ende gehen würde. Das war nicht immer so gewesen. Eine Serie von Rücksprüngen hatte die Regale der Bereiche Wissenschaft, Geschichte, Biographie, Geografie, Kochbücher, Ratgeber, Gedichte und Kunst leergefegt, und jetzt war die Belletristik an der Reihe, Genre für Genre. Es gab noch immer andere Bücher außer den erwünschten und geförderten Sehr Rassigen Romanen, doch diese wenigen waren entweder ständig ausgeliehen, in der Fernleihe oder halb zerfleddert, auf jeden Fall standen sie nicht hier in der Bibliothek.

»Womit können wir Ihnen behilflich sein?«, tönten plötzlich mehrere gedämpfte Stimmen im Chor, und ich zuckte zusammen. Insgesamt sieben Blaue hatten sich unbemerkt von hinten an mich herangeschlichen und sahen mich jetzt verwundert an. Obwohl die Regeln besagten, dass auch Bücher von den Großen Sprüngen Zurück erfasst werden sollten, war infolge einer unsauber formulierten Rücksprung-Verfügung der Personalschlüssel für Bibliotheken unverändert geblieben und würde auch für alle Zeiten unverändert bleiben. Die Bibliotheksleiterin war eine große, herrisch wirkende Frau, die von Kopf bis Fuß in hellem, synthetischem Blau gekleidet war. Ihr Hals war über und über mit Schmuck behängt, und in ihrem üppigen, toupierten weißen Haarschopf steckte bedrohlich schief ein Diadem. Sie hatte sich Ringe um die Augen gemalt, die mit einem Strich quer über den Nasenrücken miteinander verbunden waren. Niemand wusste, warum, aber es war das traditionelle Kennzeichen ihres Berufsstandes.

»Ich bin Mrs Lapis-Lazuli«, verkündete sie. Ihre Stimme klang wie verrosteter Draht unter Spannung. »Sie müssen der Sohn des neuen Mustermanns sein. Soviel ich weiß, sind Sie hier, um Stühle zu zählen.«

»Unter anderem.«

»Hm. Sie sollen auf Witwe deMauves Trick mit dem Kirschkuchen hereingefallen sein, wie ich gehört habe. Hüten Sie sich vor dieser hinterhältigen alten Hexe. Je eher der Mehltau sie holt, desto besser. Haben Sie auch einen Namen?«

»Edward«, sagte ich, unter ihrem Blick schwach geworden. »Eigentlich suche ich die Nachschlagewerke.«

»Nicht auch Belletristik?«, fragte sie hoffnungsvoll.

Ich deutete mit einer Armbewegung auf die leeren Regale.

»Da komme ich wohl dreihundert Jahre zu spät, bei allem Respekt.«

»Unsinn. Ich werde Sie persönlich durch die Bibliothek führen. Besucher sind heute so selten wie Bücher. Tatsächlich sind die Bibliothekare hier im Vergleich zu den Büchern zahlenmäßig sieben zu eins überlegen – die Nachschlagewerke, die grässlichen Rassigen Romane und *Munsells Gesammelte Geistesblitze* nicht mitgerechnet.«

Sie brachte mich, dicht gefolgt von den anderen Bibliotheksgehilfen, zum ersten der leeren Regale.

»Ich bin Bibliothekarin in der neunten Generation hier in East Carmine«, ließ sie sich großspurig verlauten. »Bestimmte Informationen sind in den Jahren weitergegeben worden, nur die Bücher nicht.«

Sie zeigte auf ein Regal, und sorgfältig in einer Reihe angeordnet erkannte ich die Schilder mit den verblassten Strichcodes, die ehemals auf den Rücken der jetzt verschwundenen Bücher geklebt hatten. Sie tippte ein Regalbrett an.

»Hier stand mal *Lok 1414 geht*.«

Sie fiel in Schweigen, und wir standen ehrerbietig da und starrten auf die leere Stelle im Regal.

»Wovon handelte das Buch?«, wollte eine junge Bibliothekarin wissen. Offensichtlich war so eine Führung eine Ehre, die nicht häufig gewährt wurde.

»Es handelte von einer Lok«, sagte Mrs Lapis-Lazuli, »die geht.«

»Wohin denn?«

»Und hier«, fuhr sie unbeirrt fort, packte mich am Ellbogen und zerrte mich zum anderen Ende des Gangs, »standen die Gesammelten Werke von Beatrix Potter. Prüfen Sie mich, wenn Sie mögen.«

Sie kehrte mir den Rücken zu, und auf Drängen der anderen Angestellten suchte ich willkürlich einen Strichcode aus. »Sagen Sie ihn laut an!«, rief Mrs Lapis-Lazuli, noch immer mit dem Rücken zu mir.

»Dünn, dünn, mittel, einfach«, leierte ich die Balkenbreiten herunter, »dick, breit, klein, fett, nominell, nominell, schlank, dünn, mittel …«

»*Die Geschichte von Stoff und Kätzchen*«, verkündete sie munter. »Stimmt's?«

»Ich weiß nicht«, sagte ich einigermaßen verwirrt, da es keinerlei Informationen gab, weder auf dem Strichcode noch im Regal.

»Sechstes Buch von links?«

»Ja.«

Freudestrahlend drehte sie sich um.

»Sehen Sie. Ich weiß, wo jedes einzelne Buch früher in der Bibliothek gestanden hat.« Sie zeigte auf ein Regal gegenüber. »Hier war *Catch-22*, ein sehr populäres Angelbuch, ich glaube eine Folge aus einer ganzen Serie.«

Sie huschte zum nächsten Bücherregal.

»Hier war früher die Krimiabteilung.«

Mit einem Finger tippte sie an verschiedene Stellen am Regalbrett und bellte die Titel der Bücher heraus, die längst verschwunden waren.

»*Das fehlende Lied in der Kette*«, rief sie, »*Murdoch im Orient-Espresso, Der gläserne Rüssel, Mrs Schnees Gespür für Smileys, Gurken Park* ... «

Ich sah zu den Bibliothekarsgehilfen, die sich eifrig zunickten bei dem Versuch, sich das Gesagte einzuprägen, um das Wissen irgendwie zu erhalten und weiterzugeben. Es erschien vollkommen sinnlos, aber irgendwie auch nobel.

» ... *Die Reigen der Schlemmer*«, fuhr sie unbeirrt fort, wobei ihr Zeigefinger immer schneller und wahlloser um das leere Regal herumwanderte. »*Das große Schaf, Rotenmontag, In einem anderen Luch, Sämtliche Werke von Schiel Locke Holms*. Sind Sie beeindruckt, Master Edward?«

»Sehr«, antwortete ich.

»Die hat mir mein Vater beigebracht. Und mein Vater hat sie von seiner Mutter. Und die hat sie von *ihrem* Vater – und so weiter und so weiter. Verstehen Sie jetzt?«

»Ja.«

Sie hielt inne, und ein verträumter Ausdruck trat auf ihr Gesicht.

»All diese Wörter«, raunte sie, »erst gewissenhaft zusammengestellt und dann sinnlos auseinandergerissen.«

Urplötzlich überkam sie tiefe Traurigkeit, und sie schwieg minutenlang, bevor sie sich mit einem mutlosen Lächeln mir zuwandte.

»Warum sind Sie überhaupt hergekommen?«

Ich musste erst kurz überlegen.

»Wegen der Nachschlagewerke.«

»Ach ja, natürlich! Hannah bringt Sie zu dem Stuhl da drüben, und Gerrard begleitet Sie weiter zur Treppe. Silas holt Sie am Fuß der Treppe ab und führt Sie zur Abteilung Allgemeine Belletristik. Nancy wird Ihnen dort die Abteilung Nachschlagewerke zeigen. Cath wird die Risikoeinschätzung übernehmen.«

»Und was mache ich?«, fragte Terri, als alle anderen eilfertig an ihre Plätze gingen, um mir verteilt über die knapp zehn Meter zu den Nachschlagewerken ihre Hilfe angedeihen zu lassen.

»Sie dürfen dem jungen Mann dabei helfen, das richtige Buch auszuwählen.«

Terri bekam große Augen und hüpfte vor Aufregung auf und ab; ihre Kollegen grummelten neidvoll.

Nachdem Mrs Lapis-Lazuli ihr ruheloses Durchwandern der Bibliothek wieder aufgenommen hatte, wurde ich fachmännisch zur Abteilung der Nachschlagewerke geführt. Ich bat um das *Bewohner-Manifest*, und Terri gehorchte. Die anderen sahen uns von der Tür aus zu.

»Was suchen Sie?«, fragte sie.

»Ein Freund hat mich gebeten, einige Verwandte ausfindig zu machen, die hier in der Gegend wohnen«, log ich und schlug wahllos einige Bücher auf, um meine wahre Absicht zu vertuschen. Dennoch fand ich recht schnell, wonach ich suchte. Die Postleitzahl auf der Rückseite des Löffels, den wir bei dem Grauen Falschgekennzeichneten gefunden hatten, lautete LD2 5TZ, und den Unterlagen nach gehörte sie einem vierjährigen Grauen, der hier in East Carmine lebte. Das war gar nicht möglich, Postleitzahlen wurden erst nach dem Tod des alten Inhabers wieder neu vergeben.

»Haben Sie auch die historischen Dokumente?«, fragte ich, was bei Terri einen Freudenjuchzer hervorrief. Sie verschwand für einen Moment und kehrte mit einem zweiten Band zurück, der noch lädierter war als der erste. In diesem Band schließlich fand ich die gewünschte Information. Meine Aufgabe war damit erledigt, ich bedankte mich bei den Bibliothekaren, füllte das Feedback-Formular aus und wurde so arbeitsintensiv wie beim Empfang zur Tür begleitet.

Draußen auf der Treppe wartete Tommo auf mich. »Bist du mit unserem Bücherwurm klargekommen?«, fragte er.

»Sie ist ein bisschen heftig, oder?«

»Hunde, die bellen, beißen nicht. Sie hat zwar den Posten als Stellvertretende Blaue Präfektin, ist aber nicht abgeneigt, die Regeln auch mal großzügig auszulegen, wenn man eine gute Geschichte hat.«

»Wie meinst du das?«

»Du wirst es schon merken, wenn du eine Antenne dafür hast.« Er deutete mit einem Kopfnicken zur Bibliothek. »Hast du gefunden, wonach du gesucht hast?«

»Eigentlich nicht, nein.«

Genau genommen stimmte das nicht, das heißt, es stimmte überhaupt nicht. Vor dem Vierjährigen war ein Mann aus Rusty Hill Inhaber der Postleitzahl LD2 5TZ gewesen, jener verlassenen Stadt, durch die wir auf unserer Reise hierher mit dem Zug geratert waren. Der Mann wäre jetzt achtundsechzig Jahre alt, was ziemlich genau dem Alter des Grauen Falschgekennzeichneten entsprochen hätte. Sein Name war Zane G49, und nach Aktenlage war er vier Jahre zuvor bei der Mehltau-Epidemie in Rusty Hill ums Leben gekommen. Zwei Menschen hatten sich ein und dieselbe Postleitzahl geteilt. Undenkbar, diese Vorstellung. Die endliche Menge an Postleitzahlen hielt die Population des Kollektivs auf einem erträglichen Maß. Einer rein, einer raus, so funktionierte das Prinzip. Zwei Personen, die sich eine Zahl teilten, damit war das Kollektiv technisch gesehen überbevölkert, etwas Abscheuliches in den Augen der Regeln. Aber es sagte mir noch nicht, was der Mann in dem Farbengeschäft zu suchen gehabt hatte, und auch nicht, wie Jane mit der Sache zusammenhing. Ich war noch genauso unwissend wie heute Morgen beim Aufwachen.

Schweigend zogen wir weiter, bis Tommo auf die Uhr sah, das Handgelenk schüttelte, dann die Zeiger verstellte, bis sie der Anzeige auf der Rathausuhr entsprachen.

»Genau«, sagte er geheimnisvoll, »jetzt geht es weiter zum Sortierpavillon. Wird Zeit, dass ich dir Big Banana vorstelle.«

COURTLAND GAMBOGE

5.2.02.02.018: Gelbe dürfen bei der Verfolgung von Regelverstößen gegen die Regeln verstoßen, jedoch müssen alle Regeln, gegen die verstoßen werden soll, vorher protokolliert und das Protokoll vom Gelben Präfekten gegengezeichnet werden.

Big Banana war der Spitzname für Courtland Gamboge, den Sohn der Gelben Präfektin, wie ich erfuhr. Ich fragte Tommo, warum Courtland mich kennenlernen wollte, worauf er mir erklärte, Gamboge der Jüngere möchte gerne *jeden* Neuen kennenlernen. Zwei Jahre zuvor hatte er bei seinem Ishihara die Achtzig-Punkte-Marke überschritten und würde sicher das Amt seiner Mutter übernehmen, sobald die in Rente ging.

»So schnell wird sie nicht abdanken«, ergänzte Tommo jedoch. »Und Courtland muss sich gehörig anstrengen, wenn er in ihre Fußstapfen treten will. Dazu braucht er das gleiche Maß an Skrupellosigkeit und Unfreundlichkeit wie sie.«

»Gelbe sind grundsätzlich skrupellos. Sie müssen so sein.«

»Nicht so skrupellos wie unsere hier. Präfektin Sally Gamboge verweigert den Grauen Arbeitskräften seit siebzehn Jahren jeden Urlaub und verordnet ihnen eine Wochenarbeitszeit von achtundsechzig Stunden. Sie behandelt sie wie Dreck und denkt sich ständig irgendwelche Scheinverstöße aus. Sogar ich, dem die Grauen herzlich egal sind, finde das nicht in Ordnung.«

»Gibt es einen Grund, warum sie so gemein zu ihnen ist?«

121

»Die Gamboges halten sich für was Besseres. Viel Gelbsicht, dazu der Übereifer und die Skrupellosigkeit – dabei ist ihre Postleitzahl CV37 hoffnungslos provinziell. Alle Transfergesuche sind gescheitert, sie werden einfach ignoriert.«

Es war immer die gleiche Geschichte. Auch wenn sie offiziell nur als Adresse benutzt wurde, war es von großer Bedeutung, dass man die richtige Postleitzahl hatte, und Herablassung gegenüber Inhabern weniger angesehener Postleitzahlen war übliche Praxis, wenn auch verboten. Ich war froh, dass meine Zahl RG6 war.

»Aber die Überstunden muss sie ihnen ja auch bezahlen«, bemerkte ich, in Gedanken noch immer bei den Grauen. »Immerhin ein Ausgleich.«

»Wenn es etwas gäbe, wofür sie das Geld ausgeben könnten, ja.«

»Oder wenn sie ihre Meriten mit anderen teilen, zusammenlegen oder vererben könnten«, griff ich eine weitere der gängelnden, das Vermögen von Grauen betreffenden Vorschriften auf.

»Geschieht ihnen ganz recht. Warum essen sie beim Frühstück auch immer allen anderen den Speck weg?«, sagte Tommo, dessen Empörung über die Behandlung der Grauen nur von erschreckend kurzer Dauer war. »Von wegen *Getrennt sind wir vereint* und der ganze Quatsch.«

»Ich staune, dass du dich überhaupt mit den Gamboges einlässt«, sagte ich, »wenn die wirklich so schlimm sind.«

»Genau das ist der Grund. Man muss mit den Wölfen heulen, wenn man es zu etwas bringen will. Außerdem hat Courtland eine offene Rückfahrkarte, und vielleicht verkauft er sie mir ja.«

Wir waren Richtung Fluss gegangen.

»Da drüben wohnen die Grauen.«

Er zeigte auf ein Gewirr von Reihenhäusern, die abseits der eigentlichen Stadt lagen und zu je zwei sich gegenüberliegenden Wohnblöcken angeordnet waren, zwischen denen eine Durchfahrtstraße verlief. Hinter den Häusern erstreckten sich schmale Gärten mit Spalieren von Stangenbohnen, Obstbäumen und Gartenschuppen, im Wind flatterte saubere Wäsche. Es müssen Hunderte oder noch mehr Häuser gewesen sein. Noch nie hatte ich eine Graue Zone betreten, kannte auch niemanden, der sich schon mal hineingewagt hatte. Selbst die Gelben überlegten es sich zweimal, dort hinzugehen. Aber statt zuzugeben, dass sie Angst hatten, behaupteten sie einfach, es sei unhygienisch, was offenkundig nicht stimmte. Graue mochten es nicht, wenn wir uns dort aufhielten, aus dem gleichen Grund, warum Graue sich nicht in der Stadt aufhalten durften, es sei denn dienstlich. Der entscheidende Unterschied war der, dass Chromatische jederzeit in die Graue Zone durften – es aber für klüger hielten, sich nicht dort blicken zu lassen.

»Unser Hausmädchen Jane ist eine Graue«, sagte ich; ein Versuch, etwas mehr über sie in Erfahrung zu bringen. »Sie kommt mir ein bisschen launisch vor.«

»Wir nennen sie nur Crazy Jane, aber würden es ihr niemals ins Gesicht sagen. Keiner hat so viele Knochen gebrochen wie sie.«

»Ist sie unfallgefährdet?«

»Nicht ihre Knochen! Unsere! Jeder, der ihre Nase auch nur mit einem Wort erwähnt, bekommt eins aufs Maul, und Jim-Bob hat sie mal den Arm ausgekugelt, nur weil sie dachte, er würde auf ihre Dingsda gucken.«

»Und, hat er sie angeguckt?«

»In diesem speziellen Fall nicht. Aber sie wird uns ja sowieso nicht mehr lange behelligen. Wir wissen nicht genau, wie viele negative Meriten sie angehäuft hat, aber man munkelt von fünfhundert.«

Ich pfiff leise.

»Aber sie ist ganz hübsch, findest du nicht?«

»Ich gebe zu, dass ihre Nase die niedlichste und stupsigste Stupsnase im ganzen Dorf ist«, sagte Tommo. »Aber hübsch? Ich weiß nicht. Eine Kreuzotter ist auch hübsch. Wenn man mit ihr knutschen will, beißt sie einen ins Gesicht.«

Der ausgetretene Pfad über das holprige Grasland führte uns an einer der vielen alten Straßenlaternen vorbei, die noch standen.

»Wird regelmäßig jedes Jahr neu gestrichen«, sagte Tommo stolz und blieb einen Moment bewundernd vor dem schmiedeeisernen Laternenpfahl stehen. »Einmal musste der Werkmeister wegen neuer Kupplungsbelege für den Ford nach Vermillion fahren und hat Jabez und mich mitgenommen. Unterwegs kommt man durch eine Stadt, die längst untergegangen ist, aber die Straßenlaternen sind noch da, stehen nebeneinander in langen Reihen, die kreuz und quer über das Gelände verlaufen, mitten auf offenem Weideland, wie verkümmerte Eichen.«

»Schafft man es an einem Tag nach Vermillion hin und zurück?«, fragte ich. Ich musste noch immer an Janes angeblich unmögliche Reise denken.

»Mit dem Ford könnte man es schaffen.«

»Aber ist es praktikabel?«

»Nein. Denn erstens behandelt Carlos, unser Werkmeister, das Model T besser als seine eigene Tochter, und jeder Tropfen Benzin muss genau protokolliert und gerechtfertigt werden. Mit einem Hochrad könnte man es schaffen, aber über die zehn Kilometer Holperstrecke zwischen Rusty Hill und Persimone müsste man es schieben. Außerdem müsste man mit der Fähre übersetzen, ohne Transitpapiere. Glaub mir, wenn es eine Möglichkeit gäbe, ich wäre der Erste, der sie ausprobierte. Ich hätte viele Gründe, nach Vermillion zu fahren, und alle wären höchst lohnend.«

Er legte den Kopf schief und musterte mich für einen Moment.

»Heckst du gerade etwas aus, oder überlegst du dir nur einen Plan B, falls du deine offene Rückfahrkarte nicht wiederbekommst?«

»Letzteres«, antwortete ich, und er nickte wissend.

Der Sortierpavillon war wie eine Miniaturausgabe des Rathauses mit vier kleineren, schmaleren Säulen, die das Dach über dem Haupteingang stützten. Er sah aus, als wäre er sehr viel älter als die meisten anderen Gebäude. Das Mauerwerk bröckelte, und die winterlichen Niederschläge von Jahren hatten den Mörtel von den Wänden gespült. Das Tympanon über der Tür enthielt eine Marmorskulptur einer liegenden Frau. Sie musste irgendwann aus dem Erdboden geborgen worden sein, denn vom Bauchnabel an aufwärts waren alle Feinheiten des Kunsthandwerks durch die Witterung verwischt, unterhalb jedoch jeder Muskel und jede Sehne fein herausgearbeitet. Ihre Gesichtszüge waren fast gänzlich erloschen, aber die Frau musste einmal sehr schön gewesen sein. Warum sonst hätte jemand so viel Zeit und Mühe auf dieses Denkmal verwendet?

Der Pavillon hatte ein bogenförmiges Glasdach, das gleich drei Heliostaten aufwies. Draußen stand eine Sackkarre, mit der die Beutel sortierter Farbreste zur nächsten Bahnstation transportiert wurden. Wir setzten uns auf die Eichenbank vor dem Eingang und zogen unsere Schuhe aus. Ich wusste, was das Protokoll verlangte, obwohl wir in Jade-under-Lime gar keinen Pavillon hatten; unser Farbwertgutmaterial wurde in Viridian sortiert, dem nächsten Haltepunkt auf der Bahnstrecke.

»Schon mal in einem Pavillon gewesen?«, fragte Tommo.

Ich schüttelte den Kopf.

»Ha, und wir sind die Landeier, was?«, sagte er freundlich und stieß die Tür auf.

Der Sortierraum des Pavillons war lang, hoch und so gut ausgeleuchtet, dass es tatsächlich heller war als draußen, und darauf kam es an. Um Farben zu erkennen, braucht man viel Licht, und vermutlich wurde die Arbeit eingestellt, wenn der Himmel bedeckt war. Tommo lenkte meinen Blick auf einen Mann, nur wenige Jahre älter als ich, der von Kopf bis Fuß in einer gelben Montur steckte. Er war der einzige Mensch hier, abgesehen von zwei Grauen Hilfskräften, die unsortiertes Wertgut in Säcken in den Waschraum brachten, der sich unter einem mit Schweblingen angefüllten Seidenbaldachin befand.

»Das ist Courtland«, flüsterte Tommo mir mit respektvoller Stimme zu. »Auch wenn du meinst, du würdest in einem Monat wieder abreisen: Verärgere ihn nicht, okay? Uns allen zuliebe.«

»Ich habe überhaupt keinen Grund, mir die Butterblumenfraktion zum Feind zu machen, Tommo. Und schon gar nicht einen, dessen Mutter im Rat sitzt.«

»Ich meine ja nur. Wenn Courtland sagt ›spring‹, dann antworte einfach ›wie hoch und in welche Richtung?‹«

Tommo winkte Courtland zu, der uns mit einer lässigen Kopfbewegung bedeutete, in den Arbeitsbereich zu treten, wo er an einem der drei Sortiertische saß. Neugierig sah ich mich um. In jeden Tisch waren drei große, sich überlagernde Kreise eingeritzt, jeder Kreis repräsentierte eine der drei traditionellen Primärfarben, die sich überschneidenden Segmente repräsentierten die Sekundärfarben. Das Sortieren ging ganz einfach vonstatten. Der Sortierer – in diesem Fall Courtland – nahm sich irgendein gelbes Stück aus dem Haufen Wertgut und platzierte es in seinem Kreisausschnitt für das reine Gelb, die hellsten Töne oben, die dunkleren unten. Gleichzeitig nahm er sich jedes Objekt mit Gelbwert, sagen wir aus dem roten Segment, das er als solches erkennen konnte, und platzierte es im Schnittmengenbereich von Rot und Gelb, woraus man schließen konnte, dass das jeweilige Objekt Orange war. Mit dem Rest wurde genauso verfahren. Alles im Schnittmengenbereich von Gelb und Blau musste Grün sein, und alles im Schnittmengenbereich von Rot und Blau musste Purpurn sein. Auf diese Weise und mit Hilfe der besonderen Fähigkeiten der Rot-, Gelb- und Blaurezeptiven ließ sich das gesamte unsichtbare Farbspektrum auf dem Tisch auslegen. Nach dem Sortieren wurden die Objekte eingetütet und zur Pigmentfabrik gekarrt, wo sie gemahlen, ausgepresst und angereichert wurden, um der Gemeinschaft zum Genuss zu gereichen.

Mir fiel auf, dass der blaue Bereich sauber und aufgeräumt aussah, so wie Courtlands, die rote Position dagegen nicht, sie war geradezu unordentlich. Ich konnte sogar rote Stücke in dem ausgeschiedenen Haufen Wertgut erkennen, die eigentlich hätten platziert werden sollen, aber übersehen worden waren.

»Wer sortiert denn eure roten Stücke?«, fragte ich.

»Holzkopf Yewberry.« Tommo sah ohne die Spur eines Erkennens hinüber zu dem Haufen falsch platzierten roten Wertguts. »Er ist lediglich *amtierender* Präfekt, seine Farbwahrnehmung ist also nicht erstklassig. Warum?«

»Nur so.«

»Hallo, Court«, sagte Tommo in etwas unterwürfigem Tonfall. »Das ist Eddie Russett. Eddie, das ist Courtland Gamboge, Sohn des Gelben Präfekten und Nächster in der Rangfolge.«

Courtland war groß und hübsch und gut angezogen. Er hatte ein breites Kinn und buschige Augenbrauen, doch einen starren Blick, weil er nie mit den Augen blinzelte. Auf dem Revers prangten eine ganze Reihe Abzeichen, verliehen für verdienstvolle Arbeit, auf seiner Wange eine frische Narbe.

»Wie viel Rot kannst du sehen?«, fragte er.

»Genug«, antwortete ich.

»Willst dir nicht in die Karten schauen lassen, was? Gute Idee. Und wofür hast du das Demuts-Abzeichen bekommen?«

Ich erzählte ihm die Geschichte mit Bertie Magenta und dem Elefantentrick und dem Theater, was dann folgte.

»Sie haben ihn zu einer Stuhlzählung verdonnert«, sagte Tommo abfällig.

Courtland lachte.

»Die werden auch mit jedem Mal einfallsloser. Also, was ist, Master Russett? Brauchst du irgendwas?«

»Im Moment fällt mir nichts ein.«

»Behalt es einfach im Hinterkopf. Tommo und ich können hier vieles regeln und organisieren. Wenn du einen guten Job brauchst oder dir ein paar Meriten bis zum Zahltag borgen willst oder einfach nur Stunk mit den Präfekten hast – wir … machen Sachen möglich.«

Es entstand eine Pause.

»An dieser Stelle musst du eigentlich ›Wahnsinn‹ oder ›ist ja irre‹ oder ›toll‹ sagen«, soufflierte Tommo.

»Ist ja irre«, sagte ich.

»Allerdings, Russett: Es ist ein Geben und Nehmen. Wir tun etwas für dich, und du tust etwas für uns – zum gegenseitigen Nutzen. Wäre doch unsinnig, ein Graues Leben zu führen, nur weil die Regeln so wenig Ausweichmanöver bieten, oder?«

Er wartete meine Antwort nicht ab, wünschte auch gar keine, sondern ging um mich herum und stellte sich hinter mich, was mir unangenehm war.

»Aber bevor wir uns allzu sehr in Details verlieren, musst du etwas für uns tun. Wir wollen dich auf die Probe stellen.« Er beugte sich vor und flüsterte mir ins Ohr: »Du hast Zugang zu dem Mustersafe deines Vaters. Also besorg uns etwas Lincoln. Wenn du das für uns tust, sind wir Freunde fürs Leben.«

Ich war baff. Das war eine neue Masche. Die meisten kleinen Gauner waren unkomplizierte Charaktere, die auf unverdiente Anerkennung und auf Bares aus waren. Der Diebstahl von Farbmustern war von einem ganz anderen Kaliber. Lincoln, oder 125–66–53, war ein chromatropisches Schmerzmittel, zehnmal stärker als Limone. Einmal mit dem Auge gelinst, und gleich senkte sich die Herzfrequenz, ein zehnsekündiger intensiver Blick auf die Farbe löste gar Verträumtheit, Weltfremdheit und Halluzinationen aus. Für manche war der Genuss dieser Farbe ein harmloser Zeitvertreib, doch Grüne riskierten den Verlust des Kortex. Zu viel Lincoln, und man konnte jegliches Farbempfinden verlieren, für natürliche *und* Univisuelle Farben. Mit Lincoln handeln hieß mit dem Elend handeln. Ich sah Tommo und Courtland abwechselnd an.

»Ich fürchte, ich kann euren Wunsch nicht erfüllen.«

Courtland sah mich ungerührt an, legte freundlich, aber bestimmt eine Hand auf meine Schulter und sagte mit leiser Stimme: »Wie heißt du noch mal?«

»Eddie.«

»Du musst dir darüber im Klaren sein, Eddie, dass ich sehr wahrscheinlich der ranghöchste Gelbe sein werde, den du je zu deinen Freunden wirst rechnen dürfen. Und Freundschaft, da wirst du mir zustimmen, ist ein äußerst nützliches Gut, wenn du den Rest deines Lebens in diesem Kaff verbringen willst.«

»Ich bleibe nur einen Monat.«

»Warst du so blöd und hast deMauve deine Fahrkarte gegeben?«

»Ja.«

»Dann bleibst du uns möglicherweise länger erhalten. Aber das Entscheidende ist dies: Unser Dorf um ein paar Lincoln-Muster zu betrügen ist nur ein Scheinregelverstoß. Langfristig ist es eine sehr kluge Investition, meinst du nicht auch?«

Es sollte rein geschäftsmäßig klingen, doch schwang ein stark drohender Unterton mit. Aufgeblasene Alpha-Primäre waren mir zuvor schon einige untergekommen, aber nie waren sie so dreist vorgegangen. Ich sah zu Tommo, der am Fenster stand und Ausschau nach Präfekten hielt.

»Das ist doch eigentlich ziemlich einleuchtend, oder?«, sagte er.

»Ich klaue meinem Vater kein Lincoln-Muster«, sagte ich.

»Oh, oh«, sagte Tommo. »Skrupel?«

»Ich habe nie auch nur angedeutet, dass du deinem Vater irgendetwas stehlen sollst«, murmelte Courtland mit einem Lächeln. »Ein fehlendes Lincoln-Muster würde den Präfekten nur den Schweiß auf die Stirn treiben. Nein, nein. Tommo hat eine viel bessere Idee.«

»Es funktioniert so«, griff Tommo sein Stichwort auf. »Wenn dein Vater das nächste Mal die Muster nachbestellt, schleichst du dich in sein Büro und schreibst in die Bestellspalte für Lincoln einfach eine 2. Er wird es gar nicht merken und deMauve sehr wahrscheinlich auch nicht. Wenn NationalColor die Muster dann liefert, brauchst du den überschüssigen nur noch abzugreifen. So einfach ist das.«

»Und wenn mein Vater gar kein Lincoln bestellt?«

»Weißt du es denn noch nicht? Robin Ochre hat die Muster des Dorfes auf dem Beigemarkt verkauft. Der Revisor aus Blaustadt hat mir gesagt, er habe fast den gesamten Bestand verhökert.«

Das also waren die »Unregelmäßigkeiten«, von denen deMauve im Zusammenhang mit Ochres Ableben gesprochen hatte. Sein Verhalten verletzte wirklich alle Grundsätze, die zu achten jeder Mustermann einen Eid geleistet hatte. deMauve hatte recht: Die fatale Selbstfehldiagnose war vielleicht das Beste, was ihm passieren konnte.

»Ein brillanter Plan«, pflichtete ich ihm bei.

»Großartig! Und denk dran: Wenn du etwas brauchst, egal was, du musst mich nur fragen. Wir können so gut wie alles organisieren, stimmt's, Tommo?«

»Allerdings«, antwortete er. »Nur deine offene Rückfahrkarte können wir nicht wiederbeschaffen – oder ein Rendezvous mit Crazy Jane für dich klarmachen.«

Courtland lachte laut los.

»Weißt du noch, wie Jabez sie mal zu einem Tanztee einladen wollte?«

»Ja«, sinnierte Tommo, »bis dahin wusste ich gar nicht, dass man eine Augenbraue tatsächlich ausreißen kann.«

»Dann sind wir uns also einig, was das Lincoln betrifft.«

Er lachte mich wieder an, klopfte mir auf die Schulter und kehrte zurück an seine Arbeit. Tommo griff mich am Arm und geleitete mich zur Tür.

»Das ist ja ganz gut gelaufen«, sagte Tommo auf dem Rückweg zum Dorf. »Obwohl, eine Spur unterwürfiger hättest du schon sein können.«

»Ich werde es mir merken.«

»Dickkopf. Du wirst es nicht bereuen, wenn du uns ein bisschen aushilfst. Jedem, der bereit ist, mitzuspielen im System, stehen alle Türen offen.«

»Oh, ehe ich es vergesse«, fügte er noch hinzu und schnippte mit dem Finger. »Wenn du deine Klauen schon mal in den Mustersafe deines Vaters steckst – kannst du mir etwas 7–85–57 ausleihen?«

Er meinte Rotlax, ein spektral übergreifend und umgehend wirkendes Laxativ von unerhörter Stärke. Ein Sekundenblick, und man rannte zum nächsten Donnerbalken, als liefe man um sein Leben.

»Bei Problemen mit Magenentleerung«, vertraute ich ihm an, »kannst du ruhig meinen Vater konsultieren.«

»Es ist nicht für mich«, sagte Tommo lachend. »Ich will de-Mauve damit einen Streich spielen, es ihm in sein Exemplar der *Harmonie* legen, wenn er uns auf der nächsten Versammlung wieder langweilt.«

Ich war sprachlos. Das konnte er nur im Scherz meinen. Kein Mensch würde sich so etwas trauen.

»Es – äh – bedürfte nicht allzu viel Intelligenz herauszufinden, woher das Rotlax stammt.«

»Um die Folgen eines Streichs mache ich mir keine Sorgen. Eher darum, dass er auch klappt«, fasste Tommo seine Weltsicht in zwei knappen Sätzen zusammen.

Unterwegs trafen wir auf eine Gruppe Mädchen, die gerade von ihrer Schicht in der Linoleumfabrik kamen. Alle trugen Latzhosen und hatten ihr Haar mit Karotüchern zusammengebunden; sie schwatzten und lachten ausgelassen.

»Guten Abend, die Damen«, begrüßte Tommo sie freundlich.

»Guten Abend, Master Thomas«, sagte die Größte der Gruppe, ein attraktives gertenschlankes Mädchen, das den Knoten im Tuch löste und seine prächtigen Locken schüttelte. »Wer ist denn der Neuling?«

»Das ist Master Edward Russett, Melanie. Er kommt aus irgendeinem schrecklichen Kaff an der Binnengrenze. Er hat Skrupel, macht eine Stuhlzählung und hat das Letzte Kaninchen gesehen.«

»Wie sieht es aus?«, flötete die Jüngste aus der Gruppe, ein kleines Mädchen mit Zöpfen und einem Muttermal auf der Wange.

»Na ja, so wie … Kaninchen eben aussehen.«

»Kannst du mir ein Bild malen?«

»Ich kann dir mit den Händen eine Schattenspielfigur zeigen.«

»Also Stühle, Kaninchen und Skrupel, ja?«, gurrte die Große. Sie trat auf mich zu und zog frech an meiner Krawatte. »Eine leicht entzündliche Mischung.«

Sie war unerträglich vorlaut. In Jade-under-Lime waren die Mädchen zurückhaltend und höflich, und ich spürte, wie mir heiß wurde.

Ich wollte seriös erscheinen. »Tommo schätzt mich völlig falsch ein.«

»Ach ja? Dann hast du also gar keine Skrupel?«, sagte das Mädchen, das Melanie hieß, mit leiser Stimme und strich mit dem Handrücken über meine Wange. Ihre Gefährtinnen kicherten und glucksten. Es war mir peinlich, aber ich empfand auch eine stille Freude; Melanies Berührung war warm, beinahe zärtlich. Constance hatte sechseinhalbmal meine Hand gehalten, den Tanztee nicht mitgezählt, doch meine Wange hatte sie noch nie berührt – es sei denn, man rechnete das eine Mal hinzu, als sie mir eine Ohrfeige gab, weil ich gewagt hatte zu sagen, ihre Mutter habe wohl »ein kleines Problem mit Höflichkeit«.

»Nein«, stammelte ich verlegen und hätte beinahe den Boden unter den Füßen verloren, »ich meine, doch … «

»Gib kurz Bescheid, wenn er sich entschieden hat, ob er nun Skrupel hat oder nicht, Tommo«, trällerte Melanie und wandte sich von mir ab. Meine Demütigung war komplett, alle brachen in schallendes Gelächter aus.

Ich fühlte mich nicht wohl in meiner Haut, aber das freie, ungezwungene Lachen der Mädchen war das Wunderbarste, was ich je gehört hatte. Doch sie hatten das Interesse an mir verloren, fingen wieder an zu schwatzen und setzten ihren Weg Richtung Graue Zone fort.

»Wenn du eine dieser reizenden Damen mal privat kennenlernen willst, lässt sich das gegen fünf Prozent Beraterhonorar arrangieren«, sagte Tommo, als wir den Mädchen hinterherschauten. »Willst du mal ihre inoffiziellen Feedback-Bewertungen sehen?«

Ich starrte ihn an. Was sollte ich dazu sagen? Dass in Jade-under-Lime ein verbotener Markt für DasEine existierte, war mir bekannt. Der Alte Magenta hatte zwar ein wachsames Auge auf das Geschehen, aber gut möglich, dass sich alle fröhlich DemEinen hingaben. Doch dass so jemand wie Tommo – obwohl, eigentlich konnte es nur so jemand wie Tommo sein – nicht nur in der Lage war, so etwas zu arrangieren, sondern dass er es auch ganz unverhohlen machte, offenbar ohne Bestrafung befürchten zu müssen, darauf war ich nicht vorbereitet. Das erklärte auch seinen Barbestand an Meriten.

»Nur nicht mit einer Komplementärfarbe«, ergänzte er, falls ich irgendwie abartig veranlagt war. »Ich lebe zwar teilweise in einem Regelfreiraum, doch auch ich besitze ein gewisses Maß an Anstand. Wenn du keine Lust auf DasEine hast«, fuhr er fort, sicherlich den Ausdruck empörter Ablehnung auf meinem Gesicht registrierend, »für einen Schmusetanz oder einen Lambada ganz privat sind sie immer zu haben.« Nach kurzem Überlegen fügte er noch hinzu: »Nur bei Jane kann ich dir nicht weiterhelfen. Und die schöne Melanie kannst du gleich ganz vergessen, der hat Courtland sein Versprechen gegeben.«

»Courtland kommt mir nicht gerade wie ein Gelber vor, der zu so etwas Ehrenwertem fähig wäre. Eine Graue aufwerten, wo doch Bunty McMustard schon in den Startlöchern steht.«

Tommo lachte.

»Natürlich zieht er das nicht bis zum Ende durch, Blödmann. Courtland hat mir gesagt, Melanie würde alles für ihn tun. Alles. Und es kostet ihn rein gar nichts. Er weiß, dass Bunty bis in alle Ewigkeit auf ihn warten wird. Und wenn der Rat beschließt, dass mehr Gelbe gebraucht werden, stößt er Mel eben ab.«

»Nein«, murmelte ich schockiert.

»Ganz schön verwegen, was?« Tommo war der gleichen Meinung. »Willst du es auch mal ausprobieren?«

»Niemals! Das ist das Widerlichste und Übelste, was man jemandem antun kann, ganz zu schweigen davon, dass man dabei mindestens acht Regeln verletzt – sogar Grundregel Nummer eins. Und was will er machen, wenn das herauskommt?«

Tommo zuckte mit den Schultern.

»Vermutlich alles abstreiten. Wem wird man eher glauben? Melanie Nobody oder dem zukünftigen Gelben Präfekten Courtland ›Big Banana‹ Gamboge?«

»Dann werde ich es eben sagen.«

»Warst du dabei, als er ihr die Ehe versprochen hat?«

»Nein.«

»Dann wach endlich auf, Schwachkopf. Die Grundregeln kannst du hier streichen. Regel Nummer eins, was Courtland betrifft, lautet: nicht einmischen! Denk immer daran: Courtland wird eines Tages Gelber Präfekt sein. Konzentrier dich darauf. Es wird dir das Leben hier enorm erleichtern, das kann ich dir sagen. Also, was ist? Kann ich dich mit jemandem zusammenbringen?«

»Nein, danke.«

»Wenn du dich anders entscheidest ... «

»Nein. Was würden die Präfekten sagen, wenn sie erfahren, dass du mit DemEinen makelst?«

Tommo starrte mich an, unempfänglich für die implizierte Drohung. Er beugte sich ein Stück vor und flüsterte: »Ich bringe doch nur den Käufer zum Markt. Und ich habe einen breiten Kundenstamm. Einen sehr breiten Kundenstamm. Wie hätte es so ein Verlierer wie ich wohl sonst zum Roten Junior-Aufseher gebracht? Du musst das lockre sehen. Wenn du dein steifes Getue ablegst, kannst du dir hier ein schönes Leben machen.«

»Und die Regeln?«

Er lachte.

»Wir sind hier in der Randzone, Eddie. Hier draußen sind die Regeln elastisch wie Gummi. Aber jetzt musst du mich bitte entschuldigen. Ich muss noch ein paar Sandwiches für Ulrika besorgen.«

»Ulrika?«

»Aus dem Flak«, erwiderte er, als würde das alles erklären.

DAS COLORIUM

2.1.03.01.115: Alle Reisen jenseits der Außenmarkierungen müssen vom Präfekten oder Senior-Aufseher genehmigt werden.

Es war mittlerweile halb fünf, und die meisten Chromatiker kehrten von der Arbeit heim, um sich zu Hause ihren Hobbys zu widmen oder einfach nur in geselliger Runde beisammen zu sein. Für die Grauen wurde es Zeit, zu ihrem dritten Job aufzubrechen. Jane weiter auszufragen, es wenigstens zu versuchen, dazu würde ich erst kommen, wenn sie uns das Abendessen kochte. Ich war immer noch völlig von ihr eingenommen. Gleichzeitig musste ich auch immer an Jabez denken, der sie gefragt hatte, ob sie mit ihm ausgehen wolle, und daran, wie schmerzhaft es sein musste, eine Augenbraue zu verlieren.

Das Colorium meines Vaters befand sich zwei Häuser neben dem Rathaus, eingequetscht zwischen der Post und dem Co-op. Ein Glöckchen schlug an, als ich die Tür öffnete, und ich stand gleich mitten in dem geräumigen Wartezimmer. Es war voller Dorfbewohner, die entweder in alten zerlesenen Ausgaben des *Spectrum* blätterten oder mit leerem Blick die Plakate an den Wänden anstierten, hauptsächlich Transparente mit öffentlichen Verlautbarungen. Auf einem wurde erklärt, warum Simulieren eine Vernachlässigung der Zivilen Pflicht und einen Verlust von Arbeitszeit für die Dorfgemeinschaft darstellte. Ein anderes gab den Rat, sich nach der Berührung eines Gegenstandes, der vorher möglicherweise von Gesindel angefasst worden war, die Hände zu waschen. Und auf einem dritten wurde davor gewarnt, dass voreheliche Ausübung DesEinen zu einer Absenkung der Persönlichen Standards führen könne, letztlich zu Disharmonie und, bei Fortdauer, zum Reboot.

Das Sprechzimmer meines Vaters war durch Milchglaspaneele abgetrennt, hinter denen ich schemenhaft sich bewegende menschliche Umrisse erkennen konnte. Ich wartete, bis ein Patient aus dem Zimmer herauskam, und bevor mein Vater »Der Nächste, bitte!« rufen konnte, klopfte ich an die Tür und trat ein.

Der Raum sah fast genauso aus wie der in Jade-under-Lime, nur größer. Es gab ein Sofa, ein Röntgengerät, den Mustersafe und an der Wand mehrere mit Glastüren versehene Hängeschränke, gefüllt mit Verbänden und Instrumenten. Die Decke war verglast, aber mir fiel auch eine Bogenlampe auf einem fahrbaren Gestell auf, die an eine Dose in der Wand angeschlossen war.

»Ach, du bist es nur!«, sagte mein Vater, als er mich sah. »Welche Erleichterung.«

Er stand auf, ging zu einem Aktenschrank, stopfte eine Mappe in das Hängeregister und schob die Schublade wieder zu.

»Du hast fünf Minuten«, sagte er und kramte in einem Stapel Behandlungsanträge, die alle seine rückdatierte Unterschrift erforderten. »Ochre hat die Praxis in einem chaotischen Zustand hinterlassen. Ich muss zum Monatsende bei fünf Frauen den richtigen Zeitpunkt für die Chromovulation bestimmen, der Schnupfen ist auf dem Vormarsch, und – jetzt halt dich fest! – Ochre hat die Farbmuster des Dorfes gestohlen und verkauft!«

»Im Dorf kochen die Gerüchte hoch«, sagte ich, als hätte ich das Ohr am Geschehen. »Wie viele sind denn weg?«

Er lehnte sich in seinem Drehstuhl zurück und schüttelte betrübt den Kopf.

»Ich habe sie nicht alle inventarisiert, aber es sind an die fünfhundert, gestohlen über einen Zeitraum von sieben Jahren – ein klarer Verstoß gegen fast siebenundzwanzig Regeln und gegen den Eid der Chromatikologen!«

»Wow!«, entfuhr es mir, überwältigt von Ochres Unverfrorenheit. Die Einhaltung der Rechtsgrundsätze wurde nicht nur durch drakonische Strafen garantiert, sondern auch durch die Tatsache, dass Verbrecher immer gefasst wurden.

»Wir haben nur noch ein paar hundert Stück«, sagte Dad, ging zu dem Mustersafe und durchsuchte die quadratischen, zwanzig mal zwanzig Zentimeter großen Schutzumschläge, in denen die Farbmuster steckten. »Es sind hauptsächlich die, die er auf dem Beigemarkt nicht verkaufen konnte, also Farbtöne, mit denen man Fußpilz, Haarausfall bei Männern und übermäßige Faltenbildung am Scrotum behandelt.«

»Es war also gar keine tödliche Fehldiagnose, nicht?«

»Ich glaube nicht. deMauve meint, er habe zu tief in die Farbskala geschaut. Tiefer als Limone, vielleicht sogar tiefer als Lincoln.«

»Glaubst du, dass er sich Grünes Licht geben wollte?«

Dad zuckte mit den Schultern.

»Ich weiß es nicht. Wenn ja, dann ist es kein Wunder, dass der Rat die Untersuchung der Todesursache abgeschmettert hat. Er wollte Ochres Familie und den übrigen Dorfbewohnern damit einen Gefallen tun.«

Das erklärte den Befund der Fehldiagnose. Sich Grünes Licht geben, das machten die ganz harten Grünlinser, wenn ihr Kortex so verbrannt war, dass selbst Lincoln nicht mehr anschlug. Sie begaben sich in den Grünen Raum und nahmen die Farbe, die dort verstrichen war, ganz in sich auf – eine Grünschattierung, die man nur ein einziges Mal in seinem Leben sah, nämlich dann, wenn es Zeit wurde abzutreten. Die Farbe im Grünen Raum nannte sich »Süßer Traum«, und sie bewirkte, dass man nach zwölf Minuten bewusstlos wurde, nach sechzehn Minuten war man tot. Doch in diesen zwölf Minuten entbrannte jede Synapse im Gehirn zu funkelnden Fontänen der Lust. Die Schreie der Kranken aus dem Grünen Raum waren keine Schmerzens- oder Angstschreie. Es waren Schreie der Ekstase.

Gab sich also ein nicht an Mehltau Erkrankter illegal Grünes Licht, so war es ein Spiel mit dem Feuer. Erwischte man den richtigen Zeitpunkt, um die Grünlichtbestrahlung zu beenden, schwebte man bis dahin auf einer Wolke, erwischte man ihn nicht, taugte man nur noch für den Ausschmelzer.

»Vortäuschung einer Todesursache?«, murmelte ich. »Darauf allein stehen schon fünftausend Demeriten!«

Dad zuckte mit den Achseln, und ich überlegte einen Moment.

»Die Regeln sind hier ziemlich weit auslegbar, oder?«

»Das ist fast überall so, Eddie, wenn du genauer hinschaust – was ich nicht empfehle.«

»Du hast recht«, sagte ich und dachte an Jane. Am besten erwähnte ich das Thema Falschkennzeichnung gar nicht mehr.

»Ochres Frau und seine Tochter werden ihres Lebens nicht mehr froh«, ergänzte er. »Der Rat hat sie zwar von aller Schuld im Zusammenhang mit dem Musterdiebstahl freigesprochen, aber gleichwohl, es wird ihnen Komplizenschaft und was weiß ich noch was unterstellt. Der Nächste bitte!«

Die Tür ging auf, und ein Grauer kam herein, er hatte wässrige Augen und hielt ein Taschentuch in der Hand. Er war ein Senior und ging gebeugt, entweder durch schwere Arbeit auf dem Feld oder durch schwere Arbeit in der Fabrik, jedenfalls durch Arbeit. Man brauchte keine sechsjährige Ausbildung zum Chromatikologen, um zu erkennen, wo das Problem war.

»Sie haben Schnupfen, Mr G67«, sagte Dad freundlich. »Der grassiert hier momentan. Leider gibt es gerade Schwierigkeiten mit dem Großen Mustersortiment, deswegen habe ich gar nichts für Sie da. Eine Woche Bettruhe.«

Der Graue schien trotzdem ganz zufrieden mit der Therapie und gab meinem Vater sein Meritenbuch.

»Sagen Sie, Mr G67«, setzte mein Vater an, während er die Seiten mit der Liste der bisherigen Beschäftigungsverhältnisse und dem Feedbackstand durchging, »leiden Sie in letzter Zeit unter schweren Beinen?«

»Nein, Sir.«

»Das möchte ich Ihnen aber dringend empfohlen haben.«

»Ja, Sir«, antwortete der Mann gehorsam. »Seit einigen Jahren ist es wirklich ganz schlimm mit den Beinen. Manchmal komme ich morgens gar nicht aus dem Bett.«

»Genau wie ich mir gedacht habe«, sagte mein Vater. »Ich verordne Ihnen noch mal zusätzlich drei Wochen und vier Tage Bettruhe. Und das hier nehmen wir ab.«

Dad entfernte das »Simulant«-Etikett vom Revers des Grauen, das sicherlich Sally Gamboge dort angeheftet hatte.

Das müde Gesicht des Mannes verzog sich zu einem Lächeln. Er dankte meinem Vater überschwänglich und trottete aus dem Raum.

»Schwere Beine?«, fragte ich.

»Bis zur Rente fehlt ihm ein knappes halbes Prozent zur Erfüllung seiner Zivilen Verpflichtung«, murmelte mein Vater. »Er sieht aus, als hätte er es verdient, früher aufzuhören.«

»Eigentlich ist das doch verboten, oder?«

Dad wischte meine Bedenken beiseite.

»Eigentlich ja. Aber die Grauen haben sich unter den Gamboges halb zu Tode geschuftet, und wenn es in meiner Macht steht, ihnen eine Ruhepause zu verschaffen, dann tue ich es mit Freuden.«

»Willst du alle Patienten mit Schnupfen arbeitsunfähig schreiben?«

»Nein. Ich besorge mir morgen etwas 196–34–44. Damit ist die Epidemie im Handumdrehen besiegt.«

Robin Ochre sei Mustermann für *zwei* Dörfer gewesen, erklärte mein Vater, und habe eine Zweigstelle betrieben, ein Colorium, das mit dem Kleinen Mustersortiment von etwa zweihundert Farbkarten ausgestattet gewesen sei. Es befinde sich in Rusty Hill.

140

»Der Nächste bitte!«

Ein junges Blaues Mädchen kam herein, das sich ein blutgetränktes Tuch an eine Hand presste. In dem ansonsten farblosen Dorf wirkte das Blut ungebührlich grell.

»Guten Tag!«, sagte sie munter. »Ich glaube, ich habe mir in den Finger geschnitten.«

»Eigentlich sogar in zwei«, sagte mein Vater, als er die Wunde untersuchte. »Sie sollten vorsichtiger sein.«

Die Neigung der Blauen zu zwei linken Händen interessierte mich im Moment nicht. Ich dachte an Robin Ochres zweite Praxis. Der Name Rusty Hill hatte sich mir fest eingeprägt, denn dort hatte der Graue Falschgekennzeichnete gelebt.

»Du willst also nach Rusty Hill?«, fragte ich, durch die Chance, die sich mir plötzlich eröffnete, neugierig geworden.

»Ja«, sagte er und suchte einen sehr dünnen Faden und eine Nadel aus.

»Hat Ochre die Muster aus seiner zweiten Praxis denn nicht auch verhökert?«

»deMauve meint nein«, sagte Dad, setzte der Blauen das Distributionsgestell auf die Nase und legte eine Scheibe 100–83–71 aus seinem mobilen Mustersortiment ein, um die Blutung zu stoppen. »Rusty Hill hätte ihm immer Angst gemacht. Jedenfalls bringt mich Carlos Fandango morgen früh hin.« Er wandte sich an die Blaue, die abwesend aus dem Fenster blickte. »Ich muss die beiden Finger nähen.«

»Den kleinen brauche ich sowieso nicht«, sagte sie. »Und draußen sitzen noch jede Menge andere Leute, die zu Ihnen wollen.«

»Die können warten.«

»Dad«, sagte ich. »Darf ich mitfahren nach Rusty Hill?«

»Unmöglich«, erwiderte er umgehend. »Der Rat hat sich ja schon schwer damit getan, mir eine Reiseerlaubnis nach Rusty Hill zu erteilen. Die Ratsmitglieder haben es damit gerechtfertigt, dass das Leben im Dorf stillstehen würde, wenn die Arbeitskräfte mit

Schnupfen daniederliegen. Fandango fährt mich hin, aber er hat strikte Anweisung, den Ort nicht zu betreten.«

»Es ist gerade mal vier Jahre her, dass der Mehltau in dem Dorf gewütet hat«, ergänzte das Blaue Mädchen, das unser Gespräch mit Interesse verfolgt hatte. »Und eigentlich dürfte noch mindestens sechzehn Jahre niemand den Ort betreten.«

»Also noch ein guter Grund, nicht hinzufahren«, sagte mein Vater. »Kannst du bitte mal die Schwester rufen? Ich brauche zwei weitere Hände, wenn ich vor dem Abendessen wenigstens noch ein paar Patienten drannehmen will.«

Ich drückte auf den Klingelknopf für die Schwester. Sie kam herein, nickte mir zur Begrüßung zu, sah mit einem vorwurfsvollen »na, na!« auf die Hand der Blauen und fädelte gekonnt den Faden in die Nadel.

»Ich mache die Arterien«, sagte Dad zu der Schwester, »wenn Sie die Sehnen übernehmen wollen? Und du, Eddie, notier bitte ›37–78–81‹ in meine Kladde – unter einem stumpfen Orange wachsen Nervenenden besser zusammen. Und mach bitte die Tür zu, wenn du gehst, ja?«

Ich ging zurück ins Wartezimmer, wo mich plötzlich Tollkühnheit packte. Nicht jeder würde meinen Vater heute noch zu sehen bekommen, statt also alle morgen früh stundenlang Schlange stehen zu lassen, damit sie als Erste drankamen, dachte ich mir, könnte ich doch ein bisschen unterstützend eingreifen.

Ich trieb einen Bogen Papier auf, schnitt dreißig spielkartengroße Zettel heraus, versah sie mit Nummern, verteilte sie reihum im Wartezimmer und erklärte den Wartenden, wie das System funktioniere. Sobald mein Vater wieder Patienten empfing, würde eine Nummer ausgehängt, und wenn die eigene Nummer auftauchte, wäre man an der Reihe. »Aber denken Sie daran!«, ermahnte ich sie noch. »Wenn Sie Ihren Aufruf verpassen, müssen Sie eine neue Nummer ziehen.«

Ich musste die Details mehrmals mit ihnen durchgehen, da das

Konzept neuartig war, doch nach viel Murren und Protest hatten die Dorfbewohner das Prinzip begriffen, und sehr bald marschierte einer nach dem anderen fort, um etwas anderes zu erledigen oder einfach nach Hause zu gehen. Ich schrieb ein Schild, auf dem neu hinzugekommene Patienten aufgefordert wurden, sich eine Nummer aus einer kleinen Nierenschale aus rostfreiem Stahl zu nehmen, und stellte noch einen Kasten für die gebrauchten Karten auf.

Glücklich und zufrieden, dass der erste praktische Test meines »Russett Mk II Numerischen Warteschlangensystems« auf den Weg gebracht war, verließ ich beschwingten Schrittes das Colorium. Ich ging am Kasten für Verbesserungsvorschläge vorbei und beantragte eine nachträgliche Erlaubnis, das System unter der Prozedur der Standardvariablen zu betreiben, wie Travis es mir empfohlen hatte. Ich hatte keine Zweifel, dass der Rat es ablehnen würde, aber wenigstens war damit meine Regelverletzung gedeckt.

EINE AUGENBRAUE

2.8.02.03.031: Die Benutzung von Fahrrädern jenseits der Außenmarkierungen ist nicht gestattet, da der Metallrahmen Blitze anziehen könnte.

Ich atmete tief durch und setzte mich auf eine Bank, um meine Gedanken zu ordnen. Irgendwie musste es mir gelingen, die alte Adresse von Zane G49 in Rusty Hill aufzusuchen, wenn ich auch nur annähernd dahinterkommen wollte, was er in dem Farbengeschäft zu suchen gehabt hatte. Doch Dad hatte recht: Um ihn dorthin begleiten zu dürfen, brauchte ich einen triftigen Grund. Rusty Hill konnte man zu Fuß an einem Tag erreichen, und wenn ich die zehn Meriten Strafe für Abwesenheit beim Mittagessen in Kauf nahm, hätte ich eine Chance. Ich hatte nur keine Lust, fünfundvierzig Kilometer zu laufen, schon gar nicht bei dieser Hitze. Gerade überlegte ich, ob es vielleicht ein Hochrad im Dorf gab, das ich mir ausleihen konnte, da vernahm ich eine Stimme.

»Haben Sie eigentlich ein Hobby?«

Ich blickte auf. Witwe deMauve saß am anderen Ende der Bank und starrte mich an. Die Frage war rein rhetorisch, da mindestens ein Hobby vorgeschrieben war, sogar für die vielen Grauen, die gar keine Zeit für so etwas hatten. Die Theorie besagte, dass ein Hobby »müßige Gedanken vertreibt«, doch welches Hobby das sein sollte, ließen die Regeln offen. Trainspotting, Knöpfe-, Steine-, Münzen- oder Briefmarkensammeln waren die üblichen Optionen, aber auch Stricken, Malen, Versuchskaninchenzucht oder Geigenbau fanden ihre Anhänger. Manche sammelten Artefakte aus der Zeit vor dem Gewissen Ereignis, zum Beispiel Strichcodes, Zähne, Geldkarten oder Letterntasten, die es in verwirrend vielen unterschiedlichen Formen und Größen gab. Wieder andere erfanden zum Spaß irgendwelche lustigen Hobbys, nur um die Präfekten zu ärgern, zum Beispiel Bauchnabel-Casting, Dauerhüpfen und Extremzählen. Ich selbst bevorzugte die abstrakten Hobbys. Ich sammelte nicht nur obsolete Begriffe und Wörter, ich sammelte auch Ideen.

»Momentan entwerfe ich ein verbessertes System für Warteschlangen«, sagte ich großspurig, aber die alte deMauve zeigte nicht das geringste Interesse.

»Ich mache gerne Löcher in Sachen«, verkündete sie und zeigte mir ein Stück Papier mit einem Loch.

»Das erfordert bestimmt einiges Geschick.«

»Allerdings. Ich mache Löcher in Holz, Pappe, Blätter, sogar in Bindfäden.«

»Wie macht man denn ein Loch in einen Bindfaden?«

»Ich binde ihn zu einem Knoten«, sagte sie mit verblüffender Schlichtheit, »und schon hat man ein Loch. Ich dachte, ich wäre die Einzige. Aber sehen Sie mal, was ich heute Morgen im Co-op gefunden habe.«

Verärgert hielt sie mir einen Donut entgegen.

»Ja, so geht's!«, rief sie gekränkt. »Man kann sich heutzutage aber auch kein originelles Hobby mehr ausdenken, ohne dass gleich irgendein Nachahmer auf den Zug aufspringt.«

»Wahrscheinlich ist er von Mrs Lapis-Lazuli«, raunte ich boshaft, und Witwe deMauve riss die Augen auf.

»Habe ich es mir doch gedacht!«

»Würden Sie mich bitte entschuldigen?«, sagte ich. »Ich sehe da gerade jemanden, den ich unbedingt sprechen muss.«

Ich stand auf und trabte hinter einem Grünen her, der mit einer

Posaune unterm Arm vorbeiging. Ich hatte keine faule Ausrede gebraucht, um von Witwe deMauve loszukommen. Mir war aufgefallen, dass der Posaunist nur eine Augenbraue hatte.

»Entschuldigung.«

Er blieb stehen und musterte mich kurz, dann trat ein Ausdruck des Wiedererkennens auf sein Gesicht.

»Du bist der Sohn des neuen Mustermanns, oder?«, sagte er. »Hast du nicht das Letzte Kaninchen gesehen?«

»Ja und ja.«

»Wie sieht es aus?«

»Irgendwie ... fellig.«

Bevor er mich genauer über das Kaninchen ausfragen konnte, stellte ich mich vor, aber ich hatte ein komisches Gefühl, während wir miteinander redeten. Ich hatte mich vorher noch nie freundschaftlich mit einem Grünen unterhalten. In Jade-under-Lime blieb man weitgehend unter sich. Jabez war knapp fünfundzwanzig und nach der Uniformierung zu urteilen ein Farmer.

»Was ist mit deiner Augenbraue?«, sagte ich und zeigte auf die kahle Stelle. »Tommo hat mir gesagt, Jane hätte sie dir ausgerissen. Stimmt das?«

Jabez fasste sich an die Narbe über dem Auge. »Ja, ja«, antwortete er mit einem Grinsen, »aber sie hat es ganz schnell gemacht, damit es nicht so weh tut. Wenn sie mich wirklich gehasst hätte, hätte sie die Härchen einzeln ausgerupft.«

»Wie – äh – großzügig von ihr«, sagte ich gedehnt.

»Zuerst habe ich noch überlegt, mir eine Spender-Augenbraue annähen zu lassen«, sagte Jabez, »aber wenn sie schief angewachsen wäre, hätte ich für den Rest meines Lebens mit einer fragenden Miene rumlaufen müssen. Willst du mit Jane ausgehen?«

»Jetzt nicht mehr.«

»Ich weiß auch nicht, warum ich sie gefragt habe«, sagte Jabez stirnrunzelnd. »Wahrscheinlich war es ihre Nase. Die hat schon was, findest du nicht?«

»Ja«, gestand ich, »die ist nicht von schlechten Eltern.«

»Du darfst es ihr nur nicht sagen. Sie hört es nicht gern.«

»Hallo!«, ließ sich Tommo vernehmen, der plötzlich wieder aufgetaucht war. »Eddie, das ist Jabez Lemon-Skye, ein Grüner, erste Generation, also kaum zu beanstanden. Was ist los?«

»Eddie und ich haben uns gerade darüber unterhalten, wie man sich am besten mit der Nase verabredet.«

Tommo sah mich neugierig an.

»Dann bist du also doch an Jane interessiert.«

»Wir machen nur Konversation.«

»Lass die Finger von ihr, falls du Wert auf meinen Rat legst.« Er lachte verschwörerisch. »Und wenn wir schon von dunklen Geheimnissen reden: Jabez ist ein Kind der Liebe. Seine Eltern haben geheiratet, weil – halt dich fest! – sie es *ohneeinander nicht ausgehalten hätten*. Irre, was?«

»Dafür brauche ich mich nicht zu schämen«, entgegnete Jabez mit großer Würde. »Und jetzt sage ich dir etwas, worüber du mal in einer stillen Stunde nachdenken kannst: Wenn du einen Orangenen oder einen Grünen triffst, hast du keine vergeudete Primärfarbe vor dir, sondern das Produkt eines Paares, das edlere Ziele verfolgt hat als chromatischen Aufstieg um jeden Preis.«

So hatte ich es bisher noch nie gesehen. Wir Russetts versuchten seit über einem Jahrhundert, unseren Farbverlust aufzuholen. Die eheliche Verbindung mit einer Oxblood-Roten würde uns endlich auf den Stand zurückbringen, den wir bereits erreicht hatten, bevor mein Urgroßvater eine Graue heiratete. Rot war mein Schicksal, wenn man so will – der Farbton, für den ich geboren war.

»Wenn wir schon so offen miteinander umgehen«, heizte Jabez die Stimmung noch ein bisschen auf, »dann kannst du Eddie ja vielleicht auch verraten, warum du dir so gerne Nacktbadende anguckst.«

»Das ist niederträchtig. Und es ist die Unwahrheit!«, wehrte sich Tommo. »Ich habe sie mir nicht angeguckt, ich hatte nur mit offenen Augen geschlafen, und sie sind zufällig vorbeigekommen.«

Es entstand eine Pause. Ich hatte kein Gespür dafür, wie man ein Gespräch mit einem Grünen führte, deswegen sagte ich das Erstbeste, was mir in den Sinn kam.

»Wie ist es denn so, wenn man alles Grüne sieht?«

»Es ist ganz einfach wunderschön. Das Gras, die Blätter, die jungen Triebe, die Bäume – alles unser. Und weißt du was? Die feinen Abstufungen der einzelnen Schattierungen, bei den Blättern vom hellsten, frischen Farbton, wenn sie sich entfalten, bis hin zum dunklen Grün im Spätsommer, bevor sie sich verfärben und wir sie aus den Augen verlieren, das sind Tausende Farben, wenn nicht Millionen. Manchmal setze ich mich einfach in den Wald und schaue nur.«

»Ja, das macht er wirklich«, unterbrach Tommo. »Ich habe es selbst gesehen. Trotzdem. Ich würde meine Rottöne niemals gegen seine Grüntöne eintauschen, nicht für tausend Meriten. Tommo will nicht bei vollem Bewusstsein von der Fäulnis dahingerafft werden. Ich nicht.«

Das war die Kehrseite der Farbe der Natur. Wenn einen der Mehltau holte, nützte einem das Grüne Zimmer gar nichts, auch nicht mit Distributorbrille. Als Grüner ging man den beschwerlicheren Weg: bei vollem Bewusstsein langsam ersticken, während die Sporen unerbittlich die Atemwege verstopften. Um ihren Abgang zu beschleunigen, nahmen einige Grüne die Sache daher lieber selbst in die Hand oder bildeten ein Selbsthilfekartell, was natürlich ein schwerer Regelverstoß war.

»Das ist der Unterschied zwischen dir und mir«, entgegnete Jabez und sah Tommo lachend an. »Ein Leben lang die volle, reiche Farbe der Natur im Tausch gegen fünf Stunden Leid? Da gewinnt jedes Mal haushoch der Wald.«

»Das gilt nicht für mich«, sagte Tommo munter. »Sobald die Sporen anfangen zu keimen, springe ich so schnell in die endorphine

Suppe, dass mir nicht mal mehr Zeit bleibt für ein herzliches >danke, Leute, es war echt beschissen mit euch‹.«

Jabez wurde unruhig; es war höchste Zeit zu gehen, bevor Tommo noch ausfälliger wurde.

»Herzlich willkommen in unserem Dorf, Eddie. Und von dem, was dir unser wandelnder Reboot erzählt, beherzige nur jedes zehnte Wort. Freundschaft?«

Ich zögerte eine Millisekunde. Das Freundschaftsangebot eines Grünen hatte ich noch nie angenommen; außer den zwölf Orangenen, sechs Blauen, Bertie Magenta und seit kurzem auch Travis waren alle meine vierhundertsechsunddreißig Freunde Rote.

»Freundschaft.«

Er stieß Tommo gutmütig in die Seite und verschwand.

Wir gingen eine kopfsteingepflasterte Straße entlang, die von verschiedenen Geschäften von unterschiedlichem Nutzen gesäumt war. Es gab einen Schneider, einen Haushaltswarenladen, einen Ausbesserer, Dorians Fotografisches Atelier, ein Geschäft, das Wolle und Kurzwaren anbot, und einen von der Zentrale anerkannten Gabelschmied. Tommo machte mich auf interessante, wichtige Personen aufmerksam und stellte sie mir kurz vor, wenn er es für angebracht hielt.

»Die da drüben ist Bunty McMustard, die schlimmste Giftspritze im Dorf.«

»Ich habe bereits ihre Bekanntschaft gemacht.«

»Dann weißt du ja Bescheid. Wenn es ihr gelingt, Melanie ihren Courtland abspenstig zu machen, dann werden ihre gemeinsamen Nachkommen so abartig, dass es zu Spontanentzündungen kommen könnte. Aber das hab ich natürlich nicht gesagt.«

»Natürlich nicht.«

Ich dachte wieder an Rusty Hill.

»Tommo. Du hast gesagt, du könntest so gut wie alles organisieren.«

»Fast alles. Courtland hat ein bisschen übertrieben.«

»Mein Vater muss morgen nach Rusty Hill, und ich möchte gerne mitfahren. Dafür brauche ich einen triftigen Grund.«

Tommo biss sich auf die Lippe.

»Weißt du, wie viele Menschen während der Mehltauepidemie gestorben sind? Eintausendachthundert. Und wenn ich nicht wenigstens einen Funken Respekt vor den Regeln hätte – mehr kann ich nicht aufbringen –, dann würde ich mich auf dem schnellsten Weg dorthin begeben. In Rusty Hill müssen an die hundert Löffel herumliegen. Jeder aufgefundene Löffel mit einer nicht registrierten Postleitzahl heißt, dass man dem Kollektiv einen neuen Arbeiter zuführen kann. Und welches Dorf leckt sich nicht die Finger danach, seine Einwohnerzahl aufstocken zu können? Also ein Batzen Geld – und ich würde trotzdem nicht hinfahren.«

»Warum nicht?«

Er sah sich um und senkte die Stimme. »Wegen der Pukas!«

Ich lachte. »Pukas gibt es nicht. Das steht so in den Regeln.«

»Das haben die in Rusty Hill auch geglaubt. Aber es gab da so … Geschichten, Gerüchte. Willst du wirklich immer noch hin?«

»Willst du immer noch das Lincoln?«

»Na gut. Überlass mir die Sache«, sagte er und überlegte angestrengt. »Vielleicht fällt mir ja was ein.«

Wir kamen an der Garage des Werkmeisters vorbei. Ein Mann in einem Overall ölte penibel einen zerbeulten alten Ford Model T.

»Hallo, Löffelbagger«, begrüßte er Tommo. »Ist das da Master Russett in deiner Begleitung?«

»Ja«, antwortete ich.

»Willkommen in East Carmine«, sagte er mit leicht überheblicher Miene. »Ich bin Carlos Fandango, der Werkmeister. Macht Tommo mit dir die Rundtour?«

Ich nickte.

»Bravo. Ist ein feiner Kerl, aber leih ihm bloß kein Geld.«

»Einer, der seine eigene Großmutter verkauft, was?«

»Ach, schon davon gehört? Schreckliche Sache.«

»Jedenfalls kann ich erkennen, wann eine Tomate reif ist«, gab Tommo zurück, dem es nichts ausmachte, dass sein besudelter Familienname noch mehr besudelt wurde. Die Bemerkung mit der Tomate war eine eindeutige und strafwürdige Verletzung des Protokolls, wenn nicht ausgesprochen rüde. Fandango jedoch ignorierte Tommo einfach und sagte, zu mir gewandt, er werde meinen Vater morgen nach Rusty Hill fahren und um Punkt acht Uhr vor unserer Haustür stehen.

Ich versprach ihm, es meinem Vater auszurichten, doch Tommo, ungehalten darüber, dass seine Beleidigungen verpufften, zupfte mich am Ärmel und meinte, wir müssten weiter.

»Fandango ist nur zu vierzehn Prozent ein Purpurner«, sagte Tommo, als wir außer Hörweite waren. »Er spielt sich furchtbar auf, dabei war er vor seinem Ishihara ein Grauer. Vier Punkte weniger, und er müsste Feldarbeit verrichten oder in der Fabrik Sackleinen auslegen. Allerdings macht er sich Hoffnungen, Kapital aus seiner Tochter Imogen schlagen zu können. Er geht davon aus, dass sie fünfzig Prozent hat.«

»Hat er eine starke Purpurne geheiratet?«

»Im Gegenteil.«

Sein Entsetzen war gespielt, eine Andeutung, dass die chromatische Unvereinbarkeit zwischen Eltern und Nachkommen möglicherweise auf Fremdgehen zurückzuführen war. In diesem Fall zum eigenen Nutzen.

»Die Fandangos sind nach Vermillion gefahren, um im *Green Dragon* die Zuteilung ihres Ei-Bons zu feiern«, erklärte er. »Das Brautgemach in dem Hotel heißt nicht umsonst Regenbogenzimmer – da kannst du dir gegen Aufpreis jedes Farbkind machen lassen, das du haben willst.«

»Purpurne, die ihr schwer erarbeitetes Erbgut verkaufen?«, rümpfte ich ungläubig die Nase. »Das ist doch lächerlich. Außerdem würden die niemals einen Autoritätsverlust riskieren.«

»Seid ihr wirklich so naiv in den Regionalzentren, oder tut ihr nur so?«, wunderte er sich. »Die Regeln sind nicht alles. Es gibt eine ganze Welt außerhalb der Regeln. Man muss nur hinschauen. Jedenfalls wird Carlos dir das Ohr abkauen, ob du nicht ein paar reiche Purpurne in deiner Bekanntschaft hast. Du musst darauf eingehen, wenn du mal in dem Ford mitfahren oder das Gyro-Bike besteigen willst.«

An Tommos rüden Ton musste ich mich erst noch gewöhnen. Es war nicht nur Schnoddrigkeit, er kompromittierte auch andere Leute wegen ihrer Farbwahrnehmung, was der Inbegriff schlechter Manieren war.

»Woher wusstest du, dass ich meine eigene Großmutter verkauft habe?«

»Wusste ich nicht. Das sollte ein Witz sein!«

»Ach so. Sag mal, kannst du mir Herrenfreizeitschuhe mitbringen, wenn du nach Rusty Hill fährst?«

Er zeigte mir seine Schuhe, die eigentlich gar keine richtigen Schuhe waren, sondern gewichste, um die Füße gebundene Lederfetzen.

»In Ordnung.«

»Größe zweiundvierzig.«

»Größe zweiundvierzig, alles klar.«

»Siehst du den Kerl da vorne?«

Er zeigte auf einen hübschen Mann, vermutlich Anfang dreißig.

»Das ist Ben Azzuro. Netter Kerl und ein feiner Allroundsportler, aber als er sich erklärte, stand der Hühnerstall kopf, verständlicherweise. *Ich* persönlich fände es gut, wenn es hier bei uns mehr Leute wie ihn gäbe.«

»Hast du vor, dich zu erklären?«

»Nein. Aber es würde den Heiratsmarkt zu meinen Gunsten verschieben. Wenn noch sechs Leute mehr ans andere Ufer wechseln, kriege ich am Ende möglicherweise doch noch jemand ganz Erfreuliches ab. Vielleicht überrascht es dich ja, aber ich gelte hier nicht unbedingt als gute Partie.«

»Ach nein! Tatsächlich?«

»Deinen Sarkasmus kannst du dir sparen, Freundchen. Das da drüben ist übrigens die örtliche Futterkrippe. Die Frau hinter der Theke heißt Mrs Karmesin.«

Er wies auf die Teestube, wo in jedem Dorf um diese Zeit viel Betrieb herrschte. Der Name des Etablissements lautete *The Fallen Man*, sehr ungewöhnlich, weil die meisten Teestuben Mrs Cranston's hießen. Ich sah mir das verblichene, fast monochrome Schild über dem Eingang an. Es stellte einen Mann in einem Ledersessel dar, der zwischen flauschigen Wolken hindurch abwärts segelt, die Krawatte im Fahrtwind aufwärts flatternd.

»Komischer Name«, sagte ich, auf das gemalte Schild zeigend.

»Für unsere Verhältnisse nicht«, entgegnete Tommo fröhlich. »Die andere Teestube heißt The Singing Coathanger. Beide Namen beziehen sich auf lokale Legenden: *The Fallen Mann* auf einen Mann, der hier in der Nähe auf die Erde niedergegangen ist, und *The Singing Coathanger* auf einen, na ja, auf einen Bügel, der anfing zu singen.«

Ich hatte schon davon gehört, dass Metallstücke plötzlich Geräusche von sich gaben, die wie Wörter oder Melodien klangen, aber persönlich war mir dieses Phänomen noch nie begegnet.

»Singende Drähte und gefallene Männer, mehr haben wir an Legenden nicht zu bieten«, ergänzte Tommo. »Und ihr?«

»Wir haben die Schlabber-Venus«, antwortete ich. »Aber das ist, ehrlich gesagt, eher Artifaktur als Folklore. Die Nacht des Großen Lärms hat es allerdings wirklich gegeben. Die Älteren erzählen heute noch, dass am nächsten Morgen alles mit so einer Art Spinnweben überzogen war und dass die Leitern im Dorf fehlten.«

»Entschuldige, dass ich gefragt habe«, sagte er. »Das ist übrigens«, fuhr er fort und deutete im Vorbeigehen auf eine junge Frau, »Daisy Crimson. Nettes Mädchen aus guter Familie, wenn auch etwas niederfarbwertig. Ihr Vater betreibt die Wärmeaustauscher des Dorfes. Manche sagen, Daisy kichert zu viel und ihre Nase sei ein kleines bisschen zu spitz, aber mich hat das nie gestört und, wenn wir schon dabei sind, sie auch nicht.«

Wir waren am Flakturm angekommen, der ganz und gar typisch in seiner Konstruktion war. Quadratischer Grundriss, der sich nach oben leicht verjüngte und aus dessen Dachecken flache, lappenartige Vorsprünge ragten. Die Bronzetüren waren schon vor langer Zeit zur Altmetallverwertung entfernt worden, Perpetulit hatte sich ungehindert über der Öffnung ausgebreitet und nur noch eine vertikale Spalte und eine leichte Delle übriggelassen. Aber in ein paar hundert Jahren wären selbst die nicht mehr da.

Tommo trat vor eine Wand, in die eine Reihe Bronzehaken eingeschlagen war. So waren die Knisterfallenbauer also aufs Dach gelangt. In eine ehemalige Fensterluke in Brusthöhe hatte jemand ein etwa armdickes Metallrohr gesteckt. Tommo legte ein paar Sandwiches hinein, dazu einen Apfel, was ich mit einiger Verwirrung beobachtete.

»Für Ulrika aus dem Flak«, erklärte er. »Ich glaube, sie ist Gesindel.«

»Du meinst, dadrin ist ... ?«

»Psst!«, sagte er. »Erschreck sie nicht.«

Als er fertig war, gab er mir mit einem Wink zu verstehen, ich solle verschwinden, und sagte, auf meinen zweifellos fragenden Blick: »Was gibt's noch?«

»Wie ist sie da hineingekommen?«

Er zuckte mit den Schultern.

»Woher weißt du dann, dass es Ulrika ist? Oder überhaupt eine Frau? Oder Gesindel?«

»Eddie«, sagte er und zog mich zu sich heran, »ich tue, was ich will. Und wenn ich mir ein Haustierchen halte, das Gesindel ist, Ulrika heißt, in einem Flakturm wohnt und durch ein Rohr in der Wand gefüttert wird, dann wird mich davon auch kein kleiner, kümmerlicher Kaninchenspanner abhalten. Kapiert?«

Ich sagte natürlich, klar, verstehe ich, ließ aber unerwähnt, dass ich ebenfalls so einen eingebildeten Freund hatte, der gefüttert werden musste. Ich hatte ihm den Namen Perkins Muffleberry gegeben, und er hauste in einem hohlen Buchenstamm am Dorfrand. Es hört sich vielleicht kindisch an, aber das hinterlegte Essen war am nächsten Morgen immer weg.

ZWIEBELN MIT VANILLESOSSE

2.6.21.01.066: Abendessen darf privat eingenommen werden, sollte jedoch auch in der Gemeinschaftsküche angeboten werden, vorausgesetzt, der Chefkoch wird bis 16:00 Uhr informiert und ein Verzehrbon erworben.

Unser Abendessen war für sieben Uhr angesetzt. Als die Mahlzeit auf dem Tisch stand, war Dad immer noch nicht zurück, und Jane drohte damit, das Essen aus dem Fenster zu werfen, wenn er nicht in genau fünf Minuten an seinem Platz säße.

»Wirklich?«, fragte er, als ich leicht außer Atem am Colorium ankam, um ihn zu holen, und darauf hinwies, dass Jane ihre Drohung sehr wahrscheinlich auch in die Tat umsetzen würde.

Seine Arbeit konnte Dad genauso gut zu Hause erledigen, deswegen verschloss er den Mustersafe, und wir gingen zügigen Schrittes über den Marktplatz zurück nach Hause.

»Ich muss noch das Formular für NationalColor ausfüllen«, sagte er. »Du kannst mir dabei helfen.«

Das hörte ich gar nicht gern. Ich hatte gehofft, er würde die Bestellung allein machen, was mir einen guten Grund geliefert hätte, das Lincoln für Tommo und Courtland nicht doppelt zu ordern.

»Ja, gut«, antwortete ich unsicher. »Gerne.«

Jane hatte mir bereits versichert, dass dem Essen keine unverdauliche Zutat beigefügt worden war. Unser Hausmädchen, wenn auch ein bisschen herb, war heute Abend sogar einigermaßen vergnügt.

Ich hatte sie gefragt, was der Grund dafür sei, und sie hatte achselzuckend geantwortet, mein Vater habe »Mitgefühl gezeigt«, was ich
seiner Verordnung der Bettruhe für die Schnupfenpatienten und der
Frühpensionierung von Mr G67 zuschrieb. Um mir ihr Vertrauen
zu erschmeicheln, hätte ich sie beinahe zu einem Tee in den *Fallen
Man* eingeladen, aber im entscheidenden Moment versagten mir die
Nerven.

»Setzen Sie sich doch zu uns«, forderte mein Vater sie auf, nachdem Jane das Essen auf einer Anrichte bereitgestellt hatte.

Sie sah sich um, wen er gemeint haben könnte, bis ihr klar wurde,
dass sie selbst angesprochen war. Ich glaube, sie hatte noch nie zuvor
am Esstisch eines Chromatikers gesessen.

»Danke, Sir, aber es ist nicht genug für alle da.«

»Nicht genug?«, rief er und zeigte auf den dampfenden Topf
Fleischbrühe. »Das reicht für vier.«

Ehe sie antworten konnte, flog die Tür auf, und der Apokryphe
Mann spazierte herein. Außer einem Netzhemd trug er nichts am
Leib.

»Ich hätte Kämpfer werden können«, murmelte er vor sich hin,
»und vor Ende des Jahrzehnts planen wir, einen Mann zu landen
und die Kiste zu öffnen oder das Geld zu nehmen.«

Daraufhin nahm er sich die Terrine und war, ehe wir uns versa-
hen, auch schon wieder draußen. Es wäre nicht weiter schlimm gewesen, bloß hatten wir uns selbst noch nichts aufgetan.

»Niemand hat uns gerade unser Abendessen weggenommen«,
seufzte Dad. »Haben wir noch etwas anderes im Haus?«

Jane lief sofort los, um nachzuschauen, ich ging an die Tür, denn
es hatte geklingelt. Es war der Rote Präfekt, Yewberry.

»Wir sind gerade beim Abendbrot«, erklärte ich, und Yewberry,
der meine Bemerkung irrtümlich als Einladung verstand, nahm dankend an.

»Riecht ja köstlich«, sagte er, denn der Duft der Bouillon hing
noch in der Luft, auch wenn die Brühe selbst nicht mehr da war.

Ich stellte noch ein Gedeck auf, und er sah sich gespannt um.

»Bouillon, nicht?«, sagte er.

»Nicht mehr«, entgegnete mein Vater. »Was verschafft uns die Ehre?«

»Zwei Dinge. Erstens der Caravaggio.«

Yewberry erklärte, dem Rat sei zur Kenntnis gebracht worden, dass sich *Stirnrunzelndes Mädchen trennt Bärtigem den Kopf ab* noch immer in Rusty Hill befinde. Es war ungewöhnlich, dass das Dorf einen Caravaggio besaß, normalerweise kümmerten sich die Bewohner des Roten Sektors um die Turners und Kandinskys.

»Man hat ihn seit über vier Jahren nicht mehr gesehen«, fuhr Yewberry fort. »Er sollte in Schutzverwahrung genommen werden, bevor er noch schlechtem Wetter oder Gesindel zum Opfer fällt. Man weiß ja, wie sehr ihnen alte Gemälde gefallen.«

Dad sagte, er habe in Rusty Hill keine Zeit, nach barocken Meisterwerken zu suchen, doch Yewberry hatte einen anderen Vorschlag.

»Der Rat hat beschlossen, den Marschbefehl auf ihren Sohn auszuweiten.«

Hatte es Tommo also doch geschafft! Dad fragte mich, ob ich Lust hätte mitzukommen, und ich bejahte. Als ich aufblickte, sah ich, dass Jane mich anstarrte.

»Ich kann auf die Schnelle nur eingelegte Zwiebeln und Vanillesoße machen«, informierte sie uns und sah mich erwartungsvoll an. »Was anderes haben wir nicht im Haus.«

»Andererseits bleibe ich vielleicht lieber doch nicht«, meldete sich Yewberry wieder zu Wort und stand auf.

»Zwei Dinge, meinten Sie, wollten Sie uns mitteilen«, sagte Dad.

Yewberry schnippte mit den Fingern und sah mich an.

»Samstag kommt der Mann von NationalColor und zeigt Sonntagmittag die Testkarten. Der Rat möchte wissen, ob Sie Ihren Ishihara hier machen wollen oder ob Sie lieber so lange warten wollen, bis Sie wieder zu Hause sind.«

Das Angebot versetzte mich in helle Aufregung. Die Aussicht, meine Testergebnisse noch vor Roger Maroon zu erfahren, hatte einen entscheidenden Vorteil. Falls ich gut abschnitt, konnte ich Constance zu einer Entscheidung drängen, noch ehe Roger seine Ergebnisse hatte. Selbst wenn sie mich erst noch hingehalten hätte, hätte ich die Ehe ertrotzen können, indem ich Interesse an Charlotte de Burgundy vorgetäuscht hätte. Constance konnte Charlotte nicht ausstehen. Und falls ich schlecht abschnitt, wäre es egal, ob ich Constance' Entscheidung jetzt oder später erfuhr. Ich nickte also begeistert.

»Dann trage ich Sie in die Liste ein«, sagte Yewberry. »Viel Glück morgen. Und falls Sie in Rusty Hill zufällig einen Bleistiftanspitzer finden – würden Sie mir den Gefallen tun? Na dann.«

Weg war er.

»Hast du deinen Willen doch noch durchgesetzt«, sagte Dad und reichte mir das Bestellformular für die Ersatzmuster. »Roger Maroon muss sich wohl nach einer anderen Frau umsehen.«

»Kann einem beinahe leidtun, der Kerl«, sagte ich grinsend. »Aber nur beinahe.«

Jane war mittlerweile in der Küche abgetaucht, und wir hörten Steingutgeschirr zu Bruch gehen.

In den nächsten zwanzig Minuten diktierte mein Vater mir die Bestellnummern, und ich trug sie brav in das Formular ein. Ich bin froh, dass ich mich Courtlands und Tommos Druck widersetzte und in die Spalte für das Lincoln-Muster wie verlangt eine »1« schrieb. Ich musste mir etwas anderes einfallen lassen, wie ich mich bei Tommo für die Rusty-Hill-Tour revanchieren konnte. Zum Beispiel mit einem Paar Schuhe.

»Außerdem brauche ich noch etwas 293–66–49 als Breitband gegen Entzündungen jeglicher Art«, fuhr Dad fort, nachdem er sein Handbuch zu Rate gezogen hatte. »Und einen 206–66–45er, um die Überproduktion von Ohrenschmalz einzudämmen.«

Ich notierte noch die Zahlen, als Jane mit den eingelegten Zwiebeln und der Vanillesoße hereinkam. Es schmeckte besser als gedacht, allerdings hatte ich auch damit gerechnet, dass es ungenießbar wäre, insofern hieß das nicht viel.

Das Essen dauerte nicht lange, und Dad zog sich danach in sein Büro zurück, um die Genehmigung für die Neuzuteilung der Postleitzahl und den Totenschein für den Grauen auszustellen, der in der Linoleumfabrik in die Hochleistungs-Schneidemaschine geraten war.

Ich ließ Dad allein und sah mir den Sonnenuntergang an, falls sich etwas Rot dabei zeigte. Jane wollte ich lieber aus dem Weg gehen, aber sie wartete in der Küche auf mich. Damit sie nicht gleich wieder die Oberhand gewann, musste ich als Erster etwas sagen, möglichst etwas Intelligentes, aber leider hörte es sich ganz anders an.

»Ich mache am Sonntag meinen Ishihara.«

»Da fällt mir aber ein Stein vom Herzen.«

»Wirklich?«

»Nein.«

Die intelligente Gesprächsanbahnung hatte nicht funktioniert, aber die Ideen waren mir nicht ausgegangen.

»Courtland hat gar nicht die Absicht, Melanie zu heiraten.«

Ich hatte gedacht, diese Information würde wenigstens freundlich aufgenommen, vielleicht sogar für nützlich befunden werden, aber damit lag ich gründlich daneben.

»Information als Währung? Wofür? Um meine Zuneigung zu gewinnen?«

Diese Reaktion hatte ich am allerwenigsten erwartet, aber Jane hatte recht – ich versuchte, mich bei ihr einzuschmeicheln. Sie war kein Mensch, den man leicht aufs Kreuz legen konnte, also versuchte ich es zur Abwechslung mal mit Aufrichtigkeit.

»Ich finde, so etwas ist gemeingefährlich, und Melanie sollte Bescheid wissen, woran sie ist, mehr nicht.«

»Das ist rührend von dir«, sagte sie, »aber bist du wirklich so unsäglich dumm anzunehmen, dass Melanie darauf noch nicht selbst gekommen ist?«

»Dann weiß sie also, dass das Versprechen eine Lüge ist?«

»Natürlich weiß sie das. Wenn du achromatisch wärst, würdest du anders darüber urteilen. In der brodelnden Gosse von East Carmine dem angehenden Gelben Präfekten als zweite Matratze zu dienen – damit hat Mel einen Coup gelandet. Wir setzen große Hoffnungen auf sie.«

»Es dauert noch Jahre, bis er Präfekt ist«, hob ich hervor.

»Es ist eine langfristige Strategie, Roter. Hast du jemals Opfer gebracht für das Wohl der Allgemeinheit?«

»Ich habe mal drei Monate lang auf Pudding verzichtet, damit wir uns etwas 259–26–86 leisten konnten, um unsere Hortensien zu colorieren.«

»Na dann«, sagte sie, »weißt du ja *genau*, was Melanie durchmacht.«

»Das klingt sarkastisch.«

»Das *ist* sarkastisch! Warum fährst du nach Rusty Hill?«

»Um den Caravaggio zu beschaffen.«

»Aus keinem anderen Grund?«

Ich beschloss, Gleiches mit Gleichem zu vergelten, Frage mit Gegenfrage.

»Aus welchem Grund sollte ich sonst hinfahren?«

Sie musterte mich misstrauisch und versuchte zu ergründen, wie viel ich wusste, wenn überhaupt.

»Soll ich dir einen Rat geben? Fahr nach Hause. Du bist viel zu neugierig, und hier in East Carmine führt Neugier nur in eine Sackgasse.«

»Zum Tod?«

»Viel schlimmer – Aufklärung.«

»Klingt doch gut.«

»Nein, du irrst dich. Glaub mir, für Leute wie dich ist der Zustand der Unwissenheit das Beste und Bequemste.«

»Und wer sind Leute wie ich?«

»Gehorsame Drohnen des Kollektivs.«

Normalerweise galt so eine Bemerkung als Kompliment, doch aus ihrem Mund hörte es sich irgendwie wenig erstrebenswert an.

»Willst du mir drohen?«

»Ich warne dich nur«, sagte sie, und für den Fall, ich könnte auf die aberwitzige Idee kommen, sie fände mich auch nur ansatzweise erträglich, fügte sie noch hinzu: »Aus Gefälligkeit gegenüber deinem Vater.«

»Würde sich diese Gefälligkeit auch auf eine Einladung zum Tee mit mir morgen Nachmittag erstrecken?«

Ehrlich, ich weiß nicht, was mich geritten hatte, ihr diese Frage zu stellen. Wahrscheinlich der Wunsch, mir ihr Vertrauen zu erschleichen. Jedenfalls setzte ihre Antwort jedem Gedanken an Tee und Chelsea-Brötchen in absehbarer Zukunft ein Ende.

»Eher steche ich mir die Augen aus. Und wieso hältst du deine Augenbrauen fest?«

»Aus keinem besonderen Grund. Jedenfalls kann ich noch nicht so bald wieder nach Hause – deMauve hat meine Rückfahrkarte eingezogen.«

»Du hast sie abgegeben?«, sagte sie ungläubig. »Ich habe mich geirrt – du bist gar nicht so dumm, wie du aussiehst.«

»Oh, danke.«

»Das sollte kein Kompliment sein – du bist noch viel dümmer.«

»Bitte«, sagte ich, »beleidige mich ruhig weiter. So werde ich hoffentlich immun dagegen. Was hast du eigentlich gegen unsere Ordnung? In fünf Generationen könnte deine Familie die Präfekten stellen. Würden sie sich dann auch noch über die Ordnung beklagen?«

Meine Direktheit hatte sie überrumpelt, doch fing sie sich rasch wieder.

»Wahrscheinlich nicht, aber ich hoffe, dass es die Grauen unter

162

ihnen tun und dass meine Nachfahren so klug sein werden, ihnen zuzuhören.«

»Die Schafe brauchen den Schäfer, und der Schäfer braucht die Schafe«, übernahm ich, ohne groß nachzudenken, die Worte Munsells. »Getrennt und doch vereint. Ohne irgendeine Form von Hierarchie geht es nicht. Die Purpurnen sind nicht hochmütig und überheblich, nur weil sie Purpurne sind, sondern weil sie an der Macht sind. Glaubst du, die Grauen wären anders, wenn die Rollen vertauscht wären?«

»Ich will nicht, dass plötzlich die Grauen an die Macht kommen, genauso wenig wie die Gelben. Ich finde, dass alle gleich sein sollten. Gleiche Meriten, gleiche Regeln, gleicher Rang im Dorf. In einem Jahr ist ein Purpurner Oberpräfekt, im nächsten Jahr ein Grauer – oder von mir aus auch gar keiner.«

»Gleichheit ist erwiesenermaßen ein Mythos.« Die abgedroschenen Argumente gingen mir leicht über die Lippen. »Wäre dir eine Rückkehr zur Lebensweise der Einstigen mit ihrer destruktiven Kurzsichtigkeit und der Verherrlichung des Ichs lieber? Oder willst du dich hinabbegeben in die anarchische Wildheit des Gesindels?«

»Das sind nicht die einzigen Alternativen, ganz egal, was in Munsells Schriften steht. Wir haben was Besseres verdient. Wir alle. Wir könnten das Zusammenleben im Dorf so organisieren, wie wir es in der Grauen Zone machen. Ohne Farbkennzeichen, ohne Ränge, einfach nur Menschen. Warum muss ich mich erst als anständiges Mitglied der Gesellschaft bewähren und volles Wohnrecht erwerben, bevor ich heiraten darf? Warum muss ich einen Ei-Bon beantragen? Warum darf ich nicht nach Cobalt ziehen, wenn ich will? Warum muss ich mich all diesen Regeln unterwerfen?«

»Weil etwas passiert ist. Das Gewisse Ereignis.«

»Und was war das?«

Darauf gab es keine klare, einfache Antwort.

»Etwas … das man am besten vergisst. Das Leben unter Munsell ist dir vielleicht verhasst, aber es hat uns fast fünfhundert Jahre alles gegeben, was wir brauchen. Außerdem befindest du dich mit deinen ganz und gar aufrührerischen Gedanken und deinem Verhalten absolut in der Minderheit.«

Sie beugte sich ein Stück vor.

»Das sagst du. Aber befinde ich mich wirklich in der Minderheit?«

Ich öffnete den Mund, um etwas zu sagen, aber ich konnte nicht. Seit meinem Besuch in der Bibliothek war ich ins Nachdenken gekommen über die bislang unangefochtenen, angeblich klugen Rücksprünge. Was stand in *Lok 1414 geht ...* ? Warum sollte der Inhalt eine tiefe Spaltung der Gesellschaft auslösen können? Was war so schlimm an Telefonen, dass sie aus dem Verkehr gezogen werden mussten? Warum durfte man Mr Simply Red nicht mehr hören? Warum gab es keine geriffelten Chips mehr, keine Fahrräder, Flugdrachen, Reißverschlüsse, Jojos, Banjos, warum kein Marzipan mehr? Ich sagte nichts, aber ich hatte innegehalten, und das reichte ihr.

»Du musst nicht meiner Meinung sein«, sagte sie ruhig. »Ich bin schon froh, wenn ich etwas Zweifel geweckt habe. Zweifel ist gut. Es ist etwas, auf das wir aufbauen können. Wenn wir es mit Neugier anreichern, kann es zu etwas Nützlichem heranreifen, zum Beispiel Misstrauen – und Aktion.«

Sie sah mich eine ganze Weile lang an.

»Aber das ist eher nicht deine Sache, was?«

Sie ließ mich in der Küche allein mit meinen Gedanken. Es waren wirre Gedanken, aber wenigstens war ich froh, dass meine seit langem gehegten Zweifel endlich einen Nutzen hatten – sie machten Jane glücklich.

DER HEIRATSMARKT VON EAST CARMINE

1.1.2.02.03.15: Die Ehe ist eine ehrenwerte Einrichtung und sollte nicht allein als Rechtfertigung für legalen Geschlechtsverkehr dienen.

Ich folgte den Strahlen der untergehenden Sonne stadtauswärts, die West-Street entlang, und ließ mich auf einer Bank nieder, um das Telegramm an Constance zu entwerfen. Weder das ohnehin ausgebliebene Abenteuer mit dem Letzten Kaninchen noch das Oz-Denkmal oder der in Ungnade gefallene Gelbe Briefträger würden sie besonders beeindrucken, und Janes seltsame Ansichten über das Kollektiv zu erwähnen wäre geradezu ungehörig. Vor meiner Abreise hatte Constance mir zu verstehen gegeben, was sie von einem Ehemann am meisten erwartete: »gleichgültige Anspruchslosigkeit« und »die Fähigkeit, Befehlen zu gehorchen«. Der Einfachheit halber schrieb ich sinngemäß daher nur, dass es mein größter Wunsch sei, meiner Zivilen Verpflichtung gegenüber dem Kollektiv unbedingt auf besonders produktive Weise nachzukommen, und dass ich ununterbrochen an sie denken würde. Das war der Haupttenor. Außerdem versuchte ich mich an einem Gedicht:

Oh, Constance Oxblood, mein Herz quillt über auch,
Ergießt sich rasend, sturmgepeitscht in Bach und Strauch
~~Zeigt, dass ich bin kein Versager~~ Zeigt dir, dass ich kein Versager bin

165

Versager? Jasager
Nager
Mager

Ich gab auf. Ich musste meine romantischen Gedanken an jemanden auslagern, der etwas von Poesie verstand. Ich legte mein Notizbuch beiseite und blinzelte in die Sonne, die gerade hinter dem West-Gebirge unterging. Die Helligkeit nahm jetzt rasch ab, und auf der lichtabgewandten Seite waren die Hänge bereits schwarz und unförmig. Es war der Beginn der Abenddämmerung, der Übergangsperiode zwischen dem Sichtbaren und dem Unsichtbaren.

Es wurde Zeit, dass der Werkmeister die Bogenlampe anzündete. Wie auf Stichwort flackerte hinter mir etwas grell auf. Die Straßenlaterne erwachte zum Leben und tauchte das Zentrum des Dorfes in ein starkes künstliches Licht. Es war nicht nur eine Methode, um den Tag zu verlängern, sondern auch ein Signal an alle Bewohner, die noch unterwegs waren, sich auf den Heimweg zu machen. Ich sah, wie sich die Spiegel auf den Hausdächern einpegelten, um das Licht einzufangen, damit die Strahlenteiler, Luxfer-Prismen und Multiplikatoren, die tagsüber das Innere der Häuser erhellten, nun in der Nacht das Dorf mit Licht versorgten.

Als Kinder spielten wir früher gerne Nachtlaufen. Gewinner war der, der als Letzter in den schützenden Lichtkegel der brennenden Straßenlaterne zurückkehrte. Meistens waren es Richard oder Lizzie, aber einmal wurde beschlossen, dass ein Meisternachtläufer ermittelt werden sollte. Beide stellten sich in der Mitte des Sportplatzes auf und warteten darauf, dass die Nacht anbrach. Wir anderen standen erwartungsvoll auf dem Marktplatz, setzten Wetten aus und lachten. Wer als Erster kniff, hatte verloren, wer zuletzt zurückkehrte, war der Gewinner. Lizzie kehrte zuerst zurück, doch gewonnen hat Richard trotzdem nicht. Acht Monate später fanden Graue beim Beschneiden der Stockausschläge im Wald den Jungen ein paar Kilometer jenseits der Außenmarkierungen. Er konnte nur anhand seines Löffels identifiziert werden, und einen Tag später wurde seine Postleitzahl neu vergeben. Danach wollte keiner mehr Nachtlaufen spielen.

Innerhalb von Minuten waren der Fluss, die Steinmauer und die Linoleumfabrik verschwunden, verschluckt von der dunklen Walze der Nacht, die über das Land rollte. Als meine Augen die Schatten nur noch als finstere Löcher wahrnahmen, gab ich meinen Platz auf und begab mich zurück zu dem geschützten Marktplatz. Die Straßenlaterne leuchtete hell und sorgte mit dem typischen Zischen des Lichtbogens und dem gelegentlichen Fiepen und Flackern dafür, dass die Schrecken der Nacht sich zerstreuten. Hinter mir war nur noch die Knisterfalle auf dem Flakturm als Silhouette vor einem sich rasch verdunkelnden Himmel zu erkennen.

»Hallo!«, grüßte plötzlich Tommo und kam auf mich zu. »Ich habe dich schon gesucht.«

Ich erwiderte seinen Gruß und bedankte mich dafür, dass er meinen Ausflug nach Rusty Hill gedeichselt hatte.

»Kein Problem. Hast du daran gedacht, das Lincoln für uns zu bestellen?«

»Gar nicht so einfach. Die Sache hatte einen kleinen Haken.«

»Nur keine Angst«, sagte Tommo. »Nicht vor mir zumindest. Courtland hingegen hat Jim-Bob mal so zusammengeschlagen, dass der Blut in seiner Pisse hatte.«

»Ich werde euch das Lincoln schon noch besorgen.«

»Ich weiß. Aber was viel wichtiger ist: Hast du vor, meine Schwester zu heiraten?«

An Tommos unvermittelte Themenwechsel musste ich mich noch gewöhnen.

»Ich wusste noch nicht mal, dass du eine Schwester hast.«

»Ich bemühe mich ja auch nach Kräften, diesen Zustand zu erhalten.«

»Da komme ich nicht ganz mit.«

»Ganz einfach. Als Roter mit mittlerer Farbwahrnehmung und

Sohn eines Mustermanns wird sich die feine, erhabene Rote Damen-
welt dieses stinkenden Kaffs um deine Klöten zanken wie Hunde
um einen frischen Kadaver.«

»Sehr anschaulich ausgedrückt, wenn auch etwas abstoßend.
Aber es tut mir leid, ich habe einer Oxblood ein halbes Versprechen
gegeben.«

Tommo staunte nicht schlecht. Es gab nicht viel, das Eindruck
auf ihn machte, aber das schon. Die Verbindung mit der Familie Oxblood wäre meine Lizenz zu einem sorgenfreien Leben, erklärte ich
ihm. Nach Josiah Oxbloods Pensionierung würden wir gemeinsam
die Bindfadenfabrik leiten, und es sei ja bekannt, dass die Oxbloods
in Kohle schwammen.

»Sie haben drei fest angestellte Diener«, prahlte ich, »ein rück-
sprungkonformes Gyro-Auto, und sie essen natürlich colorierte Lebensmittel.«

»Und sind berüchtigt für ihren Rotzentrismus«, murmelte
Tommo.

Auch das stimmte. Über Generationen hatten die Oxbloods
ihre Partner sehr sorgfältig ausgesucht, und es wurde gemunkelt,
dass Constance' Sprösslinge aus einer Verbindung mit einem Mann
von entsprechend hoher Rotwahrnehmung sogar noch das Rot der
Crimsons übertreffen und sie aus dem Amt der Roten Präfektur vertreiben würden.

»Stehst du wenigstens weit vorne in der Kandidatenschlange«,
wollte Tommo wissen, »oder bist du nur ein armer Möchtegern?
Anders ausgedrückt: Habt ihr schon Kosenamen füreinander ausgesucht?«

»Es sind einige in der engeren Wahl, aber es ist noch nichts entschieden.«

Constance' Ansichten in dieser Frage waren bedauerlicherweise
sehr konservativ. Meinen Vorschlag »Nasenbär« fand sie eine Idee
zu gewagt, sie neigte eher zu dem herkömmlicheren »Liebling«
oder »Schatz«, stimmte schließlich »Honigbär« als Kompromiss

zu, aber nur versuchsweise und ausschließlich für den privaten Gebrauch.

»Die Verbindung ist nicht eindeutig abgemacht«, gestand ich. »Zwischen mir und einer äußerst rosigen Zukunft steht ein grantiger Schnösel namens Roger Maroon.«

»Ein Maroon?«, fragte Tommo. »Wenn ich du wäre, würde ich so schnell es geht das Weite suchen, solange deine Würde noch halbwegs intakt ist.«

»Versteh mich nicht falsch«, entgegnete ich, »Constance ist nicht ohne Liebreiz, trotz ihres launigen, rotzentristischen Wankelmuts, und unsere Balz hatte durchaus schon ihre Momente. Sie hat mir immerhin mehrmals gestattet, sie zum Tanztee auszuführen.«

»Skandalös, wie du vorpreschst! Habt ihr schon Tango getanzt?«

»Noch nicht«, gestand ich, »aber wir sind bald so weit.«

Tatsächlich hatte Constance es abgelehnt, Tango mit mir zu tanzen, mit der Begründung, es sei ein »Einstiegstanz« zu Verwegenerem, zum Beispiel Lambada. Hätten wir Tango getanzt, hätte der Alte Magenta darauf bestanden, dass wir auf der Stelle heiraten, um die öffentliche Ordnung nicht noch weiter zu stören.

. »Leider«, fuhr ich fort, »hat sie auch mit Roger getanzt.«

»Die kluge Frau lässt anscheinend im Ballsaal wie im Bett nichts anbrennen.«

»So sieht es wohl aus.«

»Ist sowieso alles nur rein theoretisch«, lachte Tommo. »Wenn du erst mal das junge Gemüse in unserem Dorf kennengelernt hast, wird dir jede Lust, den Bindfadenbetrieb zu übernehmen, vergehen wie eine schlechte Laune.«

»Tommo, ich bleibe nicht hier.«

»Aber wir können doch einfach mal so tun, als würdest du dich entschließen, dich hier niederzulassen. Na komm, Eddie, lass es uns doch mal durchspielen.«

»Meinetwegen«, seufzte ich. »Dann lass mal hören.«

»Ausgezeichnet!«, rief er und klatschte in die Hände. »So sehe ich also deine Heiratsaussichten in diesem unserem glorreichen Rattennest: Da du mir ein kluges Kerlchen zu sein scheinst und deine Farbe mit nichts anderem vermischen willst als mit einer aus gutem Roten Hause, sind deine Wahlmöglichkeiten unter den Weibern in diesem Dorf, gelinde ausgedrückt, recht übersichtlich. Wenn man von den etwa dreitausend Menschen, die hier leben, alle Grauen, alle Männer und alle anderen Farbtöne abzieht, bleiben genau einhundertsiebenundzwanzig Rote Frauen übrig, die infrage kämen. Jetzt kannst du dir ausrechnen: Von den einhundertsiebenundzwanzig Roten Frauen sind neununddreißig bereits verheiratet, vierzehn sind verwitwet, und neunzehn haben Partner, die gerade im Reboot sind. Siebzehn sind alte Jungfern über fünfzig, und achtundzwanzig sind unter sechzehn. Bleiben wie viele übrig?«

»Neun.«

»Genau. Weiter im Text. Ihren Ishihara legen dieses Jahr ab und sind damit ehefähig: meine Schwester Francesca, Daisy Carmesinn, Lisa Scarlett und Lucy Ochre. Wenn die dir nicht zusagen, dann wären da noch Rose Madder, Cassie Flamingo und Jennifer Cochineal, die *nächstes* Jahr ihren Ishihara machen. Und wenn dir danach ist, alte Jungfern aus ihrem Elend zu befreien: Tabitha Auburn und Simone Russo.«

»Hm«, sagte ich, halb im Scherz, »fallen dir keine Blauen ein, mit denen ich eine Purpur-Dynastie begründen könnte?«

Er schüttelte den Kopf.

»Das würden deMauve und der Rat niemals zulassen. Aber falls du daran denkst, deine Geburtsfarbe aufzugeben – Violet deMauve ist noch zu haben. Sie könnte ein bisschen roten Samen vertragen, um die deMauves aus ihrem jetzigen Bläulichrot wieder auf das Niveau von Mittel-Purpur zurückzubringen. Aber dafür müsste man schon geradezu versessen auf gesellschaftlichen Aufstieg sein und somit bereit, die Tatsache zu ignorieren, dass Violet die schlimmste Giftspritze des ganzen Dorfes ist.«

»Hast du nicht gesagt, diese Auszeichnung gebührte Bunty McMustard?«

»Ich glaube, die wechseln sich ab, mal ist die eine, mal die andere dran. Jedenfalls habe ich entschieden, Violet deMauve zu deinem eigenen Besten in meiner Gleichung nicht zu berücksichtigen. Es sei denn, du willst für den Rest deines Lebens vorgeschrieben bekommen, was du zu tun hast und wann.«

Ich dachte an Constance und musste mir eingestehen, dass es zwischen ihr und Violet wohl gewisse Ähnlichkeiten gab.

»Nein, will ich nicht, auch nicht in deinen blöden Gedankenspielen.«

»Geschenkt. Man muss verrückt sein, in so ein Schlangennest einzuheiraten. Das einzige andere Mädchen außer Konkurrenz ist Lucy Ochre, denn die ist reserviert.«

»Reserviert?«

»Für mich. Also Pfoten weg!«

»Weiß sie Bescheid?«

Tommo zuckte mit den Schultern.

»Eigentlich nicht.«

»Neun zur Auswahl sind immer noch ganz gut.«

»Nicht ganz«, entgegnete er und strich nacheinander eine meiner potentiellen Kandidatinnen nach der anderen von der Liste. »Simone Russo ist niederperzeptiv und das Produkt eines Oberinstallateurs und einer Grauen, also unpassend. Rose Madder ist jemandem versprochen, Lucy ist so gut wie versprochen, und Tabitha ist Lloyd Bluto halb versprochen. Lisa Scarlett steht ziemlich weit unten auf der Sozialskala, ihren Vater haben sie zum Reboot geschickt. Cassie ist ziemlich absonderlich, und Jennifer hat sich gerade vergangene Woche mit einer Grauen namens Chloe erklärt.«

»Aha.«

»Bleiben also meine Schwester Fran und Daisy Carmesin.«

»Also zwei; wie großzügig von dir, Tommo.«

»Nicht so hastig. Da ich dir rein freundschaftlich einen schmerzhaften Schlag auf den Hinterkopf verpassen würde, wenn du auch nur daran *denken* solltest, dich mit deinen schmierigen Fingern meiner lieben Francesca zu nähern – der ich geschworen habe, sie vor allen Unannehmlichkeiten des Lebens zu bewahren –, bleibt also unterm Strich leider nur noch Daisy Crimson. Ich hoffe, ihr werdet miteinander glücklich.«

»Das hast du dir alles schon fix und fertig überlegt, oder?«

»Ich denke an nichts anderes.«

Während unserer Unterhaltung war jedes Fünkchen natürliches Licht erloschen. Der Himmel glänzte schwarz wie Ebenholz, die einzige Beleuchtung kam von der zentralen Straßenlaterne, ein kaltes, weißes Licht, welches so scharfkantige Schattenumrisse erzeugte, dass man sich an ihnen hätte schneiden können. Gerade gab ich Tommo zu verstehen, dass seine fantastische Eheliga der größte Blödsinn war, da trat aus einem Haus unweit von uns eine Gestalt in einem Mantel und mit einem Koffer in der Hand. Erst als die Gestalt fast vor uns stand, erkannte ich Travis Canary.

»Hallo!«, grüßte er, als er mich sah. »Hast du dich eingelebt?«

»Ja, ganz gut«, antwortete ich. »Kennst du Tommo?«

Sie gaben sich die Hand, und Tommo beäugte den Gelben misstrauisch.

»Du hast dein Farbkennzeichen nicht angesteckt«, sagte er.

»Da, wo ich hingehe, braucht man keins.«

Ich dachte, er meinte Reboot, doch das war ein Irrtum. Noch ehe wir etwas sagen konnten, tippte er sich an seine Mütze und ging in die Nacht hinaus. Nur wenige Sekunden später hatte ihn die Dunkelheit verschluckt.

Tommo und ich wollten kaum unseren Augen trauen, so unglaublich erschien das, was soeben passiert war. Ich sah mich um, doch obwohl sich noch etwa ein Dutzend abendliche Spaziergänger auf dem Platz herumtrieben, schien niemand etwas bemerkt zu haben.

Ich stand auf, um den Alarm für Nachtabgang auszulösen, doch bevor ich den Knopf drücken konnte, hielt Tommo mich zurück.

»Warte, Eddie, warte! Er ist nur ein Gelber, kein großer Verlust, außerdem steht ihm sowieso Reboot bevor. Und viel wichtiger noch: Was geht uns das an?«

»Man lässt keinen Menschen nachts draußen allein«, blies ich mich auf, »nicht mal einen Gelben.«

Ich drückte den Alarmknopf, und das Horn gab drei schrille Signaltöne von sich.

Auf einmal war der Platz totenstill und nach wenigen Sekunden wie leergefegt. Wenn ein Notruf ertönte, taten die meisten Leute plötzlich sehr beschäftigt oder räumten eilig das Feld. Nachtabgänge waren eine traurige, tragische Sache, und der Versuch, jemanden zu retten, konnte noch einmal so tragische Konsequenzen haben. Man hatte sich daher angewöhnt, nicht einzugreifen. Jedenfalls nicht vor dem nächsten Tag, wenn die offizielle Suche einsetzte. Wir gingen bis zum äußersten Schattenfall und starrten in die Finsternis, die wie ein wütender schwarzer Nebel waberte. Wir befanden uns am Rand des Dorfes, jenseits der Häuser, und zu unserer Rechten und Linken erstreckte sich unebenes Grasland.

»Wer ist da draußen?«, kam eine Stimme.

Es war die Präfektin Sally Gamboge, ich hatte sie offenbar beim Abendessen gestört. Ich erklärte ihr, Travis Canary sei gerade in die Nacht hinausgegangen, aber sie sah mich nur vollkommen teilnahmslos an.

»Reboot oder Nachtabgang«, sagte sie. »Für uns ist das ein und dasselbe. Habe ich nicht recht, Tommo?«

»Ja.«

»Aber er ist doch ein Gelber«, insistierte ich.

»Farblich, aber nicht im Herzen«, erwiderte sie. »Seine Selbstlosigkeit hat uns soeben den Preis einer Fahrkarte erspart, in der Hinsicht sollten wir ihm dankbar sein.«

»Sie wollen also nichts unternehmen?«

173

Ihre Augen funkelten gefährlich.

»Nein!«

Ohne mich eines weiteren Blickes zu würdigen, marschierte sie zurück in ihr Haus.

Ich stand da und glotzte in die Dunkelheit. Travis war zum Reboot abkommandiert worden, nur weil er einen Verbesserungsvorschlag gemacht hatte, und trotz seines unsympathischen Farbtons: Er hatte mir seine Freundschaft angeboten, und ich war auf sein Angebot eingegangen.

Ich öffnete den Notkasten unter dem Alarmknopf. Die Seilwinde und der Gürtelhaken waren da, aber die Magnesiumleuchtrakete fehlte. Ich sah hinaus in die Dunkelheit und versuchte, mir bildlich vorzustellen, wo Travis sein könnte. Ich konnte zwar absolut nichts erkennen, aber ich wusste, dass die Straße vor mir am Flakturm vorbeiführte, weiter durch das öde Grasland und an der Brücke vorüber zur dahinterliegenden Linoleumfabrik.

Und dann hörte ich ihn. Mehrere, kurz aufeinanderfolgende Schreie, als die Nachtangst ihn packte. Gegen Nachtangst war niemand immun, weder der klügste Präfekt noch der beste Mustermann. Jeder wusste, was einen erwartete – selbst in geschützten Räumen übte die Abwesenheit von Licht eine Wirkung auf die Sinne aus, die zu einer Vielzahl schrecklicher Erscheinungen führte. Doch nur, wenn man in Panik geriet und zuließ, dass die Angst einen überwältigte. Hatte sie einen erst mal voll im Griff, brauchte man Nerven aus Stahl, um sich wieder daraus zu befreien.

Ohne zu überlegen, zog ich Schuhe und Strümpfe aus und spürte die Wärme des Perpetulits unter meinen Füßen. Wenn ich mich bemühte, nicht von der Fahrbahn abzukommen, hatte ich nichts zu befürchten.

»Was machst du da?« Tommo war von meinem Tatendrang genauso überrascht wie ich.

»Klingt, als wäre er am Faraday'schen Käfig«, antwortete ich, während ich den Haken an meinem Gürtel befestigte, das Seil einmal um die Hüfte schlang und Tommo die Winde in die Hand drückte. »Ich bin gleich wieder da.«

»Ohne Leuchtrakete? Warte ...«

Ich beachtete ihn nicht weiter und durchstieß die schwarze Mauer vor mir. Anfangs kam ich gut voran, ohne jeden Anflug von Panik, doch nach etwa dreißig Schritten holte mich die Ungeheuerlichkeit meiner Tat ein. Plötzlich fühlte ich eine Beklemmung in der Brust, mein Mund wurde trocken, und die Wogen der Finsternis türmten sich zu Umrissen auf – ich spürte das Einsetzen der Nachtangst. Aus alter Gewohnheit schloss ich automatisch die Augen und atmete tief und regelmäßig, bis die Panik nachließ. Dabei war es nicht unbedingt hilfreich, dass Travis gelegentlich einen Schrei von sich gab. Ärgerlicherweise war er nicht stehengeblieben, sondern weitergegangen, und mit jeder Minute wurden seine Rufe schwächer. Ich war nicht abgewichen von der Fahrbahn, immer die weiche und kühle weiße Mittellinie mit den Füßen ertastend, und nachdem ich mich knapp fünfzig Meter weit vorgewagt hatte, hörte ich erneut die Sirene. Absolut ungewöhnlich – denn es konnte nur bedeuten, dass sich noch ein zweiter Trottel auf der anderen Seite des Dorfes verirrt hatte.

Ich ging noch etwa zehn Schritte, langsamer diesmal, da ich allmählich die Orientierung verlor. Die aufgeregten Stimmen neu hinzugekommener Gaffer, zweifellos durch die Nachricht von gleich zwei Nachtabgängen aus ihren Häusern hervorgelockt, erreichte mein Ohr. Erst als sich die Sicherheitsleine spannte und mich am Weitergehen hinderte, wurde mir klar, dass der zweite Alarm mir gegolten hatte.

»Eddie!«

Mein Vater! Er war weit hinter mir. Ich rief ihm zu, alles sei in Ordnung, doch meine Stimme, die zuversichtlich klingen sollte, war mickrig und ängstlich. Er sagte, ich solle umkehren, sie würden mich mit der Seilwinde heranziehen. Ich drehte mich tatsächlich um, und sehr weit weg, wie eingehüllt in einen dunklen Tunnel, war ein kleines Dorf, der Nacht hilflos ausgeliefert. Es blieb auch nicht an ein und derselben Stelle, sondern schien sich als Ganzes zu bewegen, während mein ungeübter Blick hin und her sprang und ich versuchte, die ungewohnte Umgebung zu erfassen. Zuerst dachte ich, es sei besser, auf ihn zu hören, doch dann überlegte ich mir, dass ich noch dümmer dastehen würde, wenn ich gar nichts erreicht hätte. Wieder rief ich meinem Vater zu, es sei alles in Ordnung und er möchte noch von dem Seil nachgeben.

Trotz seiner Ermahnungen ging ich weiter, und plötzlich traf mich etwas Hartes am Schienbein. Ich stürzte vornüber, fiel auf irgendeinen kantigen Gegenstand, spürte einen kräftigen Schlag ins Gesicht und gleich danach den salzigen Geschmack von Blut im Mund.

Wenn es einen Moment gab, in Panik zu geraten, dann ganz sicher jetzt. Die Wogen der Finsternis nahmen plötzlich Gestalt an und schienen über mich herzufallen. Eine kalte Hand griff nach meinem Herz, Schweiß rann mir den Rücken hinunter. Ich biss mir in die Hand, um nicht schreien zu müssen, dann setzte ich mich auf die Fahrbahn, stierte in die tintenschwarze Dunkelheit und atmete tief durch. Die Nacht um mich herum schien an Gewicht zu gewinnen und legte sich immer enger um mich, wie eine Umarmung, in der ich erstickte. Die Finsternis würde sich wie ein Mühlteich über mir schließen, und dankbar würde ich in die Bewusstlosigkeit sinken und sterben.

Aber es kam anders. Ich bezwang die Angst; ich stellte fest, dass es sich bei dem Gegenstand, auf den ich gefallen war, um eine harmlose Schubkarre handelte; und ich musste ertragen, dass niemand Geringeres als der Oberpräfekt persönlich mich unter Schimpf und Schande mit der Leine ins Dorf zurückzog. Das warme Gefühl, wieder in Sicherheit zu sein, war nur von kurzer Dauer, denn es wurde mir unmissverständlich zu verstehen gegeben, wie ungeheuerlich, ja unverantwortlich meine Tat war. In schrillem Ton erklärte mir deMauve, ich hätte die zwanzig Jahre, die das Kollektiv in meine Person investiert habe, leichtfertig aufs Spiel gesetzt.

»Solche tollkühnen Kunststückchen können Sie sich nach Ihrer Pensionierung erlauben«, wetterte er, »wenn Ihre Zivilen Verpflichtungen abgearbeitet sind.«

Er hielt mir eine Standpauke, die sich gewaschen hatte. Trotzdem bekam ich keine Meriten abgezogen, da mein Verhalten nicht gegen die Regeln verstieß.

Etwas Gutes hatte meine Exkursion dennoch, denn sie hatte die Präfekten davon überzeugt, dass nun doch eine Suche nach Travis gestartet werden sollte, »gestrauchelter Gelber hin oder her«, und Mr Fandango wurde losgeschickt, ein paar Tageslichtraketen zu besorgen. Mrs Gamboge, in zweifacher Hinsicht wütend auf mich, einmal, weil ich mich ihrem Befehl widersetzt hatte, und zum Zweiten, weil meine Tat sie nun dazu zwang, das Richtige zu tun, beharrte darauf, dass sie und Courtland nach Travis suchen sollten. Den Einwand, die Rettungsaktion würde somit nicht nur die Gelbe Präfektin, sondern auch ihren Nachfolger unnötig in Gefahr bringen, tat sie lachend ab. Sie würde nur bis zur Grenze gehen, auf keinen Fall weiter.

Die Tageslichtraketen waren schnell beschafft, und nachdem Gamboge senior und Gamboge junior ihre Wanderstiefel angezogen hatten, zogen sie die Zündschnur der ersten Magnesiumrakete. Die Lampe zischte kurz und entflammte dann ein grelles weißes Licht, das beim Brennen pulsierte und prasselte und einen ätzenden Qualm freigab, der uns alle zum Husten brachte.

Die beiden verloren keine Zeit und eilten hinaus in die Nacht. Wir sahen ihnen unter ihrem Schirm aus flackerndem Licht hinterher, bis sie wenig später außer Sicht waren.

»Drei Monatsrationen an Leuchtraketen an einem einzigen Abend verpufft«, brummte Fandango, und die Menge der Zuschauer zerstreute sich allmählich.

Dad schüttelte nur traurig den Kopf und sagte, ich solle auf mein Zimmer gehen und »mir über ein paar Sachen klar werden«, was in seiner Vater-Sprache bedeutete, dass er ziemlich sauer auf mich war, aber am nächsten Tag alles vergessen wäre.

Ich ging also nach oben auf mein Zimmer und setzte mich im Schneidersitz aufs Bett. Meine Muskeln zuckten noch immer von der Nachtangst, doch alles in allem fühlte ich mich ganz gut. Über mir hörte ich den Apokryphen rumoren, dazu der leichtere Schritt einer anderen Person, die sich langsamer bewegte. Trotz allem, was mit Travis passiert war – ich hatte noch etwas Wichtiges zu erledigen, deswegen verdrängte ich vorerst das nächtliche Geschehen, justierte den Gelenkspiegel, um das Licht, das vom Flur durch die geöffnete Tür in mein Zimmer strömte, voll auszuschöpfen, und setzte dann nach kurzem Überlegen das Telegramm an Constance auf.

AN CONSTANCE OXBLOOD SW3 6ZH ++ JADE-UNDER-LIME GSW ++ V. E. RUSSETT RG6 7GD ++ EAST CARMINE RSW ++ ANF. D. NACHR. ++ REISE OHNE ERNSTE ZWISCHENFÄLLE ++ HEIL ANGE-KOMMEN ++ IN VERMILLION KANINCHEN GESEHEN S. INTERES-SANT ++ EAST CARMINE HERRLICH ++ DOPPELT SO GROSS WIE JADE, FLUSSLAGE UND LINOLEUMFABRIK ++ KUCHEN SEHR TEUER WENIG SYNTHETISCHE FARBE ++ GRÜSSE AN DEINE REIZENDE MUTTER ++ MEIN WARTESCHLANGENSYSTEM FUNKTIONIERT GUT ++ D. EDWARD XXX GEDICHT FOLGT ++ O KÖNNTE ICH DIE GRENZMARKIERUNGEN MIT DIR ENTLANGSTÜRMEN ++ DICH IN MEIN HERZ NEHMEN UND DICH DRÜCKEN ABER NICHT ZU FEST ++ NICHT WÜTENDE SCHWÄNE NOCH GESINDEL KÖNNTEN MICH ABHALTEN ++ MEINE FARBE GEHÖRT DIR KOMMA LICHT MEINES LEBENS ++ ENDE D. NACHR.

Dass mein Ishihara vorverlegt worden war, verschwieg ich Constance aus strategischen Gründen. Lieber wollte ich sie bei meiner Rückkehr damit überraschen und sie vor Roger Maroons Augen mit überheblichem Blick zu einer Entscheidung zwingen. Zum vierten Mal las ich mir das Sendschreiben durch und fragte mich, ob nicht möglicherweise allein die Tatsache, dass ich Constance ein ganzes Gedicht *telegrafierte*, die jämmerliche Qualität desselben wettmachte, da hörte ich die Gamboges zurückkehren. Ich ging hinüber ins Gästezimmer und blickte nach draußen auf den Platz. Eine kleine Gruppe begrüßte die Gelben Heimkehrer mit heißem Kakao und Decken. Die beiden waren allein, Travis galt jetzt offiziell als Nachtabgang.

Nur zwanzig Minuten später ertönte die erste Glocke, und genau zehn Minuten danach wurde das Licht abrupt ausgeschaltet und die Welt in pechschwarze Finsternis getaucht, ohne Tiefe, ohne Gestalt, ohne Form. Von jenseits der abgründig gähnenden Leere hörte ich die heimeligen Geräusche, die ein Dorf macht, das sich zur Nachtruhe begibt. Gelegentlich ein Aufschrei, wenn sich einer den Zeh am Bettpfosten gestoßen hatte, oder das Wimmern eines Kindes, das die Nachtangst noch nicht bezwungen hatte.

Sekunden nach dem Signal zur Bettruhe setzte die abendliche Unterhaltung über RadiaHör ein. Es waren verhaltene Klopfzeichen, sie stammten also von einer fernen Quelle am anderen Ende des Dorfes, und ich musste mich gehörig anstrengen, um den Morsecode der metallischen Schläge gegen den Heizkörper zu verstehen. Es war nichts Unanständiges, eher der banale Klatsch und Tratsch zwischen Jugendlichen – wer war in wen verliebt, solche Sachen. Sie bedienten sich geheimer Zeichen, da das zentrale Heizungssystem ein offener Kreislauf war, deswegen wusste ich nicht, über wen gesprochen wurde, und selbst wenn, hätte ich die betreffende Person nicht gekannt. Nach einigen Minuten setzte eine zweite Folge ein, zur besseren Unterscheidung mit einem Holzstück angeschlagen. Dieser Code war schneller, und er war schwieriger zu verfolgen. Wir hörten Kapitel VIII eines Fortsetzungsromans mit dem Titel *Renfrew der Mountie*, der sehr wahrscheinlich auf der Rücksprung-Liste stand. Tommo hatte schon angedeutet, dass Mrs Lapis-Lazuli zur Vorlesestunde einen Versuch unternehmen würde, daher musste ich annehmen, dass diese Folge von ihr kam. Gut, dass ich das Morse-alphabet aus dem Effeff beherrschte, denn die Zeichen wurden mit einer phänomenalen Geschwindigkeit geklopft.

Ich hörte eine Zeitlang zu, dann startete eine dritte Signalreihe, im Ton tiefer als die beiden anderen, aber langsamer und bedächti-ger. Der Sender benutzte eine Metallstange, wieder aus dem Grund der besseren Unterscheidung von den anderen. Diese Serie war an mich gerichtet, und nachdem ich ein Stück Metall gefunden und zur Dämpfung eine Unterhose darum gewickelt hatte, bestätigte ich den Empfang. Jemand namens »Fifi23« wollte wissen, was es Neues im Lande gäbe. Ich meldete mich als »Nik« an und klopfte ganz allge-meine, unverfängliche Neuigkeiten, die ich aus den Grünen Sekto-ren hatte. Wenn ich auch nur andeutungsweise einen sensiblen Be-reich berührte, störte der diensthabende Radiator-Aufseher meine Zeichenfolge mit ein paar energischen willkürlichen Schlägen, die alle anderen Kanäle zum Verstummen brachten. Die Störung wurde allerdings schnell aufgehoben, und ich nahm meine Kommunika-tion wieder auf, achtete aber jetzt genauer darauf, was ich von mir gab. Etwa eine halbe Stunde sendete ich, bis mein Handgelenk lahm wurde, und nachdem sich »Fifi23« und noch einige andere bedankt hatten, lauschte ich wieder Mrs Lapis-Lazulis Fortsetzungsroman. Er war ganz amüsant, ergab aber keinen richtigen Sinn – viele Wör-ter und Idiome waren obsolet, und ich brauchte eine ganze Zeit, bis mir dämmerte, dass ein Mountie so etwas wie ein Roter Regelhüter war, aber zu Pferd.

Ich lauschte der Geschichte, sah aus dem Fenster und konnte ge-rade noch die blasse Scheibe des Vollmonds in der Ferne erkennen. Schaudernd zog ich mir die Decke über den Kopf.

FRÜHSTÜCK

6.1.02.03.012: Die Zuteilung von jährlich tausend Stunden Lampenlicht liegt im Ermessen des Rates. Mehrfachlampenköpfe sind erlaubt, die Gesamtzuteilungszeit bleibt davon jedoch unberührt. Ungenutzte Zeit wird angerechnet.

Ich erwachte vor Tagesanbruch. An Schlaf war nicht mehr zu denken, also stützte ich mich auf den Ellbogen auf und stierte in die Dunkelheit. Ich vermochte nicht einmal zu sagen, ob meine Augen geöffnet oder geschlossen waren, denn die Dunkelheit waberte um mich her wie schwarze Maden in einem Kohlenkeller. Ich tastete nach den Zeigern des Weckers auf meinem Nachttisch, um mich zu vergewissern, dass der Tagesanbruch kurz bevorstand, da hörte ich auch schon in der Ferne das leise Brummen des ersten Heliostats, der sich automatisch nach der aufgehenden Sonne ausrichtete. Ein zweiter folgte, dann ein dritter, und bald war die Luft erfüllt von dem munteren Chor der surrenden Mechanik. Danach kamen die Vögel, die pfeifend und zwitschernd den neuen Tag begrüßten, und wenig später, als ich in die schwarze Umgebung blinzelte, leuchtete ein ganz schwacher Rotschimmer in dem Vorhang aus Dunkelheit auf. Rasch wurde daraus eine klar umrissene schmale Sichel, dann ein Halbkreis, und ganz allmählich kehrte Vollsichtigkeit zurück, und ich erkannte mein Zimmer. Zuerst wurde der Türrahmen in ein gedämpftes tiefes Rot getaucht, dann der ganze Raum, der sich im Licht der Strahlen des neuen Tages, je höher sie die vier Wände hochkrochen, wieder neu zusammenfügte. Die Finsternis war vertrieben.

Ich stand auf, wusch mir das Gesicht und zog meine Abenteuer-Outdoorkleidung Nr. 9 an, die aus Dreiviertelshorts, Safarihemd und festem Schuhwerk bestand. Danach tapste ich vorsichtig nach unten, um Tee zu kochen. Noch bevor ich die Küche erreicht hatte, verschwand die Sonne jedoch schon wieder hinter einer dicken Wolke, und das Licht im Raum sackte auf unter eine Footcandle über der Richtschwelle ab. Nachdem ich beim Tischdecken gleich mehrmals schmerzhaft gegen Möbel gestoßen war, gab ich auf und verzog mich auf die Sitzbank in der Ecke.

Als ich zum zweiten Mal aufwachte, hatte sich der Tag aufgehellt, mein Vater war bereits angezogen und machte sich am Küchentisch zu schaffen.

»Guten Morgen«, sagte er lachend. »Du hast im Schlaf gesprochen. Von einem ›unverschämten Mädchen‹. Wer ist das?«

»Habe ich einen Namen genannt?«

»Nein.«

»Dann weiß ich es nicht.«

Ich hatte geträumt, Jane und ich würden in der Morgendämmerung in einem Teich schwimmen, dessen Oberfläche spiegelglatt war. Dampf stieg auf, verhüllte das Ufer und schnitt uns von der restlichen Welt ab. Ich hatte Witze erzählt, Jane hatte gelacht, sogar über die schlechten. Wir waren kurz davor, uns zu küssen, als Constance, im Bug eines Ruderboots stehend, in wehendem roten Gewand auf uns zutrieb. Sie öffnete den Mund, um etwas zu sagen – und in dem Moment wachte ich auf.

»Du hast noch irgendwas von einem Kaninchen erzählt«, ergänzte Dad.

»Hm … es hatte Kiemen und knabberte an unseren Zehen«, sagte ich stirnrunzelnd.

Er lachte wieder und fragte mich, wie es mir ging. Ich ertastete die Platzwunde am Mund, die ich mir gestern Abend beim Stolpern über die Schubkarre zugezogen hatte. Sie tat immer noch weh, heilte aber schon ab.

»Sie haben Travis nicht gefunden«, teilte er mir mit.

»Ja«, sagte ich. »Nachtabgänge werden selten aufgespürt.«

»Du hast großen Mut bewiesen«, fuhr er fort. »Das ist gut. Aber bitte tu so etwas nicht, wenn die Präfekten in der Nähe sind. Es lenkt nur die Aufmerksamkeit auf dich.«

Ich fragte ihn, was er damit meinte, doch er zuckte nur mit den Schultern. Da ich immer noch genug Zeit für ein warmes Frühstück hatte, machte ich mich auf den Weg zum Rathaus.

Unterwegs ging ich am Postamt vorbei. Die Geschäftszeiten waren verlängert worden, um den jahreszeitlich bedingten Gewinn an Tageslichtstunden voll auszuschöpfen, und als ich ankam, war es bereits seit einer halben Stunde geöffnet. Der Raum war sauber, wenn auch unsäglich altmodisch, nur der rote Originalanstrich wirkte noch leidlich frisch.

»Wollen Sie sich damit wirklich zufriedengeben?«, fragte die Angestellte an der Telegrammannahme, als sie meine lyrischen Ergüsse sah. »Das ist doch alles, nun ja, dummes Zeug.«

Die Frau, die die mittleren Jahre knapp überschritten hatte, erinnerte mich an meine zweifach verwitwete Tante Beryl. Sehr freundlich, doch auf unangenehme Weise direkt.

Ich versuchte mich damit herauszureden, dass ich meine Talente absichtlich unter den Scheffel gestellt hätte. »Constance möchte keinen Mann, der sie intellektuell herausfordert«, erklärte ich ihr.

»Na dann passt's ja«, entgegnete sie und fügte, nachdem sie die Wörter zusammengezählt hatte, hinzu: »Sie haben noch Platz für drei weitere X, würde keinen Cent mehr kosten.«

Ich überlegte kurz und lehnte dann dankend ab. Constance sollte mich nicht für draufgängerisch halten. Mrs Blut bat mich, die Zeilenbrüche zu bestätigen, und verlangte dann unverschämte zweiunddreißig Cent. Ich sagte, das sei wohl ein bisschen übertrieben, worauf sie mir mitteilte, sie sei bereit, mir die gesamte Gebühr zu erlassen, wenn ich ihr aus Rusty Hill eine Zuckerwürfelzange mitbrächte. Ich versprach, alles zu versuchen, und sie lächelte dankbar und sagte, sie werde meine Nachricht umgehend losschicken.

Das Rathaus war, wie Rathäuser eben so sind: geräumig und mit einem leichten Geruch nach gekochtem Kohl und Bohnerwachs. Sorgsam vermied ich es, den Präfektenteppich am Eingang zu betreten, bezeugte an der Stelle, wo das *Buch der von uns Gegangenen* auslag, mit einem Kopfnicken meinen Respekt und blinzelte zur Orientierung in die Düsternis. Am anderen Ende befand sich die Bühne, eingerahmt in hübschen Stuckornamenten aus Gips. Auf der einen Seite lag die Küche, auf der anderen Seite führten hohe Doppeltüren aus Eiche in die Ratssäle. Betreten war streng verboten, nur für zwanzig Minuten im Leben eines jeden Bewohners öffneten sich die Türen: Hier wurde der Ishihara abgehalten.

Ich nahm mir etwas Porridge und ein Brötchen mit der Regelportion Marmelade und setzte mich an einen der für Rote reservierten Tische. Die Kantine war noch recht leer, da die erste Frühschicht der Grauen bereits gegessen hatte und die meisten Chromatiker sich selten zu dieser Tageszeit aus dem Bett bemühten, es sei denn, sie waren zur Grenzpatrouille oder zu anderen Diensten eingeteilt. Ich entdeckte auch Jane, die gerade zu Ende gefrühstückt hatte, aber sie blickte nicht in meine Richtung. Tommo war ebenfalls dort, allzeit bereit, wie er sich ausdrückte, »mich davon abzuhalten, in gute Gesellschaft zu geraten«.

»Sie haben Travis gestern nicht gefunden«, sagte ich.

»Das wird schon noch. Sag mal, hast du vor, so eine nächtliche Schaunummer noch mal abzuziehen? Wir anderen stehen nämlich blöd da, wenn jemand von außerhalb so eine zwar sinnlose, aber ehrenwerte Aktion unternimmt.«

»Stell dir vor, du wärst in der Nacht abgängig gewesen. Was dann?«, gab ich zurück, doch Tommo zuckte nur die Schultern.

»Eine andere Frage«, sagte ich. »Wohnt noch jemand außer uns in unserem Haus? Ich meine im obersten Stock.«

Tommo sah mich an und hob fragend eine Augenbraue.

»Abgesehen von dem, über den wir nicht sprechen können?«

Ich nickte.

»Nicht dass ich wüsste. Warum?«

»Ich dachte, ich hätte aus dem Zimmer über meinem was gehört.«

Tommo war mit seiner Aufmerksamkeit schon wieder woanders. Er hatte einen Kamm hervorgezogen, der erbärmlich wenig Zacken hatte, und fuhr sich hastig damit durchs Haar.

»Stichprobe?«, fragte ich ihn.

»Viel wichtiger. Tu mir einen Gefallen, und mach dich so unattraktiv wie möglich, ja? Ich weiß, es wird dir nicht schwerfallen – aber versuch dein Bestes.«

»Warum?«

»Deswegen«, sagte er und zeigte auf ein Mädchen, das gerade hereingekommen war. »Das ist Lucy Ochre, von der ich dir schon erzählt habe. Sie sieht mit jedem Mal umwerfender aus. Und weißt du, was mir am meisten gefällt?«

»Dass sie, indem sie sich mit dir einlässt, Sinn für Humor beweist?«

»Nein. Ihr Vater hat das Dorf im großen Stil bestohlen, ist aber nie dafür belangt worden. Lucy muss also auf einem Vermögen sitzen. Und wenn man verheiratet ist, heißt es teilen zu gleichen Teilen.«

»Im Grunde deines Herzens bist du doch ein hoffnungsloser Romantiker, was?«

»Wenn es um Geld geht, bin ich alles, was man von mir verlangt.«

Enttäuscht schüttelte ich den Kopf und wandte meine Aufmerksamkeit Lucy zu, der Tochter des ehemaligen Mustermanns. Sie hatte langes, welliges Haar, war zierlich und blass und sah leicht verwirrt aus. Dad und ich hatten sie am vorigen Tag schon mal gesehen, als sie mit einem Pendel in der Hand auf der Brücke stand. Sie sah in unsere Richtung, und Tommo winkte ihr zu. Mit unsicheren Schritten durchquerte sie den Raum. »Hallo, Timmo«, sagte sie.

»Ich heiße Tommo«, verbesserte er sie. »Ich habe mir gedacht, vielleicht willst du uns ja Gesellschaft leisten, mein Täubchen.«

Sie setzte sich und starrte mich einen Moment lang an.

»Ich könnte jetzt gut einen Tee vertragen.«

Tommo verstand den Hinweis und sprang auf.

Lucy beugte sich vor und stützte sich auf der Tischplatte ab, um den Halt nicht zu verlieren. »Er will mich heiraten«, sagte sie. Sie sah mir dabei nicht in die Augen, sondern auf eine Stelle über meiner linken Augenbraue. »Meine Mutter hat mir in der Frage freie Wahl gelassen. Soll ich? Was meinst du?«

»Er glaubt, dass du Geld hast.«

Sie schnaubte.

»Wir haben keinen Cent.«

»Dann lieber nicht. Übrigens, ich bin Eddie Russett.«

»Der Sohn des Mustermanns?«

»Genau der.«

»Du bist ziemlich hübsch, besonders deine Nase gefällt mir.«

»Die habe ich zum Geburtstag geschenkt bekommen.«

»Was hast du denn noch Interessantes geschenkt bekommen?«

Ich beschloss, das Thema zu wechseln, weil sie mir etwas zu forsch war.

»Tommo sagt, du würdest nach harmonischen Pfaden suchen.«

»Die Erde ist durchströmt von stummer musikalischer Energie«, antwortete sie etwas theatralisch. »Sie steckt in den Steinen und im Boden, in der Heide und den Feldern. Es-Dur, falls es dich interessiert, aber sehr weit oben auf der Skala, also fast unhörbar. Es ist wie ein energiegeladener harmonischer Zephir, der sich bestimmte Kanäle und Pfade sucht und mein Pendel zum Schwingen bringt –

so wie ein Luftstrom ein Windspiel bewegt –, eine Energie, die alle Dinge miteinander verknüpft, eine Harmonie der Sphären.«

Ich schwieg vielsagend.

»Ich weiß«, seufzte sie und fuhr sich mit der Hand durchs Haar, »das denken alle. Krieg ich ein Löffelchen von dir?«

Ich stutzte, sprachlos über ihre Direktheit. Mit dem zunehmenden Wert von Löffeln war die Unsitte aufgekommen, diese als Tauschmittel gegen DasEine zu verwenden, was die einstmals eigentlich romantische Tradition des Löffel-Schenkens beschmutzt hatte. Meine Antwort hatte daher nicht ganz den Grad an Eloquenz, den ich unter normalen Umständen anstrebe.

»Also, nein, äh, ja, ich meine ... entschuldige, was hast du gesagt?«

»Nachtisch-, Suppen- oder Teelöffel, mir egal, was für einer. Aus Rusty Hill. Da fährst du doch hin, oder?«

»Ach so. Ich soll dir *einen Löffel mitbringen*. Ich dachte, du meinst ...«

»Dass ich mir DasEine von dir erschleichen wollte? Jetzt komm aber, Eddie, ganz so hübsch bist du nun auch wieder nicht. Aber wo wir schon mal beim Thema sind: Kannst du gut küssen? Ich brauche jemanden zum Üben, und du siehst aus, als könntest du einen kleinen Zuverdienst ganz gut gebrauchen. Wenn wir Timmo nicht mit einbeziehen, sparen wir uns ein kleines Vermögen.«

»An wie viele Küsse hast du denn gedacht?«, fragte ich nach. Ein »kleines Vermögen« aus fünf Prozent Gespartem, das konnte bedeuten, dass ich mir die Lippen fransig küssen musste – und meine Zunge obendrein, wenn sie diese Variante auch mit berechnet hatte.

Sie zuckte mit den Schultern.

»Hängt ganz davon ab, wie gut du bist. Freundschaft?«

»Freundschaft.«

»Enge Freundschaft?«

»Belassen wir es vorerst bei Freundschaft.«

»Hier ist dein Tee«, sagte Tommo und guckte mich böse an, weil Lucy praktisch auf meinem Schoß saß.

»Für mich bitte keinen Tee«, sagte sie. Ihre Augenlider hingen schlaff herab. »Ich brauche viel eher eine Mütze Schlaf.«

Wie zur Bestätigung sackte ihr Kopf auf den Tisch, und sie fing an zu schnarchen.

»Macht sie das öfter?«, fragte ich. Tommo schüttelte traurig den Kopf. Kein Zweifel, Lucy war offensichtlich high, total begrünt. Wenn die Präfekten erfuhren, dass sie sich in der Öffentlichkeit limonisiert gezeigt hatte, würde es Ärger geben und viele böse Zungen.

»He, Lucy«, sagte ich und schüttelte sie an der Schulter. »Komm, wir gehen spazieren.«

Ich bat Tommo, sie unter der Achsel zu packen, und gemeinsam stellten wir sie auf die Beine. Unter Ächzen und Stöhnen eskortierten wir sie aus dem Saal.

»deMauves Haustür ist jetzt genau das Richtige für sie«, sagte ich. »Das Limone, das Lucy gelinst hat, entspricht der gelben Farbvariante von Grün, deswegen brauchen wir die rote Variante von Violett. Die wirkt allem entgegen, was gerade in Lucy rumort.«

»Und das soll funktionieren?«

»Ich bin nicht umsonst im Haus eines Mustermanns aufgewachsen. Da lernt man solche Tricks.«

Das überzeugte Tommo, und wir geleiteten die zunehmend instabile Lucy zu den Hauptresidenzen.

»Guck auf die Tür, Lucy«, sagte ich. »Es wird dir gleich bessergehen.«

»Ich will aber gar nicht, dass es mir bessergeht«, stöhnte sie. »Sie haben ihn allegemacht, verstehst du?«

»Wie bitte?«

»Keiner hat irgendwen allegemacht«, erklärte Tommo. »Aus ihr spricht nur die Farbe.«

Gut möglich. Wenn ich beim Nachhausekommen meinen Vater mal ein bisschen limonisiert angetroffen hatte, hatte er auch immer kompletten Unsinn gefaselt, mit heruntergelassener Hose, auf der Anrichte stehend.

Eine geschlagene Minute lang starrte sie auf die Tür, aber wir konnten keine Besserung ihres Zustands feststellen. Ich fluchte, als mir klar wurde, warum es nichts half – Lucy hatte etwas Härteres zu sehen bekommen.

»Sie muss sich eine Portion Lincoln gegönnt haben«, sagte ich. »Schnell! Eine rote Tür!«

Wir zerrten Lucy vor Yewberrys grell getönte Tür und baten sie, die Augen so weit wie möglich aufzureißen. Die Wirkung war unmittelbar und dramatisch. Lucy gab einen spitzen Schrei von sich, zuckte und hielt sich den Hinterkopf, als die negative Diskordanz einsetzte.

»Munsell ist Mumpitz!«, rief sie.

»Nicht so laut«, sagte ich, »und guck mir zuliebe noch einmal auf die Tür – und zähl fünf Elefanten ab.«

»Mist«, stöhnte sie, nachdem sie bis fünf gezählt hatte. »Bist du sonst auch so hellgelb?«

»Das ist nur deine Sehrinde, die sich rekonfiguriert«, erklärte ich. »Sie wird sich schnell erholen.«

Wir brachten sie nach Hause, wo sie sich auf den Fensterplatz plumpsen ließ, während Tommo ein Glas Wasser holte.

»Oh«, stöhnte sie. »Mein Kopf.«

»Wo ist das Lincoln?«, fragte ich sie.

Sie sah mich fahrig an. Ihr Blick schwirrte umher, als tastete sie meine Gesichtszüge nach einem Halt ab, ehe sie mich schließlich aufmerksam und durchdringend anstarrte, auf eine sehr seltsame Art, die mich unangenehm an meine Mutter erinnerte, die die gleiche Angewohnheit gehabt hatte. Mir war der Gedanke nie gekommen, aber gut möglich, dass meine Mutter auch gerne zu tief ins Grün geguckt hatte. Lucy schloss die Augen und fing an, leise zu schluchzen. Ich hielt ihr mein Taschentuch hin, und sie wischte sich die Tränen ab.

»Wo ist das Lincoln?«, wiederholte ich hartnäckig meine Frage.

Sie überlegte kurz, putzte sich die Nase und zeigte dann auf eine Ausgabe von *Jello*, die auf einem Tisch vor ihr lag. Ich blätterte in der Zeitschrift und fand rasch, wonach ich suchte. Ein unglaublich leuchtendes Muster von der Größe einer Ansichtskarte und einem so kräftigen Grün, dass der Raum von einer ansteckenden Aura verträumten Glücks erfüllt zu sein schien. Ich warf nur einen sekundenlangen Blick darauf, und augenblicklich badete ich in einem wohlig warmen, betäubenden Gefühl.

»Fünfhundert Meriten Strafe, wenn man dich damit erwischt hätte«, murmelte ich und wickelte das Farbmuster ein. Lucy zeigte nicht die geringste Reue, stattdessen packte sie mich am Handgelenk und sah mich durchdringend an.

»*Sie haben meinen Vater getötet!*«

»Lucy«, sagte ich. »Keiner begeht heute mehr einen Mord. Das ist nicht nötig. Dafür gibt es einschlägige Prozeduren.«

»Warum hat dann …?«

Sie kam nicht mehr dazu, den Satz zu beenden. Tommo kehrte ins Zimmer zurück, und Lucy, die zunehmend blasser geworden war, übergab sich prompt auf den Boden.

Wir fanden einen Wischlappen und machten sauber, während Lucy sich dazu entschloss, ihren Rausch lieber auszuschlafen.

»Vielen Dank für deine Hilfe«, flüsterte Tommo, als wir wenige Minuten später aus dem Haus traten. »Wir können doch nicht zulassen, dass die zukünftige Mrs Cinnabar am Ende noch belangt wird, weil sie hoch gesättigt in der Öffentlichkeit angetroffen wurde.«

»Lucy hat mir gesagt, jemand hätte ihren Vater ermordet.«

»Wie gesagt, da sprach das Lincoln aus ihr. Jeder wusste, dass ihr Vater sich Grünes Licht geben wollte. Die Präfekten haben beschlossen, eine Lüge zu verbreiten, zum Wohle des Dorfes. Die kommunale Strafgebühr wäre extrem hoch ausgefallen – für die Präfekten noch schlimmer.«

Das stimmte. Mit dem spektralen Rang gingen Privilegien einher, doch auch schwerere Strafen bei Fehlverhalten. Ein Präfekt konnte für ein Vergehen zum Reboot geschickt werden, für das ein Grauer nur mit fünfzig Meriten belangt wurde.

»Hat Lucy gesagt, warum er ihrer Meinung nach kaltgestellt wurde?«

Ich musste gestehen, dass sie keinen Grund genannt hatte.

»Siehst du. Zu viel Grün abgekriegt, eindeutig«, wiederholte Tommo. »Aber auch irgendwie heiß, die Nummer. Wahrscheinlich die reinste Wölfin bei DemEinen. Habe ich das eben richtig verstanden, dass sie dir Freundschaft angeboten hat?«

»Ja.«

»So eine Pleite! Wenn ich sie gefragt habe, hat sie regelmäßig abgelehnt. Ich bin sogar der einzige Rote, der nicht auf ihrer Freundesliste steht.«

Ich wollte diplomatisch bleiben.

»Vielleicht bist du für sie viel mehr als nur ein Freund.«

»Das muss es wohl sein«, antwortete er erleichtert. »Übrigens, wegen Rusty Hill – du vergisst doch meine Schuhe nicht, oder?«

»Du willst Schuhe, Lucy will einen Löffel, und Mrs Blood will eine Zuckerstückchenzange. Vielleicht sollte ich mir einen Einkaufszettel machen.«

»Nicht nötig«, sagte Tommo. »Das habe ich schon für dich erledigt.«

Ich sah mir seine Liste an, auf der so gut wie alles draufstand, was man sich wünschen konnte: Türklinken, Kinderwagen, Nagelschere, Glasschale, Butterteller, Einradreifen, Schnürbänder jeder Länge und ein Regenmantel, vorzugsweise blau. Letzteres war ziemlich dumm, weil ich die Farbe Blau gar nicht erkannt hätte. Tommo betrachtete meine Reise anscheinend als eine gute Möglichkeit, seinen Vertrieb zu erweitern.

»Das kann ich unmöglich alles besorgen!«

»Dann eben nur die Schuhe – und natürlich den Löffel für Lucy.«

FORD MODEL T

1.5.01.01.029: Der Missbrauch von Heilfarben ist streng untersagt. Liste der verbotenen Schattierungen siehe Anhang IV-B.

Carlos Fandango fuhr pünktlich wie versprochen mit dem Ford vor und hupte zweimal. Er begrüßte Dad und mich herzlich mit Handschlag, brachte generös seine Zuversicht zum Ausdruck, dass wir eines Tages Freunde sein könnten, und sagte mir dann noch, ich solle die verleumderischen Dinge, die Tommo vielleicht von sich gegeben hätte, einfach ignorieren. Bevor ich erwidern konnte, Tommo habe nichts dergleichen geäußert, kam Yewberry mit einem Schreiner und zwei Handwerksgesellen an, die eine grob zusammengezimmerte Kiste brachten, für den Transport des Caravaggio. Er zeigte mir eine Straßenkarte, auf der das Haus, in dem sich das Gemälde befand, markiert war, und ermahnte mich, es ja nicht fallen zu lassen.

»Und falls Sie etwas Sonderbares sehen, riechen oder fühlen«, ergänzte er, »müssen Sie es nachher dem Rat melden.«

»Wie sonderbar muss es denn sein, dass man es melden muss?«, wollte mein Vater wissen.

»Unvergleichlich«, antwortete Yewberry. »Ich weiß, es klingt albern, aber kurz vor Ausbruch der Epidemie kamen Gerüchte auf, es gäbe dort Pukas. Eindrücke von Reisenden, die hier und da aufgetaucht sind. Aber achten Sie besonders auf Schwäne. Ein *Cygnus giganticus carnivorum* kann einen ausgewachsenen Menschen davontragen. Und Cygnets können zu dieser Jahreszeit täglich achtmal so viel fressen, wie sie wiegen.«

Dad und ich sahen uns verwundert an, nicht wegen der Warnung vor den Schwänen, die eine bekannte Gefahr waren, sondern weil Yewberry von Pukas gesprochen hatte. Ihre Existenz war mehr als zweifelhaft, so war es auch ausdrücklich in den Regeln formuliert. Selbst wenn man einen sichtete, war es daher besser, es nicht zu melden. Man wurde nicht für voll genommen.

Dorian G7, Fotograf und Herausgeber des *Mercury*, wartete mit seiner Kamera auf uns. Er nickte mir zur Begrüßung zu und bat uns, für ein Foto vor dem Ford zu posieren. Fandango zeigte sich recht ablehnend während der Aufnahme, und in dem Moment, als der Auslöser betätigt wurde, wendete er den Kopf zur Seite, was das Bild natürlich verdarb. Dorian hatte es auch bemerkt, sagte aber nichts und wiederholte die Aufnahme auch nicht. Fotomaterial war streng rationiert.

»Hier«, sagte er und übergab uns ein kleines Paket, »etwas Reiseproviant. Biskuitkuchen, mit Knochenmehl statt Weizenmehl. Sagen Sie mir später, ob er Ihnen geschmeckt hat.«

Wir kletterten an Bord, Fandango startete den Motor, und mit einem Ruck setzten wir uns in Bewegung. Ich hatte Glück, Dad erlaubte mir, vorne Platz zu nehmen, da er schon häufiger mit einem Model T gefahren war, und so saß ich ehrfürchtig neben Fandango, der uns geschickt aus dem Dorf herausmanövrierte. Der Ford war eine Viersitzer-Limousine, die nach Schmierfett, Leder und verbranntem Speiseöl roch und der man, obwohl über die Jahre kontinuierlich gepflegt, das Alter deutlich ansah. Wie alt das Fahrzeug tatsächlich war, konnte man nur ahnen. Das präepiphanische Herstellungsdatum war zwar bekannt, jedoch nicht, wie viel Zeit zwischen diesem numerischen Datum und der Epiphanie vergangen war. Konservative Schätzungen lagen bei siebenhundert Jahren, aber es konnten genauso gut doppelt so viele sein – es ließ sich einfach nicht feststellen.

193

Wir nahmen die Perpetulitbahn, die sich Richtung Süden schlängelte, kamen an dem Holzlager vorbei, dem zehn Hektar großen Glashaus, an Scheunen und an der Abfallfarm. Nach einem kurzen Halt an der Verbundsteinmauer, um das Metallgatter zu öffnen und in einem extra dafür vorgesehenen Kabuff unsere Farbkennzeichen zu hinterlegen, gab Fandango Gas, und schon bald hatten wir die Außenmarkierungen passiert und rasten in einem unglaublichen Tempo weiter. Rusty Hill lag gut zwanzig Kilometer entfernt, und bei der Geschwindigkeit wären wir in einer halben Stunde da.

Im Gegensatz zu allen anderen präepiphanischen Fahrbahnen, die sich die Natur im Laufe der Jahrhunderte zurückerobert und bis zur Unkenntlichkeit zerrüttet hatte, sorgte das starke Gedächtnis des Perpetulits dafür, dass diese Straße in ihrem beinahe ursprünglichen Zustand erhalten blieb. Glatt, gut kanalisiert und bis in alle Ewigkeit hindernis- und barrierefrei. Doch wenn auch kein Schutt und Geröll herumlag, waren auf dem dunklen grauen Belag doch organische Rückstände zu erkennen, spinnennetzartige Abdrücke umgestürzter Bäume, die zur Versorgung des sich selbst erhaltenden Organoplastoids absorbiert worden waren. Am Rand der Perpetulitbahn sah es anders aus, das Unterholz wucherte unkontrolliert bis hinauf zur Bordsteinkante, und die Bäume links und rechts neigten sich zur Straßenmitte hin, ihre Äste über unseren Köpfen ineinander verschlungen. Man hatte das Gefühl, sich in einem langen, perfekt geformten pflanzlichen Tunnel zu befinden.

Ich hatte Hunderte Fragen, die ich Fandango gerne gestellt hätte, zu verschiedenen Themen, angefangen bei dem Ford bis hin zum Gyro-Bike, von dem ich schon so viel gehört hatte. Da er aber ein Purpurner war, wenn auch nur helles Purpur, verlangte das Protokoll, dass ich abzuwarten hatte, bis er mich ansprach, und so blieb ich untätig sitzen und schwieg.

Der Beruf des Werkmeisters war traditionell dem niedrigsten Purpurnen des Dorfes vorbehalten, was vermutlich darin begründet lag, dass man bei der Arbeit Umgang mit Technik hatte, die eigentlich bei einem Großen Sprung Zurück verbannt worden war, aber von der Zentrale eine Ausnahmegenehmigung erhalten hatte. Für diesen Posten brauchte der Rat eine Person, der er vertrauen konnte. Werkmeister teilten sich in zwei Kategorien, einerseits solche, die spektralaufwärts strebten und ihren Job als einmalige Gelegenheit begriffen, um ihr Verantwortungsbewusstsein zu demonstrieren; und andererseits solche, die spektralabwärts gefallen waren, die ihrem alten Status nachjammerten und die ihre Berufung auf diesen Posten und ihre Tätigkeit als niedere Arbeit betrachteten, die eigentlich viel eher für Graue geeignet wäre. Carlos Fandango fiel offenbar unter die erste Kategorie.

»Gibt es in eurem Dorf auch einen Ford?«, fragte er schließlich.

Wir hatten sogar acht Fords, sechs davon allerdings gehörten zum Fuhrpark des Mobilen Bereitschaftsdienstes bei Blitzeinschlag. Er sagte, Carmine habe noch ein zweites Model T, einen Pritschenwagen, für die Jagd auf Kugelblitze, und dann fragte er, wie mein Dorf es fertiggebracht habe, in Zeiten großer Knappheit so viele Fords anzuhäufen.

»Bei dem letzten Großen Sprung Zurück hatten wir einen sehr weitsichtigen Rat«, erklärte ich, »der sich im Hinblick auf die Zukunft und zu einer Zeit, als Ventilsteuerung und Heavy Austins noch weit verbreitet waren, acht Model Ts gesichert hat. Dieses Jahr haben wir zwei Darracqs und einen DeDion Bouton erstanden, die zum Einsatz kommen, wenn die Fords ausgedient haben.«

»Die Fords werden sie niemals zur Rücksprungtechnologie erklären«, sagte er, »dazu sind sie viel zu nützlich.«

Es klang wenig überzeugt. Das externe Telefonnetz war so nützlich gewesen wie nur irgendwas, und auch das war verschwunden. Er fragte mich, woher ich käme, und als ich es ihm sagte, fragte er weiter, ob ich seinen Cousin Elwood kenne.

Es gab kaum jemanden in unserer Region, der ihn nicht kannte. Elwood Fandango war Hauptbuchhalter des Dorfes gewesen, jedoch in seinen späten Jahren zunehmend unzuverlässiger geworden. Bei einer Revision war herausgekommen, dass er illegal Pigmente gemischt hatte, zur Herstellung eines wirkungsstarken Erektil-Blau-Musters. Das verlangte außerordentlich viel Talent und Experimentierfreude, schon deswegen, weil er zweiundzwanzig verschiedene Farbtönungen vermengt hatte, um möglichst alle Farbperzeptionen der Dorfbewohner zu erfassen. Ein schwerwiegendes Verbrechen, und trotzdem zeigte sich der Revisor wenig überrascht, dass Elwood das Muster über zehn Jahre gewerbsmäßig verpachtet hatte, ohne dass auch nur einer ihn verpetzt hätte. Erstaunlicherweise überstand Elwood den Reboot, zu dem er geschickt wurde, unbeschadet, aber das auch nur, weil er in seinem Leben dank eines unanfechtbar vorbildlichen Sozialverhaltens eine Unmenge Meriten angehäuft hatte.

»Euer Oberpräfekt war bestimmt sauer«, sinnierte Fandango. Er drosselte das Tempo, um einem tief herabhängenden Ast auszuweichen.

»Außer sich«, sagte ich. »Zum einen, weil das illegale Farbmischen im Heimlabor quasi unter seinen Augen vor sich gegangen war. Zum anderen, weil man ihm nie angeboten hatte, selbst mal einen Blick auf das Erektil-Blau zu werfen. Hauptsächlich aber, weil Elwood seine Meriten dazu benutzt hat, sich von dem angerichteten Schaden freizukaufen, statt damit zur Verschönerung des Kollektivs beizutragen, eine Parkbank zu spenden oder einen Betrag zur Neubedachung des Musikpavillons.«

Fandango sah mich an und runzelte die Stirn.

»Also ist Jade-under-Lime schuld an der Seniorenkriminalität?«

Ich musste gestehen, dass er recht hatte. Der Gedanke, mit den guten Taten eines ganzen Lebens einen einmaligen eklatanten Bruch der Harmonie zu bezahlen, hatte sich, wie alle guten Schlupflöcher, herumgesprochen, in den abseits gelegenen Dörfern, in der Region und schließlich im gesamten Kollektiv. Die Zentrale begegnete dem

196

Problem mit einem harten Training, das an die Verantwortung der Senioren appellierte.

»Ist Elwood noch unter uns?«, erkundigte sich Fandango zum Schluss. »Nachrichten verbreiten sich heutzutage nur noch langsam.«

»Er ist letztes Jahr im Alter von achtundachtzig Jahren erlegen«, sagte ich. »Das ganze Dorf war auf den Beinen, um ihn mit großem Trubel zu verabschieden, als man ihn ins Grüne Zimmer schob.«

Fandango lachte.

Den Pflanzentunnel hatten wir mittlerweile verlassen, und abgesehen von dem sich immer weiter ausbreitenden Rhododendron, der bald brandgerodet werden würde, wie Fandango uns erklärte, lag die Landschaft offen vor uns. Rechts der Fluss, am anderen Ufer die Bahnlinie, über die wir am Tag zuvor eingereist waren. Links ein steiler Felshang, und als wir um die nächste Kurve brausten, trat Fandango plötzlich auf die Bremse. Mitten auf der Straße lagen Felsbrocken, einer von ihnen so groß wie ein Geräteschuppen. Es gab Platz genug, sie zu umfahren, aber wir hatten es nicht besonders eilig, deswegen blieben wir stehen und sahen uns das Schauspiel an. Der Steinschlag konnte noch nicht lange her sein, und die Fahrbahn arbeitete bereits selbsttätig, um die Fremdkörper zu beseitigen. Mit mehreren wellenartigen Bewegungen schob das Perpetulit die Brocken sanft von der Straße. Als Kinder hatten wir uns einen Spaß daraus gemacht: uns auf Backbleche gesetzt, in die Mitte der Straße, und an die Bordsteinkante schieben lassen. Wer zuerst da war, hatte gewonnen.

»Wie lange sind Sie schon Werkmeister?«, fragte ich, während wir zusahen, wie der größte Fels verschoben wurde, als wäre er eine Feder.

»Einunddreißig Jahre, plus/minus«, antwortete er. »Drei Rücksprünge habe ich in der Zeit erlebt, jeder schlimmer als der vorherige. Ich wage gar nicht daran zu denken, was sie als Nächstes verbannen. Sie sind wohl zu jung, um sich noch an Traktoren zu erinnern, oder?«

Wir spürten, wie der Ford anfing, sich zu bewegen, da auch er als nutzloser Abfall eingestuft wurde, und Fandango fuhr ein Stück vor und wieder zurück, um das Perpetulit auszutricksen.

»Nicht ganz«, antwortete ich, da der betreffende Große Sprung Zurück eingeleitet worden war, als ich fünf war. Heute erledigten Pferde das Pflügen und Furchenziehen, und jedes Gerät, das einen statischen Energiespender brauchte, so wie Dreschmaschinen, wurde von Everspins angetrieben, die für die Landwirtschaft freigegeben worden waren, vierzigmal so groß wie der, den ich in meinem Koffer aufbewahrte.

»Mich würde das Verbot von Gangschaltungen an Fahrrädern viel mehr ärgern«, sagte ich, als gerade der letzte Steinbrocken über den Rand kippte und wir wieder losfuhren. »Direktantrieb ist, ehrlich gesagt, nicht so prickelnd.«

Wir versanken in Schweigen, was mir mittlerweile wieder ganz recht war, denn so konnte ich die unberührte Landschaft genießen. Nach einem langen schnurgeraden Streckenabschnitt kamen wir an den Ruinen einer alten Stadt vorbei, von der nach einer Serie aggressiver Ausgrabungen nur noch grasüberwachsene Trümmer übriggeblieben waren.

»Das war mal Little Carmine«, sagte Fandango, der extra langsamer fuhr, damit wir es sehen konnten. »00453 von allen Farbresten bereinigt. Ungefähr zehn Kilometer von hier liegt Great Auburn, unsere seit beinahe drei Jahrzehnten wichtigste Quelle von Altfarben, aber auch die ist bald erschöpft. Heute konzentrieren sich unsere Wertgutsammeltrupps darauf, einzelne Häuser oder Weiler aufzustöbern. So eine Schwellung im Boden richtig zu deuten erfordert ziemlich viel Geschick.«

Während der Weiterfahrt setzten Fandango und ich unser Gespräch fort, hauptsächlich ging es um die Wartungsprobleme des Mechanismus der Kohlebogenlampe, der Lichtquelle der zentralen

Straßenlampe – offenbar verschlangen sie einen überproportional großen Teil seiner Arbeitskraft. So vertrieben wir uns die Zeit, bis wir an den verlassenen Bahnhof kamen. Am anderen Ufer des Flusses lag Rusty Hill, unberührt und seit vier Jahren, als der Mehltau alle Bewohner dahingerafft hatte, von keinem Menschen betreten.

RUSTY HILL

1.1.01.01.001: Jeder soll mit gebührender Rücksicht auf das Wohl der anderen leben und handeln.

Dad und ich stiegen aus dem Auto, und Fandango sagte uns, er werde oben auf dem Gipfel eines kleinen Hügels auf uns warten, falls der Ford nachher schlecht anspringen sollte. Er wünschte uns viel Glück, und wenn wir abgeholt werden wollten, sollten wir ihm ein Zeichen geben, und falls Schwäne im Anflug wären, würde er zweimal die krächzende Hupe betätigen. Sodann entschwand er in ungebührlicher Eile und hinterließ eine weiße Rauchwolke.

Dad setzte sich auf eine niedrige Mauer und beobachtete das Dorf durch ein Fernglas. Es war bekannt, dass nomadisches Gesindel aufgegebene Siedlungen gelegentlich als Behausung nutzte, auch wenn es so weit westlich wie hier wenig wahrscheinlich war, doch weder Dad noch ich verspürten auch nur die geringste Lust, auf eine Meute niedergelassener und wehrhafter Wilder zu stoßen. Es kursierten grausige Geschichten über hochfarbwertige Männer, die gekidnappt worden waren und denen man mit der Entfernung der Klöten gedroht hatte, falls das geforderte Lösegeld nicht gezahlt würde. Ich kannte niemanden, der außerhalb der Grenzen sein Farbkennzeichen trug.

»Dad?«

»Ja?« Er sah sich immer noch die verlassenen Gebäude an.

»Ich habe heute Morgen etwas Interessantes erfahren. Lucy

200

Ochre hat ziemlich viel Lincoln geguckt in letzter Zeit. Sie ist sich sicher, dass ihr Vater ermordet wurde.«

Ich hatte damit gerechnet, dass Dad den Gedanken genauso brüsk abtun würde wie ich, doch ich merkte, dass ihm sofort unbehaglich zumute war.

»Wie kommt sie denn auf die Idee?«

Ich zuckte mit den Schultern.

»Weiß ich nicht. Warum? Könnte es denn stimmen?«

»Technisch wäre es möglich. Er könnte an die Abschiedsliege festgebunden gewesen sein, die Augen mit einem Klebeband offen gehalten.«

»Dann hätte man Spuren an der Leiche finden müssen.«

»Ja, das gebe ich zu. Es könnte auch so gewesen sein: Angenommen, er hätte vorgehabt, sich Grünes Licht zu geben. Er hätte das Licht, das ins Grüne Zimmer strömt, mit dem Hebel neben der Liege kontrolliert. Er hätte die Fensterläden aufgeklappt, um die volle Wirkung des Süßen Traums abzukriegen, hätte sie dann wieder zugeklappt, wenn es ihm gereicht hätte, hätte sich in der Dunkelheit erholt und wäre aus dem Zimmer geschlichen.«

»Aber es gibt noch einen zweiten Hebel«, warf ich ein, als ich begriff, worauf er hinauswollte, »draußen.«

»Genau«, sagte er. »Und die beiden sind miteinander verbunden. Vielleicht hat jemand den Hebel draußen in der geöffneten Position festgehalten.«

Mir schauderte.

»Ist das wahrscheinlich?«

»Nein. Er hätte nur die Augen zu schließen brauchen. Außerdem: Welches Motiv hätte er gehabt? Er war Heiler, und ein sehr guter obendrein. Sieben Jahre ohne einen einzigen Fall von Mehltau. Ich glaube, es war einfach nur ein tragischer Irrtum, als er sich Grünes Licht geben wollte. Aber es wäre doch interessant zu erfahren, ob Lucy noch mehr Informationen hat. Übrigens«, fügte er noch an, »deMauve hat mir heute Morgen die Ohren zugetextet.«

»Oh.«

»Er sagte, wenn du den direkten Befehl eines Präfekten noch mal missachtest, würde er uns beide zusammenstauchen.«

»Ja«, sagte ich. »Tut mir leid.«

Wieder betrachtete er das Dorf durch das Fernglas.

»Dad?«

»Ja?«

»Wie hoch ist die Wahrscheinlichkeit, dass in Rusty Hill noch Mehltausporen herumfliegen?«

»Sehr gering«, antwortete er. »Eine zwanzigjährige Quarantänezeit ist unnötig lang, aber so lauten nun mal die Regeln.«

Nachdem er sich vergewissert hatte, dass das Dorf leer war, steckte er das Fernglas in seine Tasche, und wir passierten das verblichene Quarantäne-Schild und betraten die steinerne Bogenbrücke. In der Mitte war der Perpetulitbelag zersplittert, der Organoplastoid aufgeschnitten worden und mit Bronzestacheln gespickt, um den Mechanismus der Selbstreparatur zu stoppen. Die Methode war grob, aber wirkungsvoll, und die Fahrbahn hatte nur ein paar dunkelgraue Ranken abgestoßen, bevor sie aufgegeben hatte. Wir traten von der glatten Fahrbahn herunter und folgten dem ausgetretenen, mit Steinen gepflasterten Weg ins Dorf. Es war unnatürlich still, und überall gab es Anzeichen einer überstürzten Flucht. Weggeworfene Gegenstände lagen verstreut auf den Straßen, die Geschäfte standen offen, und zerrissene Vorhänge bauschten sich vor geöffneten Fenstern. Zwischen den Pflastersteinen hatte bereits wieder Gras Wurzeln geschlagen. Hier und da stießen wir auch auf Überreste der Verstorbenen, gebleichte Knochen, wie gebettet in verwitterten Kleidungsstücken. Tausendachthundert Opfer, wie man mir gesagt hatte, innerhalb von achtundvierzig Stunden.

Vor dem Colorhydranten des Dorfes blieben wir stehen. Er sah relativ neu aus und überhaupt nicht so wie die Verteilereinheit bei uns zu Hause, die eine Art großer Tannenbaum aus Mehrfachverbindungen zu allen Standorten des Dorfes war. Dieser Hydrant hatte überhaupt keine Anschlüsse; die Farbeinspeiser waren einfache Zwölferrohre mit Gewindekappen und ein paar Druckventilen; der Sperrhahn war abmontiert, um Schaden vorzubeugen. Rusty Hill hatte erst kurz vor dem Mehltauausbruch Farbe aus dem Versorgungsnetz erhalten. Das Dorf musste jahrelang gearbeitet und gespart und jedes Altfarbrestchen gesammelt haben, um die Nebenleitungsstrecke bewilligt zu bekommen, letztlich umsonst.

»Pass auf dich auf. Wir treffen uns in zwanzig Minuten wieder hier.«

Ich nickte, und wir trennten uns, er ging Richtung Colorium, ich zum Marktplatz. Er lag nur knapp hundert Meter weiter die Straße hinunter und sah ebenso desolat aus wie alles andere hier. Die Markisen vor den Läden waren zerschlissen und verblichen, Knochen lagen verstreut auf den Bodenfliesen der Säulengänge, manche sogar zu Füßen der überlebensgroßen Bronzestatue von Unserem Munsell. Es gab nicht mal ein Colorbeet auf dem Platz, nur einen Brunnen, von Unkraut verstopft, und an der Fassade des Rathauses waren noch letzte blasse Farbrudimente zu erkennen. Der Eingang stand offen, und vorsichtig stapfte ich die Stufen der Steintreppe hinauf und spähte ins Innere. Das Rathaus war größer als das in East Carmine, dafür wirkte es düsterer. Die Federaufzüge an den Motoren der Heliostate waren längst abgelaufen, doch einer der Spiegel war zufällig in der korrekten Position eingerastet, und ein Lichtstrahl fiel schräg auf den Boden. Mir bot sich ein Anblick von solcher Trostlosigkeit, dass meine Augen feucht wurden. Das Holzparkett war bedeckt mit Staub, Zweigen, Vogeldreck, vom Wind angewehtem Schmutz, Kleiderfetzen, Armbanduhren, Haarbändern, Schuhen, Schmuck, vereinzelten Löffeln, Münzen, einigen Gürtelschnallen, doch hauptsächlich mit Knochen. Tausende Knochen, menschliche Knochen, alle Arten und Größen von Knochen. Die meisten waren von Tieren angenagt und zerstreut, aber manche waren noch vollständig erhalten, und als ich zwischen den Mehltautoten umherschritt, stieg der muffige Geruch von Verwesung vom

Boden auf. Es gab keine Anzeichen, dass hier Panik ausgebrochen war, nur tiefe Resignation. Die Bewohner von Rusty Hill hatten gewusst, dass sie dem Untergang geweiht waren, und hatten Trost im Zentrum ihrer Welt gesucht und dort auf das Ende gewartet. Zwischen den Knochen lagen hier und da ausgebreitet ausgebleichte Stücke von Leinentuch, die man offenbar in Eile grün gefärbt hatte und die sich die Kranken weitergereicht hatten, um die Schmerzen zu lindern.

Es überlief mich kalt, und ich wandte mich ab, um meine Aufgabe zu erledigen und die Stadt wieder zu verlassen, die jetzt bedrückend auf mich wirkte – obwohl ich aus Munsells *Quietus* wusste, dass der Tod nur ein natürlicher Teil des Zyklus der Erneuerung ist und dass man das Leben nicht als Hürdenlauf betrachten soll, bei dem man als Erster das Zielband erreichen muss, sondern vielmehr als einen Staffellauf ohne Ende und mit nur einer Mannschaft.

Als ich mich zum Gehen wandte, sah ich nach oben, und dort, auf das Putzgewölbe aufgetragen, befand sich ein riesiges Wandgemälde mit Darstellungen der Geschichte von Munsells Epiphanie und der Gründung des Kollektivs. Auch wenn ich manches nicht verstand, einige Sequenzen waren unverkennbar, zum Beispiel *Die Verteilung der Schätze*, *Die Vertreibung der Experten* und *Die Schließung der Netzwerke*. Etwas Vergleichbares hatte ich zuvor noch nie gesehen, doch anders als die etwas einfachere Version bei uns zu Hause, mehrfach übermalt, war dieses Deckengemälde unvollendet geblieben. Etwa ein Drittel war nicht ausgemalt, die vielen Umrisszeichnungen, aus denen sich das Bild zusammensetzte, waren leer, die Farbreferenznummern noch sichtbar. Das Dorf hatte einen Anfang gemacht, hatte es aber nicht zu Ende malen können. Die meisten mittleren Blautöne waren aufgetragen, einige Rot- und fast alle Grüntöne. Am interessantesten waren die Falten in Munsells Mantel, denn die dort verwendeten etwa vierzig verschiedenen satten Univisuellen Violetttöne versetzten mich in gespannte Erwartung, als stünde jeden Moment eine wundervolle Offenbarung bevor. Es war nur ein Gefühl, ausgelöst durch die Kombination der Violetttöne, doch noch nie hatte eine Farbe so ein Gefühl in mir freigesetzt.

Mein Mentor, Greg Scarlet, hatte mir erklärt, dass in der Frühgeschichte des Kollektivs große Anstrengungen unternommen worden waren, den bewussten Verstand auszuschalten und Emotionen auf direktem Weg ins Innerste zu leiten – sodass die Essenz eines großen Romans, einer vielschichtigen Symphonie, eines friedlichen Gartens, alles zusammengenommen eine einzige, wahrhaft außergewöhnliche Empfindung ergeben mochte, die allein das abstrakte Produkt des Verstandes gewesen wäre. Daraus hatte sich die Idee des Grünraums entwickelt und die Chromatikologie, immerhin, doch alle weitere Forschung im Bereich Direkteinspeisung wurde, wie NationalColor später verlauten ließ, zugunsten dringenderer Probleme, zum Beispiel Farbnachschub und dem Nationalen Colorierungsprogramm, eingestellt.

Doch der Blick nach oben zeigte mir, wie das Gemälde funktioniert haben *könnte*. Die Geschichte von Munsell und seiner Epiphanie war offensichtlich ein dramatisches Märchen, voller großer Taten und persönlicher Opfer. Niemand kannte alle Details, aber darauf kam es auch nicht an. Ein Blick an die Decke hätte alle emotionalen Reaktionen – Freude, Verlust, Niederlage und schließlich Sieg – hervorgerufen, ohne dass man die Geschehnisse im Einzelnen gekannt hätte.

Plötzlich zuckte ich zusammen. Aus den Augenwinkeln nahm ich eine Bewegung im Speiseraum wahr. Hinter den Tischen, noch bedeckt mit den Resten der letzten Mahlzeit, stand eine Frau, eine welke Gestalt, sie war immateriell, eigentlich nur eine Impression, ein Glitzern in der Luft. Ich blinzelte mit den Augen, doch der Puka verschwand nicht, und obwohl ich eigentlich erschrocken hätte sein müssen – ich war es nicht. Ich war fasziniert. Ich blinzelte noch mal, und dabei fiel mir etwas Seltsames auf. Die Frau verschwand nicht, wenn ich die Augen schloss, ja, sie erschien mir bei fest geschlos-

senen Augenlidern sogar noch materieller. Eigentlich war sie überhaupt nicht im Raum, sie war in meinem Kopf.

Ich schlug die Augen wieder auf, um die Frau wenigstens in einem räumlichen Zusammenhang zu sehen. Ihre transparente Gestalt
bewegte sich geschickt zwischen all dem Schutt, dabei starrte sie
mich unentwegt an. Dann öffnete sie den Mund, um etwas zu sagen,
und abrupt verschwand sie von der Bildfläche, und ich war wieder
allein. Eilig verließ ich das Rathaus, verwirrt, wenn auch nicht allzu
sehr; das Bekannte war so lange vom Unbekannten in den Schatten
gestellt worden, dass meine Verwirrung verständlich war.

Ich kehrte zum Marktplatz zurück, denn ich wollte jetzt nur noch
meine Aufgabe erledigen und wieder gehen. Vom Marktplatz bog
ich links ab, dann rechts, und schon bald stand ich vor dem Haus,
das ich suchte, ein großes, modernes Gebäude in Fachwerkbau-
weise. Die Haustür war verschlossen, deswegen kletterte ich durch
ein zerbrochenes Fenster und tastete mich vor bis zur Küche, fand
die Wickelkurbel und drehte sie zehn-, zwanzigmal. Dann gab ich
Uhrzeit, Datum und Jahreszahl ein, um den Spiegel im Handbetrieb
neu auszurichten. Auf dem Dach war ein Surren zu hören, und kurz
darauf strömte Licht ins Innere des Hauses. Jetzt sah ich auch, dass
es das Domizil eines wohlhabenden Kaufmanns war, allerdings war
das Amt des Kunstwarts auch nicht farbgebunden, einen Caravaggio
oder Williams konnte man im Haus eines Grauen genauso gut an-
treffen wie in dem eines Purpurnen. Ich ging zur Haustür, schob
den Riegel zur Seite, um schneller entkommen zu können, falls ein
Schwan hier nistete, und ging in die Küche.

Ich durchsuchte die Schubladen, bis ich eine Zuckerwürfelzange
für Mrs Blut gefunden hatte, stieg dann die Treppe hoch und zog,
auf dem oberen Absatz angekommen, den Messingknauf, um den
Spiegel zur Beleuchtung des oberen Stockwerks herumzuschwen-
ken. Zuerst überprüfte ich die Räume nach vorne hinaus, es waren
nur Schlafzimmer, das eine war einmal bewohnt gewesen, das andere nicht. Der letzte Ort, der noch zu erkunden war, lag am Ende

des kurzen Korridors, und ich brauchte nur den Türknauf zu berühren, da sprang die Tür auf.

Es war ein großer Raum, unmöbliert mit Ausnahme eines einzelnen Sessels und eines schlichten, länglichen Teppichs auf den Eichendielen. Wie in vielen Galerien erfüllte ein sanftes, angenehmes Licht den Raum, das aus einem mit Leinenstoff verhängten Dachfenster kam, perfekt eingestellt, wie für eine Besichtigung. An der Wand gegenüber hing der Caravaggio, und er war in jeder Hinsicht so spektakulär wie die Abbildungen, die ich kannte. Allerdings waren die Abbildungen monochrom, und hier sah ich zum ersten Mal etwas, was ich nicht vermutet hätte: Der Vorhang über der dargestellten Szene, *Stirnrunzelndes Mädchen trennt Bärtigem den Kopf ab*, war von einem sensationellen Karmesinrot, das zu dem hervorspritzenden Blut aus der Arterie, ebenfalls ein leuchtendes Rot, einen lebhaften Kontrast bildete. Minutenlang stand ich vor der großen Leinwand, sprachlos, überwältigt von dem grandiosen Talent des Malers, den subtilen Feinheiten von Licht und Schatten, und für kurze Zeit hatte ich den Wunsch, mehr Farben sehen zu können als nur Rot.

Ich war nicht der Einzige, der das Gemälde bewunderte. In dem Lehnstuhl saß der ehemalige Kunstwart. Der Teppich unter ihm war von den Säften der Fäulnis schwarz gefleckt, doch der Mann selbst war in dem vor Wind und Wetter schützenden Raum noch nicht vollständig verwest, und dunkle Haut spannte sich über seine Knochen. Die Arme ruhten auf den Lehnen, und auch wenn ihm das Kinn auf die Brust gesackt war, glaube ich, dass er in Betrachtung des Bildes versunken gewesen war, als der Mehltau ihn überwältigte. Er trug ein Rotes Farbkennzeichen sowie eine Präfekten-Marke, und aus seiner verwitterten Kleidung ragte deutlich sichtbar ein schimmernder Löffel hervor. Es war der Beweis, dass nach dem Ausbruch niemand hier gewesen war, und da der Mann keine Verwendung mehr für seinen Löffel hatte, zog ich ihn ihm aus der Tasche und steckte ihn ein.

Ich dachte an die Ermahnung meines Vaters, ich möge mich beeilen, und an die Gefahr, dass vielleicht doch noch aktive Mehltausporen im Raum umherschwirrten, deswegen klappte ich rasch die wetterfeste Kiste auf, befreite das Gemälde aus seinem schweren Schmuckrahmen und legte es auf den Boden. Es war groß, 1,80 m mal 1,20 m, und ich musste den Keilrahmen sehr vorsichtig die schmale Treppe hinuntertragen, um nicht noch irgendwo anzustoßen.

Draußen lehnte ich das Bild an die Hauswand, konsultierte kurz die Straßenkarte und machte mich dann auf den Weg. Die Adresse des Grauen Falschgekennzeichneten war drei Straßen weiter, jetzt war die einzige Gelegenheit, sie zu erkunden.

Ich ging die Hauptstraße entlang, vorbei an noch mehr Schutt, leeren Geschäften und den Überresten einer Bevölkerung, die meinem Eindruck nach erst versucht hatte zu entkommen, aber dann entkräftet aufgab. Gras und Wildblumen keimten in kleinen Mulden, in denen sich vom Wind angewehte Erde gesammelt hatte, und Brombeerranken breiteten sich hemmungslos aus. Nach einigem Suchen fand ich schließlich die letzte bekannte Adresse des Grauen Falschgekennzeichneten. Die Haustür sah heruntergekommen und unbenutzt aus, die Fenster waren mit Brettern vernagelt. Ich war enttäuscht und gleichzeitig ungeheuer erleichtert. Ich war in dieser Sache so weit vorgedrungen wie möglich, jetzt konnte ich loslassen und mich auf andere, gesellschaftlich wichtigere Dinge konzentrieren. Gerade wollte ich loslaufen, zurück zu dem Caravaggio und dann zu der Brücke, wo ich meinen Vater treffen sollte, da fiel mir auf, dass die Fugen zwischen den Pflastersteinen vor der Haustür frei von Unkraut waren. Ich hielt inne, mein Herz raste, und ohne zu überlegen, klopfte ich höflich an die Tür. Als keine Reaktion kam, stieß ich die Tür auf, und es bot sich mir ein Anblick von solcher Erhabenheit, dass es mir den Atem verschlug.

ZANE 649

6.1.02.11.235: Gebrauchsgegenstände aus der Zeit vor Dem Gewissen Ereignis dürfen gesammelt werden, solange sie nicht auf der Rücksprungliste stehen und eine Farbsättigung von mehr als 29 % aufweisen.

Ich blickte in das Wohnzimmer eines Hauses, in dem sich kurz zuvor noch jemand aufgehalten haben musste, da der Geruch von Seife und Essen in der Luft hing. Es war ein großer Raum, vollgestellt mit Nippes, Werkzeugen, Farbeimern, ein paar Rassigen Romanen und diversen alten, ausgedienten Gebrauchsgegenständen. Auf der Anrichte eine Schale Äpfel, und von der Decke hingen mehrere geräucherte Aale. Das alles war ungewöhnlich genug, doch das Prachtvollste war etwas ganz anderes. In Regalen, auf Anrichten, von Bilderleisten und an der Wand hängend: Hunderte, vielleicht sogar Tausende Glühbirnen, alle strahlten hell und brachten die Innenbeleuchtung auf Tageslichtniveau. Nachts dürfte hier wohl kaum Finsternis herrschen, und die Angst wäre verbannt. Zane hatte die Glühbirnen vermutlich in der verbotenen Kammer des Stiftshauses entdeckt, denn anders als die meisten Rücksprunggüter waren sie zu brisant, um durch den Schmiedehammer unbrauchbar gemacht zu werden, deshalb wurden sie von den Präfekten eingelagert, in tiefe Seen versenkt oder ganz einfach in der Erde verbuddelt.

Die Glühbirnen waren nicht die einzigen Rücksprunggüter im Raum, nicht mal die auffälligsten. An einem Bücherstapel lehnten die Reste eines Fernwahrnehmers, montiert auf einem speziell angefertigten Holzrahmen. Er bestand aus fünfzehn Komponenten, der größte hatte etwa den Umfang meiner Faust, der kleinste war so groß wie ein Einmeritenstück. Anders als die kleinen Scherben, die man gelegentlich ausgräbt und auf denen winzige, unzusammenhängende verwackelte Bildchen flackern, zeigte dieser fünfzehnteilige Fernwahrnehmer eine logische Bildfolge, die leicht verständlich war. Ich trat näher heran, um die Details zu erkennen. Das Bild sprang zwar mit verwirrender Geschwindigkeit von einer Einstellung zur nächsten, doch wurde deutlich, dass es sich um irgendein dramatisches Stück handelte, Mann und Frau in einem Schlafzimmer. Es waren Einstige, kein Zweifel, denn der Unterschied zwischen den Geschlechtern wirkte komisch und übertrieben, und sie hatten feine Gesichtszüge und Augen, die so hohl waren wie bei den Kindern auf dem Ovomaltine-Wandgemälde. Ich hielt mein Ohr an das Gerät, und tatsächlich, man konnte die Leute in dem Fernwahrnehmer reden hören. Sie sprachen einen Dialekt, der altertümlich, aber trotzdem zu verstehen war. Die Frau sagte zu dem Mann, er sei nicht mehr derselbe, den sie vor zehn Jahren kennengelernt habe, worauf er erwiderte, es seien nicht die Jahre, sondern der Verschleiß, was ich nicht ganz begriff. Er benutzte den Kosenamen »Liebling«, was darauf hindeutete, dass die beiden verheiratet waren, allerdings konnte ich keine Eheringe erkennen, was dem widersprach. Der Mann zeigte jetzt die Körperstellen, an denen er *nicht* verletzt war, und die Frau küsste sie nacheinander. Schließlich zeigte er auf seine Lippen, und auch die küsste sie. Es war wohl nur ein Trick seinerseits, ziemlich übel, wenn sie ihn nicht durchschaut hätte, aber ich glaube, sie merkte, was er im Schilde führte, und ich musste laut lachen.

»Wie viel weißt du?«

Eigentlich hätte ich zusammenfahren müssen, die Beine in die Hand nehmen und abhauen, doch eigenartigerweise erschien mir Janes Anwesenheit ganz unvermeidlich. Mit einer Mischung aus Staunen und Misstrauen sah sie mich an. Mein erster Gedanke war:

Wie ist sie hierhergekommen? Beim Frühstück hatte ich sie zuletzt gesehen, keine anderthalb Stunden her, über zwanzig Kilometer von hier entfernt. Ohne einen Ford als Transportmittel wäre es ein Kraftakt, der nicht zu bewältigen gewesen wäre. Wie auch schon gestern ihre Fahrt nach Vermillion. Es war, als könnte sie von Ort zu Ort springen wie ein Puka.

»Es hat wohl keinen Sinn, dich zu fragen, wie du es hierhergeschafft hast?«

»Nein, keinen. Ehrlich, Roter: Du hast mich mit deiner schamlos lächerlichen Nummer reingelegt, von wegen ›verliebter Idiot‹ und so. Ich bin nämlich eigentlich nicht leicht hereinzulegen. Aber jetzt muss ich wissen, wer du bist, wie viel du weißt und was du mit der Information zu tun gedenkst.«

Ich überlegte. Ich war ja schon froh, dass sie wenigstens etwas Respekt vor mir hatte, und solange sie glaubte, ich würde nicht mehr im Dunkeln tappen, würde sie mir vielleicht verraten, was sie und der Falschgekennzeichnete gestern tatsächlich in dem Farbengeschäft gemacht hatten. Oder besser noch, sie würde anfangen, mich zu mögen.

»Tut mir leid, was mit Zane passiert ist. Er war offenbar ein guter Freund von dir.«

»Vor zwei Tagen war er ein Freund. Nächsten Monat um diese Zeit ist er nur noch Talg, Methan und Knochenmehl. Wie lange weißt du schon Bescheid über ihn?«

»Ach, schon eine ganze Weile.«

»Weißt du noch mehr?«

»Ich weiß über dich Bescheid – aber erst seit Vermillion.«

»Und wem hast du von uns erzählt?«

»Können wir uns nicht im Teehaus weiter darüber unterhalten?«, versuchte ich es mit etwas mehr Verbindlichkeit. »Ich habe gehört, im *Fallen Man* backen sie hervorragende Scones – jedenfalls schmecken die besser als deine.«

Sie ging nicht auf mein Angebot ein.

»Ich würde mich lieber gleich hier und jetzt darüber unterhalten.«

»Dann«, erwiderte ich, »solltest du mir vielleicht mal verraten, was du in dem Farbengeschäft zu tun hattest.«

Sie versank kurz in Schweigen, schritt durch den Raum und berührte eine der Glühbirnen. Es war gar nicht nötig – sie suchte nur eine Position zwischen mir und dem Ausgang. Ich hatte die falsche Frage gestellt. Sie hatte daraus entnommen, dass ich nicht wusste, was sie dort zu tun gehabt hatte. Klüger wäre es gewesen, sie zu fragen: »Wie lange geht das schon so?« oder sogar: »Erzähl mir die ganze Geschichte, von Anfang an – und lass nichts aus.«

»Arbeitest du für Thorny Yellowood?«, fragte sie.

»Ich bin nicht gerade ein Fan der Gelben.«

»Gestern hast du dein Leben riskiert, um einen zu retten.«

»Er war ein Freund.«

»Wenn das zutrifft, bist du ein Freibeuter, der es wegen der Meriten macht. Also eindeutig schlimmer.«

»Ach ja?«

»Natürlich. Petzen zum Nutzen des Kollektivs ist falsch verstandene Loyalität. Petzen für Geld ist einfach nur reine Gier.«

»Ach so.«

»Ja, aber ich kaufe es dir trotzdem ab, ganz unabhängig von deinen Motiven«, sagte sie. »Ich muss nur wissen, was dein Schweigen wert ist.«

Ich erwiderte standhaft ihren Blick, dachte krampfhaft nach, was ich machen sollte, und war doch hoffnungslos ins Schwimmen geraten.

»Es sei denn«, fügte sie hinzu, »du bist wirklich so dumm, wie du aussiehst, und nur durch Zufall auf Zane und mich gestoßen.«

»Ich bin hier, oder etwa nicht?«, platzte ich hervor; ein vergeblicher Versuch, verlorenen Boden zurückzugewinnen. »Woher sollte ich wissen, dass Zane hier gewohnt hat?«

Das leuchtete ihr offenbar ein, doch in diesem Moment hörte ich meinen Vater in der Ferne pfeifen. Ich war spät dran, und wenn ich nicht zurückkäme, würde er nach mir suchen.

»Gut«, sagte sie und trat beiseite, um mich vorbeizulassen, »ich werde dir alles erzählen.«

»Wirklich?«

»Ja. Auf dem Rückweg müsst ihr an der Quarantänestation anhalten. Lass dir eine Ausrede einfallen, und komm runter zum Fluss. Da treffen wir uns. Verstanden?«

Ich nickte, und sie deutete mit dem Kopf zur Tür. Gemessenen Schrittes ging ich hinaus, in der Hoffnung, meine unbekümmerte Art würde sie beeindrucken, ein Effekt, der leider etwas beeinträchtigt wurde, dadurch dass ich über die Fußmatte stolperte.

Ich holte den Caravaggio ab und kehrte zurück zu dem Farbhydranten, den ich mit meinem Vater als Treffpunkt ausgemacht hatte. Dad war nicht allein. Neben ihm stand ein Mann, und der Mann war von NationalColor. Ich wusste es deswegen, weil er das Logo mit den Farbspritzern aus dem umgekippten Einer auf der Brusttasche trug und sein Overall übersät war mit Flecken und Klecksen, Spritzern und Tropfen Hunderter verschiedener synthetischer Farbtöne, die wie Edelsteine an dem Stoff klebten. Es besagte, dass er seinen Beruf schon recht lange ausübte, der farbgetränkte Overall war eine Art Rangabzeichen und wurde mit Stolz getragen. Der Mann hatte die Magentazufuhr in dem Hydranten überprüft, ein Farbauswurf glitzerte auf dem Boden, und gerade verstaute er einen Analysator in einem Lederköfferchen. Viel interessanter aber fand ich, dass er mit einem Fahrrad gekommen war, einer schicken Rennmaschine älteren Datums, alle Gänge voll funktionstüchtig. Es wäre wohl zu viel der Hoffnung gewesen, mal eine Runde mit diesem vom Großen Sprung Zurück ausgenommenen Gerät drehen zu dürfen, trotzdem konnte ich meinen Blick nicht davon lassen.

»Wo zum Ostwald bist du gewesen?«, fragte mein Vater.

»Die Gegend erkunden«, stammelte ich, noch immer das Gespräch mit Jane im Kopf. Ich wollte im Beisein des Colormanns nicht von Zane, Jane oder der verblichenen Puka-Frau sprechen, das heißt, ich wollte eigentlich zu niemandem darüber sprechen. Dad brauchte nicht alles zu wissen, wollte er doch sowieso mit solchen Dingen nicht belästigt werden. In Konfliktsituationen mussten Mustermänner manchmal haarscharf unterscheiden zwischen Loyalität gegenüber dem Rat und Loyalität gegenüber der Familie, Unwissenheit war dann immer von Vorteil.

»Darf ich vorstellen, seine Farbenprächtigkeit Matthew Gloss«, sagte Dad und wandte sich dem Colormann zu. »Bevor er zu NationalColor aufgestiegen ist, war er ein Russett, also ein entfernter Verwandter.«

Leicht benommen schüttelte ich seine Hand. Noch nie zuvor hatte ich jemanden mit dem Titel Seine Farbenprächtigkeit kennengelernt. Es war eine Ehre, die einem selten zuteilwurde. Viel Zeit, ihn groß zu bestaunen, hatte ich allerdings nicht, denn Dad meinte, wir sollten uns gleich auf den Weg machen.

Wir überquerten den Fluss, Dad und ich trugen den Caravaggio, der Colormann den Stapel Muster, die Dad wiederbeschafft hatte. Am gegenüberliegenden Ufer angekommen, in Sicherheit, hatten wir etwas mehr Muße, uns gegenseitig genauer zu mustern. Matthew Gloss war ein Herr im fortgeschrittenen mittleren Alter, dessen zerfurchtes, faltenreiches Gesicht selbstbewusste Gelassenheit ausstrahlte. Das wenige noch verbliebene Haar war strähnig und stand in alle Richtungen vom Kopf ab, seine Ohren kamen mir unangemessen groß vor.

»Sie kommen aus East Carmine?«, sagte er, nachdem man sich gegenseitig ausführlicher vorgestellt hatte. »Aber doch nicht etwa zu Fuß, oder?«

Dad erklärte, dass wir einen Ford zur Verfügung hatten, und bot dem Colormann an, ihn auf der Rückfahrt mitzunehmen. Er nahm das Angebot bereitwillig an, denn er hatte sein Fahrrad den ganzen unwegsamen Abschnitt von der Pumpstation in Yerwood bis hierher schieben müssen, eine Strecke von immerhin zehn Kilometern. Eine Pause kam ihm da ganz gelegen.

Wir setzten uns auf ein Mäuerchen und warteten auf Fandango. Der Colormann erzählte uns, er führe gerade eine Leitungsinspektion durch, die Ortschaft Camberwock Red habe nämlich in letzter Zeit ihre Magenta-Farben nur in einem stark verunreinigten Zustand über das Versorgungsnetz erhalten, was auf einen Bruch in irgendeinem der Einspeisungsrohre hindeutete.

»Es ist kein leichter Job«, sagte er bekümmert. »Es gibt unendlich viele stillgelegte Verstrebungen im Netz, und die meisten sind nicht kartografiert.«

Kurz darauf traf Fandango ein, der den Ford zum Glück ohne größere Probleme hatte starten können, und nach einer neuerlichen Vorstellungsrunde begaben wir uns zurück nach East Carmine, im Gepäck siebenundsechzig Muster, ein Mittel gegen Schnupfen, ein Caravaggio-Gemälde, einen reisenden Colormann mit einem Rennrad, das einundzwanzig Gänge hatte, und die Gewissheit, dass Jane mir nun endlich sagen würde, was hier vor sich ging.

QUARANTÄNE

5.2.03.01.002: Jeder Bewohner muss auch bei nur indirektem Kontakt mit Mehltauerregern die Quarantäneprozeduren befolgen.

An einem geschwungenen Steilfelsen neben dem verwitterten Schild »Willkommen in East Carmine« brachte der Werkmeister den Ford zum Stehen. Das Dorf lag in Sichtweite, gut einen Kilometer entfernt, und Fandango blinkte Morsezeichen mit dem Signalspiegel, dass wir zurückgekehrt waren, gesund und in Sicherheit, und dass wir unterwegs einen Mitreisenden aufgenommen hatten. Der Signalposten blinkte zurück, die Nachricht sei angekommen, und informierte uns, die Quarantänezeit sei noch vor Mittag zu Ende. Falls wir uns mit Mehltau angesteckt hätten, würden sich innerhalb der nächsten zwei Stunden die ersten Symptome zeigen.

Es war ein heißer Vormittag. Wir setzten uns unter den nächsten Baum, Fandango kochte Tee auf einem Ölöfchen, und der Colormann erzählte von seiner Arbeit, die mir zehnmal interessanter erschien als die Leitung einer Bindfadenfabrik. Ich hörte gespannt zu, während er über die brandaktuellen, komplizierten Themen sprach, mit einer Autorität, wie sie mir vorher noch nie begegnet war.

Er sagte, der Sättigungs-Dispersions-Index – allgemein auch unter der Bezeichnung *Ausbleichung* bekannt – würde zweifellos weiter ansteigen. Das war eine bedrückende Nachricht. Briefkästen, die typischerweise nur einmal alle fünfzig Jahre überpinselt worden waren,

216

brauchten jetzt bereits nach einer Dekade einen neuen Farbanstrich. Das stellte natürlich eine unerträgliche Belastung für die bestehenden Pigmentressourcen dar und bedeutete gleichzeitig eine steigende Nachfrage nach Altfarben.

»Was ist dran an dem Gerücht, zu intensives Betrachten würde die Ausbleichung beschleunigen?«, fragte ich ihn, da viel über das Thema geschrieben worden war, und nicht alles erschien mir einleuchtend.

»Absolut nichts«, antwortete der Colormann. »Ich würde sogar empfehlen, so viel zu betrachten wie möglich, um die synthetische Farbe voll und ganz zu genießen, bevor sie verschwindet.«

»Eine höhere Altfarbenausbeute kann die Knappheit doch sicher ausgleichen, oder?«, sagte mein Vater.

Der Colormann meinte, das mögliche Produktionsmaximum sei längst überschritten, und würden nicht bald neue Wertgutfelder zum Abbau innerhalb des unerschlossenen Großen Südlichen Ballungsgebiets freigegeben, müsste synthetische Farbe noch stärker rationiert werden als ohnehin schon.

»Aber was ist mit dem Gesindel-Problem?«, wollte ich wissen. Hätte es die dauernden Besetzungen von Gebieten innerhalb der Binnengrenze durch Gesindel und die Probleme bei der Durchquerung der knapp hundert Meter breiten Zone der Unannehmlichkeiten nicht gegeben, wären die dortigen reichen Wertgutfelder längst ausgebeutet worden.

»Aggressiver Einsatz der Mehltau-R-Variante«, sagte der Colormann mit gedämpfter Stimme, »und wenn es stimmt, was man so munkelt, wird es schon in Kürze dazu kommen.«

»Wie würde man eine solche Aktion rechtfertigen?«, fragte mein Vater, da es die Regeln ausdrücklich verboten, dass anderen Menschen Schaden zugefügt wurde, wie minderwertig ihre Intimhygiene, Gewohnheiten oder Sprache auch waren. Und *Homo feralensis*, mochte er noch so primitiv sein, war ein Mensch, keine Frage.

»Das ist das Beste an der Sache«, sagte der Colormann. »Die

Plünderungen von Landschaft und Getreide machen eine Reklassifizierung ihrer Gattung möglich. Gesindel gilt fortan als Ungeziefer. Damit fällt es in den Geltungsbereich der Regeln zur Ausrottung.« Er lachte und fügte noch hinzu: »Das nenne ich Schlupflochkunde auf höchstem Niveau.«

Dad und ich sahen uns an, enthielten uns aber jeden Kommentars. Ich konnte nicht verhehlen, dass Gesindel ein wandelndes biologisches Risiko darstellte, doch wenn man Mehltau einmal erlebt hatte, sogar die eigene Familie betroffen war, dann wünschte man ihn niemandem an den Hals – keinem Gelben, keinem unbeliebten Präfekten, nicht mal dem Gesindel.

Der Colormann spürte, dass wir mit seinen harschen Ansichten nicht übereinstimmten, und lenkte das Gespräch auf sichereres Terrain. Er schilderte uns seine Tätigkeit im Ost-Park, einer der drei wahrhaft großen Gartenanlagen im Kollektiv.

»Ich habe schon gehört, er soll sensationell sein«, sagte Dad, der ein Hobby-Chromobotaniker war. »Ich würde ihn mir gerne eines Tages mal ansehen.«

»Er ist herrlicher als alles, was man sich vorstellen kann«, erklärte der Colormann. »Volle CYM-Einspeisung bei einem Druck von fünfeinhalb Bar. Wir können fast sechzig Prozent Sättigung und Reinheit erreichen, und alles jenseits der Skala ist handgefärbt. Wir halten uns auch nicht einfach nur an das botanische Farbspektrum. Violetttöne, Zwischenschattierungen, Sekundärfarben, Tertiärfarben, eine unendliche Vielfalt feinster Abstufungen, die den Geist beleben und alles Graue aus der Seele vertreiben. Die Lupinenbeete sind besonders schön, allein die Pinktöne – als ich sie das letzte Mal gezählt habe, hatten wir vierundachtzig verschiedene in Gebrauch.«

Eine geschlagene Stunde lang hörten wir ihm zu, während er über die Probleme mit dem Versorgungsnetz und über die Farbknappheit dozierte. Es war etwas ermüdend. Er wiederholte seine Ansicht über das noch unerschlossene Große Südliche Ballungsgebiet, aber merkte auch an, dass unterirdisch noch riesige Mengen unentdeckter Altfarben lagerten, da das Zeitalter der Genialität eine besänftigende Decke aus Erde und Blätterhumus über das Zeitalter der Intoleranz gebreitet hatte und es nur erfahrener Wertgutschürfer bedurfte, um sie hervorzuheben. Dann unterhielten sich Dad und er über das Für und Wider von Tagebau und Stollenbergbau bei der Wertgutförderung und darüber, dass NationalColor daran arbeite, univisuelle Farbtöne aus natürlichen Pigmenten herzustellen; mit einer bestimmten Form der Chromosynthese war es sogar bereits gelungen, aus Möhren ein blasses Orange zu gewinnen.

»Acht Tonnen für einen Löffel angereichertes univisuelles Orange«, sagte der Colormann. »Das ist nicht überragend, aber die Techniker haben noch nicht aufgegeben.«

Erst als Fandango mir den Wasserkanister des Fords in die Hand drückte und mir sagte, ich solle ihn auffüllen, bekam ich endlich die Gelegenheit, mich davonzustehlen, auf die ich gewartet hatte. Ich trottete los, durch ein Eichenwäldchen hinunter zum Fluss, wo Jane sicher schon auf mich wartete.

Trotz seines langen Vortrags klang es interessant, was der Colormann zu erzählen hatte. Für NationalColor zu arbeiten war der Traum eines jeden Einwohners, doch nur wenige schafften es. Nur zwei von tausend Kandidaten wurden jedes Jahr berufen. Es war ein Traum, und zwar der schönste, den man träumen konnte: Status als Senior-Aufseher, ungehinderte Bewegungsfreiheit im gesamten Kollektiv mit einem Super Saison Apex für alle Stationen, legaler Gebrauch aller Rücksprunggüter, Requirierungsvollmacht für jeden Ford und immer umgeben von synthetischer Farbe. Der einzige Haken war, dass man selbst bei voller Qualifikation und sechzigprozentiger Minimalperzeption von einem Oberpräfekten zur Wahl vorgeschlagen werden musste, und die stellten die Höherperzeptiven gerne für die Farbsortierung zurück. Eigentlich hatte ich nie an eine Karriere bei NationalColor gedacht, es lag mir fern und schien mir unmöglich – aber versuchen konnte man es ja trotzdem.

»Hier drüben!«

Ich erblickte Jane, die mir zulächelte und vergnügt winkte. Überglücklich, dass sie ihre Meinung über mich offenbar geändert hatte, legte ich einen Schritt zu und war nur noch wenige Meter von ihr entfernt, als ich wie angewurzelt stehenblieb.

»Das hast du extra gemacht, stimmt's?«

Ich presste es zwischen zusammengebissenen Zähnen hervor und wagte nicht, mich auch nur ein winziges bisschen zu bewegen. Das Lächeln auf ihrem Gesicht war verschwunden.

»Stimmt«, sagte sie. »Und jetzt wirst du mir vielleicht auch verraten, was du alles weißt.«

Sie hatte mich auf eine weiche, grasbewachsene Stelle gelockt, typisch für den Einzugsbereich von Yateveobäumen. Nervös schielte ich nach oben zu den sehnigen, stachelbesetzten Lianen und überlegte kurz, ob ich einen Sprung wagen sollte, um mich zu befreien. Ich konnte nur hoffen, dass der fleischfressende Baum kurz zuvor vielleicht ein Reh verspeist hatte und noch träge war oder dass ich noch einen Schritt guthatte, da mindestens zwei Sensoren ausgelöst werden mussten, bevor der Baum zum Schlag ausholte. Die Antwort auf diese Fragen wusste ich nicht, ich wusste nur, dass ein hungriger Yateveobaum eine ausgewachsene Antilope im Lauf fangen und blitzschnell reagieren konnte, deswegen entschied ich, lieber kein Risiko einzugehen.

»Also«, sagte Jane und trat bis an den Rand des Schwenkbereichs der Lianen. »Was weißt du, und wichtiger noch, wem hast du es weitergesagt?«

Ich war wütend. »Lass die Scherze«, zischte ich. »Das geht eindeutig zu weit. Außerdem hast du gesagt, du würdest mich nur töten, wenn ich deine Nase erwähne, aber ich habe sie bis jetzt mit keinem Wort erwähnt.«

Als Reaktion warf sie mir einen Stock vor die Füße. Er traf einen Wurzelsensor, und der Yateveo stellte seine Stacheln auf, bereit zum Ausholen. Eine winzige Bewegung meinerseits, und ich wäre genau da, wo ich in diesem Moment bin – im Verdauungskolben des

Baums, gemeinsam mit diversen verätzten Löffeln, und würde ganz allmählich das Bewusstsein verlieren und darüber sinnieren, wie ich bloß hierhergekommen war.

»Bist du wahnsinnig?«, entfuhr es mir. »Du kannst mich doch nicht einfach töten!«

»Ich werde dich nicht töten«, antwortete sie. »Das erledigt der Yateveo für mich. Ein schrecklicher, tragischer Unfall. Wenn die Trauerzeit vorbei ist – vielleicht schon morgen zur Teestunde –, wird dein Name auf die Abgangstafel geschrieben und daneben deine Verdienste, falls es denn welche gibt. Hast du überhaupt je etwas Bemerkenswertes oder Verdienstvolles geleistet?«

»Wenn mir ein langes Leben vergönnt ist«, antwortete ich langsam, »komme ich vielleicht noch dazu.«

»War einen Versuch wert, aber ich lasse mich auf keine Geschäfte ein. Und jetzt spuck's endlich aus: Was weißt du?«

Ich holte tief Luft. Es wurde Zeit, reinen Tisch zu machen.

»Gar nichts weiß ich«, sagte ich, erleichtert, endlich die Wahrheit sagen zu können. »Das blamierend lächerliche Spielchen mit dem ›verliebten Idioten‹ war kein Spielchen. Ja, ich war neugierig, was ihr beiden vorhattet, du und Zane, aber mehr nicht! Eigentlich will ich mich nur auf eine Tasse Tee mit dir verabreden und mich wenigstens der Illusion hingeben, es gäbe eine realistische Alternative zu einem Leben mit den Oxbloods und ihrer Bindfadenfabrik.«

»So verblendet kann man gar nicht sein«, erwiderte sie und suchte nach einem Stöckchen, um den Yateveo zu reizen. »Hast du das unfertige Deckengemälde im Rathaus gesehen?«

»Ja.«

»Dein Vater auch?«

»Ich glaube nicht.«

»Hast du noch etwas gesehen?«

»Jemand ist vor meinen Augen *verblichen*.«

»Hat sie etwas gesagt?«

»Woher weißt du, dass es eine Frau war?«

»*Ob sie etwas gesagt hat,* will ich wissen.«

»Nein – aber sie wollte etwas sagen.«

»Und woher wusstest du den Weg zu Zanes Haus?«

»Mein Vater hat mir seinen Löffel gegeben«, sagte ich, mittlerweile mit einem leichten Anflug von Hysterie in der Stimme. »Auf der Rückseite war die Postleitzahl eingraviert.«

Jane sah mich verdutzt an, dann schüttelte sie langsam und mitleidig den Kopf.

»Dann bist du also wirklich so dumm, wie du aussiehst.«

»Noch viel dümmer«, versicherte ich ihr. »Andererseits hat mir meine Neugier schon immer Ärger eingebracht. Du hättest mal hören sollen, wie der Alte Magenta herumgetönt hat, als ich versucht habe, das System der Warteschlangen zu verbessern.«

»Unter normalen Umständen habe ich viel für Neugier übrig«, sagte sie, »aber diesmal halte ich es für sicherer, wenn dich einfach der Baum frisst. Es sei denn, dir fällt ein guter Grund ein, der dagegen spricht.«

Die blanke Aussicht auf den nahen Tod fördert auf wundervolle Weise die geistige Konzentration. Einem reizenden Grauen Mädchen mit Stupsnase hinterherzulaufen erschien mir genauso sinnlos, wie jetzt von ihr getötet zu werden. Aber noch war nicht alles verloren. Noch immer hatte ich ein Pfund, mit dem ich wuchern konnte. Vielleicht das einzige, was ich je hatte.

»Hör zu«, sagte ich. »Ich habe keine Ahnung, was du vorhast, und es geht mich auch nichts an. Du kannst mich töten, wenn du willst, aber es ist gut möglich, dass ich dir von Nutzen sein könnte.«

Sie lachte.

»Wie kommst du bloß darauf, du hättest mir irgendwas zu bieten, das ich gebrauchen könnte?«

»Dein Haar«, sagte ich. »Es ist rot.«

Sie starrte mich an. Es war mir gelungen, sie zu überraschen.

»Wer hat dir das gesagt?«

Ich rollte meine Augen, in der Hoffnung, dass sie mich verstand.

Ich konnte mehr Rot wahrnehmen als die meisten, vielleicht sogar mehr als sonst irgendjemand. Nach meinem Ishihara am Sonntag würden es alle wissen, doch erst einmal musste ich Jane begreiflich machen, dass ich eines Tages vielleicht die Karriereleiter hinaufsteigen würde. *Ich konnte von Nutzen sein.* Sie legte den Kopf schief und sah mich an. Ich konnte beobachten, dass mein Einspruch Wirkung zeigte, also versprach ich ihr, mich in Zukunft so zurückzuhalten, dass ich selbst für die Mäuse unsichtbar bliebe.

»Nein«, sagte sie, nachdem sie kurz überlegt hatte. »Sei ruhig weiter neugierig. Das lenkt die Präfekten ab.«

»Sagte ich zurückhaltend? Ich meinte natürlich nervtötend wissbegierig.«

»Nervtötend wissbegierig ist gut. Nur nicht in meiner Nähe. Ein einziges Wort über Zane oder Rusty Hill oder sonst was, und ich mache mein Versprechen wahr. Blinzel zweimal, wenn du einverstanden bist.«

Ich blinzelte, und sie ging ohne ein weiteres Wort davon.

»He!«, rief ich hinter ihr her, nicht zu laut, denn ein Yateveobaum spürt selbst leiseste Vibrationen. »Was wird jetzt aus mir?«

Sie blieb verschwunden. Besorgt sah ich hinauf zu den Lianen, die ihre Stacheln noch immer gereckt hielten, jederzeit bereit zum Angriff, ich brauchte nur einmal zu zucken.

»Ach verdammt«, murmelte ich.

NACH HAUSE

2.3.06.02.087: Unnötiges Bleistiftanspitzen stellt eine Verschwendung öffentlicher Ressourcen dar und wird streng bestraft.

Falls Sie jetzt durcheinandergekommen sind – nicht nötig. Dieses Mal hatte Jane mich noch nicht dem Yateveo zum Fraß vorgeworfen, das kommt erst noch. Was fleischfressende Bäume betraf, haben sie und ich eine gewisse Routine, auch wenn sie nicht gut aussah, jedenfalls nicht für mich.

Achtunddreißig Minuten brauchten mein Vater und Fandango, bis sie sich endlich dazu herabließen, nach mir zu suchen, und als sie mich fanden, war ich schweißgebadet, und meine Beine hatten begonnen zu zittern. Sie amüsierten sich darüber.

»Sieh an, sieh an«, sagte mein Vater mit einem leicht spöttischen Lächeln. »Eddie, mein Junge, ausgetrickst von einem Baum.«

Er senkte die Stimme und trat vorsichtig auf.

»Süße Rache für all die vielen knisternden Holzfeuer«, schob Fandango noch nach. »Wo ist mein Wasserkanister?«

»Da drüben. Könnt ihr nicht irgendwas tun? Ich kriege allmählich einen Krampf in den Beinen.«

Behutsam ging Dad um den Baum herum auf die andere Seite, rollte ein Stück Holz in den Einzugsbereich, und mit Lichtgeschwindigkeit sausten die stacheligen Lianen des Yateveos herab, packten das Stück, rissen es hoch, hielten einen Moment inne und schleuderten es dann in den Wald, wo es mit einem dumpfen Schlag auf den Boden prallte. Der Baum schien groß und stark genug, um mehrfach zuschlagen zu können, deswegen wartete Dad eine Minute ab, bis sich die Lianen beruhigt hatten, und rollte dann das nächste Stück in den Bereich. Wieder fuhren die Äste herab, aber schon etwas langsamer als beim ersten Mal. Bei dem vierten Stück Holz fielen die Bewegungen der Lianen nur noch sehr träge aus, und ich spazierte einfach aus dem Gefahrenterritorium heraus und duckte mich, als die Greifarme müde in meine Richtung schwenkten.

»Mich hat auch mal einer erwischt«, erzählte uns der Colormann etwas später, nachdem sie sich alle drei noch mal herzlich auf meine Kosten amüsiert hatten. »Wenn nicht sieben Leute halb verdaut unter mir gelegen hätten, würde ich heute nicht hier stehen.« Und er fügte noch hinzu: »Guter Tipp: Wenn Sie doch gefressen werden sollten, dann lieber mit dem Kopf zuerst. Dann haben Sie es schneller hinter sich.«

»Vielen Dank«, sagte ich missmutig. »Ich werde es mir merken.«

»Gern geschehen. Ach, übrigens, Sie haben zwei Rhinosauri verpasst. Die haben dreißig Meter von hier die Straße überquert. Ich habe ihre Strichcodes protokolliert, falls Sie sie haben wollen.«

Zu einem anderen Zeitpunkt hätte ich mich geärgert, weil mir der Anblick von Megafauna entgangen war, doch heute hatte ich ganz andere Dinge im Kopf. Ganz oben stand das Gebot, Jane in Ruhe zu lassen, mich lieber darauf zu konzentrieren, Constance zu gewinnen und so schnell wie möglich aus East Carmine zu verschwinden. Und nur um Jane zufriedenzustellen, setzte ich noch »fehlgeleitete Neugier« mit auf die Liste.

Nach ungefähr drei Vierteln der Quarantänezeit ging Dad die Liste der typischen Fäulnis-Symptome durch, beschleunigter Nagelwuchs, gefühllose Ellbogen, zerbröselnde Ohren. Keiner von uns zeigte dergleichen Erscheinungen, wir waren also sauber, durfte man annehmen. Mehltau macht sich zwei Stunden nach der Infektion bemerkbar, manchmal eher, niemals später.

»Ich habe gehört, dass du deinen Ishihara bei uns ablegen wirst«, sagte Fandango, nachdem die Quarantäne abgelaufen war und wir uns auf der Rückfahrt nach East Carmine befanden.

»Das ist eine sehr große Ehre«, sagte ich voller Ernst.

»Meine Tochter Imogen bekommt dieses Jahr auch die Testkarten gezeigt«, führte er aus. »Sie wird wohl als Violette abschneiden – ein rezessiver Rückbezug zum ausgeprägten Purpur der Großmutter mütterlicherseits.«

»Ach, tatsächlich?«, sagte ich, und ich dachte an Tommos Anschuldigung, Imogen sei das Produkt gekaufter Elternschaft im *Green Dragon*. »Da können Sie stolz drauf sein.«

»Wir sind sehr stolz, und wir wollen nur das Beste für sie. Dabei fällt mir ein – kennst du nicht irgendeinen Purpurnen, der ein bisschen niederfarbwertig ist, aber Geld wie Heu hat? Es haben sich schon einige Interessenten gemeldet, aber wirklich ernstzunehmende Kandidaten waren nicht darunter, hauptsächlich untergeordnete Fliederlilane, die mit Sprungziegen bezahlen wollten.«

Mir fiel gleich Bertie Magenta ein. Seine klügere, ältere und etwas stärker purpurrezeptive Schwester würde die Synthetische Pigment-Anreicherungsfabrik und die Oberpräfektur des Alten Magenta erben. Bertie hatte bei seinem Ishihara im vergangenen Jahr nur klägliche dreiundfünfzig Prozent Purpur erreicht, und sein Gehirn hatte die Größe einer Saubohne. Dennoch, allein dank seines Farbrangs wäre ihm ein sehr bequemes Leben vergönnt. Wenn seine Schwester woandershin heiratete und sich kein farbhöherwertiger Purpurner fand, könnte er es sogar bis zum Oberpräfekten bringen – ein Gedanke, bei dem einem gruseln konnte.

»Muss er unbedingt klug sein?«, fragte ich.

»Solange er das nötige Geld hat, ist mir das egal.«

»Ich kenne da jemanden«, sagte ich. »Nicht gerade der Allerhellste, manche würden sogar sagen, sein Verstand kommt dem eines Erdwürmchens gleich. Aber sein Vater ist Oberpräfekt.«

»Passt doch perfekt!«, sagte Carlos grinsend. »Zwei Prozent Finderlohn für dich.«

»Und was sagt Imogen dazu?«

»Sie tut das, was wir für richtig halten«, antwortete Fandango in einem Ton, der mir überhaupt nicht behagte. »Außerdem wird ein Verlöbnis eine andere unpassende Bindung, die sie eingegangen ist, beenden. Würdest du ein Telegramm an deinen Freund aufsetzen und ihm Imogens sagenhafte Eigenschaften anpreisen? Nebenbei kannst du erwähnen, dass sie bereit ist, jedem ernsthaften Interessenten einen Probeabend anzubieten. Sobald ich dazu komme, besorge ich dir ein Foto und eine Liste ihrer Tugenden.«

Er deutete mein Schweigen als Zustimmung und klopfte mir auf die Schulter. Ich war mir nicht ganz sicher, aber ich glaube, er hatte soeben angeboten, seine eigene Tochter für ein bisschen DasEine an Bertie zu vermitteln, einen niederfarbwertigen Geldsack, den er überhaupt nicht kannte. Ich schüttelte den Kopf. Unmöglich! Er musste einen Probeabend mit einem Essen oder etwas anderem gemeint haben.

»Fünfundvierzig Kilometer«, verkündete Fandango bekümmert, als wir vor dem Metallgatter in der Mauer hielten, um uns frisch zu machen und unsere Farbabzeichen wieder anzustecken. »Wenn wir weiter so viel rumfahren, ist der Ford in zwei Jahrhunderten ein Wrack.«

LUCY, VIOLET UND DAISY

5.1.02.12.023: Das Amt des Kustos steht unter der Bedingung, dass alle Gemälde, Skulpturen und andere Kunstwerke jedem Bewohner auf Verlangen gezeigt werden müssen.

Die Ankunft des Colormanns hatte sich schnell herumgesprochen. Ich begleitete ihn zu uns nach Hause, und als wir ankamen, hatte sich eine Schar gaffender Dorfbewohner versammelt, die nicht nur Seine Farbenprächtigkeit anstarrten, sondern auch die Gangschaltung an seinem Fahrrad und den mit Farbspritzern übersäten Overall. In der relativen Ödnis von East Carmine stellte der Mann einen Hoffnungsschimmer dar, ein Beispiel dafür, wie farbenfroh die Welt aussah, wenn man sich nur genug Pigmente leisten konnte und Zeit und Gelegenheit hatte, Altfarben zu sammeln.

Ich brachte ihn nach oben auf sein Zimmer. »Sie sind anscheinend sehr beliebt«, sagte ich.

»Die Leute sind eher von NationalColor fasziniert«, wiegelte er ab. »Es gibt welche, die stellen die unmöglichsten Dinge an, nur um an eine schön gefärbte Orchidee zu kommen. Interessieren Sie sich für Farben?«

»Meine Senffarbentönung wurde letztes Jahr auf der Gute-Laune-Messe bester Zweitplatzierter.« Ich freute mich über die Gelegenheit, mal mit meinen Verdiensten zu prahlen. »Ich hatte mich für eine dunklere Schattierung von 33–71–67 entschieden.«

»Hm«, sagte der Colormann, der sich die Farbe im Geist vorzu-stellen vermochte. »Nicht schlecht. Welche Farbe würden wir neh-men, um eine Schlüsselblume zu bemalen?«

»62–62–98, Sir.«

»Und für eine Möhre?«

»31–87–97.«

Er war beeindruckt.

»Sie kennen sich aus mit Farben, was?«

»Mein Lehrer war ein ehemaliger Mixer«, erklärte ich. »Greg Scarlet.«

»Dem bin ich ein-, zweimal begegnet«, sagte der Colormann nach-denklich. »Feiner Kerl. Sie und ich sollten in Kontakt bleiben. Binden Sie mir die Schnürsenkel auf, und ziehen Sie mir die Schuhe aus, ja? Und hier, meine Wäsche – ach, und bitte nennen Sie mich Matthew.«

»Wirklich?«

»Ja. Wirklich.«

Sobald ich mich um die Wäsche des Colormanns gekümmert und mir passendere Tageskleidung angezogen hatte, lieferte ich den Ca-ravaggio ab. Der Rote Präfekt Yewberry freute sich wie ein kleines Kind, als ich ihm das Gemälde übergab.

Voller Bewunderung betrachtete er die Leinwand. »Wir bringen es bei unseren Cochineals unter«, verkündete er. »Da steht schon ein van Gogh, und sie wissen, wie man mit solchen Sachen am bes-ten umgeht. Vielleicht lasse ich es in eine Malvorlage nach Zahlen kopieren und dann mit synthetischen Farben übermalen, damit alle diese Pracht bestaunen können.«

»Unsere Mrs Adler hat auf ihrem Flur im ersten Stock den *Schiff-bruch der Minotaur* hängen«, sagte ich, um nur ja nicht zurückzuste-hen, »und Ruth G9 hat einen Renoir.«

»Sie sollten sich erst mal unseren Vermeer ansehen«, entgegnete Yewberry. »Er hängt in der Grauen Zone, aber vielleicht finden Sie ja jemanden, der Sie hinein- und wieder herausschleust.«

Kurz vor eins schlenderte ich über den Markt zum Rathaus. Die Regeln besagten nicht eindeutig, welche der drei Tagesmahlzeiten in der öffentlichen Kantine eingenommen werden musste, aber meistens ging man zum Mittagessen hin. Lucy Ochre war eine der wenigen, die ich kannte, unter den vielen, die sich schon versammelt hatten und farbübergreifend miteinander schwatzten, bevor wir alle wieder an unseren jeweiligen Tischen zu sein hatten. Zum Glück hatte die Anwesenheit des Colormanns die Nachricht über mein Erlebnis mit dem Yateveo in den Schatten gestellt.

»Hallo!«, sagte ich, aber Lucy sah mich nur verständnislos an.

»Ich bin es. Eddie.«

»Entschuldige«, sagte sie. »Ich war mit den Gedanken woanders. Danke für deine Hilfe mit dem Lincoln heute Morgen. Aber ich muss dich bitten, es mir zurückzugeben. Mummy wird merken, dass es fehlt.«

»Ich habe es zerstört.«

Das war eine Lüge, aber wahrscheinlich war es nur zu Lucys Bestem.

»Ich sage ihr, dass Tommo es gestohlen hat. Ich brauche einen guten Grund, um ihn von unserem Haus fernzuhalten.«

Ich erkundigte mich so behutsam wie möglich nach ihrem Vater. Er hätte gerne mal zu tief ins Lincoln geschaut, antwortete sie, aber niemals hätte er das Grüne Zimmer missbraucht.

»Ich weiß nicht, was er dadrin gemacht hat«, sagte sie, »aber es war keine Fehldiagnose, und schon gar nicht hat er sich Grünes Licht gegeben.«

Sie fiel in ein grüblerisches Schweigen, deswegen wechselte ich das Thema.

»Du hattest mich darum gebeten, dir etwas mitzubringen. Hier ist es«, sagte ich und gab ihr den Löffel, den ich in Rusty Hill geborgen hatte. Ich hatte ihn in einen Strumpf gewickelt, damit man ihn nicht sah. Aufgrund der schon erwähnten Konnotation war »jemandem einen Löffel geben« ein stehender Begriff geworden,

230

der heute recht anstößig war und einen unbescholtenen Menschen leicht in Erklärungsnöte bringen konnte. Deswegen hatte ich die Geschenkübergabe zusätzlich mit den Worten »Du hattest mich darum gebeten« eingeleitet.

»Oh!«, sagte sie. »Du hast daran gedacht?«

Ich nickte, und sie sagte, ich sei ein Schatz.

»Wie kann ich das wiedergutmachen?«

»Nicht nötig. Wirklich nicht«, versicherte ich ihr, für den Fall, dass meine Absichten missverstanden wurden. »Es ist ein Geschenk.«

»Was ist hier los?«, fragte Tommo, der es nicht gerne sah, wenn wir beide uns unterhielten.

»Eddie hat mir gerade einen Löffel gegeben«, sagte Lucy ganz unschuldig.

»Wie bitte?!«

»Einen Löffel, Tommo. Den Gegenstand!«

»Ach so«, sagte er und beruhigte sich wieder.

»Dumm von mir«, sagte Lucy. »Ich muss einfach aufpassen, was ich sage.«

Wir saßen am selben für Rote vorbehaltenen Tisch wie beim Frühstück, und Lucy fing ein Gespräch mit einem Mädchen am anderen Ende des Tisches an. Ich konnte nicht verstehen, was sie sagten, aber sie zeigten auf mich und kicherten.

»Sag mal«, wandte sich Tommo an mich, »du bist doch nicht etwa verschossen in Lucy, oder?«

»Ganz und gar nicht.«

»Hm«, sagte er. »Immer noch scharf auf ein bisschen Fummeln mit Crazy Jane?«

»Nein – ich hab keine Lust auf eine Abfuhr.«

»Ist auch besser so. Wie war es in Rusty Hill?«

»Spannend«, sagte ich und gab ihm einen ausführlichen Bericht über alles, was in den achtundzwanzig Minuten, die ich dort

verbracht hatte, geschehen war. Die Legion der Toten, die fäulnis-
befallenen Bauten des Dorfes, die Bergung des Caravaggio, der
Farbhydrant und Matthew Gloss. Den Teil mit Jane, Zane und
der Puka ließ ich lieber aus, aber eigentlich war es auch egal, denn
Tommo interessierte sich ohnehin kein bisschen für das, was ich zu
erzählen hatte.

»Hast du die Schuhe Größe zweiundvierzig für mich besorgt?«

»Hier.« Ich gab ihm eine Papiertüte mit den Schuhen, die ich
dem toten Präfekten von den Füßen gezogen hatte. »Entschuldige.
Als ich sie ihm abnahm, habe ich gar nicht bemerkt, wie sehr sie stin-
ken.«

»Ich verstehe, was du meinst«, sagte Tommo, rümpfte die Nase
und zog aus dem Schuh einen verschrumpelten Zeh, der noch an der
Einlegesohle klebte. »Hättest du nicht ein Paar aus seinem Kleiderschrank nehmen können?«

»Nein, das wäre Diebstahl gewesen.«

Er beugte sich über den Tisch und warf den Zeh in den Wasserkrug.

»Du bist ein komischer Kauz, Eddie, weißt du das?«

Es kamen immer mehr Rote an unseren Tisch; sie nickten höflich,
als ich ihnen vorgestellt wurde. Ich kannte keinen einzigen von ihnen, sie dagegen hatten von mir gehört. Natürlich hätte ich es gerne
gesehen, wenn mein Ruhm mit der Bergung des Caravaggio oder
meiner entfernten Verwandtschaft mit dem Colormann in Verbindung gebracht worden wäre, von mir aus auch mit meinem Besuch
beim Letzten Kaninchen, aber so war es nicht. Ich war derjenige, der
nicht nur seine eigene Haut riskiert hatte, um einem Gelben zu helfen, sondern auch so blöd gewesen war, sich beinahe von einem Yateveo fressen zu lassen.

»Wer ist das?«, fragte ich Tommo und deutete auf eine streng
blickende Frau, die den Raum betrat.

»Mrs deMauve. Es wäre eine Beleidigung für alle Pukas, wenn
ich sagen würde, sie ist eine Puka in menschlicher Gestalt. Sie gehört

zwar nicht zum Dorfrat, hat aber trotzdem ganz schön viel Macht. Lass dich nicht von ihrem Getue täuschen – sie wurde als Marineblaue geboren und ist nur durch Verehelichung eine Purpurne. Die widerwärtige Kreatur hinter ihr ist ihre Tochter Violet deMauve. Eine schreckliche Person, die nur Ärger macht. Sie wird als die nächste Oberpräfektin gehandelt. Bloß nicht ihre Aufmerksamkeit erregen.«

Zu spät. Violet sah, dass Tommo und ich uns unterhielten, und hüpfte in affektierter Kleinmädchenmanier zu uns herüber. Sie trug ihr Haar zu Büscheln zusammengebunden, was sie jünger aussehen ließ, und obwohl ihr Gesicht ganz passabel war, kippte es etwas ins Ordinäre durch eine belanglose Nase – stumpf, eigentlich gar nicht vorhanden.

Wie Courtland hatte auch sie eine ganze Sammlung Meriten-Abzeichen an ihrer Kleidung stecken.

»Du musst der junge Russett sein«, sagte sie in einem fast vorwurfsvollen Ton, während ihre Augen über meine Abzeichen glitten. »Du brauchst Demut, was?«

»Glaubt jedenfalls mein Rat.«

»Tausend Meriten?«, sagte sie mit einem Blick auf die vorteilhaftere Hälfte meiner Abzeichensammlung.

»Wie du siehst.«

»Na, Violet?«, warf Tommo dazwischen. »In letzter Zeit mal wieder ein paar kleine Pelztierchen im Wald erdrosselt?«

Sie musterte ihn kühl und wandte sich dann wieder mir zu.

»Ich bin Violet«, sagte sie, setzte ihr charmantestes Lächeln auf und quetschte sich dann zwischen uns, sodass wir zur Seite rutschen mussten. »Violet deMauve, und mit viel Glück darfst du dich zu meinen Freunden zählen. Ich habe nämlich viele Freunde. Es gibt sogar Leute, die behaupten, ich hätte mehr Freunde als jeder andere im Dorf.«

»Dann darf ich dir zu deinem Glück gratulieren«, sagte ich.

»Das ist aber nett von dir. Also, wollen wir mal sehen … «

Sie nahm ein Notizbüchlein aus der Tasche in ihrem Trägerrock und blätterte darin herum.

»Ich habe schon die maximal zulässige Zahl an Freunden, deswegen muss ich einen abstoßen, um Platz für dich zu schaffen. Ja, hier, Elizabeth Gold.«

Sie strich den Namen Elizabeth durch und schrieb meinen darüber. Eigentlich hatte ich gar nicht zugestimmt, ihr Freund zu werden, aber sie hatte mich auch nicht gefragt. Purpurne gingen allgemein davon aus, dass man mit ihnen befreundet sein wollte.

»So!«, verkündete sie. »Ich konnte ihr Schniefen sowieso nie leiden. Sie hat Spreizfüße, und sie kann nicht mal eine Butterblume von Wiesenklee unterscheiden. Stimmt es, dass du Cello spielst?«

»Nur bis zur dritten Saite. In diesem Sommer soll ich mit der vierten anfangen.«

»Ausgezeichnet! Dann spielst du im Orchester für die *Red Side Story* mit. Ich selbst kann nicht mitspielen, weil ich die Hauptrolle übernehme. Ich soll eine Grüne geben, aber als ernsthafte Schauspieler stellen wir die Kunst über den Spott, dem wir uns aussetzen.« Sie kniff die Augen zusammen und sah mich an. »Du wirst mich nicht verspotten, oder?«

»Wie käme ich dazu. Ich habe mal den Nathan in *Greys and Dolls* gespielt.«

»Schrecklich. Wie peinlich«, sagte sie lachend. »Du musst dir wie der letzte Idiot vorgekommen sein. Aber mal etwas anderes – siehst du viel Rot?«

Die Frage war vorhersehbar gewesen. Tommo hatte gesagt, Mrs deMauve sei eine Marineblaue, Violet musste also im blauen Bereich von Purpur liegen. Wenn die deMauves weiter ganz oben mitspielen wollten, brauchte Violet den Mann mit den meisten Rotanteilen. Nur so würde der Nachwuchs wieder zu dem alten Farbton aufsteigen.

»Sag nein«, flüsterte Tommo mir wenig dezent zu.

»Halt die Klappe, Cinnabar. Was ist, Master Edward?«

Ich überlegte, ob ich lügen und ihr sagen sollte, ich sähe nur sehr wenig Rot, aber nach einigem Nachdenken kam ich zu dem Schluss, dass ich ihr überhaupt nicht antworten musste, nur weil sie gefragt hatte.

»Diese Frage brauche ich nicht zu beantworten, Miss deMauve.«

»Da irrst du dich«, sagte sie trotzig. »Also, wie viel Rot siehst du?«

Wir starrten uns einen Moment lang an, dann brach Violet in Lachen aus und stupste gegen meine Schulter.

»Diese Russetts! Immer am Rumalbern. Vergiss nicht, zur Orchesterprobe zu kommen. Mittwochnachmittags, gleich nach dem Tee. Übrigens, in eurem Wasserkrug ist ein Zeh.«

Es war noch ein anderes Mädchen aufgetaucht. Sie war etwas schlanker als Violet und kam offenbar gerade vom Hockeytraining, denn sie hatte einen Hockeyschläger in der Hand.

»Sieh an, sieh an«, giftete Violet. »Daisy Crimson. Ich habe gehört, du willst für die Rolle der Maria vorsingen. Fühl dich nicht ausgestoßen, wenn du sie nicht kriegst.«

»Entschuldige bitte«, sagte Daisy und lächelte Violet dabei freundlich an. »Hast du was gesagt? Ich musste gerade an Schafe denken.«

Violet lächelte ebenfalls, absolut freudlos, und rempelte bei ihrem Abgang absichtlich gegen Daisys Schulter.

»Na ja«, sagte Daisy, setzte sich an unseren Tisch und trank ungefragt aus Tommos Glas, nachdem sie im Wasserkrug den Zeh entdeckt hatte. »Wer immer *das* zur Frau kriegt, den erwartet ein fürchterliches Schicksal. Wer ist im Moment der Favorit?«

»Dein Bruder«, sagte Tommo. »Seine Chancen stehen fifty-fifty.«

»Den muss ich mir mal zur Brust nehmen. Violet als Schwägerin, das wäre unsäglicher Horror. Hallo. Ich bin Daisy Crimson. Du musst Edward sein.«

Tommo stupste mich an, und mir fiel wieder ein, dass Daisy und ich ja verheiratet werden sollten, wenn es nach Tommos Eheliga ging.

»Eddie«, sagte ich und schüttelte ihre Hand. »Freundschaft?«

»Freundschaft.«

Eigentlich war sie sogar ganz hübsch. Sie sah älter aus, als sie war, hatte schulterlanges Haar, und ihr Nasenbein war sehr fein und mit dunklen Sommersprossen gesprenkelt. Die Nase selbst war, wie Tommo schon bemerkt hatte, eine Stupsnase.

»Meinen Glückwunsch zur Wiederbeschaffung des Caravaggio«, sagte sie. »Das Dorf war bis jetzt immer ein bisschen zu gut bedient mit Postimpressionisten, und unseren Picasso haben wir an Yellopolis ausgeliehen, das gerade eine Retrospektive ausrichtet. Vor den deMauves musst du dich übrigens in Acht nehmen. Wenn du dich mit der Meute anlegst, kannst du dir auch gleich einen Skorpion ins Bett legen.«

»Das gefällt mir an diesem Dorf«, gestand ich. »Alle sind so freundlich zueinander.«

»Daisy hat recht mit ihrem Skorpion«, warf Tommo ein. »Deswegen habe ich Violet auch nicht als Anwärterin in die Aufstellung deiner Heiratsaussichten aufgenommen. Außerdem ist Doug Crimson unser stärkster Roter. Er wird die A-Karte ziehen und ihr den Ring ans Pfötchen stecken.«

»Und wie steht Doug dazu, dass er in die Familie deMauve einheiraten soll?«, fragte ich.

»Er hofft inständig, dass er doch nicht so viel Rot sieht, wie er glaubt«, murmelte Daisy, die zweifellos besorgt war um ihren Bruder.

Ich verstand sie gut. Obwohl man beim Ishihara unmöglich mogeln konnte und die meisten eine ungefähre Vorstellung hatten, wie viel sie von einer Farbe sehen konnten, gab es doch häufig Überraschungen; plötzlich konnten rezessive Veranlagungen hervortreten und selbst Kinder alteingesessener Grauer eine Farbwahrnehmung an sich feststellen, die sie sich nie hätten träumen

236

lassen. Der alljährliche Ishihara stellte die Dorfpolitik auf den Kopf, die Präfekten verhielten sich abwartend und erteilten relativ milde Strafen.

»Master Edward?«, hörte ich eine Stimme hinter mir. Ich drehte mich um und sah ein kleines Mädchen mit einem Klemmbrett. Sie war fesch gekleidet, trug ein Gelbes Farbkennzeichen, mehrere Ehrenabzeichen und eine Senior-Junior-Aufseher-Marke.

»Hallo«, sagte ich betont freundlich. »Kann ich dir bei irgendwas helfen, meine Kleine?«

»Ja. Spar dir deinen herablassenden Ton, sonst steche ich dir die Augen aus.«

Mir blieb die Spucke weg.

»So hoch kommst du doch gar nicht«, kanzelte Tommo sie ab. »Wir sind zu zweit, wie du siehst. Also mach dein blödes Häkchen in der Anwesenheitsliste und zieh Leine.«

»Wenn ich aufrufe, musst du ›hier‹ sagen. So sind die Regeln. Wenn es dir nicht passt, melde ich dich eben wegen Behinderung eines Aufsehers dem Präfekten. Dann musst du dich vor dem Präfekten verantworten.«

»Hau ab, Kurze«, brummte er, »und wenn du das gemacht hast, hau noch mal ab – und noch ein drittes Mal, falls es bei den ersten beiden Malen nicht geklappt hat.«

Sie kniff die Augen zusammen, machte ein finsteres Gesicht und ging.

»Penelope ist die jüngste der Gamboges«, erklärte Tommo. »Courtlands Nichte und die Enkelin der Gelben Präfektin. Sie hat nicht so einen hohen Gelbanteil wie die beiden anderen, aber immerhin so viel, dass sie lästig werden kann.«

Ein paar Minuten später kehrte Penelope mit ihrer Oma, der Gelben Präfektin, im Schlepptau zurück.

»Was ist hier los?«, fragte Mrs Gamboge gebieterisch. Pflichtbewusst standen wir von unseren Stühlen auf.

»Thomas Cinnabar hat sich dem Protokoll verweigert«, schnaubte die kleine Göre selbstgerecht, »und dann hat er mir noch gesagt, ich soll abhauen, dreimal.«

»Stolz bekenne ich mich schuldig, das Wort abhauen in den Mund genommen zu haben«, sagte Tommo fröhlich, »und nach Artikel zweiundvierzig möchte ich mich uneingeschränkt bei Miss Penelope entschuldigen und bitte nach 6.3. 22.02:044 um nachsichtige Behandlung.«

»Einverstanden«, erwiderte Gamboge. Offenbar war Penelope selbst in ihren Augen eine Pest. »Fünf Meriten Abzug – wegen Respektverweigerung gegenüber einem Aufseher der Anwesenheitsliste. Haben Sie überhaupt irgendwelche Meriten, Cinnabar?«

»Hundertachtzig. Minus.«

»Dann sollten Sie schleunigst welche abbüßen bis zu Ihrem Ishihara, finden Sie nicht?«

Penelope grinste breit und hatte bereits ihr eigenes Meritenbuch gezückt, um sich die Prämie von einer halben Merite eintragen zu lassen. Gamboge bat Tommo noch, sich die Strümpfe hochzuziehen, dann ging sie wieder, und Penelope hüpfte neben ihr her.

»War es das wirklich wert?«, fragte ich Tommo, nachdem wir uns wieder hingesetzt hatten.

»Klar«, sagte Tommo schmunzelnd, übergab wie selbstverständlich Penelopes Bleistift einem Komplizen in der Nähe, der ihn einsteckte und sich rasch aus dem Staub machte. »Und pass mal auf, was unsere kleine Freundin jetzt macht.«

Wir sahen uns nach Penelope Gamboge um, just in dem Moment, als sie merkte, dass sie ihren Bleistift verloren hatte. Erst sah sie in all ihren Taschen nach, dann suchte sie zunehmend verzweifelt den Boden ab.

»Zwei Demeriten für den Verlust von öffentlichem Eigentum«, sinnierte Tommo, »und noch einen für die verspätete Abgabe der Anwesenheitsliste. Ich dagegen kassiere fünfzig Cent für den Bleistift auf dem Beigemarkt.«

Ich lachte.

»Also«, setzte Daisy die unterbrochene Unterhaltung fort und wies mit dem Daumen in meine Richtung, »wen wird unser Russett nun heiraten?«

»Tommo hat eine lebhafte Phantasie«, sagte ich, »aber sobald ich hier alle Stühle gezählt habe, bin ich weg. Das Ganze ist also rein hypothetisch.«

»Eddie soll dein Mann werden, Daze«, sagte Tommo grinsend.

Sie lachte, und ich fühlte mich unwohl.

»Keine Sorge«, sagte sie und legte eine Hand auf meinen Handrücken, was sich warm anfühlte, »das ist nur Tommos Art von Humor. Du kannst heiraten, wen du willst, oder auch nicht.«

Wenn es doch nur so einfach wäre. Sie zwinkerte mir freundschaftlich zu, dachte kurz nach und sagte dann: »Nur so, aus reiner Neugier: Mit wem müsste ich denn theoretisch um Russetts mutmaßliche Zuneigung konkurrieren?«

»Tommos Schwester«, sagte ich.

»Tommo hat gar keine Schwester«, sagte Daisy.

»Die habe ich aus rein rechnerischen Gründen meiner Eheliga hinzugefügt«, gestand Tommo nonchalant ein. »Cassie hat auch keinen Bruder, und die Existenz von Simone, Lisa, Torquil und Geoff ist ebenfalls strittig. Aber sie erweitern den Heiratsmarkt, und wir dürfen uns der Illusion einer größeren Auswahl hingeben.«

»Dafür«, ergänzte Daisy lächelnd, »sind wir dir alle äußerst dankbar.«

»Eigentlich«, sagte Tommo, »macht sich Eddie erstaunlich gut, meine liebe Daisy. Aber für mein abschließendes Urteil über seine ehelichen Qualitäten will ich erst noch abwarten, wie er sich in dem Hockeyspiel Mädchen gegen Jungen schlägt.«

»Wie bitte?«, sagte ich. Von dem Spiel hörte ich zum ersten Mal.

»Es ist alljährliche Tradition in East Carmine«, erklärte Tommo. »Wir lassen die Mädchen gewinnen, und sie gehen glücklich und zufrieden vom Platz.«

Daisy sah mich an und verdrehte die Augen.

»In Wahrheit machen wir euch nach Strich und Faden fertig, bis ihr nicht mehr auf zwei Beinen stehen könnt. Eure Demütigung ist jedes Mal ein Hochgenuss für uns«, sagte sie. »Ah, entschuldigt mich bitte. Ich muss noch jemanden sprechen, bevor deMauve uns wieder mit seinen Reden langweilt, dass einem die Füße einschlafen.«

Kaum war sie gegangen, fragte Tommo: »Wie findest du sie?«

»Ganz angenehm.«

»Siehst du. Ich habe dir doch gesagt, dass ich dieses Eheanbahnungsspiel gut beherrsche.«

»Hallo.« Ein blasser Junge setzte sich neben mich. »Ich bin Doug, Daisys Bruder. Ich habe gehört, dass du meine Schwester heiratest.«

»Wenn es nach Tommo geht.«

»Du wirst nicht enttäuscht sein«, versicherte er mir. »Sie hat einen feinen Humor, und sie kann irre gut küssen – wenn auch mit ein bisschen zu viel Zunge für meinen Geschmack.«

Ich muss entsetzt geguckt haben, denn Doug unterdrückte ein Lachen und wurde von einem Jungen neben ihm angestoßen, worauf sich beide schüttelten vor verhohlener Heiterkeit. Natürlich wollte ich etwas wahnsinnig Witziges und Altkluges darauf erwidern, aber mir fiel nichts ein, und ich grinste nur geziert.

»Wem gehört denn der Zeh hier?«, fragte Doug, als der kleine schwarze Klumpen beim Einschenken aus dem Wasserkrug in sein Glas rutschte.

»Tommo.«

Er fischte ihn heraus und steckte ihn heimlich in ein Glas, das etwas weiter unten am anderen Ende der Tafel stand.

»Guten Tag, Edward.«

Dad war gerade an unseren Tisch gekommen, und er war nicht allein. Er kam in Begleitung einer Frau, die etwa so alt war wie er, also Ende vierzig. Sie trug ein strahlend helles rotes Kleid, das glitzerte, wenn sie sich bewegte, und sie war großzügig behängt mit

Schmuck aus ebenfalls hellroten Edelsteinen in silbernen Fassungen. Wahrscheinlich verstieß ihre Ausstattung gegen mehrere Kleidervorschriften sowie das Verbot von Prunk und Protz, aber ich konnte niemanden entdecken, der sich darüber empörte, denn sie sah einfach umwerfend aus.

»Guten Tag, Sir«, sagte ich betont höflich. Dass er mich »Edward« nannte, bedeutete, dass er mit einer Dame zusammen war, auf die er Eindruck machen wollte.

»Darf ich vorstellen? Das ist Mrs Ochre«, erklärte mein Vater. »Eine alte Freundin.«

»Guten Tag«, begrüßte ich sie. Ihre Staffage war eine seltsame Art, Trauer zu zeigen, fand ich, es sei denn, das schwarze Samthalsband stand hierfür als Zeichen.

»Sie hat uns heute Abend zum Treffen der Debattiergesellschaft der Chromogenzija eingeladen«, fuhr mein Vater fort.

Da ich meinen Ishihara noch nicht abgelegt hatte, verfügte ich offiziell nicht über die erforderliche fünfzigprozentige Farbwahrnehmung, um zur Chromogenzija zu gehören, doch Kinder von Mitgliedern durften an der Gesellschaft teilnehmen, wenn sie bereit waren, ein bisschen auszuhelfen. Graue waren von diesen Versammlungen ausgeschlossen, damit die Gesprächsrunden sie nicht »auf Ideen brachten«.

»Vielen Dank«, sagte ich. »Die Einladung nehme ich gerne an.«

Ich fand Mrs Ochre recht angenehm, wenn auch eine Spur zu kokett und mehr als nur ein bisschen zu sehr herausgeputzt. Ihr jetzt zu offenbaren, wie lincolnselig ihre Tochter heute Morgen gewesen war, wäre geschmacklos gewesen, deswegen sagte ich nur, es hätte mich gefreut, ihre Bekanntschaft zu machen, und ich sprach ihr mein Beileid über den Verlust ihres Mannes aus. Sie bedankte sich und sagte, die Debattiergesellschaft freue sich auf uns – ach, und ob ich bitte einen Reispudding mitbringen könne.

Die Unterhaltung ging unter im dröhnenden Lärm Hunderter Stühle, die nach hinten gerückt wurden. Jeder stand plötzlich auf und hastete los, um seinen korrekten Sitzplatz einzunehmen. de-Mauve und die anderen Präfekten zogen im Gänsemarsch ein. Ich ließ mich von dem Gewusel mitreißen und landete am Kopfende des Tisches, Tommo auf der einen, Doug auf der anderen Seite.

deMAUVE

1.03.02.13.114: Taschentücher sind täglich zu wechseln und nach Gebrauch wieder gefaltet in die Hosentasche zu stecken. Gemusterte Taschentücher sind erlaubt.

»Guten Tag Ihnen allen«, setzte der Oberpräfekt ein, und die etwa dreitausend Stimmen im Saal quittierten dumpf grollend und gelangweilt mit einem gemurmelten »Guten Tag«. deMauve stand sehr weit entfernt von uns, doch unmittelbar vor ihm hing von der Decke herab eine Flüstertüte, in die er sprach. Der Alte Magenta hätte so etwas nicht nötig gehabt, seine Stimme war laut genug.

Ich hatte seit meiner Geburt an sechseinhalbtausend Versammlungen teilgenommen und würde nach aktuellem Stand der Lebenserwartung noch an weiteren zweiundzwanzigtausend teilnehmen, bevor ich abtrat. Nach den ersten zweihundert fand man sie nur noch ermüdend, und nach den ersten tausend hörte kein Mensch mehr richtig zu, außer den Gelben. Für alle anderen waren die Versammlungen wie Löcher im Leben, ausgestopft mit Langeweile. Flüstern, dösen, sich gegenseitig anstoßen oder Zettelchen mit Nachrichten schreiben, all das war auf das Strengste verboten, sodass sich das Risiko einfach nicht lohnte und die meisten die Zeit für eine stille Kontemplation nutzten. Mein Freund Fenton behauptete, er habe in den Versammlungen gelernt, mit offenen Augen zu schlafen. Wenn das wirklich stimmte, wäre es ganz praktisch. Ich nutzte die freie Zeit, um mich in Kopfrechnen zu üben, an meiner Theorie über die Verkürzung der Wartezeit beim Schlangestehen zu feilen oder mir ein einigermaßen plausibles Schlupfloch auszudenken, das mir einen Einstieg in das voraussichtlich profitable Löffelgeschäft ermöglicht hätte. Es wäre nicht das erste Experiment dieser Art gewesen, nur waren alle bisher erfolglos geblieben. Randolph Aubergine hatte mal versucht, Modell-Pflanzenschaufeln im Maßstab 1:2 auf den Markt zu bringen, aber das Konzept war durch die strenge Konformitäts-prüfung gefallen und die Idee wieder aufgegeben worden.

Ich wurde aus meinen Löffelträumereien gerissen, als deMauve meinen Namen nannte. Schuldbewusst blickte ich auf, und alle starrten mich an.

»… Die Russetts haben den weiten Weg von Jade-under-Lime im Grünen Sektor West auf sich genommen«, fuhr der Oberpräfekt fort, »und gemeinsam wollen wir sie in unserer bescheidenen Kommune willkommen heißen und ihnen jede Hilfe angedeihen lassen, die sie benötigen.«

Weiter teilte er mit, wir hätten die Gefahren auf der Reise nach Rusty Hill tapfer ignoriert und die offizielle Feier für die Neuhän-gung des Caravaggio werde am Freitag stattfinden.

Diejenigen, die noch aufmerksam waren – eigentlich sogar recht viele, wie mir schien –, applaudierten pflichtbewusst, als Dad und ich uns von unseren Plätzen erhoben, damit uns alle sahen. Wir be-dankten uns mit einem höflichen Nicken.

Ich entschied, dass es vielleicht doch vorteilhafter wäre, sich an-zuhören, was so los war im Dorf, und meine besteckinspirierten Tag-träume auf einen anderen Zeitpunkt zu verschieben. deMauve ging die Meldungen des Tages durch, die für das Dorf von Bedeutung waren, bei mir dagegen wenig Interesse hervorriefen: Die Linoleum-produktion werde aufgrund der Deflation heruntergefahren. Was für die Gewinn-und-Verlust-Rechnung des Dorfes verheerend war – der Colorgarten würde nach vier Wochen verblassen –, war für die Grauen ein Vorteil. Das heißt, es wäre ein Vorteil gewesen, wenn der Rat nicht gleichzeitig beschlossen hätte, weitere dreieinhalb Hektar

Land für die Kultivierung unter Glas zu nutzen. Dem Murren der Grauen nach zu urteilen war Fabrikarbeit trotz der Unfälle immer noch besser, als Ananas anzubauen.

deMauve hielt kurz inne, dann schlug er die nächste Seite in seinem Notizblock auf. In dem Moment öffnete sich knarrend die Tür. Die Präfekten blickten ungehalten auf, um zu sehen, wer es wagte, mitten in die Versammlung hineinzuplatzen, doch es war nur der Apokryphe Mann, und alle waren erleichtert. Eine Kruste aus getrocknetem Schlamm bedeckte seinen Körper, und außer einem Paar Strümpfe hatte er nichts am Leib. In der Hand trug er einen Henkelbeutel mit Äpfeln. Er wandelte zwischen den Esstischen umher, ging vor bis zum Serviertisch, bediente sich bei den Brötchen und spazierte wieder hinaus. deMauve ignorierte ihn und fuhr fort, als wäre nichts gewesen.

»Viele von Ihnen wissen, dass die Große West-Pipeline damals bis Rusty Hill verlegt wurde«, sagte er, »und wie in der Vergangenheit bereits angedeutet, habe ich mich mit der Zentrale in Verbindung gesetzt, um zu erreichen, dass der Nebenstrang weiter bis nach East Carmine verlegt wird und wir in das Colorierungsprogramm von NationalColor aufgenommen werden.«

Aufgeregtes Raunen erhob sich, als die Bewohner sich darüber klar wurden, was für einen Chromatischen Reichtum ihnen das bescheren würde. Nicht nur einen kleinen Garten, sondern die ganze Umgebung des Dorfes – Bäume, Gras und Blumen. East Carmine würde bekannt werden und könnte, wenn das Glück es wirklich gut meinte, die nächste Gute-Laune-Messe ausrichten.

»Am heutigen Tag nun«, fuhr deMauve mit seiner Ansprache fort, »haben wir Besuch von einem Repräsentanten von National-Color erhalten, und obgleich es nicht ganz dem entspricht, was wir uns gewünscht hätten, hat sich für unser Anliegen möglicherweise eine Lösung ergeben. Seine Farbenprächtigkeit wird Sie darüber informieren.«

Der Colormann trat zu deMauve ans Pult. Seine Stimme war

gebieterischer als die seines Vorredners, aber sie hätte auch heiserer und piepsiger klingen können, das war egal, denn hier sprach immerhin ein Mann von NationalColor zu uns. Er stand für die Befreiung aus einer öden Welt, er war die Verkörperung der Worte Munsells. Jeder hatte Ehrfurcht vor NationalColor, selbst die Zentrale, munkelte man.

Jade-under-Lime war bereits ans Netz angeschlossen, deswegen ließ mich die Aussicht einigermaßen kalt. Ich war nicht der Einzige. Verstohlen sah ich hinüber zu Jane, die auf die Tischplatte starrte und mit einem Fingernagel Dreck von ihrem Messer kratzte.

»Zunächst möchte ich mich für die Gastfreundschaft bedanken, die mir Ihr Dorf gewährt hat«, fing der Colormann seine Rede an. »In aller Bescheidenheit nehme ich die mir entgegengebrachte Freundlichkeit an. Gleichzeitig fühle ich mich geehrt, am Sonntag den Ishihara für die acht Bewohner durchführen zu dürfen, die ihr zwanzigstes Lebensjahr erreicht haben und nun bereit sind, der Gesellschaft gegenüber ihre Zivilen Verpflichtungen auf produktive und sinnvolle Art abzuleisten.«

Eine gelungene Einleitung, sie war harmlos und enthielt nichts Kontroverses. Damit hatte er die Aufmerksamkeit aller Zuhörer. Nachdem er betont hatte, in dem Streben nach voller Colorisierung habe jedes Dorf gleichermaßen Beachtung verdient, skizzierte er die Arbeit, die NationalColor im Dienste aller Bewohner versah. Farbe sei ein Privileg, das man sich verdienen müsse, kein selbstverständliches Recht. Es hörte sich an wie eine Rede, die er bereits viele Male gehalten hatte, was sicher der Fall war, denn fast alle Dörfer wollten ein und dasselbe – mehr Farbe. Erst in seinem abschließenden Satz kam er auf den Boden der Tatsachen zurück.

»Der Anschluss ans Netz ist unweigerlich verknüpft mit den Zielvorgaben für die Altfarbensammlung, die wider Erwarten, wie ich leider feststellen muss, nicht erreicht wurden, bei weitem nicht.«

Diese Bemerkung richtete er an die Präfekten, die peinlich berührt waren.

»Sollte sich jedoch der Umfang der Lieferungen an Zentral-Recycling steigern«, fuhr er fort, »ist NationalColor selbstverständlich gerne bereit, Ihre Eingabe zu einem späteren Zeitpunkt erneut zu prüfen.«

Er bedankte sich für die ihm gewährte Zeit, wurde mit Beifall bedacht und kehrte zurück an seinen Platz.

»Unser Dank gilt Seiner Farbenprächtigkeit für die Worte und Gedanken zum Thema«, sagte deMauve, der sich wieder ans Rednerpult begeben hatte. »Ich möchte unmissverständlich klarmachen, dass an den verfehlten Zielvorgaben nicht unsere Sammler, Wäscher, Sortierer und Packer die Schuld tragen, die seit vielen Jahren hervorragende Arbeit leisten. Nein. Das Problem hat zwei Ursachen: zunehmende Ausbleichung, worauf wir keinen Einfluss haben, und Mangel an Rohmaterial, und dort sollten wir ansetzen.«

Er machte eine Kunstpause.

»Aus diesem Grund haben wir, gültig ab heute und in Abstimmung mit Harmony, Little Carmine und Great Auburn, beschlossen, die Regeln zu lockern, wie weit Wertgutsammeltrupps ausschwärmen dürfen. Mit anderen Worten: High-Saffron ist wieder zugänglich.«

Ich hatte keine Ahnung, wovon er sprach, aber das Murren im Saal deutete darauf hin, dass die Ankündigung ein allgemeines Unbehagen auslöste. Ich fing Dads Blick auf, doch er zuckte nur die Schultern, er wusste genauso wenig wie ich. deMauve war noch nicht fertig. Bevor demnächst Sammeltrupps nach High-Saffron losgeschickt würden, sollte eine Untersuchung über das Terrain, die zu erwartenden Altfarbenvorkommen, die Abbaumöglichkeit und noch einiges anderes durchgeführt werden – dazu brauche er Freiwillige, die bereit wären, dorthin aufzubrechen und sich einen ersten Überblick zu verschaffen.

»Die Regeln besagen«, fügte er noch hinzu, »dass eine Offenlegung aller Risiken zwingend erforderlich ist. Daher muss ich an dieser Stelle vermelden, dass wir im Laufe der vergangenen fünfzig

247

Jahre dreiundachtzig Kundschafter nach High-Saffron geschickt haben und dass kein Einziger zurückgekehrt ist. Selbstverständlich«, fügte er hinzu, »ist unser Dorf bereit, in dieser Sache großzügig zu verfahren, und gewährt jedem, der diese gefährliche Aufgabe übernimmt, die Summe von einhundert Meriten. *Nach* seiner Rückkehr natürlich.« Sollte bloß keiner auf die Idee kommen, sich mit einem Vorschuss in einen Kaufrausch zu versetzen. »Also. Wer meldet sich zuerst?«

Er wurde nicht gerade überrannt von Freiwilligen. Tatsächlich war es so still im Saal, man hätte einen Farbtropfen fallen hören können.

»Na gut«, sagte deMauve. »Denken Sie darüber nach, und melden Sie sich bei mir persönlich, wenn Sie sich entschieden haben.«

Er kündigte weitere Castingtermine für *Red Side Story* an und teilte mit, dass Travis Canary vermisst werde, vermutlich Nachtabgang; es folgten die üblichen Warnungen vor Schwanattacken und die Ankündigung einer Übung zur Blitzschlagvermeidung. Danach machte er eine kurze Pause, um seine Gedanken zu sammeln.

»Die heutige Lektion ist aus Munsells *Buch der Wahrheit*, Kapitel neun.«

»Und das ist die Stelle, an der das Rotlaxativ zum Einsatz kommen würde«, flüsterte Tommo, als deMauve das dicke Buch auf dem Rednerpult aufschlug. Ich musste zugeben, dass es ein großer Jux gewesen wäre und wenigstens eine meiner achtundzwanzigtausend Versammlungen zu einem unvergesslichen Erlebnis gemacht hätte.

Als deMauve mit der Lesung einsetzte, schalteten die dreitausend Zuhörer ab, ihre Blicke wurden glasig, in Gedanken waren sie mit anderen Dingen beschäftigt – dass sie eines Tages vielleicht einen eigenen Colorgarten besitzen würden, einen eigenen Löffel oder dass sie den Ehepartner bekämen, den sie sich wünschten, und nicht den, der ihnen sehr wahrscheinlich zugesprochen würde. Die Worte waren so oft und so inbrünstig vorgetragen worden, dass sie jeden Sinn verloren hatten und nur noch ein störendes Rauschen waren.

Die Lesung stammte aus den *Abscheulichkeiten,* und nachdem deMauve gegen die Sünde der Verschwendung, der mangelnden Hygiene, der schlechten Manieren, der groben Sprache und der Überbevölkerung gewettert hatte, ließ er sich über die Unverträglichkeit komplementärer Farben aus, was immerhin einigermaßen witzig war, da er DasEine bei seinem verbotenen Namen nannte, was bei Jüngeren regelmäßig zu Kicheranfällen führte.

Zum Glück bedachte uns deMauve nur mit einem kurzen Ausschnitt. Ich glaube, dass er Hunger hatte, so wie wir alle, und dass er seine Liste abarbeiten und dann zur Tagesordnung übergehen wollte. Nachdem wir noch *Reich gefärbt sind jene, die genießen das Gleichgewicht chromatischer Harmonie* gesungen und *Getrennt sind wir vereint* gemurmelt hatten, setzten wir uns hin und warteten darauf, dass die Essensaufseher Terrinen mit Lammkeulen, Brotkörbchen und Schüsseln mit zur Perfektion verkochtem Gemüse hereintrugen. Das Essen in East Carmine, muss ich sagen, war erheblich besser als in Jade-under-Lime, allerdings waren die Tischmanieren schlechter.

»In meinem Glas schwimmt ja ein Zeh«, sagte ein junger Kerl, der Arnold hieß.

»Sei freundlich zu ihm«, riet Tommo ihm lächelnd. »Er könnte einem Präfekten gehören.«

Bald kamen wir auf Travis Canarys Abgang zu sprechen. Die Präfekten hatten sich gegen eine Suche ausgesprochen, mit der Begründung, es sei »verschwendete Energie«. Aber wenn ich es mir recht überlegte, war es nicht weiter verwunderlich, dass Travis sich abgesetzt hatte. Wenn er zum Reboot gewollt hätte, wäre er im Zug sitzen geblieben.

»Nachtabgänge kehren nie zurück«, bemerkte Daisy, »außer Jane natürlich.«

Ich versuchte, meine Neugier zu verbergen.

»Stimmt, sie wurde mal vermisst«, flüsterte Doug. »Drei Tage und Nächte, vor anderthalb Jahren. Wollte nicht sagen, was passiert oder wo sie gewesen war. Sie meinte, sie könnte sich an nichts erinnern, als sie wieder ins Dorf zurückkam, zu Fuß.« Er beugte sich noch etwas weiter vor. »Ihre Kleider waren zerrissen, sie hatte einen Schuh verloren und tiefe Schnittwunden an beiden Füßen.«

»Seitdem ist sie nicht mehr dieselbe«, stellte Daisy fest. »Sie war schon immer irgendwie komisch, aber wirkte doch einigermaßen ruhig. Danach ... hey, machst du eigentlich bei unserer alljährlichen Hockeyprügelei mit?«

»Wohl oder übel.«

»Dann wirst du es ja mit eigenen Augen sehen. Wenn Jane dich angeht, dann überlass ihr einfach den Ball und lauf weg. Courtland hat mal versucht, sie wegen eines Verstoßes gegen die Kleiderordnung zu bestrafen, da ist sie auf ihn losgegangen.«

»Losgegangen?«

»Sie hat ihn angegriffen«, sagte Cassie, ohne von ihrem Teller aufzublicken. »Zu Recht. Courtland ist ein Scheusal und ein Lügner.«

»Sie hatte es auf seine *Augen* abgesehen«, ergänzte Arnold. »Und ist so hart rangegangen, dass seine Wange mit neun Stichen genäht werden musste. Nach ihrem Ishihara heißt es für sie sofort ab zum Reboot, auf jeden Fall. Und wenn du mich fragst, da gehört sie auch hin. Wenn es jemanden gibt, der für alles steht, was mit Dis anfängt, dann sie: Dissens, Disharmonie, Dysfunktion, was du willst.«

Das Gespräch wandte sich jetzt der Öffnung von High-Saffron für Sammeltrupps zu, und der Tenor war, dass der Rat einen beispiellosen Optimismus bewiesen habe, wenn er meinte, jemand würde für die Reise dorthin den sicheren Tod riskieren.

»Es ist eine große Stadt westlich von hier«, erklärte Tommo. »An der Küste, seit dem Großen Ereignis verlassen, also reif für eine Ausbeutung der Lagerstätten. Es gibt Rohschrott im Überfluss, und der ist so leuchtend getönt, dass selbst Niederfarbwertige ihn erkennen können. Es sollen sogar Löffel herumliegen. Und Papageien gibt es da, die sind so bunt, die kann wirklich jeder sehen.«

»Wie ist das möglich?«, fragte Daisy, aber Tommo zuckte nur mit den Schultern.

Aus ihren Gesprächen erfuhr ich, dass vor dreißig Jahren ein – allerdings gescheiterter – Versuch unternommen worden war, eine Straße nach High-Saffron zu bauen. Unter den dreiundachtzig Personen, die im Verlauf der vergangenen fünfzig Jahre auf ihren Erkundungen verschollen blieben, waren mehr als vierzig Nachtzügler auf dem Weg zum Reboot, die die gefahrvolle Aufgabe nur übernommen hatten, um sich von ihrem negativen Meritenstatus freizukaufen. Freiwillige für einen Ausflug nach High-Saffron gab es heute so gut wie keine mehr. Bei diesen Aussichten erschien der Nachtzug plötzlich gar nicht mehr so unattraktiv.

»Ich glaube, die sind alle von den Flugaffen geholt worden«, sagte Arnold.

»Genau«, sagte Doug mit einem Seufzer. »Die Flugaffen haben sie geholt – und dich holen sie auch gleich, wenn du keinen Spinat in deinen Kleiderschrank hängst.«

Arnold merkte, dass man sich über ihn lustig machte, und verstummte. Flugaffen waren wie Pukas, Khan, Freddie und der Behaarte Irrationale – damit erschreckten Eltern ihre kleinen Kinder, die das Konzept der Regeln, der Hierarchie oder das Meritensystem noch nicht erfassen konnten.

»Hat hier eigentlich schon mal jemand eine Puka gesehen?«, fragte ich.

»Rusty Hill soll voll davon sein«, sagte Doug und machte ein Gesicht. »Ein Nachhall der Einstigen.«

»Ich kenne ein paar gute Puka-Geschichten«, sagte Arnold. »Manchmal erschrecke ich mich selbst, wenn ich sie erzähle.«

Ich hatte es mir schon gedacht, es war mit den Pukas wie mit Gesindel oder Schwänen – es wurde viel über sie geredet, aber noch nie hatte einer wirklich einen gesehen. Doch ich verdrängte den Gedanken an sie, denn es gab Wichtigeres. Ich hatte nämlich keine Zweifel, dass Jane ihre Drohung wahrmachen würde, wenn ich von dem Weg, den sie für mich vorgesehen hatte, abwich.

Zum Nachtisch gab es Pflaumenkompott mit Vanillesoße. Die Pflaumen waren so, wie Pflaumen sein sollten, aber die Soße war grau und wenig appetitlich. Der Alte Magenta mochte eine Nervensäge sein, doch hatte er immer darauf beharrt, dass Vanillesoße einen hellen, synthetischen Gelbton aufwies, den er manchmal sogar aus eigener Tasche bezahlte. Es war der einzige versöhnliche Zug an ihm.

Der letzte Gang wurde serviert, und Buntys abschätziger Blick flog in unsere Richtung. Auf eigenes Drängen war sie zum ständigen Manieren-Aufseher ernannt worden. Als sie jetzt näher trat, versiegten die Gespräche, alle setzten sich gerade hin und legten die Ellbogen an. Instinktiv machte ich es genauso.

»Ist Ihr Haar nicht ein bisschen zu lang, Cinnabar?«, spöttelte sie.

»Bunty«, erwiderte Tommo seelenruhig, »Ihre Fresse ist einfach zum Kotzen.«

Der ganze Tisch verstummte, plötzlich herrschte Totenstille.

»*Was* haben Sie da gerade gesagt?«

»Ich sagte, das Essen ist einfach zum Protzen. Wieso? Was haben Sie denn verstanden?«

Sie sah erst ihn böse an, dann uns, aber wir zogen alle eine Unschuldsmiene, worauf sie wutschnaubend davonstakste.

»Du bist überreif fürs Reboot«, murmelte Daisy, die kaum aufhören konnte zu kichern.

»Bunty soll sich nicht so aufblasen«, antwortete er. »Hast du ihr den Zeh in die Tasche gesteckt, Doug?«

Doug nickte, und wir brachen in Gelächter aus.

IM DORF

1.1.01.01.002: Die Worte Munsells sind jederzeit zu befolgen.

Nach dem Mittagessen schlenderte ich gemächlich nach Hause, weil ich den Colormann auf seinem Heimweg abpassen wollte. Ich hatte noch nie jemanden von NationalColor kennengelernt, der sich auch noch dazu herabließ, sich mit mir zu unterhalten, und ich wollte aus diesem Kontakt so viel wie möglich für mich herausholen.

»Master Edward?«

Es war Stafford, der Gepäckträger. Er hielt einen kleinen Umschlag in der Hand, ein Telegramm von Constance, und es waren keine guten Nachrichten.

AN EDWARD RUSSETT RG6 7GD ++ EAST CARMINE RSW ++ VON CONSTANCE OXBLOOD SW3 6ZH ++ JADE-UNDER-LIME GSW ++ NACHR. BEGINNT ++ MUTTER UND ICH DER ANSICHT DEIN GEDICHT VÖLLIGER BLÖDSINN ++ ROGER HAT VIEL BESSERES VERFASST I.E. ANFÜHRUNGSZEICHEN AUSGELASSEN FLATTERN DIE MEHLSCHWALBEN VERBREITEN FREUDE IM RAUSCH DER FRÜHLINGSBALZ ANFÜHRUNGSZEICHEN ++ STRENG DICH MEHR AN ENGEL MACH DIR KEINE SORGEN MEINETWEGEN ROGER UNTERNIMMT BOOTSFAHRT MIT MIR ++ D. CONSTANCE ++ ENDE D. NACHR.

Ich fluchte und zerknüllte das Papier.

»Probleme?«, erkundigte sich Stafford.

»Allerdings. Roger kann kaum seinen Namen buchstabieren, und schon gar nicht Gedichte schreiben. Dieses dumme Zeug über flatternde Mehlschwalben hört sich verdächtig nach dem lokalen Verseschmied in Jade-under-Lime an, Gerald Henna-Rose.«

Roger Maroon hatte beschlossen, in meiner Abwesenheit den Einsatz zu erhöhen, also musste ich Gleiches mit Gleichem vergelten. Ich fragte Stafford, ob es jemanden im Dorf gäbe, der romantische Gedichte schreiben könne.

»Aber er muss wirklich gut sein«, sagte ich. »Nicht zu anzüglich. Constance mag keine unverhohlen groben Metaphern, leider.«

»Ich kenne da jemanden, der Ihnen vielleicht helfen könnte«, antwortete Stafford. »Aber das wird nicht billig. Es ist mit Risiken verbunden. Sie wissen ja, dass die Präfekten von unverantwortlich kreativem Ausdruck nichts halten.«

»Fünf Prozent Finderlohn?«

»Mal sehen, was ich tun kann.«

Ich stieß die Haustür auf und sah nach, ob auf dem Tischchen im Flur Nachrichten lagen. Es gab sogar mehrere: Der hartnäckige Dorian G7 vom *Mercury* fragte nach, ob ich ihm meine Eindrücke von der Fahrt nach Rusty Hill schildern könne, einige Rote boten mir ihre Freundschaft an, und ein Briefchen »aus der Feder von Violet deMauve« erinnerte mich an meine Verpflichtungen gegenüber dem Orchester. Es gab auch Nachrichten für meinen Vater, und außerdem lag noch Imogen Fandangos Ehe-Bewerbungsmappe auf dem Tisch. Das Album enthielt ein Studiofoto von Fandangos Tochter, die auf ihre Art nicht unattraktiv war, apart, forsch, purpurhaft eben, dazu mehrere Empfehlungsschreiben sowie eine lange Liste ihrer Tugenden, fünfundsiebzig insgesamt. Sie fing mit einer druckreif formulierten, sich in Andeutungen ergehenden Würdigung ihres voraussichtlich sehr hoch ausfallenden Ishihara-Ergebnisses an, und sie endete mit dem Wunsch, eines Tages East Carmine im Einrad-Staffelrennen auf der Gute-Laune-Messe vertreten zu dürfen. Ich ersparte mir die weiteren Details und beschloss, Bertie Magenta gleich morgen früh ein Telegramm zu schicken. Fandango hatte sechstausend für Imogen verlangt, zwei Prozent Finderlohn wären demnach hundertzwanzig – eine willkommene Ergänzung meiner Ausstattung, die ich darauf verwenden wollte, Constance meinem Nebenbuhler Roger und seinem Möchtegerndichter abspenstig zu machen.

Ich ging nach oben und legte Constance' Telegramm zu meiner Sammlung. Es war eine bescheidene Sammlung, weniger von Briefen, die unsterbliche Liebe versprachen, als vielmehr solchen, in denen sie mich um einen Gefallen bat oder mir sagte, ich solle mir Roger Maroon zum Vorbild nehmen. Ich hatte sogar schon daran gedacht, die Briefe zu verbrennen, doch pflichtbewusst, wie ich war, legte ich alles zu den Akten. Ganz im Sinne von Unserem Munsell, der einmal gesagt hatte, ohne Akte stünde man nackt im Leben da.

Als ich am Badezimmer vorbeikam, bemerkte ich, dass die Tür hin- und herpendelte, was mir irgendwie komisch vorkam, denn es wehte kein Lüftchen im Haus, und auch draußen war es windstill. Ich hielt inne, und die Tür hörte auf zu pendeln. Ich war der Einzige im Haus, und der Apokryphe Mann konnte es nicht sein, den hatte ich vorm Betreten des Hauses noch auf dem Marktplatz gesehen, wie er in einer Ecke gerade ein Abflussrohr anbrüllte.

»Hallo?«

Keine Antwort. Behutsam drückte ich gegen die Tür. Sie ließ sich leicht öffnen, einen Spaltbreit, dann blockierte etwas. Nicht so, als drückte man gegen etwas Starres, einen Stuhl etwa, es war eher so, als würde auf der anderen Seite eine Hand sanft nachgeben. Hinter der Tür stand jemand. Im ersten Moment dachte ich, es könnte Jane sein, die sich doch noch zu dem Entschluss durchgerungen hatte, mich zu töten. Doch nach einigem Nachdenken wurde mir klar, dass es absolut nicht ihrem Stil entsprochen hätte, sich mit einem Beil hinter der Badezimmertür zu verstecken.

»Ist da jemand?«

Wieder keine Antwort, und dann fiel es mir ein: Vielleicht war es der Mitbewohner des Apokryphen Mannes, den ich gestern Abend oben hatte rumoren hören.

»Wohnen Sie oben?«, fragte ich, und der Angesprochene klopfte einmal, was ja bedeutete. Ich fragte, ob ich ihn sehen dürfe, doch er klopfte zweimal eindringlich an die Tür, also nein. Gerade wollte ich eine etwas kompliziertere Frage formulieren, als ich jemanden die Treppe heraufstapfen hörte. Entweder der Colormann oder der Apokryphe Mann, aber nein, es war Mr Turquoise, der Präfekt!

»Mr Turquoise!«, sagte ich. »Guten Tag.«

Ich spürte, wie sich die Badezimmertür langsam hinter mir schloss.

»Guten Tag, Master Russett«, sagte Turquoise geschäftsmäßig, »die Haustür stand offen, deswegen habe ich mir erlaubt einzutreten. Sie haben doch nichts dagegen, oder?«

»Ganz und gar nicht, Sir.«

»Braver Junge. Wie kommen Sie mit der Stuhlzählung voran?«

»Ich habe noch nicht angefangen.«

»Ist ja auch noch viel Zeit. Darf ich mal Ihre Toilette benutzen?«

Er ging auf die Tür zu, doch ich versperrte ihm den Weg.

»Nein!«

»Wie bitte?«

Ich überlegte rasend schnell. Wir kannten die Wahrheit über unseren Mitbewohner nicht, aber wie immer sie ausfiel, es wäre auf jeden Fall besser, sie ohne Beisein irgendeines Präfekten zu erfahren.

»Sie ist ... äh ... kaputt. Irgendwas an dem Spülkasten.«

Er lachte.

»Ich will mir nur die Hände waschen.«

»Das Waschbecken ist auch kaputt.«

»Beides kaputt?«

»Ja, Sir. Muss an der Kaltwasserversorgung liegen.«

»Dann benutze ich eben den Warmwasserhahn.«

Schnell was ausdenken, um ihn abzulenken.

»Sind Schubkarren eigentlich aus Bronze?«

»Was?«

»Ich frag ja nur.«

Er schüttelte den Kopf und zwängte sich an mir vorbei. Die Tür ließ sich ohne Widerstand öffnen, und Turquoise schritt forsch zum Waschbecken. Der Duschvorhang, sonst immer zur Seite geschoben, war einmal ganz um die Wanne herumgezogen, und ich konnte den vagen Umriss einer Gestalt dahinter erkennen. Turquoise fiel er nicht auf.

»Der kalte Hahn funktioniert, Russett.«

»Ah, war dann wohl nur eine Sperrung.«

»Ja«, sagte er und trocknete sich die Hände. »Also, ich bin verantwortlich für Berufsberatung, organisiertes Singen, das Beschäftigungsverzeichnis und die Zuweisung von Nützlicher Arbeit. Können wir ein bisschen spazieren gehen und uns dabei unterhalten? Ich muss die Schwungkrafttrennmaschine auf ihre Rücksprungkonformität überprüfen. Fandango will kommende Woche damit auf der Gute-Laune-Messe des Roten Sektors in Vermillion das Rennen fahren, und es macht sich nicht gut für das Dorf, wenn er mit einem Gerät ankommt, das bei der Jury durchfällt.«

Ich willigte ein, und wir gingen nach unten, durch die Haustür nach draußen und überquerten den Marktplatz. »Hier«, sagte Turquoise und zeigte mir den sorgfältig ausgearbeiteten Stundenplan für mich. »Sally Gamboge hat das Pensionsalter für die Grauen auf die zulässige Höchstgrenze angehoben und ihnen einen Sechzehnstundentag verordnet. Entsprechend wird wohl auch die Zeit der Chromatiker stärker in Anspruch genommen werden, als Sie es gewohnt sind. Es kann also gut sein, dass Sie Tennis oder Krocket aufgeben müssen, weil die Zeit für beides nicht reicht.«

»Opfer müssen gebracht werden, Sir, das verstehe ich.«

»Braver Junge. Morgen habe ich Sie gleich als Erstes für die Grenzpatrouille eingetragen, Samstag für die Blitzwache, montags und mittwochs für die Aufsicht zum Schutz gegen Ertrinken und eine Unterrichtseinheit für die Junioren – das ist schon heute Nachmittag. Können Sie das übernehmen?«

»Ich habe nicht viel Erfahrung im Unterrichten, Sir.«

»Das macht nichts, es gibt sowieso nicht mehr viel zu unterrichten. Erzählen Sie denen von mir aus was über die verschiedenen Arten von Stühlen. Übrigens«, fügte er hinzu, »Bestnote für Ihre Expedition nach Rusty Hill. Wenn Sie dem Tod so gerne ins Gesicht lachen, könnten Sie sich doch auch an High-Saffron versuchen. Hundert Meriten, Sie brauchten nur hinzufahren und zu gucken, mehr nicht.«

»Ich habe gehört, die Fatalitätsrate soll hundert Prozent betragen.«

»Stimmt. Aber bis zum Eintritt des Todes besteht eine hundertprozentige Überlebenschance. Ernsthaft, ich würde mich doch von etwas so Belanglosem wie Statistik nicht abschrecken lassen.«

»Da muss ich passen.«

»Wenn Sie das unbedingt so negativ sehen wollen«, antwortete er leicht pikiert, »könnten wir das Entgelt auch gerne auf zweihundert erhöhen.«

»Nein, vielen Dank.«

»Ich trage Sie mal unter ›Noch unentschlossen‹ ein.«

Wir waren an der Rennbahn angelangt, einem Oval von etwa fünfzehnhundert Metern Länge. Pferde waren zu kostbar, um sie auf der Bahn zu verschleißen, deswegen hatte das Kollektiv für den Renntag auf der Gute-Laune-Messe nach gleichwertigen Alternativen suchen müssen. Vorübergehend waren Strauße sehr in Mode gewesen, ebenso Schraubenantilopen und große Hunde, die von Kindern geritten wurden. Fahrräder waren auch sehr beliebt gewesen, bis einer der Großen Sprünge Zurück die Gangschaltungen erfasste und die Rennen dadurch längst nicht mehr so spannend waren. Um das Verbot zu umgehen, war ein schlauer Kopf auf die Idee gekommen, das präepiphanische Hochrad wiederzubeleben. Durch den direkten Pedalantrieb am übergroßen Vorderrad ließ sich eine beachtliche Spitzengeschwindigkeit erreichen, gleichzeitig machte der Antrieb die Räder aber auch gefährlich topplastig. Mehltau war bei weitem die häufigste Todesursache, daher war der Tod auf der Rennbahn etwas völlig Neues und wurde mit großem Beifall bedacht.

Eine Sportart allerdings hatte den Renntag der Gute-Laune-Messe über endlos viele Jahre dominiert, und trotz Ablehnung von Seiten der Präfekturen und einer Serie von Rücksprüngen, die auszutricksen einigen Erfindungsgeist erforderte, war sie bis jetzt nicht gänzlich verbannt. Es war der Wettstreit verschiedener Maschinen mit Kraftspeicherantrieb, und East Carmine schickte seinen *Redstone Flyer* an den Start.

Wie die meisten Schwungkraftrenner war es zweirädrig ausgelegt, wie ein normales Fahrrad, nur robuster. Durch den energiegeladenen Gyro-Antrieb hielt sich der Redstone Flyer auf seinen eigenen Rädern in der Balance, wie ein Zug. Das Gyro-Bike hatte eine elegante stromlinienförmige Karosserieverkleidung, die von der Form her an einen Lachs erinnerte, und während ich die Maschine noch bewunderte, fing sie an zu beben, erst leicht, dann steigerte sich die Bewegung, bis sich das Bike regelrecht schüttelte und dann allmählich wieder beruhigte.

»Die Gyros arbeiten mal phasengleich, mal phasenverschoben«, erklärte Carlos, als Turquoise sich erkundigte, was los sei, »und dabei kommt es zu diesem Rangeln. Hallo, Eddie. Hast du Imogens Infomappe bekommen?«

Ich bejahte, und er nickte. Dann hielt er eine Stimmgabel an das Gehäuse, wahrscheinlich um zu prüfen, welcher Gyro der schadhafte war.

»Bestätigen Sie mir doch einfach«, sagte Turquoise, der sich hingehockt hatte, um die Maschine genauer zu inspizieren, aber nach seiner Miene absoluter Verwirrung zu urteilen genauso gut in die Eingeweide einer Ziege hätte blicken können, »dass diese ganze Chose konform ist.«

»Selbstverständlich ist sie konform«, sagte Fandango. »Die Everspins laden die Gyros lediglich auf. Beim Rennen sind sie ausgeschaltet. Die längste Strecke, die sie je mit einer einzigen Ladung zurückgelegt haben, beträgt zehn Kilometer.«

»Ich habe zwar kein Wort davon verstanden«, erwiderte Turquoise, »aber wenn Sie das sagen, bestätige ich Ihnen das.«

Er schrieb seinen Namen unter ein Formular, das Fandango ihm hinhielt.

»Also«, hob er erneut an und setzte den Weg Richtung Gewächshaus fort, mit mir im Schlepptau, weil ich den Verdacht hatte, dass unser Gespräch noch nicht zu Ende war. »Da Sie Ihren Ishihara bei uns machen werden, muss ich Ihre Beschäftigungsakte anlegen. Haben Sie irgendwelche besonderen Talente?«

Ich sagte das, was mir als Erstes in den Sinn kam. »Geigenbau.«

»Sie wissen doch, dass der den Blauen vorbehalten ist.«

»Bindfadenproduktion?«

Er lachte. »Dafür müssten Sie schon in die Familie Oxblood einheiraten. Jetzt mal im Ernst. Haben Sie keine anderen Ideen?«

Es hatte keinen Sinn, ihm zu erklären, dass ich mit Constance so gut wie verlobt war, aber dann fiel mir der Colormann ein.

»Ich möchte gerne für NationalColor arbeiten, Sir.«

»Hm«, murmelte Turquoise, der meinen Wunsch vollkommen ignorierte und seine Liste der für Rote genehmigten Berufe durchging. »Wie wäre es mit Klempner? Das Kollektiv braucht immer Klempner. Die Wasserversorgung ist ein dynamisches und stimulierendes Tätigkeitsfeld.«

»Bei allem Respekt, aber ich möchte es lieber erst mal bei NationalColor versuchen.«

Ich sagte ihm, meine Senffarbentönung sei letztes Jahr bester Zweitplatzierter geworden, aber er hörte mir gar nicht zu.

»Heizung oder Wasser?«, fragte Turquoise, machte sich Notizen und gab mir einen Prospekt. »Ich spreche mal mit dem Dorfklempner wegen eines Praktikums für Sie.«

Mittlerweile waren wir am Gewächshaus angekommen, das etwas außerhalb des Dorfes lag. Turquoise drückte das schwere Tor auf, und wir standen im Innern. Draußen war es schon warm, doch drinnen war es heiß, die Luft war feucht, und sie schmeckte nach abgestandenem Wasser. Wie die meisten Gewächshäuser war auch dieser Bau riesig, fast doppelt so groß wie das Rathaus, mit einer sanft gewölbten Decke, geformt wie eine halbe Melone, an der höchsten Stelle knapp dreißig Meter hoch. Ursprünglich war es ausschließlich aus Glasscheiben errichtet worden, jede sage und schreibe drei mal einen Meter zwanzig groß. Natürliche Fluktuation und die Tatsache, dass man sich keine Ersatzscheiben leisten konnte, hatten jedoch dazu geführt, dass das Dach im Laufe der Zeit immer wieder mit Bleiglas unterschiedlicher Dichte und Qualität geflickt worden war. Auf diese Weise war ein ganz hübsches Patchworkmuster entstanden, vermutlich sogar mehrfarbig, da ich einige rote Scheiben erkennen konnte, und unsere Farbe war sicher nicht die einzige, die verwendet worden war.

»Was machen die Ananas, Mr Limone?«

Der Obergärtner trug kein Hemd bei der Arbeit, aber Krawatte und Kragen, was dem Wortlaut der Regeln entsprach. Er war über und über mit Dreck beschmiert, und sein Farbkennzeichen steckte an einem zerbeulten, verschwitzten Hut mit breiter Krempe.

»Entwickeln sich prächtig, Mr Turquoise«, antwortete der Gärtner freundlich. »Der Überschuss wird coloriert und zum Blauen Sektor Nord verschickt, die sind ganz verrückt nach Ananas.«

Er nahm Turquoise mit auf eine kleine Inspektionstour, der ich mich anschloss, und wir schlenderten vorbei an endlosen Beeten mit frischem Obst und Gemüse. Die Felder wurden von Grauen bestellt, deren Gesichter in der Hitze vor Schweiß glänzten. Eine Brombeerranke hatte sich epidemisch ausgebreitet, doch für ihre Vernichtung bedurfte es der Erlaubnis eines Präfekten. Jede Greifpflanze wurde als »teilweise tierisch« klassifiziert und war daher den Richtlinien zur Kontinuität der Biodiversität aus Munsells *Bestiarium* unterworfen.

»Sie sind die absolute Pest«, sagte der Obergärtner. »Mir ist bekannt, dass man ihnen einfache Dinge beibringen kann, aber Fensterputzen oder Unkrautjäten haben sie sich immer entzogen.«

Turquoise unterschrieb die Order zur Vernichtung und gab sie Mr Limone, der sich bedankte und sagte, er müsse ihm noch etwas anderes zeigen.

Wir gingen den Mittelgang hinunter zu einem brachliegenden Teil der Anbaufläche, der sich in einen Dschungel aus Dattelpalmen und Bambusgewächsen verwandelt hatte, von denen mehrere obstmampfende Krallenaffen frech auf uns herabglotzten.

Der Gärtner schraubte den Deckel von einem Marmeladenglas und zeigte uns einen weißen Hundertfüßler, der fünfzehn Zentimeter lang und dicker als ein menschlicher Daumen war. »Diese Tierchen hier sind in letzter Zeit auch zu einem Problem geworden«, sagte er, »und wir haben keine Ahnung, was das ist.«

Ich sah mir den Strichcode auf dem Rücken an.

»Phylum: Arthropode, Klasse: Chilopoda«, murmelte ich, nicht weiter erstaunt. Die beiden Männer sahen mich überrascht an.

»Ich kann Strichcodes lesen«, erklärte ich. »Das hat mir mein Mentor Greg Scarlet beigebracht. Ich kann Ihnen nur sagen, dass es sich um einen Hundertfüßler handelt, weiblich, etwa sechstausendste Generation nach der Etikettierung, mehr weiß ich leider auch nicht.«

»Ein nützliches Talent«, sagte Mr Limone, der beeindruckt war. »Sie schließen also daraus, dass es unbekannt ist.«

»Ja.«

Der Gärtner wischte sich mit einem schmutzigen Taschentuch die Stirn.

»Das sagt Yewberry auch. Wenn es nicht in Munsells *Bestiarium* verzeichnet ist, gilt es offiziell als Apokryph, aber ignorieren können wir das Zeug auch nicht, weil es sich durch alles durchfrisst. Hätten Sie einen Vorschlag, Mr Turquoise?«

Sorgfältig untersuchte der Blaue Präfekt den Plagegeist, der sich auf Mr Limones Hand krümmte und einige sehr hohe quiekende Töne in F-Dur von sich gab.

»Kann man sie essen?«

»Das haben wir noch nicht probiert.«

»Besorgen Sie sich einen Grauen Freiwilligen. Wenn die Tiere nicht schmackhaft sind, kann ich sie nach Regel 2.3.23.12.220 trotzdem als ›landwirtschaftlich angebaute Lebensmittel‹ deklarieren. Dann können wir sie fangen, braten und wegwerfen. Falls sie doch schmackhaft sind, verfüttern Sie sie an die Grauen. Dann lassen sie uns wenigstens morgens noch etwas von dem Schinken übrig.«

Mr Limone war begeistert über diese Schlupflochsophistik. Wir verabschiedeten uns, verließen das Gewächshaus durch den Südausgang und machten uns auf den Weg zur Abfallfarm.

»Kommen wir als Nächstes zu den Aktivitäten«, sagte Turquoise, der sich jetzt ebenfalls mit einem Taschentuch die Stirn wischte. »Sport und Tanz sind natürlich Pflicht. Spielen Sie lieber Cricket oder Fußball?«

Ich sagte, ich würde Cricket vorziehen, ließ aber mein besonderes Talent als Batsman unerwähnt. Alpha-Rote konnten den natürlich roten Ball deutlich besser sehen, was ihnen einen Vorteil verschaffte. Man tat gut daran, einige Bälle zu verpassen, wenn man seine Gabe verleugnen wollte.

»Und Ihr Lieblingstanz?«

»In Jade-under-Lime haben wir oft Lambada getanzt.«

Turquoise war schockiert, obwohl ich ihn nur aufziehen wollte. Ich hatte noch nie Lambada getanzt, nicht mal insgeheim für mich allein.

»Absolut unangemessen, Master Russett. Hier in East Carmine

tanzen wir Cinnabartrott oder Rumba. Gelegentlich ist auch der Tango erlaubt, aber nur für eingetragene Paare und nicht in Gegenwart von Junioren. Wie steht es mit Freizeitaktivitäten? Bienenhaltung? Fotografie? Reenactment-Gesellschaften? Schneckenrennen?«

»Schnecken kann man doch nicht gegeneinander antreten lassen.«

»Aber ja doch. Es ist sogar ziemlich beliebt hier im Rotsteingebirge. Schnecken sind auf strikte territoriale Begrenzungen vorprogrammiert, sodass sie sich von Gärten fernhalten. Man braucht also nur den Strichcode irgendeiner Schnecke zu protokollieren und sie außerhalb von Vermillion auszusetzen. Die erste, die zurückkommt, hat gewonnen.«

»Das kann dauern.«

»Manchmal Jahrzehnte. Ein Champion, den mein Vater vor achtzehn Jahren ausgesetzt hat, dürfte in ungefähr zwei Jahren sein Ziel erreichen.«

»Ich hatte keine Ahnung, dass Schnecken überhaupt so lange leben.«

»Es ist nicht die ursprüngliche Schnecke«, erklärte er. »Die Befehlsfolge für Territorialität setzt sich in der Nachkommenschaft fort, wir brauchen also nur den Strichcode auf den Schnecken abzulesen, wenn sie einlaufen, ihr Erbgut lässt sich schnell feststellen. Für einen Kilometer muss man zweieinhalb Generationen rechnen, wie mir Mrs Lapis-Lazuli bestätigt hat. Es ginge auch schneller, aber Schnecken lassen sich leicht ablenken. Also, wofür soll ich Sie eintragen?«

»Das spricht mich alles nicht sonderlich an, Sir.«

»Jetzt hören Sie mal, Russett. Für irgendwas *muss* ich Sie eintragen.«

»Na gut. Dann für die Fotografische Gesellschaft. Aber nach Regel 1.1.01.23.555 möchte ich viel lieber selbst eine Vereinigung zum Wohle des Kollektivs gründen.«

»Verstehe«, sagte Turquoise, misstrauisch geworden. Regel

1.1.01.23.555 war ihm gut bekannt. Sie war eines der Schlupflöcher, die über die Jahre regelmäßig missbraucht worden waren. »Und womit genau würde sich diese Vereinigung beschäftigen?«

Ich dachte an Jane, die mich, um ihre eigenen Aktivitäten zu tarnen, zur Neugier animiert hatte.

»Es wäre ein Frage-Klub.«

»Einen Frage-Klub gibt es schon. Er nennt sich Debattiergesellschaft. Zufällig trifft sie sich heute Abend.«

»Ach ja?«

»Reine Zeitverschwendung. Eine Stunde Puzzlespiel wäre gewinnbringender. Wenn wir nicht mal langsam damit vorankommen, kriegen wir das Puzzle zu Lebzeiten nicht mehr geschafft, und ich muss gestehen, dass ich gerne wüsste, was es ist, bevor sie mich ins Grüne Zimmer karren.«

Wir waren an der Abfallfarm angekommen, die wie üblich wegen der Kanalisation tiefer lag als das jeweilige Dorf, zu dem sie gehörte. Wir fanden den Vorarbeiter an einem der abgeschalteten Absetzbecken, das gerade zu Reinigungszwecken ausgeschabt wurde. Er war ein Mann mittleren Alters, von kleinem Wuchs, hatte ein wettergegerbtes Gesicht und pfiff beim Sprechen, da vorne ein Zahn fehlte, der aus irgendeinem Grund nicht nachgewachsen war. Wie die meisten in der geheimen Kunst des Recyclings Versierten war auch er ein Exzentriker. Er trug eine Melone und einen dreiteiligen Anzug mit einer Gardenie im Knopfloch. Ich konnte kein Farbkennzeichen an ihm entdecken, auch sonst keinen Hinweis auf seinen Platz in der chromatischen Hierarchie, was mir die Entscheidung, ob ich herablassend oder förmlich mit ihm zu reden hatte, nicht gerade erleichterte.

»Hallo!«, sagte der Vorarbeiter, der seinen Namen einfach mit Nigel angab. »Ich habe gehört, Sie sind heute Morgen mit einem Baum aneinandergeraten.«

»So kann man es auch ausdrücken.«

»Sie brauchen sich nicht dumm vorzukommen, nur weil ein

Baum Sie ausgetrickst hat. Wer das nicht schon mal mitgemacht hat, gilt hier nichts: in den Wald spaziert, nur um plötzlich am Fußgelenk gepackt, in die Luft geschleudert und in Hektoliter Verdauungssaft geworfen zu werden, in dem noch eine halbe Antilope schwimmt. Ist mir auch schon passiert.«

Ich schaute mich um.

»Der Gestank ist gar nicht so schlimm, wie ich gedacht hatte.«

»Allein die Vorstellung!«, empörte sich Nigel. »Alle Gruben sind versiegelt. Wenn Sie etwas riechen können, dann heißt das, dass wir unsere Arbeit nicht ordentlich gemacht haben. Aber wenn Sie schnuppern wollen, wie es riechen *könnte*, dann kommen Sie mal mit und stecken Ihre Nase in den Ausschmelzungsschuppen.«

Turquoise blieb im Büro, um zu überprüfen, ob das Recyclingsoll von 87,2 % erreicht wurde, und Nigel führte mich, vorbei an den Methanverfestigern, zu einem Backsteinbau. Die Luft hier war erfüllt von dem durchdringenden Geruch erhitzter Innereien. Im Gegensatz zu dem heruntergekommenen Äußeren des Schuppens war es innen drin sauber und ordentlich, die Ausstattung aus Stahl auf Hochglanz poliert. Der Betonfußboden sah aus, als würde er häufig abgespritzt, und zwei Arbeiter der Farm waren damit beschäftigt, den Schredder, der von einem Everspin angetrieben wurde, mit tierischen Abfällen zu füllen. Siedekessel und Presse befanden sich auf einer Seite, und während die Maschine den Abfall erhitzte und zusammendrückte, um das Fett zu extrahieren, troff langsam eine zähe, klebrige Substanz – offenbar gelb – in einen Eimer.

Ich hielt mir ein Taschentuch vor Mund und Nase.

»Es erfordert mehr Geschick, als man meinen sollte«, sagte Nigel mit einem Lachen. »Die Ausschmelzer erhalten eine Zulage, wenn sie einen Dorfbewohner verarbeiten müssen – eigentlich unnötig, wirklich, es ist ja nur unsere Hülle. Aber ich bin nicht gefühllos, so ist es nicht. Bei Freunden oder Familienmitgliedern stelle ich sie vom Ausschmelzdienst frei.«

266

Ich musste würgen bei dem faulen Gestank und torkelte nach draußen.

»Nichts für sanfte Gemüter, was?«, sagte Nigel, der mir gefolgt war. »Wir haben momentan einen Überhang. Wir arbeiten gerade einen Elefanten ab, der zufällig diesseits der Außenmarkierungen tot umgefallen ist.«

»Einen Elefanten?«, sagte ich ungläubig. »Ich habe gehört, da lohnte die Mühe gar nicht, der Talg sei minderwertig.«

Nigel beugte sich zu mir.

»Es geht um das Plansoll«, sagte er grinsend. »Ein Elefant treibt die Zahlen ordentlich in die Höhe.«

Nachdem Turquoise das durch die Dickhäuterverwertung erreichte Plansoll abgesegnet und die monatlichen Bonuszahlungen berechnet hatte, verließen wir die Abfallfarm und schritten forsch aus in die offene Landschaft; ausgedehnte Weizenfelder wiegten sich sanft im Wind.

»Wo waren wir stehengeblieben?«, fragte Turquoise.

»Ich hatte Sie um die Gründung eines Frage-Klubs ersucht.«

»Ach ja, richtig. Und ich hatte geantwortet, wir hätten schon einen, die Debattiergesellschaft.«

Ich wies ihn auf einen entscheidenden Unterschied hin. »Die Debattiergesellschaft ist nur der Chromagenzija vorbehalten«, sagte ich. »Ich möchte einen Klub, in dem jeder Fragen stellen kann.«

Er musterte mich misstrauisch.

»Was denn für Fragen?«

»Unbeantwortete Fragen.«

»Edward, Edward«, sagte er gönnerhaft lächelnd. »Es gibt keine unbeantworteten Fragen, die es sich lohnte zu stellen. Jede Frage, die gestellt werden muss, ist bereits zur Genüge beantwortet. Wenn Sie die korrekte Antwort darauf nicht finden, stellen Sie offensichtlich die falschen Fragen.«

Ein interessanter Ansatz, und zunächst fiel mir keine schlagfertige Antwort darauf ein. Wir gingen einen Pfad entlang, der ein leichtes Gefälle aufwies, und das Einzige, was man von hier aus vom Dorf erkennen konnte, war der Flakturm mit dem Blitzköder auf dem Dach. Das war mein Stichwort.

»Wofür wurden die Flaktürme eigentlich benutzt?«

»Eine Unfrage. Die komplizierten Mittel und Wege der Einstigen sollten lieber in Vergessenheit bleiben, es sind nicht die unsrigen. Früher gab es materielle Ungleichheit und ein ganz und gar destruktives Maß an Eitelkeit. Heute haben wir die reine Schönheit des chromozentrischen Hierarchismus.«

»Und warum darf man dann keine Löffel mehr herstellen?«

Turquoise fiel die Kinnlade herunter. Es war eine heikle Frage, die seit Jahren heftig diskutiert wurde. Löffel waren laut Vorschrift in Anhang VI von der Liste der genehmigten Gebrauchsgegenstände gestrichen worden, und die Aufmüpfigeren unter den Diskutanten hatten die Möglichkeit ins Spiel gebracht, es könnte ein Irrtum im Wort Munsells sein, ein Beweis seiner Fehlbarkeit.

»Warum hackt ihr Pseudorationalisten eigentlich ständig auf diesem Löffelthema rum? Die Wege Unseres Munsell sind unergründlich. Führende Chromatologen haben die Löffelfrage lang und breit erörtert und sind, da das Wort Munsells unfehlbar ist, zu dem Schluss gekommen, dass es einen größeren Plan gibt, in den wir noch nicht eingeweiht sind.«

»Wie könnte solch ein Plan aussehen, der eine Löffelknappheit notwendig macht?«

»Genau deswegen steht die Debattiergesellschaft nur der Chromogenzija offen«, sagte er aufgebracht. »Eine freie Diskussion verleitet zu dem Irrglauben, Neugier sei wünschenswert. Munsell aber sagt uns immer wieder, dass Wissbegier der erste Schritt zu Disharmonie und Verderbnis ist. Und außerdem«, fügte er hinzu, »dumme Fragen zu stellen schreibt ihnen eine unverdiente Bedeutung zu. Und der Versuch, schlechte Fragen zu beantworten, ist reine Geistesverschwendung. Die Frage, die Sie sich stellen *sollten*, lautet: Wie kann ich meinen Zivilen Verpflichtungen effizienter nachkommen, um das reibungslose Funktionieren des Kollektivs zu verbessern? Wollen Sie auch die Antwort hören: indem ich mit meinen zweifelhaften Ideen für irgendwelche Vereinigungen dem Präfekten nicht seine wertvolle Zeit stehle!«

Er sah mich an, aber er war mir nicht böse; ich glaube, insgeheim genoss er unser Gespräch genauso wie ich.

Wir waren am kreisrunden Rand einer Wertgutgrube angelangt, die in ein Backsteingemäuer eingefasst war, das einen Meter über den Boden hinausragte. Die Holzabdeckung war abgenommen worden, und zwei Graue verrichteten ihren Dienst; der eine lenkte mit einem polierten Bronzespiegel, der auf ein Podest montiert war, die Sonnenstrahlen hinunter zu den Arbeitern in der Mine, der andere hielt ein Seil, an dem offenbar ein Eimer hing, um den Abraum aus der Grube zu ziehen. Neben ihm stand eine Karre, die zur Hälfte mit feuchter schwarzer Erde gefüllt war, und auf langen Bocktischen war minderwertiger Müll zur Farbsortierung ausgelegt.

»Hallo, Terry«, sagte Turquoise. »Besondere Vorkommnisse?«

»Jimmy hat auf Vektor 65–32–420 ein Auto entdeckt, wie er meinte, aber es war nur ein vorderer Kotflügel.«

»Ärgerlich«, sagte Turquoise, der kurz das geborgene Wertgut in Augenschein nahm. Ich konnte erkennen, dass nur wenig Rotes darunter war und nach dem Verhalten des Präfekten zu urteilen auch nur wenig Blaues.

Der Graue nickte, und wir gingen wieder.

»Letzte Woche ist eine Mine eingestürzt, und dabei hätte es beinahe einen unserer besten Bergleute erwischt«, sagte Turquoise. »Uns sind praktisch alle Farben ausgegangen – nur falls Sie noch einen guten Grund für einen Kurztrip nach High-Saffron brauchen. Ich erhöhe auf zweihundertfünfzig Meriten.«

»Ich überlege es mir noch«, antwortete ich, was hieß, dass ich es auf keinen Fall machen würde. »Und mein Frage-Klub?«

»Na gut«, sagte Turquoise zähneknirschend, da er mir meine Bitte gemäß den Regeln nicht abschlagen konnte. »Betrachten Sie

Ihre Vereinigung als genehmigt. Wir weisen Ihnen ein Fenster inner-halb des vorgeschriebenen Zeitrahmens zu.«

Er sah mich eine Zeitlang ruhig an.

»Nur weil man gut bluffen kann, Russett, folgt daraus nicht, dass man es auch tun sollte. Eine Vereinigung zu führen heißt, Verant-wortung zu übernehmen. Ich verlasse mich darauf, dass Sie sie nicht missbrauchen.«

Ich versicherte ihm, so etwas läge mir fern, und bat ihn, mich zu entschuldigen, falls er mich nicht weiter benötige. Ein paar Felder weiter war mir gerade eine Gestalt aufgefallen, die eine Kamera auf einem Stativ trug. Das konnte nur Dorian sein, der mich um ein In-terview für den *Mercury* gebeten hatte.

DORIAN UND IMOGEN

1.1.6.23.102: Lautes Rufen ist nur Zuschauern bei sportlichen Veranstaltungen gestattet. Bei allen anderen Gelegenheiten sollte der Stimmpegel moderat gehalten werden.

Dorian fotografierte die diesjährige Ausbeute an Schweblingen. Ein Pferdegespann zog einen Pflug durch das abgeerntete Kornfeld, und ich ging am Rand entlang und sah kleine Partikel des schwebenden Materials aufsteigen, während die Erde umgepflügt wurde. Die Teile glitten bergab, wo sie, durch einen natürlichen Graben gelenkt, in langen, etwa einen Meter über dem Boden gespannten Musselinnetzen aufgefangen wurden.

»Hallo!«, sagte Dorian, der gerade die bauschenden Netze mit einem Eichenbaum im Hintergrund ablichtete. »Hier, gucken Sie mal!«

Er zeigte mir einen außergewöhnlichen Schwebling von der Größe eines Hühnereis, der an der Seite noch die aufgedruckte Artikelnummer aufwies, auf der anderen ragten einige Kabelenden heraus. Er lag zusammen mit einigen kleineren Stücken – eigentlich nur Fragmenten, Staubkörnern – in dem Netz, und ich tippte ihn von oben mit einem Finger an, um seine Stärke zu prüfen. Der übliche Preis für dreißig negative Gramm betrug zehn Meriten, und wenn ich mir die Bruchstücke so ansah, hatte Dorian allein mit dieser Ausbeute zwanzig bis dreißig Meriten verdient.

»Wir sind etwas später gekommen, deswegen haben wir ein paar

271

verpasst.« Er zeigte bergab, die Richtung, die Schweblinge immer nehmen. »In Redby-on-Sea ist ein Netz über die Mündung gespannt, aber erst seit zehn Jahren oder so, und es fängt sie nicht alle auf.«

Nachdenklich betrachtete ich diese seltsamen Metallstücke. Sie waren menschengemacht, das war unbestreitbar, und auch, dass sie Bruchstücke von größeren Dingen waren, nur was für Dingen, das wusste niemand. Die natürliche Tendenz der Schweblinge, den niedrigsten Punkt anzustreben, also aufs Meer hinauszutreiben, führte dazu, dass es nur wenige Stücke gab, die man näher untersuchen konnte. Heute fanden sich nur noch solche, die in natürlichen Hohlräumen versteckt lagerten oder in der Erde vergraben waren, wo sie in der Vergangenheit durch Zufall oder bei Bestattungen hineingelangt waren.

»Wo sammeln die sich eigentlich alle?«

»Dem Gerücht nach soll es irgendwo draußen auf dem Ozean eine schwimmende Insel geben, die sogar bewohnt sein soll. Aber als tragendes Fundament für eine menschliche Siedlung brauchte man wohl mehrere Tausend Kubikmeter. Wahrscheinlich leben da nur Meeresvögel und solches Getier, so lange, bis das Inselchen von dem Gewicht des ganzen Vogeldrecks unter die Wasseroberfläche gedrückt wird.«

Ich interessierte mich viel mehr für seinen Fotoapparat, eine Plattenkamera von Linhof. Wie bei den meisten Kameras war der Verschluss seit Jahren verklebt, doch die Emulsion verlief heute viel langsamer, und die Belichtung wurde dadurch kontrolliert, dass man einfach die Linsenabdeckung für die erforderliche Zeit entfernte. Ich hatte mir oft gewünscht, mal zusammen mit Constance fotografiert zu werden, doch ihre Mutter hatte es verboten, damit wir uns nicht daran gewöhnten. Dorian zeigte mir das auf dem Kopf stehende Bild im Sucher, und ich fand die Einstellung ziemlich gut.

»Jetzt nur noch ein paar schöne Wolken, und es wäre perfekt«, sagte er mit einem Blick zum Himmel. »Wussten Sie, dass ein tiefroter Filter den Kontrast im Himmel verstärkt?«

Davon hatte ich auch schon gehört, aber ich wusste nicht, wie es genau funktionierte.

»Ihre Fahrt nach Rusty Hill soll ja ein riesiger Erfolg gewesen sein«, sagte er. Wir gingen zu seinem kleinen Handkarren, in dem seine ganze Fotoausrüstung und Gerätschaften zum Teekochen verstaut waren. »Wie hat Ihnen der Kuchen aus Knochenmehl geschmeckt, den ich Ihnen gegeben habe?«

»Der war ungenießbar.«

»Das habe ich mir gedacht. Gucken Sie mal, hier.«

Er zeigte mir die Aufnahme, die er von unserem Rusty-Hill-Expeditionsteam gemacht hatte. Es wirkte einigermaßen heldenhaft, abgesehen von Carlos Fandango, der das Bild durch seine Kopfbewegung verdorben hatte. Ich machte Dorian darauf aufmerksam.

»Das hat er extra gemacht. Mr Fandango und ich sind in vielen grundlegenden Fragen unterschiedlicher Meinung«, sagte er und fuhr fort: »Aber jetzt berichten Sie mal. Wie war Ihre Fahrt? Es ist für einen Artikel im *Mercury*, wie Sie wissen.«

Wir setzten uns ins Gras, und ich nahm mir die Zeit, ihm alles zu erzählen, fast alles, nur Jane, das Haus von Zane G49 mit all seinen Schätzen und die Puka ließ ich aus.

Während er sich die Geschichte mit dem Colormann aufschrieb, fragte ich ihn: »Wie kommt ein Grauer zu dem Posten des Herausgebers einer Dorfzeitung?«

»Ich war ein Fliederlila vor meinem Ishihara«, antwortete er mit etwas gequälter Munterkeit. »Meine Eltern waren natürlich schrecklich enttäuscht, wenn auch nicht überrascht – die Familie ist schon seit einiger Zeit auf dem absteigenden Ast. Meine Ururoma war Oberpräfektin von Wisteria, und mein Vater war Werkmeister hier in East Carmine, bis zu seinem Tod.«

»Oh«, sagte ich. »Das tut mir leid.«

»Es war unvermeidlich. Jedenfalls war ich schon vor meinem

Ishihara Redakteur bei der Zeitung. deMauve hatte Mitleid mit einem Ex-Purpurnen und hat mir erlaubt, den Job zu behalten, wenn auch auf Basis eines Schlupflochs. Offiziell bin ich nur stellvertretender Setzer, die höchste Lohngruppe, die mir vergönnt ist.«

»Wie ärgerlich.«

»Im Gegenteil«, sagte er mit einem Lachen. »So brauche ich keine Zwölfstundenschichten in der Fabrik unter dem wachsamen Auge der entzückenden Mrs Gamboge zu schieben.«

»Sie sollten mal einen Artikel darüber schreiben, wie die Grauen hier behandelt werden.«

»Ja«, sagte er, »das wäre mal wirklich gewieft. Aber wenn ich es mir recht überlege, wäre es wohl doch besser, mir meine Empörung für salonfähigere Ärgernisse aufzuheben – zum Beispiel das skandalöse, sündige Treiben auf den Schaubühnen während der Gute-Laune-Messe.«

Ich war anderer Ansicht, behielt das aber für mich. Die nicht überwachten »Nebenattraktionen« waren das Beste an der ganzen Messe.

»Hm«, sagte Dorian und las sich seine in Kurzschrift verfassten Notizen durch. »Ich glaube, die Berge ausgebleichter Knochen und den verrotteten Präfekten streiche ich und konzentriere mich ganz auf die Caravaggio-Episode. Ich hätte Ihnen meine Speed-Graphic-Kamera mitgeben sollen.«

Für Dorian war das mehr als nur ein Job. Er nahm seine Fotografie sehr ernst, und er sagte mir, dass er allein in den vergangenen vierundzwanzig Stunden abgesehen von dem Porträt des Rusty-Hill-Expeditionsteams noch ein Gruppenbild des zweiten Scrabble-Teams von East Carmine, ein Bild von Mr Eggshells Riesenlupine und noch mehrere andere Personenaufnahmen gemacht hatte sowie einen Schnappschuss von der Untersuchung der Hochleistungsschneidemaschine, an der am Tag zuvor ein Unfall passiert war.

»Wollen Sie mal sehen?«

»Ja, zeigen Sie her.«

Er schlug eine der vielen prallen Mappen auf, die in seinem Karren lagen. Die Bilder zeigten den Dorfalltag, die Arbeit auf dem Feld, die Ernte, Bewohner beim Schwimmen im Fluss.

»Das sind Mr und Mrs Beetroot, kurz bevor sie bei lebendigem Leib verbrannt sind, ihr Haus hatte Feuer gefangen. Und das ist gleich danach aufgenommen. Die Regeln schreiben nur vor, dass eine Sprinkleranlage installiert wird, aber nicht, dass sie auch funktionieren muss.«

Er blätterte weiter.

»Das ist ein Bild von der Aufführung von *Hamlet, Prinz von Tyrian*, letztes Jahr, hier im Dorf. Violet deMauve spielte die Ophelia, wie Sie sehen.«

»War sie gut?«

»Sie war grauenvoll. Alle haben gejubelt, als sie ertrunken ist.«

»Wie hat sie es aufgenommen?«

»Sie stand wieder von den Toten auf und sagte, sie wünschte uns die beige Pest an den Hals, dann starb sie ein zweites Mal.«

Er zeigte mir das nächste Bild.

»Das hab ich gemacht, kurz nachdem Jimmy von der Dreschmaschine erfasst worden war. Er hat geschrien wie am Spieß. Das größte Körperteil, das wir von ihm gefunden haben, war sein Bein.«

Er zeigte mir ein Bild von dem Bein, das im Stoppelfeld lag, drumherum eine Meute neugieriger Dorfbewohner.

»Daran erinnere ich mich. Das war schon mal auf den Mahnung-und-Warnung-Seiten des *Spectrum*.«

»Danke«, sagte er bescheiden. »Für jedes abgedruckte Foto zahlen sie mir zehn Meriten und ein positives Feedback. Was sagen Sie hierzu?«

Er zeigte mir ein Foto, das zunächst Stirnrunzeln bei mir auslöste. Es war von einem Mansardenfenster aus aufgenommen, deutlich zu erkennen waren das Rathaus und die Dächer des Dorfes. Nicht weiter ungewöhnlich, außer der Tatsache, dass der Himmel pechschwarz war, mit einer Serie kreisrunder weißer Linien, die von einem Punkt in der Mitte aus abstrahlten.

»Wo haben Sie das aufgenommen?«

»Draußen. Bei Nacht. Ich hatte die Kamera aufgebaut, weil ich versuchen wollte, Blitze zu fotografieren, aber dann bin ich eingeschlafen und habe den Verschluss offen gelassen. Was Sie hier sehen, ist das Ergebnis einer siebenstündigen Belichtung.«

»Und was sollen diese Kreise am Nachthimmel?«

»Ich weiß auch nicht, was das ist. Ein unerklärliches Phänomen. Dabei ist das Seltsame: In der Nacht hatte gar kein Mond geschienen.«

Die Vorstellung, dass der Mond ein gewisses Maß an Licht reflektiert, war allgemein verbreitet. Für uns Menschen war dieses Licht zu schwach, um bei Nacht draußen etwas sehen zu können, doch für einige Tiere reichte es aus. Häufig fanden sich morgens an Stellen, wo tags zuvor nichts zu erkennen gewesen war, Spuren Nachtaktiver Bissiger Tiere. Ich selbst hatte mal im Lichtschein eines Blitzes eine Herde grasender Wasserschweine und ein Flusspferd gesehen. Dorians Foto jedoch legte eine gänzlich neue Sichtweise nahe, nämlich dass dann, wenn der Mond verblasst war, das Licht von einer anderen Quelle stammte, ein Licht, das ausreichte, Landschaft und Häuser sieben Stunden lang zu erleuchten, und dass dieses Licht von den seltsamen Kreisen am Nachthimmel kam, die er zufällig fotografiert hatte.

»Darf ich das behalten?«, fragte ich.

»Klar. Das nächste ist von dem gestrigen Unfall«, sagte er. »Hier.«

Er gab mir die Aufnahme. Die Stimmung auf dem Foto war besonders markant im richtigen Moment war durch eines der Fabrikfenster ein Lichtstrahl gefallen und beleuchtete auf sehr ansprechende Weise den abgetrennten Kopf des Opfers von hinten.

»Der Ausschnitt gefällt mir«, sagte ich. »Besonders die Fenster, die sich in der Blutlache spiegeln.«

»Vielen Dank.«

In dem Moment tauchte unerwartet ein hübsches Mädchen auf. Ich saß etwas versteckt hinter Dorians Handkarren, deswegen sah sie mich nicht.

»Schatzilein!«, sagte sie zu Dorian, und mir sank jeder Mut. Es war Imogen Fandango, und Dorian war offensichtlich die »unpassende Verbindung«, von der der Werkmeister gesprochen hatte.

»Oh!«, entfuhr es Imogen, als sie sah, dass Dorian nicht allein war. »Master Russett. Ich habe gar nicht gesehen, dass Sie auch da sind. Eigentlich meinte ich ›Schatzilein‹ in *abwertendem* Sinn. Dorian und ich können uns in Wahrheit nicht ausstehen. Stimmt's, Liebling?«

Sie konnte mir nichts vormachen.

»Ich verpetze Sie nicht«, sagte ich.

Dorian rieb sich die Stirn, ihm war die Sache sichtlich peinlich, und Imogen umklammerte schüchtern seine Hand, nachdem sie sich umgesehen hatte, ob wir auch unbeobachtet waren.

»Wir wissen nicht, was wir machen sollen«, sagte sie, offenbar erleichtert, dass sie ihre Sorgen mit jemandem teilen konnten. »Daddy hat im *Spectrum* inseriert und will sechstausend Meriten für mich haben. Wer ist dieser Purpurne, bei dem mein Vater Sie gebeten hat anzufragen?«

»Ein Bekannter von zu Hause«, sagte ich unbehaglich. »Wahrscheinlich hat er gar kein Interesse.«

»Ich bin erleichtert«, antwortete Imogen und schlug ihre großen Augen nieder. »Es gibt also noch Hoffnung. Vielleicht verliert Daddy ja die Lust und gibt doch seine Einwilligung zu unserer Hochzeit. Immerhin sagt er, dass er mich liebt.«

»Der liebt an dir doch nur deine Purpurne Erbanlage«, murrte Dorian. »Wenn er mit Eiern handeln will, soll er doch eine Hühnerfarm aufmachen. Ist ja nicht mal gesagt, dass du überhaupt seine Tochter bist.«

Daraufhin fingen die beiden einen Streit an, in meiner Anwesenheit. Es war mir furchtbar peinlich. Imogen sagte, ihr Vater sei ein guter Mensch und »durch die Umstände gezwungen«, seine Tochter an den Meistbietenden zu versteigern. Dorian war eher ein Mann der Tat und machte finstere Andeutungen über irgendwelche »extremen Maßnahmen«, was ich nur so deuten konnte, dass sie gemeinsam fliehen wollten.

»Machen Sie keine Dummheit«, ermahnte ich ihn. »Durchbrennen scheitert immer, und manchmal landet man im Nachtzug.«

»Hat nicht Munsell selbst gesagt, dass wir von zwei Übeln immer das geringere wählen sollen?«, erwiderte Imogen. »Außerdem soll SEmerald City so groß sein, dass man als Paar Arbeit finden kann, ohne sich Fragen gefallen lassen zu müssen.«

»Genau«, sagte Dorian. »In der Stadt können wir untertauchen.«

»Sie würden nicht mal bis zur Abzweigung Kobalt kommen«, gab ich zu bedenken.

»Wir wollen uns falsche Farbkennzeichen anstecken. Einen Violetten zu befragen, das würde sich nicht mal ein Gelber trauen.«

Es war ein verrückter Plan, und das war den beiden auch klar. Paare, die sich aus emotionalen Gründen aus ihrem Heimatort absetzten, wurden immer zurückgebracht, aber Falschkennzeichnung war strafbar und wurde mit zehntausend Meriten geahndet. Faktisch Reboot, und dort wurden Paare grundsätzlich getrennt. Ihr Plan zeigte mir nur deutlich, wie verzweifelt sie sein mussten, und er erklärte, warum Dorian mir meine offene Rückfahrkarte hatte abkaufen wollen.

»Ohne Fahrkarten kommen Sie sowieso nicht weg.«

»Eine haben wir schon«, erklärte Dorian. »Was die andere betrifft, da verhandeln wir noch.«

»Courtland will mich deswegen im Wollgeschäft treffen«, sagte Imogen. »Aber die Rückfahrkarte übergibt er uns erst, wenn er die volle Geldsumme dafür erhalten hat.«

»Er hat gar nicht die Absicht, auf die Karte zu verzichten.«

»Ja, das wissen wir auch.«

»Mist.«

»Was ist?«

Ich sagte, es sei nichts, aber das war gelogen. Jetzt, nachdem ich Imogen und Dorian kennengelernt hatte, konnte ich Bertie Magenta unmöglich an Fandango vermitteln, was zur Folge hatte, dass ich auch die Provision von hundertzwanzig Meriten nicht erhalten würde. Ein ganzer Monatslohn, für ein einziges blödes Telegramm. Die schnellsten hundertzwanzig, die mir je entgangen waren.

»Passen Sie auf«, sagte ich. »Mein Cousin, der Colormann, fährt regelmäßig nach Emerald City. Ich werde ein paar Nachforschungen anstellen und melde mich dann wieder bei Ihnen. Machen Sie keine Dummheiten, und gehen Sie nicht auf Courtlands Angebot ein.«

Die beiden sahen mich an.

»Warum tun Sie das?«

»Vielleicht, weil ich etwas für Sie erreichen will, was ich selbst nicht kriegen kann. Wenn Sie mich jetzt bitte entschuldigen würden. Meine Nützliche Arbeit wartet auf mich.«

SCHULE, POESIE, CO-OP

2.1.01.05.002: Kinder besuchen die Schule bis zum sechzehn-
ten Lebensjahr oder so lange, bis sie alles gelernt haben, welcher
Fall auch immer zuerst eintritt.

Die Schule lag am Rand des Dorfes, zwei Straßen hinter dem Rathaus, gegenüber der Feuerwehr. Die Unfehlbarkeit der Regeln
schloss die Architektur von Schulgebäuden ein, folglich waren alle
Schulen im ganzen Kollektiv identisch, da bis heute kein besserer
Bautyp entworfen, geschweige denn errichtet worden war. Ich
fand mich daher sofort zurecht, und der Ort kam mir seltsam vertraut vor.

In der Eingangshalle blieb ich neben der Munsell-Büste stehen
und las die häufig zitierten Worte, den Leitsatz der Schule: »Jeder
Schüler des Kollektivs wird die Schule mit überdurchschnittlichen
Fähigkeiten verlassen.« Erst nach einem Kurs in höherer Mathema-
tik erkannte ich, dass das ein Ding der Unmöglichkeit war, da per
definitionem nicht jeder Mensch überdurchschnittliche Fähigkeiten
besitzen konnte.

»Es handelt sich hier um einen historischen Durchschnitt, der
kurz nach dem Gewissen Ereignis fixiert wurde«, hatte mir mein
Mentor Greg Scarlet erklärt, als ich einmal gewagt hatte, das Thema
anzuschneiden. »Wie wäre es sonst möglich, einen Jahrgang mit
einem anderen zu vergleichen? Außerdem: Ein Durchschnittswert,
der zu einer Zeit festgelegt wurde, als der allgemeine Bildungsstand

noch erheblich niedriger war als heute, garantiert, dass kein Schüler jemals wegen schulischen Versagens stigmatisiert wird.«

In dem Punkt hatte er recht. Weil aber weder Fähigkeiten noch Intelligenz entscheidend für den beruflichen Fortgang waren, spielte auch dieser Aspekt keine Rolle. Der Unterricht beschränkte sich im Allgemeinen auf die Fächer Lesen, Schreiben, Rechnen, Französisch, Musik, Geographie, Kochen und Regelbefolgung. Regelbefolgung hieß, man saß in einem Kreis und war sich darin einig, wie wichtig es war, die Regeln zu befolgen. Unter Schülern hieß das Fach auch Abnicken.

Ich begab mich zum Büro der Oberlehrerin und klopfte nervös an die Tür.

»Schön, dass Sie kommen konnten«, sagte sie, nachdem ich erklärt hatte, wer ich war und warum man mich hergeschickt hatte. Sie stellte sich mir als Miss Enid Bluebird vor. Sie hatte ein abgetragenes Tweedkostüm an, und ihr Gesichtsausdruck zeigte die Schicksalsergebenheit einer innerlich Zermürbten, was nicht weiter verwunderlich war, denn ihr Büro versank in Stapeln verstaubter und vergilbter alter Prüfungsarbeiten.

»Mir ist es gelungen, den Rückstand zu dezimieren. Er liegt jetzt bei achtundsechzig Jahren«, verkündete sie mit einem gewissen Stolz auf ihren Erfolg. »Gegen Ende des Jahrzehnts hoffe ich so weit zu sein, dass ich mit den Korrekturen der Arbeiten noch lebender Schüler anfangen kann.«

»Eine ehrenwerte Absicht«, antwortete ich und überlegte, wie ich bei dieser Gelegenheit behutsam meine Warteschlangentheorien ins Spiel bringen konnte. »Entschuldigen Sie meine Unverschämtheit, aber wäre es nicht besser, wenn Sie die Reihenfolge umkehren, sodass die *jüngsten* Prüfungsarbeiten *zuerst* korrigiert werden? So könnten die Schüler ihre Ergebnisse eher erfahren, und es würde, soweit ich das beurteilen kann, auch nicht gegen die Regeln verstoßen, denn die Ausrichtung der Warteschlange wird darin nicht näher spezifiziert.«

Sie sah mich scheel an, lächelte aber dann freundlich.

»Eine hübsche Idee«, sagte sie, und ich merkte, dass sie keinen Gedanken an meinen Vorschlag verschwendet hatte. »Aber da jeder Schüler über dem Durchschnitt liegt, ist es gar nicht nötig, das System zu verbessern.«

»Warum korrigieren Sie die Arbeiten dann überhaupt?«, fragte ich sie. Die tumbe Zurückweisung meines Vorschlags hatte mich angestachelt.

»Um sicherzustellen, dass das Bildungssystem funktioniert«, antwortete sie, als wäre ich schwer von Begriff. »Wenn ich hart arbeite, schaffe ich es bis zu meiner Pensionierung vielleicht, den Rückstand so weit aufzuholen, dass wir nur noch fünfzig Jahre hinterherhinken – dann wüssten wir, wie gut unsere Schüler vor einem halben Jahrhundert waren. Und wenn wir uns ganz und gar dieser Aufgabe verschreiben, dann werden wir vielleicht in zwanzig Jahren wissen, wie gut sie jetzt sind.«

»Dann haben Sie ja kaum Zeit zum Unterrichten.«

»Ich habe überhaupt keine Zeit«, sagte sie leicht von oben herab. »Das erklärt auch, warum Nützliche Arbeiter wie Sie für das reibungslose Funktionieren der Schule unbedingt erforderlich sind. Was dachten Sie? Einen richtigen Lehrer zum Unterrichten haben wir hier seit drei Jahrhunderten nicht mehr gehabt.«

Sie machte mich mit der Klasse bekannt, und ich gab den Nachmittagsunterricht. Munsell hatte versucht, die Welt für jeden erlernbar zu machen, indem er einfach die Zahl der Fakten reduzierte; es gab also gar nicht so viel, was man den Schülern beibringen konnte. Ich probierte es trotzdem, so gut ich konnte, und nachdem ich das Bruchrechnen mit ihnen geübt und etwas über meine Heimatstadt erzählt hatte, gab ich ihnen ein Rätsel auf. Anhand der Absatzprognosen von Ovomaltine für das Jahr, das als 2083 bezeichnet wurde, sollten sie schätzen, wie viele Einstige es mal gegeben hatte. Danach diskutierten wir darüber, warum die Einstigen früher wohl so hochgewachsen gewesen waren, welche Lebensmittel die Epiphanie überstanden hatten und welche Gründe es gegeben haben könnte, warum unsere Vorfahren durch die Anordnung ihrer Jahreszahlen ohne die vorangestellte Doppelnull eine Zukunft für sich offenbar ausgeschlossen hatten. Es folgte eine allgemeine Frage-und-Antwort-Stunde, in der sie von mir wissen wollten, ob Gesindel Babys frisst und warum die Tische der Einstigen vier Beine hatten, statt der für die Stabilität viel günstigeren drei wie bei uns. Ich gab mir redlich Mühe, und nachdem ich noch eine kurze Einführung in das Lesen von Strichcodes gegeben hatte, kamen wir gegen Ende auf das Letzte Kaninchen zu sprechen. Zum Glück hatte ich vorher in einer älteren Ausgabe des *Spectrum* einen Artikel gefunden, in dem ein Besuch beim Letzten Kaninchen geschildert wurde, der sechs Jahre zurücklag. Ich hörte mich an wie ein Experte.

Die Zeiger der Uhr rückten auf vier. Wir beschlossen den Unterricht mit einem Loblied auf den Großen Munsell, die Pultdeckel flogen klappernd zu, ich entließ die Schüler, und im Nu waren sie verschwunden.

Ich war einigermaßen zufrieden mit mir, und nachdem ich die Stühle unter die Pulte geschoben und die Hausaufgaben in den Papierkorb geworfen hatte, begab ich mich zu Miss Bluebird. Desinteressiert erkundigte sie sich, wie es mir ergangen war, gab mir zehn Meriten und positives Feedback.

»Hast du ihnen was Nützliches beigebracht?«

Vor der Schule wartete Jane auf mich. Sie schien sich zu freuen, mich zu sehen, was mich sofort misstrauisch machte.

»Ich möchte es gerne glauben«, antwortete ich bedächtig und schaute mich um, ob Zeugen in der Nähe waren, für den Fall, dass sie mir etwas antun wollte. Sie bemerkte meine Unsicherheit und sah mich fragend an.

»Warum so besorgt?«

»Als du mich das letzte Mal angelächelt hast, fand ich mich unter einem Yateveobaum wieder.«

Sie lachte. Es klang liebreizend – und war für sie daher so untypisch wie für einen Fisch das Husten.

»Ganz ehrlich! Willst du jetzt jedes Mal damit ankommen, wenn wir uns sehen? Gut, ich habe gedroht, dich umzubringen. Na und? Warum die Aufregung?«

»Warum sollte ich mich *nicht* darüber aufregen?«

»Ich zeig dir, warum. Droh du mir mal, mich umzubringen.«

»Lieber nicht.«

»Mach schon, Roter. Sei kein Feigling.«

»Wenn du willst: Ich bringe dich um.«

»Es muss so klingen, als würdest du es ernst meinen.«

»*Ich bringe dich um!*«

Schon landete ihre Faust in meinem Gesicht.

»Au! Das tut weh! Und wie bitte schön soll das jetzt demonstrieren, dass es keinen Grund gibt, mich aufzuregen?«

»Gute Frage«, sagte sie nachdenklich. »Vielleicht war es ja doch ein bisschen grob von mir. Aber mal ehrlich, du bist zu nichts nütze, und die Welt dreht sich fraglos auch ohne dich weiter.«

Ich rieb mir das anschwellende Auge.

»Du hast wirklich ein einnehmendes Wesen.«

»Moment mal«, sagte sie, wieder lächelnd. »Wenn hier einer sarkastisch sein darf, dann ich.«

»Was in Munsells Namen geht hier vor?«

Miss Bluebird trat gerade aus dem Schulgebäude. Sie trug einen riesigen Stapel Papiere und blickte ungläubig und entsetzt.

»Bin ich etwa gerade Zeuge einer tödlichen Bedrohung und eines farbwertspezifischen Angriffs geworden?«

Jetzt bloß schnell eine Ausrede erfinden, dachte ich, musste aber feststellen, dass Jane noch viel geschickter im Erfinden von Lügengeschichten war als Tommo.

»Aber nicht doch«, antwortete Jane in aller Unschuld. »Master Edward und ich haben nur einen Scheinkampf für *Red Side Story* geprobt.«

»Wir nehmen zusammen am Casting teil«, ergänzte ich. »Nicht, Jane?«

Sie schnitt ein Gesicht und nickte.

»Das sah sehr überzeugend aus«, antwortete Miss Bluebird voller Bewunderung. »Ich gehöre der Jury an. Könnten Sie uns die Technik heute Abend noch mal vorführen?«

»Sooft Sie wollen«, antwortete Jane munter.

»Großartig!«, sagte Miss Bluebird. »Bis heute Abend dann.«

Sobald sie weg war, wandte sich Jane mir zu und zischte: »Wir gehen auf gar keinen Fall zu dem Casting!«

Was ganz in meinem Sinne war; wiederholt solche Schläge verpasst zu bekommen ist kein Vergnügen. Lieber würde ich eine Augenbraue verlieren, und die Sache wäre überstanden.

»Wir sollten weitergehen«, sagte Jane, »bevor wir noch Verdacht erregen. Wenn jemand in Hörweite ist, dann sprich mich an und sag mir, was du zum Abendessen haben willst, und dann schimpf mich aus, ich hätte deinen Kragen nicht richtig gestärkt.«

Wir gingen los, und nach einem kurzen Verlegenheitsschweigen sagte ich: »Du hast vor der Schule auf mich gewartet. Wolltest du etwas von mir?«

»Nein«, sagte sie. »Aber du von mir. In der Grauen Zone geht das Gerücht, ein Roter Möchtegern ohne einen Funken Phantasie und mit einer Beule in der Hose braucht ein bisschen Nachhilfe, weil er irgend so eine unerreichbare Alphatussi zu Hause verführen will.«

»Und was soll das heißen – abgesehen davon, dass du mich nicht ausstehen kannst?«

»Du wolltest, dass jemand ein Gedicht für dich schreibt.«

»Und *du* bist die beste Dichterin des Dorfes?«

»Mit Abstand.«

Ich nutzte die winzige Chance, die sich gerade für mich aufgetan hatte, und fragte sie, ob wir unser Gespräch nicht bei einem Stück Plundergebäck im *Fallen Man* fortsetzen könnten.

»Lieber steche ich mir eine Haarnadel durch die Zunge.«

»Du kannst mich echt nicht ausstehen, was?«

»Nicht nur dich. Ich bin unparteiisch, wenn du so willst – ich verachte alle Chromatiker gleichermaßen.«

»Dann hat es wohl auch wenig Zweck, dich zu fragen, was in Rusty Hill vor sich geht? Was für ein Zusammenhang zwischen dir und Zane und Ochre und dem Verkauf der Farbmuster des Dorfes besteht?«

»Nicht den geringsten.«

»Das habe ich mir schon gedacht … und am Mittwoch bitte Hammel.« Yewberry kam uns entgegen, in ein Gespräch mit dem Colormann über die Verlegung der Pipeline vertieft. »Dazu Salat und kein Gemüse.«

Yewberry nahm von meiner Anwesenheit mit einem Kopfnicken Notiz, während der Colormann mich mit einem freundlichen »Edward« begrüßte, worauf ich »Matthew« erwiderte, was Yewberry sehr beeindruckte.

»Also gut«, sagte Jane, als sie vorbeigegangen waren. »Ein Gedicht. Und wer ist das Häschen?«

Ich holte tief Luft.

»Das Häschen, wie du sie zu nennen beliebst, ist eine Oxblood, Constance Oxblood, und ihr Vater leitet die Bindfadenfabrik in Jade-under-Lime. Wir gehen seit einigen Jahren miteinander, und wir haben sogar schon …«

»Sehe ich aus, als würde mich das interessieren?«

»Eigentlich nicht.«

»Na, also. Die Einzelheiten deines hoffnungslosen Verlangens, deine Individualität auf dem Altar des chromatischen Aufstiegs zu opfern, langweilen mich. Lieber kämme ich kleinen Kindern Läuse aus den Haaren. Das ist spannender. Liebt ihr euch?«

»Ich bin mir sicher, dass wir uns zu gegebener Zeit mit dem nötigen …«

»Das heißt also nein.«

286

»Ja«, antwortete ich mit einem Seufzer. »Sie braucht das Rot, und meine Familie braucht die gesellschaftliche Stellung.«

»Klingt ja *wahnsinnig* romantisch! Hast du es ihr gesagt? Es würde die Verbindung auf eine geschäftliche Grundlage stellen, und du würdest ein kleines Vermögen sparen, all die Ausgaben für Blumen, Schokolade, Dichter und Gedichte.«

»Sie weiß Bescheid. Eigentlich ist es nur ein Spiel. Außerdem ist der altfarbeingesessene Roger Maroon eindeutiger Favorit – obwohl er über weniger Rot, Intelligenz und Charme verfügt. Hier«, sagte ich und gab ihr einen Brief, den ich entworfen hatte, »das könntest du als Ausgangsmaterial verwenden.«

Rasch überflog sie das Geschriebene. »Was für ein Gefasel«, konstatierte sie. »Hättest du das wirklich so abgeschickt?«

»Die Geschichte mit dem Caravaggio finde ich in Ordnung«, antwortete ich etwas betreten. »Und die Sache mit den Warteschlangen war mir wichtig zu erwähnen. Vielleicht sollte ich den Absatz über das Kaninchen streichen.«

»Lauter Wörter ohne Sinn und Verstand«, sagte sie und fing an, im Gehen etwas auf die Rückseite des Briefes zu schreiben. Sie kritzelte etwas hin, strich es durch, schrieb es um, wie ein Künstler, der ein Porträt entwirft. Sie sah zauberhaft aus, und das lag nicht allein an ihrer Nase. Ihr Haar war zu einem Pferdeschwanz zusammengebunden, nur einige wenige lose Strähnen fielen ihr ständig in die Stirn. Immer wieder strich sie sie hinters Ohr, wo sie zwanzig Sekunden lang blieben, bevor sie erneut nach vorne rutschten. Von mir aus hätten wir das Dorf dreimal umrunden können, ich hätte ihr ununterbrochen zuschauen können und hoffte inständig, sie möge sich Zeit lassen beim Schreiben. Leider tat sie das nicht.

Rouge meines Herzens, mit zweifarbigem Schicksal verschlungen
Faden meiner Gedanken, konstant und rosig beglückt
Band meines Gefühls, zu ewiger Freude geschwungen
Zwirn meiner Zukunft, zärtlich zuneigend entrückt

»Das ist – wunderschön«, murmelte ich.

Auch wenn sich der Sinn nicht auf den ersten Blick erschloss, wurden in dem Gedicht doch die richtigen Wörter verwendet, einigermaßen lang und nicht allzu gebräuchlich. Außerdem hörte es sich intelligent an und spielte mit den Begriffen Zwirn und Band, was besonders Constance' Mutter gefallen würde. Ich hätte das niemals hinbekommen.

»Soll das Gedicht an den Anfang des Briefes oder lieber ans Ende?«

»Weder noch. Das Gedicht *ist* der Brief, Hohlkopf. Unterschreib einfach mit Tim oder Peter oder wie immer du heißt. Keine Grüße, keine Küsse und schon gar nicht solchen Stuss wie ›mein Herz hat Sehnsucht nach dir, mein Schnuckelchen‹ oder so.«

»Eigentlich heißt es Honigbärchen.«

»Wie bitte?«

»Ach nichts. Wie viel schulde ich dir für das Gedicht?«

»Von mir aus schnapp dir diese Constance. Ich möchte nur, dass du mir einen Gefallen tust.«

Ich sah sie misstrauisch an.

»Wahrscheinlich dir vom Hals bleiben.«

»Nein. Was weißt du über diesen Matthew Gloss?«

»Meinst du Seine Farbenprächtigkeit? Nicht viel.«

»Aber er ist ein Verwandter von dir, er wohnt bei euch im Haus, und du redest ihn in der Öffentlichkeit mit Matthew an. Das würdest du dir niemals herausnehmen, wenn er es dir nicht angeboten hätte.«

»Wir verstehen uns ganz gut«, räumte ich ein.

»Ich möchte wissen, was er hier macht.«

»Ein Leck in einem Magenta-Farbeinspeisungsrohr reparieren. So hat er es mir jedenfalls gesagt.«

»Das habe ich auch schon gehört. Aber wir sind nicht ans Netz angeschlossen. Man hat ihn gebeten, den Ishihara durchzuführen, und der ist erst in vier Tagen. Ich will wissen, was er wirklich vorhat.«

»Ich soll einen Mitarbeiter von NationalColor für dich *bespitzeln?*«

»Wow, du hast es erfasst«, sagte sie. »Ich hatte damit gerechnet, dass ich dir das erst noch lang und breit erklären müsste.«

»Ich kann doch nicht meinen Cousin vierten Grades ausspionieren!«

»Oh doch, das kannst du. Und das wirst du.«

»Du scheinst dir deiner Sache ja ziemlich sicher zu sein.«

Sie beugte sich ein Stück vor.

»Bin ich auch. Du wirst es für mich tun, Roter. Constance hin oder her – verliebt bist du in mich.«

Damit war es raus, sie hatte es gesagt, und wenn ich es hätte abstreiten wollen, hätte ich eine halbe Sekunde Zeit dazu gehabt. Aber ich zögerte zu lange, und jede Chance auf Glaubwürdigkeit war vertan.

»Klar doch«, sagte ich wenig überzeugend. »Ich bin einer Oxblood versprochen und lasse mich mit einem Grauen Mädchen ein, das mich nicht nur verachtet, sondern das auch in nicht mal einer Woche im Reboot fällig ist. Was hätte ich davon? Hältst du mich für so unvernünftig?«

»Liebe hat mit Vernunft wenig zu tun, Roter. Das ist der springende Punkt.«

Ich strich mir mit der Hand durchs Haar und überlegte angestrengt.

»Du willst also wissen, was der Colormann hier so treibt?«

Sie nickte.

»Gut«, sagte ich. »Ich will sehen, was ich tun kann. Aber du musst aufhören, mich zu schlagen und mir ständig zu drohen, mich umzubringen.«

»Öfter mal was Neues«, sagte sie und lachte mich schon wieder an. Ich wurde benutzt, aber es machte mir nichts aus, und eigentlich brauchte ich ja auch gar nichts zu tun, denn bevor die Woche um war, säße sie im Reboot ein.

Wir bogen um die nächste Ecke und kamen auf den Marktplatz. Vor dem Rathaus hatte sich eine kleine Menschenmenge versammelt. Anscheinend fand gerade eine Allokationsfeier statt, wir gingen hin und wünschten pflichtbewusst alles Gute.

Ich war bei meiner Allokationsfeier acht oder neun Jahre alt gewesen. Bis dahin hatte ich einen nichts sagenden BS3-Code aus dem offenen Pool getragen, den die Präfekten verwalteten. Mit der zunehmenden Bedeutung von Familie und Erbe war ein Schlupfloch in den Regeln konstruiert worden, durch das es den Bewohnern möglich wurde, die Postleitzahl eines Verwandten auf ein jüngeres Familienmitglied zu übertragen. Der Code RG6 7GD, der jetzt in meine Brust geritzt war, hatte ursprünglich meinem Großvater gehört. Meinen Kindern hätte ich gerne den alten Code meiner Mutter gegönnt, doch der war einem gewissen Holland Claret zugeordnet worden, den ich aus genau diesem Grund nicht leiden konnte. Die Oxbloods hatten eine ganze Heerschar älterer Verwandter, folglich würden also die Kinder von Constance alle den SW3-Code bekommen – Oxbloods vom Scheitel bis zur Sohle.

Wir standen am Rand der etwa fünfzigköpfigen Gruppe. deMauve leitete die Zeremonie für die kleine Penelope Gamboge, die ihre Allokation am letzten dafür infrage kommenden Tag beging, ihrem zwölften Geburtstag, es war also in zweifacher Hinsicht ein besonderes Fest für sie. Zu Hause in Jade-under-Lime behandelte der Alte Magenta Allokationen als reine Formalität, deMauve dagegen gab sich immerhin Mühe. Der gesamte Gamboge-Clan, acht an der Zahl, wie ich erkennen konnte, war anwesend; alle strahlten vor Freude, manche verdrückten sogar ein paar Tränen. Ich hätte nie gedacht, dass Gelbe dazu fähig wären.

»Ist es nicht allerliebst?«, flüsterte Jane. »Neues Leben für eine alte Postleitzahl. Es schafft eine Verbindung zu unserer Vergangenheit und zu unserer Zukunft.«

»Manchmal kannst du ganz schön sarkastisch sein.«

»Nicht nur manchmal.«

»Wie bist du heute Morgen nach Rusty Hill gekommen?«

Es war eine heikle Frage, aber Jane hatte mir ja versprochen, nicht wieder mit Fäusten auf mich loszugehen. Ihre Antwort war so nüchtern wie rätselhaft.

»Die Straße gehorcht mir aufs Wort.«

»Was?«

Sie ignorierte meine Nachfrage, und die Zeremonie näherte sich dem Ende.

»Willst du nicht was spenden?«

Ich hatte es nicht vorgehabt, sagte aber ja, doch, ich würde etwas geben, schon weil ich nicht als geizig gelten wollte. Ich legte die kleinste Münze, die ich finden konnte, in den mit ihrem vollen Namen *Penelope Daffodil Gamboge, TO3 4RF* beschrifteten Topf, der schon halb gefüllt war mit Kleingeld und nicht gerade wenigen Knöpfen.

»Da«, sagte ich. »Zufrieden?«

Ich redete mit mir selbst; Jane, ihrer Aufgabe entledigt, war in der Menge untergetaucht. Ich las mir noch mal das Gedicht durch. Es war das beste, das ich je gesehen hatte, und ich wünschte, sie hätte es *an* mich geschrieben und nicht *für* mich.

Ich ging zum Telegraphenamt und schickte Janes Gedicht an Constance. Mrs Blood war beeindruckt und beglückwünschte mich zu den niveauvollen Zeilen.

»Sie sind einfallsreicher, als Sie aussehen, junger Mann. Ich würde nicht so weit gehen und sagen, Ihre Constance könne von Glück reden, aber sie hätte es schlimmer treffen können.«

»Sehr freundlich«, sagte ich. »Ich muss nur in die richtige Stimmung kommen.«

Und dann, entgegen Janes Rat, fügte ich doch noch etwas hinzu: *Ich lege am Sonntag meinen Ishihara ab. Alles Gute, Edward.*

»Da«, sagte ich, reichte der Frau das ausgefüllte Telegrammformular und zählte das Geld ab, »damit ist Roger Maroon ein für alle Mal aus dem Rennen.«

Ich ging nach nebenan in den Co-op, um für den Reispudding einzukaufen. Tommo stand hinter der Theke und schaufelte Reis für Carlos Fandango in einen Sack.

»Guten Tag, Edward«, sagte der Werkmeister und stellte noch eine leere Vanillepulverdose zum Nachfüllen auf die Theke. »Was hältst du von Imogens Infomappe?«

»Beeindruckend«, sagte ich. »Besonders das Einradfahren.«

»Willst du sie deinem Freund schicken?«

»Wird erledigt, sobald ich dazu komme.«

»Ausgezeichnet.«

Er wandte sich Tommo zu. »Zieh alles von meinem Konto ab, Löffelpacker.«

Tommo bejahte, und sobald Carlos den Laden verlassen hatte, schlug er das Kontoführungsbuch auf und zog hinter seinem Ohr einen Bleistift hervor.

»Eine Dose Vanillepulver, ein Pfund Reis, eine Lammkeule, zwei Lakritzstangen.«

Er schlug das Buch zu, gab mir eine Lakritzstange und nahm sich selbst auch eine.

»Was der sich einbildet. Hat er ein Prozent Finderlohn angeboten?«

»Zwei Prozent.«

»Dann hat ihm wohl deine Nase gefallen. Wenn Dorian noch ein Fliederlila wäre und sechs Riesen rumliegen hätte, gäbe es vielleicht noch ein Happy End. Aber er ist nur ein Grauer und besitzt gerade mal drei Zehner, also wird es nicht dazu kommen. Da werden noch etliche Tränchen fließen. Hast du an einen bestimmten Purpurnen für sie gedacht?«

»Ich kenne nur Bertie Magenta bei uns zu Hause.«

»Den mit der Elefantennummer?«

»Genau den. Aber ich halte mich da raus. Fandango hat durchblicken lassen, Kaufinteressenten könnten sie im Wollgeschäft mal zur Probe nehmen.«

»Eine fantastische Verkaufsmasche«, sagte er voller Bewunderung. »Wenn ich so was höre, bin ich stolz, im Handel tätig zu sein.«

»Ich würde eher sagen, es ist gemein und widerwärtig. Würdest du das deiner eigenen Tochter antun?«

»Technisch gesehen ist es gar nicht seine Tochter. Wenn ich zwanzig Jahre lang die Tochter eines anderen Mannes großgezogen hätte, würde ich auch irgendwann meine Dividende einfahren wollen.«

Mit Tommo ließ sich darüber nicht diskutieren. Ich musste erkennen, dass hier jedes weitere Wort Zeitverschwendung war.

»Trotzdem, es gehört sich nicht. Es ist einfach nicht richtig.«

»Richtig oder falsch, das gibt es nicht«, sagte Tommo. »Für uns zählt nur das Regelbuch. Willst du eine Banane haben?«

»Nein, danke.«

»Warte mit deiner Entscheidung, bis du sie gesehen hast.«

Er fasste unter die Theke und holte eine ganz normale Banane hervor – in Farbe. Ein wundervoller dunkelgelber Ton, der absolut nicht der Norm entsprach. Es war eine der neuen »chromatisch autarken« Bananen, für die in dem Farbgeschäft in Vermillion schon geworben wurde.

»Wo kommt die denn her?«

»Der Regionalmanager für die Obst- und Gemüsezuteilung schuldete mir noch einen Gefallen. Eigentlich wollte ich die hier für mich behalten, aber dann habe ich mir gedacht, verkauf sie doch lieber irgendeinem minderbemittelten Deppen, der sich von so etwas noch blenden lässt.«

»So wie ich?«

»So wie du.«

Ich betrachtete das Stück Obst aus verschiedenen Blickwinkeln und fragte mich, ob ich es nicht Constance schicken sollte, als eine Art Liebespfand, verwarf die Idee aber gleich wieder. Jungen Damen Bananen zu schenken, das konnte nur eins bedeuten, und dafür würde man sich eine Ohrfeige einhandeln. Von Constance bestimmt sogar sechs.

»Wie viel?«

»Dreißig. Weil du es bist.«

»Jetzt hör aber auf! Die uncolorierten kosten nur fünf Cent das Stück.«

»Das ist ein Sonderpreis, weil du mir sympathisch bist. Jeder andere hat vierzig dafür gezahlt.«

»Also gut, fünfzehn.«

»Topp!«

Das Türglöckchen bimmelte, und Violet deMauve kam herein. Instinktiv verbeugten wir uns ehrerbietig, und sie erwiderte unseren Gruß mit einem kaum wahrnehmbaren Kopfnicken.

»Ah!«, sagte sie. »Die neuen Bananen sind da. Die habe ich schon gesucht.«

Sie machte ihr Portemonnaie auf.

»Wie viel macht das, Tommo? Wenn du mir zu viel abknöpfst, steche ich dir ein Auge aus. Das ist sehr schmerzhaft.«

»Ach, das tut mir aber leid, Miss deMauve«, sagte Tommo, der sich an ihrem enttäuschen Gesicht weidete, »gerade habe ich die Banane an Master Edward verkauft.«

»Oh«, sagte sie und wandte sich mir zu, »dann kaufe ich sie eben dir ab. Ich will großzügig sein. Ich bin gerne bereit, dir zwei Cent mehr zu zahlen als das, was Tommo für die Banane verlangt hat.«

»Sie ist unverkäuflich«, sagte ich, während Tommo sich verdrückte und beschäftigt tat.

»Wie witzig!«, rief Violet und klimperte mit den Wimpern. »Im ersten Moment dachte ich, du hättest gesagt, sie wäre unverkäuflich.« Sie senkte die Stimme und knurrte: »Jetzt sag schon. Wie viel?«

»Tut mir leid, Miss deMauve, aber ich möchte die Banane behalten.«

Verunsicherung schien in ihr aufzusteigen, die pure Fassungslosigkeit gar, dann plötzlich lachte sie.

»Ist das wieder einer von deinen Nein-ich-will-nicht-Witzen, wie beim Mittagessen?« Sie legte eine Hand an meine Wange. »Du bist so süß. Aber ich habe es wirklich schrecklich eilig, und wenn ich nicht sofort zurückkomme, hat mein Papa, der Oberpräfekt, gesagt, wäre er sauer. Und ein Oberpräfekt, der sauer ist – das willst du doch nicht, oder?«

»Eigentlich nicht, nein.«

»Korrekt. Also: Wie viel?«

»Sie ist un...«

»Tommo?«, sagte sie und winkte ihn her, wie man einen Angestellten in einer Teestube herwinkt, um ihm mitzuteilen, man habe soeben zum zweiten Mal eine tote Maus in seiner Kanne gefunden. »Was ist los mit Russett? Anscheinend versteht er mich nicht.«

Tommo versteckte sich hinter dem Ansichtskartenregal.

»So sind Russetts eben, Miss Violet«, vernahm ich seine Stimme. »Aufsässig.«

»Eine halbe Merite«, sagte ich.

»Wie bitte?«

»Du hast schon verstanden.«

Sie starrte mich an, nahm die halbe Merite aus ihrem Portemonnaie, drückte sie mir in die Hand und stakste eingeschnappt davon. Ich wartete ab. Nach kurzer Zeit kehrte sie wieder um, nahm sich die Banane und verließ den Laden endgültig.

»Mann, Mann«, sagte Tommo, hinter der Auslage hervorkommend. »Du gefällst mir. Für deine Frechheit wirst du noch büßen, aber jeder, der die deMauves ärgert, ist mein Freund. Was möchtest du haben?«

»Ich brauche ein halbes Pfund Milchreis«, sagte ich, »außerdem Pfirsiche, Schuhputzcreme, eine Quitte, eine große Rübe, eine Dose Sardinen und eine Tüte Schokostreusel.«

Tommo zog ein Notizbuch aus seiner Tasche und schrieb sich etwas auf.

»Stimmt was nicht?«

»Nein, nein«, antwortete er, »ich will mir nur merken, deine nächste Einladung zum Essen lieber auszuschlagen.«

Ich überquerte den Platz, ging nach Hause, setzte den Reis auf und machte mich für die Abendgesellschaft mit der Chromogenzija fertig. Als ich am Badezimmer vorbeikam, sah ich, dass der Duschvorhang zur Seite geschoben war, aber von unserem unbekannten Mitbewohner gab es keine Spur. Das heißt, nicht ganz. Auf meinem Bett lag eine präepiphanische Schneekugel, so eine, für die Sammler Hunderte von Meriten bezahlen. Ich schüttelte sie, und die Flocken senkten sich auf eine Szenerie mit hohen Gebäuden und eine Frau, die eine Taschenlampe hielt, herab. Die Kugel gehörte nicht mir, und ich hatte sie noch nie vorher gesehen. Aber sie konnte unmöglich einfach so ins Zimmer hereingeweht sein.

»Sie haben meine Schneekugel gestohlen!«, kam eine Stimme von der Tür.

Ich drehte mich um, und der Apokryphe Mann funkelte mich böse an.

»Nein! Ich habe sie überhaupt nicht gestohlen!«, entrüstete ich mich. »Ich habe sie auf meinem Bett gefunden.«

Der Apokryphe Mann sah mich eine Weile lang schweigend an. Dann sagte er mit einem Anflug von Traurigkeit in der Stimme: »Wissen Sie, was das heißt?«

Ich schüttelte den Kopf.

»*Dass ich nicht unsichtbar bin!*«

DREI FRAGEN

1.6.02.13.056: Im Allgemeinen sind Nacktheit und unbefangenes Betrachten des Körpers zu fördern. Kleidung ist nur vonnöten, wenn und wo der Anstand es gebietet (siehe Anhang XVL).

»Soll das heißen«, fragte mich der Apokryphe Mann, nachdem ich ihm erklärt hatte, dass man ihn nur deswegen ignorierte, weil eine obskure Regel es so wollte, »dass ich all die Jahre über splitternackt herumgelaufen bin und die Leute mich immer gesehen haben?«

»So ist es. Aber da Sie, technisch gesehen, nicht existieren, braucht Ihnen das auch nicht peinlich zu sein.«

»Oh«, entfuhr es ihm erleichtert. »Gott sei Dank.«

Ich musterte den Mann. Apokryph konnte alles Mögliche sein, von Materiellem wie dem berüchtigten, nicht näher gekennzeichneten Vogel mit dem langen Hals, doppelt so groß wie ein Strauß, bis hin zu Abstraktem – einer verbotenen Phantasie oder einem Tabu, über das nicht gesprochen werden durfte. Dieser Mann war der erste menschliche Apokryphe, der mir begegnet war. Dabei sah er gar nicht so viel anders aus als wir, ausgenommen seine Postleitzahl, die verkürzt war. Direkt unter seinem Schlüsselbein war die Zeichenfolge »NS-B4« eingeritzt. Ich hätte ihn gerne gefragt, warum, aber das erschien mir in diesem Moment unpassend. Außerdem ergriff er vor mir das Wort.

»Die Fleischbrühe gestern war ausgezeichnet«, sagte er.

»Das glaube ich Ihnen aufs Wort.«

»Was gab es zum Nachtisch?«

»Eingelegte Zwiebeln und Vanillesoße. Darf ich Sie mal etwas fragen?«

»Kommt darauf an.«

»Worauf?«

»Ob Sie Marmelade haben.«

»Sogar viel«, antwortete ich, froh, dass der Apokryphe Mann so leicht zu bestechen war.

»Ich nehme nicht jede«, sagte er mit einem tückischen Grinsen. »Ich möchte Boysenbeere.«

Boysenbeere? Das war natürlich etwas ganz anderes. Boysenbeere war Feinkost. Marmelade war teuer, aber man konnte sie kaufen. Boysenbeere dagegen, das war wie eine Farbe jenseits der üblichen Skala. Es gab sie, aber es war so gut wie unmöglich, an sie heranzukommen. Der Besitz von Boysenbeerenmarmelade war das Privileg der Ultravioletten, und ihre Herstellung wurde streng kontrolliert. Ich machte ein langes Gesicht, und der Apokryphe Mann kicherte.

»Ja, es muss Boysenbeere sein. Das Verhältnis beträgt drei zu eins. Ein Marmeladenglas gegen drei Fragen. Das ist ein gutes Geschäft.«

»Ein Glas gegen fünf Fragen«, schlug ich vor.

Jetzt zog er ein langes Gesicht.

»Haben Sie überhaupt Boysenbeerenmarmelade?«

»Möglicherweise.«

»Dann schlage ich vor: zwei Fragen und eine Zusatzfrage.«

»Eben haben Sie gesagt drei Fragen.«

»Da dachte ich noch, Sie hätten keine Marmelade.«

»Vier.«

»Alle Achtung. Ich respektiere einen hartnäckigen Händler«, räumte er ein. »Drei Fragen, etwas Pikantes und ein paar Lebensweisheiten gegen ein Glas. Letztes Angebot.«

»Einverstanden.«

»Sie haben aber doch Boysenbeerenmarmelade, nicht?«

Ich hatte tatsächlich welche, aber es war reiner Zufall. Ein Glas, das ich vor vielen Jahren mal geschenkt bekommen hatte, kurz nachdem meine Mutter dem Mehltau erlegen war. Ich holte es aus meinem Koffer und überreichte es dem Mann, der es dankbar annahm. Mit seinen schmutzigen Fingern machte er sich gleich über die Köstlichkeit her und aß das Glas bis auf den Grund leer. Widerlich. Entsetzt musste ich mit ansehen, wie er in Minuten verschlang, wozu ich mindestens ein halbes Jahr gebraucht hätte. Schweigend beobachtete ich ihn, bis er auch den allerletzten Marmeladenrest aus dem Glas gekratzt hatte und sich zum Schluss die Finger leckte, die jetzt viel sauberer waren als vorher.

»War das gut!«, bedankte er sich nett und gab mir das leere Glas zurück. »Wie lautet Ihre erste Frage?«

Ich überlegte kurz. Seine gestauchte Postleitzahl reizte mich natürlich, aber es gab Wichtigeres.

»Warum sind Sie ein Apokrypher?«

»Eigentlich bin ich Historiker. Die Zentrale war immer der Ansicht, es wäre leichter, die Gesellschaft zu erforschen, wenn man unsichtbar ist. Deswegen werde ich übersehen, per Gesetz. Aber das ist schon eine ganze Weile her, und ich glaube, ich bin ein bisschen wirr geworden. Dann wurde bei einem dieser zahllosen Rücksprünge alle Geschichte verbannt, und jetzt komme ich mir vor wie ein Schuster in einer Welt ohne Füße.«

»Und warum wurde Geschichte verbannt?«, wollte ich von ihm wissen.

»Es war nur die logische Ergänzung zur EntFaktung«, antwortete der Historiker mit einem Seufzer. »In einer Welt, die sich der Stagnation verschrieben hat, gibt es für so etwas keinen Bedarf. Schließlich unterscheidet sich diese Woche nicht wesentlich von der vergangenen Woche oder von der kommenden oder von irgendeiner Woche vor siebenunddreißig Jahren, an die ich mich erinnern kann.

Das heißt nein, Moment, in der Woche habe ich geheiratet. Na gut, also dann die Woche danach.«

»Vor siebenunddreißig Jahren war ich noch nicht auf der Welt«, entgegnete ich. »Für mich unterscheidet sie sich also erheblich.«

»Wie hieß Ihr Großvater?«

»Er hatte den gleichen Namen wie ich, Eddie.«

»Und seine Postleitzahl?«

»Dieselbe wie meine. Ich verstehe, worauf Sie hinauswollen. Aber mein Großvater war ja nicht ich, also, ich meine, er war nicht dieselbe Person.«

»Hätte er aber durchaus sein können. Im großen Ganzen ist das kein realer Unterschied. Jedenfalls nicht für das Kollektiv als Ganzes und schon gar nicht für die Zentrale.«

Ich dachte darüber nach. Mein Großvater hatte dieselben Möbel benutzt und in demselben Haus gewohnt. Er hatte dieselben Fakten gekannt und sich dieselben Dinge im Leben gewünscht. Er hatte sogar so ausgesehen wie ich. Der einzige Unterschied war, dass er weniger Rot gesehen hatte. Ich machte den Apokryphen Mann auf diese Tatsache aufmerksam.

»Stagnation, aber mit Kreislauf. Farbe hat, wie Sie wissen, keine Farbe. Sie sind nicht *Rot* im eigentlichen Sinn – nur ein Wesen im Übergang, das sich spiralförmig durch das Getümmel bewegt, Teil des Farbkreises.«

Er hatte recht. Das Prinzip des Kreises war wasserdicht und fest verankert in Munsells Schriften.

»Heute ein Purpurner, morgen ein Grauer. Morgen ein Gelber, heute ein Blauer«, zitierte ich.

»Simpel, nicht? Kein Zufall, dass niemand länger als fünf Generationen ein Grauer sein muss.«

»Theoretisch zumindest«, sagte ich, da einige Familien farbwertig länger als üblich heller blieben als andere und dadurch den Kreis »ovalisiert« hatten – zu ihnen gehörten die Oxbloods und die de-Mauves, die Cobalts und die Buttercups. Tatsächlich war der Mangel an Grauen Familien der Hauptgrund für das Problem der Überbeschäftigung – dies und der Mangel an Postleitzahlen für Neuzuordnungen.

Der Geschichtskundler zuckte mit den Schultern.

»So läuft es ja erst seit fünfhundert Jahren, vielleicht braucht es noch eine Feinjustierung. Nächste Frage.«

»Was ist mit Robin Ochre passiert?«

Der Apokryphe Mann sah mich unverwandt an.

»Vorsicht«, ermahnte er mich. »Information kann befreiend wirken, aber auch einengen. Ochre hat am Rand der Regeln operiert und damit die Aufmerksamkeit auf sich gelenkt.«

»Wollen Sie damit sagen, dass er ermordet wurde?«

»So würden sie es nicht bezeichnen, und falls es doch Mord war, dann wurde er auf eine sehr dezente Weise verübt. Ich habe bisher noch kein Grün gelinst, aber wenn einer abtreten muss, ist das Grüne Zimmer, wie man hört, eine außerordentlich angenehme Methode.«

»Wer hat ihn ermordet?«

Er schüttelte den Kopf und stieß einen tiefen Seufzer aus.

»Ich gebe mir selbst die Schuld. Er hatte Fragen, und ich habe ihn zur Wahrheit geführt. Aber wer nach Antworten sucht in einer Welt, in der es nicht nur wünschenswert, sondern zwingend vorgeschrieben ist, Antworten zu verbergen, der muss bereit sein, Risiken einzugehen. Ich habe gehört, dass Zane ebenfalls tot ist.«

»Seit gestern. In Vermillion gestorben. Es war der Mehltau.«

»Damit hat er gerechnet«, murmelte er. »Letzte Frage.«

»Sind Schubkarren aus Bronze?«

Der Apokryphe Mann sah mich neugierig an.

»Das ist Ihre letzte Frage?«

Ich zuckte die Schultern.

»Vielleicht haben Sie mich nicht richtig verstanden«, sagte er, »aber ich war mal Historiker. Das ist fast so etwas wie ein Orakel. Ich kann mich noch an die Zeit erinnern, als Ford-Pritschenwagen der allerletzte Schrei waren und Model Ts in Museen ihr Leben fristeten. Ich habe den Vormarsch des Rhododendron erlebt und den Rückgang des Allgemeinwissens. Ich habe in meinem Kopf mehr Informationen, als Sie in zwölf Menschenleben vergessen können. Und dann fragen Sie mich, ob Schubkarren aus Bronze sind.«

»Die Frage beschäftigt mich seit heute Morgen.«

Der Apokryphe Mann legte den Kopf schief und starrte mich an.

»Schubkarren sind nicht aus Bronze.«

»Warum bin ich dann über eine gestolpert, als ich gestern Abend auf der Fahrbahn entlanggegangen bin? Jeder Schutt wird von dem Perpetulit umgehend entfernt – außer Bronze, soweit ich weiß.«

»Vorsicht«, warnte er mich nach einer Pause erneut, »Vernunft kann gefährlich sein. Das Kollektiv verabscheut schwarze Schafe.«

»Es sei denn, alle anderen sind auch schwarz«, sagte ich mit einer plötzlichen Lust am Philosophieren, die mich selbst überraschte. »In dem Fall sind alle weißen Schafe die schwarzen Schafe, und wenn die schwarzen Schafe keine schwarzen Schafe mehr sind, sind alle weißen ... nein, Moment ...«

»Schade«, sagte der Historiker. »Es ließ sich so gut an. Ziehen Sie den Kopf ein, Edward. Wer zu viel sieht, der sieht bald gar nichts mehr.«

Das war zu hoch für mich, aber ich glaube, ich sollte es auch gar nicht verstehen.

»Sie haben Ihre drei Fragen gestellt. Hier ist der Bonus: Sally Gamboge benutzt Tommo zur körperlichen Befriedigung.«

»Das ... erklärt so manches.«

»Ja, nicht? Zum unsichtbaren Teil des Spektrums zu gehören macht vielleicht einsam, aber man bekommt allen Klatsch und Tratsch mit. Na gut, jetzt also die Lebensweisheiten. Erstens: Zeit, die man mit Erkundungen verbringt, ist niemals vergeudete Zeit. Zweitens: Mit der Zugabe von Speck lässt sich fast alles verfeinern. Und schließlich: Jedes Problem ist nach einem heißen Bad und einer Tasse Tee nur noch halb so schlimm.«

»Das sind gute Lebensweisheiten.«

»Es war ja auch eine gute Marmelade. Und Marmelade ist Wissen. Kommen Sie heute Abend zur Versammlung der Chromogenzija?«

Ich bejahte und sagte, ich sei dort nur als Helfer und dürfe selbst nichts sagen.

»Ich schaue regelmäßig vorbei. Es ist eigentlich ganz amüsant, und das Essen ist ausgezeichnet.«

»Dann also bis nachher. Auf Wiedersehen.«

»Nicht doch, Sie werden mich nicht sehen! Schon vergessen? Ich bin Apokryph.«

SEINE
FARBENPRÄCHTIGKEIT
MATTHEW GLOSS

3.6.23.05.058: Mitarbeiter von NationalColor sind von Nützlicher Arbeit freigestellt.

Ich ließ mich im Schneidersitz auf der Fensterbank nieder und sah dem Abendregen zu. Es war ein ungewöhnlich heftiger Wolkenbruch, und in der Ferne war ein Donnergrollen zu hören. Die Rinnsteine füllten sich mit Wasser, liefen über, und der Weg draußen vorm Haus verwandelte sich in einen Bach.

Ich holte mir einen Zettel und machte eine Liste mit den vielen ungelösten Rätseln, denen ich bisher im Dorf begegnet war. Mit dem sonderbarsten wollte ich anfangen und mich dann langsam vorarbeiten, schrieb also als Erstes »Schubkarre« hin und fing an zu überlegen. Nach dem Gespräch mit dem Apokryphen Mann war ich zu der Stelle zurückgekehrt, an der ich über die Schubkarre gestolpert war. Die Karre war immer noch da, auf dem Rasen neben der Perpetulitbahn. Ich hatte sie auf die Fahrbahn gestellt und die Zeit gemessen. Das Perpetulit brauchte achtzehn Minuten und siebenundvierzig Sekunden, um die Schubkarre als Fremdkörper zu erkennen, und noch einmal fünf Minuten und zweiundzwanzig Sekunden, um sie zu entfernen. Das war länger als bei den Steinbrocken, die wir auf dem Weg nach Rusty Hill auf der Straße hatten liegen sehen. Aber das Prinzip war das gleiche. Die Sache hatte nur einen Haken: Als ich mich vorher dort verlaufen hatte, war es bereits seit über einer halben Stunde dunkel gewesen. Die Frage

304

war also: Wer – oder was – hatte die Schubkarre auf die Perpetulit-bahn gestellt?

»Schubkarre?«

Matthew Gloss, der Colormann, hatte sich bei dem prasselnden Regen unbemerkt genähert und sah mir über die Schulter. Ich wollte mich erheben, doch er bedeutete mir großmütig, sitzen zu bleiben, und fragte, ob er sich zu mir gesellen könne.

»Selbstverständlich«, sagte ich und rutschte zur Seite, um ihm Platz zu machen.

»Eine Liste?«, erkundigte er sich freundlich.

»Eine Wunschliste für meinen Geburtstag«, erklärte ich und plapperte drauflos: »Ich weiß, das ist ungewöhnlich, und mein Geburtstag ist erst im Oktober. Wir haben auch keinen Garten, jedenfalls keinen, der die Anschaffung einer Schubkarre rechtfertigen würde, aber ich habe mir überlegt, dass ich mir mit dem Verleih von Gartengeräten vielleicht ein paar Cent dazuverdienen könnte, natürlich nur mit der Erlaubnis des Präfekten.«

»Hinter einem Übermaß an Informationen verbirgt sich häufig eine Unwahrheit«, bemerkte er mit irritierender Klarsicht.

»Nicht die Unwahrheit, Sir. Aber ich gestehe freimütig, dass ich in Ihrer Gesellschaft nervös bin.«

Er nickte, offenbar akzeptierte er meine Erklärung.

»Ihr Vater sagt, Sie interessierten sich für Warteschlangen.«

Ich bestätigte ihm das.

»Dann können Sie mir vielleicht verraten, warum es mir nie gelingt, mich in der Kantine von NationalColor in der Schlange anzustellen, die am schnellsten vorankommt.«

»Das ist leicht zu erklären«, antwortete ich. »Da nur eine einzige Schlange am schnellsten vorankommen kann, sind bei insgesamt, sagen wir, fünf Schaltern für Essensausgabe achtzig Prozent der Schlangen langsamer als die schnellste. Dass Sie länger anstehen, liegt nicht daran, dass Sie eine schlechte Wahl getroffen haben, vielmehr stehen einfach die Chancen für Sie schlecht.«

Er dachte einen Moment nach.

»Je mehr Ausgabeschalter, umso geringer also meine Chance, die schnellste Schlange zu erwischen.«

»Exakt«, antwortete ich. »Würde man die Anzahl der Schlangen auf eine einzige reduzieren, könnten Sie immer sicher sein, in der schnellsten zu stehen.«

»Ich hatte ja keine Ahnung, dass das Thema Warteschlangen so interessant ist«, sagte er. »Und auch nicht, dass man so viel gedankliche Arbeit in die Sache investieren kann.«

Es war eine zwiespältige Bemerkung. Es konnte ein Lob sein, aber auch Kritik, ich war mir nicht sicher. Geschickt war ich der Frage nach der Schubkarre ausgewichen, doch jetzt galt es, herauszufinden, warum Matthew Gloss sich in East Carmine aufhielt und was er hier eigentlich machte. Das hatte Jane mir aufgetragen. Doch der Colormann hatte ganz andere Bedürfnisse.

»Darf ich Ihnen eine anstößige Frage stellen?«

»Ich werde sie, so gut es geht, beantworten.«

»Gibt es hier jemanden, der mir zu DemEinen verhelfen kann? Das Leben eines Colormannes ist einsam, ich bin oft wochenlang unterwegs.«

Die Frage brachte mich in eine schwierige Situation.

Vielleicht hatte er vom Rat längst erfahren, was Tommo so trieb, und wollte nur meine Loyalität testen. Wenn nicht, und das war die Pointe, machte er sich genauso schuldig wie Tommo. Also brauchte ich das Vertrauen des Colormannes.

»Ich könnte mich erkundigen«, antwortete ich vorsichtig. »In Ihrem Namen und aufgrund Ihrer Stellung, Ihrer Familie und Ihres Farbtons. Ich würde dabei eine Grenze überschreiten, aus Gefälligkeit, und mich darauf verlassen, dadurch nicht kompromittiert zu werden.«

Es war mir besser geglückt, als ich erwartet hatte. Es hörte sich beinahe intelligent an.

»Eine Antwort, die eines Präfekten würdig ist, junger Mann. Weder ja noch nein, sondern irgendwo in der Mitte – und der Schwarze Peter ist wieder bei mir gelandet.«

Es lief ausgezeichnet, und jetzt war ich wieder an der Reihe.

»Darf ich Ihnen eine *hypothetische* Frage stellen, Eure Farbenprächtigkeit?«

Ich verwendete diesen obsoleten Begriff, um Eindruck zu machen, aber leider kannte der Colormann ihn bereits.

»Ich bitte ausdrücklich darum, mein junger Cousin – und bitte, sagen Sie doch Matthew zu mir.«

»Vielen Dank. Mal angenommen, es gäbe zwei Personen, die mir oberflächlich bekannt wären. Die eine eine Mittelpurpurne, die andere eine ehemalige Hellpurpurne, heute eine Graue. Angenommen, die beiden wären jung und dumm. Sie wünschen sich sehr, sie könnten zusammenbleiben, doch ihre Eltern haben andere Vorstellungen.«

»Und würden die beiden jungen Verliebten – natürlich nur rein hypothetisch – hier in East Carmine leben?«

»Das vermag ich nicht zu sagen.«

»Ah! Fahren Sie fort.«

»Die beiden planen wegzulaufen, aber sie wissen nicht, wohin. Ich habe mich gefragt, ob sich in Emerald City nicht jemand finden ließe, der bereit wäre, ein junges, fleißiges Paar aufzunehmen, ohne Vorbehalte.«

Er lachte.

»Ich habe Verständnis für Ihre hypothetische Sorge, und Sie haben meine volle Anerkennung für Ihr Mitgefühl, ein Zug an Ihnen, den es unbedingt zu kultivieren gilt. Die Kurzantwort lautet, dass Sie den Verstoß der beiden melden sollten, die Belohnung einstecken und in dem beruhigenden Wissen, pflichtbewusst dem Kollektiv gedient zu haben, sich wieder um ihre eigenen Belange kümmern.«

»Und die ausführliche Antwort?«

Der Colormann sah mich an und ließ sich die Sache durch den Kopf gehen.

»Nur mal angenommen, ich hätte eine Bekannte in Emerald

City«, sagte er. »Ebenfalls angenommen, ich würde, rein theoretisch, das Paar mit ihr bekannt machen. Ich könnte mir vorstellen, dass die Vermittlung eines solchen Kontakts – hypothetisch gesprochen – ungefähr tausend Meriten wert wäre, in bar. Wenn die beiden erst mal dort sind, müssten sie mit der Kontaktperson selbst verhandeln. Habe ich mich klar genug ausgedrückt?«

»Ja, Sir.«

Innerlich seufzte ich erleichtert auf. Ich hatte viel riskiert, aber ich war noch mal davongekommen. Ich war nicht mal ins Schwitzen geraten. Dorian und Imogen würden sich freuen, aber tausend Meriten in bar, das hieß: jede Menge abschreckender Fotos im *Spectrum* und mindestens eine halbe negative Tonne Schweblinge.

Der Colormann überlegte kurz und senkte dann die Stimme.

»Sagen Sie mal, Edward, haben Sie schon mal daran gedacht, für NationalColor zu arbeiten?«

Jeder hatte irgendwann in seinem Leben schon mal über eine Karriere bei NationalColor nachgedacht.

»Glauben Sie, dass ich dafür geeignet bin?«

»Durchaus denkbar. Ihre diplomatischen Fähigkeiten haben mich beeindruckt, und Sie besitzen ein gutes Gespür für Farben. Ich habe auch von Ihrem abenteuerlichen Ausflug in der Dunkelheit gestern Abend gehört. Das zeugt von – Tatkraft.«

»Am Ende musste ich dann aber selbst gerettet werden.«

»Um zu scheitern, muss man erst mal etwas gewagt haben. Aber verraten Sie mir doch, warum Sie Ihr Leben für einen Gelben riskiert haben.«

»Er war mein Freund.«

Der Colormann nickte bedächtig.

»Ich finde Loyalität bei unseren Bewohnern bewundernswert«, sagte er, »solange sie richtig verstanden wird. Fehlgeleitete Loyalität ist vergeudete Loyalität.«

»Außerdem wollte ich sehen, wie das ist«, sagte ich leise, »sich nachts zu verirren.«

»Und wie war es?«

»Um ehrlich zu sein: schrecklich.«

Der Colormann sah mich lange an, kam dann offenbar zu einer Entscheidung und holte einen Umschlag aus seiner Jacketttasche.

»Das hier ist eine Einladung zum Eingangsexamen bei NationalColor. Sie benötigen dazu immer noch die Genehmigung Ihres Oberpräfekten – die er Ihnen verweigern wird. Präfekten neigen allgemein dazu, sich sogar die mittelmäßig perzeptiven Bewohner zur Farbsortierung zu reservieren. Erfindungsreichtum wird bei NationalColor mit Wohlwollen betrachtet. Beschaffen Sie sich also die nötige Unterschrift für dieses Dokument, und Sie sind ein Kandidat für die Farbbranche.«

Ich dachte, er würde mir den Brief jetzt aushändigen, aber nein, er legte ihn stattdessen auf einen Tisch vor uns.

»Ich darf mich doch auf Ihre absolute Diskretion verlassen, Edward, oder?«

»Jawohl«, sagte ich.

»Dann schwören Sie, dass das, was ich Ihnen sage, unter uns bleibt.«

»Beim Worte des Munsell.«

Er sah sich um und sprach mit gesenkter Stimme weiter.

»Der Grund für meinen Besuch hier in East Carmine ist nicht allein das Leck in der Magentaleitung oder die Durchführung des Ishihara.«

»Nicht?«

»Nein. NationalColor nimmt den illegalen Verkauf von Farbmustern sehr ernst. Der Diebstahl, den Robin Ochre begangen hat, ist daher für uns von erheblicher Bedeutung. Einer von Ochres Komplizen war Zane G49, den Sie ja kennen dürften. Leider verstarb er, bevor wir ihn zu seiner Tat befragen konnten. Wir vermuten, dass er sich als Purpurner ausgegeben und an diverse Farbgeschäfte im Kollektiv ›überschüssige‹ Farbmuster verkauft hat. Natürlich ist niemand auf die Idee gekommen, seine Motive zu hinterfragen, da man ihn für einen Purpurnen hielt. Der Wert der gestohlenen Farbmuster beläuft sich, vorsichtig geschätzt, auf zwanzigtausend Meriten.«

»Du meine Güte!« Ich war selbst gespannt, ob ich den Anschein von Naivität bis zum Ende des Gesprächs würde aufrechterhalten können.

»Aber das ist noch nicht alles«, fuhr der Colormann fort. »Wir gehen davon aus, dass noch eine andere Person beteiligt war. Jemand, der sich vielleicht noch versteckt hält, hier in East Carmine. Und der eine große Gefahr für die Stagnation darstellt.«

»Ein Fanatiker?«

Er nickte.

»Der übelsten Sorte. Ich will keine Panik verbreiten, aber wenn monochromatischer Fundamentalismus erst einmal Fuß gefasst hat, wird es schwierig sein, ihn ohne Schaden für andere Bewohner auszurotten.«

Ich wusste nicht genau, was Fundamentalismus bedeutete, aber wenn damit Hass auf das System gemeint war, dann traf es auf Jane zu. War das etwas Schlimmes oder nicht? Die vorgeschriebene Kleiderordnung zu ignorieren galt ja schon als schwerstes Vergehen – es dafür zu halten fiel mir schwer. Dem Apokryphen Mann schadete es ja auch nicht, und wir ließen ihn in Ruhe.

»Am besten wenden Sie sich mit dieser Frage an die Präfekten«, sagte ich matt. »Dreitausend Menschen leben in diesem Dorf, und ich hab vielleicht gerade mal dreißig kennengelernt.«

Der Colormann schüttelte den Kopf.

»Präfekten sind gute Menschen, aber ihnen geht es nur um Selbsterhalt und Bonuszahlungen. Mehr traue ich ihnen nicht zu. Sie haben Zane in Vermillion gesehen, also sind Sie irgendwie in die Sache verwickelt, und in den zwei Tagen, die Sie hier sind, haben Sie sich schon den Ruf erarbeitet, neugierig zu sein. Sie können es sich leisten, ungestraft herumzuschnüffeln. Ist Ihnen irgendetwas Ungewöhnliches aufgefallen?«

Mir fielen auf Anhieb fünf Dinge ein, und hätte man mir mehr Zeit gelassen, wäre ich sicher auf ein gutes Dutzend gekommen.

»In diesem Dorf gibt es wenig, was *nicht* ungewöhnlich wäre«, gestand ich, »aber im Zusammenhang mit dem, wovon Sie sprechen, fällt mir gerade nichts Konkretes ein.«

Wieder sah er mich lange an und nahm dann den Umschlag vom Tisch.

»Enttäuschen Sie mich nicht«, sagte er und reichte mir das Dokument.

Er ließ mich allein auf der Fensterbank zurück, und ich ging daran, meine Einschätzung von Jane nicht gerade umzuwerfen, aber doch zu überdenken. Sie war in den Diebstahl der Farbmuster verwickelt gewesen, zusammen mit Ochre und Zane. Irgendwo schwirrten zwanzigtausend Meriten herum, und sie waren nicht bei Ochre gelandet – Lucy hatte mir gesagt, dass sie keinen Cent besaßen. Drei Personen waren an der Gaunerei beteiligt gewesen, und nur eine lebte noch. Lauter unschöne Gedanken, mir brummte der Kopf. Aus persönlicher Erfahrung wusste ich, dass Jane zu einem Mord fähig war, und sie mochte es nicht, wenn ich Fragen stellte. Irgendwas führte sie im Schilde, das stand fest. Was war es? Sollte ich Jane doch verpetzen und die dicke Belohnung einstecken, die mich erwarten würde?

DIE CHROMOGENZIJA

9.7.12.06.098: Jeder Bewohner mit einer mindestens 50 %igen Farbwahrnehmung zählt zur Chromogenzija und hat Anspruch auf die in Anhang D aufgelisteten Privilegien.

Mein Vater richtete sich die Krawatte zum zehnten Mal und drückte dann die Klingel neben Mrs Ochres Haustür. Schon lange hatte er nicht mehr so großen Wert auf seine äußere Erscheinung gelegt wie heute, also musste ich annehmen, dass er sich für Mrs Ochre interessierte. Ich wusste, dass er sich manchmal einsam fühlte. Wir beide sprachen nie über meine Mutter, es war zu schmerzhaft, aber er hatte ein Bild von ihr in seinem Koffer, ich auch.

»Mach nur den Mund auf, wenn ein Mitglied der Chromogenzija dich anspricht«, ermahnte er mich noch, als wir Schritte im Haus vernahmen, »und tu bitte nichts, was meine Chancen bei Velma vermindern könnte.«

»Velma?«

»Mrs Ochre.«

»Ach so.« Erst jetzt wurde mir klar, wie weit die Sache schon gediehen war. »Gut.«

Die Tür wurde geöffnet.

»Wie schön, dass Sie kommen konnten!«, begrüßte uns Mrs Ochre. Sie trug ein spektakuläres rotes Abendkleid, das sich eng an ihren Körper schmiegte und wie eine umgearbeitete Version des Standardkleids Schulterfrei Nr. 21 aussah. Der Blick meines Vaters wanderte genüsslich an ihr herab, in einem Moment, als er meinte, sie würde wegschauen, doch sie hatte es bemerkt und fühlte sich geschmeichelt.

»Ich bitte Sie, so eine Einladung hätten wir um nichts in der Welt ausgeschlagen«, sagte mein Vater. »Bitte schön, die sind für Sie.«

»Rosen!«, rief sie. »Himmlisch!«

Sie wandte sich ihrer Tochter zu, die gerade in der Nähe war.

»Lucy, meine Liebe, würdest du bitte eine Vase mit Wasser holen? Edward, wie schön, dass ich Sie auch mal kennenlerne. Ist das der Reispudding? Wunderbar. Stellen Sie ihn bitte in die Küche. Lucy zeigt Ihnen den Weg.«

Ich folgte Lucy in die Küche, sah ihr dabei zu, wie sie eine Vase aussuchte, Wasser einlaufen ließ und dabei ordentlich spritzte.

»Hast du schon gehört, dass meine Mutter und dein Vater zusammen im *Fallen Man* Tee getrunken haben?«

»Nein, ist mir noch nicht zu Ohren gekommen.«

»Sie sollen sogar zusammen gelacht haben. Schallend gelacht, wie manche sagen. Und unterm Tisch Händchen gehalten haben. Hör zu«, ergänzte sie noch, »ich will mit offenen Karten spielen. Meine Mutter interessiert sich für deinen Vater. Und nicht nur, weil sie ab und zu gern mal eine Tasse Tee mit ihm trinken oder einen Spaziergang entlang den Außenmarkierungen machen will. Sie ist gerade sehr verletzlich, und ich möchte nicht, dass man ihr wehtut. Wenn dein Vater glaubt, er könnte eine gramgebeugte Witwe ausnutzen, kriegt er es mit mir zu tun.«

Verabredet sich mit dem Nachfolger ihres verstorbenen Gatten im *Fallen Man* und lacht laut – wie eine gramgebeugte Witwe benahm sich Mrs Ochre in meinen Augen nicht gerade.

»Ebenso«, erwiderte ich. »Ich will nicht, dass jemand das gütige Wesen und die momentane Einsamkeit meines Vaters ausnutzt, nur um eine Verbindung herbeizuführen, die eigentlich nicht in seinem Interesse sein kann.«

313

»Hm«, sagte sie. »Damit stehen sich unsere Eltern in puncto Verletzlichkeit also in nichts nach. Vielleicht sollten wir sie einfach gewähren lassen und erst mal abwarten, wohin das führt. Ich schlage vor, dass wir uns bald wieder treffen und dann besprechen, ob wir ihre Pläne durchkreuzen oder nicht.«

»Einverstanden. Ach, übrigens, hast du zufällig Boysenbeerenmarmelade?«

»Oh!«, murmelte sie. »Auf der Jagd nach Wissen?«

»Wieso? Hast du dich auch mit dem Apokryphen Mann unterhalten?«

Sie lachte.

»Mir ist es gelungen, aus einem ausgetrockneten Marmeladenglas wieder etwas Boysenbeere herzustellen. Sie war nicht sehr gut, aber für eine halbe Frage hat es gereicht.«

Sie klappte den Backofen auf und probierte die Blätterteigpasteten mit Hühnchenfüllung.

»Wenn du welche auftreiben kannst, komme ich für die Hälfte der Kosten auf, und du hast eine Frage gut.«

»Abgemacht.«

Es entstand eine Pause.

»Entschuldige, dass ich das anspreche«, sagte ich, »aber hatte dein Vater viel mit der Grauen Jane zu tun?«

»Warum willst du das wissen?«

Ich musste mir schnell etwas einfallen lassen, also sagte ich einfach, was mir als Erstes in den Sinn kam.

»Es hängt mit meiner … mit der Stuhlzählung zusammen.«

»Ach so. Nein. Nicht, dass ich wüsste. Aber irgendwann wird er wohl jeden mal gesehen haben, bei ihrer Geburt war er auf jeden Fall dabei. Es sei denn …«

»Was für ein herrlicher Blumenstrauß!«, sagte Mrs Ochre, als sie in die Küche kam. »Kannst du bitte den Tee ausschenken, Lucy, während ich zusammen mit Holden – ich meine Mr Russett – die Gäste an der Tür empfange? Edward, seien Sie so gut und kümmern

314

Sie sich um die Garderobe der Gäste. Und wenn Sie danach bitte die Gurkensandwiches herumreichen würden.«

Ich nahm den Teller vom Tisch und ging damit in das geräumige, holzgetäfelte Wohnzimmer. Mrs Ochre hätte die Sandwiches auch mit echter Salatgurke belegen können, doch Gurken absorbieren die grüne Farbtönung nicht so gut. Die Scheiben waren von einer Zucchini, die die künstliche Farbe besser aufnehmen, ein helles smaragdenes Ersatzgrün. Der Raum war schon halb voll, doch von den Anwesenden kannte ich nur Mrs Lapis-Lazuli und den Apokryphen, der sich gewaschen und sogar einen Anzug angezogen hatte. In Gesellschaft anderer durfte ich ihn nicht zur Kenntnis nehmen, wenn ich nicht schwere Bestrafung riskieren wollte, also ging ich einfach weiter, damit er sich im Vorbeigehen ein paar Sandwiches vom Teller nehmen konnte. Mit einem Kopfnicken begrüßte ich Mrs Lapis-Lazuli, die zur Erwiderung kaum wahrnehmbar ebenfalls den Kopf senkte.

Die Gespräche drehten sich hauptsächlich darum, dass High-Saffron vermutlich zum Wertgutsammeln freigegeben werden sollte und East Carmine vielleicht doch noch eine Gute-Laune-Messe ausrichten werde, falls die Anschlussleitung volle Colorierung brachte.

Die nächsten Gäste trafen ein, Aubrey und Lisa Lemon-Skye, die Eltern von Jabez.

»Sie müssen Edward sein«, begrüßte mich Aubrey, während Lisa mit Mrs Ochre und meinem Vater schwatzte, die beide mühelos in die Rolle der Gastgeber geschlüpft waren.

»Sie tragen ja einen Doppelfarbnamen«, bemerkte ich. »Davon habe ich noch nie gehört.«

»Kommt wohl auch selten vor«, spekulierte Aubrey. »Es ist zwar regelgemäß, wird aber nicht gerne gesehen. Meine Frau ist die Cousine von Turquoise, ihr haben wir den Namen zu verdanken, sie hat das für uns gedeichselt. Außerdem: Ist ja nicht so, als wären wir Komplementärfarben.«

Ich musste mich unwillkürlich schütteln bei dem Gedanken. Die Vorstellung einer Verbindung zwischen Rot und Grün, Blau und Orange oder Gelb und Violett war ekelhaft.

»Hat Ihnen die Gutenachtgeschichte gefallen?«, tönte eine unerwartet laute Stimme hinter mir. Ich drehte mich um, Mrs Lapis-Lazuli sah mich streng an.

»Sehr sogar.«

»Wundervoll! Ich kann mir nicht vorstellen, wer solche Geschichten in die Welt setzt. Unverantwortlich!«

Sie zwinkerte mir zu.

»Wie ich vernommen habe, denken Sie darüber nach, für immer bei uns zu bleiben.«

»Eigentlich nicht«, entgegnete ich. »Im Gegenteil.«

»Wie schön. Wir brauchen dringend frisches Blut, um das festgefahrene politische Gefüge mal wieder ein bisschen aufzumischen. Ach, du meine Güte!«, rief sie plötzlich, als ihr Blick auf eine Dame am anderen Ende des Raums fiel, die ebenso viele Falten hatte wie sie. »Granny Crimson! Und ohne ein Anzeichen von Fäulnis im Gesicht. Erstaunlich. Wie macht sie das nur? Das muss ich mir aus der Nähe ansehen.«

Sie entschwand ohne ein weiteres Wort.

»Eine der tragenden Säulen der Debattiergesellschaft«, klärte mich Mr Lemon-Skye auf, während die alte Frau wie ein junges Fohlen über das Parkett hüpfte. »In ihrer Jugend war sie unsere beste Hockeyspielerin. Sie hat das Dorf bei den Sportwettkämpfen auf dem Jollity-Jahrmarkt der Gute-Laune-Messe sechzehnmal vertreten. Ihre Fachgebiete sind Strichcodes, Buchtitel und Karten. Sie besitzt eine Original-Weltkarte von Parker Brothers.«

Das war insofern interessant, als diese Karte die einzige Ansicht der Welt vor dem Gewissen Ereignis war, die wir besaßen. Aus irgendeinem Grund war ihre Vernichtung im Anhang XXIV nicht vorgesehen.

»Ist sie auch eine Anhängerin der Theorie, die Karte würde globale chromatische Regionen der präepiphanischen Welt darstellen?«

»Ja, aber ich selbst bin da skeptisch. Wenn unsere Region zum Zeitpunkt des Gewissen Ereignisses tatsächlich im blauen Bereich gewesen sein soll, dann würde es heute mehr Hinweise darauf geben.«

»Und das Akronym RISK? Wofür steht das Ihrer Ansicht nach?«

»Ja, ja, ich weiß. Regional International Spektral Kolor«, räumte Mr Lemon-Skye ein, als er meinen zweifelnden Blick bemerkte. »Das muss irgendein archaischer Begriff sein. Aber lassen Sie sich die Karte mal zeigen. Sie ist fast vollständig erhalten, nur die Länder Irkutsk und Kamtschatka sind von Würmern angefressen.«

»Ja, das mache ich. Vielen Dank für den Hinweis.«

»Keine Ursache. Was sagen Sie zu unserer Knisterfalle?«

»Sehr beeindruckend.«

»Ja, nicht? Die Grauen, die wir beim Bau verloren haben, wären es nicht wert gewesen, sagen manche, aber Gerüstmaterial ist heutzutage furchtbar teuer. Was für ein Glück, dass wir so eine Präfektin wie Gamboge haben, meinen Sie nicht auch? Prächtige Lady.«

Ich hatte vergessen, dass Aubrey zwar ein grünes Farbkennzeichen trug, aber für den gelben Bestandteil seines Namens stand: ein zitronig säuerlicher Gelber, wie er im Buche stand.

Neue Gäste hatten den Raum betreten, ein Paar. Die Frau erkannte ich wieder, Tommo hatte mich schon im *Fallen Man* auf sie aufmerksam gemacht. Es waren die Eltern von Doug und Daisy Crimson. Der Vater hatte einen etwas düsteren Gesichtsausdruck, unverkennbar ein Senior-Aufseher, der bei der Beförderung übergangen worden war. Er besaß die irritierende Angewohnheit, sich ständig umzusehen, wenn man sich mit ihm unterhielt – woanders könnte ja ein viel interessanteres Gespräch im Gange sein.

»Darf ich vorstellen?«, sagte Aubrey, als die beiden auf uns zukamen. »Das ist Edward Russett. Ich habe gerade versucht, ihm zu erklären, wie gefährlich Blitzeinschläge sind.«

Man gab sich reihum die Hand, sagte sich Nettigkeiten, aber ich spürte, dass die beiden mich genau musterten. Es könnte ja der unwahrscheinliche Fall eintreten, dass ich doch in East Carmine blieb und möglicherweise ein starker Roter war, so wie ihr Sohn.

»Blitzeinschläge? Mir machen die Schwäne viel mehr Sorgen. Und das Gesindel.«

»Ach, kennen Sie sich aus mit Gesindel?« Ich bemühte mich, es wie eine intelligente Frage klingen zu lassen und zu überspielen, dass es sarkastisch gemeint war.

»Ich bin kein Mensch mit Faktenwissen«, sagte Mr Crimson. Er war ein Trottel, aber wenigstens war er ehrlich. »Meine Domäne sind Unbewiesene Spekulationen. Mrs Gamboge kennt sich da besser aus, nicht?«

Mir war gar nicht aufgefallen, dass die Gelbe Präfektin eingetroffen war, das Notizbuch gezückt. Üblicherweise protokollierten die Präfekten Versammlungen wie diese für das Archiv der Fakultät, da gelegentlich Große, Wichtige Gedanken geäußert wurden. Zum Glück kam Sally Gamboge nicht in Begleitung von Courtland.

Sie postierte sich in der Mitte des Raums und wirkte heute auf mich nicht ganz so unangenehm wie sonst, aber das besagte nicht viel. An sich keine hässliche Frau, jedoch hatte das präfekturale Gehabe ihre körperliche Erscheinung in einer Weise vergiftet, die nichts als Misstrauen auslöste. Jetzt hatte sie meine ganze Aufmerksamkeit und die meines Vaters. Die übrige Gesellschaft hatte die Geschichte schon mal gehört, hielt aber dennoch respektvoll schweigend inne.

»Letztes Jahr habe ich meine Schwester in Yellopolis besucht«, sagte sie. »Es gab dort Probleme mit Gesindel, das in der Nähe siedelte und morgens und abends in der Dämmerung, wenn es keiner sah, Getreide an sich raffte. Deswegen wurden entlang der Außenmarkierungen Fallen aufgestellt, und erstaunlicherweise wurde auch jemand gefangen.«

»Wie sah es aus?«

»Ein schmuddeliges Biest. Ungewaschen, verlaust, schlechte

Zähne, dreckiger Kittel, zerrissenes Kleid und ungeputzte Schuhe – subhuman, wenn Sie mich fragen.«

»Könnte es nicht auch ein Nachtabgang gewesen sein, der an fortgeschrittener Noctupsychose litt?«, fragte mein Vater, der, wie die meisten Menschen, die Wirkung von Nachtangst erlebt oder persönlich erfahren hatte: Zittern, Herzrasen, unzusammenhängendes Geschrei, Loslösung von der Realität und schließlich Wahnsinn.

»Es hatte keine Postleitzahl«, antwortete die Gelbe Präfektin und tippte sich dabei auf das rechte Schlüsselbein. »Ich habe nachgesehen, als das Wesen entkleidet wurde, um es abzuspritzen.«

»Konnte es sprechen?«, fragte Lucy.

»Nur ein gutturales Sprachgemisch«, sagte Gamboge fachmännisch und trank einen Schluck von ihrem Holundersaft. »Viele Substantive stammten aus der Gossensprache, wobei die grammatische Konstruktion durchaus zeitgemäß war. Die Wörter aber waren völlig falsch ausgesprochen, wie man es von Leuten kennt, die keinen Zugang zu Bildung haben. Teilweise konnte ich es verstehen, aber die Sprache war gespickt mit Obszönitäten der übelsten Sorte, sodass sich der Versuch, alles zu begreifen, gar nicht gelohnt hätte.«

»Ein Tier«, sagte Mr Lemon-Skye schaudernd.

»So könnte man sagen«, bestätigte Mrs Gamboge. »Aber seltsamerweise hat es mehrmals den Namen eines Mannes wiederholt. Wenn ich es nicht besser gewusst hätte, hätte man meinen können, es wäre zu einer monogamen Beziehung fähig gewesen.«

Sie erntete höfliches Lachen für diese etwas ausgefallene Phantasie, nur ich fiel in das Gelächter nicht ein.

»Jetzt kommt das Sonderbare«, fuhr Mrs Gamboge fort. »Die Kreatur hatte in der Falle einen Teil ihres Fußes verloren, und die Wunde hatte sich schon nach einem Tag infiziert. Sie wurde matt und blass, stöhnte ganz jämmerlich, dann wurde sie bewusstlos und starb. In drei Tagen war alles vorbei.«

»Soll das heißen, sie hatte sich keinen Traumatischen Mehltau eingefangen?«, fragte Lucy.

»Keine einzige Spore weit und breit. Jede zivilisierte Person, die sich einen vergleichbar schlimmen körperlichen Schaden zugezogen hätte, wäre im Nu von der Variante T dahingerafft worden.«

Die Gesellschaft verstummte, als ihr allmählich dämmerte, dass das Gesindel möglicherweise immun gegen die Fäulnis war; nur Granny Crimson schwieg nicht, sie teilte jedem mit, sie habe gerade eine Biene vorm Fenster vorbeifliegen sehen.

»Ich habe gehört, dass einige Dörfer sogar Handel mit dem Gesindel treiben«, verkündete Mrs Ochre als perfekte Gastgeberin in die entstandene Gesprächslücke hinein. »Meine Schwester Betsy wohnt in Hennerington auf der Honeybun-Halbinsel, und sie sagt, dort würde das Gesindel Säcke mit sortierten blauen Altfarben an den Außenmarkierungen abstellen, zum Tausch gegen Gries, Ovomaltine und Soßenpulver.«

»Wenn das zutrifft«, sagte Aubrey, »muss man die erstaunliche Schlussfolgerung ziehen, dass Gesindel ein rudimentäres Empfinden für Farbe hat.«

Alle nickten wissend.

»Ich beschäftige mich seit Jahren mit dem *Homo feralensis*«, merkte Mrs Gamboge an, »und ich bin ein strikter Anhänger der Theorie, dass es sich bei diesen Vertretern um Graue handelt, die schlichtweg eine kleine Stufe tiefer gesunken und der Wildheit verfallen sind. Ohne den stabilisierenden Faktor der chromatischen Ideologie von Munsell wären wir genau wie sie – unwissend, dreckig und bestialisch.«

»Stimmt es, dass sie ihre eigenen Babys essen?«, fragte Mrs Crimson.

»Absolut. Und alle anderen Babys, die sie zwischen die Finger kriegen. Es wird sogar behauptet, sie würden Babys nur zum Fressen produzieren.«

»Verwilderte Graue sollen ein rudimentäres Farbempfinden haben? Wie ist das möglich?«, fragte ich.

Mrs Gamboge bedachte mich mit einem eisigen Blick und sagte

mit schicksalsschwerer Stimme: »Sie essen die Gehirne ihrer abgeschlachteten Opfer, um sich auf diese Weise die chromatischen Fähigkeiten einzuverleiben.«

»Sie essen die Gehirne?«, unterbrach Mrs Ochre mit bebender Stimme das nachfolgende betretene Schweigen.

»Daran besteht kein Zweifel«, murmelte Mrs Gamboge, »und zwar essen sie sie mit Löffeln – dem Instrument der Barbaren.«

»Meine Güte!«, sagte Mrs Lemon-Skye. »Deswegen stehen in der *Harmonie* vielleicht auch keine Löffel auf der Liste der Produktionsgüter.«

»Die Wege Munsells sind wahrlich unergründlich«, stellte Mr Crimson fest.

»Je eher wir das Problem mit dem Gesindel gelöst haben, ein für alle Mal«, setzte Mrs Gamboge nach, die endlich ihr eigentliches Anliegen loswerden wollte, »desto ruhiger können wir nachts in unseren Betten schlafen.«

Ein Chor der Zustimmung begrüßte diese Äußerung, gefolgt von einer langen Pause, in der wahrscheinlich jeder darüber nachdachte, wie glücklich er sich schätzen durfte, bald in einer noch sichereren und geordneteren Gesellschaft zu leben. Nur ich nicht, ich schlief nachts auch jetzt schon ruhig in meinem Bett.

»So ein himmelschreiender Blödsinn!«, ertönte eine laute, tiefe Stimme.

»Wer wagt es, solche Sprache in den Mund …«, begann Mrs Gamboge, doch als sie sah, dass es sich um den Apokryphen Mann handelte, brach sie mitten im Satz ab und ließ den Rest in ein Hüsteln auslaufen; alle anderen starrten in ihre Gläser, an die Wand oder woandershin.

Mrs Ochre befand, dass wir nun endlich Platz nehmen sollten.

»Bitte zu Tisch!«, verkündete sie und klatschte aufmunternd in die Hände. »Immer Mädchen neben Junge neben Mädchen.«

STREITGESPRÄCHE BEI TISCH

9.02.02.22.067: Marmeladengläser, Milch- und Saftflaschen dürfen nur in einer Größe hergestellt und ausgeliefert werden.

Wir gingen ins Esszimmer, doch der Apokryphe Mann war schneller als wir und hatte Mrs Ochres sorgfältig ausgedachte Sitzordnung durcheinandergebracht. Für einen Moment geriet die Gastgeberin außer Fassung, doch dann verkündete sie, der Platz des Apokryphen Mannes solle »als Zeichen der Anerkennung für die Freunde, die wir verloren haben«, frei bleiben, und sehr rasch hatten sich alle zu ihrer Zufriedenheit wieder neu gruppiert.

Von Lucy und mir wurde natürlich erwartet, dass wir die Gäste bei Tisch bedienten, es waren auch keine Gedecke für uns ausgelegt. Ein interessantes Detail fiel mir noch auf, dass nämlich Sally Gamboge neben meinen Vater platziert war.

»Die Expedition nach Rusty Hill war ja ein voller Erfolg«, sagte sie, aber es wirkte etwas gezwungen. »Und die Schnupfenepidemie klingt ab, glaube ich. Meinen Glückwunsch.«

Mein Vater gab das Kompliment galant zurück.

»Also!«, sagte Mrs Ochre in die Runde. »Bevor wir mit dem Essen anfangen, möchte ich auf die abwesenden Freunde anstoßen, die nicht an unserer Versammlung teilnehmen können. Die Rede ist von unserem kürzlich verstorbenen Vater und Ehemann, Robin Ochre, der uns sehr fehlt ... « Sie unterbrach kurz, weil ihre Stimme zitterte, und ich merkte, dass Lucy sich verkrampfte. »Wir sollten aber auch ein anderes Mitglied des Kollektivs nicht vergessen, Travis Canary, der gestern Nacht abgängig blieb. Nie wieder wird er die einfachen Freuden unermüdlicher Arbeit genießen dürfen, nie wieder den Rausch der Kameradschaft, die unser Kollektiv auszeichnet. Positiv vermerken möchte ich die Ankunft unseres neuen Mustermanns Mr Russett sowie seines Sohnes Edward. Ich bitte Sie, die beiden herzlich zu begrüßen. Wir wollen ihnen ihren Aufenthalt hier bei uns so angenehm wie möglich machen.«

Sie hob ihr Glas, alle murmelten: »Getrennt sind wir vereint«, und Lucy brachte eine kurze Lesung aus Munsells *Harmonie* dar. Nachdem wir das hinter uns gebracht hatten, servierten wir den ersten Gang: colorierter Cocktail von falschen Krabben.

Als das Essen auf dem Tisch stand und Mrs Ochre darum gebeten hatte, man möge doch anfangen, hatte der Apokryphe seinen Teller bereits leergegessen und machte sich über den des Nachbarn her.

»Vergangene Woche«, fing Mrs Ochre an, nachdem alle von der Vorspeise gekostet und sie vollmundig gelobt hatten – ganz wunderbar durchschnittlich, und dieses Pink, herrlich! –, »haben wir darüber diskutiert, warum die Korrosion von Metall für die Einstigen ein so großes Problem darstellte, und wir haben über eine Theorie gesprochen, die eine Erklärung für Kugelblitze hätte liefern können, es aber nicht tat. Als ersten Beitrag heute Abend wird Mrs Crimson uns ein kleines Referat halten, das den Titel trägt … Wie lautet noch gleich der Titel, meine Liebe?«

Mrs Crimson stand auf.

»Ich nenne mein Referat: *Vergessene Eponyme und die Etymologie substantivischer Wörter.*«

Alle Augen richteten sich auf Mrs Gamboge, um ihre Reaktion zu ermessen. An und für sich durfte frei und ungehindert diskutiert werden, aber es war besser, die Zustimmung des Präfekten einzuholen. Gamboge jedoch sagte keinen Ton, sondern schrieb nur etwas in ihr Notizbuch, wahrscheinlich mit hellgelber Tinte, denn für uns sah es so aus, als hätte sie überhaupt nichts geschrieben.

»Wer von Ihnen«, fing Mrs Crimson an, »hat sich schon mal gefragt, warum folgende Wörter aus zwei Teilen bestehen: Morse-Alphabet, Faraday'scher Käfig und Fettuccine Alfredo?«

Alle schüttelten den Kopf. Keiner hatte je darüber nachgedacht, auch ich nicht.

»Ich werde darlegen«, führte sie aus, »dass ihr Ursprung in den Personen zu suchen ist, die sie geprägt haben oder bei ihrer Entdeckung beteiligt waren.«

»Wer soll denn Fettuccine Alfredo entdeckt haben?«, schnaubte Mrs Gamboge: »Als Nächstes wollen Sie mir noch erzählen, Battenberg-Kuchen sei von einer Person namens Battenberg erfunden worden.«

»So ist es«, sagte Mrs Crimson und sah die Präfektin hasserfüllt an. »Genau das ist meine Absicht.«

Mrs Karmesin hielt einen geistvollen Vortrag, der zwar durch das Ausbleiben von Beweisen jedem Widerspruch aus dem Weg ging, uns aber dennoch einen verlockenden Einblick in das Leben vor der EntFaktung bot, in eine Welt, die viel Interessantes zu bieten hatte, mehr noch – Sinn.

Danach widmete man sich wieder dem Thema High-Saffron. Es wurde hervorgehoben, dass die Stadt seit dem Großen Ereignis gänzlich unberührt sei, folglich ein reiches Vorkommen von Altfarbenresten aufweisen müsse, das nur darauf warte, angezapft zu werden. Mrs Lapis-Lazuli behauptete, es gebe dort auch eine Bibliothek, uralt und mit Büchern bestückt, die seit langem auf der Liste der unerwünschten Titel stünden. Mrs Gamboge erwiderte, dies sei der typische »fantastische Blödsinn«, den Bibliothekare so gerne verzapften, und bekundete, wenn es nach ihr ginge und die Regeln nicht davorstünden, hätte sie Mrs Lapis-Lazulis Bibliothekarsmeute schon längst irgendwo hingeschickt, »wo sie der Gemeinschaft besser nutzt«, eine Meinung, die Mrs Lapis-Lazuli die Zornesröte ins

Gesicht trieb, was vermutlich selbst den Ochres nicht verborgen blieb. Mr Crimson entschärfte die Situation, indem er uns von Great Auburn berichtete, einem Ort in der Nähe, der völlig leergeräumt sei. Um die Farbreste aus dem Boden zu spülen, habe man Hochdruck-Wasserschläuche benutzt, die zwar Schäden im Boden verursacht hätten, aber die Abbaumethode mit dem geringsten Zeitaufwand seien. Gerade wollte er auf die Probleme beim Abtransport zu sprechen kommen, als die Nachtglocke ertönte. Fandango zündete den Lichtbogen draußen an, der flackernd und zischend zum Leben erwachte. Frisches weißes Licht strömte durch die großen Fenster, und die Luxferpaneele über den Fensterrahmen projizierten ein rechteckig gemustertes Lichtgespinst an die Decke.

Lucy und ich räumten das Geschirr ab und kehrten mit dem Hauptgericht zurück. Nach einer Diskussion über die Ausweglosigkeit der Versuche, die Löffelfrage zu umgehen, und einem Diskurs über die vertrackte Zufälligkeit präepiphanischer Familiennamen stellte Mrs Ochre die Frage, ob jemand in den vergangenen vier Wochen auf irgendetwas Sonderbares gestoßen sei, das er der Gesellschaft gerne mitteilen möchte.

»Darf ich etwas sagen?«, fragte ich und holte, als kein Einwand kam, Dorians Foto von East Carmine bei Nacht hervor. Ich gab es meinem Vater, der es genau betrachtete, bevor er es weiterreichte.

»Dieses Bild wurde vor einigen Wochen aufgenommen«, erklärte ich. »Dorian G7 hatte an seiner Kamera versehentlich den Verschluss offen gelassen und so diese kuriosen konzentrischen Lichtkreise am Nachthimmel aufgenommen. Hat jemand von Ihnen eine Ahnung, was das sein könnte?«

Dad hatte das Bild an Witwe deMauve weitergereicht, die es Mrs Gamboge übergab. Diese schrieb wieder mit der gelben Tinte eine unsichtbare Notiz in ihr Büchlein und gab das Foto dann ihrer Tischnachbarin Mrs Lapis-Lazuli, die es eine ganze Weile studierte und sogar mit dem Finger eine der Linien entlangfuhr.

»Es sind keine vollständigen Kreise«, bemerkte sie, »nur eine

Serie ineinandergreifender Bögen, die sich alle um einen Mittel-punkt herum bewegen.«

Sie gab das Foto Mrs Lemon-Skye.

»Ich vermute mal, dass es sich hierbei entweder um eine Täu-schung handelt«, sagte sie, bevor sie es an ihren Mann weitergab, »oder um einen Fehler bei der Herstellung.«

»Das glaube ich nicht«, sagte ihr Mann. »Man erkennt deutlich, dass die Linien hinter der Silhouette der Knisterfalle verlaufen.«

Er sah sich das Foto noch genauer an.

»Es gibt noch andere Linien, kaum zu erkennen, die die Kreise kreuzen.«

»Das sind keine Kreise«, korrigierte Mrs Lapis-Lazuli, »das sind Bögen.«

»Na gut, dann eben Bögen. Aber zu welchem Zweck?«

»Kreise am Himmel, die wir nicht sehen können?«, äußerte sich jetzt Sally Gamboge, deren Bereitwilligkeit, das Gerede über Gesin-del zu glauben, nicht mehr viel Platz für Objektivität in ihrem Kopf übriggelassen hatte. »Was Dümmeres ist mir noch nicht unterge-kommen.«

»Katzen und Nachtaktive Bissige Tiere können auch in mond-losen Nächten etwas sehen«, merkte Lucy an. »Etwas Licht gibt es also, und von irgendwoher muss es ja kommen.«

»Sie alle irren sich«, sagte der Apokryphe Mann. »Es sind ferne Sonnen.«

Es folgte ein verlegenes Schweigen. Jeder wollte wissen, was er damit meinte, aber niemand traute sich, ihn überhaupt als Person wahrzunehmen.

»Es kommt … von fernen Sonnen«, sagte Granny Crimson, die jetzt das Foto intensiv betrachtete. Wir sahen uns alle an, aber nie-mand griff Granny Karmesin wegen der begangenen Respektlosig-keit an, nicht mal Sally Gamboge, dafür waren wir alle viel zu neu-gierig.

»Können Sie uns noch mehr darüber sagen?«, fragte mein Vater.

»Ich weiß nicht«, sagte Mrs Crimson unsicher und schielte verstohlen zu dem Apokryphen hinüber.

»Ferne Sonnen«, wiederholte der Apokryphe. »Ganz so wie unsere eigene, aber so unermesslich weit von der Erde entfernt, dass sie wie Lichtpunkte erscheinen, zu schwach für das Auge des *Homocoloribus*, um sie zu erkennen.«

»Sonnen«, wiederholte Granny Crimson, sodass alle Anwesenden Gelegenheit hatten, über die Worte des Apokryphen nachzudenken, »zu weit entfernt, um sie erkennen zu können ... Lichtpunkte.«

»*Sterne?*«, murmelte Lucy. Das veraltete Wort klang merkwürdig aus ihrem Mund und tönte in unseren Ohren nach. Wir hatten alle schon mal von Sternen gehört, aber hätten nie gedacht, dass wir sie jemals würden beobachten können und unsere Beobachtungen einen Sinn ergäben. Es war wie bei den Pyramiden, wie beim Großen Schwitzen, Chuck Naurice, Tariq al-Simpson, M'Donna und der Regenbogenfraktion – wir wussten alle, dass sie mal existiert hatten, aber es gab keine Quellen, keine Beweise. Die Namen waren lediglich Etikettierungen für verlorene Erinnerungen, der Widerhall verlorenen Wissens, das über die Jahre von Bewohner zu Bewohner weitergegeben worden war.

»Aber hier handelt es sich nicht um Lichtpunkte«, gab Aubrey zu bedenken, »sondern um Kreise.«

»Um Bögen«, wiederholte Mrs Lapis-Lazuli. »Halten wir uns doch bitte an die Fakten, ja?«

»Sie bewegen sich«, sagte der Apokryphe. »Und sie beschreiben eine kreisförmige Linie am Nachthimmel. Was man sieht, ist nicht ein einzelner, aus der Zeit losgelöster Moment, sondern eine Bewegung über eine Dauer von sieben Stunden, aber auf einem Blick.«

Granny Crimson wiederholte das Gesagte Wort für Wort.

Während wir das alles in uns aufnahmen, versanken wir wieder in Schweigen, doch ich spürte auch Entdeckerfreude in mir, die

Lust auf ein Verstehen der Welt. Gleichzeitig stellte sich noch etwas ein: das überwältigende Gefühl, einen unermesslichen Verlust erlitten zu haben. Die zahllosen Rücksprünge über die Jahre hatten dem Kollektiv so ungeheuer viel Wissen entzogen, dass wir jetzt regelrecht beschränkt dastanden, und nicht nur das, wir hatten nicht einmal eine Ahnung, wie sehr beschränkt wir waren. Die wandernden Sterne am Nachthimmel waren nur ein Bruchteil eines viel größeren Verständnisses der Dinge, welches unwiederbringlich verloren war.

Ich saß auf meinem Stuhl, wunderte mich über mich selbst, und dann dämmerte es mir, die Einsicht, dass einfach alles an unserem Kollektiv irgendwie falsch war, durch und durch falsch. Sollten wir unser Leben nicht damit verbringen, Wissen anzuhäufen, anstatt Wissen zu verlieren?

»Aber warum bewegen sich die Sterne?«, fragte Mrs Crimson.

»Sie bewegen sich nicht.«

»Sie bewegen sich nicht«, wiederholte Granny Crimson.

»Haben Sie nicht eben gesagt … «

»Wir bewegen uns«, sagte Lucy in einer plötzlichen Eingebung. »Die Erde rotiert einmal am Tag um ihre Achse. Wenn man darüber nachdenkt – unsere eigene Sonne beschreibt ja auch einen Kreis um uns herum.«

Der Apokryphe nickte heftig, und es wurde still, als jeder darüber sinnierte, was diese Vorstellung bedeutete.

»Ich muss sagen, ich finde das alles sehr weit hergeholt, *sehr weit*«, stellte Mrs Gamboge klar, die sich zweifellos darüber ärgerte, dass wir es überhaupt wagten, über ein Thema zu diskutieren. »Es dürfte bekannt sein, dass der geistige Verfall von Granny Crimson sie in unmittelbare Nähe von Variante G rückt. Aber was Sie sagen, kann gar nicht stimmen, denn genau in der Mitte der Ringe gibt es einen Punkt, und der bewegt sich überhaupt nicht.«

»Bögen«, sagte Mrs Lapis-Lazuli.

»Ich würde meinen«, erwiderte Granny Karmesin, nachdem der

Apokryphe gesprochen hatte, »dass es ein ferner Stern ist, der mit der rotierenden Erdachse eine Linie bildet.«

Der Apokryphe formulierte selbstverständliche Wahrheiten mit einer Klarheit, die uns demütig werden ließ. Mein Vater drückte es am besten aus. Er sah Granny Crimson unverwandt an.

»Seit über zwanzig Jahren besuche ich Versammlungen von Debattiergesellschaften. In der ganzen Zeit habe ich immer nur unzureichend durchdachte Theorien und auf schwachen Argumenten beruhende Vermutungen vorgesetzt bekommen. Heute Abend wurde uns handfestes Wissen vermittelt.«

»Ich hole den Reispudding«, sagte Mrs Ochre und lief aus dem Zimmer in die Küche.

»Vielleicht«, richtete sich Mr Lemon-Skye an den Apokryphen Mann, sah dabei aber Granny Crimson an, »könnten Sie Ihren scharfen Verstand noch auf ein anderes Rätsel anwenden, mit dem wir uns seit einigen Jahren auf unseren wöchentlichen Treffen herumschlagen.«

Der Apokryphe gab keinen Ton von sich, doch Aubrey kam gar nicht dazu weiterzusprechen, denn Lucy nutzte die kurze Pause, um eine Frage zu stellen, die sie persönlich beschäftigte.

»Was ist die Musik der Sphären?«

Der Apokryphe sah sie eine Weile an und sagte dann mit äußerstem Bedacht: »Früher einmal war Musik alles. Sie war die Antwort auf alle Fragen, erfüllte alle Bedürfnisse. Sie war Antrieb für Arbeit, Verkehr, Unterhaltung. Sie lieferte Behaglichkeit und Licht, sie brachte Information, Bücher, Kommunikation und Tod. Sie brachte sogar ... Musik.«

Er gähnte, als würde die Sitzung ihn ermüden, zog ein Taschentuch hervor, packte etwas Essen hinein und spazierte aus dem Zimmer.

Bevor Granny Crimson seine Antwort vollständig wiedergegeben hatte, machte Aubrey Lemon-Skye seinem Unmut Luft.

»Vielen Dank auch«, sagte er, an Lucy gewandt. »Da will ich ihn nach der Lösung des ewigen Rätsels fragen, warum Äpfel schwimmen und Birnen nicht, und dann kommen Sie daher und vergraulen ihn – Entschuldigung, *sie* – mit Ihrer törichten Idee von den harmonischen Pfaden, die, wie ich sagen darf, doch wohl von mehr als fragwürdiger Relevanz ist. Musik bringt ... Musik!? Das ist doch lächerlich!«

Aubreys Unfreundlichkeit löste allgemeines Räuspern aus. Er war kurz davor gewesen, Lucy anzuschreien, und so etwas gehörte sich nicht.

Lucy, aufgebracht vor Empörung, erwiderte seinen Blick.

»Ihre Relevanz mag fragwürdig sein, Sir«, antwortete sie mit mühsam aufrechterhaltener Höflichkeit, »aber verglichen mit Ihrer Frage hebt sie doch unsere Diskussion auf ein unerhört anspruchsvolles Niveau.«

Sie hatte sich weit vorgewagt, zu weit für ihren Farbton – Lemon-Skye stand immerhin chromatisch deutlich über ihr –, doch wir alle waren Gäste im Haus der Ochres, insofern war ihr Benehmen zwar nicht akzeptabel, doch belangt werden konnte sie dafür nicht.

»Alles Firlefanz und dummes Zeug«, verkündete Mrs Gamboge, die offenbar meinte, überhaupt nicht auf ihre Sprache achten zu müssen, eine Meinung, der sich Granny Crimson anschloss. Sie erklärte, Lucys Interesse am Übernatürlichen sei »der Milchshake der Indolenz«. In Mrs Ochres Anwesenheit hätte sie das vermutlich nicht geäußert, und ich hatte den Eindruck, dass Lucy der Versammlung in der Vergangenheit schon einige Male mit ihrem Gerede von den harmonischen Pfaden auf die Nerven gefallen war.

Lucy überlegte einen Moment, kramte eine Bleikugel und ein kurzes Stück dünnen Draht aus ihrer Tasche, fixierte dann, nachdem sie sich einen Zeichenstift vom Schreibtisch genommen hatte, das Pendel in der Mitte des Türbalkens, versetzte es in Schwingung und trat ehrfürchtig zurück.

»Und was soll uns das beweisen?«, fragte Aubrey in dem Moment, als Mrs Ochre den Reispudding hereintrug, den ich gekocht hatte, und außerdem ihren eigenen Biskuitkuchen mit Sirup und Vanillesoße – »nur für den Fall«.

»Habe ich etwas verpasst?«, fragte Mrs Ochre. Aubreys Ausfälle gegenüber Lucy hatten dazu geführt, dass sich Stille über den Raum legte und wir alle peinlich berührt das Pendel anstarrten, denn es würde kein gutes Licht auf Lucy werfen, wenn das Pendel sich so verhielt wie die meisten Pendel, das heißt zur Ruhe kommen würde.

»Ihre Tochter demonstriert uns gerade ihre Theorie der Harmonien«, sagte mein Vater, und nachdem Mrs Ochre das mit einem »Sieh mal einer an!« kommentiert hatte, machten wir uns über den Reispudding her. Die Unterhaltung wurde wieder aufgenommen und drehte sich jetzt um die Flughöhe des Zugvogels der Gattung *Cygnus giganticus* und die Frage, warum er stets in einer Achterkonstellation flog.

»Manchmal sind sie so hoch, dass sie gar nicht mehr wie Schwäne aussehen«, bemerkte Mrs Crimson.

Es blieb jedoch nicht lange bei den Schwänen, denn unser Augenmerk richtete sich bald wieder auf die Bleikugel. Die Bewegungen des Pendels waren nicht langsamer geworden, wie man es von einem Ball, der keine dreißig Zentimeter Durchmesser hatte, erwartet hätte; im Gegenteil, die Geschwindigkeit hatte zugenommen.

»Höchst seltsam!«, sagte Mr Crimson und sprach damit aus, was wir alle dachten.

Der Ausschlag des Pendels nahm an Umfang zu, bis die Kugel mit einem scharfen *Klack* gegen die Kante der Türschwelle stieß, gefolgt von einem nächsten *Klack*, als die Kugel gegen die andere Kante stieß. Danach nahm das Pendel dramatisch an Geschwindigkeit auf, und nach einer Minute war der Draht nicht mehr zu erkennen, die Bleikugel ein verschwommener Halbkreis und der Lärm ein einziges Stakkato, das immer lauter wurde, bis es in ein kontinuierliches Heulen überging. Erschrocken wichen einige Gäste zurück.

Als der Türrahmen aus Holz durch die Wucht der Aufschläge anfing zu zersplittern, riss plötzlich der Draht. Die Kugel schoss durch den Raum, prallte von der Anrichte ab, zerdepperte ein Trinkglas, das direkt vor Mrs Lapis-Lazuli auf dem Tisch stand, segelte schließlich aus dem Fenster und hinterließ ein fast kreisrundes Loch in der Scheibe.

Lucy sagte kein Wort, denn hier gab es nichts zu sagen, und Aubrey, ganz zahm, erklärte sich bereit, für den Schaden aufzukommen, was einer Entschuldigung gleichkam, und mehr konnte man von einem gebürtigen Gelben nicht erwarten.

»Bevor Sie jetzt Fragen stellen«, sagte Lucy, »ich habe keine Ahnung, warum es funktioniert. Aber es funktioniert.«

»Es ist die Antriebskraft, die hinter den Everspins steckt«, sagte ich in Gedanken versunken und baute dabei auf die strittige Behauptung des Apokryphen auf, nach der für die Einstigen Musik alles gewesen sei, »und«, fügte ich hinzu, »wahrscheinlich auch die Glühbirnen zum Leuchten bringt.«

»Wie funktioniert das?«, wollte Mrs Crimson wissen; eine Frage, die zu beantworten niemand auch nur den Versuch unternahm.

»Ich glaube, dass irgendwo eine riesige Stimmgabel steht«, schlug Lucy als Erklärung vor, »vielleicht auch mehrere, die ein Netz bilden, und alle zusammen schwingen in Harmonie, jede nimmt die Schwingungen der anderen auf und schickt Vibrationen in die Luft um uns herum.«

»Und brummt fünf Jahrhunderte später immer noch?«, fragte mein Vater skeptisch. »Das muss wirklich eine sehr große Gabel sein.«

»Gigantisch«, sagte Lucy mit leiser Stimme.

Es wurde still am Tisch, während wir uns all die verschiedenen Dinge vor Augen führten, die bis jetzt keine einfache Erklärung gefunden hatten. Die Heißwasserelemente in Kesseln zum Beispiel, die zweimal am Tag für eine Stunde glühend heiß wurden, oder präepiphanisches Fensterglas, das sich mittags mit einem Brummen selbst reinigte.

»Darüber hinaus«, lieferte Lucy noch eine letzte Bemerkung

nach, »ist mir aufgefallen, dass in Regionen starker Harmonie Schweblinge einige Zentimeter höher steigen als sonst, was auf einen Zusammenhang zwischen Musik und Anziehungskraft hindeutet.«

Nach diesen dramatischen Ereignissen verzehrten wir unseren Reispudding in Schweigen, dann gab es Zitronentee, und anschließend hielt Mrs Lapis-Lazuli einen Vortrag über ein Thema, mit dem sie sich bereits ein Leben lang beschäftigte – Strichcode-Forschung. Sorgfältig herausgearbeitete Thesen, ansonsten viel Theorie, wenig Fakten. Sieben der bekannten einunddreißig Strichcodes hatte sie dechiffriert, konnte jedoch weder erklären, welche Vorteile Strichcodes gegenüber Zahlen eigentlich hatten, noch, warum überhaupt fast alles mit Strichcodes versehen war. Nicht nur die präepiphanischen Artefakte, sondern fast alles andere auch – von Perpetulit bis hin zu Eichen, Yateveobäumen, Nacktschnecken, Obstfliegen, Mäusen, Wurzelgemüse, Nashörnern –, selbst wir, denen so etwas Ähnliches wie Strichcodes aus den Nagelbetten der linken Hand herauswuchs. Ihre Lieblingsthese besagte, die Einstigen hätten regelmäßig Inventur gemacht; sie wollten nicht nur wissen, wo all diese Dinge sich befanden, sondern auch wie viele es davon gab. Das war gar nicht mal so unwahrscheinlich, denn die Einstigen waren bekannt für ihre Sucht, Dinge zu zählen, um sie kontrollieren zu können. An manchen Dingen hatte sie teilweise »rudimentäre« Codes beobachtet, wie das heute unleserliche Geschmiere auf den Rücken von Eseln, und einige wenige Dinge trugen überhaupt keine Strichcodes, vor allem Fledermäuse, Äpfel, Strichcodes selbst und Rhododendron. Am Ende erhielt sie wohlwollenden Applaus, bedankte sich artig und vergaß auch nicht, die Bibliothekare zu erwähnen, die ihr bei der Recherche kundig zur Seite gestanden hatten.

Die Diskussion danach klang rasch ab, die Versammlung ging in ein allgemeines Geplauder über, die Gastgeber spendierten noch etwas Limone, welches die unverhohlen erfreuten Gäste reihum linsten, und als der Abend vorüber war, trennten sich alle in bester

Freundschaft. Selbst Sally Gamboge war auszuhalten und machte sogar einen Witz über den verschrumpelten Zeh, den Bunty in ihrer Kitteltasche entdeckt hatte.

Eine Stunde vor Nachtruhe kam ich nach Hause. Dad hatte gesagt, ich solle ruhig schon vorgehen, er wollte Mrs Ochre noch beim Aufräumen helfen. Ich war keine zwanzig Minuten im Bett, da erloschen die Straßenlampen und über die Radiatoren setzte wieder das Morse-Geplapper ein. Hauptsächlich ging es um den Anschluss ans Versorgungsnetz, die Anwesenheit des Colormanns und die Frage, wer wohl so blöd sein würde – oder so verwegen –, sich freiwillig für die Expedition nach High-Saffron zu melden. Sogar von mir war die Rede und von meinem Versuch gestern Abend, Travis zu retten. Die Meinungen reichten von »verrückt« über »tapfer« bis zu »ich finde, er hat einen süßen Hintern«.

Über all den Klatsch klopfte Mrs Lapis-Lazuli noch die nächtliche Folge des Fortsetzungsromans. Ich wusste jetzt genau, dass sie es war, denn ich hörte das leichte Zittern ihrer Hand heraus. Ich lauschte noch eine Weile der Klopflesung aus *Renfrew*, überlegte, ob ich dem Colormann von Jane erzählen sollte oder doch lieber Jane von dem Colormann, ob es eine gute Idee war, den Frage-Klub ins Leben zu rufen, und dachte an die Theorie des kultivierten Schlangestehens und natürlich an die Schubkarre, dann schlief ich ein.

GRENZPATROUILLE

3.2.02.58.624: Grenzpatrouillen sind mindestens einmal täglich durchzuführen, bei Bedarf auch häufiger. Die Teilnahme ist für jeden verpflichtend.

»Alle mal herhören«, sagte Präfekt Turquoise. »Ich erwarte eine disziplinierte Grenzpatrouille, diesmal also bitte keine Dummheiten. Die Grenze nur überschreiten, wenn es absolut unumgänglich ist, und unter gar keinen Umständen weiter als bis zu den Außenmarkierungen. Wir hatten seit sechs Jahren keine Schwanattacken, und seit dreißig Jahren wurde auch kein Gesindel mehr gesichtet – aber glauben Sie ja nicht, wir könnten uns deswegen in Sicherheit wiegen. Zweierformation, wie üblich. Halten Sie die Augen offen, erschrecken Sie keine Megafauna, und denken Sie daran, an jeder Telefonzelle Meldung zu machen. Mr Limone hat uns gebeten, auf wild wachsenden Rhododendron zu achten, der über die Grenzlinie hinauswuchert. Wenn Sie kleine Ableger sehen, reißen Sie sie aus. Sie wissen, wie aggressiv Rhododendron ist. Die Trupps, die die Sektoren Delta und Echo abgehen, werden von Mr Fandango mit dem Ford nach Harmonie gefahren und arbeiten sich von dort aus hierher zurück. Russett, Sie sind mit Doug für den Sektor Foxtrott eingeteilt. Noch Fragen?«

»Ja«, sagte ein heller Gelber. »Sind wir rechtzeitig zum Frühstück wieder da? Wie Sie wissen, schnappen sich die Grauen in den ersten fünf Minuten *immer* den Schinkenspeck.«

335

»Wer zuerst kommt, mahlt zuerst«, sagte Turquoise, »so lautet die Regel, unabhängig vom Farbton. Wenn Sie nicht bummeln, erfahren Sie heute vielleicht endlich, wie Schinkenspeck so schmeckt.«

»Wie ich gehört habe, soll er wirklich lecker sein«, sagte jemand weiter unten in der Reihe der Angetretenen, was auf breite Zustimmung stieß.

Zu sechzehnt standen wir draußen vor dem Rathaus, jeder in Abenteuer-Outdoorkleidung Nr. 9, ohne Farbkennzeichen. Ich hatte seit meiner Qualifikation mit dreizehn Jahren ähnliche Dienste verrichtet, war also vertraut mit der Prozedur und wusste, wie eintönig eine Patrouille sein konnte. Schwäne wagten sich so gut wie nie in die Nähe von Siedlungen, und Gesindel war viel zu gerissen, um sich von Grenzpatrouillen überraschen zu lassen. Betont lautes Reden vertrieb es sowieso – bis die nächste Patrouille kam.

Es gab keine weiteren Fragen. Jedes Team bekam ein stark zerlesenes Exemplar einer Dienstvorschrift ausgehändigt, die detaillierte Beschreibungen der verschiedenen Typen von Schwänen, Blitzeinschlägen und Gesindel enthielt, dazu die jeweilige Gefahreneinschätzung und eine Checkliste, wie im Notfall zu verfahren war. Turquoise wünschte uns alles Gute, ermahnte uns noch mal, ja nicht vom Grenzweg abzuweichen und von jedem Checkpoint aus anzurufen, und überließ uns dann unserem Schicksal.

»Wie geht es dir heute Morgen, Eddie?«, fragte Doug, der ein bereitwilliges Lächeln hatte und sehr viel angenehmer war als Tommo, wenn auch nicht ganz so schillernd. Doug war bereit, auf andere einzugehen, Tommo kreiste immer nur um sich selbst.

Ich sagte, danke, es ginge mir gut, obwohl es gar nicht stimmte. Das Jane/Colormann-Problem, wen verrate ich an wen, war noch nicht gelöst. Der sicherste Weg war gleichzeitig der einfachste – gar nichts tun und hoffen, es werde sich alles zum Guten wenden. Es war kein kluger Plan, eigentlich überhaupt kein Plan, aber er besaß den Vorteil der Schlichtheit, und er hatte eine lange Tradition.

Doug marschierte los, ich hinterher. Wir ließen die Häuser und die noch schlafenden Bewohner hinter uns, zogen an dem holprigen Grasland vorbei, Richtung Linoleumfabrik. Unterwegs unterhielten wir uns, hauptsächlich über unsere Familien. Die Crimsons befanden sich gerade auf dem Weg spektralabwärts, doch im Gegensatz zu den Russetts, deren Farbwahrnehmung bei ihrem Abstieg dramatisch gesunken war, verloren die Crimsons ihre Rotwahrnehmung nur allmählich, etwa zehn Prozent pro Generation.

»Denkst du ernsthaft darüber nach, Violet zu heiraten?«

»Ja, doch«, sagte er achselzuckend. »Natürlich würde ich es lieber vermeiden, aber Violet kann man schlecht zurückweisen. Als sie mir ein halbes Versprechen anbot, das für mich bindend wäre, für sie aber nicht, wollte ich ihr eigentlich sagen, dass ich den Hütern der Großen Farbpalette beitreten und mein Leben dem stillen Dienst am Farbton widmen wollte, aber was aus meinem Mund kam, hörte sich verdächtig an wie: Vielen Dank, Violet, das wäre sehr schön.«

Ich erzählte ihm von Constance, und wir tauschten uns über unsere Aussichten, spektralaufwärts zu heiraten, aus. Ich glaube, ich war optimistischer als er, aber Constance war auch nicht ganz so schlimm wie Violet, die einmal so laut geschrien hatte, dass im Nebenzimmer eine Dessertschale zersprungen war.

»Allerdings«, fuhr Doug fort, »hätte ich immer genug Geld und einen ruhigen Job in der Fabrik, wenn ich in die Familie deMauve einheiratete. Vielleicht sollte ich mich einfach entspannen und an das Linoleum denken.«

Ich würde wahrscheinlich das Gleiche tun, nur dachte ich an Bindfäden.

»Doug«, sagte ich, in Gedanken wieder bei dem Apokryphen, »hast du Marmelade?«

»Natürlich.«

»Auch Boysenbeere?«

Er verdrehte die Augen.

»Leider nicht. In deMauves Keller müsste welche sein.«

»Würden sie mir welche verkaufen?«

Er lachte, was ich als ein Nein interpretierte.

Schweigend überquerten wir den Fluss, kamen an der Fabrik und dem Bahnhof vorbei und marschierten dann weiter auf der Weststraße. Das schmale Tal vor uns öffnete sich und ging über in die bewaldeten Höhen des Rotsteinplateaus. Zwischen den Bergen erkannte ich einen großen grauen Komplex, und ich machte Doug darauf aufmerksam.

»Das ist eine Stauanlage mit fünf Staustufen. Das haben uns die Einstigen hinterlassen«, erklärte er. »Es hat hier viel geregnet, sogar damals. Der Blaue Sektor West wird immer noch daraus gespeist, über ein hundertzwanzig Kilometer langes Aquädukt. Es ist so groß, dass man darin herumspazieren konnte, aber die Kalkablagerungen sind heute knöchelhoch. Auf dem Weg nach High-Saffron kommt man an den Dämmen vorbei. Mittlerweile sind die Becken ziemlich verschlickt.«

Nach einer scharfen Rechtskurve und einem Pfad bergauf kamen wir an die Grenze. Sie sah fast genauso aus wie in Jade-under-Lime, ein etwa zehn Meter hoher Erdwall, auf dem eine streckenweise eingefallene Steinmauer verlief, dahinter ein tiefer, mit einer dornigen Brombeerranke zugewachsener Graben. Ein unüberwindliches Hindernis für jedes Nashorn und jeden Elefanten; Riesenfaultiere oder Sprungziegen dagegen hätte es nicht abgehalten.

Diesseits der Grenze stand eine Telefonzelle, die grau statt rot angestrichen war, aus rein colornomischen Gründen. Sie hatte keine Tür, nur noch drei Glaswände, und durch Bodenkriechen war die Kabine zu einem Viertel in der Erde versunken. Das Bakelittelefon funktionierte trotzdem einwandfrei, vor Nässe geschützt unter einer Haube, die auch als Abdeckung für einen Kuchen nicht deplatziert gewirkt hätte.

Doug nahm die Haube ab, wählte die Nummer und meldete, wo wir uns gerade befanden. Turquoise würde jetzt in dem unterirdischen Navigationsraum sitzen, in dem – aus zweifellos triftigen, dennoch unbekannten Gründen – die Position des Teams auf einem großen, mit einer Karte des Subkollektivs bemalten Tisch markiert wurde.

Doug hängte ein, stülpte die Haube über den Apparat, und wir trotteten weiter. Die Sonne stand noch tief, es war kühl, Tau hing in der Luft. Gelegentlich erblickte ich einen natürlichen roten Farbton in der überbordenden Landschaft. Die Vögel, vom Tritt unserer schweren Schuhe geweckt, reckten den Kopf aus dem Gefieder hervor und zwitscherten.

»Ich würde auch singen, wenn ich fliegen könnte«, sagte Doug. »Guck mal, da drüben. Der Gefallene Mann.«

Er zeigte auf eine von einer niedrigen Mauer umgebene Einfriedung unmittelbar hinter der Grenze, auf einem ebenen, gerodeten Stück Land, überragt von zwei Ginkgobäumen, die aussahen, als würden sie Invasionspläne miteinander aushecken. Ich entdeckte einen Trampelpfad und stapfte den Damm hinunter, um sie mir genauer anzusehen. Die Anlage hatte einen Durchmesser von knapp zwölf Metern, aber die Mauer reichte nur bis zur Taille. Das Eisentor war rechtzeitig mit einem Farbanstrich versehen worden, um es vor dem Verfall durch Rost zu bewahren, war jedoch nicht viel robuster als ein Spinnennetz. Eine Schar emsiger Meerschweinchen, die mich aus ihren Erdlöchern anblinzelten, als ich das Tor öffnete, hielt das Gehege sauber und das Gras kurz. Der Gefallene Mann war – wie unser Mitbewohner vom Dachboden – etwas Unerklärliches in einer Welt des penibel geordneten Absoluten, und seine Überreste hatte man so belassen; nichts war entfernt und nichts hinzugefügt worden, außer der Mauer und den Meerschweinchen.

Der Stuhl und der Mann, auf der Seite gelandet, lagen flach auf dem Boden. Vom Körper des Mannes war nur noch wenig übriggeblieben. Er war längst verrottet, und die Witterung hatte die Knochen zu weißem krümeligen Staub zersetzt. Die schweren Schuhe waren fast unversehrt, ebenso sein Helm und einige Stücke der Kleidung, an denen ich hier und da ein ausgebleichtes Rot erkannte. Der Stuhl entsprach in keiner Weise dem gepolsterten Ledersessel, wie er draußen auf dem Schild vor der *Fallen-Man*-Teestube abgebildet war. Dieser hier war aus Aluminium, Messing und Chrom, sorgfältig und wunderschön verarbeitet, früher wohl auch angestrichen gewesen, doch Regen und Sonne hatten das angenietete Aluminium zu einem stumpfen Grau verbrannt, und obwohl der Stuhl halb im Erdboden versunken und durch den Aufprall stark verbeult war, hatte die Korrosion keine nennenswerte Wirkung entfaltet.

»Wie lange liegt er schon hier?«

Doug überlegte. »Ich kann mich daran erinnern, dass man mich kurz nach seiner Landung mal hierhergeführt hat«, sagte er. »Das dürfte vor etwa dreizehn Jahren gewesen sein.«

»Wo kommt er her?«

Doug zuckte mit den Schultern und zeigte nach oben, was mir auch nicht viel weiterhalf.

»Bei so vielen unbeantworteten Fragen, die im Raum schweben«, sagte er und sah auf die Uhr, »ist die Ankunft eines fremden Mannes, der an einen Metallstuhl festgebunden ist, eigentlich nicht weiter von Bedeutung.«

»Vielleicht«, entgegnete ich, »liegt das viel größere Geheimnis darin, dass niemand darauf brennt, das herauszufinden. Was meinst du?«

»Falls du mich für den Frage-Klub anwerben willst«, sagte Doug mit einem Lachen, »bist du an den Falschen geraten. Auch wenn wir wissen, wo der Gefallene Mann herkommt, wird sich unser Leben nicht entscheidend verändern. Auch nicht, wenn wir herausfinden, was das Gewisse Ereignis war oder der Name von Munsells siebtem Apostel und die Unaufgeklärte Abscheuliche Tat.«

»Na gut«, sagte ich. »Ich werde dich nicht mehr damit behelligen.«

Wir kletterten wieder hinauf zu dem Fußweg und marschierten eine halbe Stunde schweigend vor uns hin, folgten dem Verlauf des Tals, bis der Erdwall nach Süden abbog. Dann kamen wir an die Stelle, wo die West-Straße die Grenze kreuzte und ein großes stabiles Holzgatter den Weg blockierte. Wir blieben stehen, um Meldung zu machen. Es gab eine weitere Telefonzelle an diesem Markierungspunkt, sogar einen Unterstand, falls es regnete, und praktischerweise einen Faraday'schen Käfig zum Schutz gegen Blitzschlag.

»Du kannst diesmal anrufen, Eddie.«

Ich nahm die Haube über dem Telefon ab und rief Turquoise an, nannte ihm unseren Code und die Nummer der Zelle, und nachdem er mich ermahnt hatte, nicht zu trödeln, wurde die Leitung unterbrochen.

»Wir haben unseren Sektor zur Hälfte umrundet«, sagte Doug und trank einen Schluck Wasser. »Wir haben noch reichlich Zeit. Willst du mal was ziemlich Verrücktes sehen?«

»Du wirst doch jetzt nicht etwa Blau, oder?«

Er lachte.

»Diese Schaubühnen-Vorstellung hast du auf der Gute-Laune-Messe also auch gesehen, was? Nein, nein. Es dauert nicht lange, es ist gleich hinter den Markierungen.«

Er öffnete das Gatter, und wir gingen über den weichen Perpetulitbelag bis vor zu den Außenmarkierungen, die nichts anderes waren als eine Reihe von Holzpfosten, die in Abständen von etwa zwanzig Metern parallel zur Grenze verlief, aber etwa fünfhundert Meter davon entfernt. Um die vorherrschende Farbausrichtung des Dorfes deutlich zu machen, waren die Pfosten mit rotem Altmaterial verziert, das jedes Jahr im Rahmen der Feierlichkeiten zum Gründungstag erneuert wurde. Die Außenmarkierungen waren technisch gesehen der Rand unserer Welt, doch der Streifen zwischen der Grenze und den Pfosten galt traditionell als Toleranzzone, in der man sich ungestört und mit einem gewissen Maß an Freiheit amüsieren konnte. Man konnte herumschlendern, nachdenken, reden, tanzen mit Körperkontakt, ein improvisiertes Picknick machen, rufen – sogar kuscheln oder sich Dingen hingeben, die eigentlich für das Wollgeschäft reserviert waren, solange sie mit der gebotenen Diskretion begangen wurden.

Wir kamen an die Pfosten, und Doug zeigte grinsend auf die Fahrbahn.

»Was sagst du dazu?«

Bei Blättern hatte ich es schon häufiger beobachtet, gelegentlich auch bei kleineren Tieren, aber noch nie bei etwas so Großem wie einer Giraffe. Das arme Geschöpf war einfach mitten auf der Fahrbahn tot umgefallen, und die organoplastoide Masse, statt es beiseitezuräumen, hatte es absorbiert.

»Auf dem Abschnitt zur Kahlen Landspitze gibt es wenig Baumbestand«, erklärte Doug, »und die Brandrodung des Rhododendrons hat ihm schwer geschadet. Deswegen absorbiert der Organoplastoid alles, was es kriegen kann.«

Das riesige Tier war verdaut worden, als wäre es Blätterstreu, übriggeblieben war nur ein giraffenförmiger Umriss in dem Perpetulitbelag, der Abdruck des Skeletts deutlich erkennbar, selbst das netzförmig gemusterte Fell darüber zart angedeutet, und geschwungene Linien, Spuren von Kalkspat, zogen sich bis zu einer der weißen Straßenmarkierungen.

»Ein irrer Anblick, nicht?«, sagte Doug. »Es hat nur sechs Tage gedauert. Aber jetzt komm, wir müssen weiter.«

Wir gingen zurück zum Holzgatter, und ich erzählte Doug von der Binnengrenze unweit von Viridian, ebenfalls eine Perpetulitstraße, allerdings zehnmal so breit wie diese hier. Sie war in Beton eingefasst und weit abgelegen von direkten Nahrungsquellen, sodass der Fahrbahnbelag aggressiv und ausnahmslos alles mit einer unglaublichen Geschwindigkeit absorbierte, was sich auf die Oberfläche verirrte, ob streunende Hunde oder Ratfinks, selbst Vögel waren nicht sicher.

»Das klingt ja wirklich gefährlich.«

Ich zuckte mit den Schultern.

»Wir sind damit groß geworden. Aber das ist der Grund, warum die Binnengrenze auch wirklich eine Grenze ist. Nur sehr Dumme oder sehr Waghalsige würden versuchen, über die Fahrbahn zu laufen, selbst mit bronzebesohlten Schuhen ist es riskant. Aber ganz so schlimm ist es nicht«, fügte ich noch hinzu, »denn was uns vom Großen Südlichen Ballungszentrum fernhält, hält uns umgekehrt auch das Gesindel fern. Was ist das denn?«

Ich zeigte auf ein Paar Lederschuhe im Gras unter einem Gummibaum, auf halbem Weg zwischen der Grenze und den Markierungen. Es war ungewöhnlich, denn etwas so Wertvolles würde man niemals wegwerfen, und es konnte sie auch niemand unterwegs verloren haben, ohne es zu merken. Wir gingen hin, um die Sache zu untersuchen, und mussten feststellen, dass noch Füße in den Schuhen steckten. Die Füße gehörten zu Travis Canary, aber die Schuhe würde er nie mehr benutzen können, denn Travis war tot, vom Blitz getroffen. Nicht vom Gabelblitz, der meistens Verbrennungen hinterließ, sondern vom Kugelblitz, der das Opfer grässlich entstellte. Der Kopf war zum größten Teil verbrannt, der Körper teilweise angefressen, aber die Person war noch erkennbar. Fliegen schwirrten aufgeregt um ihn herum, und seine Hände waren bereits aufgedunsen und glänzten. Travis hatte es nicht einmal bis zu den Außenmarkierungen geschafft.

»Da wird sich Mr Turquoise aber ganz schön ärgern«, sagte Doug und rümpfte die Nase, als uns der Gestank nach verfaultem Fleisch in der Luft entgegenwehte. »Papierkram ist ihm verhasst.«

Sobald Doug losgezogen war, um Turquoise anzurufen, hockte ich mich vor den Toten, um ihn mir genauer anzusehen. Wenn man bedenkt, wie viel Zeit, Kraft und Energie wir in Blitzschutz steckten, war es nicht verwunderlich, dass dies das erste Opfer war, mit dem ich konfrontiert wurde – von den abschreckenden Fotos, die allwöchentlich im *Spectrum* veröffentlicht wurden, mal abgesehen.

Nur durch den Mund atmend, um den Gestank nicht aufnehmen zu müssen, spähte ich in das, was von seinem Kopf noch vorhanden war. Das Innere war schwer verbrannt, und es machte auf mich einen noch viel schlimmeren Eindruck als alles, was ich über Blitzschläge bisher gelesen hatte. Gleichzeitig war ich fasziniert und fing an, mit einem kleinen Stöckchen die Schädelhöhle zu sondieren. Ich beugte mich tiefer, führte behutsam eine Hand ein und zog einen durchgeschmorten Metallklumpen, etwa so groß wie eine Schachfigur, aus dem Kopf. Ich betrachtete ihn, aber es dauerte einen Moment, bis mir klar wurde, um was es sich handelte, und rasch wickelte ich ihn in mein Taschentuch. Ich sah mich um, denn mir fiel ein, dass Travis das Dorf mit einem kleinen Koffer verlassen hatte. Erst konnte ich ihn weit und breit nicht sehen, doch dann löste sich das Rätsel, denn die Perpetulit-Fahrbahn verlief in der Nähe, und wonach ich gesucht hatte, fand sich verstreut entlang der Bronzekante.

»Was hast du denn da gefunden?«, fragte Doug, der gerade von der Telefonzelle zurückgekommen war.

»Sieh mal«, sagte ich und zeigte zur Straße. In dem Perpetulitbelag zeichnete sich nur noch der kastenförmige Fleck ab. »Er muss sein Gepäck fallen gelassen haben. Das Leder wird absorbiert, aber das unverdauliche Zeug an den Rand abgedrängt.«

Doug bückte sich und stöberte in dem Kram. Neben den Messingverschlüssen des Koffers, den Scharnieren, Nieten und dem Namensschild fanden sich einige Münzen, Travis' Limone-Dose, eine Gürtelschnalle, eine Sardinenbüchse, ein Teil eines Fernwahrnehmers mit einem Bild schwimmender Fische, einige Schrauben und Muttern und zwei Löffel, einer mit Gravur, der andere ohne.

»Was für eine Verschwendung«, rief Turquoise, der zwanzig Minuten später zusammen mit Carlos Fandango in dem Ford eintraf. »Wenn er schon vorhatte, sein Leben wegzuwerfen, hätte er es wenigstens für die Forschung tun können oder um die Zielvorgaben für die Altfarbensammlung zu erreichen.«

Er machte sich einige Notizen, nahm Travis' Schuhe, die Löffel, das Limone-Döschen und das Geld an sich, sagte noch, dass wir den Rest als Finderlohn behalten dürften, und bestieg, mit einer abschließenden Bemerkung über die tödliche Gefahr von Kugelblitzen, den Ford.

344

»Worauf warten Sie noch?«, sagte er, als Fandango das Auto wendete. »Die Patrouille ist noch nicht zu Ende. Sie können von Glück sagen, dass ich Ihnen wegen unerlaubten Grenzübertritts nicht noch Meriten abziehe.«

Es ereigneten sich keine weiteren Dramen mehr auf dem restlichen Patrouillengang. Nur bedeutete die durch den Fund von Travis verursachte Verspätung, dass die erste Schicht Landarbeiter den Frühstücksschinken bereits aufgegessen hatte, als wir nach Hause kamen. Turquoise hatte kein Erbarmen mit uns. »Wenn Sie den Grauen hätten zuvorkommen wollen«, sagte er, »hätten Sie Travis Canary für die nächste Patrouille morgen liegen lassen sollen.« Doug gab ihm recht, auf den einen Tag wäre es auch nicht mehr angekommen. Der Leiche konnte das egal sein.

Bevor wir auseinandergingen, teilten wir Travis' Habseligkeiten unter uns auf. Doug bekam die Gürtelschnalle, ich behielt das Taschenmesser. Alles andere, darin waren wir uns einig, sollte den Angehörigen zugeschickt werden. Bestimmt wollten sie wissen, was Travis zugestoßen war, und legten Wert auf einige Erinnerungsstücke. Ich wollte ihnen sagen, es sei ein Kugelblitz gewesen, auch wenn das nicht stimmte. Travis war die Erfüllung seiner Zivilen Verpflichtungen nicht zufällig verwehrt worden, sondern vorsätzlich.

KUGELBLITZE

2.5.03.16.281: Blitzschutzübungen sind mindestens einmal wöchentlich durchzuführen.

Ich traf Dorian in seinem Fotoatelier an und erzählte ihm von dem Angebot des Colormanns, ihm ein sicheres Geleit nach Emerald City zu gewähren.

»Für eintausend?«

»Das hat er verlangt.«

»So viel könnten wir vielleicht gerade noch zusammenkratzen«, sagte er, »aber dann wäre nichts mehr für eine offene Rückfahrkarte übrig.«

»Wie ist die Schwebling-Ausbeute ausgefallen?«

»Alles in allem ein negatives Pfund«, sagte er. »Um einiges schlechter als vergangenes Jahr.«

Ich riet ihm abzuwarten, die Situation könne sich verbessern, und er bedankte sich, dass ich mir Zeit genommen hatte. Kurz danach war ich zufällig Carlos Fandango über den Weg gelaufen, der gerade dabei war, die Mechanik der Bogenlampe des Dorfes zu reinigen.

»Hast du deinem Purpurnen Bekannten geschrieben?«, fragte er, nachdem er mir die Mechanik demonstriert und erklärt hatte, dass ständige Pflege nötig sei, damit die Lampe nicht flackerte oder gar ganz erlosch – das Schlimmste, was einem Werkmeister passieren konnte.

»Er ist gerade auf einer Tagung für Führungskräfte in Malachiteon-Sea«, sagte ich. Solange er wenigstens noch glaubte, dass Bertie im Rennen war, würde er andere potentielle Freier vertrösten, rechtfertigte ich meine Lüge vor mir selbst. »Aber ich habe mich nach dem Namen seines Hotels erkundigt. Vielleicht weiß ich morgen mehr.«

»Schön! Hast du Courtland schon gesehen? Er wollte dich wegen irgendeiner Sache sprechen.«

Nachdem ich mich nach dem Weg erkundigt hatte, ging ich zu einer großen Wiese außerhalb des Dorfes, wo der zweitbeste Ford Model T East Carmines stand. Es war ein Pritschenwagen, und er war noch viel zerbeulter als die Limousine, sofern das überhaupt möglich war. Die Beulen und Dellen in der Karosserie waren so oft ausgehämmert worden, dass das Blech wie die Folie um eine Backkartoffel aussah. Die Reifen waren aus Gummiresten in Eigenarbeit selbst hergestellt, die einzelnen Teile mit einem geflochtenen Nylonfaden zusammengenäht. Wie Fandango mir schon erklärt hatte, wurde der zweite Ford Model T zur Neutralisierung von Kugelblitzen verwendet. Auf die Pritsche war ein Drehgestell montiert, darauf eine starke, mit einem Kupferpfeil gespannte Armbrust.

In einem Liegestuhl neben dem Fahrzeug saß Courtland. Er trug Tweed mit Fischgrätenmuster, auf einem kleinen Tischchen standen eine Tasse Tee und eine Schale mit Keksen. Ein kleines Stück entfernt sah ich einen Grauen, der durch ein Fernglas die West-Berge beobachtete. Wie Courtland würde auch er das dreifache Gehalt bekommen. Flächen- und Gabelblitze waren vorhersehbar, Kugelblitze dagegen waren ein Mysterium. Unser Team zu Hause verlor jährlich mindestens einen Kugelblitzfänger, ohne Ausnahme. Eine unangenehme Sache.

»Schön, dass du gekommen bist«, sagte Courtland. »Kann ich dir einen Tee anbieten?«

»Nein, danke.«

»Wie du willst. Mein Kumpel Preston kocht umwerfend guten Tee. Habe ich nicht recht, Preston?«

»Ja, Sir«, murmelte Preston, hielt den Blick jedoch weiter stur auf den Horizont gerichtet.

»Bevor Reiten unter die Rücksprungbestimmungen fiel«, fuhr Courtland fort, »wurde die Jagd auf Kugelblitze zu Pferde durchgeführt. Ein feiner Sport, heißt es, obwohl ich mir kaum vorstellen kann, dass auch nur ein einziger Blitz dabei neutralisiert wurde. Ganz schön kompliziert, eine Harpune in vollem Galopp zu werfen. Die Pferdehufe haben sich regelmäßig in den Erdungskabeln verfangen.«

Er lachte bei der Vorstellung, wandte sich dann aber mit einem finsteren Blick mir zu.

»Tommo hat mir gesagt, dass du das Lincoln nicht für uns mitbestellt hast, obwohl er dir eine Fahrt nach Rusty Hill verschafft hat.«

Ich zuckte mit den Schultern.

»Eine Doppelbestellung, ohne dass mein Vater etwas gemerkt hätte, wäre schwierig gewesen.«

»Natürlich wäre es schwierig gewesen«, fuhr mich Courtland an. »Wenn es leicht gewesen wäre, hätte ich Tommo darum gebeten oder es selbst gemacht.«

»Kugelblitz!«, rief Preston und huschte geschickt von seinem Posten am Fernglas zu einem einfachen, auf einem Holzstativ befestigten Inklinationsmesser. Wir starrten zum Horizont und sahen einen weißen leuchtenden Himmelskörper, der sich langsam in unsere Richtung bewegte. Courtland stellte seine Tasse ab und nahm eine Stoppuhr und ein Klemmbrett zur Hand.

»Peilung zweihundertzweiundsechzig Grad«, las Preston ab, »Elevation zweiunddreißig.«

Courtland schrieb die Zahlen auf ein Blatt und drückte dann auf die Stoppuhr.

»Los!«, rief er und wandte sich dann wieder mir zu. »Also. Wie willst du das wiedergutmachen? Hättest du sonst noch was anzubieten? Oder muss ich unseren Vorschuss einfach von deinem Konto abbuchen?«

»Ich habe ein Konto?«

»Und ob du eins hast«, versicherte er mir. »Und es ist schon im Minus. Um die Kosten für die Einrichtung des Kontos. Stopp!«

Zehn Sekunden waren vergangen.

»Peilung zweihundertsiebenundsechzig Grad, Elevation sechsunddreißig«, las Preston seine Instrumente ab. »Ich glaube, er fliegt hoch und schnell.«

»Danke, aber das kann ich besser beurteilen«, sagte Courtland und konsultierte einen Rechenschieber.

»Schnell und hoch«, verkündete er. »Wahrscheinlich wird er irgendwo in der Nähe von Great Auburn einschlagen, wenn er nicht vorher ausschert. Na gut«, fügte er hinzu, »kommen wir wieder zu dir. Ich habe entschieden. Als Wiedergutmachung fährst du zurück nach Rusty Hill und sammelst so viele Löffel ein wie möglich. Sogar verbogene Löffel bringen auf dem Beigemarkt bis zu hundert Meriten, und von den fünfzig oder noch mehr, die da herumliegen, haben bestimmt drei oder vier auch eine Postleitzahl. Die an unterbevölkerte Dörfer weiterverkauft, das würde richtig Kohle einbringen – ganz legal.«

Sein habgieriges Gequatsche zog bei mir nicht. Ich hatte etwas ganz anderes im Kopf, und ich konnte es nicht länger für mich behalten.

»Wir haben Travis gefunden.«

Er sah mich aufmerksam an und sagte dann betont unbekümmert: »Lebend?«

»Nein.«

»Schade. Hast du wenigstens seinen Löffel geklaut, bevor andere es tun?«

»Mir hat es eher um Travis leidgetan.«

»Das kommt davon, wenn man das Freundschaftsangebot von anderen Farben akzeptiert«, schimpfte er. »Es macht einen nur unnötig sentimental. Was ist ihm denn passiert?«

»Sein Kopf war halb weggebrannt.«

»Da wird sich der Stadtrat freuen. Es rechtfertigt die immensen Kosten für die Knisterfalle.«

»Travis kann sich darüber nicht mehr freuen.«

Courtland zuckte mit den Achseln. Ich zeigte ihm das Stück geschmolzenes Metall, das ich in Travis' Schädel gefunden hatte.

»Weißt du, was das ist?«

»Klar«, sagte er ungerührt. »Ein Teil einer Leuchtrakete. Wenn Tommo es als Schrottgut anbietet, könnte er schätzungsweise vier Meriten für dich herausschlagen. Der Junge kann alles zu Geld machen.«

»Willst du wissen, wo ich es gefunden habe?«

»Mein Lieber, dir macht es vielleicht Spaß, nach Schrott zu graben, aber meine Zeit ist mir dafür zu kostbar.«

»Ich habe es in Travis' Kopf gefunden.«

Er sah mich eine ganze Weile lang ausdruckslos an, verriet sich mit keiner Regung. Er und seine Mutter waren in der Nacht losgezogen, um nach Travis zu suchen, bewaffnet mit Leuchtmunition. Eine Magnesiumstichflamme, in den Kopf eines Menschen gestoßen, wäre so heiß, dass sie einem Kugelblitz gleichkäme. Angeblich hatten sie ihn nicht gefunden, doch augenscheinlich verhielt es sich anders. Courtland legte die Fingerspitzen aneinander.

»Hast du etwas auf dem Herzen, Edward?«

»Warum?«

»Was?«

»Warum hast du ihn getötet?«

Er erhob sich aus seinem Liegestuhl, und ich dachte schon, er würde mich angreifen, aber er lachte nur laut und klopfte mir auf die Schulter.

»Du hast zu viele *Renfrew*-Folgen gehört, mein Junge. Mord, so was gibt es bei uns nicht mehr. Es hätte keinen Sinn. Warum sollen wir uns mit so etwas beschäftigen?«

»Ich weiß es nicht.«

»Ganz genau. Außerdem: Was für Beweise hast du schon? Hat

jemand dich dabei gesehen, wie du das aus Travis' Kopf genommen hast?«

Ich sagte nichts, und das war Antwort genug.

»Du bist clever«, sagte er. »Das respektiere ich. Und weil es heißt, du hättest viel Rotsicht, und weil du eine Zeitlang hierbleiben wirst, müssen wir wohl miteinander klarkommen.«

»Ich bleibe nicht hier, Courtland.«

Er lachte.

»Hast du es denn immer noch nicht begriffen?«

Er zeigte auf mein »Muss sich in Demut üben«-Abzeichen.

»Glaubst du wirklich, dass es Bertie Magentas Elefantennummer war, die schuld ist, dass man dich hierhergeschickt hat?«

»Ja.«

»Dann solltest du noch mal darüber nachdenken. Die Randzone hat einen tieferen Sinn, als du ihr zugestehen willst. Hier steckt man all die hin, die nicht gegen die Regeln verstoßen haben, aber als potentiell problematisch eingestuft werden. Wenn einem *Harmonie* alles ist, geht man lieber auf Nummer sicher. Stuhlzählung in der Randzone, das ist Reboot im Kleinen.«

Plötzlich schoss mir ein Gedanke durch den Kopf. Der Alte Magenta war über den Elefantenstreich, den man seinem Sohn gespielt hatte, gar nicht verärgert gewesen. In Wirklichkeit hatte er darüber gelacht, zum dritten Mal in seinem Leben, und unser Blauer Präfekt, Mr Blaupunkt, hatte mir unter dem Siegel der Verschwiegenheit gesagt, dass Bertie es verdient habe, er sei ein Trottel, und so würden alle über ihn denken.

»Dann war es also meine Idee zur Optimierung von Warteschlangen«, sagte ich mit leiser Stimme.

»Allmählich kommst du der Sache näher. Das Kollektiv hat einen eingebauten Widerstand gegen Veränderungen. Nicht nur, was Technologie und gesellschaftliche Mobilität betrifft, sondern auch Ideen. Änderungen bei Warteschlangen sind kein Regelverstoß, aber es reicht, um jemanden kalt abzuservieren.«

»Und ›Zwei zum Preis von einem‹? Ist das kein Grund, jemanden abzuservieren?«

»Doch, Tommo ist ja schließlich aus dem gleichen Grund hier. Aber bei ihm war es die Gier, keine aufwieglerischen Ideen, die die Unantastbarkeit der Essensschlange untergraben hätten. Willst du nicht doch lieber eine Tasse Tee?«

»Lieber nicht.«

»Flugmodelle entwerfen, die Harmonie der Pfade entdecken, übermäßiges Interesse an Geschichte, in der Debattiergesellschaft über spezielle Ideen diskutieren, gewisse Artefakte ausgraben – die Liste ist lang. Du wirst *nicht* wieder nach Hause fahren.«

»Aber ich soll eine Oxblood heiraten.«

»Deine Enttäuschung und deine Wut werden sich mit der Zeit legen. Die meisten Leute in der Randzone hören irgendwann auf zu kämpfen und tragen ihren Trotz mit einem gewissen angeschlagenen Stolz zur Schau. In ein, zwei Generationen haben deine Nachfahren vergessen, warum sie eigentlich hier sind, und dürfen wieder herumreisen. Es sei denn … «

»Es sei denn?«

Er fasste in seine Tasche, zog sein Portemonnaie hervor und öffnete es demonstrativ, damit ich auch ja sah, dass es nur so überquoll vor Geldscheinen.

»Nun, es gibt zwar keinerlei Beweise für deine grotesken Anschuldigungen, was Travis betrifft. Aber sagen wir mal so: Du bist neugieriger, als dir guttut, deswegen will ich großzügig sein. Wie hoch steht im Moment der Kurs für das Schweigen eines Roten? Dreihundert?«

Ich starrte ihn an.

»Ich bin nicht käuflich.«

Er seufzte.

»Deine unangebrachten Skrupel werden allmählich lästig, Master Edward. Nennst du mir jetzt einen Preis, oder müssen wir erst in langwierige, ermüdende Verhandlungen treten?«

»Ich will nur Gerechtigkeit für Travis.«

Wieder lachte Courtland.

»Na dann, viel Glück. Was hast du schon in der Hand? Ein Stück Metallschrott und eine ungeheuerliche Geschichte. Und was haben wir? Einen Präfekten und einen Senior-Aufseher, die beim Worte Munsells schwören, dass sie nichts gesehen und nichts gefunden haben.«

Er trat dicht vor mich hin und knurrte mich an.

»Du hast nichts, Russett. Gar nichts. Ja, seit du den Zorn der Gamboges auf dich gezogen hast, hast du sogar noch beträchtlich weniger als nichts.«

»Niedrig und langsam, West Südwest!«, rief Preston und rannte zu dem bereitstehenden Ford. »Ein Binärobjekt.«

Tatsächlich. Die beiden fußballgroßen Kugeln kreisten umeinander auf ihrer Flugbahn über die Baumwipfel hinweg, in etwa fünfhundert Metern Entfernung, und ließen sich vom Wind treiben. Preston warf sofort den Ford an, und Courtland sprang auf die Rückbank.

»Komm schon, Russett«, sagte er, schwang die schwere Armbrust auf ihrem Gestell herum und prüfte, ob die Kupferspitze auch noch fest mit der Schnur verbunden war. »Mach dich nützlich!«

Ich zögerte eine Sekunde, dann setzte ich mich zu Preston in die Fahrerkabine. Mit einem »Horrido!« von Courtland machte der Ford einen Satz nach vorne, raste über das Gras und dann einen Abhang hinunter auf ein Dickicht zu.

»Hallo«, sagte ich zu Preston. »Eddie Russett.«

»Ihre erste Kugelblitzjagd?«

Ich nickte, während das Auto über eine Spurrille hüpfte.

»Es wird Ihnen gefallen. Alle siebenunddreißig Tage haben wir hier Plasmastürme. Die kommen so regelmäßig, dass man sie in seinem Terminkalender eintragen kann.«

Ich senkte die Stimme etwas, damit Courtland mich nicht verste-

hen konnte, doch es wäre gar nicht nötig gewesen, denn der Motor-
lärm übertönte alles.

»Ist Courtland ein bisschen … na ja … «

»Gefährlich? Gewalttätig? Verrückt? Auf jeden Fall. Und Sie, Sir,
sind dumm wie Stroh. Courtland und seine Mutter des Mordes zu
bezichtigen! Glauben Sie vielleicht, die würden angesichts solcher
Anschuldigungen einfach den Kopf einziehen und nachgeben?«

»In Jade-under-Lime achten wir alle die Regeln.«

»Sie befinden sich hier in der Randzone, Master Edward. Das ist
ein anderes Paar Schuhe.«

Er steuerte auf ein offenes Tor zu, fuhr in ein Dickicht hinein,
schlängelte sich zwischen Bäumen hindurch, drosch über Brom-
beersträucher und kam dann zum Stehen. Wir befanden uns auf einer kleinen, von Weißbirken umgebenen Lichtung, eine alte Dop-
pelschienenlokomotive lag auf der Seite, halb in der Erde vergraben,
von den Wurzelsträngen einer uralten Eiche fest umschlungen. Wir
hatten eigentlich damit gerechnet, dass die beiden Plasmakugeln
jetzt ganz in der Nähe vorbeihüpfen würden, aber nein, es war ruhig,
kein Wind wehte, und es war weit und breit nichts zu sehen.

»Sind sie geplatzt?«, fragte Courtland.

»Nein«, erwiderte Preston, der sich mit der Zunge über die Lippen fuhr, um die Luft zu schmecken, »aber sie sind ganz in der Nähe.
Metall ist ein gutes Lockmittel.« Er deutete mit dem Kopf zu der Lo-
komotive. »Können Sie es spüren?«

Jetzt, da er es sagte, spürte ich tatsächlich etwas – ein schwaches
Brummen in der Luft und auf der Zunge den Geschmack von Metall.
Ich verließ mit Preston die Fahrerkabine und stellte mich hinter das
Auto, wo Courtland bereits wartete, schweigend. Unser Streit war für
den Moment vergessen, die Jagd auf Kugelblitze war wichtiger. Au-
ßerdem wussten wir, dass unser Opfer nicht mehr weit sein konnte.

»Da!«

Raschelnd und knisternd trieben die beiden Himmelskörper
versteckt hinter Blattwerk entlang und kamen jetzt hervor. Court-

land richtete das Visier der Armbrust aus, während Preston sich die Trommel schnappte, auf der das Erdungskabel der Harpune aufgespult war, und drückte in sicherer Entfernung von dem Ford einen Kupferdorn in die Erde. Er schloss das Kabel an und schrie: »Los!«

Mehrere Dinge passierten auf einmal. Courtland schoss die Harpune ab, die mit einem dumpfen *Twong!* losflog, und das Erdungskabel spulte sich surrend von der Trommel ab. Sobald die Harpune Kontakt mit der Kugel hatte, entzündete sich ein heller Blitz, der Energiestrom floss das Kupferkabel entlang zu dem Erdungsdorn, und mit einem ohrenbetäubenden Lärm, der sich wie eine c-Moll-None anhörte, tat sich um den Dorn herum ein riesiger Krater im Boden auf. Wir brauchten etwas Zeit, um uns von dem Schreck zu erholen, doch Preston und Courtland waren noch nicht fertig. Es waren zwei Kugeln gewesen, beide mit potentiell zerstörerischer Wirkung. Ich sprang auf die Pritsche, als Preston den Ford zurücksetzte, und half Courtland, die Armbrust neu zu spannen. Sobald wir die Weide wieder erreicht hatten, fuhr es sich leichter, und bald hatten wir die zweite Kugel überholt, die auf die Linoleumfabrik zuhielt.

Ein Stück vor ihr hielten wir an, und nachdem die Armbrust bis zum Äußersten gespannt war, die Schnur am Schnäpper befestigt, legte Courtland den nächsten Kupferbolzen in den Schlitten, während Preston das Kabel von der Trommel wickelte.

»Beeilung!«, schrie Courtland ungeduldig, als die Kugel mit einem Surren, das man eher fühlte als hörte, über uns hinwegschwirrte.

Doch Preston hatte Schwierigkeiten, das Erdungskabel an den Dorn anzuschließen.

»Schnell!«, sagte Courtland. »Hilf dem Idioten, das Kabel zu entwirren!«

Ich sprang von der Pritsche und lief über die Weide zu Preston, der schwer mit dem Kabel kämpfte. Wenn die Sonne nicht gerade in einem bestimmten Winkel gestanden und Courtlands Schatten nicht so weit gereicht hätte, dass ich ihn aus dem rechten Augenwinkel wahrnehmen konnte, dann wäre mir das Erlebnis, von einem Yateveobaum gefressen zu werden, erspart geblieben. Ohne groß nachzudenken, wich ich nach links aus. Wieder das laute *Twong!*, und plötzlich spürte ich einen stechenden Schmerz in der Seite, als unmittelbar vor mir die Harpune im Gras versank.

Im ersten Moment dachte ich, sie hätte mich glatt durchbohrt. Ich sah zu Preston, der, nach seiner Miene zu urteilen, offenbar das Gleiche dachte. Ich hielt inne, wagte kaum zu atmen, legte eine Hand an die Taille und tastete nach einer Wunde. Erleichtert seufzte ich auf, als ich feststellte, dass mein schnelles Ausweichmanöver Courtland den Schuss verdorben hatte – die Kupferspitze hatte mich nur seitlich gestreift und außer einer hässlichen Schnittwunde keinen weiteren Schaden angerichtet.

»Ach du Schreck!«, rief Courtland, mit einer Dramatik in der Stimme, die ihm in jeder Stadt des Kollektivs einen Theaterpreis eingebracht hätte. »Ist dir auch nichts passiert?«

Ich stand auf und wandte Courtland das Gesicht zu. Was war ich für ein Dummkopf gewesen, wieder mal. Ich musste noch viel lernen.

»Du verdammter … Scheißkerl«, sagte ich. Es war das dritte Mal in meinem Leben, dass ich ein Ganz Schlimmes Wort in den Mund nahm. »Das war Absicht!«

»Mein Lieber«, erklärte Courtland, wieder mit einer gehörigen Portion gespielter Sorge, »ein Unfall, mehr nicht! Die Jagd auf Kugelblitze ist nun mal nicht ungefährlich. Bist du auch ganz bestimmt nicht verletzt? Mir ist ganz elend vor Schreck.«

Ich sagte nichts, nahm mein Taschentuch und drückte es auf die Schnittwunde. Die Kugel hinter uns verdampfte harmlos in der Luft, was bei diesen Blitzen häufiger vorkam. Die Jagd auf Kugelblitze war vorbei, aber die Jagd auf Eddie Russett hatte womöglich gerade erst begonnen.

Ich führte mir die Ironie der Situation vor Augen: Courtland und

Jane, die Welten voneinander trennten, vereint in ihrem Wunsch, mich loszuwerden. Manchmal war das Leben einfach ungerecht.

»Nehmen Sie sich in Acht, Master Edward«, flüsterte Preston. »Die Gamboges werden Ihnen Hindernisse in den Weg stellen, wo sie nur können.«

Ich starrte ihn ungläubig an.

»Hindernisse in den Weg stellen?«, wiederholte ich.

»Ja. Ist Ihnen auch wirklich nichts passiert? Sie sehen so … gedankenverloren aus.«

»Außer einem lästigen Gelben Problem geht es mir eigentlich ganz gut«, antwortete ich. »Trotzdem, vielen Dank. Sie haben mir gerade den Sinn der Schubkarre erklärt.«

Er sah mich fragend an.

»War Ihnen der nicht klar?«

»Bei der, die ich meine, nicht.«

AUGEN UND DER
COLORMANN

1.3.02.06.023: Nicht in die Sonne schauen, und wenn es noch
so gute Gründe gibt.

Ich schlenderte langsam nach Hause und verfluchte mich die ganze
Zeit wegen meiner Blödheit. Nicht nur, weil ich mich mit der unan-
genehmsten Familie im Dorf angelegt hatte, sondern auch, weil ich
nicht die Gelegenheit genutzt hatte, mich im entscheidenden Moment mit ihr zu arrangieren. Ich ging sogar so weit, mich zu fragen,
ob vielleicht irgendwas mit mir nicht stimmte, ob irgendwas Kran-
kes in meinem Kopf war, das sich nach meiner eigenen Vernichtung
sehnte. Erst Jane, jetzt Courtland.

Zu Hause wusch ich die Schnittwunde mit Wasser aus, so heiß,
wie ich es eben aushalten konnte, und legte dann in Essig getränkte
alte Zeitungen auf die Stelle. Ich setzte mich auf den Badewannen-
rand und überdachte meine Lage. Sally Gamboge oder Courtland,
möglicherweise auch beide, hatten aus mir unbekannten Gründen
Travis getötet. Schon allein das war unglaublich, und abgesehen
davon, dass ich das Wissen für mich behielt, wusste ich nicht, wie
ich ihnen aus dem Weg gehen sollte. Ich konnte nur hoffen, dass
Courtland sich einbildete, ich sei so verschreckt, dass ich für immer meinen Mund halten würde. Leider hatte er in einem Punkt
recht, und das hatte er mir unmissverständlich klargemacht – ich
konnte nichts beweisen. Gar nichts. Ich hatte noch nicht mal ein
Motiv. Es ergab alles keinen Sinn! Gelbe töten keine Gelben. Sie

unterstützen sie, sie ernähren sie und, falls nötig, lügen sie für sie.

Ich holte tief Luft, stand auf und starrte mein Spiegelbild an, dann manövrierte ich den Lichtreflektor in Position, damit ich mir meine Augen genauer anschauen konnte. Preston hatte mich gewarnt, die Gamboges würden mir Hindernisse in den Weg stellen, aber seine Bemerkung, so hilfreich sie war, hatte mich auf einen ganz anderen Gedanken gebracht. In der Nacht, als Travis abging, war ich über eine Schubkarre gestolpert – weil sie mir jemand in den Weg gestellt hatte. Und mehr noch: Er hatte es im Schutz der Dunkelheit getan.

Mein Mentor Greg Scarlett hatte mal von der theoretischen Möglichkeit gesprochen, bei Nacht sehen zu können, und obwohl es ein ganz interessanter Ansatz war, hatte ich mich nie groß damit beschäftigt. Die Nacht, das war einfach nur die Nacht, mehr nicht, eine leere Zeit, ein Loch im Leben. Nichts passierte, nichts rührte sich. Eine Zeit der Sicherheit, eine Zeit für zu Hause.

Ich sah mir die Eingangsöffnung meiner Augen genauer an. Sie war, grob geschätzt, anderthalb Millimeter im Durchmesser. Viel Licht konnte also nicht einfallen, weswegen wir alle bei hellem Sonnenschein am besten sahen. Die Tatsache nun, dass die Pupille von einem großen Feld umgeben war, legte nahe, so Greg Scarletts Schlussfolgerung, dass ein größeres Eintrittsloch physisch durchaus möglich wäre. Und aus meinen Grundkenntnissen der Fotografie wusste ich: größeres Loch, mehr Licht, mehr Sicht im Halbdunkel.

Es waren nicht allein Mutmaßungen, die einen auf diesen Gedanken bringen konnten. Viele der Einstigen, die auf präepiphanischen Fotos dargestellt sind, haben diese seltsamen, weiten Pupillen, den *hohläugigen Blick*, und dass sie bei Nacht leidlich gut sehen konnten, war so gut wie unbestritten. Die Unmengen optischer Hilfsmittel, die man ausgegraben hatte, legten jedoch den Verdacht nahe, dass ihre relative Nachtsichtigkeit zum großen Teil zu Lasten der Sehschärfe ging. Bis jetzt hatte ich immer geglaubt, bei Nacht sehen zu können sei eine verloren gegangene Fähigkeit, so wie Speedskating oder Cha-Cha, aber das stimmte nicht. In der Nacht, als ich versucht hatte, Travis zu retten, hatte mich jemand beobachtet und mir eine Schubkarre in den Weg gestellt, um zu testen, ob ich darüber stolpern würde. Dies ließ nur eine mögliche Schlussfolgerung zu: *Im Dorf gab es jemanden, der bei Nacht sehen konnte.*

»Eddie?«

Es war der Colormann, und ich zuckte schuldbewusst zusammen.

»Oh, Entschuldigung«, sagte er. »Warum singen Sie auch nicht ›Misty Blue‹, wenn Sie Ihr Dingsbums machen. Sie kennen doch die Konvention.«

»Ich habe gar nicht mein Dingsbums gemacht. Ich habe mich im Spiegel betrachtet.«

»Eitelkeit ist etwas Abscheuliches, Edward.«

»Ich habe mir meine Augen angeschaut.«

Eine gewisse Unsicherheit muss aus meiner Stimme gesprochen haben, denn der Colormann nickte verständnisvoll und sagte, wenn ich ihm etwas mitzuteilen hätte, er sei in der Küche.

Zehn Minuten später ging ich nach unten, in der Küche saß der Colormann und – ich konnte kaum glauben, was ich sah – hatte mir eine Tasse Tee gemacht. Was für eine unerhörte Ehre! Jemand mit dem Titel *Eure Farbenprächtigkeit* kocht *mir* einen Tee. Es nahm mir sofort jede Befangenheit. Endlich hatte ich jemanden, dem ich mein Herz ausschütten konnte, und mit einem Schlag hatte sich auch die Frage geklärt, ob ich Jane verpetzen sollte oder nicht, denn mit der Lösung des Schubkarrenrätsels hatte ich ihm etwas Positives zu bieten. Immerhin hatte er mir mit dem Angebot, das Eingangsexamen für NationalColor abzulegen, eine große Freundlichkeit erwiesen.

Doch die Sache mit der Schubkarre interessierte ihn erstaunlicherweise überhaupt nicht.

»Mehr haben Sie nicht für mich?«, fragte er, als ich zum Ende meiner Geschichte gelangt war. »Sie stolpern über eine Schubkarre, und urplötzlich machen die Menschen etwas, das sie seit fünfhundert Jahren nicht gemacht haben? Eddie! Nachts geschieht rein gar nichts. Das ist alles.«

»Die Schubkarre kann dort nicht zufällig stehengelassen worden sein«, erklärte ich. »Der Perpetulitbelag entfernt allen Schutt. Ich habe es am nächsten Morgen nachgemessen.«

»Klingt zwar hochinteressant«, sagte er mit einem leichten Missfallen im Ton, »aber das scheint mir alles sehr weit hergeholt. Wirklich, Edward, ich hatte mir etwas mehr Informationen von Ihnen erhofft – etwas über den Diebstahl der Farbmuster.«

Ich hatte ihn enttäuscht. Von Jane wollte ich ihm nichts erzählen, also fütterte ich ihn mit etwas, das ihm bereits sattsam bekannt war.

»Ich glaube nicht, dass Robin Ochre sich selbst eine Fehldiagnose gestellt hat.«

»Da sind wir uns einig«, antwortete der Colormann. »Ich glaube, sein Komplize hat ihn zum Schweigen gebracht. Wissen Sie schon, wer es war?«

Er sah mich durchdringend an. Wenn ich ihm jetzt sagte, da wäre nichts, dann wusste er, dass ich log.

»Ich weiß es nicht. Noch nicht. Aber da ist noch etwas anderes.«

»Ja?«

»Ich glaube, dass Travis Canary ermordet wurde.«

Er sah mich neugierig an.

»Hängt das mit den Farbmustern zusammen?«

»Ich glaube nicht.«

»Haben Sie Beweise?«

»Eigentlich nicht.«

»Ein Motiv?«

»Darüber denke ich noch nach.«

»Einen Verdächtigen?«

»Jemand … aus den höheren Gelben Rängen.«

»Also, wissen Sie«, murmelte er etwas verächtlich. »Allmählich glaube ich, dass Sie einer von denen sind, die mit sehr wenig Mitteln sehr viel anrichten.«

Er meinte, ich sei ein Lügner.

»Jetzt mal ehrlich«, sagte er, »haben Sie noch etwas auf dem Herzen, das Sie mir sagen wollen?«

Ein dummer Zufall wollte es, dass ausgerechnet in diesem Moment Jane durch den Hintereingang das Haus betrat. Nach ihrer Miene zu urteilen, hatte sie den letzten Satz des Colormanns gehört, außerdem mussten die beiden Teetassen und unser gemütliches Beisammensitzen am Küchentisch Bände sprechen.

Ich blickte auf, und sie blinzelte zweimal. Falls sie erstaunt oder wütend war, ließ sie es sich nicht anmerken.

»Entschuldigen Sie, Eure Farbenprächtigkeit«, sagte sie mit gebührendem Respekt in der Stimme. »Störe ich? Ich wollte nur die Wäsche holen.«

Der Colormann wandte sich ihr zu. Ich glaube, er hatte sie vorher noch nie richtig wahrgenommen, geschweige denn irgendeinen Gedanken an sie verschwendet. Er lachte auf eine Art, die in meinen Augen die reine Freundlichkeit war, in Janes Augen aber wohl eher Herablassung.

»Wie heißen Sie, meine Liebe?«

»Jane, Sir.«

»Hat Ihnen schon mal jemand gesagt, dass Sie eine sehr hübsche Nase haben, Jane?«

Wie auf Kommando fingen ihre Augenbrauen an zu zucken.

»Die meisten Leute vermeiden das Thema«, sagte sie gedehnt. »Ich verstehe überhaupt nicht, warum.«

Umso öfter würde *er* ihre Nase rühmen, wenn er hier leben würde, sagte der Colormann, worauf Jane zweideutig erwiderte, dass er »mit der Zeit sicher anders darüber denken würde«. In seinem Schrank hingen ein paar Hemden, die gebügelt werden müssten, sagte er noch, und Jane nickte höflich und verließ den Raum.

Ich wollte etwas sagen, noch in Hörweite von Jane, einfach um sie zu beruhigen, doch der Colormann legte einen Finger auf die Lippen. Erst als ihre Schritte verklangen, Jane also die oberste Treppenstufe erreicht haben musste, meinte er: »Graue sind notorisch klatschsüchtig und neugierig. Also, was haben Sie mir noch zu sagen?«

»Nichts Positives, Sir. Aber ich werde meine Augen offen halten.«

»Braver Junge. Und bitte, Ihre nächtlichen Visionen behalten Sie für sich, ja?«

Ich blieb nicht im Haus. Ich wollte Jane nicht gegenübertreten müssen, wenn sie glaubte, dass ich sie verpetzt hatte. Allerdings wollte ich auch den Gamboges nicht begegnen. Also entweder in einer Menschenmenge untertauchen oder mich im Putzschrank verstecken, das waren im Moment die beiden Optionen, die mir am sichersten erschienen.

Ich packte Travis' persönliche Sachen zusammen und schrieb vorne auf das Paket seine Postleitzahl, weil ich annehmen musste, dass es unter seiner letzten Adresse noch Angehörige gab. Als ich das Paket am Postschalter aufgab, wurde mir ein Telegramm übergeben, das gerade für mich eingetroffen war. Constance' Antwort auf das Gedicht von Jane.

AN EDWARD RUSSETT RG6 7GD ++ EAST CARMINE RSW ++ VON CONSTANCE OXBLOOD SW3 6ZH ++ JADE-UNDER-LIME, GSW ++ ANFANG DER NACHR ++ MUMMY UND ICH GERÜHRT VON DEINEN POETISCHEN WORTEN ++ ENTSCHULDIGE MEINE DARSTELLUNG ROGER HABE VORSPRUNG OBWOHL NOCH KEINE ENTSCHEIDUNG GETROFFEN ++ EIGENTLICH ER STERBENSLANGWEILIG ++ SCHON GANZ AUFGEREGT DASS DU VIELLEICHT MENGE ROTSICHT HAST ++ DADDY ZURÜCKHALTEND AB WIE VIEL FARBWAHRNEHMUNG ICH DIR GEHÖRE ER KANNS NICHT LASSEN KOMMA WAS FRAGEZEICHEN ++ ALLES LIEBE CONSTANCE XXXXXXXX ++ ENDE DER NACHR

Das waren ausgezeichnete Neuigkeiten, denn es bedeutete nicht weniger, als dass ich vorne lag. Constance hatte sogar den Gruß »Alles Liebe« und acht Küsse unter das Telegramm gesetzt, was mich erst recht umhaute, bis Mrs Blood mir erklärte, dass es egal sei, ob zwei oder acht, der Preis sei derselbe.

Ich ging wieder nach Hause, vergewisserte mich, dass Jane nicht mehr da war, verstaute das Telegramm in meinem Koffer und versteckte mich dann für eine halbe Stunde unter meinem Bett, bis es Zeit wurde, zum Sportplatz aufzubrechen.

Die Nachricht hatte mich etwas aufgemuntert, aber wiederum nicht so sehr, wie ich es gern gehabt hätte. Doch immerhin: Courtland hatte zwar durchblicken lassen, dass ich nicht mehr aus East Carmine abreisen würde, aber da kannte er die Oxbloods schlecht – wenn die sich etwas in den Kopf gesetzt hatten, dann bekamen sie es auch.

HOCKEY

1.1.19.02.006: Mannschaftssport ist Pflicht, er dient zur Stärkung des Charakters. Ein starker Charakter verleiht dem Mannschaftssport Sinn und Zweck.

Der Sportplatz befand sich auf einem ebenen Stück Land zwischen dem Dorf und dem Fluss, in unmittelbarer Sichtweite des Grünen Zimmers. Zu der Anlage gehörten noch zwei Holzpavillons, ein Umkleideraum, ein Punktestandsanzeiger für Cricket, ein Block gestaffelter Sitzreihen und mehrere Sichtblenden auf Rädern. Früher war alles leuchtend bunt angestrichen gewesen, doch die Farben waren längst verblasst und bildeten nur noch eine Palette von Pastelltönen, der Farbauftrag geplatzt und verschrumpelt wie ein ausgetrocknetes Flussbett.

Von den insgesamt drei Feldern war das Cricketfeld das gepflegteste, aber grün eingefärbt waren, aus Gründen der Sparsamkeit, nur die Torräume. Die beiden anderen Felder waren für Feldhockey und Fußball, und obwohl auch sie einigermaßen eben und frei von Schafdung waren, hätten ihnen eine frische Grasnarbe und ein paar Runden mit der Walze ganz gut getan. Aber für begeisterte Amateure reichte es allemal, und abgesehen von dem schwachen Geruch nach heißem Öl, der von der Linoleumfabrik herüberwehte, war die Anlage geradezu idyllisch.

Ich verspätete mich, absichtlich. Zum einen, weil ich hoffte, die Mannschaftsauswahl zu verpassen und nur zum Ersatzspieler degradiert zu werden, zum anderen, weil ich einen Zusammenstoß mit Jane oder Courtland vermeiden wollte. Die beiden waren allerdings längst da und sahen mich böse an, und ich durfte mir nur noch Gedanken darüber machen, von wem der beiden ich mehr zu befürchten hatte. In diesem Zusammenhang wahrscheinlich mehr von Jane, denn sie spielte in der gegnerischen Mannschaft. Tödliche Unfälle auf dem Spielfeld, wenn auch selten, wurden als »zufällig« gewertet, waren also nicht mit Strafen verbunden – doch nur dann, wenn das Opfer im Ballbesitz gewesen und vom Gegner angegangen worden war. Solange ich also den Ball nicht in Besitz bekam, konnte ich einen Angriff von Jane vermeiden, aber leider konnte ich nicht ausschließen, dass mir irgendein Blödmann einen hübschen Pass zuspielte.

Meine Hoffnung, als Ersatzmann eingeteilt zu werden, erfüllte sich nicht. Ich bekam ein gestreiftes Mannschaftstrikot ausgehändigt, von Tommo, dann einen Schläger von Courtland, der mir auch noch höchst vergnügt »viel Glück« wünschte, sodass ich nur vermuten konnte, er meinte das genaue Gegenteil. Der Mannschaftskapitän der Mädchen war natürlich unsere Streberin Violet deMauve. Sie musterte mich von oben bis unten, als ich aufs Feld kam; die Geschichte mit der erpressten Banane war ihr sicher noch bestens in Erinnerung.

»Ich bin froh, dass du dich herbemüht hast«, sagte sie. »Auch wenn es natürlich an eurer demütigenden Niederlage nicht das Geringste ändern wird.«

»Was meint sie damit?«, fragte ich Doug, als sie sich entfernt hatte, um ihre Mannschaft anzufeuern.

»In der gesamten Hockeyball-Geschichte von East Carmine haben die Jungs das Mädchenteam noch nie geschlagen«, antwortete er ziemlich resigniert. »Wir rennen nur ein bisschen auf dem Feld herum und versuchen, nicht von ihren verdammten Schlägern getroffen zu werden. Sobald der Spielstand zehn zu null ist, geben wir auf.«

»Meine Güte«, murmelte ich. »Von so einer Mannschaft möchte ich nicht Kapitän sein.«

Die anderen starrten mich an, als ich das sagte, und gruppierten sich dann auf besorgniserregende Weise erwartungsvoll um mich herum.

»Mist!«, sagte ich. »Ich bin der Kapitän, stimmt's?«

»Es ist traditionell der Spieler, der als Letzter kommt«, sagte Courtland mit einem ekligen Grinsen. Mir wurde flau im Magen, und mein einziger Gedanke war: Wäre ich doch bloß unter dem Bett geblieben.

»Ich bin *wirklich* der Kapitän?«

»Ja«, antwortete Courtland. »Du aus dem Grünen Sektor bist uns doch mit deinen überragenden Führungsqualitäten haushoch überlegen.«

»Ich kann euch nur sagen, dass ich noch nie der Kapitän einer Hockey…«

»Hast du eine Strategie?«, fragte Doug. Ich merkte, dass ich gegen den Wind redete. Die Entscheidung, wer hier den Kapitän gab, war längst getroffen, und wenn ich mich weiter beklagte oder versuchte, ganz auszusteigen, würde ich nur als Spielverderber dastehen.

»Strategie?«, sagte ich nachdenklich. »Wie wäre es damit: den Ball zwischen ihre Torpfosten kriegen und darauf achten, dass wir dabei nicht allzu viel Prügel beziehen.«

Dieser zugegebenermaßen groteske Vorschlag wurde mit Gelächter quittiert. Ich sah mich um. »Haben wir nicht zu wenig Spieler?« Während die Mannschaft der Mädchen in voller Stärke auf dem Feld stand, außerdem mindestens drei Ersatzspielerinnen hatte, dazu eine ganze Meute Unterstützer und Trainer, hatten wir gerade mal sieben Spieler und überhaupt keine Anhänger, außer meinem Vater und Dorian, der auch nur gekommen war, um die Mädchen zu fotografieren, wenn sie gewonnen hatten.

»Einige Spieler haben noch … Klärungsbedarf mit Mitgliedern der Frauenmannschaft«, sagte Doug, »und wenn man die Wahl hat zwischen einem schmerzhaften Stoß in die Weichteile und zehn Demeriten wegen Fernbleibens, wüsste ich auch, wofür ich mich entscheide.«

»Also«, sagte Violet, die auf uns zuschritt wie ein Terrier auf einen Schwarm verschreckter Ratten. »Wer von euch hoffnungslosen Verlierern wurde zum Kapitän bestimmt?«

»Das bin dann wohl ich«, sagte ich. »Aber wir können nicht antreten, weil wir keine volle Mannschaftsstärke haben.«

»Die Feigen bekommen ihren gerechten Lohn«, antwortete sie, was ihr von den Mädchen gedämpftes Lachen einbrachte. »Heißt das, ihr gebt klein bei? Oder steht ihr euren Mann und kämpft auch ohne volle Stärke?«

Beinahe hätte ich aufgegeben, aber ich musste mich ja noch mit Jane aussprechen.

»Nach den Regeln ist es uns gestattet, einen von euch zu übernehmen, um auf gleiche Spieleranzahl zu kommen.«

»Na gut«, sagte Violet, »ihr könnt unseren kleinen Tollpatsch kriegen.«

Sie zeigte auf die vom Pech verfolgte Elizabeth Gold, die gerade erst zu meinen Gunsten aus Violets Freundesliste gestrichen worden war. Sie hockte niedergeschlagen auf der Reservebank.

»Nein, ich nehme lieber die da.«

Ich zeigte auf Jane. Sie blickte mich kalt an. Sie hatte mir ihr Vertrauen geschenkt, sie hatte mir den Tod im Yateveobaum erspart, und jetzt hatte ich sie an den Colormann verraten – jedenfalls musste sie das denken.

»Kommt überhaupt nicht infrage«, sagte Violet. »Jane ist unsere aggressivste … ich meine, unsere *beste* Angreiferin. Liz könnt ihr noch kriegen.«

»Wir haben freie Wahl, Violet.«

Ich wandte mich an Daisy, die als Schiedsrichterin fungierte, und sie entschied zu unseren Gunsten.

Violet sah mich wutentbrannt an, und Jane trat vor, einen Schritt auf mich zu. Wenn wir in derselben Mannschaft spielten, hätte sie kein Recht, mich zu töten, ja, schon ein hartes Angehen gegen mich hätte sie schwerlich rechtfertigen können.

»Schlau«, raunte sie mir zu, als sie an mir vorbei zu den anderen Spielern ging, »aber das rettet dich auch nicht.«

Die Jungs guckten geschlossen weg, als sie ihr gepunktetes Trikot gegen unser gestreiftes wechselte. Bei den Mädchen löste Janes Ausscheiden einige Besorgnis aus, denn plötzlich dämmerte ihnen, dass dieses Jahr möglicherweise sie diejenigen waren, die eine Abreibung erhielten, bei uns führte es zu einer Stärkung der Kampfmoral. Lediglich Courtland schien alles andere als glücklich mit der Wendung, und er sah mich mit dem besonders verächtlichen Blick an, den Gelbe sonst nur für die unteren Ränge der Farbskala übrig haben.

»Der Spaß ist vorbei«, sagte Violet. »Ist der Mustermann vorgewarnt?«

»Er steht an der Seitenlinie bereit.«

Ich fluchte innerlich. Dad war gar nicht gekommen, um mich zu unterstützen, er war rein beruflich hier. Violet zielte mit ihrem ausgestreckten Finger in meine Richtung.

»Auf welcher Seite wollen die Verlierer spielen?«

»In der ersten Hälfte mit dem Blick zur Sonne.«

»Eine zweite Hälfte wird es nicht geben«, konterte Violet, wieder begleitet vom Gelächter ihrer Mädchen. Sie kauerten zusammen, um ihre Taktik zu beraten, und wir taten das Gleiche.

»Also«, fing ich an, »wer sind die besten Spieler?«

Jabez, Keith und Courtland hoben die Hand, ebenso Jane.

»Gut, dann seid ihr die Stürmer. Ich will … «

»Jetzt komm schon, Roter«, unterbrach Jane, »streng deinen Grips an! Keiner außer Violet würde es wagen, Gamboge anzugreifen. Er ist also unser einziger Spieler von Bedeutung.«

Gegen diese Logik war schwer anzukommen.

»Sollten wir also jemals in Ballbesitz kommen, was ich bezweifle«, fuhr Jane fort, »spielen wir Courtland einen Pass zu. Und da Violet die Stürmerin der anderen Mannschaft sein wird, sollten Jabez und Keith sie jederzeit decken und sie foulen, wenn Daisy gerade mal nicht guckt. Ich mache den Angriff. Ihr anderen versucht einfach, euch dem Gegner in den Weg zu stellen.«

Mit diesen Worten marschierte sie auf den Platz.

»Neuer Plan«, gab ich klein bei. »Wir gehen so vor, wie Jane es sagt. Ich bin ein miserabler Spieler, deswegen schließe ich mich beim Sturm aufs gegnerische Tor einfach Jane an. Passt auf eure Schienbeine auf, und gebt euer Bestes. Und bitte keine Hechtsprünge hinterm Ball her oder sonstige melodramatische Aktionen. Wenn wir schon vom Platz gefegt werden, dann wenigstens mit Stil.«

Verhaltenes zustimmendes Gemurmel, und alle bezogen ihre Posten. Ich gesellte mich zu Jane, die stur zu Boden blickte und nichts sagte.

Die Mädchen gewannen den Münzwurf und rempelten los. Keine acht Sekunden, und sie hatten ihr erstes Tor geschossen.

»Constance hat mir eine Antwort geschickt«, sagte ich zu Jane. »Dein Gedicht ist sehr gut angekommen.«

»Da fällt mir aber ein Stein vom Herzen, Roter. Ich habe vor lauter Sorge, ob euer junges Unglück denn auch verdientermaßen zustande kommt, gestern Nacht kein Auge zugetan.«

Allmählich konnte ich ihrem Sarkasmus etwas abgewinnen, so fremd er mir auch war, doch sie war kein Freund von oberflächlichem Geplänkel und fuhr mich an.

»Was hast du dem Colormann gesagt?«

Diesmal hatte ich keine Angst mehr, vielleicht, weil ich anfing, sie besser zu verstehen.

»Ich habe ihm absolut nichts von dir erzählt, nur einige verrückte Theorien. Aber ich gestehe, dass ich verunsichert bin und nicht weiß, wem ich vertrauen kann.«

»Mir kannst du vertrauen.«

»Wirklich? Robin und Zane sind tot, und der Colormann erzählt mir, dass irgendwo zwanzigtausend Meriten herumliegen. Du hast irgendwie die Hand im Spiel, und Seine Farbenprächtigkeit sucht dich. Meine Frage an dich ist: Bist du in Ochres Tod verwickelt oder nicht?«

Zum ersten Mal, seit wir uns kannten, schien sie mir zutiefst bestürzt.

»Natürlich nicht! Robins Tod nützt *niemandem*. Es war das Schlimmste, das diesem Dorf und allen, die hier leben, passieren konnte.«

»Wer hat ihn dann getötet? Und jetzt sag nicht, dass er sich Grünes Licht geben wollte oder sich selbst fehldiagnostiziert hat.«

Sie senkte den Blick, und ihre Stimme wurde leise.

»Ich weiß es nicht. Ich wünschte, ich wüsste es, aber ich weiß es nicht. Es gibt nicht viel, was mir Angst macht – aber die Leute, die Ochre auf dem Gewissen haben, machen mir Angst.«

»Ich hätte dich niemals als ängstlich eingeschätzt.«

»Du weißt eben nicht alles.«

»Ein Fortschritt, immerhin. Vor vierundzwanzig Stunden hast du noch gemeint, ich wüsste überhaupt nichts.«

Sie gewann ihre Fassung zurück, und der nächste Satz wurde mit der üblichen Verve vorgetragen.

»Was hast du über den Colormann herausgefunden?«

Bevor ich mir darüber klar wurde, was geschah, fing ich an, ihr alles zu erzählen. Ich befand mich in einem Gewissenskonflikt, unbewusst jedoch war ich von Anfang an auf Janes Seite.

»Er weiß, dass bei dem Farbmusterklau noch eine dritte Person im Spiel war. Das ist der alleinige Grund seines Hierseins. Ich habe ihm gesagt, im Dorf gäbe es möglicherweise jemanden, der nachts sehen könne, aber das interessierte ihn nicht im Geringsten.«

»Du hast ihm *was* gesagt?«

»Dass es möglicherweise … «

»Schon verstanden. Jemand, der nachts etwas sehen kann. Und wie kommst du darauf?«

Ich erzählte ihr von der Schubkarre, aber das beeindruckte sie genauso wenig wie den Colormann.

»Was hast du ihm noch gesagt?«

»Nur, dass an Ochres Tod irgendwas faul ist. Und dass Travis' Tod Mord war.«

Sie schüttelte traurig den Kopf.

»Pass gut auf«, sagte sie. »Für einen Roten scheinst du ja einigermaßen in Ordnung zu sein. Mach deine Stuhlzählung, und dann hau ab nach Hause. Eine Fahrkarte wirst du dir schon irgendwoher besorgen können. Durch die vielen Fragen wirst du weder klüger noch welterfahrener oder sonst was. Nur sterben wirst du mit Sicherheit.«

»Wow! Ein Ratschlag – soll das heißen, dass ich dir etwas bedeute?«

»Ganz und gar nicht. Ich denke nur langfristig, und eines Tages brauche ich dich vielleicht noch, um mir einen Gefallen zu tun. Und Tote tun einem keinen Gefallen.«

»Musstest du mir das unbedingt sagen? Du hättest mich in dem Glauben lassen können, dass ich dir wenigstens nicht völlig egal bin.«

»Für ein Kindermädchen, das dich verhätschelt, bist du zu alt, Roter. Dein Schlag.«

»Was?«

»Dein Schlag!«

So seltsam es anmutete, aber der Ball rollte tatsächlich auf uns zu. Ich holte aus und schlug ihn weit von mir in das Feld des Gegners, wo, wie durch ein Wunder, Jane schon bereitstand, um ihn in Empfang zu nehmen. Im Tor stand Imogen Fandango, aber sie hatte nicht den Hauch einer Chance; der Ball schoss so rasend schnell an ihr vorbei, dass sie ihn gar nicht wahrnahm. Ein Pfiff, und der Kampf kam zum Ende, außer für Tommo, der weiter mit Cassie rangelte und offenbar dabei war, den Kürzeren zu ziehen. Erst als Daisy direkt vor ihren Ohren in die Trillerpfeife blies, hörten die beiden auf, aber sie holten noch eine ganze Weile nacheinander aus und fauchten sich an, bis sie endlich Ruhe gaben.

»Du hast eine Idee für eine neue Strategie«, sagte Courtland, als wir uns zur nächsten Runde versammelten. Wir hatten Jabez verloren, der hinter der Seitenlinie von meinem Vater zusammengeflickt wurde, aber ob wir gleiche Mannschaftsstärke hatten, war uns mittlerweile egal.

»Ach ja?«

»Ja, und zwar mache ich diesmal den Stürmer, und alle anderen sind nur zu meiner Verteidigung da. Tommo, du gehst Daisy an und nimmst ihr die Pfeife ab. Sobald ich im Ballbesitz bin, braucht ihr die anderen nur noch von mir abzuwehren – mit allen Mitteln. Die Graue ...«

»Ich heiße Jane«, informierte ihn Jane.

»Also gut, Jane übernimmt meine rechte Flanke, weil sich sowieso keiner traut, gegen sie anzugehen. Und Keith, du übernimmst meine linke Seite, weil du Dresche einstecken kannst, ohne gleich in die Knie zu gehen.«

»Okay«, sagte Keith.

»Sehr gut«, sagte ich, denn es schien mir ein sinnvoller Plan zu sein, wenn er auch gegen die Spielregeln verstieß. »Und was mache ich?«

»Gar nichts«, knurrte Courtland. »Deine Aufgabe ist es, den Kopf hinzuhalten.«

»Mal ehrlich«, sagte Jane. »Ist das wirklich nötig? Ich weiß, Russett ist ein Schlappschwanz, aber er ist schließlich Gast in unserem Dorf.«

Er ignorierte sie einfach, und alle marschierten aufs Feld zu ihren Positionen.

»Was ist eigentlich hier los?«, fragte ich Tommo, als er an mir vorbeizog. »Was soll ich machen?«

»Deinen Kopf hinhalten«, wiederholte er mit einem gackernden Lachen. »Sag bloß, das weißt du nicht? Der Mannschaftskapitän übernimmt bei Fouls die volle Verantwortung für sein Team. Und bei den vielen Meriten, die du hast, können wir uns jede Menge Fouls leisten. Und noch etwas: Anscheinend bist du ein rotes Tuch für Courtland. Er ist ziemlich sauer auf dich. Und ich bin übrigens auch nicht gerade gut auf dich zu sprechen. Du hast mich belogen. Du hast uns alle belogen!«

Ich stand wie vom Donner gerührt, während das Geklapper der Holzschläger einsetzte. Keine Sekunde war vergangen, da rannte Courtland los, Daisy hatte man bereits die Pfeife entwendet, und die Gewalt nahm ihren Lauf.

DEMERITEN & VIOLET

2.3.09.23.061: Eine krumme Haltung wird unter gar keinen
Umständen toleriert.

»Zwei gebrochene Schlüsselbeine, drei verrenkte Fußgelenke, drei
Schienbeinfrakturen, Prellungen ohne Ende, ein halb abgerissener
Daumen, drei gebrochene Handgelenke, bei Gerry Puce eine zwei-
fache Oberschenkelfraktur, und Lucy musste ein Ohr angenäht werden.«

»Das mit dem Ohr kann ich erklären. Sie saß auf der Reservebank, als ...«

»Halten Sie den Mund, Russett.«

Oberpräfekt deMauve kam zum Schluss des Berichts und sah
mich an.

»Was in Munsells Namen haben Sie sich dabei gedacht? Eine
Legion Präventivrächer gegen eine Horde marodierendes Gesindel
anzuführen?«

Es war eine halbe Stunde später, und Violet und ich waren ins
Amtszimmer des Oberpräfekten bestellt worden, um Rede und
Antwort zu stehen. Das Spiel war in eine Gewaltorgie ausgeartet
und danach zunehmend außer Kontrolle geraten. Bei dem erfolg-
reichen Versuch, wieder in den Besitz der Trillerpfeife zu gelangen,
hatte Daisy Tommo den Daumen gebrochen, nur um danach so
ausdauernd und laut zu pfeifen, dass ihr die Puste ausging und sie
ohnmächtig wurde. Dorian war so geistesgegenwärtig, ein Foto zu

machen, und hatte damit dieses beispiellose Ereignis für alle Zeiten gebannt. Die Gewalt hörte erst auf, als ich den Ball in die von einer Mauer umgebene Einfriedung beförderte, in der sich das Grüne Zimmer befand und die niemand zu betreten wagte.

Von den Spielern waren nur die einer Verletzung entkommen, die so klug gewesen waren, sich rar zu machen, insgesamt war der Schaden ziemlich gleichmäßig zwischen den Mannschaften verteilt, wobei Courtland das meiste zu verantworten hatte. Er drosch auf jeden ein, mit dem er eine Rechnung zu begleichen hatte – also quasi auf alle –, in dem beruhigenden Wissen, dass ich als Kapitän für seine Untaten zur Rechenschaft gezogen werden würde. Er hätte sich auch an mir vergreifen können, aber dazu ließ er sich nicht hinreißen. Ich glaube, er wollte meine persönliche Demütigung und Bestrafung erleben, bevor er selbst Rache nahm, aber vielleicht war das hier bereits seine Rache – er wollte, dass ich zum Reboot geschickt wurde.

Violet saß mit mir auf der Anklagebank. Das Mädchenteam hatte ebenfalls beschlossen, die Regeln zu missachten und alles anzugreifen, was sich bewegte, also im Grunde nicht viel anders vorzugehen als sonst auch, nur diesmal ohne die Absicherung durch die schiedsrichterliche Pfeife.

deMauve thronte auf einem Podium, vor ihm halbkreisförmig der Rat. Wenn er sprach, machten die Ratsmitglieder lange Gesichter, schüttelten den Kopf oder äußerten ein vorwurfsvolles »Ts, ts!«. Violet und ich waren noch matsch- und blutbefleckt. Ich hatte nur ein paar Kratzer abbekommen, aber Violet hatte am Hinterkopf eine hastig vernähte Wunde. Ihre Haare, heute Morgen noch eine perfekte Frisur, waren mit Blut verklebt.

»Puce' Oberschenkel braucht möglicherweise bis zu vierzehn Tage, bis er ganz ausgeheilt ist«, sagte Turquoise mit düsterer Stimme, »und jeder verlorene Arbeitstag ist ein verlorener Tag für das Kollektiv. Finbarr Gardenias gebrochenes Schlüsselbein hat die Haut durchstoßen, sehr wahrscheinlich wird er bis zum Lebensende eine hängende Schulter behalten.«

»Was sagen Sie dazu?«

»Wie bitte?«, fragte ich. Mir ging wieder das Rätsel mit der Schubkarre durch den Kopf.

»Ich habe Sie gefragt«, sagte Turquoise gereizt, »wie Sie zu all diesen Verletzungen stehen.«

»Wenn ich mein Prioritätenwarteschlangensystem nicht einge-führt hätte, wäre alles noch viel schlimmer ausgegangen«, antwor-tete ich spontan.

»Zu Ihrem Warteschlangensystem kommen wir auch noch«, bellte Gamboge, die mich gefährlich böse anblickte, seit ich den Raum betreten hatte, »und vergessen Sie gefälligst nicht, wo Sie sich befinden.«

»Violet«, fuhr deMauve fort und wandte sich seiner Tochter zu, »hast du etwas zu dem Ganzen zu sagen?«

Violet tat unschuldig. »Das Mädchenteam hat aus reiner Not-wehr gehandelt«, sagte sie. »Anders hätten wir schlimme Verlet-zungen nicht vermeiden können. Die Jungen sind auf einmal völlig durchgedreht.«

»Das werden wir berücksichtigen«, sagte ihr Vater. »Doch Zeu-gen haben ausgesagt, dass beide Mannschaften weitergekämpft ha-ben, nachdem der Schlusspfiff ertönt war – und dein Team hat fast genauso viel Schaden angerichtet wie Russetts.«

»Das ist nicht unüblich«, hob sie hervor. »Es wäre nicht das Spiel Mädchen gegen Jungen, wenn wir nicht ein paar Schienbeine zertrümmert und ein, zwei Gehirnerschütterungen an unsere Geg-ner ausgeteilt hätten.«

»Das ist eine ›Kann‹-Bestimmung«, sagte Präfektin Sally Gam-boge, die sich die Spielregeln extra noch mal durchgelesen hatte, um das Verhalten der Beteiligten bei Gewaltanwendung auf dem Feld besser einschätzen zu können. »Und sie gilt nur, wenn der Ball ge-spielt wird. Als Daisys Pfeife nicht mehr beachtet wurde, waren Sie persönlich für Ihre Mannschaft verantwortlich.«

»Wir sind insbesondere von Ihnen enttäuscht, Violet«, setzte

Yewberry noch nach. »Russett ist einfach nur ein unverantwortlicher, einfältiger Zugereister aus einem der Regionalzentren – aber Sie hätten es besser wissen müssen.«

Ich spürte, wie sie innerlich kochte. Wir wussten beide, wer eigentlich schuld an dem Ganzen war, aber Regel ist Regel, und Courtland war so gut wie unantastbar. Wir mussten uns abfinden mit den Vorwürfen, etwas anderes blieb uns nicht übrig. Warum Jane sich in das Handgemenge eingemischt hatte, war mir erst nicht ganz klar gewesen, doch jetzt begriff ich: Während Courtland Ärger machte, um mich abzustrafen, wollte Jane den Präfekten eins auswischen. Der Zwischenfall hatte Auswirkungen auf ihre Jahresbilanz, mehr noch, auf die Friedensdividende der Zentrale. Ein Jahr ohne Aggressionen konnte bis zu zehntausend Bonusmeriten wert sein, gestaffelt aufgeteilt zwischen den Präfekten und dem Dorf.

Turquoise bat uns, einen Moment draußen zu warten, und wir standen auf, verbeugten uns reumütig und trotteten hinaus.

»Schwachkopf«, fauchte Violet, kaum war die Tür hinter uns ins Schloss gefallen. »Das wirst du mir büßen, das kannst du mir glauben!«

»Was hast du vor?«, fragte ich. »Mich vom Orchester ausschließen?«

»Das wäre nur der Anfang«, sagte sie, verärgert, weil mir diese »Strafe« zuerst eingefallen war. »Aber ich werde auch meine vielen engen und persönlichen Freunde auffordern, bei deiner Stuhlzählung nicht mit dir zu kooperieren. Ohne meine freundliche Unterstützung wird deinem Aufenthalt hier kein Erfolg beschieden sein. Und«, fügte sie noch hinzu, »ich streiche dich von meiner Freundesliste. Ich hoffe, du bist am Boden zerstört.«

»Ich glaube, mir fallen sofort mindestens siebenundachtzig schlimmere Dinge ein«, hielt ich ihr vor. »Zum Beispiel Vanillesoße ohne gelbe Farbe.«

Sie kniff die Augen zusammen und rümpfte zickig die Nase. Die Tür öffnete sich, und Mrs Gamboge sagte uns, wir könnten wieder hereinkommen. Wir traten hintereinander ein, verbeugten uns erneut und setzten uns, als wir dazu aufgefordert wurden.

»Haben Sie noch etwas zu sagen, bevor wir die Strafe verkünden, Master Russett?«

»Es ist nicht zu entschuldigen, Sir«, murmelte ich. »Ich werde mir Mühe geben, mich zu bessern.«

»Miss deMauve?«

»Es ist eine Intrige, um mich zu verunglimpfen«, platzte sie hervor und zeigte mit dem Finger auf mich. »Ich bin kein schlechter Mensch. Jeder möchte mein Freund sein. Ich hätte so etwas niemals gemacht ... «

Sogar ihr Vater hatte genug von ihr. Mit erhobener Hand brachte er sie zum Schweigen.

»Violet deMauve«, sagte er. »Wir sind zutiefst enttäuscht, dass es dir nicht gelungen ist, deine Mannschaft zu kontrollieren, nachdem das Spiel bereits beendet war. Als angesehene Purpurne erwarten wir, dass du anderen ein Vorbild bist. Allerdings fanden auch deine ungezählten guten Taten und die Bitte um Nachsicht mit dir seitens einiger verdienter Mitglieder des Kollektivs Berücksichtigung. Einhundert Meriten Strafe.«

Violet war entsetzt. Wahrscheinlich hatte sie damit gerechnet, ohne einen Kratzer davonzukommen, und in mancher Hinsicht stimmte das ja auch. Sie musste über doppelt so viele Meriten verfügen wie ich, und zweifellos würden sich ihr viele Gelegenheiten bieten, noch weitere dazuzuverdienen. Auch ich konnte damit leben, einhundert Meriten abzweigen zu müssen, für ein Wohnrecht würde es immer noch reichen.

»Edward Russett«, sagte deMauve und schlug den Ton an, mit dem im Allgemeinen der Ausbruch von Mehltau verkündet wird. »Sie tragen unserer Ansicht nach die Hauptverantwortung für dieses Gerangel. Ihr mangelndes Urteilsvermögen, Ihre unzureichende Kontrolle über die Mannschaft und Ihre ungenügenden Führungsqualitäten haben zu dem schlimmsten Gewaltexzess auf dem Spielfeld geführt, den unser Dorf je erlebt hat. Ihre Strafe beläuft sich auf … zweihundert Meriten.«

Ich stieß einen Seufzer der Erleichterung aus. Es war eine harte Strafe, aber ich besaß fast tausenddreihundert Meriten, es blieben also tausendeinhundert – immer noch ausreichend für ein Wohnrecht. Ich dürfte weiterhin heiraten, eine der Vergünstigungen, die denen gewährt wurde, die sich als würdig erweisen.

Eigentlich hätten wir jetzt entlassen werden müssen, doch es sollte anders kommen.

»Darüber hinaus«, sagte Sally Gamboge, »betrachten wir Ihr Infragestellen der wunderbaren Klarheit der Warteschlangen hier in East Carmine als eine ernsthafte Störung. Die Regeln wirken häufig auf geheimnisvolle Weise, und vorschnelles Handeln, das scheinbar kurzfristig Nutzen bietet, hat manchmal unvorhergesehene Folgen, die nur Zwietracht säen.«

»Zu Ihrem unverdienten Glück«, fügte deMauve hinzu, »haben Sie einen Antrag auf Anerkennung als Standardvariable gestellt. Nach den Regeln können wir Sie dafür also nicht bestrafen.«

Kann sein, dass ich darüber geschmunzelt habe, was wahrscheinlich ein Fehler war.

»Kommen wir nun«, sagte Yewberry, »zu dem schwerwiegendsten Vorwurf, der gegen Sie erhoben wird.«

Ich sah die Präfekten nacheinander an. Mir fiel nichts ein, was ich getan haben könnte, das ich nicht hätte abstreiten können oder das leicht nachweisbar gewesen wäre. Die Präfekten konnten sehr streng sein, aber sie waren zu Fairness und zu korrektem Vorgehen verpflichtet. Wenn nicht, war ich berechtigt, beim Ombudsmann des Nachbardorfes eine Beschwerde einzureichen, und am Ende konnte es passieren, dass nicht ich, sondern die Präfekten bestraft würden.

»Ich muss Sie leider davon in Kenntnis setzen«, fuhr Yewberry in sarkastischem Tonfall fort, »dass das Letzte Kaninchen gestorben ist. Nicht, wie vorhergesagt, an Altersschwäche, sondern es ist an einem Löwenzahnblatt erstickt.«

»Wie schade«, sagte ich leise, um die Stille zu füllen, die sich über den Raum gelegt hatte. Dann begriff ich und verlor jeden Mut.

»Wann ist es gestorben?«, fragte ich leise.

»Einen Tag vor Ihrer Ankunft hier«, psalmodierte deMauve mit Grabesstimme. »Wenn Sie, wie Sie behaupten, das Kaninchen besucht haben, hätten Sie es wissen müssen.«

»Du hast uns belogen!«, kreischte sofort Violet. »Das ganze Gerede, das weiche Fell, die Zähnchen und der weiße Schwanz – also wirklich, ich bin schwer enttäuscht!«

»Wir sind alle enttäuscht«, sagte deMauve. »Und offen gesagt, Ihr Vater teilt unsere Enttäuschung. Im ganzen Dorf haben Sie mit Ihrer Kenntnis über das Kaninchen geprahlt, haben sogar den Schulkindern im Unterricht davon erzählt – ein abscheulicher Vertrauensbruch. Ich hoffe, dass mir so etwas nicht noch einmal begegnet, solange ich lebe.«

Ich senkte den Kopf, denn es stimmte. Ich hatte gelogen. Der Nachschlag aber kam mit einer Kopie des Telegramms, das ich an meinen besten Freund Fenton geschickt und in dem ich eine frei erfundene Taxazahl genannt hatte. Lügen war schlimm genug, doch durch Betrug einen Gewinn zu erzielen noch viel schlimmer. Ich saß wirklich tief in der Patsche.

»Bestreiten Sie die Vorwürfe?«, fragte deMauve.

Das konnte ich nicht, und ich sagte es ihm. Für dieses Vergehen wurde ich zu einer Strafe von sechshundert Meriten verurteilt, wodurch sich die Gesamtsumme auf achthundert erhöhte. Das konnte einem schon die Tränen in die Augen treiben. Bei jeder anderen, mit weniger Meriten ausgestatteten Person hätte das Reboot bedeutet. Mir würde das erspart bleiben, ich hatte ja noch knapp fünfhundert übrig. Doch der springende Punkt war, dass ich erst wieder die Schwelle von tausend Meriten erreichen musste, bevor ich auch nur daran denken konnte, um Constance' Hand anzuhalten. Selbst mit zusätzlicher Nützlicher Arbeit und nur, wenn nichts dazwischenkam, würde ich dafür mindestens drei Jahre benötigen. Constance war keine Frau, die auf einen wartete, aber schlimmer noch, ich hatte gehofft, ein positives Ishiharaergebnis würde ihren Vater dazu bewegen, mir eine offene Rückfahrkarte zukommen zu lassen. Ich musste hier weg, je eher, desto besser.

Ich nahm mein »1000 Meriten«-Abzeichen ab und übergab es dem Präfekten.

»Außerdem werden Sie angewiesen, das hier vier Wochen zu tragen.«

Yewberry gab mir ein Abzeichen, auf dem nur ein Wort stand, mehr nicht: »LÜGNER«. Nachdem ich einmal tief durchgeatmet hatte, steckte ich es unterhalb der »Muss sich in Demut üben«-Nadel an. Ich hatte bisher erst einmal in meinem Leben ein Lügner-Zeichen getragen, und es war alles andere als lustig gewesen.

Ich fing sofort an zu überlegen, wie ich die verlorenen Meriten wieder zurückgewinnen konnte. Courtland fiel mir ein und sein Vorschlag, das Lincoln zu stehlen oder ihm Löffel aus Rusty Hill zu besorgen. Aber ich wollte mich von niemandem zu irgendwelchen weiteren regelwidrigen Aktionen hinreißen lassen. Außerdem würden dabei nur Barmeriten herausspringen, nicht solche, auf die es ankam – die, die hinten im Meritenbuch stehen. Was ich dann aber sagte, erstaunte mich selbst.

»Ich werde die Expedition nach High-Saffron anführen«, verkündete ich laut und energisch.

»Akzeptiert«, antwortete deMauve, bevor ich Zeit hatte, es mir anders zu überlegen. »Wir zahlen einhundert Meriten, wie vereinbart.«

»Sechshundert. Keinen Cent weniger.«

Ich erntete schallendes Gelächter für meine dreiste Forderung.

»Dieser unverschämte Kerl!«, platzte Mr Turquoise der Kragen.

»So eine Undankbarkeit!«, sagte Yewberry.

Am lautesten aber war Sally Gamboge.

»Wir verhandeln nicht mit Lügnern!«

deMauves Reaktion war schon etwas bedachter.

»Wie kommen Sie darauf, dass Sie sechshundert Meriten wert sind, Edward?«

Ohne zu überlegen, platzte ich damit heraus.

»Mein Alpha-Schwellenwert. Sie wissen so gut wie ich, dass es reine Zeitverschwendung wäre, entbehrliche Niederfarbwertige auf so eine Tour zu schicken. Selbst wenn es dort Rot in Mengen gäbe, würden sie es gar nicht sehen.«

Betreten sahen sich die Präfekten an. Erreichte meine Farbwahrnehmung tatsächlich den Schwellenwert zum Alpha-Status, wäre mein Angebot ausgesprochen günstig. Auch wenn ich nur eine einzige Farbe erkennen konnte, ließe sich aus der gefundenen Menge auf den Gesamtumfang des Altfarbvorkommens schließen. Wichtiger noch, High-Saffron war für East Carmine der Schlüssel zu Wohlstand, das wussten die Präfekten. Und wenn ich den Schlüssel zu High-Saffron in der Hand hielt, hatte ich etwas anzubieten. Ein brillanter Schachzug – zumindest wenn man den kleinen Haken meines Plans außer Acht ließ: den sicheren Tod.

»Ihr Ishihara steht erst noch bevor, Sie haben noch keine Farbsichtbeurteilung«, bemerkte Gamboge. »Woher sollen wir wissen, dass Sie uns nicht wieder belügen?«

Ich sah mich im Raum um, der nicht nur die siebenhundertzweiundachtzig Bände der ungekürzten Ausgabe der *Worte Munsells* enthielt, sondern auch Regal an Regal voller Wertgut, das nicht zur Sortierung freigegeben worden war – Artefakte der Einstigen, die man nicht rechtmäßig behalten durfte, weil ihre Farben zu stark leuchteten, die aber zu perfekt gestaltet, zu hübsch oder zu selten waren, um sie zu zermalmen, auszupressen, die Restfarbe zu verdichten, anzureichern und wiederaufzubereiten. Dass sie überhaupt gelagert werden konnten, war einem Schlupfloch in den Regeln zu verdanken. Die Gegenstände wurden im Eingangshauptbuch einfach unter der Rubrik »steht zur Sortierung aus« eingetragen.

Ich ließ meinen Blick über die Gegenstände in den Regalen schweifen und zeigte auf den mit dem geringsten, dezentesten roten

Farbanteil, ein Milchkännchen, das aus einer Reihe blanker grauer Töpferware herausragte. Alle sahen zu Yewberry, der die Stirn runzelte.

»Ich kann nur ein Hauch Rot darin erkennen«, gestand er, »und ich habe schon einundsiebzig Prozent.«

Die Anwesenden im Raum starrten mich ungläubig an, doch ich war selbst erstaunt über mich. Wenn ich mehr als einundsiebzig Prozent Rot-Wahrnehmung hatte, konnte ich Präfekt werden.

»Zahlen Sie ihm die sechshundert«, sagte Yewberry, »und schicken Sie ihn nach High-Saffron.«

Courtland lag ganz richtig mit seiner Einschätzung, die Randzonen seien so etwas wie Reboot im Kleinen. Ich würde hierbleiben, und das hatte Yewberry erkannt. Kein Wunder, dass ihm sehr daran gelegen war, mich auf eine Unternehmung zu schicken, bei der ich nur geringe Überlebenschancen hatte. Während die Runde noch die möglichen Folgen meiner Farbsichtbeurteilung abschätzte, herrschte ungefähr eine halbe Minute lang Schweigen im Raum. Gamboge funkelte mich einfach nur böse an. Ich glaube, ihr missfiel die Vorstellung, ein Russett könnte Präfekt werden. Mein Vater hatte einigermaßen Anstand bewiesen, etwas, das sie wohl kaum gutheißen würde; und Courtland hatte ihr vermutlich meinen Verdacht bezüglich Travis mitgeteilt. Chromatische Politik eben. Man konnte sich ihr nicht entziehen, selbst wenn man wollte.

»Sie sind sehr unverschämt, junger Mann«, bemerkte deMauve leise, »aber eins will ich Ihnen gestehen, Sie haben Schneid. Vierhundert.«

Ich wollte standhaft bleiben, ich musste unbedingt die Marge für das Wohnrecht übertreffen.

»Sechshundert, Sir. Keinen Cent weniger.«

»Ihr Gefeilsche in dieser Sache ist eine Schande«, sagte Yewberry mit vor Wut bebender Stimme. »Jedes aufrechte Mitglied des Kollektivs hätte seine Dienste freiwillig angeboten, mit Freude und kostenlos.«

»So wie Sie, Sir?«

Er lief so rot an, dass es noch dem Niederfarbwertigsten im ganzen Dorf aufgefallen wäre.

»Also gut«, gab deMauve zähneknirschend nach. »Sechshundert.«

Wir wurden entlassen, und nachdem wir uns wieder verbeugt hatten, verließen Violet und ich den Raum. Draußen auf dem Flur umklammerte sie meinen Arm. Ich rechnete schon mit weiteren Beschimpfungen, gar einer Ohrfeige und schickte mich an, schneller zu gehen, doch urplötzlich hatte sie mich herumgewirbelt, ihre Arme um meinen Hals geschlungen und mich zu sich herangezogen. Seltsam, aber ich brauchte einen Moment, bis mir klar wurde, was sie vorhatte. Trotz ihrer abstoßend ungestümen Art – ihre Lippen waren weich, und ihr Kuss war unglaublich professionell, auch wenn es ihm an Leidenschaft fehlte. Nie hätte ich gedacht, dass ich mal mit der Tochter des Oberpräfekten knutschen würde, deswegen verbannte ich jeden Gedanken an Constance und Jane in den Hinterkopf und gab mich ihr ganz hin. Ich würde gerne glauben, dass ich mich einigermaßen tapfer schlug angesichts meiner geringen Erfahrung in diesen Dingen, also abgesehen von dem, was Lizzi, das Hausmädchen, mir beigebracht hatte. Es wäre außerordentlich grob gewesen, sich zu entziehen, also wartete ich ab, bis die Spannung nachließ, dann löste ich mich sanft von ihr.

»Du Rotes Scheusal, du«, sagte sie mit einem schüchternen Lächeln und stieß mir spielerisch mit der Faust gegen die Brust. »Warum hast du mir nicht gesagt, dass du so viel Rotsicht hast?«

»Ich wollte nicht damit angeben«, erwiderte ich und bedauerte, dass sie dabei gewesen war, als ich vor den Präfekten damit herausgeplatzt war. Sie trat näher, um mich erneut zu küssen, doch ich wollte nicht, dass das hier außer Kontrolle geriet.

»Was ist mit Doug? Seid ihr beiden einander nicht halb versprochen?«

»Doug ist sehr lieb«, räumte sie ein, »aber er ist wahrscheinlich nur ein Fünfzigprozentiger. Es war auch kein echtes halbes Versprechen, eher eine Standardposition. Hast du wirklich Alpha-Rotsicht?«

»Mehr oder weniger.«

»Sollte das der Fall sein«, sagte sie, »dann werde ich mit Mummy und Daddy über eine Änderung meiner Heiratsabsichten sprechen. Falls sie einverstanden sind, wäre ich überglücklich, wenn wir nach unserem Ishihara so bald wie möglich heiraten.«

»Violet«, sagte ich. Die Sache drohte mir völlig zu entgleiten, es war beängstigend. »Ich fühle mich geschmeichelt durch dein Interesse, aber ich bin schon halb einer Oxblood zu Hause in Jade-under-Lime versprochen.«

»Ach was!«, antwortete sie. »Eine Verbindung mit einer Purpurnen ist doch um einiges besser als mit einer Oxblood. Wer kann sich schon durch einen Tausch seines Familiennamens mit einem Schlag um fünf Stufen verbessern? Edward deMauve. Klingt doch stilvoll, findest du nicht? Mehr noch«, fügte sie kichernd hinzu, »mein Dad schwimmt in Geld. Dein Vater kann mindestens zehntausend für dich verlangen. Ich sage meinem Vater, er soll Kontakt zu deinem Vater aufnehmen, und sobald alles geklärt ist, geben wir es bekannt.«

Sie beugte sich vor und küsste mich schon wieder, dann flüsterte sie mir ins Ohr: »Es erwartet dich noch mehr, viel mehr. Wusstest du, dass die deMauve-Mädchen in dem Ruf stehen, die hohe Kunst der Fortpflanzung bestens zu beherrschen und unersättlich zu sein? Wir haben eine hundertzweiprozentige Feedback-Bewertung.«

»Das war mir nicht bekannt.«

»So ist es aber. Ich habe einige Mühe auf mich genommen, damit ich für die Hochzeitsnacht gut vorbereitet bin. Deswegen würde es mir in der Hinsicht auch nichts ausmachen, wenn du vorher mit einer Grauen ein bisschen übst, damit auch alles perfekt funktioniert. Mein Ei-Bon liegt schon bereit. Du kannst mich in unserer Hochzeitsnacht befruchten, dann komme ich im Frühjahr nieder. Und wir nennen unser Kind Crocus. Wäre das nicht wunderbar?«

»Nein«, sagte ich. »Überhaupt nicht. Ganz und gar nicht ... «

»Psst!«, sagte sie und legte einen Finger auf meine Lippen. »Du sitzt jetzt mit im Boot, mein Täubchen – von jetzt ab keine Sorgen mehr.«

Sie stöhnte glücklich, doch dann trübte sich ihre Miene.

»Oh!«, rief sie und hielt sich die Hand vor den Mund, als ein Gedanke sie durchzuckte. »Wir müssen unbedingt erreichen, dass dein Ausflug nach High-Saffron verschoben wird, wenigstens so lange, bis du mich geschwängert hast. Dann wäre es nicht ganz so schlimm, falls du nicht zurückkehrst.«

»Ich kann dich nicht heiraten, solange ich kein Wohnrecht habe, selbst wenn ich wollte, und ich will ja nicht.«

»Die Liebe findet schon eine Lösung«, sagte sie fröhlich. »Und was die Liebe nicht schafft, das schafft mein Vater mit seinem Geld. Der braucht nur einmal sein Portemonnaie zu zücken. Wir sollten uns zu einem romantischen Spaziergang treffen und meine Zukunft besprechen. Sagen wir heute Abend, zur Laternenzeit, neben Munsells Bronzebüste?«

»Ich bin beschäftigt.«

»Klar bist du beschäftigt – mit mir.«

Sie legte mir eine Hand auf die Wange.

»Ich stelle schon mal die Gästeliste und das Menü zusammen und schreibe alles auf einen Zettel, du brauchst dann nur noch zuzustimmen. Aber um dir zu beweisen, dass du dich auch ein bisschen in unsere Beziehung einbringen darfst, überlasse ich dir zum Beispiel die Wahl der Kosenamen. Ich bin ja so froh, dass wir zusammen bestraft wurden, sonst hätten wir uns gar nicht richtig kennengelernt und uns verliebt. Wunderbar!«

Sie klimperte mit den Wimpern und lächelte mich selig an. Dann wollte sie wissen, woran ich gerade dachte. Ich glaube, sie erwartete, dass ich von ihr schwärmte, was anderes wollte sie nicht hören, doch ich konnte nur daran denken, wie ich diesen Albtraum zu meinem Vorteil nutzen konnte.

»Hast du Boysenbeerenmarmelade?« Der Apokryphe Mann und das Tor zu seinem Wissen fielen mir ein.

»Aha, ein Marmeladen-Connaisseur. Du und Daddy, ihr habt ja so viel gemein. Ich gucke mal bei uns im Keller nach. Soll ich dir auch einen Löffel mitbringen?«

»Nur die Marmelade.«

»Gut, also Boysenbeere. Herrlich. Bis heute Abend dann.«

Sie lächelte mich wieder an und hüpfte den Flur des Kapitelhauses entlang davon.

Mit einem Gefühl schleichender Furcht sah ich ihr hinterher und ärgerte mich über meine Schwäche. Ich hätte ihr gleich in aller Deutlichkeit sagen sollen, sie könnte mir mal den Buckel runterrutschen, doch farbhöherwertige Mädchen ließen mich regelmäßig verstummen. Außerdem war Violet kein Mensch, der sich so leicht abservieren ließ, wenn er sich etwas in den Kopf gesetzt hatte. Langsam ging ich nach draußen und trat ins Tageslicht.

Auch wenn ich es zu dem Zeitpunkt natürlich nicht wusste, doch der Yateveobaum, der mich schließlich verschlingen würde, war plötzlich in greifbare Nähe gerückt.

TOMMO & DAD

2.6.03.24.339: Finderlohn darf 10 % nicht übersteigen.

Draußen auf der Mauer, die den Colorgarten umgab, saß Tommo und wartete auf mich. Irgendwann in der Nacht war das Gelb ausgegangen, der Rasen hatte jetzt eine blässlich blaue Färbung. Die Pumpe war wahrscheinlich ausgeschaltet worden, und es würde einige Tage dauern, bis die Restfarbe durchgesickert war. Ich war nicht sonderlich gut auf Tommo zu sprechen, deswegen schlug ich gleich den Weg nach Hause ein.

»Was hast du gekriegt?«, fragte er, nachdem er losgetrabt war und mich eingeholt hatte.

»Gekriegt habe ich gar nichts«, antwortete ich. »Im Gegenteil. Ich habe achthundert Meriten verloren.«

»Wow!«, entfuhr es Tommo, sichtlich beeindruckt. »Nicht mal ich habe je so viel auf einen Schlag verloren. Wäre allerdings auch nicht möglich gewesen – ich hatte noch nie so viel.«

»Außerdem leite ich die Expedition nach High-Saffron.«

»Das ist verrückt! Ich bezweifle auch stark, dass sie das als Strafmaßnahme durchsetzen dürfen.«

»Haben sie auch nicht vor. Ich habe mich freiwillig gemeldet. Für sechshundert Meriten.«

»Schon nicht mehr ganz so verrückt, aber immer noch erheiternd irrational. Bei einer hundertprozentigen Sterberate könnte es schwierig werden, den Gewinn einzustreichen. Es sei denn ... «

389

»Es sei denn was?«

»Schon gut. Violet hat fett gegrinst, als sie eben herauskam. Was hatte das denn zu bedeuten?«

Er würde die Geschichte mit der Zeit sowieso erfahren, daher war es besser, wenn ich sie ihm jetzt gleich erzählte und der Wahrheit entsprechend.

»Meinen Glückwunsch!«, sagte er. »Ihr beide werdet sicher sehr glücklich zusammen.«

»Glücklich?«

Er zuckte mit den Achseln.

»Ein relativer Begriff. Bei so viel Rotsicht wirst du unter Garantie Präfekt.«

»Kann sein, aber nicht hier. Zu Hause habe ich eine Oxblood, die mich heiraten wird und dank der ich eine Bindfadenfabrik erben werde.«

»Wenn Violet erst mal ihren Vater eingespannt hat, wird sich das ändern. Ihr beide seid chromatisch wie füreinander geschaffen. Violet ist ganz unten am blauen Ende der Purpurskala, und deine roten Klöten sind genau das Richtige, um die Familie wieder an die Spitze der Chromatischen Hierarchie zu hieven.«

Er lachte und legte mir eine Hand auf die Schulter.

»Eddie, mein Freund, du bist in einer extrem guten Verhandlungsposition. Soll ich für dich die Mitgift aushandeln? Die deMauves sind gut betucht. Ich würde dir auch nur zehn Prozent berechnen.«

»Nein.«

»Du bist ganz schön hartnäckig. Also gut, dann eben fünf Prozent.«

»Nein.«

»Zwei?«

»Nein, denn ich werde Violet auf keinen Fall heiraten.«

»Du wirst es schon noch einsehen.«

Ich warf ihm vor, von meiner Zwangsverheiratung profitieren zu wollen, doch er zuckte nicht mal mit der Wimper.

»Hör zu«, sagte er, als wäre ich der Uneinsichtige. »Ich brauche den Auftrag, wenn ich am Montag dem Reboot entgehen will. Könntest du das mit deinem Gewissen vereinbaren?«

»Ohne weiteres. Hast du nicht gesagt, Violet sei die schlimmste Giftschlange im ganzen Dorf und man müsste schon verrückt sein, in so ein Schlangennest wie das der deMauves einzuheiraten?«

»Da musst du mich falsch verstanden haben. Aber noch etwas anderes: Es war doch nicht alles ganz so schlimm auf dem Sportplatz heute Morgen. Ich durfte Lucys Ohr halten, während sie darauf wartete, dass es angenäht wurde. Und dann, statt wie sonst immer zu sagen, ich solle mir DasEine selbst besorgen, hat sie sich ganz lieb bei mir bedankt.«

Ehrfürchtig betrachtete er seine blutverschmierte Hand.

»Mit dieser Hand habe ich es gehalten. Ich werde sie ab jetzt nie mehr waschen.«

»Ich dachte, du wäschst dich sowieso nie.«

»Kann schon sein. Aber jetzt habe ich wenigstens einen Grund. Also dann, bis nachher, zum Mittagessen.«

Ich ging nach Hause und legte mich in die Badewanne. Violets unangenehme Zuwendungen, der Verlust meiner in acht Jahren angesparten Meriten und die Tatsache, dass ich keine Fahrkarte für die Heimreise mehr hatte, all das machte mir Sorgen, doch ausgereizt war Eddie Russetts Sorgenbarometer damit noch lange nicht: Im Dorf gab es jemanden, der nachts sehen konnte; Jane führte im Zusammenhang mit Ochre und Zane irgendwas im Schilde; mein Vater traf sich mit Mrs Ochre; und, so unglaublich es schien, die Gamboges hatten Travis getötet. All das jedoch wurde noch übertroffen von der anstehenden Expedition nach High-Saffron. Selbst Tommo würde keine Wette auf mein Überleben abschließen. Und trotzdem: Allzu große Angst hatte ich nicht. Wenn Violet ihren Willen bekam – und ich war überzeugt, sie bekam immer ihren Willen –, ließ sich diese Unternehmung auf ewig verschieben.

Ich stieg aus der Badewanne, trocknete mich ab, zog mich an, scheitelte sorgfältig mein Haar, band meine Krawatte zu dem vorgeschriebenen halben Windsor und ging nach unten. Im Flur wartete mein Vater auf mich.

»Gehen wir ein Stückchen zusammen«, sagte er, denn wir hatten noch gut zehn Minuten Zeit bis zum Mittagessen. Ich willigte ein, und wir traten nach draußen.

»Sag mal«, murmelte er, als wir den Marktplatz überquerten, »kann man diesem Tommo Cinnabar trauen?«

»Kein bisschen«, antwortete ich. »Aber ich muss gestehen, er ist gerissen. Warum?«

»Er hat mir angeboten, die Mitgift auszuhandeln, die wir von den deMauves verlangen können, wenn du Violet heiratest.«

Tommos Maschinerie lief wie geölt.

»Ich will Violet nicht heiraten, Dad.«

»Absolut verständlich«, sagte er. »Sie kann einem Angst einjagen. Aber entscheidender ist, dass mich der Oberpräfekt bis jetzt noch gar nicht darauf angesprochen hat. Es ist also nichts Offizielles. Ich wollte nur sichergehen, dass wir ins gleiche Horn stoßen. Tommo meint offenbar, wir könnten zehntausend für dich kriegen.«

»Dad!« Ich war entsetzt. Wollte er mich verkaufen, ohne mich vorher zu konsultieren? »Schon vergessen? Ich bin Constance halb versprochen.«

»Was mich dreitausend kosten würde«, sagte er. »Kinder sind ja so undankbar. Warum hast du mir nicht gesagt, dass du möglicherweise ein Alpha-Roter bist?«

Ich zuckte die Achseln.

»Ich war mir unsicher. Und ich wollte nicht damit angeben.«

»Sehr edelmütig von dir«, antwortete er sarkastisch. »Hätte ich das gewusst, hätte ich dich den Oxbloods für weniger anbieten und mir für das Geld stattdessen einen Wintergarten kaufen können.«

»Roger ist auch ein potentieller Alpha«, hielt ich ihm vor, vergeblich.

Dad schüttelte den Kopf und senkte die Stimme.

»Ich habe die Farbskalen seiner Eltern gesehen, und so großartig ist ihre Farbsicht nun auch wieder nicht. Josiah Oxblood denkt rein dynastisch. Er würde seine Constance auch an einen Farbeimer verkuppeln, wenn es seiner Familie mehr Rot einbringen würde.«

»Das war nicht sonderlich passend formuliert, Dad.«

»Was Besseres ist mir auf die Schnelle nicht eingefallen.«

Er sah mich finster an, und ich verstummte. Ehrlich gesagt hatte ich die Konsequenzen, die eine Verschleierung meiner Fähigkeit nach sich ziehen konnte, überhaupt nicht bedacht. Normalerweise sorgte eine chromatisch arrangierte Ehe nur für Klatsch und Tratsch, man amüsierte sich auf Kosten eines anderen. Betraf es dagegen einen selbst, dann war es auf einmal, nun ja, lästig. Je höher der eigene Farbwert, desto begrenzter die Auswahl an Lebenspartnern. So etwas konnte den Grauen nicht passieren.

»Wenn das, was Tommo behauptet, zutrifft und die deMauves stinkreich sind und außerdem scharf auf eine Farbtonaufwertung, könnten wir sogar ein Pre-empt-Angebot kriegen oder in die Auktion gehen. Außerdem«, ergänzte er noch, »bin ich gerne bereit, die Mitgift mit dir zu teilen. Wir würden beide mit prall gefüllten Taschen aus dem Geschäft hervorgehen.«

»Das ist der Unterschied«, sagte ich. »Du kannst gehen. Ich nicht. Ich muss hierbleiben. Weil ich dann mit Violet deMauve verheiratet bin.«

»Ist sie wirklich so viel schlechter als Constance?«

»Kein bisschen«, entgegnete ich. »Aber Constance war wenigstens meine eigene Entscheidung.«

»Entscheidungsfreiheit wird überbewertet«, zitierte Dad aus den Schriften Munsells, etwas, was er selten machte. »Du wirst sehen, mit der Zeit wird sie dir schon noch sympathisch. Wenn du erst mal deinen Ishihara abgelegt hast, wirst du Roter Präfekt, und mit deMauve als Schwiegervater wirst du eines Tages auch die Linoleumfabrik leiten.«

»Dad, wir hatten uns geeinigt, darüber zu sprechen, bevor diese Entscheidung getroffen wird.«

»Wir sprechen doch gerade darüber oder etwa nicht? Außerdem hast du dir das selbst zuzuschreiben. Warum musst du auch mit deiner Fähigkeit so herausplatzen? Du weißt doch, was mit diesem Karottenkopf passiert ist. Wie hieß der doch gleich?«

»Dwayne.«

»Genau. Dwayne Carrot.«

Wir waren an der Treppe des Rathauses angelangt und standen uns schweigend gegenüber, während sich die anderen Dorfbewohner, die zum Mittagessen hineinströmten, unterhielten und uns kaum beachteten.

»Wie war denn die Anhörung vor den Präfekten?«, erkundigte sich mein Vater schließlich.

Ich erzählte ihm von den achthundert Meriten Strafgeld, die ich aufgebrummt bekommen hatte. Aber offenbar ärgerte es ihn gar nicht besonders – sicher dachte er, es würde die Wahrscheinlichkeit, dass ich nun auf die Linie der deMauves einschwenkte, noch erhöhen.

Er fragte nach, warum die Strafe so hoch ausgefallen war, und ich erklärte ihm die Geschichte mit dem Letzten Kaninchen. Traurig schüttelte er den Kopf und räumte ein, dass er schon immer geahnt habe, dass uns das Kaninchen Ärger einbringen würde. Ich holte tief Luft und gestand ihm dann, dass ich angeboten hätte, nach High-Saffron zu fahren, um die verlorenen Meriten wieder zurückzugewinnen.

»Was hast du!?«

»Ich führe die Expedition nach High-Saffron. Für sechshundert Meriten.«

»Und wenn du nun nicht zurückkommst? Was ist, wenn die Nacht anbricht?«

»Irgendwann bricht immer die Nacht an. Jeden Tag.«

»Ich meine, du mittendrin.«

»Dad«, beschwor ich ihn eindrücklich. »Ich komme schon zurecht, wirklich. Die Vermissten waren alle schwache Rebooter, die die Gelegenheit genutzt haben, um sich abzusetzen. Wahrscheinlich laufen sie jetzt in Lendenschurzen herum, mit verfilzten Haaren und schlechten Manieren. Ich werde es schon schaffen.«

»Eine unbesonnene Entscheidung. Du hättest mich vorher fragen sollen. Schließlich habe ich zwanzig Jahre in dich investiert.«

»Die Regeln besagen«, erwiderte ich, »dass für eine freiwillige Teilnahme an Wertgutsammeltrupps eine elterliche Einwilligung nicht erforderlich ist.«

Das war ihm bekannt.

»Na gut, vielleicht stärkt es ja deine Führungsqualitäten«, knurrte er. »Die kämen dir als Präfekt später zugute. Wann geht es los?«

»Wenn es nach den deMauves geht, erst wenn wir verheiratet sind und ihr Enkel unterwegs ist. Aber wer weiß, falls Violet mich sympathisch findet, könnte sie erreichen, dass die Expedition auf unbestimmte Zeit verschoben wird.«

»Das wäre im Interesse aller Beteiligten.«

Da hatte er nicht ganz unrecht. Er selbst würde seine zehn Riesen bekommen, Tommo seinen Anteil, Violet bekäme ein Purpurkind, und deMauve hätte seine Dynastie auf Jahre hinaus gesichert. Der Einzige, der auf dieser Liste fehlte, war ich.

Doch Dad war durchaus fair, und nach einigem Zögern gab er nach. Er seufzte, klopfte mir auf die Schulter und sagte: »Natürlich kann ich dich nicht zwingen, Violet zu heiraten, wenn du Constance schon halb versprochen bist. Doch als alleiniger Finanzier deiner Mitgift hätte ich doch gern ein Wörtchen mitzureden.«

Ich ging in die Kantine, setzte mich an den Tisch für die Roten und grübelte über meine Situation nach. Wenigstens blieb mir noch ein Ausweg. Sonntagnachmittag konnte ich Constance ein Telegramm mit den Ergebnissen meines Ishihara schicken, und sie würde unserer Ehe zustimmen. Ich könnte sie dazu überreden, mir postwendend eine Fahrkartenberechtigung zu schicken, und spätestens Dienstag wäre ich weg von hier. Ganz einfach – abgesehen von dem heiklen Problem, dass ich nicht genug Meriten hatte, um zu heiraten. Trotzdem, das war ein Problem, das ich auch zu Hause lösen konnte. Heute war Freitag, und ich musste es nur schaffen, mir bis Sonntag, dem Tag des Ishihara, nichts zuschulden kommen zu lassen. Das hieß Courtland aus dem Weg gehen. Und Jane. Und dem Colormann. Und Violet. Ich hatte gerade angefangen, mir auszurechnen, wie lange ich mich, versehen mit dem nötigen Proviant an Käsesandwiches und Wasser, im Putzschrank verbarrikadieren könnte, da marschierten die Präfekten in den Saal.

MITTAGESSEN

2.3.03.01.006: Jonglieren ist erst ab 16:00 Uhr erlaubt

»Das Hockeyballspiel Mädchen gegen Jungen haben dieses Jahr die Jungen gewonnen, mal abgesehen von dem schändlichen Verhalten aller Beteiligten. Die beiden Mannschaftskapitäne sind ihrer gerechten Strafe zugeführt worden, und Miss Ochres Ohr konnte gerettet werden. Mehr gibt es dazu nicht zu sagen.«

deMauve hielt die übliche Ansprache vor dem Mittagessen. Alle saßen mehr oder weniger aufmerksam an ihrem Platz, alle hatten Hunger.

»Infolge eines außerordentlich bedauerlichen, wenn auch ganz und gar unvermeidlichen tödlichen Unfalls in der Fabrik«, fuhr er gestelzt fort, »ist das Durchschnittsalter des Dorfes über den gesunden Richtwert gestiegen. Wir haben daher ein neues Empfängnisattest genehmigt, das ab sofort erworben werden kann. Alle Berechtigten melden sich bitte zur Begutachtung morgen auf der Ratssitzung bei Mr Turquoise.«

Ein Raunen erhob sich unter den Dorfbewohnern, hauptsächlich aus der Ecke, wo die Grauen saßen, denn das Ableben eines Grauen Arbeiters machte eigentlich die Geburt eines Grauen erforderlich, um den Ausgleich wiederherzustellen. Sogar ein »Hurra!« war deutlich zu hören.

»Sehr richtig«, sagte deMauve und blickte auf sein vorbereitetes Manuskript. »Seit heute Morgen haben wir außerdem einen Freiwilligen, der die Expedition nach High-Saffron anführen wird. Er heißt Edward Russett, und als Gast bei uns hat er viel Mut und Kraft bewiesen, sich zu diesem Entschluss durchzuringen. Ein Akt der Selbstlosigkeit, der Ihnen allen zum Vorbild gereichen sollte.«

Er machte eine Pause, da er offenbar damit rechnete, dass seine Worte zur Tat anfeuern und es nun begeisterte weitere Freiwillige geben würde, aber es waren keine zu hören. Wenn es ganz schlimm kam, stand ich am Ende allein da.

»Zudem haben wir beschlossen, den Lohn für die Teilnahme an der Expedition auf zweihundert Meriten zu erhöhen.«

Das Schweigen wurde drückend.

»Damit überlasse ich die Entscheidung Ihrem Gewissen«, sagte deMauve leicht gereizt. »Wider bessere Einsicht meinerseits und gegen meinen ausdrücklichen und gut begründeten Wunsch wird die Expedition nach High-Saffron morgen stattfinden!«

Er warf Gamboge und Yewberry böse Blicke zu, und mir schwand der Mut. Morgen, das war der Tag vor meinem Ishihara. Ich hätte es mir denken können. Yewberry wollte seine Position nicht verlieren, und Mrs Gamboge, sowieso kein Freund meiner Person, wollte mich ein für alle Mal loswerden, bevor ich noch meinen Sitz im Rat in Anspruch nahm. Je eher ich außer Gefecht gesetzt war, desto besser für sie beide. Auch anderen blieben die Folgen nicht verborgen, Tommo fluchte leise über die entgangene Prämie, und Dad schüttelte traurig den Kopf. Mich überkam plötzlich ein flaues Gefühl, als mir klar wurde, worauf ich mich eingelassen hatte, und sich die Unausweichlichkeit wie ein Amboss auf meinen Magen legte.

»Aus Gründen, mit denen ich Sie weiter nicht behelligen möchte«, fuhr deMauve fort, »bin ich bereit, das bestehende Angebot von zweihundert Meriten um dreihundert zu erhöhen – unter der Bedingung, dass der Teamleiter sicher und unversehrt zurückgebracht wird.«

»Ich erhöhe um weitere zweihundert!«, sagte mein Vater. Er verstieß damit gegen das Protokoll, aber das störte niemanden.

398

Obwohl die Regeln besagten, dass bei Tisch nicht gesprochen werden durfte, erhob sich leises Gemurmel. deMauve spürte, dass er mit Nachsicht mehr erreichte als mit Strenge, und ließ die Leute ein paar Minuten reden, bevor er uns allen Zeichen gab, still zu sein. Siebenhundert Meriten! Für einen Tag Arbeit! Das war unerhört. So etwas hatte es noch nie gegeben. Aber es blieb unerhört. Die Zahl der Arme, die in die Höhe schossen, blieb bei null.

»Na gut«, sagte deMauve, jetzt sichtlich verärgert, »sollte sich noch jemand anders entscheiden, wende er sich bitte direkt an mich.«

Er sah sich im Raum um, bevor er fortfuhr.

»Und Sie, Russett, werden unmittelbar nach dem Mittagessen zu einer Lagebesprechung bei Mr Yewberry vorstellig. Sie werden morgen früh bei Tagesanbruch mit Mr Fandango losfahren. Kommen wir nun zu unserer Lesung aus den Schriften Munsells ...«

Zum Glück fiel der Vortrag diesmal erheblich kürzer aus als sonst. Hauptsächlich ging es um gemeinsames Wirken in strikter Harmonie, die Achtung der Colortokratie und dass jeder durch harte Arbeit und strenge Befolgung der Regeln mit seinen wohlverdienten Meriten seinen Kindern eine bessere Ehe ermöglichen und seinen Nachkommen in der Zukunft sozialen Aufstieg garantieren könne. Und so weiter und so fort. Ich hörte gar nicht mehr zu. Ich dachte an meine Exkursion nach High-Saffron und verfluchte im Stillen mein ungestümes Vorpreschen. deMauve beendete die Lesung, kam zum Schluss noch mal darauf zurück, wie dankbar wir doch sein könnten, dass während des Hockeyballspiels Mädchen gegen Jungen niemand schwere, bleibende Verletzungen davongetragen habe, und verkündete dann endlich, wir mögen anfangen zu essen.

Alle schwiegen an unserem Tisch, und jeder wich meinem Blick aus.

»Es wird alles gut, Eddie«, brach Doug endlich das Schweigen. »Du kommst bestimmt zurück.«

»Das glaube ich auch«, sagte Tommo mit noch größerer Zuversicht. »Nicht weil ich hoffnungsloser Optimist bin, sondern weil du für die deMauves viel zu wertvoll bist.«

Das stimmte sehr wahrscheinlich, doch ich vermochte nicht zu erkennen, wie deMauve für meine Sicherheit garantieren sollte. Sobald ich die Außenmarkierungen hinter mir gelassen hatte, wäre ich auf mich allein gestellt. Die anderen nickten, aber es wirkte wenig überzeugend. Sie gaben mir keine Überlebenschancen. Das Thema war abgehakt, und man ging zu anderen Dingen über. Ich war nur einer von vielen, die hier auf dem Weg zum Reboot Station machten. Eben noch da und schon wieder weg.

»Und?«, warf Daisy ein, die den größten blauen Fleck hatte, der mir je untergekommen war. »Hast du schlimm was abgekriegt beim Spiel?«

Ich sagte ihnen, welche Strafe Violet und ich erhalten hatten.

»Sie hat nur einhundert Meriten gekriegt und du zweihundert?«, empörte sich Lucy. »Wie ungerecht.«

»Sie ist eben eine deMauve«, sagte Tommo. »Ich hätte eher getippt, dass sie gar nichts zahlen muss. Da fällt mir ein, wie geht es eigentlich deinem Ohr, Lucy?«

»Ein bisschen schmerzt es noch«, antwortete sie und berührte vorsichtig die Wunde. Das anstößige Körperteil war dunkel verfärbt und geschwollen, aber umgeben von einer sauberen Naht feinster Stiche, die mein Vater gesetzt hatte. »Die Krankenschwester hat mir geraten, für ein paar Tage nur mit dem anderen zu hören, bis es verheilt ist.«

»Hast du eine Ahnung, wer es dir abgerissen hat?«, fragte Doug, der passend zu seinem blauen Fleck noch eine aufgeplatzte Lippe hatte.

»Es passierte wahnsinnig schnell. Man könnte höchstens den Zahnabdruck am Ohr vergleichen.«

»Das dürfte wohl kaum den Aufwand lohnen«, sagte Tommo. Es kam ein bisschen zu plötzlich, um sicher sein zu können, dass er nichts damit zu tun hatte. »Hockeyball bedeutet nun mal Hauen und Stechen, nicht wahr?«

»Ach übrigens«, sagte Doug, »ich muss mich noch bei dir bedanken, dass du mir Violet vom Hals geschafft hast.«

Plötzlich verstummten wieder alle und sahen mich erwartungsvoll an, wie ich diese Bemerkung aufnehmen würde. Klatsch und Tratsch verbreiten sich in jedem Dorf mit Lichtgeschwindigkeit, und viele Bewohner konnten es nicht mehr sein, die noch nicht von Violets plötzlichem Umschwung hinsichtlich ihrer angestrebten Verbindung erfahren hatten. Und meine Meinung in dieser Sache war sehr wahrscheinlich die dringlichste Frage, die hier allen auf den Lippen brannte.

»So weit wird es nicht kommen«, sagte ich mit einem gewissen dramatischen Unterton der Endgültigkeit. »Selbst wenn ich zurückkehre.«

»Violet kann sehr überzeugend sein«, bemerkte Daisy, »und für gewöhnlich bekommt sie ihren Willen.«

»Es gibt noch eine Kehrseite dieser ehelichen Verbindung von Russett und deMauve«, sagte Tommo, der sich eine ganze Weile lang nicht geäußert hatte.

»Und die wäre?«, fragte ich.

»Es würde meine fantastische Eheliga völlig durcheinanderbringen. Jetzt, da Doug zum ersten Mal seit sechs Jahren wieder frei ist, muss ich meine Liga von Grund auf neu strukturieren.«

Es war nicht die Art von »Kehrseite«, auf die ich gehofft hatte.

»Es sei denn …« Tommo schnippte mit dem Finger. »Doug, würdest du mir einen Riesengefallen tun und dich erklären? Es würde mir den ganzen Papierkram ersparen.«

»Ich unterstütze das«, sagte Arnold und zwinkerte Doug zu.

»Was hat es denn mit dem Lügner-Abzeichen auf sich?«, fragte mich Daisy. Sie war die Erste, der es auffiel. Ich hatte es geschickt unter meinem Roten Farbkennzeichen versteckt.

»Hat er bei seiner Beschreibung der Besichtigung des Letzten

Kaninchens vielleicht versehentlich ein bisschen übertrieben?«, verkündete Tommo mit einem Anflug von Schadenfreude in der Stimme.

Ich sah ihn an.

»Woher weißt du das mit dem Kaninchen?«

»Ups!«

»Du hast mich also verpetzt!«

Der ganze Tisch wandte sich Tommo zu. Lügen war schlimm genug, doch jemanden aus der eigenen Farbtongruppe zu verpetzen war noch schlimmer. Er zeigte sich nicht gerade reumütig.

»Eigentlich müsste ich mich entschuldigen. Aber dein gemeiner Kaninchenschwindel wäre früher oder später sowieso aufgeflogen. Da ist es doch nur gerecht, wenn ein Freund oder Kollege die Prämie einsackt, statt jemand Geringeres, der sie nicht verdient hat.«

»Jemand Geringeres als du?«, warf Lucy ein. »Der müsste erst noch gefunden werden.«

»Kein Grund, unfreundlich zu werden. Ich werde es wiedergut-machen.«

»Und wie?«

Er antwortete nicht darauf, erregte stattdessen die Aufmerksam-keit des Essensaufsehers und wurde gebeten, sich an einen anderen Tisch zu setzen. In Wirklichkeit kam mir sein Verrat zugute, denn das Lügner-Abzeichen kam nicht mehr zur Sprache.

»Kennt sich von euch jemand in High-Saffron aus?«, fragte ich in die Runde. »Ich kann mir nicht vorstellen, dass Yewberrys Ins-truktionen mir auch nur im Geringsten von Nutzen sein können.«

Schweigen am Tisch.

»Der Mangel an Augenzeugenberichten lässt die Faktenlage recht bescheiden aussehen«, antwortete Daisy diplomatisch, um meine Angst nicht noch zu schüren. »Aber an Halbwahrheiten und Vermutungen mangelt es nicht.«

»Zum Beispiel?«

Sie sahen sich an, und es war Lucy, die das Wort ergriff.

»Der Legende nach ist High-Saffron der Ort, an dem sich die Erinnerungen der Einstigen gesammelt haben. Sie beklagen ihr verlorenes Leben und ihre untergegangenen Geschichten, und sie lauern im Schatten und warten darauf, sich vom Charisma derjenigen, die noch leben, zu ernähren.«

»Ich glaube, ich will lieber doch keine Halbwahrheiten hören«, unterbrach ich sie. »Kennt denn wirklich niemand verbriefte Fakten?«

»Gelegentlich kommen Bergbauspekulanten ins Dorf«, ergänzte Daisy, »angelockt durch die Gerüchte über unvorstellbare chromatische Reichtümer.«

»Die Präfekten verkaufen den Bergleuten eine Spekulationslizenz«, fuhr Lucy fort, »und die gehen dann nach High-Saffron und kommen nicht mehr zurück. Jedenfalls nicht hierher.«

»Es soll auch Reisende geben, die übers Meer gekommen sind«, sagte Doug, »aus dem gleichen Ort wie der Mann, der vom Himmel gefallen ist. Und sie bringen Leute mit, irgendwoher aus Übersee, die für sie arbeiten.«

»Ich habe gehört, High-Saffron wäre von kannibalischem Gesindel bevölkert«, sagte Arnold, eine Bemerkung, die mir am wenigsten weiterhalf, »und jedem, der sich ihnen nähert, reißen sie das Gehirn heraus und fressen es.«

»Viele machen das Gesindel für das Verschwinden der Leute verantwortlich«, sagte Daisy und trat Arnold unterm Tisch kräftig gegen das Schienbein. »Aber wenn es dort eine Population gäbe, hätten wir längst davon erfahren. Und sicher wäre wenigstens einer entkommen und hätte uns berichtet.«

Es gab noch mehr Geschichten dieser Art, keine brachte neue Erkenntnisse, und alle waren unbewiesen.

»Ich bin also auf mich allein gestellt, ja?«, sagte ich mit gedämpfter Stimme. Niemand antwortete, und das war Antwort genug.

JOSEPH YEWBERRY

1.2.23.09.022: Der Oberpräfekt darf durch das einstimmige Votum aller Primären abberufen werden.

»Gut, dass Sie noch vorbeigekommen sind«, sagte der Rote Präfekt, nachdem ich mich ihm gegenüber auf dem Sofa niedergelassen hatte. Er schien vergnügt und freundlich, trotz unserer letzten Auseinandersetzung. Wahrscheinlich vertraute er darauf, dass ich nicht lange genug leben würde, um ihm seinen Posten streitig zu machen. Das Wohnzimmer seines Hauses war von einer, wie ich es nennen würde, eleganten Nachlässigkeit. Was Sauberkeit und Ordnung betraf, unterlagen Präfekten nicht denselben Regeln wie wir, doch da sich niemand gerne in chaotischen Räumen aufhält, hatte sich ein gewisser Stil der gepflegten Unordnung entwickelt, der gemeinhin als *de couleur* für das Zimmer eines Präfekten galt.

»Sitzen Sie bequem?«

»Ja, Sir.«

»Das ist nicht gut. Sie sollen hellwach bleiben. Hier, setzen Sie sich auf dieses Stück Metall. Wie ist das? Sitzen Sie immer noch bequem?«

»Kein bisschen.«

»Schön. Jetzt machen Sie eine gute Figur. Bevor Sie morgen früh bei Tagesanbruch nach High-Saffron aufbrechen, möchte ich Ihnen genaue Anweisungen mit auf den Weg geben. Ich würde ja selbst mitkommen, wenn mich nur nicht die Last der Führungsaufgaben daran hindern würde, meine Pflicht zu tun. Da sich niemand anderes gemeldet hat, werden Sie auf sich allein gestellt sein. Schauen Sie sich das hier bitte mal an.«

Er breitete eine handgemalte Landkarte auf dem Couchtisch aus.

»Wir sind hier, und Ihr Ziel liegt dort. Sie starten also von diesem Punkt«, er zeigte auf East Carmine, »und legen den ganzen Weg zurück bis …«

»Bis nach High-Saffron.«

»Haben Sie das schon mal gemacht?«

»Die Theorie des Reisens ist mir bekannt – dass man sich zwischen zwei Punkten bewegt, meistens verschiedenen Punkten.«

»Aber nicht immer«, gab Yewberry zu bedenken, der unbedingt verhindern wollte, dass ich die Oberhand gewann.

»Stimmt«, räumte ich ein.

»Ausgezeichnet. Diese Karte ist Flickwerk, sie setzt sich zusammen aus den Erkenntnissen aller bisherigen Reisen Richtung High-Saffron, die irgendwann abgebrochen wurden, sowie aus ein paar Mutmaßungen und unbestätigten Gerüchten. Wie Sie sehen, geht die Perpetulitbahn nur bis zur Kahlen Landspitze und bricht dann ab. Danach sind es noch etwa fünfundzwanzig Kilometer, und Sie gehen die ganze Strecke zu Fuß. Mr Fandango bringt Sie bis zur Kahlen Landspitze und setzt Sie dort ab. Der Verlauf der aufgegebenen Fahrbahn lässt sich leicht erkennen, bis vor dreißig Jahren wurde da noch gearbeitet. Sie werden also unterwegs auf diverse Rücksprunggüter stoßen und sicher auch auf ein, zwei Faraday'sche Käfige. Eigentlich geht es ziemlich glatt durch, bis Sie … hier … angelangt sind.«

Er stach mit dem Finger auf einen Punkt, der etwa acht Kilometer hinter der Kahlen Landspitze lag und an dem ein Flakturm eingezeichnet war. Ich beugte mich vor und studierte die Karte genauer. Jenseits dieser Stelle war der Plan ungenau, oder es fehlte gar jegliche Abbildung. Es war beängstigend. Von High-Saffron selbst war nur die Lage an einer Mündung zu erkennen. Allerdings verzeichnete die Karte auch das Vorkommen von Gesindel, gefährlicher, menschenfressender Megafauna, eines undurchdringlichen Yateveo-waldes und des Apokryphen Vogels mit dem langen Hals, der kein Straußenvogel war. Ich machte ihn darauf aufmerksam.

»Kartographen lassen sich schon mal zu so etwas hinreißen«, gestand er ein. »Die Wahrheit ist traurig genug: Wie es jenseits der Kahlen Landspitze aussieht, darüber können wir nur spekulieren.«

»Darf ich die Karte haben?«

»Lieber nicht. Ich möchte nicht, dass irgendjemand den Weg von dort zurück hierher findet.«

Er meinte natürlich Gesindel, aber ich fragte ihn trotzdem: »Wer denn? Schwäne?«

»Darüber macht man keine Witze, Russett. Noch so eine respektlose Antwort, und Sie landen im … «

Er unterbrach sich und überlegte, was er mir noch Schlimmeres antun könne in meinem Leben, aber es gab nichts Schlimmeres. Er holte eine Holzschachtel, öffnete sie und zeigte mir den Kompass darin.

»Kann ich den mitnehmen?«

»Auf gar keinen Fall!«, sagte Yewberry. »Ich wollte Ihnen den Kompass nur zeigen. Es ist der einzige in unserem Dorf. Er ist wunderschön, nicht? Ich mag besonders dieses Lederstück.«

»Sehr schön, Sir. Aber was erwartet mich denn nun in High-Saffron?«

»So genau wissen wir das nicht. Eine Lektüre der Ratsprotokolle legt nahe, dass die Gründer von East Carmine vor dreihundert Jahren zum ersten Mal versucht haben sollen, es auszugraben. Es wird als etwa hundert Quadratkilometer groß beschrieben, und es fanden sich Spuren einer Umgehungsstraße, eines Hafens, eines Bahnhofs, Tausender Wohnhäuser, städtischer Gebäude, eines vage als ›Verteidigungsanlage‹ bezeichneten Areals und zweier Konsumkathedralen. Aber das trifft, ehrlich gesagt, auf Hunderte anderer präepiphanischer Städte auch zu, und bei ihrer ersten Be-

406

sichtigung lag das Gewisse Ereignis gerade zwei Jahrhunderte zurück.«

»Was genau soll ich dort eigentlich tun?«

»Skizzieren, beobachten, beschreiben. Sammeln Sie alle Stücke mit Altfarbresten ein, die Sie finden, zur späteren Begutachtung hier, und halten Sie Ausschau nach einer Route, die der Ford befahren kann. Aber vor allem wollen wir wissen, ob es dort sicher ist. Gibt es Schwäne, Gesindel, solche Sachen – und natürlich, was mit den anderen passiert ist.«

»Und falls es dort nicht sicher ist, Sir, wie soll ich Ihnen das melden?«

»Hm«, sagte er und rieb sich nachdenklich das Kinn. »Jetzt haben Sie mich kalt erwischt. Ich denke mal, das geht nur, wenn Sie zurückkehren.«

Er überlegte einen Moment, dann zeigte er mir seine Berechnungen für die Ausnutzung des Tageslichts.

»Morgen haben Sie etwas über sechzehn Stunden Tageslicht zur Verfügung. Leider kann ich keine genauen Angaben darüber machen, wie lange Sie für den ganzen Weg brauchen, da das Terrain und die Entfernungen nicht bekannt sind. Von der Kahlen Spitze bis zum Flakturm und vom Flakturm bis High-Saffron sollten Sie jeweils die benötigte Zeit messen. Was immer passiert – planen Sie genug Zeit ein, um rechtzeitig eine Stunde vor Sonnenuntergang wieder bei Fandango zu sein, sonst fährt er nämlich los.«

»Wunderbar«, sagte ich, einigermaßen durcheinander. Vier Stunden Fußmarsch jenseits der Außenmarkierungen von Jade-under-Lime, weiter hatte ich mich von der Zivilisation bisher noch nicht entfernt. Selbst an den langen Tagen im Hochsommer war bei Hamstertouren zum Wertgutsammeln ein Spielraum von mindestens zwei Stunden Rückkehrzeit absolut notwendig, schon zur eigenen Sicherheit – obwohl einige Verrückte es auch in nur zwanzig Minuten Restlichtzeit zurückgeschafft haben sollen. Ich hatte allerdings immer den Verdacht, dass sie dabei geschummelt hatten – in

Wahrheit Stunden vorher zurückgekehrt waren, sich dann versteckt und abgewartet hatten, um als Helden dazustehen.

»Also«, sagte Yewberry, »wir wollen, dass Sie diesen Auftrag erfüllen, aber nicht unnötig Ihr Leben aufs Spiel setzen.«

»Ganz Ihrer Meinung, Sir.«

»Dann haben wir uns ja verstanden. Sitzen Sie immer noch unbequem?«

»Es ist beinahe unerträglich, Sir.«

»Ausgezeichnet. Achten Sie auf Eruptionen in der Gipfelregion, haben Sie ein wachsames Auge auf Megafauna, und stecken Sie keine Metallstücke ein, die sich ungewöhnlich warm anfühlen. Ach ja«, fügte er noch hinzu, »wenn Sie Dinky-Spielzeugautos finden sollten, bringen Sie sie mit, für meine Sammlung. Ich gebe Ihnen zehn Meriten für jedes Auto. Noch Fragen?«

»Ja«, sagte ich. »Was kommt in mein Proviantpaket?«

»Was immer Sie reintun wollen, nehme ich mal an.«

PEPETWLAIT & VERMEER

1.2.02.03.059: Alle Bewohner sind angehalten, ein Musikinstrument zu erlernen.

Ich setzte mich auf die Mauer des Colorgartens und dachte angestrengt nach. Wenn ich auch nur den Hauch einer Chance haben wollte, lebend aus High-Saffron zurückzukehren, dann brauchte ich jemanden an meiner Seite. Jemanden, der hoch motiviert war, anpassungsfähig und bereit, Gewalt anzuwenden. Jemanden wie Jane. Ich fand sie im Gewächshaus, wo sie gerade Tomatensetzlinge in der Erde vergrub. Seit dem Hockeyspiel hatte ich nicht mehr mit ihr gesprochen, und sie hatte ein blaues Auge.

»Hallo«, begrüßte sie mich, ohne die sonst übliche Feindseligkeit. Es wirkte erfrischend, und ich fühlte mich gleich besser. »Wie geht es Violets neuem Schätzchen?«

»Er sehnt sich danach, Violets Ex zu sein.«

»Tröste dich damit, dass du Doug glücklich gemacht hast. Er hat schon lange ein Auge auf Tabitha Kastanie geworfen.«

»Er sollte sich ein halbes Versprechen einholen, bevor Violet ihre Meinung ändert. Das Gemetzel bei dem Hockeyspiel geht wohl zum Teil auf dich zurück, was?«

Sie lachte. »Ich habe nur Gleiches mit Gleichem vergolten. Mir ist es gelungen, Violet eine zu verpassen, aber Courtland war einfach zu schnell für mich. Warum hast du dich zu der Tour nach High-Saffron bereiterklärt?«

Ich zuckte mit den Schultern.

»Wahrscheinlich um wieder Wohnrecht zu bekommen, und wegen Constance. Was weißt du über die Stadt?«

»Nur so viel, dass keiner je zurückgekehrt ist.«

Ich wollte sie bitten mitzukommen, aber sie ganz unvermittelt zu fragen war wahrscheinlich nicht das Klügste. Zum Glück hatte ich noch jede Menge andere Fragen, die ich ihr stellen wollte.

»Wie hast du das neulich geschafft, an einem Morgen nach Vermillion hin und zurück? Und auch noch nach Rusty Hill und wieder zurück?«

Ich wusste, dass sie nicht gerne danach gefragt wurde, doch ich hoffte, dass sich ihre Ablehnung in der Zeit, in der wir uns nun schon kannten, von »offen« zu »stillschweigend« abgemildert hatte.

Sie sah mich an und überlegte.

»Versprich mir, dass du es keinem verrätst.«

Sie schob ihre Karte in die Stechuhr, und wir verließen das Gewächshaus, gingen an der Abfallfarm vorbei, durch ein kleines Gehölz und gelangten schließlich zur Perpetulit-Fahrbahn. Es war ein lauschiges Plätzchen, mit Buchen bestanden, von deren langen Ästen Efeu bis zum Rasen herunterhing, und es war ein einsames Plätzchen, praktisch für uns. In die eine Richtung, an einem Berghang, lag das Dorf, in die andere das Viehgatter, dahinter Rusty Hill. Sie vergewisserte sich, dass wir auch wirklich allein waren, und nahm dann einen kleinen Anhänger von ihrer Halskette.

»Weißt du, was das ist?«

»Ein hässliches Schmuckstück?«

»Mit diesem Schlüssel konnten die Einstigen mit den Straßen sprechen. Wenn du jemanden kommen siehst, dann ruf.«

Sie legte den Bronzeschlüssel auf die Perpetulitoberfläche, und fast umgehend erschien ein rechteckiges versenktes Schaltfeld von der Größe eines Teetabletts auf der Straße. Es war kaum zwei Zentimeter tief und wies seltsamerweise die gleiche Farbe und Beschaf-

410

fenheit wie der Straßenbelag auf, doch dann schälten sich mehrere Knöpfe heraus, einige Diagramme und Fensterchen, in denen fortwährend Zahlen aktualisiert wurden. Am oberen Rand, auf einem Extrafeld, standen einige seltsame Wörter, die anscheinend in das Material eingraviert waren.

»*Pepetwlait Heol Canolfan Cymru A47089.3km Secshwn 52–17942003–30505 Wedi codi 11.1. 2136*«, las ich stirnrunzelnd. »Was hat das zu bedeuten?«

»Ich weiß es nicht genau. Wahrscheinlich ist das die Bezeichnung der Straße, als sie gebaut wurde. Trotz allem, was man so hört, waren die Einstigen ziemlich kluge Leute. Jeder weiß, dass Perpetulit ein lebender Organoplastoid ist, der sich selbst reparieren kann, aber kaum jemand weiß, dass es außerdem möglich ist, mit diesem Schaltfeld auf den inneren Betriebsablauf der Straße zuzugreifen. Man kann den Gesundheitszustand des Perpetulits überwachen, man kann nachgucken, welche Mineralien fehlen, und, was am besten ist, man kann ihm Befehle geben.«

Sie gab mir ein paar Minuten Zeit, das alles zu verdauen, bevor sie mit ihren Erklärungen fortfuhr.

»Ich lerne erst noch, aber ich kann schon die Temperatur einstellen, damit sich im Winter kein Eis bildet, und die weißen Linien zum Leuchten bringen. Dann kann ich noch die Absorptionsrate des organischen Abfalls variieren, ich kann angeben, wie schnell Wasser vom Straßenbelag entfernt werden soll, und ich kann Nachrichten auf der Straße anzeigen. Wahrscheinlich diente das früher Reisenden, die die Straße benutzt haben, als Hilfe.«

»Und wie hast du herausgefunden, dass sich das Schaltfeld genau hier befindet?«

Sie lachte.

»Es ist nicht nur hier. Es ist überall da, wo ich den Schlüssel hinlege.«

Zum Beweis hob sie den Anhänger auf, und das Schaltfeld verschmolz wieder mit dem makellosen Straßenbelag. Sie ging ein paar

Meter weiter, legte den Schlüssel an einer anderen Stelle der Straße nieder, und es öffnete sich das gleiche Schaltfeld.

»Wenn die Einstigen etwas so Profanes wie Straßen dazu bringen konnten, solche Dinge zu tun«, murmelte sie, »dann kann man sich ausrechnen, wozu sie sonst noch in der Lage waren.«

Mir fielen gleich Schweblinge und Fernwahrnehmer ein, Glühbirnen und Everspins. Es war so, als käme man gerade in dem Moment in ein Konzert, in dem das Orchester aufhört zu spielen und nur die letzten Töne noch in der Luft hängen und allmählich ausklingen.

»Und wie hast du es damit nun an einem Tag nach Vermillion hin und zurück geschafft?«

»Ach, ja!«, sagte sie lachend. »Pass auf.«

Sie drückte auf einen der Knöpfe, und das Schaltfeld nahm eine andere Form an, mit einer neuen Batterie von Knöpfen, und unter jedem Knopf waren ähnlich unverständliche Schriftzeichen zu lesen wie auf dem ersten Schaltfeld. Fachmännisch bediente sie ein paar Regler, worauf die Straße in wellenartige Bewegungen versetzt wurde, fast geräuschlos, so als würde sie sich daran machen, ein fremdes Objekt zu entfernen. Doch statt quer zur Fahrbahn zu verlaufen und begrenzt auf die betroffene Fläche, verlief diese Bewegung längs, Richtung Rusty Hill.

Ich sah zu Jane, die ungewöhnlich begeistert von der ganzen Sache war.

»Es ist ein Fließband«, erklärte sie. »Vermutlich zu dem Zweck, den beim Bau der Straße angefallenen Schutt wegzuschaffen. Aber es kann eben auch unendlich viele andere Funktionen erfüllen. Und jetzt pass auf!«

Sie trat auf den äußersten Rand der Fahrbahn und wurde ganz langsam die Straße entlang befördert. In der Straßenmitte kamen die Wellenbewegungen in rascherer Folge, je näher sie also zum Mittelstreifen vorrückte, desto schneller entschwebte sie Richtung Rusty Hill. Nach etwa dreißig Metern ließ sie sich wieder zum Straßenrand treiben, das Tempo verlangsamte sich, sie trat von der Fahrbahn herunter und ging zu Fuß zurück zu ihrem Ausgangspunkt, wo ich wartete.

»Ich kann auf vorwärts und rückwärts stellen, sogar die Entfernung des Fließbands begrenzen. Du kannst dich mitten auf der Straße auf einen Stuhl setzen, und in zwanzig Minuten bist du in Rusty Hill. Um nach Vermillion zu gelangen, lasse ich mich von dem Fließband bis Rusty Hill befördern, steige ab, gehe den freien Abschnitt zu Fuß und steige dann wieder um auf die Perpetulitbahn bis nach Vermillion. Die Fähre lasse ich natürlich aus, und ich verschwinde rechtzeitig vom Band, bevor mich jemand sieht.«

Sie schaltete das Band ab, und abrupt kehrte die Straße wieder zu ihrem alten Zustand zurück, und als sie den Anhänger mit dem Schlüssel aufhob, verschwand auch das versenkte Schaltfeld.

»Erstaunlich.«

»Heute kommt es einem erstaunlich vor, aber früher hatten sich die Leute so daran gewöhnt, dass es ihnen gar nicht mehr besonders auffiel. Und noch was, Roter.«

»Ja?«

»Du darfst es niemandem weitererzählen.«

Ich versprach ihr, dieses Geheimnis in die lange Liste der vielen anderen Geheimnisse aufzunehmen, und sie lachte. Plötzlich kam mir ein Gedanke.

»Du wirst deinen Reboot gar nicht antreten, oder?«

Ihre Miene wurde ernst, und sie hängte sich die Kette mit dem Anhänger wieder um den Hals.

»Nein. Montagmorgen bin ich weg von hier. Es ist nicht gerade die ideale Lösung, aber ich bin achthundert Meriten im Minus.«

»Achthundert? Was hast du gemacht?«

»Es liegt eher daran, was ich nicht gemacht habe. Es ist schon verrückt, wie schnell man Schulden auf sich zieht, wenn die Leute erst mal eine Abneigung gegen dich gefasst haben.«

»Wo willst du hin?«

»Keine Ahnung. Vielleicht nach Rusty Hill. Keine tolle Lage, aber wenigstens ist der Transport dahin kein Problem. Mit dem Fließband kann ich fahren, wohin ich will.«

»Du wirst mir fehlen«, sagte ich spontan.

»Roter«, sagte Jane und legte eine Hand auf meinen Arm, eine seltene Geste der Zärtlichkeit. »Wenn es so weit ist, bist du schon nicht mehr hier.«

Ich schwieg einen Moment. Trotz Janes manchmal unangenehmer Freimütigkeit war dies die erste einigermaßen erfreuliche Unterhaltung mit ihr. Sie hatte mir kein einziges Mal damit gedroht, mich zu töten, oder mit einem Ziegelstein nach mir geworfen oder sowas, dabei sprachen wir bereits geschlagene zwanzig Minuten miteinander. Wie gerne hätte ich geglaubt, dass sie mir vertraute, aber wahrscheinlich schätzte sie bloß meine Überlebenschance in High-Saffron nicht sehr hoch ein, wie alle anderen auch. Dennoch fand ich, dass der Zeitpunkt noch immer nicht gekommen war, sie zu fragen, ob sie nicht mitkommen wolle. Stattdessen hatte ich eine andere Idee.

»Würdest du mich in die Zone begleiten?«

»Warum?«

»Ich möchte mir gerne den Vermeer ansehen.«

Ich hatte bisher erst ein paarmal die Graue Zone in Jade-under-Lime besucht, damals war ich noch sehr klein. Im Allgemeinen hielten sich Chromatiker dort nicht auf. Zum einen hatten wir dort eigentlich nichts verloren, zum anderen waren die Regeln, was die Privatsphäre der Grauen betraf, sehr streng, und natürlich waren wir dort auch nicht gerade willkommen.

Neugierig sah ich mich um, als wir die Zone betraten. Sie bestand aus einigen Reihen Doppelhaushälften aus Stein, zwischen den Gebäuden verlief eine einspurige Fahrbahn. Die Hauseingänge lagen sich gegenüber, was ungewöhnlich war. Die Straßen waren gefegt, überhaupt war alles picobello sauber. Da Graue in fast jeder Stadt beinahe ein Drittel der Einwohnerschaft bildeten, machte die Zone einen großen Teil des Wohngebiets aus, doch immer lag sie etwas abseits von den Chromatischen Vierteln – *getrennt waren wir vereint.*

Ich hatte damit gerechnet, dass man mich wie einen Fremdling anstarren würde, doch niemand nahm auch nur die geringste Notiz von mir.

»Macht alles einen sehr friedlichen Eindruck«, stellte ich fest.

»Du bist in meiner Begleitung«, sagte Jane. »Hier alleine entlangzugehen, würde ich dir nicht empfehlen. Du glaubst mir nicht? Dann pass mal auf.«

Sie sagte, ich solle auf sie warten, und huschte in den nächsten Hauseingang.

Plötzlich fühlte ich mich allein, schutzlos ausgeliefert. Schon nach sehr kurzer Zeit sahen mich alle groß an, und keine Minute war vergangen, da kam ein junger Mann auf mich zu und sprach mich an. Er war nicht unfreundlich, aber in seiner Stimme schwang eine schlecht verhohlene Drohung mit.

»Haben Sie sich verlaufen, Sir?«

»Ich warte auf … «

»Er gehört zu mir, Clifton«, sagte Jane, die mit einem Teller Kuchen aus dem Haus kam. »Das ist der Sohn des Mustermanns. Roter, das ist mein Bruder Clifton.«

»Freut mich«, sagte er, und sein Verhalten war wie ausgetauscht. »Jane sagt, du seist ›hauptsächlich bedauernswert‹, was aus ihrem Mund fast ein Kompliment ist.«

Ich sah zu Jane, die mich warnte: »Hör nicht auf ihn. Es war genau so beleidigend gemeint, wie es klingt.«

Clifton machte Janes Kratzbürstigkeit durch Kontaktfreudigkeit wieder gut. »Du stellst dich wohl gerne vor schwierige Entscheidungen, oder?«, sagte er. »Tod oder Ehe mit Violet.«

»Violet wäre die Letzte, die ich heiraten würde, falls ich überhaupt zurückkomme.«

Er lachte.

»Das sagst du so. Violet kann sehr überzeugend sein. Sie und ich haben vor Jahren eine Abmachung getroffen.«

Er riss dabei die Augen weit auf, sodass die Bedeutung klar war. »Du wirst nicht enttäuscht sein«, sagte er. »Wohlgemerkt, ich habe die Zahl der Feedbackpunkte etwas übertrieben, um mir Folgeaufträge zu sichern.« Er zwinkerte und fügte noch hinzu: »Solange du das Wörtchen ›nein‹ ihr gegenüber nicht benutzt, fährst du gut mit ihr.«

»Danke für den Tipp«, erwiderte ich trocken.

Er lachte, sagte »gern geschehen« und verließ uns.

»Clifton versorgt uns regelmäßig mit dem neuesten Violet-Klatsch«, sagte Jane, während wir weitergingen. »Seine Position in der Hierarchie ist also nicht nur nachteilig. In Wahrheit wird uns deine Ehe mit Violet sogar von einem ganz nützlichen Strom an Nachrichten abschneiden.«

»Schon vergessen?«, sagte ich. »Ich komme nicht mehr zurück aus High-Saffron.«

»Na dann sind wir ja vielleicht doch gerettet. Das Geld ist auch nicht zu verachten. Da wären wir.«

Wir standen vor einer schlichten Haustür am Ende der Reihe, und Jane klopfte zweimal. Der Mann, der uns aufmachte, war Graham, der ältere Herr mit dem Schnupfen.

»Genießen Sie Ihr Rentnerdasein?«, erkundigte ich mich.

»Rentnerdasein? Mrs Gamboge hat mich auf Teilzeitarbeit gesetzt.«

Ich fragte ihn, wie das möglich sei, und er antwortete, Sally Gamboge verstehe es meisterhaft, auch noch den letzten Tropfen Schweiß aus der Grauen Arbeiterschaft herauszupressen.

»Wir wollen uns den Vermeer ansehen«, sagte Jane. »Ich habe dir auch ein Stück Kuchen mitgebracht.«

Mr G67 bedankte sich und bat uns nach oben, wo das Gemälde in einem Zimmer ganz für sich allein hing. In der Decke war eine stoffverhängte Dachluke, und vor dem Bild stand eine Sitzbank.

»Es ist wunderschön«, sagte ich nach einem angemessen langen ehrfürchtigen Schweigen.

Das Bild zeigte eine Frau, die Milch aus einem Krug in eine Schüssel goss, vor ihr ein kleiner Tisch, darauf ein Korb mit Brot. Die ganze Szene schien von einem Fenster auf der linken Seite aus beleuchtet, obwohl von dem Fenster selbst nichts zu sehen war. Die Leinwand wies am unteren Rahmenrand mehrere Brandflecken auf, und die Farbe war in großen Fetzen abgefallen, aber es war immer noch genug zu erkennen.

»Man hat mir gesagt, ihre Schürze sei gelb und das Kleid blau. Grüne kommen häufig hierher, um ihre Farbseparation zu üben. Letzten Monat war eine hier, die klapperte alle Vermeers in ihrem Finde-Buch ab. Acht Stück hätte sie schon gesehen, sagte sie.«

Ich ließ mich auf der Bank nieder, neben mir noch genug Platz für Jane, aber sie blieb stehen. Jetzt war der richtige Moment für meinen Vorschlag.

»Ich würde gerne mit dir zusammen nach High-Saffron fahren.«

»Tut mir leid«, sagte sie. »Tod geht mir zu weit beim ersten Rendezvous. Hast du schon mehr über den Colormann herausgefunden?«

Ich schüttelte den Kopf.

»Dann solltest du als Nächstes seinen Koffer durchsuchen. Mal nachsehen, ob sich was findet.«

»Soll das ein Witz sein?«

»Sehe ich aus, als würde ich Witze machen?«

»Nein, aber …«

Ich hatte mitten im Satz abgebrochen, weil es draußen einen kleinen Aufruhr gab, und Jane trat ans Fenster.

»Was haben die denn hier zu suchen?«, murmelte sie und huschte aus dem Zimmer. Neugierig folgte ich ihr. Jane rannte jedoch nicht durch den Haupteingang nach draußen vors Haus, wo die Aufregung herrschte, sie lief nach hinten, durch die Küchentür von Grahams Haus. Als ich hinterher wollte, stellte der ältere

Graue sich mir in den Weg und sah mich an, nicht offen feindselig, doch gab er mir deutlich zu verstehen, dass der einzige Weg für mich nach draußen durch die Tür führte, durch die ich hereingekommen war.

Ich trat auf die Straße, und ein grelles Gelb traf mich wie ein Blitz. Sally Gamboge, Courtland, Bunty und sogar die kleine Penelope. Sie schlenderten die Straße entlang, und ganz bestimmt waren sie nicht hergekommen, um sich den Vermeer anzuschauen.

STUHLZÄHLUNG

3.6.03.12.009: Krocketschläger dürfen nicht dazu verwendet werden, die Spieltore in den Boden zu hämmern. Strafe: eine Merite.

»Ah!«, rief Sally Gamboge, als sie mich sah. »Man hat uns gesagt, dass Sie hier in der Zone sind. Der Grund?«

»Der Vermeer.«

»Natürlich«, sagte sie. »Welchen Grund sollte man auch sonst haben? Wir sind hier, um Sie bei der Stuhlzählung zu unterstützen.«

»Tatsächlich?«

»Tatsächlich«, antwortete Bunty zuvorkommend, ein Verhalten, das in auffallendem Gegensatz zu ihrem Farbton stand. »Da Sie sich aus lauter Selbstlosigkeit dazu verpflichtet haben, High-Saffron zu erkunden, haben wir uns gedacht, verpflichten wir uns aus lauter Selbstlosigkeit dazu, Ihnen bei der Erfüllung Ihrer Aufgabe behilflich zu sein, für die man Sie hierhergeschickt hat.«

»Sie haben doch nichts dagegen, dass wir Ihnen helfen?«, fragte Sally Gamboge mit einem Lächeln, das ihren Gesichtszügen völlig fremd war.

»Na ja ... «

Sie wartete meine Antwort nicht ab, sondern schritt gleich zur Tat und klopfte dreimal energisch an die nächste Tür. Ein Mann mittleren Alters öffnete, und er stutzte, als ihm das unwillkommene grellgelbe Aufgebot auf seiner Schwelle gegenübertrat.

»Stuhlzählung«, schnarrte Mrs Gamboge. »Befehl des Ober-präfekten. Sie haben doch wohl keine Einwände.«

Es war keine Frage, auf die sie eine Antwort erwartete, und rasch wies sie ihre Schützlinge an, eine »umfassende Stuhlzählung« vor-zunehmen, während ich mit dem Bewohner auf der Treppe stehen-blieb.

»Guten Tag«, sagte ich. »Eddie Russett.«

»Guten Tag«, sagte der Mann und sah mich misstrauisch an.

»Es ist ein Auftrag der Zentrale«, sagte ich und kam mir etwas blöd vor.

»Und das gibt Ihnen das Recht, sich in meinem Haus umzuse-hen?«

»Jeder, der eine Stuhlzählung vornimmt, ist ausführendes Organ der Zentrale und hat Zugangsrecht zu allen Häusern.«

»Hm«, sagte er zweifelnd. »Sind Sie nicht derjenige, der den Frage-Klub gründen will?«

»Ich hoffe, es kommt noch dazu.«

»Dann hätte ich gleich eine Frage für Sie: Warum haben die Eins-tigen auf getrennte Wasserhähne für warm und kalt bestanden?«

»Warum stellen Sie die Frage auf der ersten Sitzung nicht selbst? Ich komme vielleicht nicht mehr dazu.«

Zehn Minuten später marschierten die Gelben im Gänsemarsch aus dem Haus und meldeten sieben Stühle, zwei Sofas und einen Klavierhochre.

»Vielen Dank, dass Sie sich Zeit genommen haben«, sagte ich, so höflich ich konnte, und folgte den Gamboges und Bunty, die schon auf dem Sprung zur nächsten Tür waren. Ihr Auftritt hatte be-reits eine kleine Gruppe Grauer angelockt. Es war früher Nachmit-tag, und in der Zone hielt sich so gut wie niemand auf – andererseits hätten sie die Zählung wohl auch nicht gewagt, wenn die Mehrheit der Grauen zu Hause gewesen wäre.

Mrs Gamboge klopfte an die Tür des Nachbarhauses, diese öff-nete sich, eine junge Frau trat heraus und sah die Präfektin auf eine herablassende Weise an, die außerhalb der Grauen Zone umgehend zu einer schweren Strafe geführt hätte.

»Stuhlzählung«, verkündete Sally Gamboge wieder. »Befehl der Zentrale.«

Die junge Frau sah uns abwechselnd an.

»Genau. Und ich bin der Colormann.«

Diese Frechheit war zu viel für Courtland.

»Willst du damit sagen, dass meine Mutter eine Lügnerin ist, Wendy?«

»Es gibt nicht viele Regeln, die zu unseren Gunsten sind«, erwiderte sie, »aber die Privatsphäre der eigenen Wohnung gehört dazu.«

»Zeigen Sie Wendy Ihren Auftrag, Russett«, sagte die Präfektin.

Ich sagte ihr, ich hätte ihn nicht dabei, doch Bunty zog ihn, wie durch Zauberei, aus der Tasche.

»Ich habe mir erlaubt, ihn aus Ihrem Schlafzimmer zu holen«, sagte sie und übergab ihn.

»Der scheint in Ordnung«, murmelte die Graue, nachdem sie ihn aufmerksam gelesen hatte, und ohne ein weiteres Wort marschierten die Gelben ins Haus. Diesmal gingen sie behutsamer vor, als witterten sie eine Gesindel-Falle oder etwas Ähnliches unterm Teppich.

Ich blieb mit Wendy unten im Hausflur. »Tut mir leid«, sagte ich. Sie antwortete nicht und funkelte mich nur an, bis die Gelben mit einer Liste der Stühle wiederkamen.

»Hören Sie«, sagte ich, als Mrs Gamboge sich anschickte, an die Tür des Nachbarhauses zu klopfen. »Das ist mir wirklich zu dumm. Warum bitten wir die Grauen nicht, die Anzahl ihrer Stühle freiwillig zu melden?«

»Das wäre reine Zeitverschwendung«, erklärte Bunty. »Graue verstehen sich meisterhaft aufs Lügen.«

»Eigentlich brauchst du überhaupt nicht dabei zu sein«, ergänzte Penelope, die als Kleinste und Jüngste genauso viel Abfälliges absonderte wie die übrigen Gelben. »Warum verziehst du dich nicht nach Hause und überlässt die Stuhlzählung den Profis?«

»Ich bleibe«, erwiderte ich.

Mrs Gamboge murrte und klopfte an die nächste Tür. Als sie aufging, trat die Präfektin hastig einen Schritt zurück. Jane stand ihr gegenüber.

»Sieh an, sieh an«, sagte Jane. »Seit Jahren hat man keinen einzigen Gelben mehr in der Grauen Zone gesehen, und dann kreuzen gleich vier auf einmal auf.«

»Sie wohnen hier doch gar nicht, Jane«, bemerkte Mrs Gamboge misstrauisch.

»Soll Ihr Gelbes Pack doch von der Fäulnis geholt werden.«

Alle vier schnappten scharf nach Luft, und ich sah förmlich, wie es in ihnen gärte, nicht nur wegen der Beleidigung, sondern auch wegen des völligen Mangels an Respekt, der damit einherging.

»Hat nur noch drei Tage bis zum Nachtzug«, blies sich Sally auf, »und zeigt noch immer keine Reue. Ihr Mentor im Reboot kann einem leidtun. Merken Sie sich, für die ganz harten Fälle haben wir immer noch das Aprikosenzimmer. Zeigen Sie ihr die Vollmacht, Russett.«

Sie las die Bescheinigung und winkte die Gelben durch.

»Was ist los, Jane?«

»Habe ich dir erlaubt, meinen Namen in den Mund zu nehmen?«

»Nein.«

»Dann tu es auch nicht. Und jetzt möchte ich, dass du diesem Theater ein Ende setzt.«

»Ich habe keine Macht über die Gelben.«

»Komm schon, Roter, zeig mal ein bisschen Mumm zur Abwechslung. Du musst Farbe bekennen.«

Ich holte tief Luft.

»Ich möchte, dass du mich nach High-Saffron begleitest.«

»Und ich habe dir gesagt, dass mir Tod beim ersten Rendezvous zu weit geht.«

»Die Meriten könntest du gut gebrauchen. Damit könntest du dich vom Reboot freikaufen. Du hast selbst gesagt, dass es nicht ideal wäre, auf dem Förderband abzuhauen oder in Rusty Hill zu landen.«

Courtland ging vorbei, und Jane stellte ihm ein Bein. Er stolperte, warf ihr einen wütenden Blick zu und stapfte dann in den Keller.

»Auf den musst du Acht geben. Wenn seine Mutter pensioniert wird, geht das Dorf den Bach runter. Wir beide müssen uns um ihn kümmern.«

»Wie meinst du das?«, fragte ich.

»Wir müssen ihn entfernen«, sagte sie. »Wir beide. Du und ich. Das wäre doch mal ein denkwürdiges Rendezvous.«

»Tut mir leid«, sagte ich, weil ich hoffte, sie wollte mich nur auf den Arm nehmen. »Tod beim ersten Rendezvous geht mir zu weit.«

Sie lachte. Es war ein betörendes Lachen. Doch dann verlangten wieder die Gelben ihre Aufmerksamkeit. Sie öffneten jetzt Regale und Schubladen, um nachzusehen, ob nicht Klappstühle darin versteckt waren, wie sie sich ausdrückten, und Jane beugte sich vor und flüsterte eindringlich: »Also gut, der Spaß ist vorbei. Du musst das hier jetzt beenden!«

»Aber ich muss doch meine Stuhlzählung durchführen. Befehl von der Zentrale.«

»Die Zentrale kann mich mal«, erwiderte sie. »Glaubst du vielleicht, die Gelben sind hier, um Stühle zu zählen?«

»Wozu denn sonst?«

Sie seufzte.

»Meriten einstreichen, Blödmann. Sie benutzen deine Stuhlzählung als Vorwand, um unsere Habe zu durchwühlen und Regelverstöße zu protokollieren. Je mehr Ordnungsvergehen sie aufspüren, desto härter müssen wir arbeiten, um uns die Meriten wieder zu verdienen. Das können sie aber nur im Zusammenhang mit einer von der Zentrale verfügten, offiziellen Zählung machen, so lauten die Regeln.«

»Ich fahre morgen nach High-Saffron.«

»Ganz genau. Mit deinem Tod wird auch die Zählung eingestellt, deswegen nutzen sie die Gelegenheit, solange du noch da bist. Es ist nämlich so: Im Haus sind Sachen versteckt, die sie besser nicht finden sollten. Dinge, die im Verborgenen bleiben müssen. Falls sie entdeckt werden, können die Gelben die Zone nicht mehr verlassen, und sie werden unter irgendeiner Veranda oder sonstwo verenden. Vielleicht entdecken sie nichts, aber die Wahrscheinlichkeit ist gering. Willst du den Tod von vier Gelben auf dem Gewissen haben?«

»Spielst du mir hier einen Streich, oder was soll das sein?«

Sie starrte mich nur an, und mir war klar, dass sie es ernst meinte.

»Was für ein Geheimnis hast du, für das du töten würdest?«

»Halt die Suche an, Roter. Du kannst das Leben von vier Menschen retten, die du nicht besonders magst und die unsägliches Leid über uns bringen. Ein seltsames ethisches Dilemma, nicht?«

»Kommst du mit nach High-Saffron?«

»Das musst du schon alleine schaffen, Roter.«

In diesem Moment kehrte Sally Gamboge zurück und verkündete barsch die Zahl der Stühle, die sie gefunden hatte. Bevor ich über Janes Bitte auch nur nachdenken konnte, war Sally schon ein Haus weiter gezogen und verlangte Einlass. Der Hausbewohner war ein älterer Grauer, der nicht so abweisend wie Jane war und in Panik geriet. Gerade noch erwischte ich Janes Blick, sie sah nach oben, zum Dachgeschoss.

»Ich übernehme das obere Stockwerk«, verkündete ich. »Wird Zeit, dass ich auch mal Stühle zähle.«

Die Gelben sahen sich an, doch wirkliche Einwände gegen meinen Vorschlag konnten sie schlecht haben, also kletterte ich die schmale Stiege hinauf, während Penelope und Bunty das untere Stockwerk abklapperten. Die Treppe verlief in einem Bogen, und als ich den obersten Absatz erreicht hatte, hielt ich inne in dem schummrigen Licht, das aus der Dachluke kam. Mein Herz raste. Ich packte die Klinke, und vorsichtig öffnete ich die Tür.

Einzige Lichtquelle war ein Doppelfenster am anderen Ende, das dem Raum nur eine magere Ausleuchtung bescherte. Gerade eben noch konnte ich ein schmales Bett erkennen, einen Tisch, ein Schreibpult und eine Kommode aus Pechkiefer. Mitten im Zimmer stand der einzige Stuhl, darauf saß eine alte Frau, die eine einfache Leinen-Kittelschürze trug. Die Frau hatte kein Farbkennzeichen, auch keine Meritenabzeichen, und sie strickte an einem langen Schal, der in unregelmäßigen Falten zu ihren Füßen herabfiel. Ihre Hände waren krumm und schwielig, wie alte Wurzelstränge, und auch wenn ich ihr Gesicht im Einzelnen nicht erkennen konnte, sah ich doch, dass ihre Wangenknochen vorstanden und ihre schlaffe Haut in weichen Lappen herabhing, die beim Sprechen hin und her waberten. Hätte sie sich nicht bewegt, hätte ich sie für ausgedörrten Nachtabgang gehalten, wie man ihn gelegentlich findet.

Sie unterbrach ihre Tätigkeit, als ich ins Zimmer trat, blickte jedoch nicht auf, lauschte nur einfach in die Stille hinein, auf sehr merkwürdige Weise.

»Jane?«

»Nein. Edward Russett.«

»Der Sohn des neuen Mustermanns?«

»Ja. Was machen Sie hier oben?«

»Nicht viel«, antwortete sie. »Aber ich habe mein Strickzeug, und abends im Bett höre ich die neueste *Renfrew*-Folge.«

Sie fasste nach dem Glas Wasser, das neben ihr stand, aber sie sah nicht hin, schob nur ihre Hand über die Tischplatte, bis sie gegen das Glas stieß, und umklammerte es dann. Mir standen die Haare zu Berge. Ich spürte, wie ich anfing zu zittern. Ich hatte es hier mit einem Phänomen zu tun, dem ich noch nie zuvor begegnet war, und nie hätte ich gedacht, dass es mal dazu kommen würde.

»Sie sind ja blind!«

Sie lachte kurz auf.

»Wir sind alle blind, Master Edward. Einige mehr, andere weniger.«

»Aber das kann nicht sein«, stieß ich hervor. »Sobald sich Sehschwäche entwickelt, setzt Variante B ein, und dann … hören Sie, man sollte Ihren Fall untersuchen und Sie nicht hier oben auf dem Dachboden einschließen!«

»Hm«, ließ sie sich vernehmen. »Jane hat mir schon gesagt, dass Sie etwas töricht sind. Ich muss mich versteckt halten, weil ich die Angst der Menschen zerstreue, und diese Angst ist ein Gut, auf das das Kollektiv dringend angewiesen ist.«

»Nachtangst?«

»Ja. Ein paar Menschen ohne Sehvermögen – wenn die frei herumlaufen, die würden mit diesem Blödsinn gründlich aufräumen, glauben Sie nicht?«

»Das verstehe ich nicht.«

»Wenn das so ist, dann erfüllen Sie nur, was von Ihnen erwartet wird. Was geht da unten vor?«

»Die Gamboges streichen Meriten ein.«

»Jane hat mir auch berichtet, dass Sie lernfähig sind«, sagte die alte Dame. »Ich schlage vor, Sie beweisen es mal. Es wird Zeit, dass Sie gehen.«

Ich schloss die Tür zur Dachkammer und rannte nach unten, wo ich Jane in die Arme lief. Vorm Haus hatte sich eine größere Menge Grauer versammelt, die von den Feldern, aus dem Gewächshaus und der Fabrik herbeigeeilt waren. Manche hatten ein Werkzeug in der Hand. Die Stimmung heizte sich auf.

»Hast du dich gut unterhalten mit Mrs Olive?«, fragte Jane.

Nervös sah ich mich um, und die Menge erwiderte meinen Blick, schweigend.

»Wie viele habt ihr versteckt?«, fragte ich Jane.

»Sechzehn in der Grauen Zone, und einer wohnt über deinem Zimmer. Hauptsächlich versehrte Nachtabgänge, einige Rebooter. Fünf sind blind, und einer ist von der Hüfte abwärts steif. Für die Präfekten sind es ›Unzulässige Überzählige‹, ihnen Unterschlupf zu gewähren hat eine Strafe von zwanzigtausend Meriten zur Folge – das gilt für jeden, der im Haus wohnt oder ›nachweislich Kenntnis davon gehabt haben könnte‹.«

»Unzulässige Überzählige?«, wiederholte ich. Der Begriff war mir noch nie zu Ohren gekommen.

»Ich finde auch, das klingt ziemlich kühl. Wir nennen sie einfach nur ›Die Übrigen‹.«

Mir fielen die Sandwiches ein, die Tommo für einen eingebildeten Freund im Flakturm hinterlegte. »Tommos Ulrika aus dem Flak«, sagte ich. »Weiß Tommo auch über die anderen Bescheid?«

»Zum Glück nicht. Aber imaginäre Freunde füttern, das hat eine lange Tradition, und die Sandwiches sind immer willkommen. Kannst du dir vorstellen, wie schwierig es ist, Essen aus der Kantine herauszuschmuggeln?«

Das konnte ich – die Essensaufseher waren befugt, jeden X-Beliebigen beim Verlassen herauszuwinken und zu durchsuchen. Zwischen den Mahlzeiten zu essen war strikt verboten.

»Dann versuch das mal für sechzehn Leute – selbst wenn die Apokryphen auf deiner Seite sind, ist es schwierig.«

»Perkins Muffleberry«, murmelte ich. »Zu Hause habe ich Essen für ihn in die hohle Buche gesteckt. Morgens war es immer weg.«

Jane sah die Verzweiflung in meinem Gesicht und legte eine Hand auf meine Schulter.

»Keine Sorge, Roter«, sagte sie. »Nur wenige kriegen überhaupt was mit. Von außen sieht alles schön und sauber aus, aber hinter der verschlossenen Tür wütet ein Feuer. Würdest du jetzt bitte endlich diesem Treiben hier ein Ende machen, bevor es noch schlimmer wird?«

427

»Ja«, sagte ich leise, als mir das ganze Ausmaß der Verschwörung plötzlich deutlich wurde. »Ich glaube, du hast recht.«

»Was haben Sie oben gefunden?«, fragte Sally Gamboge, als sie aus dem Nachbarhaus trat.

»Ein dreisitziges Sofa und einen Sessel«, antwortete ich mit brüchiger Stimme.

»Na gut«, sagte die Präfektin und begab sich zum nächsten Haus.

»Warten Sie!«

Sie blieb stehen.

»Ich habe beschlossen«, sagte ich betont langsam, »bei meiner Stuhlzählung nicht ganz so … aufdringlich vorzugehen.«

Die Gelben sahen mich böse an. Ich fing an zu schwitzen und versuchte, meine Nervosität herunterzuschlucken.

»Du hast hier gar nichts zu beschließen«, krähte die kleine Penelope streitsüchtig. »Die Zählung wird so gemacht, wie die Präfektin es will, oder gar nicht.«

»Gut, dann machen wir es eben gar nicht.«

»Doch«, sagte Sally Gamboge, »und das ist ein Befehl.«

»In nicht einmal vierundzwanzig Stunden werde ich auf der Straße nach High-Saffron sterben«, antwortete ich mit gebührender Vorahnung in der Stimme. »Da darf ich es mir wohl leisten, mich in dieser Sache über Sie hinwegzusetzen.«

»Ihr sicherer Tod ist ja gerade der Grund, warum wir uns hier so beeilen müssen«, sagte Bunty, ihren bemerkenswerten Mangel an Mitgefühl demonstrierend. »Wenn die Zentrale Ihnen die Durchführung dieser wichtigen Arbeit anvertraut hat, dann ist es Ihre Pflicht, sie so zügig wie möglich zu erledigen. Das Kollektiv erwartet von jedem Bewohner ein Höchstmaß an Integrität.«

»Die Antwort lautet NEIN.«

Eine geschlagene Minute lang sahen mich die Gelben fassungslos an.

»Wir räumen dir großzügig die Möglichkeit ein, deine letzte Antwort zu überdenken, Russett«, sagte Courtland gönnerhaft. »Verweigerung eines direkten Befehls eines Präfekten wird mit maximal fünfhundert Meriten bestraft. Hast du heute nicht schon genug Meriten verloren?«

Ja, das hatte ich, und ein Verlust von weiteren fünfhundert würde mich an den Rand von Reboot bringen. Dabei war alles so ungerecht! Ich weigerte mich nicht nur, damit die Übrigen in ihren Verstecken bleiben konnten, ich weigerte mich auch, damit die Gelben verschont blieben. Die Grauen, die nahebei standen, waren keine untätigen Zuschauer, sie waren angerückt, um die Geheimnisse in den Dachkammern zu verteidigen und die mögliche Strafe von zwanzigtausend Meriten für Komplizenschaft zu verhindern. Ich sah zu Jane, zu den Grauen – dann zu den Gelben, die völlig ahnungslos waren, wie dicht sie vor ihrer Kompostierung standen.

Gerade wollte ich meine Befehlsverweigerung bekräftigen, die Strafe von fünfhundert Meriten auf mich nehmen, meinen Kontostand damit auf null bringen und mich für die nächsten zehn Jahre innerlich von der Heirat mit einer Oxblood verabschieden, da kam Abhilfe von einer gänzlich unerwarteten Seite – dem Briefträger.

Er ging in das kleine Menschenknäuel hinein, begrüßte uns alle mit einem Kopfnicken und fing an, die Post zu verteilen. Die Situation wurde dadurch irgendwie merkwürdig, fast surreal. Wenn jetzt ein Klavier vom Himmel gefallen oder ein sprechender Bär auf einem Fahrrad vorbeigefahren wäre, es hätte mich nicht gewundert. Wir standen da wie versteinert, sagten kein Wort, während die Post ausgehändigt wurde, und beäugten uns nur gegenseitig misstrauisch.

»Guck mal, Penelope«, sagte der Briefträger, »ich habe sogar ein Päckchen für dich.«

Er übergab der jüngsten Gamboge ein Paket, tippte sich an die Mütze und zog weiter. Damit kippte die Situation plötzlich um, zu meinen Gunsten, denn ich hatte das Paket wiedererkannt.

»Also«, sagte Courtland. »Letzte Gelegenheit. Widersetzt du dich einem direkten Befehl?«

Ich erwiderte seinen kalten Blick. Ich war in die Randzone geschickt worden, um mich in Demut zu üben – doch es waren nicht die Präfekten oder andere Amtsträger, die mir Demut beibrachten. Demut lernte ich hier von den Grauen, die versehrte Nachtabgänge bei sich aufnahmen, ihnen auf dem Dachboden Unterschlupf boten und dabei ein hohes persönliches Risiko eingingen.

»Du verlangst Integrität?«, sagte ich, und diesmal bebte meine Stimme nicht mehr. »War das vielleicht integer von dir, als du Travis Canarys Postleitzahl vergeben hast? Einen Tag bevor wir überhaupt wissen konnten, dass er tot ist?«

Betretene Stille. Travis hatte die prestigeträchtige Postleitzahl TO3 von der traditionell Gelben Honeybun-Halbinsel innegehabt. Eine Postleitzahl, die Gelbe Türen öffnete. Eine Postleitzahl, die es einem Gelben ermöglichte, der Randzone zu entkommen, für immer. Eine Postleitzahl, für die eine ehrgeizige Oma und ein zum Mord bereiter Onkel alles tun würden, damit ihr Enkel es mal besser haben würde: Penelope Gamboge. Ihr war Travis' Postleitzahl zugewiesen worden, am letzten Tag, der dafür infrage kam, ihrem zwölften Geburtstag.

»Ich habe Travis' persönliche Gegenstände nach Hause an seine Postleitzahl geschickt«, sagte ich, »weil ich dachte, der Nachsendedienst wäre noch nicht geschaltet. Ich habe mich geirrt. Das Paket wurde soeben ausgeliefert.«

Bunty und Penelope waren fassungslos. Sally Gamboge und Courtland dagegen sahen erst sich an, dann das Paket. Plötzlich war ihre arrogante Fassade in sich zusammengebrochen, und es herrschte eine geschlagene Minute Schweigen.

»Er war nachtabgängig und so gut wie tot«, brummte Mrs Gamboge. »Ich bin dem Unvermeidlichen nur zuvorgekommen. Das nehme ich auf meine Kappe.«

Sie heftete ihren Blick auf mich, doch ich hielt ihm stand. Erst die Leuchtrakete in Travis' Kopf, jetzt die Neuzuweisung der Postleitzahl – aus einem der beiden Verbrechen konnten sich die Gamboges vielleicht noch herausreden, nicht aber aus beiden. Und das wussten sie.

»Die Zählung ist hiermit abgesagt«, verkündete Präfektin Gamboge kleinlaut. »Geben Sie Master Russett den Auftrag zurück, Bunty.«

»Was …?«

»Tun Sie, was ich sage, Miss McMustard.«

Sie gab ihn mir. Ich fand, dass es allmählich Zeit wurde zu gehen, und verdrückte mich daher rasch. Das Quartett verhasster Gelber ließ ich allein inmitten der Meute verärgerter Grauer zurück, deren Schützlinge unbehelligt und unentdeckt blieben. Und ich ließ eine Graue mit Stupsnase zurück, die hoffentlich so beeindruckt von mir war, dass sie mich auf meiner Exkursion nach High-Saffron begleiten würde.

SCHNECKEN, MARMELADE UND FAHRKARTEN

7.3.12.31.208: Vorsätzliche Missachtung der lichtlosen Stunden wird bestraft.

Als ich nach Hause kam, fand ich eine Nachricht von Violet vor, die mich daran erinnerte, dass wir heute Abend, wenn das Lampenlicht entzündet wurde, zu einem romantischen Spaziergang verabredet waren und dass ich mir vorher gefälligst die Zähne putzen und Feuchtigkeitscreme auf meine Lippen auftragen solle. Außerdem hatte sie Marmelade vorbeigebracht, Boysenbeere. Es war nur ein kleines Glas, wie man sie bei Verkostungen des Marmeladenkochs des Sektors bekam. Ich musste innerlich lachen, doch ungeachtet Violets freundlicher Geste fing ich an, den Putzschrank leerzuräumen, damit ich einen sicheren Rückzugsort hatte, falls sie unerwartet klingelte. Ich übte sogar einige Violet-Fluchtwege ein, auf denen ich das Kabuff von jedem Punkt des Hauses aus innerhalb von fünf Sekunden geräuschlos erreichen konnte. Gerade hatte ich einen Haustür-Putzschrank-Sprint in vier Sekunden absolviert und war hochzufrieden aus dem Schrank wieder hervorgekommen, als eine Stimme mich aufhorchen ließ.

»Was um Himmelsblau willen machen Sie denn da, junger Mann?«

Es war Mrs Lapis-Lazuli, sie musste unbemerkt durch den Hintereingang hereingekommen sein.

»Ich, äh, ich habe gerade Verstecksspielen geübt.«

432

»Hm«, sagte sie auf ihre etwas herrische Art, hinter der sich jedoch jemand verbarg, der mit Leib und Seele Bibliothekarin war und viel für Geschichten übrig hatte, »doch nicht etwa ›Vor-Violet-Verstecken‹?«

»Das vielleicht auch.«

Ein Lächeln verzauberte ihre ernsten Gesichtszüge.

»Das kann ich Ihnen nicht verübeln. Ein grässliches Kind, diese Violet, und schrecklich verwöhnt. Mir ist zu Ohren gekommen, dass Sie nach High-Saffron fahren.«

Ich sagte ja, und sie brachte noch mal ihre Ansicht zum Ausdruck, in dem rhododendronüberwucherten Eichenwald befände sich eine versunkene Bibliothek, und ich möge doch bitte danach suchen.

»Ihr Optimismus kränkt mich«, hielt ich ihr vor. »Niemand sonst räumt mir auch nur die geringste Chance ein, ich könnte von dort zurückkommen.«

»Ach«, sagte sie, nur leicht verlegen, »für diesen Fall habe ich Vorkehrungen getroffen. Darf ich es Ihnen erklären?«

Ich seufzte.

»Bitte, fahren Sie fort.«

»In dieser Schachtel befinden sich zwei Briefschnecken«, sagte sie und übergab mir ein wunderschön verarbeitetes Holzkästchen, nicht größer als ein Gänseei. »Jede Schnecke hat ihr eigenes Fach. Auf dem ersten steht ›Hurra, es gibt eine Bibliothek‹, auf dem zweiten ›Pech gehabt, es gibt keine Bibliothek‹. Die Strichcodes der beiden Schnecken habe ich mir notiert. Wenn Sie in High-Saffron sind und herausgefunden haben, ob es eine Bibliothek gibt oder nicht, brauchen Sie also nur die entsprechende Schnecke auszusetzen. Soll ich die einzelnen Punkte für Sie noch mal wiederholen?«

»Ich glaube, ich habe verstanden. Ist Ihnen bewusst, dass High-Saffron über sechzig Kilometer von hier entfernt ist?«

Sie lachte.

»Ich werde die Rückkehr der Schnecken wohl nicht mehr erleben«, sagte sie, »das wird der nächsten Generation der Bibliothekare vorbehalten sein. Die Zeit ist auf jeden Fall auf unserer Seite. Sagen Sie, kann ich mich irgendwie revanchieren?«

Ich überlegte einen Moment.

»Ich würde heute Abend gerne die letzte Folge von *Renfrew* hören. Ich möchte noch erfahren, ob er die Zugräuber fasst oder nicht.«

Sie lachte.

»Ich habe keine Ahnung, wer diesen unentschuldbaren Missbrauch der Zentralheizungen zu verantworten hat, aber ich bin sicher, dass man ihn dazu überreden kann.«

»Ich bin Ihnen sehr verbunden«, bedankte ich mich. »Würden Sie mich jetzt bitte entschuldigen?«

Gerade hatte ich den Apokryphen Mann durch die Haustür eintreten sehen. Ich fand ihn im Wohnzimmer, geistesabwesend einen der Vettrianos betrachtend.

Ich sagte ihm, dass ich Boysenbeerenmarmelade für ihn hätte. »Wirklich?«, sagte er. »Zeigen Sie sie mir.«

Er machte ein enttäuschtes Gesicht, als ich ihm meine magere Ausbeute präsentierte, aber er wollte sein Versprechen halten, und wir setzten uns aufs Sofa.

»Sie haben mir gestern gesagt, dass Sie sich an die Zeit vor dem Model T erinnern können, als der Ford-Pritschenwagen das bevorzugte Auto war.«

»Ja.«

»Ich habe im *Buch der Rücksprünge* nachgeschlagen. Pritschenwagen wurden im Rahmen des Dritten Großen Sprungs Zurück abgeschafft, vor einhundertsechsundneunzig Jahren.«

»Wie lautet nun Ihre Frage?«

»Wie alt sind Sie?«

Er dachte einen Moment nach und zählte dann mit den Fingern.

»Im August werde ich vierhundertzweiundfünfzig. Über eine Geburtstagskarte würde ich mich freuen, ein Geschenk ist nicht nötig. Es sei denn, es wäre Marmelade.«

»Wie kommt es, dass Sie schon so lange leben?«

»Weil ich nicht sterbe. Schauen Sie mal.«

Er krempelte sein Hemd hoch und zeigte mir seinen Code GA-B4, der an der Stelle in die Haut geritzt war, wo bei anderen normalerweise die Postleitzahl stand.

»Es bedeutet ›Geringfügiges Altern – Baxter Nummer vier‹. Das ist mein Name. Mr Baxter. Stellen Sie sich vor, Sie müssten sich einen Geschichtswissenschaftler ausdenken. Mit welchen Grundvariablen würden Sie ihn ausstatten?«

Ich musste überlegen.

»Intelligenz, um analysieren zu können.«

»Sie sind sehr freundlich. Was noch?«

»Ausgezeichnetes Gedächtnis.«

»Sie Schmeichler. Was noch?«

»Langlebigkeit?«

Er lachte.

»Genau. Anders als Ihnen bleibt mir die lästige Alterung, Fluch und Segen der Menschheit, erspart.«

Ich sah ihn schweigend an.

»Dann haben Sie sicher viel erlebt.«

Er schüttelte den Kopf.

»Nicht viel. Alles! Ich habe Ihnen doch gesagt, dass ich mal Historiker war. Das war eine Lüge. Ich bin immer noch Historiker. Aber die Baxters unterrichten nicht, die Baxters beobachten. Sie notieren, sie archivieren, sie stellen Berichte zusammen.«

»Für wen machen Sie das?«

»Für die Zentrale.«

»Warum die Geschichte aufzeichnen«, fragte ich, »wenn niemand mehr Geschichte studiert?«

»Sie haben mich falsch verstanden«, sagte er. »Ich existiere nicht, um Ihre Geschichte aufzuzeichnen. Sie existieren, damit ich etwas zum Aufzeichnen habe.«

Ein interessantes Konzept, wenn auch etwas verworren. Genauso gut könnte man annehmen, dass es uns nur gibt, damit wir Häusern eine Funktion geben oder Ovomaltine und Bindfäden einen Markt.

»Damit ich Sie richtig verstehe«, murmelte ich. »Wir sind also nur hier, damit Sie etwas zum Studieren haben?«

»So ist es. Ich bin erstaunt, wie bereitwillig Sie das Konzept akzeptieren. Die meisten, die über den Sinn des Lebens nachdenken, sind enttäuscht, wenn sie ihn gefunden haben.«

»Wenn das so ist«, sagte ich und überlegte. »Was hat dann Ihr Leben für einen Sinn?«

Er lachte wieder.

»Welchen Sinn? Sie alle zu studieren natürlich. Es ist die perfekte Symbiose. Sobald meine Studien abgeschlossen sind, werde ich von der Fakultät in Emerald City wieder einbestellt, um ihr meine Ergebnisse vorzustellen.«

»Und wann wird das sein?«

»Wenn die Studien abgeschlossen sind.«

»Woher wissen Sie, wann es so weit ist?«

»Weil ich dann von Smaragdstadt wieder einbestellt werde.«

»Das ist doch verrückt!«

»Was ist hier nicht verrückt? Wenn man sich so umsieht.«

Dem konnte ich nur zustimmen, doch der Apokryphe Mann, vielleicht weil er es nicht gewohnt war, dass ihm jemand die Gelegenheit gab, über sich zu sprechen, redete unbeirrt weiter.

»Ursprünglich gab es mal zehn Baxters, aber die Verzweiflung hat alle dahingerafft außer einem. Der Willensschwächste sollte der letzte Baxter sein, der die Stellung hält. Das war ich, leider. Ich muss die Verantwortung auf meinen Schultern tragen.«

»Welche Verantwortung?«

»Ohne mich hat das Leben für niemanden einen Sinn.«

»Hat Munsell nicht gesagt, es sei die Farbe, die unserem Leben Sinn gibt?«

»Farbe hat die Funktion, unserem Leben scheinbar einen Sinn zu geben. Es ist eine Abstraktion, eine Fehlleitung – nichts anderes als die Schaubühnen auf der Gute-Laune-Messe. Solange ihr nichts anderes im Kopf habt als Chromatischen Aufstieg, ist kein Platz für andere, destruktivere Gedanken. Verstehen Sie?«

»Nein«, sagte ich, ganz benommen von Mr Baxters seltsamer Weltsicht. »Was war das Gewisse Ereignis?«

»Ich wurde nach der Epiphanie geboren. Ich weiß nicht, was passiert ist. Aber wenn Sie das herausfinden wollen, sollten Sie nach Rusty Hill zurückkehren und die Arbeit, die Zane und Ochre angefangen haben, vollenden.«

»Das Deckengemälde?«

»In dem Deckengemälde steckt alles drin«, sagte er. »Man braucht nur einen Schlüssel.«

Ich erinnerte mich an den starken Eindruck einer Vorahnung, die mich erfasst hatte, und an das Erscheinen der Puka. Die im Perpetulit versteckten Schaltfelder, die durch Harmonie angetriebenen Everspins, das war noch längst nicht alles. Die Welt war unendlich vielfältiger und reicher, als ich dachte, und wir wahrscheinlich auch.

»Aber ... «

Ein dreimaliges lautes Klopfen an der Tür unterbrach mich. Es war mir bewusst, dass ich Mr Baxter eigentlich gar nicht zur Kenntnis nehmen durfte, geschweige denn mich mit ihm unterhalten, also ging ich zur Tür, um den Gast abzuwimmeln.

Es war Courtland Gamboge. Er war allein, und er tat rein geschäftsmäßig.

»Zweiundzwanzig Minuten.«

»Wie bitte?«

»Zweiundzwanzig Minuten«, wiederholte er, »bis zur Abfahrt des Zuges. Du hast deine offene Rückfahrkarte deMauve übergeben, aber ich habe noch eine übrig. Morgen um diese Zeit kannst du schon in den Armen deiner Liebsten liegen. Keine Exkursion nach High-Saffron, keine Stuhlzählung, keine Ehe mit Violet. Du kannst wieder so leben wie früher, bevor du hierher zu uns in die Randbezirke gekommen bist.«

»Ich habe immer noch achthundert Meriten verloren.«

»Das musst du selbst in Ordnung bringen.«

»Und wo ist der Haken?«

»Es gibt keinen«, sagte er mit einem gequälten Lächeln. »Wir geben dir eine Fahrkarte, und du steigst in den Zug. Du schuldest uns nichts, und wir schulden dir nichts. Wir sind quitt. Es ist so, als wärst du nie hier gewesen.«

»Ich muss erst noch meinem Vater Bescheid sagen.«

»Du kannst ihm eine Nachricht hinterlassen. Er wird das verstehen. Einundzwanzig Minuten. Wenn du wirklich von hier wegwillst, musst du jetzt sofort los.«

Sie hatten es gut abgepasst, und die Entscheidung fiel mir nicht schwer. Ich nahm die angebotene Fahrkarte.

»Gut so, mein Junge«, sagte er. »Ich bringe dich zum Bahnhof.«

OFFENE RÜCKFAHRKARTE

2.6.32.12.269: Die Liste der potentiellen Rücksprunggüter wird im Grünen Sektor Ost geführt und aufbewahrt, in dem Dorf, das am weitesten westlich liegt. Neue Sprünge Zurück werden in umgekehrter alphabetischer Reihenfolge ausgewählt.

Courtland hatte den Zeitpunkt wirklich perfekt abgepasst. Als wir zum Bahnhof kamen, war der Zug gerade eingefahren. Bunty hatte ihren üblichen Posten bezogen und nickte Courtland zu, der wortlos kehrtmachte und zurück ins Dorf lief. Mittlerweile war es glühend heiß, kaum ein Wölkchen am Himmel, und die Trainspotter oben an der Böschung fächerten sich mit ihren Notizblöcken Luft zu.

Ich zog die Waggontür auf, grüßte freundlich eine sympathisch aussehende Blaue Frau mit Hut und Schleier und suchte mir einen Platz in dem fast leeren Abteil. Ich sah zu Bunty, die noch am Bahnsteig saß und mich mit dem Höchstmaß an Verachtung bedachte, das sie aufbringen konnte, und das war nicht wenig. Ich atmete tief durch und lehnte mich zurück. Sobald das Linoleum verladen war, würde der Zug losfahren, und da ich es kaum erwarten konnte, endlich von hier wegzukommen, schien die Zeit viel zu langsam zu vergehen. Was der Rat von Jade-under-Lime dazu sagen würde, wenn ich eher als erwartet zurückkehrte, war mir egal. Hauptsache, ich war von hier weg und ich war am Leben.

»Master Edward?«, hörte ich eine Stimme. »Ein Telegramm für Sie.«

Es war Stafford, der sich lachend an die Mütze tippte.

Ich bedankte mich und fragte ihn, woher er wisse, dass ich hier sei, worauf er antwortete, er wolle nur einen Fahrgast abholen und habe immer mindestens ein halbes Dutzend Telegramme auszutragen.

»Fahren Sie für länger weg, Sir?«, fragte er.

»Für immer, Stafford. Vielen Dank für alles.«

»Sehr freundlich, Sir. Ich hoffe, es entwickelt sich alles aufs Angenehmste und ohne Zwischenfälle für Sie.«

»Ja«, sagte ich bedächtig, »das hoffe ich auch.«

»Also wieder zurück zur gewohnten Routine, Sir?«

»Genau«, antwortete ich, »davon gehe ich aus.«

»Master Edward?«

»Ja, Stafford?«

»Unterschätzen Sie nicht die Kraft romantischer Gefühle, unter gar keinen Umständen.«

»Meinen Sie Jane?«

Er antwortete nicht, wünschte mir nur eine gute Reise, tippte sich ein zweites Mal an die Mütze und war schon wieder weg.

Ich lehnte mich zurück in meinen Sitz, verwirrt und auch etwas verärgert. Vielleicht hatte Stafford mich nur auf den Arm nehmen wollen, vielleicht hatte er mit seiner Bemerkung auch gar nicht Jane gemeint. Ich versuchte, nicht an sie zu denken, und hielt mich an das, was man mir beigebracht hatte. Keine Unruhe stiften, nicht auffallen, die Chromatische Skala beachten und vor allem: auf keinen Fall das Warteschlangensystem verbessern wollen. Nach allem, was ich in East Carmine gesehen hatte, besaß ich jetzt das Rüstzeug für ein langes und erfülltes Leben. Mit etwas Glück würde ich Constance heiraten, das Kollektiv mit Bindfäden versorgen und den Oxbloods den knallrotesten Sohn schenken, den sie je gesehen hatten. Eigentlich war doch alles so einfach, und in mancher Hinsicht dankte ich meinem Glücksstern dafür, dass ich die Gelegenheit erhalten hatte, mir Klarheit über meine gefährliche negative Einstellung zu verschaffen.

Der Stationsvorsteher hielt seine Signalfahne bereit, und zum ersten Mal seit meiner Ankunft in East Carmine spürte ich eine tiefe Entspannung. Ich musste leise lachen und schaute aus dem Fenster. Der einzige Passagier, der angekommen war, sah aus wie Bertie Magenta. Dieselben großen Ohren und dieselbe verpeilte Art. Er trug einen sommerlichen leichten, veilchenblauen Dreiteiler, einen farblich dazu passenden Hut, und er hatte eine kleine Reisetasche dabei. Er hielt sich ein parfümiertes Taschentuch vor die Nase, und seine Schuhe hatte er in Zeitungspapier eingewickelt, wahrscheinlich, um sie sich nicht schmutzig zu machen.

»Bertie?«, sagte ich, nachdem ich das Zugfenster heruntergezogen hatte. »Bist du das?«

»Hallo, Eddie«, begrüßte er mich. »Fährst du weg?«

»Das ist eine lange Geschichte. Aber was in Munsells Namen machst du denn hier?«

Er lachte. »Sehr witzig. Soll das wieder einer deiner Scherze sein?«

»Überhaupt nicht«, antwortete ich. »Ich möchte es wirklich gerne wissen.«

»Du hast mir geschrieben, ich soll herkommen. Irgendwas von einer sagenhaft munteren Sub-Beta-Braut, die bereit wäre …«, er beugte sich vor und senkte die Stimme, »… mir ihre Gunst zu gewähren, auf Probe.«

»Tommo!«, rief ich, als mir klar wurde, was passiert war. Dummerweise hatte ich in seiner Gegenwart Berties Namen erwähnt.

»Nein, ich glaube, sie heißt Imogen, und so wie sie klingt und aussieht, ist sie genau das richtige Püppchen für mich. Wenn sie nur halb so saftig ist, wie du sie in deinem Telegramm beschrieben hast, zahle ich dir deine fünfzig Meriten Vermittlungspreis mit Freuden.«

»Ich glaube, hier liegt ein Missverständnis vor.«

»Was?«, sagte Bertie. »Ist sie also doch nicht zu haben?«

»Nein. Das heißt, doch schon, aber …«

»Willkommen in East Carmine!«, tönte eine Stimme, und als

ich mich umdrehte, sah ich Tommo und Carlos Fandango den Bahnsteig entlangschlendern. Hinter ihnen, auf dem Bahnhofsvorplatz, stand der Ford des Dorfes. Bertie wurde als Ehrengast empfangen, und während Fandango ihn herzlich begrüßte und zum Wagen geleitete, kam Tommo an mein Fenster.

»Was machst du denn hier im Zug, Eddie?«

»Was ich gleich bei meiner Ankunft vor ein paar Tagen hätte tun sollen. Und nebenbei, du hattest kein Recht, Bertie hierherzubestellen.«

Er lachte.

»Ich hatte mir vorgenommen, dich einzuweihen, aber ich wusste nicht, wie ich es dir hätte erklären sollen, ohne dass du in die Luft gegangen wärst. Deswegen habe ich es doch lieber gelassen.«

»Du hast ein Telegramm fälschlich unter meinem Namen aufgegeben!«

»Sagen wir mal so: Ich habe den Absender falsch angegeben. Auch nicht viel schlimmer als der Betrug mit dem Kaninchen. In Wirklichkeit tue ich den Magentas einen Gefallen. Und das ist immer von Vorteil.«

»Bertie ist ein Einfaltspinsel. Den würde ich nicht mal meinem ärgsten Feind als Ehemann an den Hals wünschen!«

»Dein Wunsch ist schon erfüllt. Nicht dein ärgster Feind kriegt ihn zum Mann, sondern die wunderschöne Imogen.«

»Wie kannst du dich an so einem Betrug beteiligen? Willst du Imogen und Dorian unglücklich machen?«

»Ich bin auch unglücklich. Ich habe kein Geld«, sagte er. »Also entweder sie oder ich. Auf Wiedersehen, Eddie.«

Mit diesen Worten ging er zum Bahnhofsvorplatz, wo Fandango und Bertie schon auf ihn warteten.

Ich setzte mich wieder hin, die Entspannung von eben war verpufft und hatte Wut und Enttäuschung Platz gemacht. Teilweise fühlte ich mich verantwortlich, aber was konnte ich von hier aus schon tun. Heute Abend würde ich in Kobalt übernachten, und morgen Mittag wäre ich in Jade-under-Lime. In dem Moment fiel mir das Telegramm wieder ein. Ich riss es auf und las es. Es war nicht die angenehmste Nachricht.

AN EDWARD RUSSET RG6 7GD ++ EAST CARMINE, RSW ++ VON CONSTANCE OXBLOOD, SW3 6ZH ++ JADE-UNDER-LIME GSW ++ ANFANG DER NACHR. ++ ERFREUT ÜBER WENDUNG DEINES SCHICKSALS HOFFE DU UND MISS DEMAUVE WERDET GLÜCKLICH ZUSAMMEN UND DASS SICH UNSERE WEGE VIELLEICHT WIEDER MAL KREUZEN ++ DEINE HEIRAT HAT DEN MARKT FÜR MICH VER-KLEINERT HABE DAHER ROGERS ANGEBOT ANGENOMMEN WIR HEIRATEN IM FRÜHJAHR ++ ALLES GUTE CONSTANCE X ++ PS RO-GER SCHICKT GRÜSSE UND FRAGT OB ER DEINEN TENNISSCHLÄ-GER HABEN KANN ++ ENDE DER NACHR.

Mir war schlecht, ich war sauer, ich kam mir betrogen vor, und ich fühlte mich erleichtert – alles auf einmal. Ich schloss die Augen und zerknüllte das Telegramm.

»Schlechte Nachrichten?«, fragte die Blaue mit Schleier.

»Vor zehn Minuten wären es noch schlechte Nachrichten gewe-sen«, sagte ich und dachte an Staffords Worte, »aber jetzt glaube ich eher, dass es das Beste ist, was mir passieren konnte.«

Ich stand auf und öffnete die Waggontür, in dem Moment, als der Stationsvorsteher die Pfeife an die Lippen setzte. Bevor ich aus-steigen und die Tür wieder hinter mir schließen konnte, kam Bunty donnergrollend angerannt.

»Wir hatten eine Abmachung, Russett!«

»Die Abmachung ist nichtig!«

»Das hast nicht du zu bestimmen!«

Ehe ich michs versah, hatte sie mich brutal zurück in den Waggon gestoßen. Es gelang mir gerade noch, sie davon abzuhalten, die Tür zuzuknallen, indem ich den Fuß in den Spalt steckte. Ich kam wie-der hoch und hatte mich halb durch die Tür gezwängt, da versetzte sie mir einen schmerzhaften Schlag gegen die Brust und packte mich am Ohr. Der Stationsvorsteher und die Blaue Frau schauten zu, er mit der Pfeife vorm Mund, sie hörbar empört, entsetzt und abgestoßen von der ungehörigen Rangelei, die sich vor ihren Augen abspielte. Bunty war kräftiger als ich, und der Kampf artete schnell aus. Sie versuchte, mich in den Wagen zu stoßen, während ich versuchte, mich an der gepolsterten und lackierten Tür festzuhalten. Ich erwischte den Blick des Bahnhofsvorstehers. Er würde niemals auf die Idee kommen, mir zu helfen und damit seinen Job zu riskieren, andererseits war Pünktlichkeit oberstes Gebot. Abrupt ließ ich daher den Türrahmen los, und Bunty und ich kullerten beide in den Wagen. Der Bahnhofsvorsteher knallte die Tür zu und blies in seine Pfeife. Als Bunty und ich endlich voneinander losgekommen waren, waren die Türschlösser fest verriegelt, und der Zug hatte sich in Bewegung gesetzt.

»Idiot!«, schrie Bunty, die Haarnadeln gelöst, die Kittelschürze verrutscht. »Wie sehe ich denn jetzt aus!«

Dann wären wir ab jetzt wohl Reisegefährten, sagte ich, aber sie meinte, nur für vierzig Minuten, bis Bluetown. Dort würde sie den Bediensteten für An- und Abfahrten benachrichtigen und dafür sorgen, wenn nötig mit Gewalt, dass ich im Zug sitzen blieb.

»Der nächste Halt danach ist Greenways«, fügte sie hinzu. »Weit weg vom Roten Sektor West. Aus dem Auge, aus dem Sinn.«

Ich antwortete nicht darauf, sagte nur, dass ich mir die Lippen aufgeschlagen hätte und mich auf der Toilette waschen würde. Ich ließ Bunty allein, die sich bei der Frau mit dem blauen Schleier entschuldigte und erklärte, ich mache »immer nur Ärger«.

Ich ging nicht auf die Toilette, sondern einen Wagen weiter, zog ein Fenster herab und kletterte hinaus, blieb kurz auf dem Trittbrett stehen und passte den richtigen Moment zum Sprung ab. Der Zug hatte schon eine ordentliche Geschwindigkeit erreicht, doch das machte mir nichts aus, denn ich fiel in weiches Gras und kullerte in einen Dornenbusch. Ich stand auf, hatte zwar ein paar blutige Kratzer abbekommen, aber ich war draußen und sah dem Zug hinterher, bis er verschwunden war. Dann ging ich auf dem Gleis zurück zum Bahnhof.

»Nanu?«, sagte der Bahnhofsvorsteher, als ich zwanzig Minuten später vom Gleisbett auf den Bahnsteig kletterte. »Haben Sie sich anders entschieden?«

»Die Randzone lässt einen nicht los.«

»Ja – genau wie eine Flechte, wenn man nur lange genug stillsteht.«

MEIN LETZTER ABEND
IN UNSCHULD

4.2.12.34.431: Abweichungen in den Speisekarten der Teestuben sind nicht zulässig.

Ich machte mich auf den Weg zum *Fallen Man,* wohin Fandango, einer alten Tradition gehorchend, Bertie zu Tee und Scones eingeladen hatte, um mit ihm über Mitgift, Feedback-Beurteilungen und Tugendpunkte zu verhandeln. Keine Ahnung, was ich vorhatte, aber irgendetwas musste geschehen.

Auf der gegenüberliegenden Straßenseite ging Dorian unruhig auf und ab, und bevor ich auch nur ein Wort zu ihm sagen konnte, hatte er mir eins auf die Nase gegeben. Der Schlag war nicht sehr heftig, aber es reichte, um mich aufzuhalten.

»Das ist dafür, dass Sie mein Vertrauen verraten haben«, sagte er. »Ich hatte gedacht, Sie würden uns aus unserer Zwangslage heraushelfen. Und jetzt muss ich feststellen, dass Sie diesen Trottel Magenta eingeladen haben, damit er die Ware vor dem Kauf begutachten kann. Ob sie auch reif ist. Was ist Imogen in Ihren Augen? Ein Stück Obst?«

»Es ist nicht meine Schuld!«, protestierte ich. »Suchen Sie lieber nach jemandem, der für ein paar Extra-Meriten seine eigenen Zehen verkaufen würde.«

»Oh«, murmelte er, plötzlich zerknirscht. »Tommo!«

»Ganz genau.« Ich spähte hinüber zur Teestube, wo Fandango in ein angeregtes Gespräch mit Bertie vertieft war. Zwischen ihnen hatte Imogen Platz genommen, die in ihrer Legeren Außenkleidung mit Hut Nr. 8 wirklich reizend aussah. Sie starrte dumpf und verdrießlich abwechselnd ihren Vater und ihren wahrscheinlich zukünftigen Ehemann an.

»Ganz so unschuldig, wie Sie behaupten, können Sie aber nicht sein«, setzte Dorian nach. »Tommo kann doch nur durch Sie von Magenta erfahren haben.«

»Stimmt«, sagte ich. »Da habe ich etwas wiedergutzumachen.«

»Und wie?«

Ich übergab Dorian die unbenutzte Fahrkarte, und er bekam große Augen.

Ihm blieb gerade noch Zeit, die Karte in die Tasche zu stecken, als auch schon Präfektin Sally Gamboge, bebend vor Empörung, auf uns zukam. Sie war in Begleitung von Courtland, und die beiden waren alles andere als erfreut, mich hier zu sehen.

»Was machen Sie denn noch hier, Russett? Ich dachte, wir hätten uns darauf verständigt, dass Sie mit dem Zug abreisen.«

»Die Umstände haben sich geändert.«

Sie funkelte mich böse an.

»Diese Entscheidung werden Sie noch bereuen«, sagte sie frostig.

»Ist das eine Drohung, Madam Präfektin?«

»Wo denken Sie hin«, erwiderte sie. »Nur eine Feststellung.«

»Eine Feststellung nicht ohne Absicht. Dennoch betrachte ich es als meine Pflicht, Ihnen mitzuteilen, dass Bunty McMustard den Zug um vierzehn Uhr dreiundvierzig bestiegen hat.«

»*Was*? Bunty? Weggelaufen? Unmöglich!«

Nachdem sie mir noch rasch »Auf Sie komme ich später zurück« zugeraunt hatte, marschierte sie los, um selbst herauszufinden, was mit Bunty passiert war.

»Also«, sagte Courtland, kaum dass seine Mutter weg war. »Dann schuldest du mir jetzt wohl eine Fahrkarte. Abgemacht ist abgemacht.«

447

»Wir hatten abgemacht, dass ich den Zug besteige. Das habe ich getan.«

»Für die Grauen einzutreten kann eine teure Angelegenheit werden«, sagte er zu mir, mit Blick auf Dorian. »Ich hoffe, du kannst es dir leisten.«

»Ich werde das ganze Thema der Grauen nächste Woche zur Sprache bringen«, entgegnete ich. »Auf der Ratssitzung. Es könnte zu einigen grundlegenden Veränderungen kommen.«

Meine Angeberei schien ihn nicht sonderlich zu beeindrucken.

»Du machst Pläne für nächste Woche? Dein fröhlicher Optimismus ehrt dich«, sagte er und lief seiner Mutter hinterher.

»Hier«, sagte Dorian, als Courtland weg war, »ein Haferkeks für Sie. Unser Sirup war alle, deswegen habe ich ihn mit Lebertranöl gebacken.«

»Ein bisschen krümelig«, sagte ich, nachdem ich hineingebissen hatte, »und er schmeckt nach Fisch.«

Wir standen immer noch auf der anderen Seite der Straße und schauten nach gegenüber ins Fenster des *Fallen Man*.

»Jetzt, wo wir zwei Fahrkarten haben«, sagte Dorian, »gehen wir natürlich auf das Angebot des Colormanns ein. Wir nehmen den Zug am Sonntag, gleich nach Imogens Ishihara.«

Es entstand eine Pause.

»Eddie?«

»Ja?«

»Warum sind Sie nicht im Zug sitzen geblieben? Sie werden morgen unweigerlich in der Wildnis verschwinden, und dass Sie Violet heiraten wollen, halte ich für so gut wie ausgeschlossen.«

»Soll ich Ihnen die einzige, ehrliche, wirklich wahrhaftige Wahrheit sagen?«

Er nickte.

»Weil es hier noch jemanden gibt in East Carmine. Jemand hoffnungslos Unpassendes. Eigentlich also keine gute Idee, und man handelt sich nur Ärger der schlimmsten Sorte ein. Aber egal wie –

jede Minute in ihrer Gegenwart macht mein Leben um eine Minute reicher.«

»Ja«, sagte er und sah hinüber zu Imogen. »Ich weiß genau, was Sie meinen.«

Wir schwiegen eine Weile gemeinsam.

»Noch einen Haferkeks?«

»Nein, danke.«

Zu Hause angekommen, schrieb ich mehrere Briefe. Einen an Constance, in dem ich ihr erklärte, es sei immer meine Absicht gewesen, sie zu heiraten, aber wir beide wären Opfer einer Preistreiberei zur Farbaufwertung geworden. Einen an meinen Vater, in dem ich ihm sagte, dass ich ihn liebte, und einen an Fenton, in dem ich mich für die Sache mit dem Kaninchen entschuldigte und ein Fünfmeritenstück als Entschädigung beilegte. Alle Briefe tat ich in die oberste Schublade meiner Kommode, damit man sie sofort fand, wenn mein Zimmer geräumt werden würde. Danach ging ich nach unten, um das Abendessen zu machen. Ich kochte mehr als nötig und verteilte es auf zwei Teller, so hatten der Apokryphe Mann und sein Übriger es leichter.

Ab und zu klopfte es an die Tür, und jedes Mal schlug mein Herz höher, weil ich dachte, es könnte Jane sein und sie wäre gekommen, um mir zu sagen, sie habe es sich anders überlegt und wolle mich nach High-Saffron begleiten. Aber es war nie Jane. Es waren Bewohner, die mich baten, etwas für sie in High-Saffron zu erledigen. Zum Beispiel nach Floyd Pinken zu suchen, der zehn Jahre zuvor dort verschwunden war, oder nach Johnson McKhaki, den dreiundzwanzig Jahre davor das gleiche Schicksal ereilt hatte. »Ich werde seinen Namen rufen«, versprach ich seiner gealterten Witwe, mit der es in puncto falsche Hoffnungen wohl niemand hätte aufnehmen können.

Lucy Ochre kam vorbei, um mir alles Gute zu wünschen. Und sie hatte eine Nachricht für mich aus der Grauen Zone.

»Du hast einen neuen Namen: *Der mit dem Feuer spielt.*«

Diese Redewendung hatte ich schon mal gehört. Sie bezog sich auf die Vorschriften zur »Sicherheit zu Hause und im Umgang mit Gefahren« aus Abschnitt 8 im *Buch des Gesunden Menschenverstands*, aber man bezeichnete damit auch jemanden, der egoistisch seine eigenen schmutzigen Ideale verfolgt und dem es egal ist, ob er andere dabei in Gefahr bringt. Es bedeutete außerdem, dass man die schlichte Reinheit des Regenbogens ablehnte und die eigene Haltung unvereinbar war mit den Schriften Munsells. Mit anderen Worten: jenseits aller Verachtung und mehr als reif für ein Reboot. Aus dem Mund eines – oder einer – Grauen ein riesiges Lob.

»So eine Auszeichnung wird normalerweise nur posthum verliehen«, sagte ich.

»Ich glaube, sie wollen, dass du noch deine Freude daran hast, auch wenn sie nur von kurzer Dauer sein wird.«

»Wie aufmerksam. Von wem ist die Nachricht?«

»Von der mit der Stupsnase, die immer so streitsüchtig ist. Habt ihr beide was am Laufen?«

»Was am Laufen? Ich glaube, für so was ist sie nicht zu haben.«

Lucy teilte meine Einschätzung, und dann bat sie mich, ein Pendel mit auf die Exkursion zu nehmen und unterwegs einige Harmonietests durchzuführen.

»Meine Berechnungen deuten alle darauf hin, dass High-Saffron durchströmt ist von musikalischer Energie, die alle siebenunddreißig Tage mit dem Kugelblitzzyklus ihren Höhepunkt erreicht.«

Ich sagte ihr, das sei alles sehr faszinierend, aber ich hätte bereits viel um die Ohren; sie hatte Verständnis, umarmte mich zum Schluss lange, sagte, ich solle nicht als Toter zurückkommen, und ging.

»Tommo hatte recht«, sagte mein Vater, als er von der Arbeit kam. »Die deMauves schwimmen regelrecht in Geld. Wir haben zehn Riesen für dich rausgeschlagen, zwei als Vorauszahlung.«

Allmählich hatte ich mich daran gewöhnt, als Gebrauchsgegenstand behandelt zu werden.

»Im Voraus?«, fragte ich. »Wofür?«

»Tommo ist ein außergewöhnlicher Verhandlungskünstler. deMauve hat mir versprochen, seine Tochter zu überschreiben, sobald er dein Ishihara-Ergebnis gesehen hat. Und ich stehe zu meinem Wort. Die Hälfte des hübschen Sümmchens gehört dir.«

»Was ist, wenn ich nicht wiederkomme aus High-Saffron?«

»Wir werden es schon schaffen, dass du wohlbehalten zurückkommst«, sagte er mit leiser Stimme. »Wir wissen nur noch nicht genau, wie. Was willst du heute Abend machen? Das Verdi-Konzert hören?«

»Wie wäre es mit Scrabble?«, schlug ich vor. Ich wollte zu Hause sein, falls Jane vorbeikam. Dad war einverstanden, obwohl er gar nicht gerne Scrabble spielte, und ging los, das Brett holen.

An den restlichen Abend kann ich mich nur verschwommen erinnern. Ich weiß noch, dass die Präfekten nacheinander klingelten, mir alles Gute wünschten und Ratschläge gaben, auf die ich gut hätte verzichten können. Sogar Sally Gamboge gab sich die Ehre, der Form halber, es kamen ihr nur freundliche Worte über die Lippen, doch ihre Augen sprühten Gift. Der Apokryphe Mann nahm gnädigerweise den kleineren der beiden Teller, und gerade hatte ich für *Azur* den dreifachen Wortwert erzielt, da läutete die Alarmglocke zur Dämmerung.

»Eigentlich soll ich mich noch mit Violet treffen«, murmelte ich. »Ich gehe dann mal los.«

»Ich bin froh, dass du doch noch selbst auf die Idee gekommen bist«, sagte mein Vater. »Violet ist nicht halb so schlimm, wie es dir vorkommt.«

Statt jedoch wie angekündigt zu Violet zu gehen, versteckte ich mich im Putzschrank, was von vornherein meine Absicht gewesen war.

Dort hielt ich mich also auf, während Violet im ganzen Dorf nach

451

mir suchte. In der Kammer war es warm und gemütlich, und ganz gegen meine Absicht schlief ich ein und wachte zwei Stunden später von der Alarmglocke zur Nachtruhe wieder auf.

Leise tapste ich nach oben ins Bett und hatte mir gerade meinen Schlafanzug angezogen, da versank die Welt um mich herum wieder in Finsternis. Ich lag noch eine Zeitlang wach und lauschte den Morsezeichen vom Heizkörper. Wieder wurde über mich getratscht – ich sei entweder verrückt oder würde einfach nur einer tödlichen Selbstüberschätzung erliegen, die mich dazu gebracht hatte, mich freiwillig zu melden. Ich gab mich dem eine Weile hin, nahm die guten Wünsche der Gratulanten wahr, dann stellte ich meine Ohren auf die Fortsetzungsserie ein. Mrs Lapis-Lazuli hatte, wie versprochen, die Sendezeit ausgeweitet, um heute bis zum Schluss von *Renfrew* zu kommen.

Ich hörte so lange zu, bis alle Radiatorgesänge verklungen waren. Es war jetzt stockfinster, und ich machte mich bereit zum Schlaf. Vorher jedoch kroch ich noch mal aus dem Bett, bewegte mich tastend durchs Zimmer und schob einen Stuhl unter den Türknauf. Im Dorf gab es welche, die nachts sehen konnten, und ich wollte nicht, dass sie in mein Zimmer kamen.

Ich wusste nicht, wer sie waren, ja, ich wusste überhaupt vieles nicht. Doch das würde sich mit dem nächsten Tag alles ändern. Ich würde Aufklärung erlangen, und danach, zur Feier des Tages, würde Jane dabei zuschauen, wie ich von einem Yateveobaum gefressen würde. Aber es wäre nicht persönlich gemeint, sondern eine reine Vorsichtsmaßnahme.

HOCHZEITSPLÄNE

3.6.02.01.025: Ausschweifendes Verhalten unverheirateter Partner ist streng verboten. Strafmaß: 500 Meriten.

Abrupt wachte ich auf, die Bettwäsche völlig zerwühlt. Ich hatte schlecht geschlafen, jedes noch so leise Geräusch war meinem benebelten Verstand bedrohlich erschienen und hatte mich aufschrecken lassen. Mit einem schimmernden Sonnenstrahl an der Wand gegenüber war gerade erst Lichtfülle ins Zimmer zurückgekehrt. Ich sah auf die Nachttischuhr, es war fünf. Ächzend wälzte ich mich aus dem Bett, schob vorsichtig den Stuhl unter dem Knauf zur Seite und öffnete behutsam die Tür. Auf Zehenspitzen schlich ich über den Flur zum Badezimmer, pinkelte und kehrte zurück ins Schlafzimmer – wo ich vor Schreck beinahe laut aufgeschrien hätte. Jemand starrte mich durchs Fenster an, Violet deMauve, ausgerechnet. Als sie sah, wie ich zusammenfuhr, legte sie den Zeigefinger auf die Lippen und machte mir Zeichen, ich solle das Fenster hochschieben. Ich tat es und erkannte im selben Moment, dass ich bei all meinen ausgeklügelten Vorsichtsmaßnahmen dummerweise übersehen hatte, dass mein Fenster über die hintere Veranda ohne weiteres zu erreichen war.

»Was machst du denn hier?«, flüsterte ich, aber sie antwortete nicht, kletterte durchs Fenster, drehte sich um und gab ihrem unsichtbaren Komplizen unten zu verstehen, er könne die Leiter wegnehmen. Dann schloss sie das Fenster wieder, sprang lautlos auf den

Teppich und fing ohne ein weiteres Wort an, sich auszuziehen, wobei sie mich verschämt anlachte. Ich kann nicht verhehlen, dass ihre Art etwas Betörendes hatte. Immerhin gehörte Violet nicht zu den Mädchen, die irgendwas dem Zufall überließen, also hatte sie diese Szene hier zweifellos vorher durchgeprobt.

»Du hattest kein Recht, mein halbes Versprechen an Constance zu widerrufen.«

»Das dürfte meine Mutter gewesen sein«, sagte sie. »Meine Güte, ganz schön frech von ihr. Aber wenn sie sich einen sehnlichen Wunsch ihrer Tochter erst mal selbst in den Kopf gesetzt hat, dann ist sie nicht mehr zu bremsen.«

»Es ist nicht nur frech, Violet. Es ist unverzeihlich und unverschämt.«

»Krieg dich wieder ein, Edward. Du hast mich gestern Abend versetzt. Das ist mehr als unverschämt. Wenn ich nicht so schrecklich verliebt in dich wäre, wäre ich jetzt zutiefst gekränkt.«

»Hör zu, ich ...«

»Ich bin darüber nicht verärgert, Süßer. Der Weg zur Ehe ist manchmal steinig, aber ich bin bereit, dir zu vergeben, so wie du ganz bestimmt auch bereit sein wirst, meiner Mutter zu vergeben, dass sie dieser dahergelaufenen Oxblood gesagt hat, wohin sie sich verdrücken soll.«

»Ich will dich nicht heiraten, Violet.«

»Jetzt sei bitte nicht albern, Schätzchen. Du wirst fünf Farbtöne überspringen und Roter Präfekt werden. Ich werde irgendwann Oberpräfektin sein, und unser starker Purpursprössling wird *auf immer und ewig* über die Einwohner von East Carmine herrschen. Und ich, du und dein Vater können uns die Taschen füllen. Außerdem hat Daddy Marmelade. Alles in allem gibt es also bei dieser Sache nur Gewinner.«

»Warum bist du dann hergekommen, wenn sowieso alles längst entschieden ist?«

»Mein Vater hat ein Angebot gemacht, das deiner farblichen

Ausstattung entspricht, aber *ich* will sichergehen, dass du auch ansonsten der Richtige für mich bist. Also, was denkst du?«

Mittlerweile war sie vollkommen nackt. Violet, so schien es mir, wollte mir die Möglichkeit zu einer Intimen Beurteilung geben. Natürlich hatte ich schon viele Mädchen nackt gesehen, und viele hatten mich nackt gesehen – beim Schwimmen, in Umkleideräumen, in Gemeinschaftsduschen. Wenn das Hockeyspiel nicht in so eine Rauferei ausgeartet wäre, hätten wir uns bei der Gelegenheit danach in der Umkleidekabine auch schon nackt gesehen. Etwas ganz anderes war es natürlich, seinen Körper einem potentiellen Kandidaten während der vorehelichen Brautwerbung vorzuführen. In diesem besonderen Fall zeigte mir Violet also nicht nur ihren Körper, sondern demonstrierte mir ihren Wunsch, auch ich möge diesen Körper zu sehen begehren. Von mir wiederum wurde verlangt, dass mein Blick auf ihn deutlich zu verstehen gäbe, dass ich diese Geste zu würdigen wüsste.

Ich gab mir große Mühe, Violet nicht anzusehen, aber ich muss leider sagen, dass es mir schwerfiel. Ihre Postleitzahl war kunstvoll in die Haut geritzt, unter Verwendung einer Type, die gleichermaßen verlockend und verrucht war, und auch alles andere an ihr war ziemlich perfekt. Es war keine leichte Situation für mich, und wenn nicht mein inniger Wunsch, es wäre Jane, die vor mir stünde, meinen Realitätssinn und meine Selbstdisziplin für einige Sekunden überwältigt hätte, hätte sie das Ganze als kompletten Reinfall betrachten können und wäre innerhalb kürzester Zeit wieder verschwunden. So aber strahlte sie mich glücklich und zufrieden an, und ehe ich mich's versah, war sie in mein Bett gekrochen.

»Violet!«, sagte ich ebenso überrascht wie schockiert. »Was tust du?«

»Ich will nur ganz sicher sein. Wir wollen doch nicht heiraten, nur um dann festzustellen, dass wir uns geirrt haben, nicht wahr? Das wäre schrecklich.«

»Die Regeln, Violet …«

»Die Regeln! Mein Vater *reguliert* die Regeln, Süßer.«

»Und deine Mutter? Was würde die dazu sagen?«, fragte ich, um sie zu beschämen. Es war ein müder Versuch.

»Sie hat mich doch erst auf die Idee gebracht.«

Nervös sah ich aus dem Fenster.

»Sie beobachtet uns aber doch nicht, oder?«

»Natürlich nicht, Schätzchen. Sie hat nur gesagt, wir sollten mal testen, ob auch alles richtig funktioniert – aus rein dynastischen Gründen, versteht sich, auf keinen Fall zum körperlichen Vergnügen.«

»Natürlich nicht«, erwiderte ich sarkastisch. »Wo kämen wir denn da hin?«

»Hör auf zu reden, Eddie, und tu das, was ich dir sage. Es ist nicht gerade der richtige Zeitpunkt und der passende Ort für unseren ersten Streit.«

»Ich finde ...«

»*Hör auf zu reden*, hab ich gesagt.«

Offenbar bestand ich die Musterung. Das heißt, »an deiner Technik müssen wir noch arbeiten«, wie sich Violet ausdrückte. Jedenfalls hatten wir in knapp zehn Minuten und mit einem minimalen Redeaufwand – hauptsächlich Kommandos von Violet – eine fünfhundert Meriten schwere Straftat begangen. Für mich war es das erste Mal. Violet schlüpfte anschließend sofort wieder in ihre Kleider, gab mir einen Kuss auf die Stirn und sagte mir, sie werde ihren Eltern melden, dass alles in Ordnung sei. Dann drückte sie das Schiebefenster hoch und kletterte hinunter auf die Veranda, von wo aus sie erstaunlich behände auf die Straße sprang.

Ich sah zur Decke, regungslos, doch meine Gedanken wirbelten durcheinander. Es war angenehm gewesen, für den Moment, aber tief in mir hatte ich das bleierne Gefühl, einen Verrat begangen zu haben. Nicht etwa an mir oder dem strikten moralischen Code des Kollektivs, sondern an Jane.

AUFBRUCH

2.3.06.56.067: Der Verbrauch von 2500 Mcal pro Tag darf nicht überschritten werden.

Ich stand auf, nahm ein Bad, das so heiß war, dass ich es gerade noch aushalten konnte, und kleidete mich rasch in meine Abenteuer-Outdoorkleidung Nr. 9. Siegelring, Farbkennzeichen und Meritenbuch legte ich zu den Briefen in der obersten Schublade, dann stapfte ich leise die noch düstere Treppe hinunter. Unten tastete ich nach meinen Wanderstiefeln, schnallte mir meine Gamaschen um und setzte den Rucksack auf, den ich am Abend zuvor gepackt hatte. An der Haustür wartete mein Vater auf mich, und obwohl wir normalerweise nicht zu denen gehörten, die sich bei Begrüßungen oder Abschieden umarmten, heute taten wir es. Denn trotz seiner optimistischen Stimmung gestern Abend – heute Morgen verhielt sich mein Vater wie ein Mann, der wusste, dass er seinen Sohn nicht wiedersehen würde.

Das Dorf lag still und verschlafen da. Im Sommer war die Morgendämmerung nicht erfüllt von der frenetischen Aktivität, die im Winter zu dieser Zeit herrschte. Vor der nächsten halben Stunde, mindestens, würde niemand aufstehen, und dann auch nur der Bäcker, die Postmeisterin und der Maulwurffänger. Ich schlug den Weg zur Statue des Großen Munsell ein, wo ich auf Carlos Fandango und seinen Ford warten sollte. Es dauerte nicht lange, da kam eine zerzauste Gestalt um die Ecke am Rathaus gelaufen. Anscheinend

457

band sie sich noch im Laufen die Schnürbänder zu, was ein beeindruckendes Bild bot. Es war Tommo, und ich schaute argwöhnisch, nicht nur, weil es Tommo war, sondern weil er das Gleiche anhatte wie ich – Abenteuer-Outdoorkleidung Nr. 9.

»Hallo, Ed!«, sagte er voll untypisch fröhlichen Tatendrangs. »Bereit für den großen Tag? Guten Morgen, Courtland.«

Ich drehte mich um. Hinter mir stand Courtland, und auch er war wie für ein Abenteuer gekleidet. Jetzt verstand ich gar nichts mehr. Wenn es einen Menschen im Dorf gab, der nicht nach High-Saffron geschickt werden durfte, dann war es Courtland.

»Planänderung«, verkündete er. »Tommo und ich kommen mit.«

»Weiß Yewberry davon?«

»Noch nicht.«

»Wenn der Rat herausfindet, dass du dich freiwillig gemeldet hast, wird er ganz schön wütend sein«, gab ich misstrauisch zu bedenken. »Woher der Sinneswandel?«

»Die Gamboges haben gerade ein Imageproblem, und wenn ich Gelber Präfekt werden will, muss ich an Glaubwürdigkeit gewinnen. Außerdem kann ich das Geld gut gebrauchen.«

Er sah mich scharf an.

»Man kann ja nie wissen, was noch so für Strafen auf einen zukommen. Guten Morgen, Violet.«

Tatsächlich, Violet war soeben erschienen. Sie lächelte mich schüchtern an und drückte meinen Arm. Ich spürte, wie ich rot anlief, und war sehr froh, dass die anderen es nicht sehen konnten. Wenn es ein Fehler war, Courtland mit auf die Exkursion zu nehmen, dann wäre Violet eine Katastrophe und eine schwere Bürde obendrein. Sollte der Tochter des Oberpräfekten auch nur das Geringste zustoßen, würden wir jede hart verdiente Merite auf der Stelle wieder verlieren. Niederfarbwertige hatten die Pflicht, dafür zu sorgen, dass die mit den höchsten Farbwerten nicht zu Schaden kamen.

»Das ist doch vollkommen verrückt«, sagte ich.

»Ach, sei still, Edward«, entgegnete Violet, »diese lustige Spritztour kommt doch wie gerufen, um unsere Beziehung zu vertiefen. Wenn wir die Schrecken der Straße erst mal gemeinsam gemeistert haben und siegreich aus dem Kampf hervorgegangen sind, können wir uns in East Carmine als gemachtes Paar feiern lassen.«

»Es gibt dreiundachtzig Menschen, die etwas gegen diesen Plan einzuwenden hätten – falls sie noch sprechen könnten.«

»Was bist du nur für ein Griesgram«, sagte Courtland. »Mach dir nicht ins Hemd, und beruhige dich. Wo sollen wir uns eigentlich mit Fandango treffen?«

»Hier. Aber er ist spät dran.«

Wie zum Beweis des Gegenteils war plötzlich der Lärm eines sich nähernden Fahrzeugs zu vernehmen, und hinter dem Flakturm kam der Ford um die Ecke gerumpelt. Aber es war nicht die Limousine, es war East Carmines zweitbestes Automobil, der heruntergekommene Pritschenwagen, allerdings ohne die schwere Armbrust. Und am Steuer saß auch nicht Fandango – sondern Jane. Erst hüpfte mir das Herz vor Freude, doch gleich danach verlor ich wieder jeden Mut. Ich freute mich, dass sie hier war, andererseits wollte ich nicht, dass sie erfuhr, was heute Morgen zwischen mir und Violet geschehen war. Falls Jane, wie Stafford angedeutet hatte, tatsächlich etwas für mich übrighatte, dann wäre sie sicher wenig begeistert, zu erfahren, dass ich mit Violet DasEine vollzogen hatte.

»Wo ist Fandango?«, fragte Tommo.

»Irgendein blöder Trottel hat Bunty mit einem Trick in den Zug gelockt«, berichtete Jane. »Er muss sie mit dem anderen Ford in Blaustadt abholen. Ist das ein Problem für dich?«

Courtland und Tommo wechselten vielsagende Blicke.

»Und wo bleibt der Ersatzfahrer?«, fragte Tommo.

»Clifton hat sich krankgemeldet«, antwortete Jane. »Rosie hat einen kaputten Fuß, und Sandy habe ich nicht erreicht. Deswegen habe ich den Dienst übernommen. Widerwillig.«

Sie sah mich die ganze Zeit nicht an, und ich musste innerlich lachen. Sie hatte ihre Meinung geändert. Sie war meinetwegen gekommen, kein Zweifel.

Ich nahm in der Fahrerkabine Platz, eingekeilt zwischen Jane und Violet, während Tommo und Courtland sich auf der Pritsche einrichteten. Ohne ein weiteres Wort fuhren wir los, die westliche Straße entlang, vorbei am Flakturm, an der ruhenden Linoleumfabrik und dem Bahnhof. Nach wenigen Minuten hatten wir das Viehgatter in der Grenzmauer erreicht, fuhren hindurch und hielten fünfhundert Meter weiter unmittelbar vor den Außenmarkierungen und dem Abdruck der Giraffe an.

Courtland, Tommo und ich nahmen unsere Krawatten ab, rollten sie sorgfältig auf und steckten sie in unsere Taschen. Violet löste die Schleife, die sie im Haar trug, und band sich damit einen lochreen Pferdeschwanz. Hier draußen würden uns keine Präfekten begegnen, und wenn wir auf dem Rückweg die Grenze passierten, konnten wir Krawatten und Schleife wieder anlegen.

Auf der glatten Fahrbahn dahinter nahm der Wagen Fahrt auf, und wir schwiegen uns weiter an. Ich wollte kein Gespräch mit Violet beginnen, damit sie sich nicht noch vor Jane verplapperte und die Katze aus dem Sack ließ, und mit Jane wollte ich mich nicht unterhalten, weil dann alle gleich gewusst hätten, dass zwischen uns eine Art Einverständnis herrschte. Aber ich konnte auch nicht nur dasitzen und keinen Ton von mir geben, deswegen fragte ich Jane, wie weit es bis zur Kahlen Landspitze sei.

»Eine knappe Stunde, wenn wir gut vorankommen.«

»Wie geht es dir, Jane?«, sagte Violet. Sie wollte sich freundlich, ja großmütig geben.

»Wenn du deine übercolorierte Klappe halten würdest, ginge es mir besser.«

Instinktiv öffnete Violet den Mund, um zu protestieren, besann sich jedoch eines Besseren, als ihr klar wurde, wo wir uns befanden. Jenseits der Außenmarkierungen waren alle Regeln von Buch 106 an aufwärts null und nichtig. Jane konnte sagen, was sie wollte. Natürlich sagte Jane auch innerhalb der Außenmarkierungen, was sie wollte, aber hier draußen durfte sie nicht dafür belangt werden.

»Das war absolut unangebracht!«, sagte Violet. »Womit habe ich diese Unfreundlichkeit verdient? Was habe ich dir getan?«

»Was du mir getan hast? Ich zähle nur mal die Höhepunkte auf, ja?«, erwiderte Jane. »Als ich fünf war, hast du mich in eine dreckige Pfütze gestoßen und hinterher behauptet, ich hätte dich geschlagen. Als ich acht war, hast du Miss Bluebird gesagt, ich hätte die Hausaufgaben von dir abgeschrieben, und das, nachdem du sie von mir abgeschrieben hattest. Als ich zwölf war, hast du mich beim Wasserpolo beinahe ertränkt, nachdem wir eure Mannschaft geschlagen hatten, und als wir siebzehn waren, hast du mich nicht mehr für das Tennisteam der Gute-Laune-Messe aufgestellt, weil ich vermutlich gewonnen hätte. In demselben Jahr hast du mir Meriten abziehen lassen, weil ich in deiner Gegenwart keinen Knicks gemacht habe, obwohl ich gar nicht wissen konnte, dass du überhaupt da warst, weil ich nämlich nach einer Doppelschicht in der Fabrik eingeschlafen war. Wenn ich mal ausrechne, was über die Jahre so zusammengekommen ist«, fuhr Jane fort, »dann bist du allein für etwa ein Drittel meiner Strafmeriten verantwortlich, und damit für grob geschätzt fünf Monate meines Lebens, die ich für den Versuch gebraucht habe, das wieder auszugleichen.«

»Diese Grauen!«, sagte Violet nur augenrollend zu mir. »Dass die immer alles so dramatisieren müssen.«

»Wohlgemerkt«, gab Jane zurück, »ganz so undankbar sind wir ja gar nicht – das Bargeld, das du meinem Bruder für DasEine zahlst, stockt wenigstens unsere Essenskasse auf.«

Tommo und Courtland hinten auf der Ladefläche unterbrachen ihr Gespräch und wandten ihre Aufmerksamkeit uns zu.

»Guckt mal!«, sagte ich schnell und zeigte auf einige Sprungziegen, die mit weiten Sprüngen durch das verstrüppte Außenfeld hüpften. »Wie die laufen können!«

461

Mein Versuch, Violet und Jane abzulenken, scheiterte.

»Was soll daran falsch sein, sich aufs Beste für seinen Ehemann vorzubereiten«, setzte Violet, die sich durch Janes Indiskretion tief getroffen fühlte, den Disput fort. »Aber jetzt, da ich bald heirate«, sagte sie und klopfte mir auf die Schulter, »muss er seine Ware woanders anpreisen. Ich wünsche ihm viel Glück, er hat profitiert von meinem fachlichen Wissen.«

Janes Lachen war von solcher Verachtung, dass man es ihr innerhalb der Außenmarkierungen als Unverschämtheit angekreidet hätte. Hier war es lediglich Teil des Geplänkels, wie du mir, so ich dir.

»Was gibt es da zu kichern?«, wollte Violet wissen.

»Du willst Expertin in DemEinen sein? Die traurige Wahrheit ist, dass Clifton dir nur gutes Feedback gegeben hat, um sich das Geschäft nicht zu verderben. Er hat mir gesagt, du wärst aus reinem Eigennutz zu ihm gekommen.«

Ein Schweigen trat ein, dumpf und eklig, und ich spürte förmlich Janes Schadenfreude.

»Unsinn«, entgegnete Violet, deren Hang zum Selbstbetrug sich nach kaum einer Sekunde des Zweifels bereits wieder meldete. »Ich wüsste nicht, warum er dich belügen sollte, und auch nicht, inwiefern sein Nebenerwerb ein geeignetes Tischgespräch bei Grauen abgeben könnte. Aber wir können die Angelegenheit auch gleich hier ein für alle Mal klären. Eddie, Darling, sag doch Jane, wie fantastisch ich heute Morgen war.«

Ich schloss die Augen, und mir wurde flau. So hatte ich mir das nicht vorgestellt. Mein einziger Trost: Ich hatte an Jane gedacht, als es passierte, aber das war wohl nicht die beste Entschuldigung.

»Na?«, sagte Violet.

»Ja«, setzte Jane nach, ihre Stimme eine Mischung aus Wut und unterdrückter Verletzung. »Sag schon. Wie war es?«

»Hör zu«, wandte ich mich an Violet. »Ich bin nicht dazu da, dir jedes Mal, wenn dich jemand kritisiert, öffentlich Feedback zu geben.«

»Ach, tatsächlich?«, antwortete sie, und ihre Stimme schlug ins Schrille um. »Wozu bist du sonst da? Zu einer Ehe gehören zwei, die als Einheit auftreten und das machen, was der Höherfarbwertige von beiden verlangt. Hat dir deine Mutter denn gar nichts beigebracht?«

»Bestimmt hätte sie mir beigebracht, wie wahnsinnig herrschsüchtig höherfarbwertige Mädchen sein können«, sagte ich, »doch dann bekam sie den Mehltau und muss es vergessen haben.«

»In dieser Ehe bin ich diejenige, die die bitteren Witze reißt«, entgegnete Violet. »Du bist der ewig leidende Ehemann, der seine Frau in stiller Demut unterstützt.«

»Wie schön, dass wir das geklärt haben. Sollen wir es ins Eheversprechen aufnehmen?«

»Werd nicht frech, Russett. Du kannst dir aussuchen, ob ich herrschsüchtig bin oder dir das Leben fünfzig Jahre lang zur Hölle mache. Glaub mir, mit meiner Herrschsucht fährst du besser.«

Danach verfielen wir in Schweigen, und begleitet von einer Kakophonie aus Brummen und Rattern, Quietschen und Stöhnen kroch der altersschwache Ford langsam einen Berg hinauf. Ich sah zu Jane, die stur geradeaus starrte, die Lippen aufeinandergepresst. Ich musste sie unbedingt allein sprechen, aber ich wusste nicht, wie ich das anstellen sollte.

Wir waren zu der Stauanlage gefahren und hatten jetzt den ersten Damm erreicht. Die Mühe hatte sich gelohnt. Plötzlich tauchte, wie zur Begrüßung, eine schimmernde, von steilen Felswänden eingefasste Wasseroberfläche vor uns auf. Es war ein spektakulärer, wunderschöner Anblick in einer gleichzeitig recht öden Gegend, denn durch die Brandrodung zur Rhododendronabwehr war alle Vegetation auf verkümmertes Gestrüpp reduziert. Da, wo das Perpetulit über Gestein führte, war es durch schlechte Versorgung verödet; kleine steinerne Auswüchse ragten aus der Fahrbahndecke hervor, und die größeren Hindernisse konnten wir nur mit äußerster Vorsicht überwinden.

Die Straße folgte dem östlichen Rand des Wasserbeckens, vorbei an den Ruinen einer Bogenbrücke, und verlor sich dann in verschlammtem Marschland, wo im Röhricht Stelzvögel, Löffelreiher und, am schönsten von allen, Flamingos nisteten.

Wir erklommen eine kleine Anhöhe, wo uns der nächste Damm erwartete, der vor sehr langer Zeit durchbrochen worden war. Heute lag das Tal wieder frei, und ein Fluss schlängelte sich hindurch. Die Straße verlief kurvenreich, bog hier mal ab, stieg dort mal an, die Vegetation war nicht mehr ganz so verdorrt, und sehr bald fuhren wir durch offene Heide. Wir kamen an einem Wäldchen verkümmerter Eichen vorbei und an zwei von Rost, Wind und Wetter beinahe zerfressenen Planierraupen. Doch dann, als alles gerade gut zu laufen schien, endete die Straße abrupt in einem Gespinst aus Perpetulit-Wandergewächsen mit sechs plastoiden Rankensträngen, die am Weiterkriechen von einer Reihe Bronzedornen gehindert wurden. Das Perpetulit hatte die Prozedur nicht gut verkraftet und war in einen hässlichen Wildwuchs verfallen. Die Fahrbahn war wie aufgebäumt, übersät mit einem Beulenausschlag, und die weiße Mittellinie hatte sich spiralförmig um sich selbst gedreht, wie Sahne, die in Kaffee eingerührt wird.

Jane fuhr an den grasbewachsenen Straßenrand und hielt neben einem Faraday'schen Käfig an.

Die Straße musste panikartig versucht haben, die unterbrochene Verbindung wiederherzustellen. Das Ergebnis sahen wir vor uns. »Das nennt man Abspaltung«, erklärte Tommo. »Wenn Perpetulit plastoide Nekrose bekommt, bleibt nur die Möglichkeit, zu amputieren und Bronzedornen zu stechen, um das Straßensystem zu schützen. Ich glaube nicht, dass es das besonders mag.«

»Mir doch piepegal, was die Straße denkt«, sagte Violet. »Los, wir gehen zu Fuß weiter.«

Jane klappte den Werkzeugkasten auf und nahm die Ölkanne heraus. »Ich warte hier bis eine Stunde vor Einbruch der Dunkelheit«, verkündete sie. »Wenn ihr dann nicht hier seid, fahre ich ohne euch nach Hause. Viel Spaß, Kinder, und streitet euch nicht.«

»Wehe, du bist nachher nicht hier«, sagte Courtland.

»Ich werde hier sein«, sagte sie grinsend. »Die Frage ist eher, ob ihr auch hier sein werdet.«

Wir nahmen unsere Rucksäcke, und ohne große Umstände zogen wir los, vorbei an dem abgespaltenen Perpetulit und weiter auf der Spur der untergegangenen Straße, die das grasbewachsene Moor sich zwar vollständig zurückerobert hatte, die aber als leichte Bodensenke noch gut erkennbar war.

Ich ließ mir eine dumme Entschuldigung einfallen und rannte zurück zu dem Ford, den Jane immer noch eifrig ölte.

»Ich dachte, du wärst gekommen, weil du dich anders entschieden hast.«

»Dachte ich auch«, sagte sie, ohne mich eines Blickes zu würdigen. »Bis du dann Darling Violet unbedingt dein bestes Stück geben musstest. Du hast mich getäuscht. Für einen Moment hatte ich doch tatsächlich geglaubt, du wärst anders als die anderen.«

»Es war ein Versehen.«

»Wo wolltest du ihn denn sonst reinstecken? In ihren Strumpf?«

»Es tut mir leid.«

»Warum sollte es dir leidtun?«

Sie holte einmal tief Luft.

»Was es auch war, Eddie, es ist vorbei. Es liegt mir nichts mehr daran. Aber da ich dir noch was schuldig bin, gebe ich dir einen Rat: Zwei Fußstunden von hier steht ein Flakturm. Geh nicht weiter.«

»Ich muss weitergehen. Das ist der Sinn der ganzen Expedition.«

Sie zuckte die Achseln, schaltete den Anlasser ein, kurbelte den Motor an, sprang auf den Fahrersitz, gab Gas und verschwand in einer Rauchwolke.

Ich seufzte, verfluchte meinen schwachen Charakter und rannte los, um die anderen einzuholen.

Wir hielten uns an den leicht erkennbaren Verlauf der versunkenen Straße, die nach etwa fünfhundert Metern durch struppig abgeweidetes Heideland abfiel und in einen Wald ausgewachsener Eichen führte. Einige Bäume waren auf die Straße gestürzt, aber es war nicht weiter gefährlich.

»Hier wären wir mit dem Ford auch noch durchgekommen«, sagte Tommo, der zu mir nach vorne gestoßen war.

Die Straße machte eine ausladende Kurve und stieg dann eine leichte Anhöhe hinauf, wo wir, im Halbschatten einer Lichtung, auf eine verlassene Farmall-Raupe stießen, die wahrscheinlich mal für Rodungsarbeiten benutzt worden war. Hier hatte der Kampf zur Wiedereröffnung der Straße vor dreißig Jahren sein Ende gefunden, der Farmall war aufgegeben und der kleine Traktor im Rahmen einer der periodisch ausgerufenen Kleinen Sprünge Zurück durch Ackerpferde als Antriebskraft ersetzt worden. Damit war auch der Ansporn, die Straße offen zu halten, erlahmt. Ich machte mir eine Notiz in mein Schreibheft.

»Also«, sagte ich zu Tommo, nachdem wir die Raupe hinter uns gelassen hatten, um einen Brombeerstrauch herumgegangen und wieder auf die Bahn der alten Straße gestoßen waren, »was ist los?«

»Ich schulde dir wohl eine Erklärung.«

»Was du nicht sagst«, erwiderte ich. »Ich wäre dir wirklich sehr dankbar.«

»Du brauchst nicht gleich so sarkastisch zu sein.«

»Jetzt sag schon, was machst du hier? Ich dachte, die meisten Cinnabars sind Feiglinge.«

»Nicht die meisten. Alle«, antwortete er mit entwaffnender Offenheit.

»Ich höre!«

»Ach ja, richtig. Es war so: Wir sprachen über dein verrücktes Vorhaben, und ich denke, ich höre nicht recht, als Lucy ganz sentimental wird und meint, du wärst so tapfer und männlich. Courtland und ich sind dann auf eine Idee gekommen. Damit das hier keine Reise voll unaussprechlicher Schrecken und vor allem in den sicheren Tod wird, investieren wir doch lieber in ein paar Sicherheitsvorkehrungen und planen den Ausflug so, dass wir alle etwas davon haben. Wir haben uns kurz verständigt, und jetzt sind wir hier, Courtland, Violet, ich und du.«

»Und wo sind die Sicherheitsvorkehrungen?«

»Das wirst du schon noch sehen.«

Wir waren an ein Steinhaus am Straßenrand gelangt, dessen Inneres mit Dornensträuchern überwuchert war, in einer Ecke wuchs eine Buche. Neben dem Gebäude befand sich ein Toilettenhäuschen, eingestürzt, und unter der Schicht aus Dachfliesen, Streu und Moos konnte man die Reste eines Fahrzeugs erkennen. Das Metall war längst durchgerostet oder verätzt, nur alle Teile aus Plastik hatten sich erhalten, außerdem vier verschlissene Nylonreifen und ein Paar Scheinwerfer, die aussahen, als hätte man sie gestern weggeworfen. Etwas weiß Schimmerndes auf dem Boden stach mir ins Auge, und ich hob es auf: ein von der Sonne gebleichter Backenzahn. Er stammte eindeutig von einem Menschen, nur hatte jemand in die abgenutzte Oberfläche fein säuberlich ein Metallteil eingearbeitet. Ich schlug mit dem Zahn auf meine Handfläche, und das Metall fiel heraus. Es wog schwer und glänzte, und ich steckte es in meine Tasche.

»Okay«, sagte Courtland, »bis hierher ist genug.«

Die drei legten ihre Rucksäcke ab, Violet und Courtland ließen sich auf den Boden fallen, Tommo stocherte mit einem Stock in einem grasüberwachsenen Erdhaufen. Das fast schon beiläufige Suchen nach Farbresten gehört zu den Betätigungen, die man bis ins Erwachsenenalter beibehält.

»Ich würde vorschlagen, dass wir noch eine halbe Stunde weitergehen, bevor wir eine Pause machen«, sagte ich. »Wir wissen nicht, wie lange wir bis nach High-Saffron brauchen.«

»Wir machen keine Pause«, sagte Courtland mit Entschiedenheit. »Wir gehen nicht weiter. Wir bleiben hier.«

Tommo und Violet sahen erst mich an, dann Courtland. Tommo hatte sich mal wieder selbst übertroffen.

»Ist *das* die Sicherheitsvorkehrung?«, fragte ich. »Überhaupt nicht nach High-Saffron zu gehen?«

»Die einfachsten Ideen sind immer die besten«, bemerkte Tommo mit einem Lachen. »Ich erkläre es dir. Wir vertrödeln den restlichen Tag. Wir werfen unsere Ausrüstung weg, und auch ein, zwei Schuhe, wir zerreißen unsere Kleider und torkeln zurück in die Stadt, wo wir unzusammenhängendes Zeug über Schwäne und Gesindel schwafeln. Wir werden als Helden gefeiert, wir sind einen Monat lang von jeder Nützlichen Arbeit freigesprochen und bekommen jeder siebenhundert Meriten. Wir gehen kein unnötiges Wagnis ein, müssen uns nicht als Köder hergeben und brauchen uns nicht die Füße wund zu latschen – oder unterwegs zu Tode kommen.«

Er entdeckte etwas in dem Erdhaufen, in den er mit seinem Stock hineingestochen hatte, und hielt es hoch.

»Und, Leute?«

Courtland schüttelte den Kopf, doch Violet nickte.

»Blau«, sagte sie missmutig.

»Und der Bericht?«, fragte ich. »Wenn wir gar nicht bis zur Stadt kommen, kriegen wir keinen einzigen Cent.«

Er zuckte mit den Schultern.

»Wir behaupten einfach, wir hätten es bis zum Stadtrand geschafft. Lass dir irgendwas einfallen, was einigermaßen nichts sagend ist: ›präepiphanische Ruinen, umschlungen von den Wurzeln uralter Eichen‹, und noch ein paar Worte über ›Farbreste, leuchtende, halb im Modder versunken‹. Das reicht schon.«

»In vier Wochen könnten wir das Gleiche wiederholen«, sagte Violet. »Und den Monat darauf noch mal.«

»Die Präfekten würden es nicht nachprüfen«, ergänzte Courtland. »Wir gehen folglich kein Risiko ein.«

»Du bist also dabei, oder?«, fragte mich Tommo. »Es wäre doch sinnlos, den sicheren Tod zu riskieren, wenn man mit einem kleinen harmlosen Trick gutes Geld verdienen kann.«

Ich sah die drei ungläubig an. Unter anderen Umständen hätte ich mir vielleicht überlegt, mich an ihrem Spiel zu beteiligen, schon weil zwei angehende Präfekten zugesagt hatten. Wenn ich mit ins Boot stieg, dann hätten sich drei Viertel des zukünftigen Rats von East Carmine zu einem gemeinsamen Betrug verabredet, Stillschweigen garantiert. Aber es versprach nichts Gutes. Wenn das das Maß an Korruption war, bevor die beiden überhaupt ihr Amt angetreten hätten, dann wollte ich mir nicht ausmalen, wie es erst sein würde, wenn sie an der Macht waren. Außerdem wurde ich nicht gerne zu Entscheidungen gezwungen, ja, es war mir verhasst.

»Warum bleibt ihr nicht einfach hier?«, schlug ich vor. »Und ich gehe allein …«

»Wir müssen hierbei unbedingt zusammenhalten«, ermahnte mich Violet. »Sie werden uns Fragen stellen. Und sie würden es durchschauen, wenn einer aussteigt.«

Courtland stand auf und ging auf mich zu. Am liebsten wäre ich zurückgewichen, aber dann dachte ich, dass ich besser daran täte, ihm gleich zu verstehen zu geben, dass ich keine Angst vor ihm hatte. Also wich ich nicht von der Stelle.

»Hör mal«, sagte er, nachdem er mir dicht auf die Pelle gerückt war, »niemand erwartet, dass wir zurückkommen. Es würde also auch niemanden überraschen, wenn wir ein Mitglied der Truppe verlieren. Wir ziehen das hier durch, ob du mitmachst oder nicht. Du kannst es dir aussuchen. Ganz wie du willst. Entweder ein Haufen Geld und garantiertes Überleben. Oder kein Geld und garantierter Tod.«

»Bring mich doch um – und Violets Dynastie erlebt ihr Blaues Wunder.«

»Ich glaube, in der Beziehung kann mir nichts mehr passieren«, sagte Violet und tätschelte ihren Bauch. »Und falls ich Sonntagabend Doug statt dir heirate, wird keiner allzu genau auf den Kalender gucken.«

Ungläubig starrte ich sie an, und mein eben erst gefasster Mut schwand.

»Zwei Riesen im Voraus«, murmelte ich.

»Du hast recht«, sagte Tommo. »Wie dein Vater sicher bestätigen wird, bin ich ein ausgezeichneter Unterhändler. Exkursionen nach High-Saffron nehmen zu hundert Prozent einen tödlichen Verlauf, deswegen war er so klug, wenigstens noch etwas Geld aus dir zu schlagen. Und er bekommt einen Enkel – auch wenn er es keinem sagen darf. Urteile nicht zu hart über ihn. Es war das Beste, was er machen konnte. Und er hat deMauve dazu bewegen können, ihm schriftlich zu versichern, dass der Junge Eddie heißen wird.«

Ich wusste nicht, worüber ich mich mehr ärgern sollte, mit dem Tod bedroht zu sein oder dass mein Vater unser chromatisches Erbgut ohne mein Wissen verkauft hatte. Dad musste Violet auch das Ovulations-Muster gezeigt haben. deMauve hatte ganz schön viel für sein Geld bekommen.

»Wusste er von eurem Plan, gar nicht erst bis High-Saffron vorzudringen?«, fragte ich.

»Nein«, sagte Tommo, der noch zu einem Mindestmaß an Anstand fähig war. »Aus seiner Sicht wollten die deMauves sich einfach nur gegen dein Verschwinden absichern.«

Ein schwacher Trost, aber so erfuhr ich wenigstens, dass mein Vater aus finanziellen und nicht aus persönlichen Motiven gehandelt hatte. Es folgte eine lange Pause, in der wir uns alle nur wortlos ansahen.

»Also, gilt die Abmachung?«, fragte Violet, die allmählich ungeduldig wurde.

»Es gibt keine Abmachung. Ich gehe weiter.«

»Diese Russetts!«, schrie Violet. »Immer so selbstgerecht! Widerlich!« Sie verschränkte die Arme und blickte wütend, sah aber nicht mich an, sondern Courtland und Tommo. »Ehrlich. Ihr habt gesagt, ihr hättet das vorher alles geklärt. Wenn ich jetzt deswegen Ärger kriege, dann verspreche ich euch, werdet ihr dafür büßen, sobald ich Oberpräfektin bin.«

»Wir haben ja vorher alles geklärt«, verteidigte sich Tommo mit schwacher Stimme. »Wir hätten nur nicht gedacht, dass Russett so ein Spielverderber und Präfektenprimus ist.«

»Dann steige ich eben aus diesem Schlamassel aus«, verkündete Violet, die rasch für sich entschieden hatte. »Ich glaube, ich habe mir gerade eben den Knöchel verstaucht. Ich kann gar nicht weitergehen.«

Sie durchbohrte mich mit Blicken.

»Solltest du die Unhöflichkeit besitzen zu überleben, sodass ich dich heiraten muss, werde ich alles daransetzen, dich bis ans Ende deiner Tage unglücklich zu machen.«

Violet erhob sich, setzte sich den Rucksack auf und wandte sich uns noch mal zu.

»Und welche Geschichte erzählen wir ihnen?«

»Ganz einfach«, sagte Courtland, den Blick weiterhin auf mich gerichtet. »Dass wir hier eine Pause eingelegt hätten und dass du gestolpert bist, als wir über Trümmer geklettert sind, und dass du dann zurückgehumpelt bist.«

»Und wenn Russett ausplaudert, das Ganze hätten wir nur gemacht, um uns Meriten zu erschwindeln?«

»Keine Sorge«, antwortete Courtland. »Er wird schon einlenken, nicht wahr, Eddie?«

»Ich will einzig und allein diese Exkursion zu Ende bringen«, sagte ich, Courtlands durchdringenden Blick erwidernd. »Alles andere geht mir am Gesäß vorbei.«

»Na bitte«, sagte Courtland. »Er hat ein Einsehen.«

Ohne ein weiteres Wort machte sich Violet zügigen Schrittes auf den Weg.

»Gut und schön für Violet«, sagte Tommo, nachdem wir unsere

Sachen wieder verstaut hatten, »aber das bedeutet, dass der Rest von uns jetzt *tatsächlich nach High-Saffron gehen muss.*«

»Was ist?«, fragte Courtland. »Hast du Angst?«

»Worauf du Gift nehmen kannst. Ich glaube, ich habe mir soeben auch den Fuß verstaucht – oder so.«

»Du kommst mit uns«, sagte Courtland in einem Ton, der keinen Widerspruch duldete. »Du hast uns diese blöde Situation eingebrockt, jetzt sieh zu, wie du uns da wieder rausbekommst.«

»Aber natürlich, klar«, sagte Tommo ohne jede Begeisterung, »mit Vergnügen.«

»Wir brechen auf«, sagte ich. »Nächste Pause in einer Stunde.«

Tommo und Courtland wechselten Blicke. Wenn Tommo zusammen mit Violet zurückgegangen wäre, hätte ich ein mulmiges Gefühl gehabt. Courtland war zu allem fähig, aber in Tommos Gegenwart vielleicht nicht, bildete ich mir ein. Tommo war ein Kriecher, und Courtland zu verpetzen, sollte er irgendeinen Unsinn anstellen, würde ihm einen Batzen Meriten einbringen. Trotzdem, eins war mir klar: Ich musste ab jetzt ununterbrochen auf der Hut sein.

Bevor wir losgingen, vermerkte ich in meinem Notizheft, Violet sei umgekehrt, riss die Seite heraus, notierte noch die Zeit dazu, setzte meinen Namen darunter und legte das Stück Papier mitten auf die Straße, beschwert mit vier zu einer Pyramide geformten Steinen.

Dann zogen wir weiter, und nach einer Weile dachte ich, dass sich diese Expedition von den anderen, die ich bisher mitgemacht hatte, eigentlich kaum unterschied – es gab Streit, und sie verlief alles andere als reibungslos.

AUF ZUM FLAKTURM

3.6.23.12.028: Ovomaltine darf nur vor dem Zubettgehen getrunken werden.

Die Straße war immer schlechter zu erkennen, und unser Weg wurde mühsamer. Fahrzeugverkehr hatte es auf diesem Abschnitt nach der Abspaltung der Perpetulitbahn offensichtlich kaum gegeben. Wir verloren viel Zeit damit, uns einen Weg durch die dichten Rhododendronbüsche zu bahnen, vereinzelt wachsenden Yateveobäumen auszuweichen und dabei zu versuchen, so gut es irgend ging, auf der Spur zu bleiben. Das grüne Dach über uns machte den Wald teilweise so dunkel, dass man kaum mehr etwas sehen konnte. An einer Stelle verlor ich das Bett der alten Straße vollkommen aus den Augen, und erst als der Wald ausdünnte und durch offene Heide abgelöst wurde, konnte ich die Spur wieder aufnehmen.

Die ganze Zeit über spürte ich eine gesteigerte Nervosität in mir, die sich erst wieder legte, als ich Tommo und Courtland sich über Nichtigkeiten unterhalten hörte. Tommo fragte ihn, ob Gras für ihn gelb aussähe, und Courtland antwortete, dass alles Grüne in seinen Augen Gelb sei, das sei schließlich die einzige Grün-Komponente, die ein Gelber erkennen könne. Nach ungefähr achthundert Metern offenem Gelände und einem leichten Anstieg kamen wir an die Überreste eines Dorfes. Einziges oberirdisch erhaltenes Gebäude war ein aus Steinen errichtetes Versammlungshaus, das von zwei Eiben fast vollständig in Beschlag genommen worden war. Ich sah auf die Uhr, holte mein Notizbuch heraus und fertigte rasch eine Skizze des Dorfes an. Auf einer Seite der Wegkreuzung lag wieder eine stark verrostete Planierraupe halb im Boden versunken, umhüllt von Dornensträuchern und bedeckt von einer dicken Schicht aus Flechten, die Fahrspur übersät mit Primeln, Schöllkraut und Mädesüß. In der spurgeführten Art der Fortbewegung der Farmall-Raupe ähnlich, war dieses Gerät jedoch erheblich größer und schwerer, die Karosserie stellenweise bis zu zehn Zentimeter dick. Auch sie war arg beschädigt, als hätte jemand versucht, das Innere nach außen zu kehren, der Stahl war gerissen und zerbeult wie ein kaputter alter Topf.

»Können wir mal eine Pause machen?«, fragte Courtland.

»Also gut, fünf Minuten.«

Ich ging zu dem Haus, um mir einen alten Briefkasten genauer anzusehen, der von einer Buche, die um ihn herumgewachsen war, fast in Gänze umschlungen wurde. Die Klappe, von dem Druck geborsten, ließ sich leicht öffnen. Zwischen einem verlassenen Vogelnest und trockenem Laub fanden sich die Reste von Dingen, die vom Empfänger nie abgeholt worden waren. Ein Anhänger aus Glas, ein paar Münzen und ein drahtloses Telefon in erstaunlich gutem Zustand.

»Huch!«, rief Tommo und zeigte in die Richtung, aus der wir gekommen waren. »Ich habe gerade jemanden gesehen!«

»Blödsinn«, antwortete Courtland ohne die Zuversicht in der Stimme, die er gerne ausgestrahlt hätte. »Hier ist keiner außer uns.«

»Sie waren neben dem Baum da drüben und haben über die Mauer gespäht.«

Er zeigte auf den eingestürzten Abschnitt einer Mauer etwa dreißig Meter vor uns.

»Ganz sicher?«, fragte ich.

»Absolut! Glaubst du, es war ... *Gesindel*?«

474

Wir sahen uns an. Selbst Courtland, trotz seiner ansonsten forschen Art, schien bei dem Gedanken unbehaglich zu werden.

»Es gibt nur eine Möglichkeit, das herauszufinden«, sagte ich, rannte die Straße vor bis zur Mauer und schaute hinüber. Auf dem dahinterliegenden Feld standen ein paar Alpakas, die mich gelangweilt anglotzten und sich dann wieder ihrer Weide widmeten. Es war niemand zu sehen, doch der mit Ginster gespickte Berg bot unzählige Versteckmöglichkeiten. Nicht ausgeschlossen, dass Gesindel dort zu Hunderten hauste. Ich verharrte minutenlang an der Mauer, lauschte und sah mich um und kehrte, nachdem ich nichts gehört und nichts entdeckt hatte, zur Kreuzung zurück.

»Nur ein paar Alpakas«, meldete ich. »Waren es nicht vielleicht doch bloß Tiere, die du gesehen hast? Ich meine, Gesindel hat man in dieser Gegend schon seit … wie lange? Seit zwanzig Jahren nicht mehr gesichtet.«

»Dreißig«, sagte Tommo. »Allerdings sind die meisten Leute, die so weit vorgedrungen sind, auch nicht mehr zurückgekehrt. Und sie sollen Gehirne fressen … «

»Hör auf, Tommo. Dein Gerede ist nicht sehr hilfreich«, sagte Courtland.

»Das sehe ich auch so«, sagte ich. »Also sei still, Tommo.«

»Was machen wir jetzt?«, fragte Courtland, nachdem wir eine ganze Weile tatenlos herumgestanden hatten. »Die Regeln besagen, dass wir sofort abbrechen sollen, wenn wir auch nur auf eine Spur von Gesindel stoßen.«

»Ich habe nichts gesehen«, sagte ich. Es sollte selbstsicher klingen.

»Du und deine dämlichen Ideen«, sagte Courtland zu Tommo. »Und übrigens, was mich persönlich betrifft: Ich bin viel zu wertvoll für die Gemeinschaft, um auf so einer blöden Expedition draufzugehen.«

»Gestern Abend warst du noch unbedingt für diese Expedition«, antwortete Tommo trotzig.

»Warum gehst du nicht einfach nach Hause?«, schlug ich vor.
»Es hält dich niemand auf.«

Doch Courtland war nicht blöd, und mochte er noch so arrogant
sein. Wenn er sich vor uns nach Hause absetzte, dann würde später
jeder wissen, dass er gekniffen hatte. Er wollte dem Dorf beweisen,
dass er nicht nur ein geeigneter Gelber Präfekt wäre, sondern auch
ein selbstloses Mitglied des Kollektivs, das bereit war, sein Leben für
das Wohl des Dorfes aufs Spiel zu setzen.

»Immer mit der Ruhe«, murmelte ich. »Bist du ganz sicher, dass
du jemanden gesehen hast, Tommo?«

Er atmete schwer, sah uns beide abwechselnd an und zuckte
dann mit den Schultern.

»Vielleicht waren es auch nur Alpakas«, antwortete er. »Ja, doch,
es müssen Alpakas gewesen sein.«

»Dann gehe ich jetzt weiter«, sagte ich. »Was ist mit euch beiden?«

Courtland gab Tommo einen Klaps auf den Hinterkopf.

»Idiot! Ja, ich komme mit – und unser Weichei auch.«

Ich schrieb in mein Notizheft, Tommo habe angeblich ein
menschliches Wesen gesehen, notierte die Uhrzeit dazu, riss die
Seite heraus und legte sie wie zuvor schon unter einen kleinen Haufen aus Steinen. Das Gleiche hielt ich noch mal in meinem Logbuch
fest, dann setzten wir unseren Weg fort, unsicheren Schrittes diesmal, mit häufigem Blick über die Schulter.

Nach etwa zehn Minuten hatten wir den Gipfel des Berges erreicht und betraten eine Art Buchenhain. Kletterpflanzen rankten
sich um die Äste, und gelegentlich versperrte uns ein moosbedeck-
ter umgestürzter Baum den Weg. Seltsam, wenn man bedenkt, dass
wir gerade mal zwei Stunden Fußmarsch vom Dorfzentrum entfernt
waren, und hier dieser Ort, den seit fast fünfhundert Jahren niemand
mehr betreten hatte, dabei konnte man ohne weiteres hin und zum
Mittagessen wieder zurück sein, wenn man es darauf angelegt hätte.
Der Aufenthalt im Außenfeld war spannend, aber konnte einem

auch Angst machen. Mein Herz schlug schneller, und bei jedem Geräusch spitzte ich die Ohren.

Nach weiteren zwanzig Minuten leichten Gehens über eine graswachsene Ebene, bei dem uns nur Giraffen, Elche und Rotwild Gesellschaft leisteten, betraten wir, neben der nächsten Planierraupe, ein kleines Dickicht, schlugen uns durch und gelangten auf der anderen Seite wieder ins Freie, wo wir abrupt stehenblieben.

»Munsell im Kanu«, flüsterte Tommo.

»Was soll das denn hier?«, sagte Courtland. »Ich meine, warum sollte man hier eine Leitung verlegen, die von nirgendwo kommt und nirgendwo hinführt.«

»Woher soll ich das wissen?«

Vor uns erhob sich eine stattliche Eiche, aber der Baum war nicht wie üblich eintönig grau, dieser hier war purpurn, hell und univisuell. Rinde, Blätter, Eicheln, Äste, sogar das Stück Gras auf dem Boden ein sattes Magenta. Wir starrten ihn lange an, keiner von uns hatte jemals etwas so Großes in einer so unpassenden Farbe gesehen. Es handelte sich hier um einen Chromoklasmus, einen Bruch in der Magenta-Röhre der CYM-Farbeinspeisung. Die Farbmischung hatte den Boden durchtränkt und Äste und Laubwerk eingefärbt. Niemand kannte den exakten Verlauf von Farbleitungen, NationalColor wollte es so, zum einen, weil man Angriffe von Seiten monochromatischer Fundamentalisten befürchtete, zum anderen, weil einige Dörfer sonst kostspielige Abzweigungen gefordert hätten.

Courtland hatte recht, es ergab trotzdem keinen Sinn. Wir befanden uns hier nicht auf einer etablierten Route von A nach B, es ließ sich ja nicht einmal sagen, in welche Richtung sie verlief. Aber es sah ganz so aus, als hätten wir die undichte Stelle gefunden, nach der der Colormann gesucht hatte.

»Gut, dass Violet nicht hier ist«, sagte Tommo. »Bei dieser leuchtenden Farbe hätte sie sofort Kopfschmerzen gekriegt, und ihr wisst ja, wie eklig sie sein kann, wenn sie Kopfschmerzen hat.«

»Was ist denn das da?«

»Was?«

Courtland antwortete nicht, ging stattdessen durch das Purpurgras und hob einen menschlichen Oberschenkelknochen auf, der dort lag. Auch der Knochen hatte die Magentafarbe angenommen. Courtland sah sich um und fand einen weiteren Knochen, die linke Hälfte einer Hüfte. Er schlug sie gegeneinander, und es ergab den dumpfen Klang der Knochen frisch Verstorbener, nicht das helle Klicken alter toter Gebeine.

»Was schätzt du, Court?«

»Ein paar Jahre.«

Jetzt schauten wir uns alle drei um, suchten nach einem Hinweis, woher die Knochen stammten oder wer der Tote war, aber offenbar waren die Knochen weitläufig von Tieren verstreut worden. Einen Schädel entdeckten wir auch nicht, dafür fand ich einen einzelnen Straßenschuh, eine Gürtelschnalle und einen Zelluloidkragen, darin eingraviert eine Postleitzahl und ein Name: Thomas Emerald. Courtland und Tommo kannten ihn jedoch nicht.

»Hierher haben sich viele Rebooter verirrt«, sagte Tommo. »Sie sind nie lange genug bei uns geblieben, dass man sich ihre Namen gemerkt hätte.«

»Der hier hatte drei Löffel dabei«, sagte er weiter, klaubte sie aus dem Erdboden und rieb den Purpurdreck ab, um die auf der Rückseite eingravierte Postleitzahl entziffern zu können, »aber keiner passt zu ihm. Was meint ihr, sind die Postleitzahlen registriert?«

»Wenn sie frei sind, stellen sie ein kleines Vermögen dar«, sagte Courtland. »Zeig mal her.«

Tommo gab sie ihm, und Courtland steckte sie in die eigene Tasche und grinste.

»Wirklich ein feiner Zug von dir, Court«, sagte Tommo. »Vielen Dank auch.«

»Warum sollte er auf eine Wertgutsammeltour Löffel mitnehmen?«, fragte ich.

»Vielleicht hat er sie gar nicht mitgenommen«, bemerkte Courtland mit einem habgierigen Leuchten in den Augen. »Vielleicht hat er sie in High-Saffron aus der Erde gebuddelt.«

Wir sahen uns an und gingen weiter.

Als Nächstes kamen wir an einen Fluss, wateten hindurch und passierten die Brücke mit den fünf Bögen, über die früher die Fahrbahn verlaufen war und die jetzt irgendwie nutzlos auf einer grasbewachsenen Bodenrinne herumstand. Die Angst, die wir alle gemeinsam empfanden, hatte die schlechte Stimmung zwischen uns vorübergehend vertrieben, und eine Zeitlang gingen wir nebeneinanderher und unterhielten uns.

»Und?«, sagte Tommo gewollt jovial. »Wie war es denn so mit Violet?«

»Genau so, wie man sie sich vorstellt.«

»Ihh!«

Es war Courtland, der aussprach, was uns wirklich bewegte.

»Warum haben wir Thomas Emeralds Schädel nicht gefunden?«

Abrupt blieben wir stehen und sahen uns nervös um. Der unsägliche Horror, wir könnten getötet und unser Gehirn von Gesindel gefressen werden, machte uns schreckhaft. Sosehr wir uns auch anstrengten, es war nur leere Landschaft um uns herum, Bäume, Wildtiere und Grasland, und außer dem gelegentlichen *Boing-Boing* einer Sprungziege war es auch still, bedrückend still. Wir waren vollkommen allein, jedenfalls hofften wir das.

»Also gut«, sagte Tommo, nachdem ich Befehl gegeben hatte weiterzugehen, »was machen wir, wenn wir auf Gesindel stoßen?«

»Wegrennen«, sagte ich.

»Angreifen«, sagte Courtland.

»Dein Angriffsplan ist gut«, sagte Tommo. »Dann sind sie mit dir beschäftigt, und Ed und ich können in Ruhe die Flucht-Strategie durchziehen.«

Wir wanderten durch ein Buchenwäldchen, das üppig über der

alten Trasse wucherte, kamen danach an einige grasbewachsene Erd-wälle, dann zu ein paar mit Dornensträuchern zugewachsenen Gruben und schließlich an einen tiefen Graben, der rechts und links von uns im Zickzack verlief. Am Rand der offenen Heide machten wir kurz Rast und sahen die Straße entlang, die von hier aus in schnurgerader Linie verlief, bis sie jenseits des nächsten Gipfels abtauchte. Es war der einsamste Abschnitt der Route, ein drei Kilometer langes Teilstück ohne jede Unterstellmöglichkeit. Ich blickte zum Himmel, um mich zu vergewissern, dass so bald kein Blitzschlag drohte, und marschierte dann zügig los.

Der Straßenverlauf war dank des flachen Profils und der beiden grasbewachsenen, etwa zehn Meter auseinanderliegenden Wulste am Rand – früher vielleicht mal Mauern – jetzt wieder leichter auszumachen. Hier oben sah die Landschaft anders aus, da die Straße von einigen großen Kratern unterbrochen war, manche mit Wasser gefüllt, die natürliche, von Tau- und Kondenswasser gespeiste Teiche hätten sein können, wäre da nicht ihre einheitlich kreisrunde Form gewesen. Hier und da ragten verrosteter Schrott oder verbogene Aluminiumteile aus der Grasnarbe, wie metallische Kornähren, die niemand sich die Mühe gemacht hatte zu ernten. Wenn wir uns den Herden näherten, die vereinzelt über das Weideland zogen, dann trieben sie träge auseinander, um uns durchzulassen, und zeigten nur allergeringste Neugier. Es war ein gutes Zeichen, da sie sonst leicht zu erschrecken sind; man weiß, dass Gesindel die Tiere tötet und isst. Ich entdeckte sogar eine Antilope, eine Art, die ich noch nie vorher gesehen hatte. Sie war von einer dunklen rötlichen Färbung mit Streifen an den Vorder- und Hinterbeinen, Letztere dienten praktischerweise auch als Stelle für den Streifencode, und ich merkte mir so viel wie möglich von der Taxanummer, bevor das Tier wieder abdrehte.

Schweigend marschierten wir weiter, eine gute Dreiviertelstunde lang, bis wir auf das erste richtige Bauwerk seit unserem Aufbruch von East Carmine stießen: den Flakturm. Gebieterisch erhob er sich am Rand eines Steilhangs, von dem aus man in das fruchtbare Tal hinabblickte, in dem sich die Ruinen von High-Saffron verbargen. Courtland und Tommo mochten zwar Zyniker sein, aber ich glaube, auch sie waren schwer beeindruckt, und wir drei blieben stehen und nahmen den Ausblick in uns auf.

DER FLAKTURM

2.5.03.02.005: Allgemein gesprochen: Wenn man mit etwas herumspielt, zerbricht es. Also lass es bleiben.

Mindestens dreimal in meinem Leben war ich schon am Meer gewesen, aber noch nie hatte ich eine so schöne Küste gesehen wie die, welche sich an diesem Nachmittag vor meinen Augen erstreckte. Die Landschaft war gesprenkelt mit den Schatten der träge am Himmel dahinziehenden Wolken, und die sonnenbeschienenen Stellen hoben auf markante Weise die Sehenswürdigkeiten des Ortes hervor, besser als jeder Reiseführer. Die Stadt schmiegte sich behaglich an die Ufer eines langen Meeresarms, der in eine Bucht auslief, in der mehrere verlassene Schiffe vor Anker lagen. Das größte war ein Wasserfahrzeug mit einem flachen Deck, das heute als künstlicher Wellenbrecher diente. Das schräg liegende Deck, ganz weiß von Vogelmist, und der vor sich hin rostende Rumpf hatten die Wasserdynamik der Bucht so dramatisch verändert, dass der Bereich zwischen Schiff und Küste zunächst versandet und jetzt trockenes Land war.

Von der Stadt an sich war von unserem Standpunkt aus nicht viel zu sehen. In einem kreisförmigen Band aus verschiedenfarbiger Vegetation erkannten wir die Reste einer Umgehungsstraße, und eine einzelne Brücke war noch da, die über den Fluss führte. Die eigentliche Stadt lag versteckt im Blätterwerk des dichten Waldes, aus dessen grünem Baldachin nur noch wenige Gebäude herausragten. Die abseits gelegenen Gewerbe- und Wohngebiete waren als schwache

Gittermuster unterschiedlicher Bäume und Büsche auszumachen, und offenbar gab es zwei Straßen, eine Richtung Osten, die andere Richtung Norden, doch von weiten offenen Flächen, auf die Yewberry gehofft hatte, war nichts zu sehen.

»Wir haben noch gut vier Stunden Fußmarsch vor uns«, sagte ich, die Entfernung schätzend. »Etwas weniger, wenn wir das in die Stadt führende Anschlussstück der abgespaltenen Perpetulitbahn wiederfinden. Fünf Minuten Pause.«

»Für uns zehn Minuten«, sagte Courtland und trabte zusammen mit Tommo zum Flakturm. Das auf solchen Exkursionen gefundene Wertgut durfte man als persönlichen Besitz betrachten, auch wenn es zu Hause nur fünfzig Prozent des eigentlichen Wertes einbrachte. Nicht gerade viel, dazu hätte man mit einer Schubkarre anrücken müssen, dann hätte es sich vielleicht gelohnt. Aber für ein, zwei Scones im *Fallen Man* reichte es.

Ich schaute mich um und hielt das Gesehene in meinem Notizbuch fest. Jeder Zufahrtsweg zu dem sechsgeschossigen Flakturm wurde durch einen großen grasbewachsenen Erdhügel versperrt. An einer Seite lag ein nahezu durchgerosteter Bulldozer, fußtief im Boden versunken. Dahinter, wild durcheinander, eine Ansammlung Fahrzeuge, die wie Güterwaggons aussahen, und wieder einige Planierraupen, alle im mittleren Stadium der Verrostung und eingesponnen von Sträuchern, Nesseln sowie wildem Weißdorn und Holunder. Der Turm war identisch mit dem in East Carmine, außer dass hier die schmalen Fensterrahmen aus Bronze noch nicht demontiert waren. Es war einer von insgesamt acht Türmen, wie ich erkennen konnte, die die Stadt an den höchsten Punkten wie ein Ring umgaben. Der Abstand zwischen ihnen wurde, so schien es, durch eine Reihe Stahlmasten, mindestens sechs Meter hoch und in Abständen von fünfzehn Metern in die Erde gesetzt, überbrückt. Ich ging zu dem nächstgelegenen Mast und sah, dass er teilweise noch mit Draht umwickelt war, und Glasisolatoren, ähnlich denen an Telefonmasten, waren mit Bolzen am Stahl befestigt.

Janes Rat, nicht weiter als bis zum Flakturm zu gehen, fiel mir wieder ein. Da sie ganz sicher gewesen war, dass sich hier ein Flakturm befand – Yewberry hatte diese Gewissheit nicht –, musste man annehmen, dass sie wusste, wovon sie sprach. Für heute hatten wir sowieso genug getan. Ich würde mir ausführliche Notizen über die Beschaffenheit der Landschaft machen, danach würden wir zurückkehren, den Fund des Magenta-Baums melden und die Expedition an einem anderen Tag fortsetzen. Kein Geld, kein Ruhm und vermutlich ein enttäuschter Rat, das würde uns blühen. Aber ich redete mir ein, dass ich meine Rolle als Gruppenleiter ernst nahm.

Ich nahm den gleichen Weg zurück zum Turm, den ich gekommen war, und hörte jetzt die Stimmen von Courtland und Tommo. Der Haupteingang war eine zwanzig Zentimeter dicke Bronzetür, die in halb geöffneter Position eingerastet war. Ich trat ein, ging einen kurzen Flur entlang, dann durch eine nächste Tür im Innern des Baus. Ich hatte gedacht, der Raum dahinter wäre dunkel, aber so war es nicht, zwei Glühlampen erhellten das Innere. Courtland hielt eine der Glühlampen in der Hand und durchsuchte den Schutt, die andere hing gefährlich lose an der Decke, von der Tommo sie mit einem Stock zu entfernen versuchte.

»Was soll das für einen Sinn haben?«, sagte ich. »Das sind alles Rücksprunggüter. Die könnt ihr nicht mitnehmen.«

Die beiden ignorierten mich einfach, und ich schaute mich um. Der Raum war groß und nahm ungefähr die Hälfte der Grundfläche ein, von hier gingen noch ein zweiter Raum und eine weitere Bronzetür ab, die eine Treppenflucht nach oben zur Hälfte verbarg. Zwei Wände wurden zur Gänze von langen Anbautischen aus Stahl eingenommen, auf denen die Trümmer von Fernwahrnehmern herumlagen. Ich fand eine noch funktionierende Scherbe, auf der Text zu lesen war, der sich bewegte, wenn ich mit einem Finger darüberwischte. Mit dem, was ich in Zanes Wohnzimmer gesehen hatte, war er allerdings nicht zu vergleichen. Der Boden war bedeckt mit Dreck, Rost, kaputten Möbeln, Kleiderfetzen, weiterem undefinierbarem

Unrat und Knochen – einigen relativ jungen und anderen, die so alt waren, dass sie einem zwischen den Fingern zu Staub zerfielen. Als ich mit dem Fuß in dem Müll stöberte, fielen mir mehrere rote Gegenstände ins Auge; ich hob einen karmesinroten Knopf auf und rieb ihn an meinem Hemd ab.

»Hier«, sagte Courtland, der eine der Nebenkammern erforscht hatte. »Ich habe wieder eine von den Vermissten gefunden.«

Ich ging zu Courtland, der an einer Bronzetür lehnte, die aus dem Hauptraum hinausführte.

»Sie liegt ganz hinten«, sagte er und gab mir die Glühlampe. »Seit zehn Jahren tot, vielleicht schon länger.«

Ich trat ein und befand mich in einer Art Lagerraum, einzige Lichtquelle war ein schmaler vertikaler Schlitz. Die Regale waren zusammengebrochen, die Bretter verstreut auf dem Boden neben rostigen Dosen und einigen Gläsern, alles begraben unter einer dicken Schicht aus Staub, der beim Gehen aufgewirbelt wurde. Courtland hatte recht. Auf der Erde lag die Leiche einer Frau, vollständig bekleidet, die Haut wie Pergament über die Knochen gespannt, neben ihr ein Ranzen. Ich schüttete den Inhalt der brettharten Ledertasche auf den Boden, sie enthielt zwölf Löffel und eine große Anzahl Münzen.

»Wow!«, sagte Tommo und bückte sich, um sie einzusammeln. »Das reicht, um Mrs Ochre ihre Lucy abzukaufen.«

»Merkwürdig«, sagte ich, mehr zu mir selbst. »Sie trägt Reise- oder leichte Freizeitkleidung und keine Abenteuer-Outdoorkleidung.«

Ich kratzte mich am Kopf. Die sterblichen Überreste von Thomas Smaragd hatten normale Straßenschuhe an den Füßen gehabt. Natürlich wusste ich nicht, von wo die beiden aufgebrochen waren, aus East Carmine stammten sie jedenfalls nicht, und bestimmt hatten sie auch keiner Expedition angehört.

»Wir gehen zurück«, sagte ich und durchsuchte die Kleidung der Frau nach einem Namensschild.

»Wir gehen zurück?«, wiederholte Tommo erstaunt. »Und lügen, dass wir bis High-Saffron gekommen wären, oder sagen die Wahrheit, dass wir die Expedition abgebrochen hätten?«

»Abgebrochen. Wir kommen ein anderes Mal ...«

»Dann kriegen wir auch kein Geld«, unterbrach er mich. »Jedenfalls nicht, wenn du unbedingt die ehrliche Haut spielen willst.«

»Wir kommen ein anderes Mal wieder.«

»Es gibt dort Löffel«, sagte Courtland und sah gierig auf den Haufen, den wir gerade gefunden hatten. »Uns bleiben noch mindestens vier Stunden, bis wir umkehren müssen. Meine Farbe ist höherwertig, deswegen bestimme ich, dass wir weitergehen.«

»Schon vergessen?«, erwiderte ich. »Hier draußen gelten die Farbkennzeichen nicht. Ich bin Gruppenleiter! Und ich sage, wir gehen nicht weiter.«

»Also gut«, ging er sofort darauf ein. »Hast du dir mal den Ring angesehen, den die Frau trägt?«

Ich bückte mich zu ihr hinunter, um mir die trockene und schrumpelige Hand genauer anzusehen. Aber Courtland hatte mich hereingelegt. Plötzlich hörte ich hinter mir die Tür ins Schloss fallen, und bevor ich auch nur einen Schritt machen konnte, wurde der Riegel vorgeschoben.

»Siehst du«, rief Courtland von draußen herein, »das kommt davon, wenn man sich in Gelbe Geschäfte einmischt. Schönen Gruß auch von den Gamboges.«

Ich schluckte schwer und versuchte, trotz Wut und Empörung in mir, meine Stimme normal klingen zu lassen. »Mach die Tür auf, Courtland. Das ist kein Spaß mehr.«

»Im Gegenteil«, erwiderte er lachend. »Es ist ein Riesenspaß. Ich gebe zu, heute Morgen dachte ich noch, dieses Brimborium um die Expedition ist doch alles nur Theater, aber jetzt habe ich Gefallen daran gefunden. ›Der Mann, der Farbe zurück nach East Carmine gebracht hat‹ – eine schöne Vorstellung. Aber ehrlich gesagt interessieren Tommo und ich uns nur für die Löffel. Wir gehen weiter bis nach High-Saffron.«

»Und wenn ihr nicht zurückkommt?«

Es folgte eine Pause.

»Wir würden dich sowieso nicht herauslassen, selbst wenn wir zurückkommen. Du hast uns nur Ärger gemacht, vom ersten Moment an, und ich sehe nicht, was sich daran ändern sollte, besonders nicht seit deiner unverschämten Anschuldigung, wir hätten Travis Canary ... Nein, nein, Eddie, mein Freund, du wirst leider hierbleiben müssen, für immer. Wir haben gewartet und gewartet, aber du bist einfach nicht mehr zurückgekommen. Tragisch, wirklich tragisch, aber wir haben getan, was wir konnten. Violet wird sich wohl das eine oder andere Tränchen abringen, und vielleicht schreiben wir ja sogar deinen Namen auf eine Abgangstafel.«

»Tommo?«, sagte ich. »Machst du dabei mit?«

Es folgte wieder eine Pause, und als er sprach, hörte ich die Anspannung in seiner Stimme.

»Du musst zugeben, du hättest ein bisschen besser spuren können, Eddie. Es hätte dich nicht viel gekostet. Eine Doppelbestellung Lincoln-Muster hätte für den Anfang gereicht.«

Ich fluchte. Es sah nicht gut aus für mich. Im selben Moment huschte ein Schatten an dem schmalen Fensterschlitz vorbei. Mein Herz setzte für einen Schlag aus, und ich lief zur Tür, hatte jedoch die Entfernung falsch eingeschätzt und stieß mit dem Kopf gegen einen der Scharnierstifte.

»He, ihr beide!«, rief ich und rieb mir die wunde Stelle am Kopf. »Gerade ist jemand am Fenster vorbeigegangen!«

Ein sträflicher Fluch, ein Scharren und dann ein Geräusch, als würden sie auf ihrem Sprint zum Ausgang über einen Gegenstand stolpern. Ich lief zum Fenster und spähte hinaus, Sekunden später kam Courtland ins Blickfeld, dicht gefolgt von Tommo. Sie sahen verängstigt aus. Genial, wenn ich es mir nur ausgedacht hätte, aber leider war es keine Erfindung.

»Da!«, schrie Tommo und rannte los, Courtland hinterher. Ich hörte Rufe, jemand brüllte etwas, ein scharfer Aufschrei, dann Stille.

Ich suchte zu ergründen, ob sie weg waren, aber die Mauern des Turms waren fast einen Meter dick, und ich konnte nur die Rückseite des Bulldozers in dreißig Metern Entfernung erkennen. Ich wühlte in dem Müll und dem Staub nach einem Stück Metall, das ich als Werkzeug benutzen konnte, um wenigstens den Versuch zu unternehmen, mich aus meinem Gefängnis zu befreien. Ich war noch nicht weit gekommen, da hörte ich plötzlich, wie der Türriegel zur Seite geschoben wurde. Ich hob die Glühbirne auf und leuchtete damit zur Tür, und als niemand erschien, schob ich sie vorsichtig auf. Ich trat in den Hauptraum und vernahm ein kindliches Kichern. Ganz langsam drehte ich mich um. Auf der Treppe, die zum oberen Stockwerk führte, stand ein Mädchen, nicht älter als zehn. Sie trug ein Flickenkleid, war barfuß, hatte geflochtene Haare und ein schmutziges Gesicht. Ich blinzelte ein paarmal, ob ich auch keiner Sinnestäuschung erlegen war, aber das Mädchen war keine Puka, und nachdem sie mir zum Abschied vergnügt gewinkt hatte, verschwand sie die Treppe hinauf.

Noch ehe ich das kleine Schauspiel auch nur ansatzweise verarbeitet hatte, hörte ich wieder einen Schrei. Ich rannte durch das offene Haupttor nach draußen, zur Rückseite des Turms, wo Tommo und Courtland mit Jane kämpften. Sie schlug sich tapfer, aber auf Dauer wäre sie der Überzahl und der Stärke der beiden unterlegen.

Ohne nachzudenken, trat ich Tommo in die Seite und spürte mit dem großen Zeh, dass eine Rippe brach, worauf Tommo mit einem Schrei zu Boden ging. Dann versetzte ich Courtland einen Schlag, so kräftig ich konnte, aber er fiel nicht kräftig genug aus, auch wenn ich mir dabei die Hand verstauchte. Doch es gab Jane Gelegenheit, sich zu befreien, blitzschnell hatte sie Courtland überwältigt und ihn auf den Rücken geschleudert und ein scharfes Schalmesser gezückt, welches sie ihm nun mit einem triumphierenden Leuchten in den Augen an die Kehle drückte.

»Schon gut, schon gut«, sagte er in einem versöhnlichen Ton. »Man wird ja wohl noch fragen dürfen, was du hier überhaupt machst.« Er sah zu mir hoch. »Eddie«, sagte er. »Wir beide werden bald Präfekten sein. Sag ihr, sie soll mich loslassen.«

Ich bebte noch immer vor Wut. Noch nie in meinem ganzen Leben hatte ich mich mit jemandem geprügelt.

»Ich ihr sagen, sie soll dich loslassen? Nachdem du mich hier eingesperrt hast, damit ich verhungere?«

Er prustete vor Lachen.

»Was bist du doch einfältig, Russett. Wir wollten dich nur ein bisschen schmoren lassen. Es war nur ein Streich. Stimmt's, Tommo?«

Tommo lag am Boden und krümmte sich vor Schmerz. Er schüttelte den Kopf, dann nickte er, dann zuckte er mit den Schultern, dann stöhnte er.

»Den kannst du gerne mir überlassen«, brummte Jane. »Sag, dass ich ihn verschonen soll, und ich verschone ihn. Sag, er soll bluten, dann wird er bluten.«

Ich antwortete, ohne zu zögern.

»Verschone ihn.«

Sie schubste Courtland von sich und stellte sich neben mich, vor Wut zitternd.

»So enden wahrscheinlich alle Wertgutsammeltrupps«, sagte ich betrübt. »Es gibt gar keine Pukas, keinen Mehltau oder Flugaffen oder sonst was. Nur Angst und zu viel Streitereien um Löffel.«

Ich holte tief Luft.

»Tommo«, sagte ich. »Du gehst zurück zur Kahlen Landspitze und wartest dort auf uns bis ... wann geht die Sonne unter?«

»Halb neun.«

»Gut. Du wartest bis Punkt halb acht. Dann bringst du Violet mit dem Ford zurück nach East Carmine. Kriegst du das hin?«

Noch unfähig, einen Ton herauszubringen, nickte er nur.

»Geh sofort los.«

Bedächtig stand er auf, hielt sich die Seite und humpelte los.

»Und was machen wir?«, fragte Jane.

»Wir gehen nach High-Saffron.«

Sie sah mich für einen Moment ungläubig an und legte den Kopf schief.

»Kann sein, dass du das bereust.«

»Mehr als jetzt schon bestimmt nicht.«

»Ich komme mit«, sagte Courtland, der wieder auf den Beinen stand.

Damit war die Sache für Jane entschieden.

»Na gut. Aber dann sollten wir uns sputen. Von hier sind es drei Stunden Fußweg bis zur Anschlussstelle der Perpetulitbahn und dann noch mal eine Stunde bis High-Saffron.«

Courtland und ich sahen sie entgeistert an.

»Du bist schon mal dort gewesen?«, fragte ich.

»Ein-, zweimal.«

»Gibt es da Löffel?«, fragte Courtland.

»Oh ja«, antwortete sie mit einem Lächeln. »Löffel gibt es da in Hülle und Fülle.«

EIN HEROLD SPRICHT

3.6.12.03.267: Mit überhöhter Geschwindigkeit rückwärts Einrad fahren ist verboten.

Wir folgten wieder dem Verlauf der alten Straße, die in Serpentinen den Steilhang hinunterführte. Jane und ich bestanden darauf, dass Courtland zwanzig Schritte vor uns ging, was ihm nichts ausmachte, wie er betonte, dann brauche er unsere widerlichen Visagen nicht zu sehen. Außer seinem eigenen trug er auch Tommos Tornister, offenbar hatte er große Hoffnungen, reichlich Beute zu machen.

»Und?«, fragte Jane. »Wie war deine erste Begegnung mit Gesindel?«

»Ich verdanke ihr mein Leben und du deins wahrscheinlich auch.«

»Kann sein. War es die Mutter oder die Tochter, die dich rausgelassen hat?«

»Die Tochter, nehme ich an.«

»Also Martha. Sie selbst nennen sich nämlich nicht Gesindel.«

»Wie denn?«

»Die Digenen.«

»Was bedeutet das?«

»Weiß nicht. So nennen sie sich eben.«

»Und wie nennen sie uns?«

»Für uns haben sie viele Bezeichnungen, keine davon sehr schmeichelhaft.«

Am Fuß des Berghangs schien sich die Straße völlig im Nichts zu verlieren, bis ich feststellte, dass sich auch ein Wasserlauf diesen Weg ausgesucht hatte, weil man auf ihm am besten hinunter zum Talboden gelangte. Er hatte das Bett der Straße völlig ausgewaschen. Ab hier folgten wir dem Fluss, zogen vorbei an Häusertrümmern, einer Telefonzelle, die noch rote Farbreste aufwies, und wieder einer Planierraupe, die halb versunken im Flussbett steckengeblieben war, nachdem das Wasser die Straße unterspült hatte. Bis heute Morgen hatte ich solche Maschinen noch nie gesehen, und hier gab es sie scheinbar zuhauf.

»Was hat dich dazu bewogen, uns doch hinterherzugehen?«, fragte ich Jane, als wir über einen Felsen klettern mussten, der so groß wie ein Gartenschuppen war.

»Dir ist sicher nicht entgangen, dass ich ziemlich impulsiv bin«, sagte sie. »Aber als ich mich beruhigt hatte, ist mir klar geworden, dass diese Welt, so verdorben und unvollkommen sie ist, schöner wäre, wenn du in ihr bliebest.«

»Das ist ein starkes Kompliment.«

»Genieß es«, sagte sie. »Ich bin nicht freigebig damit.«

Wir erreichten eine leichte Anhöhe im Talboden. Der Fluss bog ab in sein ursprüngliches Bett, und wir fanden uns in der ebenen, grasbewachsenen Rinne der alten Straße wieder, die in einen ausgewachsenen Buchenwald führte. Riesige Betonbrocken lagen hier herum, von der steten Kraft der Wurzeln in die Höhe gedrückt. Von den begehrten Farbresten war nichts zu sehen, über fünf Jahrhunderte angewachsener Blätterhumus, Bodenerde und Vegetation hatten jeden leichten Zugang zu ihnen wirkungsvoll versperrt. Die absurde Vorstellung, Altfarben würden hier herumliegen, man brauchte sie nur aufzuheben, war reines Wunschdenken. High-Saffron für den großräumigen Abbau zu erschließen wäre eine gewaltige Aufgabe. deMauve würde gar nichts anderes übrigbleiben, als in der Nähe von High-Saffron eine Trabantenstadt zu errichten und Chromatiker wochenweise dort hinzuschicken, um den Abraum zu sortieren, bevor er zum Endbahnhof in East Carmine weitertransportiert würde. Die Gewinnung von Farbtönen würde viel Zeit benötigen und den Aufwand kaum lohnen. Schon aus diesem Grund würde High-Saffron vermutlich immer eine Schatztruhe bleiben, jungfräulich.

»Courtland gewinnt ganz schön Vorsprung.«

»Lass ihn«, sagte Jane und blieb stehen. Ich blieb ebenfalls stehen, und sie wandte sich mir zu.

»Bist du bereit, mit dem Feuer zu spielen?«

»Wenn es nicht zu brenzlig wird.«

»So nicht. Entweder oder. Also, bist du bereit?«

»Ich glaube ja.«

»Glauben nützt hier nichts. Dein Leben wird sich in den nächsten Stunden radikal verändern, und ich will sichergehen, dass du nichts Dummes anstellst. Du musst wissen, dass es dort niemanden gibt, dem du vertrauen kannst, niemanden, mit dem du reden kannst, niemanden, auf den du dich verlassen kannst – außer mir. Wir tun das, was *ich* sage, oder wir lassen es ganz. Und wenn du versuchen solltest, auf eigene Faust zu handeln, oder mich verrätst, dann werde ich dafür sorgen, dass dir alle Wege zurück zu mir für immer verschlossen bleiben, darauf kannst du Gift nehmen. Ist dir klar, wie wichtig das ist?«

»Ja. Aber da du mir schon mehrmals mit dem Tod gedroht hast, bin ich vielleicht ein bisschen abgestumpft.«

»Na gut, wir brauchen also noch eine Portion Vertrauen. Ich werde dir jetzt etwas zeigen, das ich noch nie jemandem gezeigt habe. Sieh genau hin.«

Sie trat näher an mich heran. Ich wusste ja, dass sie hübsche Augen hatte, aber wie schön sie wirklich waren, fiel mir erst jetzt auf. Von heller Tönung, aber mit einer merkwürdigen Corona um den Rand. Und während ich ihr in die Augen sah, bewegten sich ihre Pupillen, dehnten sich und nahmen an Umfang zu. Ich wollte erschrocken zurückweichen, doch sie hielt mich fest, bis ihre leeren Pupillen fast an das Weiße der Augen stießen und sie den grotesken, dumpfen, hohlköpfigen Ausdruck der Einstigen annahmen. Mir schauderte. Aber ich konnte nicht weggucken, und allmählich kehrten die Augen wieder in ihren Normalzustand zurück, bis die Pupillen, nachdem sie ein paarmal schnell hintereinander mit den Wimpern geklimpert hatte, wieder groß wie ein Stecknadelkopf waren.

»Das ist ja unheimlich.«

»Früher konnte das jeder, aber das ist schon sehr lange her. Und noch etwas: Tut mir leid, dass ich dir die Schubkarre in den Weg gestellt habe. Ich musste herausfinden, ob du einer von denen bist. Du hast auffallend viel Interesse gezeigt.«

»Weil ich dich mag.«

»Mich hat noch nie jemand gemocht«, sagte sie. »Da musst du schon entschuldigen, wenn ich misstrauisch werde.«

»Jabez mochte dich.«

»Jabez mochte meine Nase.«

»Die mag ich auch.«

»Ja, aber du magst auch, was drum herum ist. Das ist ein großer Unterschied.«

»Wow!«, sagte ich, als endlich bei mir ankam, was sie mir soeben mitgeteilt hatte. »Du kannst nachts sehen?«

Sie lachte mich an.

»Sogar ziemlich gut. Bei Vollmond ist es fast so hell, dass man Tennis spielen kann. Ich glaube, ich bin die Einzige, von der sie es nicht wissen.«

»Wer sind *sie*?«

»Diejenigen, die Ochre getötet haben. Diejenigen, die nach der Abenddämmerung kommen und vor der Morgendämmerung wieder weg sind.«

»Gesindel?«

»Nachtsehende. Die außerhalb und über allen Regeln stehen. Die letzte Bastion gegen Angriffe auf Munsells Doktrin.«

»Wieso bist du dir so sicher, dass sie nichts von dir wissen?«

»Weil ich am Leben bin. Willst du nun mit dem Feuer spielen oder nicht?«

»Ich bin dabei«, sagte ich, tief Luft holend. »Aber warte noch. Wie ...«

»Gleich, mein Roter, gleich.«

Sie lachte und küsste mich auf die Wange. Es schien etwas völlig Natürliches für sie zu sein, und ich war weder schockiert noch erstaunt. Aber das Schuldgefühl wollte nicht weichen.

»Violet hat einen starken Willen«, rutschte mir spontan heraus.

»Solange es dir keinen Spaß gemacht hat.«

»Sie war sehr aggressiv«, bemerkte ich nachdenklich. »So soll es doch eigentlich nicht sein, oder?«

Sie zuckte mit den Achseln.

»Ich habe nur gehört, dass es ziemlich Spaß machen soll.«

»Eigentlich«, fügte ich, etwas beschämt zu Boden blickend, hinzu, »wollte sie nur einen Purpurnen Sprössling einheimsen. Mein Vater hat ihr heute Morgen den Ei-Farbton gezeigt – sie trägt mein Kind.«

Jane sah mich neugierig an.

»Und alles mit Einverständnis des Oberpräfekten?«

»Bei einer Sterblichkeitsrate von hundert Prozent geht man nicht davon aus, dass ich heimkehre. Ich glaube, der Plan sieht vor, dass sie meinen Verlust gebührend betrauert und dann Doug heiratet. Er hätte nie erfahren, dass es nicht sein eigenes Kind ist.«

Sie schüttelte traurig den Kopf.

»Versteh einer die Purpurnen. Aber jetzt hör zu«, fuhr sie fort und kramte in ihrer Tasche, während ich dumm herumstand, »wir müssen ein paar Vorsichtsmaßnahmen treffen. Versuch, an nichts zu denken.«

Sie holte ein kleines Döschen hervor, so eins wie Travis für sein Limone-Muster hatte. Sie klappte es auf, und die Farbe – ein freches Gordini-Blau – strömte geradezu heraus und zog mir in die Augen.

Meine linke Seite wurde sofort gefühllos, um gleich danach zu brennen wie von tausend Nadelstichen.

»Guten Tag!«, flötete eine muntere Stimme. Ich blinzelte mit den Augen, und vor mir stand ein junger Mann in einem ordentlichen grauen Anzug, auf dessen linker Brusttasche das Farbspritzer-Logo von NationalColor aufgestickt war. »Vielen Dank, dass Sie das Gordini-Protokoll NC7-Z aufgerufen haben. Bitte haben Sie etwas Geduld. Die Rekonfiguration ist im Gange.«

»Ich sehe jemanden vor mir«, flüsterte ich und beugte mich hinüber zu Jane.

»Immer mit der Ruhe. Guck einfach immer nur stur auf das Gordini-Muster, und sag Bescheid, wenn du die großen Hunde hörst.«

»Bei etwaigen Unannehmlichkeiten während der Rekonfiguration«, fuhr der junge Mann in seinem fröhlichen Singsang fort, »wenden Sie sich vertrauensvoll an den Kundendienst, erreichbar unter (Notenfolge).« Er lächelte wieder. »NationalColor. Stets zu Ihrer Verfügung. Und nicht vergessen: Ihr Feedback an uns kommt Ihnen zugute.«

Der Mann verblasste. Ich starrte unbeirrt auf das Gordini-Muster, so wie Jane. Das Kribbeln wie von Stecknadeln ließ nach und wurde ersetzt durch einen anderen Sinneseindruck, den Duft von frisch gebackenem Brot. Dann hörte ich die Stimme meiner zweifach verwitweten Tante Beryl, die über Katzen sprach, obwohl Katzen früher nie ein Thema für sie gewesen waren. Und zwischendurch Musik und der Geruch von Zwiebeln.

»Mantovani.«

»Ich höre Brahms. Nicht aufhören, auf das Gordini zu gucken.«

Der Rand meines Blickfelds war gesäumt von allen Farben des Regenbogens, und dann, für einen aufregenden und viel zu kurzen Moment, konnte ich in Farbe sehen. Es war, als hätte sich die Welt in einen Colorgarten verwandelt, aber einen, der nicht nur die Farben der begrenzten CYM-Palette aufwies, sondern eine unendliche Bandbreite verschiedener Farbtöne, die sich gegenseitig in komplexer chromatischer Harmonie ergänzten und verstärkten. Sogar die Violetttöne jenseits der Skala konnte ich erkennen, Farben, die ich noch nie vorher gesehen hatte. Ich sah die Welt, wie sie eigentlich aussehen sollte.

»Es ist ... atemberaubend!«

Dann hörte ich das Geräusch fließenden Wassers, meine Finger streckten sich krampfartig, und ich fing an, unkontrolliert zu blinzeln.

»Sind die Hunde schon da?«

»Nein. Ich blinzele noch.«

Und dann kamen sie. Nervtötend jaulende und kläffende Terrier, während die Nervenbahnen in meinem Kopf dagegenhielten. Licht gegen Geräusche, Gerüche gegen Erinnerungen, Berührungen gegen Musik und Farbe gegen alles.

»Gehen auch kleine Hunde?«, fragte ich.

»Bleib dran.«

Den kleinen Hunden schlossen sich mittelgroße Hunde an und schließlich das tiefe, kehlige Gebell großer Doggen. Danach folgten Bluthunde, Wolfshunde und Dulux-Hunde, die alten englischen Schäferhunde, und bald war mein Kopf erfüllt von Hunden, die bellten und winselten und schnauften.

»Große Hunde.«

Sie klappte das Döschen zu, und der Lärm wurde abrupt unterbrochen. Ich war wie vor den Kopf geschlagen und taumelte im ersten Moment.

»Ganz ruhig«, sagte sie und hielt mich am Ellbogen fest.

»Was war das denn?«

»Vorsichtsmaßnahme. Eine kleine Rekonfiguration des Kortex. Die großen Hunde bedeuten nur, dass du abgefüllt bist – es ist wie die Pfeife an einem Wasserkessel. Merk dir die Uhrzeit. Wir haben zwei Stunden, so lange sind wir in Sicherheit.«

»Ich habe Farbe gesehen. Echte Farben. Und einen Puka.«

»Eigentlich ist er ein Herold. Eine fehlende Seite in einem verloren gegangenen Buch. Er ist immer da, und er sagt immer dasselbe.«

Ich hörte gar nicht richtig zu. Dazu hatte ich viel zu viele Fragen.

»Was für Vorsichtsmaßnahmen? Und wieso haben wir nur zwei Stunden? Zwei Stunden wozu?«

»Alles zu seiner Zeit, Roter. Jetzt komm, wir müssen Courtland einholen.«

»Der Bote hat irgendwelche Gordini-Protokolle erwähnt. Was sind das für Protokolle?«

»Vertrau mir, Roter. Alles zu seiner Zeit.«

Courtland wartete an einem aus Steinen errichteten Rathaus auf uns, es war von starkem Efeubewuchs völlig eingehüllt und beachtliche zwei Geschosse hoch.

»Ich dachte schon, ich hätte euch verloren«, sagte er. »Guckt euch das an!«

Er zeigte in das Innere des Hauses. Das Dach war vor langer Zeit eingestürzt, der Boden von einem dicken Moosteppich bedeckt. Gleich hinter der Türöffnung hing ein elegantes Fahrzeug, etwa so groß wie ein Ford, in der Luft. Es war auf jeden Fall ein Gefährt, nur ohne Räder und zur Gänze aus schwebendem Material konstruiert. Trotz eines dichten Geflechts aus Kriechpflanzen, das sich von oben darauf herabsenkte, baumelte es frei und ungehindert. Ein etwa meterhoch an den Innenwänden des Rathauses umlaufender Streifen zeigte an, dass es von Luftströmungen erfasst worden und dabei am Putz entlanggeschrammt war. Einzig und allein das in sich zusammengefallene Tor, das den Eingang blockierte, hatte bisher verhindert, dass es ganz aus dem Gebäude heraus und aufs Meer hinaus getrieben war. Ich berührte das seltsame Gefährt mit der Hand, doch so fest ich auch daran zog, es geriet nur minimal ins Schaukeln.

»Mindestens sechshundert negative Pfund«, sagte Courtland. »Ein vollständig erhaltener Schwebling. Hier findet man Schätze im Überfluss! Ich bin froh, dass ich mitgekommen bin.«

Ich sah Jane an, aber wir sagten nichts. Wir zogen weiter. Zu der Straße, der wir bis hierher gefolgt waren, kam sehr bald eine zweite, die sich von Norden heranschlängelte. Das Gehen fiel allerdings nicht leichter, im Gegenteil. Die Straße war übersät mit grasbewachsenen Trümmern und Schotter, seit Urzeiten verrosteten Wracks, halb verkümmerten Bäumen, die tapfer versuchten, auf dem mageren Boden zu wachsen, und hier und da undurchdringlichem Rhododendron, um den wir herumgehen mussten und der unser Fortkommen noch mehr verlangsamte.

»Wo fängt die Perpetulitbahn an?«, fragte Courtland.

»Ungefähr anderthalb Kilometer von hier.«

Ich sah auf die Uhr.

»Langsam wird die Zeit knapp. Wenn wir in dem Tempo weitergehen, können wir uns nur kurz umschauen, bevor wir wieder umkehren müssen.«

»Länger will man sowieso nicht bleiben.«

Nachdem wir eine halbe Stunde über Geröll und Trümmer gekraxelt waren, kamen wir endlich an die Perpetulitbahn. Es war eine vierspurige Straße aus einer perfekten anthrazitfarbenen Verbundmasse, und die Bronzestifte waren in dichterem Abstand als an der Kahlen Landspitze in den Boden getrieben worden, sodass die Abspaltung nicht so gravierend war.

»Munsell sei Dank«, keuchte Courtland, kippte die Erde aus seinem Schuh und setzte sich auf den schwarzglänzenden Mittelstreifen. Die Fahrbahn hatte sogar Perpetulit-Lampenmasten, die viel moderner waren als die aus Eisen, die ich von zu Hause kannte, und die Glühbirnen – sofern noch welche in den Fassungen steckten – leuchteten.

Wir gingen die Straße entlang, die einem hier in dem entvölkerten Ödland noch viel widersinniger vorkam als zu Hause. Dort gab es immerhin Menschen, die sie benutzen konnten oder sie sich wenigstens mal anschauten, hier dagegen existierte sie nur zum Selbstzweck.

LÖFFEL IN HÜLLE UND FÜLLE

2.3.06.56.027: Blumen dürfen nicht gepflückt werden, sie dienen der Freude aller.

Auf dem Weg zur Stadt ging der weitläufige Laubwald allmählich über in einen Forst aus Yateveobäumen, deren peitschenartige Äste tief herabhingen. Da diese Bäume den Boden um sich herum stets von allem Gestrüpp oder sonstiger Vegetation frei halten, wirkten die Seitenstreifen, die Querstraßen und eingestürzten Häuser auf unheimliche Weise geputzt und gepflegt. Unser Pfad war allerdings nicht gerade makellos oder gar perfekt, wie man hätte erwarten können. Die Fähigkeit des Perpetulits, Trümmer beiseitezuräumen, reichte hier nur bis zur Bordsteinkante, ein niedriger Damm aus grasbewachsenem Schutt markierte daher die Banketten, die aussahen wie eine Kuchenkruste.

Zehn Minuten später entdeckte Courtland seinen ersten Löffel. Er lag am Straßenrand, aber Courtland hob ihn nicht auf. Über dem Löffel lauerte der Ast eines Yateveobaums, und Jane sagte ihm, weiter vorne gäbe es noch viel mehr Löffel. Das Geäst des fleischfressenden Baums ragte fast vollständig über die Fahrbahn, und die Stacheln waren angriffsbereit aufgestellt, doch solange wir nicht laut schrien oder nach Blut rochen, würden sie uns nicht aufspüren können. Die Wurzelsensoren des Yateveos vermochten die dicke Perpetulitschicht nicht zu durchbrechen.

Die Straße stieß jetzt auf einen Kreisverkehr, und wir nahmen die

Abzweigung, die zu einer Brücke über dem Fluss führte. Es war Ebbe, und wenn man Richtung Meer blickte, zur versandeten Tidenstrecke, erkannte man deutlich das große Schiff mit dem flachen Deck, das die Mündung beherrschte. Noch aus dieser Entfernung wirkte es gigantisch, und die Möwen, die über den Aufbau kreisten, waren wie Pünktchen.

Fünfzig Meter hinter der Brücke kamen wir an ein Bahngleis. Nach links ging es weiter zur Küste, aber die Schienen sahen unbenutzt aus, außerdem behinderten Bäume und dicke Sträucher ein Fortkommen. Nach rechts verliefen die Gleise in einer Kurve zwischen Bäumen und weiter Richtung Norden. Wir standen an einer Art Bahnhof, der ganz aus Perpetulit war. Bahnsteige, Bänke und Signalständer, jedoch kein Fahrkartenschalter oder Speisesaal. Es war sehr still, und während wir dort standen, fiel plötzlich ein Vogel vom Himmel und landete vor unseren Füßen, tot.

»Löffel!«, rief Courtland plötzlich aufgeregt. An den Straßenrändern lagen noch mehr herum und in weit größerer Menge als zuvor. Hier wuchsen keine Yateveos, deswegen raffte er gierig so viele Löffel zusammen, wie er greifen konnte, und ließ sie klimpernd in seinen Sack fallen. Beim Weitergehen entdeckte er immer mehr, und da er sie nicht alle tragen konnte, wurde er wählerischer. Auf dem kurzen Weg zur Bronzeskulptur von Munsell in doppelter Lebensgröße stieß er schon bald Löffel, die nicht perfekt waren, mit dem Fuß beiseite und fing an, nur die einwandfreien aufzuheben, die mit seltenen Postleitzahlen auf der Rückseite oder die, die er als Gelb erkannte.

Hinter Munsells Statue befand sich eine Art Versammlungsplatz im Freien, eine ebene, runde Piazza von vielleicht hundert Metern Durchmesser, der Rand besetzt mit ionischen Säulen im Abstand von jeweils fünf Metern. Auf den Säulen verlief ein durchgehender, sanft geschwungener Architrav, geschmückt mit einem fortlaufenden Fries voller Tiere, menschlicher Gestalten und Prärücksprungtechnologie, zum Teil bekannt, zum Teil nicht. Wir schritten langsam durch den erhabenen Eingangsbogen, und uns fiel auf, dass die Säulen, der Boden, die Platten, sogar die Bänke und klassisch gestalteten Lampenpfeiler ganz aus einem rötlich geäderten Perpetulit waren, als wollte es dem vergänglicheren Marmor nacheifern.

Noch nie hatte mir ein Bau solche Ehrfurcht eingeflößt, nicht nur wegen seiner Ausdehnung oder der symmetrischen Anlage, sondern wegen der hohen Handwerkskunst. Die Kapitelle waren sehr sauber gemeißelt, mit ausladenden Schnörkeln, und die feinnervigen Pferdeleiber in dem Fries waren heute noch immer so detailgetreu wie damals, als sie hergestellt wurden, und würden so bleiben, solange Sauerstoff in der Luft und Nährstoffe im Boden waren.

Zwischen den Säulen hatten sich vom Regen blind gewordene Löffel angesammelt, es mussten Hunderttausende gewesen sein, vielleicht sogar mehr. Sie lagen wild durcheinander, da, wo der Bodenbelag aus Perpetulit mit dem wirbelartigen Muster aufhörte und der Rasen begann, und bildeten zwischen den Säulen geschichtete Haufen, wie Abschnitte von Buchsbaumhecken. Die meisten waren bereits von Moos, Mulch und Flechten besetzt, doch die der Piazza zugewandten waren seltsamerweise blank und wie neu. Ich überquerte das Rund und ging zu dem schlichten Steinmonolithen in der Platzmitte. Er war schlank und hoch und trug eine uns allen vertraute Inschrift. Ich ließ mich auf der Bank nieder, um sie mir anzusehen.

GETRENNT SIND WIR VEREINT

»Was sagst du dazu?«, fragte Jane und setzte sich neben mich.

»Auf jeden Fall beeindruckend, aber irgendwie auch beängstigend«, erwiderte ich. »Ist das hier wirklich das Zentrum einer seit langem verlassenen Stadt?«

»Eigentlich ist das hier erst der Anfang von High-Saffron«, sagte sie. Courtland sprang gerade in die Luft vor Freude über einen besonders schönen Löffel, den er gefunden hatte. »Die Stadt zieht sich bis zur Küste hin. Aber sie ist nicht verlassen. Jedenfalls nicht immer. Im Gegenteil.«

Die Sonne verschwand hinter einer Wolke, und mir wurde kühl. Plötzlich erschien die Atmosphäre auf der Piazza bedrückend, und jetzt fiel mir auch auf, dass es hier überhaupt keine wild lebenden Tiere gab, nicht mal einen Schmetterling. Ich hatte mich mit der Hand aufgestützt und nahm sie jetzt von der Bank. Ein scharfer Schmerz durchfuhr mich, etwas Haut blieb an der Bank kleben, etwas Blut spritzte auf die Sitzfläche. Eine Sekunde später fing der Tropfen an, Blasen zu werfen.

»Wir gehen besser weiter«, sagte Jane, und wir standen auf. Versehentlich stieß ich mit dem Fuß an einen Löffel, und als ich mich bückte, um ihn aufzuheben, schrie ich auf vor Schreck. Unter der Perpetulitoberfläche, wie von einem Ertrunkenen unter einer Eisdecke, starrte mir ein ausdrucksloses Gesicht entgegen. Der Mund des Toten stand weit offen, und die Handflächen wiesen nach oben. In dem Überzug aus weichem Gewebe waren sämtliche Knochen deutlich zu sehen, selbst das Fischgrätenmuster seines Jacketts war zu erkennen. Wie bei der Giraffe, die ich außerhalb von Karmin entdeckt hatte, hatte der wenig wählerische Organoplastoid ihn einfach verschlungen, als wäre ein Mensch nichts weiter als Regenwasser oder Blätterstreu. Während ich dieses Gespenst genauer betrachtete, fiel mir auf, dass links von ihm ein zweiter Körper zu erkennen war, in einem noch stärker verdauten Zustand. Und dahinter noch einer und noch einer. Ich sah mich um, und jetzt dämmerte es mir: Das wirbelartige Muster, das ich für so zufällig gehalten hatte wie das Muster auf Linoleumböden, war in Wirklichkeit eine chaotische Masse aus halb verdauten Menschen, willkürlich angeordnet. Das Perpetulit hatte Gewebe, Knochen, Zähne, sogar die Kleidung verzehrt und nur die unverdaulichen Teile übriggelassen, die ordentlich zur Seite geschoben worden waren. Zum Reboot nahm man nicht viel mit, aber die Tradition besagte, dass man wenigstens seinen Löffel einsteckte. Dabei schichteten sich nicht nur Löffel an der Kante auf, sondern auch Knöpfe, Gürtelschnallen, Schuhnägel und Münzen, alles rostrot verfärbt vom Hämoglobin.

»Der Nachtzug vom Abzweig Cobalt«, flüsterte ich, meine Kehle war plötzlich wie ausgedörrt. »Der fährt gar nicht nach Emerald City, stimmt's?«

»Nein«, bestätigte Jane. »Er fährt direkt hierher.«

Ich sah zu den Haufen aus Löffeln. All die Leute, die wegen Aufwieglertums oder Aufsässigkeit, wegen schlechter Manieren oder Respektlosigkeit, durch eine Intrige oder durch Zufall zum Reboot geschickt worden waren – es hieß immer, nach der Umerziehung würde man in einem anderen Sektor angesiedelt. *Das war eine Lüge.* Alle Rebooter fanden hier ihr Ende, außer den wenigen, die entkommen konnten, wie die Frau in dem Flakturm und Thomas Emerald, dessen Überreste wir unter dem Purpurbaum gefunden hatten. Kein Wunder, dass sie alle Standard-Freizeitkleidung getragen hatten.

»Das verstößt gegen die Regeln«, entfuhr es mir. Ich war schockiert, nicht nur über die Morde, die hier begangen wurden, sondern auch über die arglistige Täuschung, die damit einherging. »Die Präfekten haben uns belogen! Es verstößt gegen alles, wofür Munsell steht.«

Jane schüttelte den Kopf. »Rein technisch gesehen hast du unrecht«, sagte sie. »Es steht nur geschrieben, dass das Streben nach Harmonie von uns allen Opfer verlangt. Es wird nur nicht genau gesagt, was für Opfer. Schwere Arbeit, Selbstlosigkeit, Ziviler Gehorsam – und manchmal noch etwas anderes. Dabei bin ich nicht mal sicher, ob die Präfekten überhaupt wissen, was hier eigentlich vor sich geht. Es ist die Zentrale.«

Erneut schaute ich mich um, sah die Löffel, und mir fiel etwas ein.

»Die Postleitzahlen dieser Leute wurden doch nicht alle neu vergeben, oder?«

»Nein«, sagte sie. »Jetzt weißt du, warum das Kollektiv unterbevölkert ist.«

»Aber die Einstigen zählten achtzig Millionen und mehr! Soll das heißen, dass die alle hierher oder an ähnliche Orte geschickt wurden?«

Jane sah mich an.

»Was mit den Einstigen passiert ist, weiß ich nicht.«

»Und der Apokryphe Mann, weiß der es?«

»Er hat vielleicht eine Erklärung, aber für ihn ist damit kein Gefühl verbunden, für ihn ist das Geschichte.«

Ich schwieg und dachte nach. Es gab so viel Unbekanntes, und es gab so viel zu entdecken. Doch im Moment beschäftigte mich nur eine einzige Frage.

»Warum haben nicht mehr Leute versucht zu entkommen? Wieso stellt man sich hierhin und wartet darauf, verschluckt zu werden?«

»Wenn es so einfach wäre! Glaub mir, Eddie, du hast wirklich keine Ahnung.«

Sie sah zur Sonne, um die Zeit abzuschätzen.

»Wir müssen gehen. Wenn ich euch erst nach Einbruch der Dunkelheit nach Hause bringe, würde es nur unnötig Verdacht auf mich lenken.«

»Aber du wärst dazu in der Lage, oder?«

»Du weißt gar nicht, wie schön der Nachthimmel ist.«

»Ich kann es mir vorstellen.«

»Nein, das kannst du nicht. Das Gleiche gilt für Glühwürmchen, die alle gemeinsam leuchten in einer mondlosen Nacht.«

»Glühwürmchen?«

»Siehst du, habe ich doch gesagt. Du hast keine Ahnung. Und da ist auch der Mond.«

»Den kann ich erkennen«, sagte ich. »Wenn auch nur schwach.«

»Ich meine nicht den Mond an sich«, erwiderte sie. »Ich meine die Lichter auf der unbeschienenen Seite der Sichel. Es gibt noch andere leuchtende Pünktchen in der Nacht – winzige Lichtsprengsel, die sich kreuz und quer am Himmel bewegen.«

Sie lachte mich an. Es war ein müdes, dennoch erleichtertes Lächeln. Sie hatte noch nie mit jemandem darüber gesprochen.

Ich ging zu Courtland, der sich mit Löffeln belud, so gut er konnte. Die beiden Ranzen hatte er bereits vollgepackt, ebenso seine Taschen, seine Schuhe, und sogar in den Händen hielt er welche. Er hätte sie sich noch in die Ohren gestopft, wenn es möglich gewesen wäre.

»Was ist?«

»Wir gehen.«

»Ist mir recht. Ich zahle jedem von euch zwanzig Meriten, wenn ihr die Ranzen für mich tragt.«

Wir sagten ihm, seine unrechtmäßig erworbenen Schätze könne er allein tragen, und verließen die Piazza. Courtland, trotz unserer Weigerung, ihm als Packesel zu dienen, war hin und weg. Er konnte sein Glück kaum fassen, und er plapperte unaufhörlich, dass er die Löffel ganz behutsam auf den Markt bringen werde, damit er nicht überschwemmt würde, und dass er einen Monat Zeit brauchen würde, um im Register zu überprüfen, ob die Postleitzahlen frei wären.

»Die Präfekten sollen schließlich nicht auf dumme Gedanken kommen«, sagte er. »Auch wenn meine Mutter zu ihnen gehört.«

Alles klirrte und klapperte an ihm, wenn er ging. Vor lauter berauschender Habgier waren ihm die Rebooter unter seinen Füßen gar nicht aufgefallen.

COURTLAND

1.1.02.01.159: Die Hierarchie ist jederzeit zu respektieren.

Das Gehen fiel leicht auf dem Perpetulit. Erst als wir die Abspaltung erreichten und die Straße wieder in ihren alten Zustand zurückfiel, mit dichtem Rhododendron und Grasbüscheln, verlangsamte sich das Tempo. Courtland war durch seine Last noch stärker behindert als wir, und sehr schnell fing er an zu schwitzen und wie eine Dampfmaschine zu keuchen. Als wir an die Stelle kamen, wo die Straße abbog, bat er um eine Pause.

»Die lasse ich hier«, sagte er und erleichterte sich von allen Löffeln, außer denen in den Ranzen. »Wir sagen Yewberry, dass wir noch mal zurückkommen müssen, für eine neue Expedition.«

»Wir kommen nicht zurück«, sagte Jane mit ruhiger Stimme. »Hier gibt es für niemanden etwas zu holen.«

Courtland lachte.

»Mit den Löffeln von hier können wir einen ganzen Colorgarten finanzieren. Altfarbensammeln kannst du ab jetzt vergessen. East Carmine steigt voll ins Löffelgeschäft ein, und ich bin der Kopf des Unternehmens.« Erschöpft ließ er sich auf einem moosbewachsenen Betonbrocken nieder.

»Seid ihr auch so müde, oder bin das nur ich?«

»Menschen dürfen sich hier eigentlich gar nicht aufhalten«, sagte Jane und setzte sich auf einen umgestürzten Baum. »Nachdem der Zaun verfallen war und die Flaktürme nicht mehr gebraucht wurden, hat man das Perpetulit zum Absterben gebracht, um Besucher fernzuhalten. Von High-Saffron durfte man nicht zurückkehren, und deswegen ist auch nie jemand zurückgekehrt.«

»Bis jetzt«, sagte Courtland.

»Bis jetzt«, wiederholte Jane. »Sag mal, Courtland, als ihr gestern in der Grauen Zone wart, angeblich, um die Stuhlzählung durchzuführen, habt ihr da nach etwas Bestimmtem gesucht?«

»Was denn zum Beispiel?«

»Unzulässige Überzählige.«

Sein Erstaunen war nicht gespielt. »Gibt es einen in East Carmine?«

»Sogar sechzehn«, sagte Jane bereitwillig, »und fünf von ihnen sind blind.«

»B-Wort?«, fragte er ungläubig. »B-Wort? Also ohne Sehvermögen?«

»Mrs Olive ist seit zweiundzwanzig Jahren blind«, sagte Jane und sah mich an. »Man braucht also keine Angst vor der Nacht zu haben, wie sie uns immer einreden. Das ist Blödsinn.«

»Niemand überlebt die Mehltau-Variante B. Wie soll das möglich sein?«, fragte Courtland, nicht ohne Grund. »Sobald das Augenlicht erlischt, setzt die Fäulnis ein, und der Horror der ewigen Dunkelheit bleibt einem erspart.«

»Das ist kein Horror«, sagte Jane. »Überhaupt nicht. Sie haben einfach die Nacht zur Barriere erklärt, um die Bewegungsfreiheit einzuschränken. Menschen ohne Augenlicht, die keine Angst vor der Dunkelheit haben, würden ihnen dabei nur das Spiel verderben.«

»Die Nacht eine Barriere?«, sagte Courtland. »Warum?«

Ich sah zu Jane. Das wäre auch meine Frage gewesen.

»Früher, vor der Epiphanie, gab es Orte, die Gefängnisse hießen. Dort wurden diejenigen, die ohne Meriten waren, gegen ihren Willen festgehalten.«

»Das klingt schrecklich barbarisch«, sagte ich.

»Gefängnisse gibt es heute immer noch«, sagte sie. »Nur bestehen die Mauern heute aus Angst, aus Tabus und aus Unwissenheit.«

»Aber warum haben diejenigen, die ohne Augenlicht sind, keinen Mehltau bekommen?«, fragte ich. »Das verstehe ich nicht.«

»Sie haben Variante B aus einem ganz einfachen Grund nicht bekommen. Sie waren in ihren Dachkammern in Sicherheit, und sie waren dort glücklich und zufrieden«, erklärte Jane. »Nicht ein einziger Überzähliger hat je Mehltau bekommen. Das ist doch bezeichnend, findest du nicht?«

Ich hatte genug gehört. Ich wollte nicht noch mehr erfahren, als ich nun schon wusste, nicht mehr, als dass am Ende der Fahrt mit dem Nachtzug der Tod wartete und dass die Zentrale diejenigen, die die Ordnung störten, an eine uralte Technologie verfütterte. Für heute reichte es, es reichte für eine ganze Woche, nein, *für immer*.

»Wir müssen weiter«, sagte ich, diesmal etwas energischer. »Wenn wir bei Sonnenuntergang-minus-eins nicht an der Kahlen Landspitze sind, können wir uns auf eine grässliche Nacht in dem Faraday'schen Käfig einrichten. Courtland, Jane, los, wir gehen.«

Jane rührte sich nicht vom Fleck, Courtland ebenfalls nicht.

»Ich fühl mich irgendwie komisch«, sagte er. »Und ich kann meine Ellbogen nicht spüren.«

Ich fasste mich an die eigenen Ellbogen, aber konnte nichts Ungewöhnliches feststellen. Ich sah mir Courtlands Fingernägel an. Sie waren gut einen Zentimeter gewachsen, und das konnte nur eine Ursache haben.

»Die Fäulnis«, sagte er mit leiser Stimme, in der weniger Angst mitschwang als vielmehr Trauer und das Gefühl der Unausweichlichkeit. »Und weit und breit kein Grünes Zimmer. So ein verdammtes Pech. Das einzig Gute am Abnippeln ist doch, dass man sich wenigstens Grünes Licht geben kann.«

»Nein, nein, nein«, sagte ich und fasste mir an die Schläfen. »Jetzt nicht auch noch Mehltau, das ist einfach zu viel!«

Tränen stiegen mir in die Augen, und ein würgendes Schluchzen schüttelte mich, als mir plötzlich alles klar wurde und die Welt, so wie ich sie kannte, zusammenbrach. Die Yateveobäume und das Perpetulit von High-Saffron töteten niemanden – sie fegten einfach nur die Überreste zusammen.

»Es ist so, wie ich gesagt habe«, murmelte Jane. »Alles ist wunderbar, aber hinter der Tür wütet ein Feuer. Es tut mir leid, aber wenn wir beide gemeinsam mit dem Feuer spielen wollen, dann musst du die Tür aufstoßen und die Hitze auf deinem Gesicht spüren. Dich vielleicht sogar ein bisschen verbrennen. Wenn eine Narbe bleibt, vergisst man nicht so schnell.«

»Mehltau ist gar keine Krankheit, oder?«

Sie holte tief Luft und drückte meine Hand.

»Es ist eine Farbe. Ein grünliches Rot, das ich Gier nenne. Die Piazza in High-Saffron ist aus naturfarbenem Perpetulit.«

»Aber Mehltau kriegen doch fast alle«, sagte ich. »Und bis hierher kommt kaum jemand.«

»Es gibt eine Liste mit Symptomen«, sagte Jane betrübt. »Anhang XII. Und wenn jemand irgendeins dieser Symptome aufweist, bekommt er das Mehltau-Farbmuster gezeigt.«

Es dauerte einen Moment, bis die Botschaft angekommen war, doch als ich verstand, war sie zu ungeheuerlich.

»Jetzt nur keine voreiligen Schlüsse ziehen«, sagte sie schnell. Offenbar ahnte sie, was in mir vorging. »Die Arbeit eines Mustermanns hat zu fünfundneunzig Prozent heilende Wirkung. Mustermänner sind keine Mörder. Ganz früher, glaube ich, war Anhang XII mal eine Liste mit Symptomen, die einem die Wahlmöglichkeit bot, das Grüne Zimmer zu betreten. Irgendwann im Lauf der Zeit wurde aus der Wahlmöglichkeit zwingende Pflicht. Und jetzt überleg mal selbst: Hat dein Vater viele Fälle von Mehltau behandeln müssen?«

»Nein«, sagte ich nach einigem Nachdenken. »Er war immer stolz darauf, dass er keine einzige Person an die Fäulnis verloren hat.«

»Das ist ein gutes Zeichen«, sagte Jane. »Es beweist, dass er ein Gewissen hat. Robin Ochre hat das System, so gut er konnte, ausgenutzt, um nur ja keinem seiner Patienten das Mehltau-Muster zeigen zu müssen. Er hat Zielvorgaben manipuliert, Bilanzen frisiert und sogar Fehldiagnosen gestellt und falsche Ratschläge gegeben, nur um das Schlimmste zu verhüten. Wenn das nicht funktionierte, hat er sie dazu gebracht, so zu tun, als würden sie abhauen, in den Ausstand treten, und hat sie in Dachkammern eingesperrt. Alles, um nur den Revisor fernzuhalten. Zeitweilig hatten wir sechsundzwanzig Übrige versteckt. Einige sind trotzdem im Grünen Zimmer gelandet, aber das geschah auf eigenen Wunsch. Er hat es geschafft, dass das Dorf sieben Jahre lang frei von Fäulnis geblieben ist. Er war ein außergewöhnlicher Mann.«

»Und deswegen haben sie ihn getötet?«

Sie zuckte mit den Achseln.

»Den genauen Grund kenne ich nicht. Ich weiß nur, dass er mitten in der Nacht aus dem Bett geholt wurde, dass man ihn mit einem Traum-Farbmuster geblendet und ihn dann ins Grüne Zimmer abgeschoben hat. Er hat sie nicht mal kommen sehen. Nachts sieht man sie nie.«

»Hast du sie schon mal gesehen?«

»Nein«, antwortete sie. »Aber ich bin immer auf der Hut und gucke mir alle Neuankömmlinge sehr genau an, wenn möglich. Ich bin nicht so leicht zu ängstigen, aber die machen mir Angst. Sie würden alles tun, um die Stagnation zu bewahren. *Alles*.«

»Mein Vater bleibt vielleicht hier«, sagte ich. »Mrs Ochre und er haben was am Laufen.«

»Dann könnte es sein, dass er unsere Hilfe braucht. Er muss erfahren, dass wir Übrige bei uns verstecken.«

»Bringt ihn das nicht selbst in Gefahr?«

»Ihn bringt ja schon in Gefahr, dass er das Potential des Mehltau-Musters nicht voll und ganz ausschöpft, obwohl ihm das gar nicht klar ist.«

Ich sah Courtland an, der jetzt fast ununterbrochen hustete. Seine Haut wurde wachsbleich, seine Ohren waren weiß und spröde. Er starb, und es war ihm bewusst, dass er starb. Ich half ihm von dem Betonklotz herunter, legte ihn auf das weiche Gras und schob ihm einen der beiden Ranzen als Stütze unter den Kopf. Plötzlich fiel mir etwas ein.

»Warum hat es uns nicht getroffen?«, fragte ich.

»Das war das Gordini-Muster, das ich dir gezeigt habe«, sagte sie leise. »Danach ist man für ein paar Stunden immun gegen alle anderen Farbtöne, gute wie schlechte.«

»Courtland hast du ihn nicht gezeigt«, sagte ich vorwurfsvoll. »Deine Passivität ist schuld an seinem Tod. Das hat keiner verdient. Nicht mal er.«

Sie sah mich an und seufzte.

»Du hast ja recht. Aber er hätte alles ausgeplaudert im Dorf. Wenn wir etwas verändern wollen, müssen wir bereit sein zu schwierigen Entscheidungen. Und dabei war das hier nur ein Vorspiel. Glaub mir, es kommt noch viel härter für dich. Wenn du nach Freiheit strebst, werden Unschuldige leiden – auf deine Veranlassung.«

»Kann sein«, sagte ich. »Aber so weit bin ich noch nicht.«

Ich zog das Plättchen Lincoln hervor, das ich Lucy abgenommen hatte. Eine schnelle Wirkung hatte ich mir versprochen, aber es passierte überhaupt nichts. Jedenfalls mir nicht. Courtland dagegen stöhnte erleichtert, als ich ihm das Lincolngrün zeigte. Nach kurzer Zeit ging seine Atmung entspannter, und die Panik ließ deutlich nach. Das Lincoln steckte ich noch nicht wieder ein, auch wenn er längst genug abbekommen hatte. Er starrte weiter auf das Plättchen, bis er ganz benommen war. Er gestand, dass es Sally gewesen sei, die »Travis allegemacht« habe, warf mir vor, ich sei ein Gauner und Betrüger, und dann bat er mich, Melanie zu sagen, er habe sie eigentlich ganz gern und es ginge ihm nicht nur um Das Eine. Er erwähnte noch, Tommo sei nicht zu trauen, danach verlor er das Bewusstsein. Ich schob seine Augenlider hoch, damit die betäubende Farbtönung weiter in seinen Kortex abstrahlte, dabei spürte ich, dass ich zitterte. Ich mochte Courtland nicht einmal besonders, er hatte immerhin versucht, mich umzubringen, dennoch liefen mir jetzt Tränen über die Wangen. Nach fünf Minuten tauchten die ersten grauen Ranken auf seinen Lippen auf, und wir konnten dabei zusehen, wie eine kuchenartige Substanz aus seinen Ohren, Nasenlöchern und Tränendrüsen hervorspross. Ich hielt ihm die Augen geöffnet, und er ertrank förmlich in Lincoln – kein ganz so angenehmer Exitus wie mit der Traumfarbe, aber einigermaßen schmerzlos. Nach weiteren zehn Minuten hatte das Gewächs seine Lunge erobert, seine Atmung ging schwerer, dann setzte sie ganz aus. Ich legte einen Finger an seinen Hals und ließ ihn dort liegen, bis sein Puls sich ganz verlor.

Ich stand auf und ging ein paar Schritte, um kurz nachzudenken.

»Alles in Ordnung?«, fragte Jane. »Komm mir jetzt nicht komisch. Ich habe mich hier in eine gefährliche Lage gebracht, und das nur für dich.«

Ich schluckte meine Wut und meine Abscheu herunter und holte tief Luft.

»Also gut«, sagte ich und wandte mich ihr zu, »wir können gehen.«

»Nein, noch nicht.«

Sie packte Courtland an den Armen und wies mich an, seine Beine zu nehmen. Zusammen trugen wir ihn in den Wald, bis wir zu einer Gruppe Yateveobäume kamen, dort hievten wir ihn hoch, stellten ihn am Rand des Schwenkbereichs der Bäume auf die Beine und ließen ihn nach hinten fallen. Eine blitzartige Bewegung, und innerhalb von Sekunden hatte der Baum ihn in seinem Stamm deponiert. Aus seinem Ranzen flogen in hohem Bogen die vielen Löffel und fielen mit einem melodischen Klimpern zu Boden.

»Ich ziehe meine Tarnung immer bis zum Ende durch, wenn es eben geht«, sagte Jane. »Ich will nicht auffliegen, nur weil ich meine Hausaufgaben nicht gemacht habe. Und jetzt komm, es ist spät.«

Wir verließen den Yateveohain über einen schmalen, sicheren Korridor, der zwischen den raumgreifenden Bäumen verlief.

»Du hast gesagt, der Herold sei eine fehlende Seite in einem verloren gegangenen Buch. Was meinst du damit?«

»Das war ein bisschen übertrieben. Die Wahrheit ist nicht verloren gegangen, sie ist hier, in unseren Köpfen.«

Sie tippte sich an die Stirn.

»Wir sind komplizierter, als man denkt. Vielleicht sogar komplizierter, als man überhaupt denken kann. In unserem Kopf ist lauter Zeug eingesperrt, zu dem wir ohne die richtige Kombination von Farbtönen einfach keinen Zugang haben. Pukas, Erinnerungsschübe, Induktionsstörungen, Mehltau, Lincoln, Limone, Gordini, das ist alles nur ein Bruchteil. Es gibt viel mehr. Viel, viel mehr. Wir haben gerade mal einen Fuß ins Wasser gesetzt.«

»Wie funktioniert es denn?«

Sie schüttelte den Kopf.

»Ich habe keine Ahnung. Aber ich glaube nicht, dass wir die erste Gesellschaft sind, die das sichtbare Spektrum zum Dreh- und Angelpunkt ihres Lebens erklärt hat. Vor uns hat es schon eine andere gegeben. Eine bessere. Eine, die schiefgelaufen ist oder ersetzt wurde. Sie hat uns einiges hinterlassen. Nicht nur die Chromatikologie und den Mehltau, sondern auch eine eigenständige Geschichte, die nur durch etwas so Hochkomplexes wie eine subtile Farbmischung zugänglich wird.«

»Rusty Hill«, sagte ich. »Die ausgemalte Decke.«

»Als du dir die Violetttöne angeguckt hast, hast du darin zum Teil auch eine Botschaft erblickt. Aber das Deckengemälde ist noch nicht so weit, dass man sie zum Sprechen bringen könnte. Wenn es fertig ist, wissen wir vielleicht auch mehr über das Grewisse Ereignis. Vielleicht erfahren wir sogar, was es mit Munsells Epiphanie auf sich hat.«

Ich überlegte, was das heißen könnte.

»Zane wollte neulich in Vermillion Farben kaufen, nicht?«

Sie nickte.

»Wir müssen das Wandgemälde vollenden. Wenn wir auch nur den Hauch einer Chance haben wollen, die Zentrale und die chromozentristische Hierarchie zu schlagen, müssen wir wissen, wie es dazu gekommen ist. Ochre hat die Muster gestohlen, um sie gegen Farbe zu tauschen. Und Zane hat sich ein falsches Farbkennzeichen angesteckt, damit keine unnötigen Fragen gestellt werden. Ich habe die Perpetulitbahn dazu gebracht, ihn überall herumzuschicken. Wir sind sogar in Nachbarsektoren ausgewichen, um jeden Verdacht von uns abzulenken.«

»Ist das der Grund, warum in Rusty Hill alle mit Mehltau infiziert wurden?«

»Ja«, sagte sie mit leiser Stimme, »das Dach wurde allmählich fertig, und die Arbeiter haben unzusammenhängende Bruchstücke der Boten entdeckt. Sie wurden als Pukas gemeldet, und das System hat Maßnahmen ergriffen, um sich zu schützen.«

Es entstand eine Pause.

»Das also bedeutet Aufklärung«, sagte ich mit ruhiger Stimme. »Du hast gesagt, für Leute wie mich sei der Zustand der Unwissenheit das Beste und Bequemste.«

»Kann gut sein, dass das immer noch zutrifft. Aber was ich dir sagen wollte: Es tut mir leid.«

Ich blieb stehen. Wir befanden uns noch immer auf dem schmalen sicheren Areal zwischen dem Einzugsbereich zweier mittelgroßer Yateveos. Ich hatte mich schon mal in so einer Situation mit ihr befunden, und mir wurden die Knie weich. Eigentlich, dachte ich, waren wir jetzt doch gut miteinander ausgekommen. Ich wandte mich ihr zu, und sie sah mich reumütig an.

»Muss das sein?«, fragte ich sie.

»Ja. Und es tut mir unendlich leid.«

Sie schlang ihren Fuß um mein Bein und hatte mich in Sekundenschnelle aus dem Gleichgewicht gebracht. Mit einem dumpfen Aufschlag landete ich auf dem Boden, und dann hörte ich so etwas wie einen Peitschenknall. Ich schrie auf vor Schmerz, als eine Liane sich um mein Bein wickelte und eine zweite sich meines Arms bemächtigte. Ich spürte, wie ich in die Luft gehoben wurde und der Boden und Jane sich rasend schnell von mir entfernten. Ich glaube, sie winkte mir zum Abschied.

HEIMWEG

2.6.23.02.935: Das Halten von Haustieren ist nicht erlaubt.

Da bin ich also nun gelandet, kopfüber in einem Yateveo. Ich lasse die Ereignisse der vergangenen vier Tage Revue passieren und frage mich, wie ich nur so blöd sein konnte, die endlos vielen Gelegenheiten, die sich mir geboten hatten, um diesem Schicksal zu entgehen, verstreichen zu lassen. Wie die meisten Leute fürchte ich nicht den Tod, wohl aber Schwäne, Reboot, soziale Bloßstellung und Verluste. Den Verlust meines Vaters, den Verlust von Jane, doch am meisten bedaure ich, dass mir die sich anbahnende Verpflichtung genommen wurde. Nicht die chromatische Verpflichtung wohlgemerkt, sondern die gegenüber der echten und einzigen Wahrheit und Gerechtigkeit, tiefer und größer als tausend Regelbücher. Ich hatte Aufklärung erlangt, und ich hatte ein Ziel vor Augen gehabt, und beides hatte ich wieder verloren. Dennoch, es war meins gewesen, mein Eigen, wenn auch nur für kurze Zeit.

Es wurde dunkel. Ich meine nicht die Dunkelheit, die ohnehin schon in dem Yateveo herrschte, sondern eine allumfassende Dunkelheit, schwärzer als die Nacht, doch ohne Tiefe, ohne Zeit. Aus und vorbei. Wenn ich berichten soll, wie der Tod ist, kann ich es mit einem Wort sagen: farblos. Das war es also.

Oder doch nicht? Nach einer gewissen Zeit, es mochten wenige Sekunden oder ein ganzes Jahrhundert gewesen sein, erblickte ich einen Spalt schwachen Lichts, der sich vor mir auftat. Im ersten

Moment glaubte ich, ich würde wiedergeboren, einem anderen Elternpaar, irgendwo in einem anderen Sektor – und lange, sehr lange nachdem ein in Vergessenheit geratener Edward Russett bei einer Wertgutexpedition am Ende der Welt verschollen war.

Ich wurde nicht wiedergeboren. Ich blieb ganz der Alte und rutschte, hustend und sabbernd, durch einen Riss im Verdauungspansen des Baums nach draußen. Jemand stülpte seinen Mund über meine Nase und saugte die Flüssigkeit heraus, und nachdem ich eine Magenfüllung Pampe erbrochen hatte, schlug ich die Augen auf. Das Erste, was ich sah, war Jane, die mich mit sorgenvoller Miene anstarrte. Wir saßen am Fuß des Baumstamms, und Jane hielt noch das Gemüsemesser in der Hand, mit dem sie den Pansen aufgeschlitzt hatte. Der Yateveo machte noch einige halbherzige Fangversuche in unsere Richtung, konnte uns aber nichts mehr anhaben.

»Puh!«, sagte sie und steckte mir einen Finger ins Ohr, um es sauberzumachen. »Du stinkst!«

Ich musste mich wieder übergeben, und sie reichte mir ihre Wasserflasche.

»Zum Ausspülen.«

Ich nahm einen Schluck und spuckte den Rest der ekligen glibberigen Flüssigkeit aus.

»Es hat ganz schön lange gedauert, bis zum Pansen vorzudringen«, sagte sie. »Beinahe wärst du draufgegangen.«

Ich nickte.

»Mein Leben ist blitzartig an mir vorbeigezogen. Jedenfalls die letzten vier Tage, was ungefähr auf das Gleiche hinausläuft.«

Sie umarmte mich.

»Entschuldigung. Ich hätte es dir erklären sollen. Das gehört zu unserer Tarnung. Aber etwas anderes: Ich habe eine wichtige Entscheidung getroffen: Es war das letzte Mal, dass ich versucht habe, dich zu töten.«

»Versprochen?«

»Hundertpro. Ich könnte mich sogar dazu hinreißen lassen, dir das Leben zu retten, falls sich mal die Gelegenheit bietet. Und sollte ich dir doch jemals wieder drohen, dann hast du meine Erlaubnis, mir aufs Dach zu steigen.«

Sie lächelte wieder.

»Du darfst mich sogar bei meinem Namen nennen, und ich verspreche dir, dich nicht zu verdreschen. Möchtest du mich küssen?«

Also küssten wir uns, gleich hier, im fleckigen Schatten des Yateveos, bekleckert mit Verdauungsglibber und keine Stunde entfernt vom dunkelsten Geheimnis des Kollektivs. Es war, soweit ich mich erinnere, so gut und so schön, wie ich erwartet hatte.

»Es könnte schwierig sein, mich an die neue Jane zu gewöhnen«, sagte ich. »Ich weiß nicht genau, ob diese kesse Art dir wirklich steht.«

»Nur wenn wir zusammen sind. Hast du dir was gebrochen?«

»Ich glaube, ich bin auf etwas Hartes gefallen. Etwas, was der Yateveo nicht verdauen konnte. Guck doch mal nach, ja?«

Jane sah nach und lachte.

»Was ist?«

»In deiner linken Pobacke steckt ein Löffel oder eine Gabel.«

»Na toll, echt lustig. Zieh sie … AUA!«

»Entschuldige, was wolltest du sagen?«

Wir kicherten, prusteten, schließlich brachen wir in schallendes Gelächter aus. Unpassend, bedenkt man die Umstände, aber es war eine Erleichterung.

»War das unbedingt nötig, mich fressen zu lassen?«, fragte ich.

»Das war Courtland, den wir gerade in den Tod getrieben haben, Herzchen, nicht irgend so ein armer Delta, um den sich keiner schert.«

»Hast du mich gerade ›Herzchen‹ genannt?«

Sie kratzte sich nervös am Ohr.

»Hältst du das aus?«

»Ich denke ja. Warum hast du dich eigentlich nicht selbst fressen lassen?«

»Ich bitte dich, ich bin doch nicht verrückt! Hör zu, also das ist unsere Geschichte: Du wurdest von einem Yateveo eingefangen, und als Courtland unter Einsatz seines Lebens versuchte, den Pansen aufzuschlitzen, um dich zu befreien, wurde er selbst von der Liane gepackt und in den Baum geworfen. Und weil keine Pampe drin war, wurde sein Sturz nicht abgefedert. Mausetot. Auf der Stelle.«

»Na, sieh mal einer an«, sagte ich, »Courtland stirbt den Heldentod.«

»Die besten Lügen sind die«, sagte Jane, »die alle glauben *wollen*.«

Ich konnte von Glück sagen, dass der Baum relativ jung gewesen war, die Stacheln zahlreich und kurz, besser als umgekehrt. Trotzdem taten mein Arm und mein Bein immer noch weh, und der ätzende Verdauungssaft biss mir in den Wunden. Ich war froh, als wir endlich den Fluss erreichten und ich mir den Sabber abwaschen und meine Kleider auswringen konnte. Danach machten wir uns auf den langen Weg zurück zu dem Steilabhang und dem Flakturm.

Lange Zeit sprachen wir kein Wort, jeder hing seinen Gedanken nach. Es entsteht eine große Verwirrung im Kopf, wenn man plötzlich alles, was man gelernt hat, neu bewerten muss, seine Perspektiven im Licht neuen Wissens anders ausrichten muss; wenn einem klar wird, dass alles, was man für wahr und gerecht gehalten hat, nichts anderes als eine ausgeklügelte Fiktion war. Am meisten aber beschäftigte mich die Frage, was meiner Mutter zugestoßen war, dass sie Mehltau bekommen musste. Ich konnte nur froh sein, dass mein Vater nicht ihr behandelnder Mustermann gewesen war.

»Warum müssen sie alle Rebooter töten?«, unterbrach ich schließlich das Schweigen. »Warum werden sie nicht einfach umerzogen, wie immer behauptet wird?«

Jane überlegte einen Moment.

»Früher habe ich immer gedacht, dass die Verknüpfung von Farbe und Mandat das Raffinierteste am ganzen System ist. Die Regeln diktieren unser Leben, sie bestimmen jeden Aspekt, doch nur weil wir uns dem Farbspektrum unterwerfen, verleihen wir den Regeln Glaubwürdigkeit und Bedeutung. Dann bin ich darauf gekommen, dass alles vielleicht doch viel simpler ist, dass die Komplexität der Regeln und die strenge chromatische Hierarchie einem größeren Zweck dienen sollen.«

»Und der wäre?«

»Beständige Nachhaltigkeit. Eine Gemeinschaft, in der jeder seinen Platz hat und jeder seinen Platz kennt. Alle arbeiten unaufhörlich daran, Kontinuität zu erhalten. Nüchtern betrachtet wäre das Hauptziel dieser Gesellschaft Langlebigkeit statt Gerechtigkeit, alles wird daher Mittel zum Zweck und dazu degradiert, dieses Ziel zu erreichen. Statt so lange zu warten, bis ein Bewohner, der ausfällig geworden ist, die Harmonie stört, wird er frühzeitig aussortiert und zur Vorsicht gleich zum Reboot geschickt. Wenn man darüber nachdenkt, ist die Idee ziemlich genial.«

»Ich wäre der Erste, der begeistert ja dazu sagen würde«, sagte ich. »Wenn es nicht diesen hässlichen Beigeschmack eines Mordes an Unschuldigen hätte. Aber wenn wir erst mal allen die Wahrheit gesagt haben«, fuhr ich fort, »muss die Zentrale Rede und Antwort stehen. Die Regeln gelten schließlich für alle, unabhängig von Farbton oder Position. Wenn der Prinzipal weiß, was in High-Saffron vor sich geht, kann er persönlich zur Rechenschaft gezogen werden.«

»Davon können wir wohl ausgehen. Aber die Zentrale hat viele Freunde. Präfekten, Revisoren, NationalColor, die Nachtsichtigen. Wir müssen uns vorsichtig bewegen und dürfen keine Spuren hinterlassen.«

»Aber einen Plan hast du doch, oder?«

»Wir hatten einen, aber ohne Ochre und Zane weiß ich nicht, wie ich weitermachen soll. Montag soll ich zum Reboot antreten, aber wahrscheinlich fahre ich einfach mit dem Fließband in irgendeine entlegene Ecke des Kollektivs und schließe mich dem Gesindel an.«

»Du bekommst siebenhundert Meriten dafür, dass du mich nach High-Saffron begleitet hast«, betonte ich. »Fehlen dir also nur noch einhundert. Dad schuldet mir tausend, und Tommo hat auch was am Laufen. Mit dem Geld können wir dir volles Wohnrecht kaufen.«

»Ja, es wäre sicher sinnvoller, wenn ich hierbliebe«, sinnierte sie, und wir fielen wieder in Schweigen. Es war ein heißer Nachmittag, wir hatten es eilig, und den Steilhang hinaufzusteigen war weitaus kräftezehrender, als ihn hinunterzulaufen.

»Und?«, sagte ich, als wir die letzte Wegbiegung geschafft hatten und der Flakturm in Sichtweite war. »Gibt es denn gar nichts Positives?«

Sie sah mich an und lachte.

»Ich glaube, das Zauberwort lautet: Schlupflöcher. Ein gewisses Maß an Regelumgehungen kann kleine Veränderungen bewirken. Wir benutzen die Regeln, um die Regeln zu verändern.«

»Widerstand durch Anpassung?«

Sie nickte.

»Klingt gut, das Motto. Wie legen wir High-Saffron lahm?«, fuhr ich fort. »Das hat doch wohl absolute Priorität, oder?«

»Nicht unbedingt. Bevor wir irgendwas in die Wege leiten, müssen wir wissen, wer und was sich uns entgegenstellt.«

»Aber es werden Tausende sterben, wenn wir nichts unternehmen!«

»Und Millionen werden sterben, wenn wir scheitern. Wir dürfen uns keine Fehler leisten, Eddie. Wie oft kommt es vor, dass eine Graue mit Nachtsicht und ein angehender Roter Präfekt, der sich ein eigenes Gewissen leistet, sich zusammentun, um etwas zu verändern, und zwar gemeinsam? Wenn wir vorschnell oder unüberlegt handeln oder eine schlecht geplante Aktion starten, wird man uns einfach nur zum Schweigen bringen. Und dann braucht es vielleicht wieder Hunderte von Jahren, bis ein erneuter Versuch möglich ist, gegen das System vorzugehen. Gedankenloses Gerede über Pukas hat in Rusty Hill tausendachthundert Leuten das Leben gekostet. Und vor hundertsechsundsiebzig Jahren fiel der gesamte Grüne Sektor Süd dem Mehltau zum Opfer. Womit haben sie das verdient?

Was ist passiert? Aufwiegelung im großen Stil? Ein einziges falsches Wort? Wenn wir eins über die Zentrale wissen, dann, dass sie nicht zimperlich ist.«

Wir kamen an dem Flakturm vorbei und durchquerten das Gebiet mit den Erdkuppen, und als die Schatten länger wurden, erreichten wir den Purpurbaum. Mein Marschtempo hatte sich verlangsamt, und wir hatten bereits Verspätung. Ich hoffte inständig, dass Tommo auf uns wartete.

»Wie sieht denn *dein* Plan aus?«, fragte sie.

Ich hatte darüber nachgedacht.

»In East Carmine bleiben und Roter Präfekt werden.«

Sie lachte.

»Du agierst von der Mitte der Gesellschaft aus und ich vom Rand«, sagte sie. »So können wir vielleicht was auf die Beine stellen. Einen Plan ausarbeiten. Und wenn die Zeit reif ist – zuschlagen.«

»Das Leben geht also zunächst so weiter wie bisher?«, fragte ich.

»Ganz genau. Das Leben geht so weiter wie bisher. Immer das gleiche chromatische Gewäsch, von morgens bis abends.«

Ich blieb stehen. Mir war plötzlich wieder etwas eingefallen.

»Die Sache hat einen Haken.«

»Einen dicken?«

»Den dicksten überhaupt. Ich soll Violet heiraten.«

»Ja. Ich habe mich schon gewundert, wie du diese ausgesuchte Gemeinheit vergessen konntest.«

»Jane?«

»Ja?«

»Willst du mich heiraten?«

»Ich dachte, du bist Violet versprochen.«

»Ich persönlich habe nie irgendwem ein Versprechen gegeben.«

»Dein Vater wird Einspruch erheben.«

»Den kann man überreden. Und denk nur: Die deMauves werden sich braun ärgern.«

»Ich bin dabei«, sagte Jane, ohne zu zögern. »Du entscheidest, wann der richtige Zeitpunkt für die öffentliche Bekanntgabe gekommen ist.«

Wir küssten uns. Ein warmes, unbeschreiblich wundervolles Gefühl. Aber es war mehr als nur körperlich, es war ein Zwiegespräch zwischen zwei jungen Menschen mit hohen Idealen und einem Großen Plan. Zugehörigkeit, Geheimnisse, Partnerschaft und Verpflichtung, um all das ging es. Und es war ein Kuss, der, anders als der erste, nicht nach Yateveoschleim schmeckte. Hinterher blieb sie stehen, die Augen geschlossen.

»Mmm«, sagte sie. »Das war schön. Sag mal, warum bist du gestern eigentlich nicht nach Jade-under-Lime abgehauen? Ich weiß, dass Violet dir deinen Plan, Constance zu heiraten, versaut hat, aber deswegen brauchtest du doch nicht die riskante Tour nach High-Saffron zu unternehmen.«

»Eigentlich«, sagte ich, »war Stafford der Grund. Das, was er gesagt hat.«

»Ach ja?«, sagte sie misstrauisch. »Was hat er denn gesagt?«

»Er sagte, dass ich niemals die Kraft romantischer Gefühle unterschätzen sollte, unter gar keinen Umständen. Ich glaube, damit meinte er dich.«

»Immer diese Väter!«, schnaubte sie. »Mischt sich deiner auch so ein?«

»Stafford ist dein Vater? Ich dachte, er sei ein G8.«

»Ist er auch.«

»Aber du bist doch eine G23.«

Sie seufzte.

»Der G-Code ist kein Familienname. Das ist unsere Adresse.«

»Das wusste ich nicht«, sagte ich betroffen. »Aber ich habe mir auch nie die Mühe gemacht, es herauszufinden.«

»Macht nichts«, sagte sie. »Es ist eine chromatische Macke. Keiner gibt sich Mühe mit den Grauen. Ach, und vielen Dank.«

»Wofür?«

»Für ein tolles erstes Rendezvous. Hat mir wirklich Spaß gemacht.«

»Für unser zweites Rendezvous, habe ich mir gedacht, demontieren wir das ganze Kollektiv und ersetzen es durch ein System, das auf Fairplay, Gleichheit und echter harmonischer Koexistenz beruht. Was meinst du?«

»Witzbold!«, antwortete sie und klopfte mir auf die Schulter.

Wir rannten die letzten paar hundert Meter zur Kahlen Landspitze, denn der Ford-Pritschenwagen war noch da. Die Sonne stand nur noch einen Daumenbreit über der Hügelkuppe – wenn wir schnell fuhren, würden wir es gerade noch vor Einsetzen der Dunkelheit bis zu den Staudämmen schaffen. Wir würden die Nacht über festsitzen, aber wenigstens wären wir näher an zu Hause.

»Endlich!«, sagte Tommo, als wir keuchend vor ihm standen. »Wisst ihr, wie spät es ist? Schon weit nach acht.«

»Danke, dass ihr gewartet habt.«

»Warten? Unsinn!«, giftete Violet. »Holzkopf Cinnabar kann nicht Auto fahren.«

»Du doch auch nicht.«

»Ich bin auch eine Purpurne«, entgegnete Violet hochnäsig. »Wir brauchen das nicht.«

Jane befahl Tommo, den Wagen mit der Kurbel anzuwerfen, und nach drei, vier vergeblichen Versuchen erwachte der Motor stotternd zum Leben. Jane verlor keine Sekunde Zeit, wendete den Ford und raste zurück Richtung East Carmine, so schnell sie konnte.

RÜCKKEHR NACH EAST CARMINE

6.6.19.61.247: Falsche und vulgäre Aussprache von Alltagswörtern wird nicht geduldet.

Die ersten zehn Minuten fuhren wir schweigend durch die Landschaft, mit Jane hinterm Steuer, voll darauf konzentriert, uns auf dem schnellsten Weg nach Hause zu bringen, möglichst ohne weitere Zwischenfälle. Ich saß mit Tommo hinten auf der Pritsche, Jane und Violet waren vorne in der Fahrerkabine und ignorierten sich gegenseitig geflissentlich. Als Jane und ich an die verabredete Stelle gekommen waren, hatte Tommo in dem Faraday'schen Käfig am Straßenrand gesessen, während Violet auf dem Trittbrett hockte und Tommo den Rücken zukehrte. Sie schien außer sich vor Wut und hatte ihren Zorn wahrscheinlich den ganzen Tag über an Tommo ausgelassen, was kein Zuckerschlecken gewesen sein kann, nicht mal für einen wie Tommo, der es mehr als jeder andere verdient hatte.

Zum Glück war der Abend klar, Navigation wäre also auch noch zehn, fünfzehn Minuten nach Sonnenuntergang möglich. Natürlich hätte Jane uns auch im Dunkeln bis vor die Haustür fahren können, doch sie hatte mir versprochen, die Pupillen fest verschlossen zu halten und so zu tun, als würde sie unter dem gleichen erbärmlichen Mangel an Nachtsicht leiden wie wir alle. Es war klar, dass wir es nicht schaffen würden, die Frage war nur: Wie weit würden wir kommen? Die zweite offensichtliche Frage war bislang unausgesprochen geblieben, doch viel länger ließ sie sich nicht umgehen, und es war Tommo, der sie endlich stellte.

»Wo ist eigentlich Courtland?«

»Den hat auf dem Rückweg ein Yateveobaum abgegriffen.«

»Wow«, sagte Tommo. »Aber dir ist nichts passiert, oder?«

»Nein, ich bin davongekommen.«

»Du hast ja keine Ahnung, wie froh ich darüber bin.«

»Oh, vielen Dank, Tommo.«

»Musst du nicht persönlich nehmen«, sagte er, für den Fall, dass ich die Bedeutung seiner Worte missverstand. »Wenn ihr beide getötet worden wärt, hätte ich bei meinem Einsatz ein Vermögen verloren. So komme ich wenigstens ohne Verlust davon. Und was ich dir noch sagen wollte«, fügte er hinzu, »dein Tritt hat echt wehgetan.«

»Und du hättest mich in dem Flakturm bereitwillig dem Hungertod ausgesetzt. Willst du jetzt mit mir streiten?«

»Nein.«

»Tommo ist eine falsche Schlange«, sagte Violet. »Wenn ich noch mal mit ihm allein sein muss, tue ich ihm Gift ins Essen und übernehme die Verantwortung für die Folgen.«

»Und ich werde es mit Freuden essen.«

Unterwegs gerieten wir mehrmals gefährlich nah an die Straßenkante, weil Jane sich in einem rasenden Tempo in die Kurven legte. Ich sah zur Sonne, die jetzt die Bergkuppen berührte, dann drehte ich mich um, und Violet erwiderte meinen Blick, lachte, biss sich auf die Lippen und versuchte dann, etwas wiedergutzumachen.

»Edward, Darling«, sagte sie. »Es tut mir ja so leid, was heute Morgen passiert ist. Es war gemeiner, vorsätzlicher Raub. Aber wir waren alle so besorgt, dass du nicht heimkehren würdest, und die Linie der deMauves hat dem Dorf wirklich viel Gutes und Nützliches zu bieten. Du verstehst doch, wie wichtig das ist, oder?«

Ich überlegte angestrengt, was ich sagen sollte.

»Ich verzeihe dir, Violet – falls du die siebenhundert Meriten, die du dir verdient hättest, an Jane Grey abtrittst.«

Violet willigte sofort ein, ohne Jane auch nur eines Blickes zu würdigen, und ich bat Tommo, in dieser Angelegenheit mein Zeuge zu sein, wozu er ebenfalls sofort bereit war.

»Du bist ein Schatz!«, sagte Violet. »Ich erkläre unsere Ehe hiermit noch mal für geschlossen. Mummy und Daddy werden sich freuen.«

»Ich werde dich nicht heiraten, Violet.«

»Ich tue einfach nur so, als hättest du eine Wahl, aus reiner Freundlichkeit«, sagte sie, schon etwas gereizter. »Aber eigentlich hast du gar keine andere Wahl.«

»Ich könnte jemandem versprochen sein.«

Sie brach in stürmisches Gelächter aus.

»Solange ich die Favoritin bin, würde niemand im Dorf es wagen, dir ein Versprechen auch nur anzubieten«, erklärte sie hochmütig. »Das ist der Vorteil, wenn so viele Leute erpicht darauf sind, mit einem befreundet zu sein.«

Es folgte eine Pause, in der sie mich anstarrte, und ich starrte sie an, unbekümmert, dann runzelte sie die Stirn und blickte zu Jane, und in dem Moment hatte sie begriffen.

»Oh nein. Das ist wirklich zu erbärmlich. Bitte sag mir, dass das ein Witz sein soll.«

»Das ist kein Witz, Violet.«

»Ich ziehe mein Pfand von siebenhundert Meriten zurück. Cinnabar, du hast nichts gehört.«

»Und ob ich was gehört habe«, erwiderte Tommo, der den Streit mit ihr noch nicht vergessen hatte.

»Pass auf, Russett«, sagte Violet. »Ich habe nichts dagegen, wenn du dir nebenher ein bisschen von DemEinen gönnst. Etwas mehr Übung würde dir gar nicht schaden. Die zwei Meriten, die das kostet, würde ich dir sogar spendieren.«

Sie zuckte wie automatisch zusammen; offenbar rechnete sie damit, dass Jane sie schlagen würde, doch Jane beachtete sie gar nicht, sondern donnerte weiter stur die Straße nach East Carmine entlang und legte sich in die nächste scharfe Kurve.

»Ich werde ab jetzt ein untadeliges Leben führen«, bemerkte Jane trocken. »Komme nur noch meinen Verpflichtungen gegenüber der Gemeinschaft nach und sorge für meinen Mann.«

Violet verzog das Gesicht.

»Allein bei dem Gedanken kommt mir das Kotzen. Jane Russett nimmt Platz an der Hohen Tafel der Präfekten. Ist euch klar, wie widerwärtig und *nouveau couleur* das wäre?«

Selbst Tommo bekam jetzt Zweifel.

»Ich bin ja immer dafür zu haben, Violet auf die Füße zu treten«, sagte er zu mir. »Wirklich, aus Überzeugung. Aber dieser Vorschlag kann doch nur eine Masche von dir sein, oder? Du forderst mehr Geld, weil sie dich zum Absamen verführt hat. Wenn das so ist, dann musst du zuerst mit mir reden, ich verhandle dann neu mit der Familie deMauve. Wir könnten die Summe auf zwölf Riesen hochtreiben, aber irgendwann ist auch für die deMauves Schluss.«

»Schließ nicht von dir auf andere, Tommo. Ich will Violet nicht heiraten, ich will Jane heiraten. Ich finde, man sollte heiraten dürfen, wen man will. So einfach ist das.«

»Und was wird aus meiner fantastischen Eheliga?«, fragte er. »Kannst du dir vorstellen, wie schwer ich dafür geschuftet habe?«

»Deine blöde Liga kann mir gestohlen bleiben«, unterbrach Violet. »Aber was ist mit unserem Kind, Russett? Willst du wirklich, dass es als Dougs Kind aufwächst?«

»Du hast mich hereingelegt. Und wenn du das öffentlich machst, sind die deMauves als Präfekten erledigt. Deine Familie müsste ganz unten bei Grau anfangen und sich hocharbeiten, bevor sie wieder als Präfekten eingesetzt würden.«

Violet verstummte, tief in Gedanken versunken. Ich hatte die Wahrheit gesagt. Mein Vater und ich würden für unseren Anteil an dem Komplott auch gehörig eins aufs Dach bekommen, doch die deMauves hatten weitaus mehr zu verlieren.

Als wir den ersten Staudamm erreichten, versank die Sonne hinterm Horizont, und in den zehn Minuten Restlicht zum Navigieren, die uns noch verblieben, würden wir es nicht mehr bis nach Hause schaffen. Jedenfalls nicht mehr heute Abend. Es würde eine kalte, einsame Nacht für uns werden, zusammengekauert in der Kabine, noch verschlimmert durch Violet, die bis in die frühen Morgenstunden lautstark jammern und klagen würde.

»Hey«, wandte sie sich jetzt überraschend eine neue Volte schlagend direkt an Jane. »Möchtest du meine Freundin werden? Ich habe viele Freunde. Es gibt sogar welche, die behaupten, ich hätte mehr Freunde als alle anderen im Dorf.«

»Ich kann gut auf deine Freundschaft verzichten, Miss Violet.«

Violet sah sie groß an.

»Dann kaufe ich ihn dir eben ab«, sagte sie ungestüm. »Wie viel verlangst du für ihn?«

»Er ist nicht zu kaufen. Für keinen Preis.«

»Ich könnte dir einen gemütlichen Job in der Linoleumfabrik verschaffen.«

»Ich werde die Frau des Roten Präfekten sein«, entgegnete Jane kühl. »Glaubst du, ich wäre dann noch auf einen Fabrikjob angewiesen?«

»Du überschätzt dich«, sagte Violet, ihre Stimme klang schrill. »Du bist schrecklich arrogant. Nur weil du meinst, du hättest eine schönere Nase als ich.«

Jane wandte sich ihr zu.

»Ich meine nicht nur, dass ich eine schönere Nase habe als du. Ich weiß, dass ich eine schönere Nase habe als du. Wenn die willkürliche Aufspaltung des Kollektivs nicht auf der Farbsicht beruhen würde, sondern auf der Qualität der Nasen, wäre ich Oberpräfektin.«

»Und wenn sie auf Unehrlichkeit und Intrigenhaftigkeit basieren würde«, setzte ich noch einen drauf, »dann wärst du es, Tommo.«

»Und wenn auf Selbstgerechtigkeit, Blasiertheit und Aufgeblasenheit«, ergänzte Tommo, »dann wärt ihr es in trauter Zweisamkeit.«

Wir setzten die Fahrt schweigend fort, keiner hatte den anderen noch etwas zu sagen, und als wir uns dem Sumpfgebiet näherten, in dem wir heute Morgen die Flamingos gesehen hatten, erlosch das Licht zwischen den Talwänden abrupt. Vor uns tat sich eine bedrohliche Mauer aus undurchdringlicher Dunkelheit auf. Jane bremste ab, und der Ford kam nach der langen, rasanten Fahrt schließlich zum Stehen. Den Himmel konnten wir noch erkennen, doch alles unterhalb der Umrisslinie der Bergkette verschwamm zu einer wabernden Düsternis, die sich zu kräuseln schien und zu tanzen anfing, als unsere Augen versuchten, ihr eine Gestalt zu geben. Ich hörte Violet schimpfen, dann machte sie irgendeine Bemerkung, ihre Eltern wären sicher ganz krank vor Sorge. Doch eins stand fest, ohne künstliches Licht würden wir nicht weiterkommen, jedenfalls nicht, ohne dass Jane sich verriet.

»Hast du nicht eine von den Glühbirnen aus dem Flakturm mitgenommen?«, fragte ich Tommo.

»Jemand hat mich in die Seite getreten«, kam eine verdrießliche Stimme aus der Dunkelheit. »Da stand mir nicht der Sinn nach Glühbirnen.«

»Ich finde, wir sollten singen«, schlug Violet nach einer Pause vor.

»Bevor du anfängst zu singen, nehme ich es lieber mit der Dunkelheit auf«, konterte Tommo, und sofort lagen sie sich wieder in den Haaren.

»Yewberry hat mir drei Handfackeln mitgegeben«, fiel mir plötzlich wieder ein, und ich wühlte in meiner Tasche. »Jede brennt fünf Minuten. Damit könnten wir bis zu dem Teil des Staudamms kommen, der dem Dorf am nächsten und in Sichtweite liegt. Sie werden nach uns Ausschau halten, und wenn sie das Licht sehen, wissen sie wenigstens, dass wir wohlauf sind. Wer will als Erster?«

Violet meinte, wir sollten lieber hierbleiben und die Fackeln dazu benutzen, um Pukas, Gesindel und Bissige Nachtaktive Tiere abzuwehren. Jane war unbedingt dafür, weiterzufahren, und Tommo kümmerte das alles nicht mehr, so oder so. Ich nahm daher meine und Janes Meinung als Mehrheitsmeinung. Vorsichtig tastete ich mich zur Vorderseite des Pritschenwagens, hockte mich auf die Stoßstange und entzündete die erste Fackel. Funken spuckend erwachte sie zum Leben, und bei dem mageren Licht, das kaum zehn Meter weit reichte, setzten wir uns in Bewegung. Es ging nur langsam voran, aber als die erste Fackel abgebrannt war und ich die zweite entzündet hatte, waren wir immerhin bis zu der kaputten Brücke gekommen. Als auch die zweite Fackel erloschen war, ohne dass wir die andere Seite des Staubeckens erkennen konnten, war ich nicht mehr so begeistert von der Idee. Und als ich die dritte und letzte entzündete, war die Spannung im Auto schmerzlich zu spüren.

Eine Minute vor Erlöschen der letzten Fackel sah ich einen winzigen weißen Lichtpunkt in der Ferne. Zuerst hielt ich ihn für die Straßenlaterne, aber so weit würde der Lichtschein nicht reichen, und als wir näher kamen, stellte ich fest, dass es sich um eine andere Fackel handelte, viel größer als unsere, die in einem Umkreis von hundert Metern ein flackerndes Licht ausstrahlte und dabei ein rachitisches Zischen und einen ätzenden weißen Rauch absonderte. Fackeln und Leuchtraketen wurden selten eingesetzt, und wenn, dann nur um ein wertvolles Mitglied des Kollektivs, Courtland und Violet zum Beispiel, der Nacht zu entreißen.

Wir schlossen auf, als auch meine letzte Handfackel erstarb. Ich konnte sehen, dass die Fackel nicht mehr lange brennen würde, deswegen hangelten wir uns weiter vor bis zur nächsten und dann bis zur übernächsten. Auf diese Weise erreichten wir schließlich das Viehgatter, fuhren vorbei an der Linoleumfabrik und kamen in den Lichtkegel des Hauptlaternenmastes, wo bereits die versammelten Präfekten und die meisten Dorfbewohner auf uns warteten.

Als die anfängliche Freude und Erleichterung abklangen, wurde Courtlands Fehlen bemerkt.

SONNTAGMORGEN

2.6.02.13.057: Jeder Bewohner legt in seinem zwanzigsten Lebensjahr den Ishihara-Test ab.

Die Sonne stand hoch, als ich erwachte. Ich blieb im Bett liegen und dachte an die Besprechung gestern Abend, die sich bis zur Nachtruhe hingezogen hatte. Mein detaillierter Bericht, warum jeder Plan zur Gewinnung von Farbresten undurchführbar war, traf auf Verärgerung und Bestürzung, aber wirklich überrascht war niemand. Zu meiner Erleichterung war der Rat derselben Ansicht. Da es sich schon vor zweihundert Jahren, als es Ford-Pritschenwagen und Traktoren noch im Überfluss gab, als unpraktikabel erwiesen habe, müsse man wohl akzeptieren, dass es heute sicher nicht viel anders sei.

Violet und in geringerem Maß auch Tommo wurden schwer dafür getadelt, dass sie wegen so eines tollkühnen Abenteuers ihre Zivile Verpflichtung aufs Spiel gesetzt hatten; den Betrug, den sie geplant hatten, erwähnten sie mit keinem Wort. Wenigstens darauf hatten sich die beiden verständigt, wenn sie auch sonst nicht viel gemein hatten. Danach galt die Aufmerksamkeit Courtland und unserer Darstellung der Ereignisse, die zu seinem Tod geführt hatten. Die Reaktion fiel unterschiedlich aus, Erschütterung, Trauer, schließlich akzeptierte man es bis zu einem gewissen Grad, empfand sogar eine Art reuevollen Stolz, dass er sein Leben geopfert hatte, um meines zu retten. Mit tränenreichen Worten bedankte ich mich bei Mrs Gamboge, und Bunty McMustard wurde zur Stellvertretenden Gelben Präfektin ernannt.

Ich wollte gerade aufstehen, da fiel mir ein, dass ich eigentlich gar nichts zu tun hatte, keine Arbeit, keine Aufgaben, also legte ich mich wieder hin und ließ die Ereignisse des vergangenen Tages Revue passieren. Es bedurfte noch sehr vieler Gespräche mit Jane, bevor ich die einzelnen Bruchstücke zu einem Gesamtbild würde zusammenfügen können, aber dafür waren die Flitterwochen gedacht. Ich musste innerlich lachen.

Es klopfte, und Dad steckte den Kopf durch den Türspalt. Seit meiner Rückkehr hatten wir noch kein persönliches Wort miteinander gewechselt, seine Absprache mit den deMauves über die Regelung der Nachkommenschaft war noch nicht zur Sprache gekommen.

»Es tut mir leid, dass ich dein, äh, Erbgut an die deMauves verkauft habe«, sagte er und starrte dabei aus dem Fenster. »Aber ich habe wirklich nicht mit deiner Rückkehr gerechnet.«

»Ich werde schon darüber hinwegkommen«, sagte ich. Ich wollte so ehrlich sein wie möglich. »Es gibt Wichtigeres, über das man sich Sorgen machen muss als die deMauves.«

»Ja, du hast recht«, stimmte er mir zu. »Es ist vielleicht nicht gerade der günstigste Zeitpunkt, es dir zu sagen, aber ich lasse mich hier als Mustermann und Sichtmeister nieder. Ich will Robin Ochres gute Arbeit fortsetzen.«

»Damit das Dorf auch in Zukunft frei von Mehltau bleibt?«

»Solange ich eben kann.«

Ich war drauf und dran, ihm zu offenbaren, was ich wusste, entschied mich dann aber doch dagegen. Heute nicht. Wir würden ihn nach und nach in unsere Pläne einweihen.

»Außerdem habe ich vor, Mrs Ochre zu heiraten«, fügte er hinzu. »Sie ist sympathisch, aber ich wollte mich vergewissern, dass du nicht verrücktspielst oder so.«

Ich konnte mir schlimmere Frauen in der Mutterrolle vorstellen als die leicht exzentrische Mrs Ochre. Und Lucy brauchte einen Bruder als Vertreter im Rat, damit sie weiter unbehelligt ihre harmonischen Klänge aufspüren konnte.

»Eine gute Idee, Dad. Ich wollte schon immer eine Schwester haben. Aber ich möchte dich vorwarnen: Tommo möchte Lucy heiraten.«

»Tommo als Schwiegersohn?«, sagte er, plötzlich ganz fürsorglich. »Nicht, solange ich noch ein Wörtchen mitzureden habe!«

Wir lachten.

»Hör zu, Eddie«, sagte er, jetzt wieder ganz ernst, »deMauve spuckt Gift und Galle, dass du eine Graue seiner Tochter vorziehst. Daisy hätte er noch toleriert, aber deine Entscheidung für Jane ist eine Kränkung. Die zehn Riesen, die ich für dich kriege, sind wichtig, aber wenn ich kein Veto einlege, stelle ich mich klar und deutlich auf deine Seite – und ich brauche die Unterstützung des Rats, wenn ich hier als Mustermann erfolgreich sein will.«

»Ich liebe sie, Dad«, sagte ich nach einer langen Pause. »Von dem Moment an, als ich zum ersten Mal ihre Nase sah. Sie wird eine Russett, sie wird deine Schwiegertochter, und sie wird in diesem Haus wohnen. Du wirst dich an sie gewöhnen. Aber viel wichtiger ist, dass auch die Bewohner begreifen, dass man so etwas machen kann und soll. Chromatischer Aufstieg ist mir egal, man sollte der Stimme seines Herzens folgen – in allen Lebensbereichen. Aber das verstehst du wohl nicht. Für dich gilt, erst der Farbton, dann die Liebe, oder?«

»Das stimmt nicht ganz«, antwortete er und übergab mir ein zerfleddertes, rot eingeschlagenes Meritenbuch.

Ich nahm es, strich über den glatten Einband und blätterte die Seiten mit den Einträgen der Meriten durch, die sich meine Mutter durch ihre aufopferungsvolle Zivile Arbeit verdient hatte. Es ging weit über das hinaus, was die Verpflichtung verlangte. Sie hatte dem Kollektiv gewissenhaft gedient, nur um dann ausgestoßen zu werden, sobald sie von keinem weiteren Nutzen mehr war. Es machte mich wütend, und ich fing an zu zittern.

»Schlag die letzte Seite auf, Eddie.«

Ich tat es, und ich erkannte ihre Postleitzahl und ihre Handschrift wieder. Außerdem war die Seite noch mit dem offiziellen Stempel versehen, dass ihre Meriten auf ihren Mann übertragen worden waren, und, wichtiger noch, der Grad ihrer Farbwahrnehmung war hier vermerkt.

»Manchmal tut man Dinge, die man später bereut, und dann versucht man, sie wiedergutzumachen«, sagte er mit leiser Stimme, als ich gelesen hatte und als ich die Bedeutung des Gelesenen ganz erfasst hatte. »Wir sind uns nicht unähnlich, du und ich, obwohl wir von Rechts wegen verschiedener nicht sein könnten.«

Ich gab ihm das Buch zurück. »Du wirst immer mein Dad bleiben«, sagte ich.

»Und ich werde weder Einspruch gegen deine Ehe erheben noch aufhören, ein wachsames Auge auf dich zu haben.«

Wir sahen uns sehr lange an. Ich wusste nicht, was ich sagen sollte. Ich hatte immer geglaubt, meine Mutter wäre diejenige mit der starken Farbwahrnehmung gewesen, aber so war es nicht. Sie hatte nur 23,4 % Rotwahrnehmung. Mein Dad hatte 50,23 %. Man brauchte kein mathematisches Genie zu sein, um sich auszurechnen, dass meine Siebzig-plus-Wahrnehmung nur auf erkaufte Elternschaft zurückzuführen war. Vielleicht galt das für die meisten Leute. Vielleicht funktionierte es nur so. Dad hatte nicht geheiratet, um die Russett-Linie mit mehr Rot auszustatten, sondern aus einem viel ehrenwerteren Grund, so wie ich es für mich selbst erhoffte.

»Und wer war der Mann, der mich gezeugt hat?«, fragte ich schließlich.

Er sah mich wieder lange an und sagte dann leise: »Manche Fragen sind nicht so leicht zu beantworten.«

Er schaute auf die Uhr.

»Kurz nach neun. In einer halben Stunde musst du im Gesellschaftsanzug am Rathaus sein. Ich lasse dir schon mal ein Bad ein.«

Vor dem Rathaus stand Tommo und redete mit Doug. Wir hatten noch zehn Minuten, bis wir hintereinander einmarschieren und im Vorraum warten mussten, aber es war schon Tradition, dass diejenigen, die die Testkarten gezeigt bekamen, früher eintrafen und sich draußen noch mit Eltern oder Freunden unterhielten oder mit Bewohnern berieten, die den Test im Vorjahr abgelegt hatten. Violet war da, zusammen mit Daisy und Imogen, die sehr hübsch aussah und sehr nervös war. Sie und Dorian hatten sich mit dem Colormann geeinigt und würden noch am selben Nachmittag mit dem Zug abreisen. Von den zehn Prüflingen hatten bereits sieben eine Ehe vereinbart, die bei manchen aus jahrelangem Geschacher hervorgegangen war. Tommos Fantastische Eheliga war zwar als Witz gemeint, aber das Prinzip war authentisch. Der Tag des Ishihara war der Tag, an dem sich das Leben für einen entschied. Ein Segen für die, die keinen Wert darauf legten, eigene Entscheidungen zu treffen, für alle anderen ein Fluch.

Ich sah Violet im Kreis ihrer Familie, doch als sie mich bemerkte, schaute sie schnell weg.

»Nervös?«, fragte Dad.

»Ein bisschen. Wie lange hat es bei dir gedauert?«

»Ungefähr zwanzig Minuten. Ein paar Minuten, um die dominierende Wahrnehmung festzustellen, dann ein bisschen Feinabstimmung für den Toleranzbereich. Die vielen Testkarten sollen sicherstellen, dass man auch die Wahrheit sagt, deswegen weiß man nie, ob es richtig oder falsch ist, positiv oder negativ, wenn man in den Farbpünktchen etwas erkennt oder nicht.«

Doug kam zu uns herübergeschlendert.

»Tut mir leid, dass du dich jetzt wieder mit Violet abgeben musst«, sagte ich. »Ich tue alles, um dir behilflich zu sein, nur nicht sie heiraten.«

Er zuckte gutmütig mit den Achseln.

»Ich habe immer damit gerechnet, deswegen ist der Schreck nicht mehr ganz so groß.«

Tommo kam auf uns zu. »Habt ihr schon gehört? Dorian und Imogen wollen mit dem Fünfzehndreiundvierziger durchbrennen.«

Er wandte sich an Doug. »Apropos Heirat«, sagte er. »Du kannst mindestens drei Riesen von den deMauves fordern. Wenn es keine bösen Überraschungen gibt, ist dir Violet so gut wie sicher.«

»Drei Riesen?«, sagte Doug mit bebender Stimme. »So viel kann ich unmöglich verlangen!«

»Glaub mir«, sagte Tommo und legte eine Hand auf seine Schulter. »deMauve zahlt dir das garantiert, damit seine Tochter am Montagabend auf jeden Fall in der Hochzeitssuite im *Green Dragon* liegt. Wenn du willst, verhandle ich für dich. Ich brauche die Meriten, jetzt, da Eddie uns alle so enttäuscht hat.«

»Wenn du das für mich machen würdest«, sagte Doug. »Ich wäre dir sehr verbunden.«

Doug ging, um sich mit seiner Familie zu beraten, und Dad hatte Lucy und Mrs Ochre erspäht. Ich blieb mit Tommo allein, und wir schwiegen eine Weile. Ich würde demnächst Präfekt werden, und ich brauchte Tommo auf meiner Seite. Natürlich würde er niemals erfahren, was ich vorhatte, aber sein Geschick und seine Gerissenheit konnten von Nutzen für uns sein.

»Was machen die Rippen?«

»Zwei sind gebrochen.«

»Tut mir leid.«

»Und mir tut die Sache im Flakturm leid, dass wir dich dem Hungertod ausgeliefert haben. Es war Courtlands Schuld.«

»Ich weiß.«

Wir gaben uns die Hand und lachten verlegen. Die Freundschaft war noch nicht wieder gekittet, das brauchte seine Zeit.

»Guten Morgen.«

Ich drehte mich um. Jane trug ihre beste Graue Gesellschaftskleidung, das Haar geflochten, in die Zöpfe wilde Blumen eingewoben. Sie sah bezaubernd aus, geradezu strahlend, und sie war in Begleitung ihrer Eltern, die vor Stolz platzten. Ich reichte Stafford die Hand, dann wurde ich Janes Mutter vorgestellt, einer kleinen, vergnügten Frau, die nur ein Ohr hatte.

»Angenehm«, sagte ich.

»Wie bitte?«, erwiderte sie, legte eine Hand an die Stelle, wo ihr Ohr gewesen war, und prustete dann los vor Lachen, es sollte ein Scherz sein.

»Mutter!«, schimpfte Jane. »Bitte! Das ist mir peinlich!«

»Entschuldigen Sie, dass ich nicht vorher bei Ihnen um die Hand Ihrer Tochter angehalten habe«, sagte ich zu den Eltern, »aber die Bedingungen unserer jungen Liebe waren etwas kompliziert.«

Eine Glocke ertönte.

»Man ruft nach euch«, sagte Janes Mutter und gab uns beiden einen Kuss, »Viel Glück!«

Wir begaben uns in das Kapitelhaus, wo Yewberry stand und mit der Handglocke läutete, und versammelten uns im Vorraum, hinter den Ratskammern. Wir nahmen Platz, und Yewberry las die Anweisungen aus dem Protokoll vor und sagte uns, wir brauchten nicht aufgeregt zu sein und sollten es genießen. Zum Schluss machte er noch einen lahmen Witz, aber wir lachten trotzdem, und die Spannung löste sich. Alle Augen richteten sich danach auf die Tür, die zu den Ratskammern führte. Man schritt als Jugendlicher durch diese Tür und betrat zwanzig Minuten später das Dorf als Erwachsener. Das Kapitelhaus durfte man sogar durch den Eingang der Präfekten verlassen. Eine große Ehre.

ISHIHARA

6.3.01.01.225: Der Ishihara-Test ist endgültig und kann nicht wiederholt werden.

Um Punkt zehn Uhr wurde die erste Person aufgerufen. Es war Violet, und beschwingt ging sie zu dem Colormann. Wir anderen blieben unter Yewberrys wachsamen Blicken schweigend sitzen, und nach zwanzig Minuten war Doug an der Reihe. Er verbeugte sich zum Abschied vor uns allen, bevor er nebenan verschwand, und nach einer halben Stunde wurde Jane aufgerufen. Unsere Blicke trafen sich, als sie aufstand, und sie lächelte schwach. Wir saßen herum und starrten dumpf ins Leere, rutschten alle zwanzig Minuten einen Stuhl weiter, sodass immer derjenige, der als Nächster dran war, unmittelbar neben der Tür saß.

»Edward Russett?«

»Ja?«

»Sie können jetzt hineingehen.«

Ich stand auf, betrat die Ratskammern und schloss sorgfältig hinter mir die Tür. Zwei Personen befanden sich im Raum, mein ehemaliger zukünftiger Schwiegervater und der Colormann. Letzterer war angetan mit einer langen Robe, die keinerlei Farbe aufwies und vorne von einer Knopfleiste geschlossen wurde, die vom Halsansatz bis zu den Füßen reichte und in dem breiten Lichtstrahl, der vom Oberlicht herabfiel, hell leuchtete.

»Hallo, Eddie«, sagte der Colormann freundlich.

»Setzen Sie sich. Haben Sie Ihr Meritenbuch dabei? Ich weiß, dass Sie bereits verifiziert wurden, aber ich muss es trotzdem noch mal nachprüfen.«

Ich gab ihm das Buch, und nachdem er sich überzeugt hatte, dass ich der Richtige war, setzte er sich bequem hin und räusperte sich.

»Es ist ganz einfach. Sie brauchen mir nur zu sagen, was Sie auf den Bildern sehen.«

Auf dem Lesepult vor mir lag ein großer Foliant, und deMauve stellte sich rechts neben mich, um die Seiten für mich umzublättern. Auf ein Zeichen des Colormanns schlug er den Folianten auf.

Die Seite zeigte einen Haufen grauer runder Flecken, deren Größe von einem einfachen orthographischen Punkt bis zum Bleistiftdurchmesser reichte. In diese graue Masse verstreut waren farbige Punkte, die in ihrer Gesamtheit ein Bild ergaben.

»Was erkennen Sie?«

»Einen Schwan.«

»Und was steckt in seinem Schnabel?«

»Nichts.«

»Richtig. Schlagen Sie bitte Seite sieben auf, Mr deMauve.«

Auf dieser Seite waren noch mehr Punkte zu sehen, aber mittendrin war diesmal kein Schwan, sondern eine Zahl.

»Neunundzwanzig«, sagte ich.

»Gut«, sagte der Colormann. »Bitte Seite achtzehn.«

Es war der Umriss einer Sprungziege. Danach folgten eine Wellenlinie, dann nichts, dann wieder eine Zahl. Nach jeder Antwort strich der Colormann etwas in seiner Tabelle an, notierte die Punktzahl und nannte Mr deMauve die nächste Seite. Nach einer Viertelstunde zeigte man mir eine Tafel, auf der überhaupt keine Zahl zu erkennen war, auch kein Bild oder dergleichen, lediglich eine Masse grauer Punkte. Schon wollte ich zugeben, dass ich nichts erkennen könne, da kam mir plötzlich die Zahl Sechzehn in den Sinn. Es war nicht mein Bewusstsein, mit dem ich die Farbe sah, es war mein Unterbewusstsein.

»Sechzehn.«

»Hm!«, sagte der Colormann. Es war die erste Reaktion, mit der er eine Einschätzung kundtat. »Seite zweihundertvier.«

Wieder konnte ich nichts erkennen, vermutete jedoch das Bild eines Pferdes in dem Punktemeer.

»Es ist ein Pferd.«

»Genau.«

Wir gingen noch zwanzig weitere Tafeln durch, manche Bilder erahnte ich, manche nicht. Aber ich hatte ohnehin den Eindruck, dass die Prüfung mehr oder weniger abgeschlossen war. Die Anspannung wich. Nach noch einmal drei Bildtafeln, auf denen ich absolut gar nichts erkennen konnte, zählte der Colormann die Punktzahl zusammen, schrieb etwas in mein Meritenbuch und stand auf.

»Herzlich willkommen im Kollektiv, *Mister* Russett«, sagte er und schüttelte mir die Hand. »Sie haben viel beizusteuern, und Sie haben eine Verpflichtung zu erfüllen. Handeln Sie klug, handeln Sie gerecht, und handeln Sie nach den Regeln. Und nicht vergessen: Getrennt sind wir stets vereint.«

Ich wandte mich schneidig um, verließ die Kammer und trat nach draußen in die Sonne, zutiefst erleichtert. Mein Vater, der auf mich gewartet hatte, begrüßte mich, und etwas weiter weg, auf dem Mäuerchen des Colorgartens, saß Jane.

»Und?«, fragte Dad. Mit klopfendem Herzen und zitternden Händen schlug ich das Büchlein auf.

»Sechsundachtzig Komma sieben Prozent Rot«, sagte ich und zeigte auf den Eintrag. »Geringfügige Streuung auf die Felder Blau und Gelb.«

»Glückwunsch.«

»Danke.«

Er umarmte mich noch mal und sagte dann, Jane wolle mich sprechen. Ich ging zu ihr, mit einer Miene, die wohl einem ziemlich blöden Grinsen gleichkam. Falls ich meine Verpflichtungen als Präfekt nicht noch aufschieben wollte, würde ich, gleich nachdem ich das rituelle »Klopfen an die Tür der Ratskammer« vollzogen hatte, vereidigt. Wir könnten unser gemeinsames Leben beginnen, Jane und ich, vielleicht sogar mit einer Erkundungstour der Fakultät nach Emerald City reisen. Als ich näher kam, sah ich, dass mein Grinsen nicht erwidert wurde. Im Gegenteil.

Ich setzte mich neben sie. »Probleme?«, fragte ich.

»Nur rein persönlicher Art. Es ändert nichts an unserem Großen Plan. Es ist nur, na ja … ich bin zu zwölf Prozent Gelb.«

Ich musste lachen. Zwölf Prozent, das lag nur zwei Prozent über der Schwelle, war also praktisch vernachlässigbar, und wenn man an Janes große Abneigung gegen die Gelben dachte, hatte es doch auch einen gewissen Appeal.

»Du bist keine Graue mehr. Der Wert macht dich zu einer Schlüsselblume, mindestens. Hat Bunty dich schon aufgefordert, jemanden auszuspionieren?«

»Eddie«, sagte sie mit einer ernsten Miene, die mir gar nicht gefiel. »Da ist noch etwas. Ich habe auch noch vierzehn Prozent Blau.«

Plötzlich verging mir das Lachen.

»Sonst noch was?«

»Nein.«

»Mist!«, rief ich, so laut, dass einige in Hörweite anfingen zu tuscheln. Die Stimme heben war ein Zeichen von mangelnder Selbstbeherrschung. »Mist! Mist! Mist!«.

»He«, sagte sie und nahm meine Hand. »Vielleicht ist es so am besten. Der Große Plan bleibt doch bestehen, oder?«

»Warum soll es so am besten sein?«, fragte ich verzweifelt. »Du bist eine Grüne. Wir sind komplementär. Wir können nicht heiraten, wir dürfen nicht mal miteinander reden. Mein Vater wird jetzt auf eine Verbindung mit Violet pochen, und ich habe nichts, um ihn davon abzuhalten.«

»Eddie«, wiederholte sie. »Verlier das Wichtigste nicht aus den

Augen. Ich weiß, es ist hart, aber es gibt Dinge, die sind größer als wir. Der Große Plan bleibt bestehen, ja?«

Ich sagte nichts, sah stattdessen zu Boden, hielt den Kopf in den Händen und fragte mich, wen ich womit hätte bestechen können, um Janes Farbwahrnehmung abzuändern. Zu spät. Der Ishihara wurde nicht wiederholt. Der Test war vorbei, der Colormann über jeden Vorwurf erhaben. Sogar unfehlbar. Ich sah Jane in die Augen, die voller Tränen waren. Dabei war der eigentliche Witz an der Sache, dass wir nicht mehr als komplementär galten und frei miteinander reden konnten, sobald ich mit Violet verheiratet wäre. Wenn deMauve und Violet uns eins auswischen wollten, sie hätten es nicht grausamer anstellen können.

»Also gut«, sagte ich endlich. »Der Große Plan bleibt bestehen. Wer weiß? Vielleicht bin ich im Haus deMauve genau am richtigen Platz. Zuerst die Politik, dann die Liebe, stimmt's?«

»Ich könnte Violet jederzeit töten. Und es würde aussehen, als wäre es ein Unfall gewesen.«

»Über so etwas macht man keine Witze.«

»Entschuldigung.«

Ich wollte sie küssen, aber die Leute guckten schon, und Verbrüderung zwischen Komplementärfarben war nicht nur strafbar, sondern ein striktes Tabu. Ich hatte eine Stellung einzunehmen, und Jane und ich hatten einen gemeinsamen Plan. Wir hatten sogar eine gemeinsame Zukunft, nur keine als verheiratetes Paar.

»Du musst jetzt gehen«, flüsterte sie, »aber lass heute Abend dein Fenster offen stehen.«

»Willst du zu mir kommen?«

»Nein. Du kommst zu uns. Es wird Zeit, dass du einige Leute kennenlernst.«

Ich nickte ihr unmerklich zu, räusperte mich und stand auf.

»Vielen Dank, Miss ...?«

»Brunswick.«

»Vielen Dank, Miss Brunswick«, sagte ich laut und vernehmlich, da sich bereits eine kleine Schar Neugieriger versammelt hatte, um zu sehen, wie die Edward/Jane-Affäre ihrem Ende zutrieb. »Wollen Sie mich von meinem Versprechen entbinden?«

»Ich entbinde Sie«, antwortete Jane hochoffiziell, »und ich danke für Ihr Interesse.«

Wir verbeugten uns knapp und reichten uns die Hand. Ich entfernte mich rasch, doch umgehend krallte sich Mrs Gamboge meinen Arm und entführte mich unsanft, weg von der Menge.

»Glauben Sie ja nicht, ich wüsste nicht, dass Sie ihn getötet haben«, fauchte sie mich wütend an. »Ich werde mich rächen. Nicht nur an Ihnen, sondern auch an dieser dummen Grauen.«

»Sie ist eine Grüne.«

»Innerlich wird sie immer eine Graue bleiben, Russett. Ich werde schon einen Beweis finden. Und wenn ich persönlich nach High-Saffron gehen müsste.«

»Bitte sehr«, antwortete ich. »Aber Sie irren sich. Courtland ist bei dem Versuch, mich zu retten, umgekommen.«

»Das ist der Schwachpunkt Ihrer Geschichte. Ich kenne meinen Sohn. Er hätte nie auch nur einen Finger für Sie gekrümmt.«

Ein stichhaltiges Argument, das hatten wir nicht bedacht. Jane und ich mussten unsere Lügenmärchen besser durchdenken.

»Sie widern mich an«, fügte Gamboge noch hinzu. »Ich werde mein Leben daransetzen, Sie zu vernichten.«

»Das werde ich ebenfalls«, sagte ich und beugte mich ein Stück vor. »Ich werde die Umstände von Travis' Tod aufs Genaueste untersuchen. Vielleicht sollten wir morgen im Rat auch mal darüber sprechen, dass Penelope zufällig am selben Tag eine Postleitzahl zugeteilt bekommen hat.«

Sie klimperte vor Empörung ein paarmal mit den Wimpern und schob die Lippen vor, aber sie sagte nichts weiter und ging. Das Seltsame war, dass mich ihre Attacke völlig kalt ließ. Ich war nicht einmal ins Schwitzen gekommen. Präfekt zu sein konnte vielleicht doch ganz angenehm werden.

Ich bahnte mir einen Weg durch die Menge und ging zu meinem Vater.

»Dad? Wir machen es, wie du sagst.«

deMAUVE

5.6.12.03.026: Offene Rückfahrkarten dürfen weder beanstandet noch annulliert werden.

Violet hatte mit achtundzwanzig Prozent Rot und siebenundfünfzig Prozent Blau abgeschnitten, was sie knapp zu einer Purpurnen machte und ihr das Recht gab, später Oberpräfektin zu werden. Sie freute sich sehr, als sie von meinem Vater erfuhr, welche Wende sich in meinem Fall ergeben hatte. Sie brach sofort mit Doug, sehr zu seiner Erleichterung, war aber immerhin so anständig, Janes und mein Pech nicht weiter zu kommentieren. Wir saßen nebeneinander auf dem Sofa in deMauves Wohnzimmer, ihr Haus war eines der größten am Marktplatz. Sie hatten zwei Hausangestellte, drei Tizians, und in ihrem Haus fand sich kein Fleckchen synthetisches Purpur. Sie hatten eine gewisse Klasse, übertriebene Zurschaustellung ihres Farbtons war nicht ihre Sache.

Mein Vater war da, und er hatte mit Mrs deMauve gesprochen, die über die Entwicklung der Ereignisse mindestens so froh und erleichtert war wie Violet.

»Noch etwas Tee?«, fragte Violet.

»Nein, danke.«

Die Tür öffnete sich, und deMauve trat ein. In dem Moment war mir klar, dass er den Colormann bestochen hatte, denn er hatte ein so versonnenes Lächeln im Gesicht wie jemand, der einen Joker gezogen hatte.

»Na?«, sagte er zu meinem Vater. »Wie ich gehört habe, ist es doch nicht so ausgegangen wie erwartet.«

Mein Vater erklärte, sein Sohn sei dank »unvorhergesehener Ereignisse« wieder frei, und er fragte deMauve, ob er willig und bereit sei, seine Tochter für ein eheliches Arrangement freizugeben.

»Zum verabredeten Preis?«, wollte er wissen.

»Ja«, sagte Dad.

»Nein«, sagte ich.

»Anscheinend kann sich Ihr Sohn schlecht einer Autorität unterordnen«, sagte er. »Ein hässlicher Charakterzug, den wir nicht unterstützen sollten.«

»Ich möchte gerne für NationalColor arbeiten«, sagte ich. »Für meine Bewerbung brauche ich Ihr Einverständnis.«

»Unmöglich«, antwortete deMauve beleidigt. »Yewberry ist der schlechteste Rot-Sortierer, den wir je hatten, und da sich High-Saffron als Flop erwiesen hat, brauchen wir Sie im Pavillon, um auch nur den Hauch einer Chance zu haben, die Zielvorgaben für die Farbrestesammlung zu erfüllen.«

»Und wenn ich East Carmine zur Löffelhauptstadt des Kollektivs mache?«

»Wir dürfen keine Löffel herstellen«, antwortete er barsch. »Das ist verboten.«

»Und wenn ich die Regeln *umgehe*? Stellen Sie sich vor, welcher Reichtum durch so ein Schlupfloch der Gemeinschaft beschert würde.«

deMauve starrte mich ungläubig an. Ob es ihm passte oder nicht, ich war jetzt erwachsen und mit sechsundachtzig Prozent fast ein Ebenbürtiger.

»Reden Sie weiter.«

Ich zeigte ihm das Gerät, das in meinem Gesäß gesteckt hatte, als ich in den Yateveobaum gestoßen worden war. Es war kein Löffel im eigentlichen Sinn, aber auch keine Gabel. Es hatte eine löffelähnliche hohle Schaufel, in die vorne drei Gabelzinken geschlitzt waren. Ich übergab es deMauve, der es genau untersuchte.

»Ich nenne es einen Göffel«, sagte ich.

»Genial!«, rief Violet, die den Anschein einer starken und fürsorglichen Ehegemeinschaft vermitteln wollte und fest entschlossen war, gleich zu Anfang zu dokumentieren, wie sie sich die Fortsetzung vorstellte. »Wie bist du nur auf diesen großartigen Namen gekommen?«

»Er ist auf der Rückseite eingeritzt.«

»Oh.«

deMauve drehte das Instrument in den Händen. Es war etwas verrostet, weil es im feuchten Bauminnern gelegen hatte, aber es hatte keinen Schaden erlitten.

»Bei den überschüssigen Produktionskapazitäten in der Linoleumfabrik könnten wir die am laufenden Band herstellen. Zu Tausenden«, sagte ich. »Nächstes Jahr wären wir in vollem Umfang ans Farbversorgungsnetz angeschlossen, und in drei Jahren könnten wir die Gute-Laune-Messe ausrichten.«

Der Oberpräfekt nickte still vor sich hin.

»Ich gebe Ihnen recht. Wenn die anderen Präfekten einverstanden sind, starten wir zur Begutachtung der Regelkonformität eine Versuchsreihe mit Ihrem Göffel. Falls sie positiv beschieden wird, bekommen Sie mein Einverständnis für die Bewerbung bei NationalColor.«

Das Ehe-Geschäft wurde abgeschlossen, und dass ich Violet nicht vor allen Leuten küsste, obwohl es von mir erwartet wurde, verursachte nur geringe Missstimmung. Ich war immer noch eine gute Partie, obwohl die Ehe der reinste Schwindel war. Zum Schluss der Besprechung wurde ein Datum für unsere Hochzeit festgesetzt, morgen früh um zehn Uhr, danach eine Flitterwoche im Purple Regis, auf Kosten derer deMauve. Auch die Frage des Familiennamens wurde besprochen, und man einigte sich darauf, dass ich meinen

Namen aufgeben, das Kind aber Russett als zweiten Namen erhalten sollte. Es gab noch andere knifflige Dinge zu klären, doch nichts wirklich Beschwerliches – oder jedenfalls *erschien* es mir nicht beschwerlich, aber immerhin war meine Braut Violet, da wusste man nie.

OPFER

1.1.01.0.008: Das Kollektiv verlangt von seinen Einwohnern Opfer zum Wohl der Gemeinschaft

Eine halbe Stunde später ging ich zum Bahnhof, um mich von Imogen und Dorian am Zug zu verabschieden. Yewberry und deMauve hatten bis zuletzt noch fieberhaft nach irgendeiner Regel gesucht, die ihnen das Recht gegeben hätte, die beiden aufzuhalten, aber sie konnten nichts ausrichten. Die Verliebten hatten ihre Betten gemacht, ihre Wäsche gewaschen und sogar die Hausaufgaben erledigt, die noch aus ihrer Schulzeit übriggeblieben waren. Bertie Magenta tobte vor Wut, nicht nur, weil ihm Imogen und der Abend »zur Probe« flöten gegangen waren. Anscheinend hatte er auch seine Fahrkarte zur »sicheren Aufbewahrung« abgegeben und von seinem Vater die Strafe aufgebrummt bekommen, sich »seine Heimfahrt zu verdienen«.

Auch Fandango war wütend, und während sich vor Imogens und Dorians Zugabteil eine kleine Menschenmenge versammelte, die teils aus Gratulanten, teils aus Gegnern bestand, ging ich zu dem Colormann, um ihm gute Reise zu wünschen.

»Herzlichen Glückwunsch«, sagte er. »Sie haben deMauve dazu gebracht, Sie zum Eingangsexamen für NationalColor zuzulassen, wie ich gehört habe.«

»Wie Sie schon sagten«, antwortete ich, »Einfallsreichtum wird bei NationalColor durchaus wohlwollend betrachtet.«

»Ja, allerdings. Ich bin zwar nicht bei den Ausbildern, aber ich vermute, dass wir beide uns wiedersehen werden. Für mich ist NationalColor wie eine Familie.«

Er schwieg einen Moment.

»Ich habe Ochres Komplizen übrigens nicht gefunden«, sagte er. »Falls Ihnen irgendetwas zu Ohren kommt, erwarte ich natürlich, dass Sie mich informieren.«

»Selbstverständlich.«

»Gut. Darf ich Ihnen einen Rat geben, Edward?«

»Ich bitte darum.«

»Manche Leute versuchen sich gern an ideologischen Fragen. Solange man nicht dem einzig wahren Licht folgt, sollte man davon lieber Abstand nehmen.«

Er sprach sehr betont, und ich spürte ein Kribbeln auf meiner Haut. Vielleicht hatte er ja einen Verdacht, Jane und mich betreffend, vielleicht aber wollte er mir auch nur etwas entlocken. Jedenfalls wurde ich sofort hellhörig.

»Ich verstehe nicht ganz, was Sie meinen.«

»Dann möchte ich Sie mit ein paar Zahlen konfrontieren. Vor hundert Jahren wurden pro Jahr über zehntausend Menschen dem Reboot übergeben. Letztes Jahr betrug diese Zahl fünfhundertneunundsechzig. In hundert Jahren sind wir vielleicht bei null angelangt. Verstehen Sie?«

Natürlich verstand ich, was er meinte. Er wollte mir die Schlüssigkeit des Systems erläutern. Aber ich durfte mir nicht anmerken lassen, dass ich auch nur eine *Ahnung* hatte, wovon der sprach.

»Ja, Sir«, erwiderte ich, »es zeigt, dass Munsell recht hatte, in jeder Hinsicht – außer vielleicht bei den Löffeln.«

Ich lachte, und der Colormann lachte mit mir.

»Ja«, sagte er, »die Löffel.«

Er deutete mit einem Kopfnicken zu Imogens und Dorians Zugabteil.

»Ein schönes Paar.«

553

»Ein glückliches Paar.«

»Ich habe sie angewiesen, in den Nachtzug nach Emerald City zu steigen«, sagte er und fixierte mich mit einem eiskalten Blick. »Der ist bequemer.«

Mein Herzmuskel setzte für einen Schlag aus.

»Aber … das ist der Zug zum Reboot«, sagte ich, so unbekümmert wie möglich. »Wäre es nicht einfacher, sie mit dem Emerald-City-Express hinzuschicken?«

Der Colormann sah mich scheinbar ausdruckslos an.

»Ich habe telegrafisch Anweisung gegeben, dass sie abgeholt und in die Stadt gebracht werden. Es besteht keine Gefahr. Haben Sie etwas gegen den Plan einzuwenden, Edward?«

Er sah mich mit einem, so schien mir, triumphierenden Lächeln an. Ich saß in der Falle, und er wusste es. Wenn ich nichts sagte, würde man Imogen und Dorian nach High-Saffron schicken. Wenn ich Einwände vorbrachte, wusste er, dass ich voll und ganz im Bilde war. Jane und ich wären erledigt, noch ehe wir richtig losgelegt hätten.

Ich holte tief Luft und dachte an Janes Worte: *Unschuldige werden leiden, auf deine Veranlassung.* Ich hatte Sally Gamboge und deMauve ausgetrickst, ich war Ratsmitglied, und jetzt eröffnete sich mir sogar die Möglichkeit, die notorisch geheimniskrämerische NationalColor zu unterwandern. Mehr noch: Ich wusste Dinge, die eigentlich niemand wissen durfte. Jane und ich hatten die minimale Chance, die ganze Wahrheit zu entdecken und das Kollektiv zu zerstören. Aber war all das wichtiger als Imogen und Dorian?

»Nun, es ist ja nicht wichtig, mit welchem Zug sie ankommen«, sagte ich. »Ich freue mich nur für sie, dass sie entkommen.«

Ich lachte. Und mit diesem Lachen hatte ich zwei Menschen zum Tode verurteilt. Zwei unschuldige Menschen. Zwei Menschen, die sich liebten. Mit demselben Lachen hatte ich aber vielleicht auch Tausende andere gerettet. Und ich hatte die Grundlage für Jane und mich, für das, was wir erreichen wollten, geschaffen. Wir würden den

Sieg davontragen, und wäre es nur für Imogen und Dorian und für die vielen anderen, die ihre Löffel in High-Saffron gelassen hatten.

Der Colormann machte ein langes Gesicht. Er hatte damit gerechnet, dass ich in die Falle tappte.

»Ausgezeichnet«, sagte er, ohne jede Rührung. »Guten Tag, Mr Russett. Wir werden uns wiedersehen, davon bin ich fest überzeugt.«

Ich sagte ihm, darauf würde ich mich schon jetzt freuen, aber das interessierte ihn nicht. Der Pfiff ertönte, ich wünschte dem Colormann eine angenehme Reise, und der Zug rollte aus dem Bahnhof von East Carmine.

Einen Teil von mir nahm er mit.

DANKSAGUNG

Zu großem Dank verpflichtet bin ich sowohl Hodder als auch Penguin. Beide Verlage haben mir den Luxus ermöglicht, diesen Roman schreiben zu können, der von meinem bisherigen Werk abweicht und den zu Papier zu bringen sich erheblich schwieriger gestaltete als gedacht. Ich hoffe, dass mein Versäumnis, den Abgabetermin einzuhalten, unsere stabile Beziehung nicht allzu sehr auf die Probe gestellt hat. Besonders bedanken möchte ich mich bei Carolyn Mays und Jamie Hodder-Williams (Vereinigtes Königreich) und bei Molly Stern und Clare Ferraro (Vereinigte Staaten) für ihre Geduld, ihren Rat und ihren anhaltenden Glauben an mein Talent. Mein Dank gilt ebenso den vielen versierten Mitarbeitern in den Marketing-Abteilungen auf beiden Seiten des Großen Teichs sowie Bruce Giffords und Ian Paten für ihre Großtat, meine mangelhafte Grammatik und Orthografie zu korrigieren.

Großer Dank gebührt auch Tif Loehnis und Luke Janklow von Janklow and Nesbit für ihre unermüdliche Unterstützung und ihre Bemühungen, ebenso Dot Vincent und Rebecca Folland für die Betreuung meines wachsenden Lesepublikums im Ausland. Nicht zu vergessen Eric Simonoff, der seit Jahren meine Interessen in den USA vertritt und ohne den meine Präsenz auf der Westseite des Atlantiks nicht so stark wäre wie heute.

Außerdem möchte ich mich bei Mari Fforde bedanken, die mir auf so vielerlei Weise geholfen hat, dass es unmöglich wäre, alles zu erwähnen – von Recherche über Redaktion bis hin dazu, dass sie dafür gesorgt hat, dass ich ruhig schlafen konnte, als Tabitha ihre Zähne bekam. Mein Dank gilt ferner Matt McDonell für seine wertvollen Hinweise, wie man sich das Leben als Farbenblinder vorzustellen hat, Mike Pringle für den Enactment-Joke und Tom, Charlie und Corisande für die vielen interessanten Gespräche. Auch meine Familie sollte ich an dieser Stelle erwähnen: Dank an Maddy, Rosie, Jordy, Alex, Tabitha. Mum, Cress, Maggy und Stewart, dafür, dass ihr immer für mich da seid. Zu guter Letzt möchte ich mich bei Milly bedanken, die immer an mich geglaubt und deren unermüdliche Begeisterung für kleine Spaziergänge mich in Form gehalten hat.

Jasper Fforde, Juli 2009